# 中国故事

# 延安儿女

## 万里赴戎机

辛晓玲 著

西安交通大学出版社

## 图书在版编目（CIP）数据

万里赴戎机 / 辛晓玲著. -- 西安：西安交通大学出版社，2018.9

（中国故事：延安儿女）

ISBN 978-7-5693-0842-6

Ⅰ．①万… Ⅱ．①辛… Ⅲ．①革命故事—作品集—中国—当代 Ⅳ．① I247.81

中国版本图书馆 CIP 数据核字（2018）第 199635 号

| | |
|---|---|
| 书　　名 | 万里赴戎机 |
| 著　　者 | 辛晓玲 |
| 策划编辑 | 张瑞娟　贺彦峰 |
| 责任编辑 | 贺彦峰 |
| 出版发行 | 西安交通大学出版社（西安市兴庆南路 10 号邮政编码 710049） |
| 网　　址 | http://www.xjtupress.com |
| 电　　话 | （029）82668357 82668851（发行中心）　（029）82668315（总编办） |
| 传　　真 | （029）82668857 |
| 印　　刷 | 陕西天之缘真彩印刷有限公司 |
| 开　　本 | 787mm×1092mm　1/16　印张 15　字数 134 千字 |
| 版次印次 | 2019 年 1 月第 1 版　2019 年 1 月第 1 次印刷 |
| 书　　号 | ISBN 978-7-5693-0842-6 |
| 定　　价 | 360.00 元 |

读者购书、书店添货，如发现印装质量问题，请与本社发行中心联系、调换。

投稿热线：（029）82668284

读者信箱：qsfs2010@sina.com

版权所有　侵权必究

# 目 录
## CONTENTS

一　万里赴戎机 /1

二　青春祭 /31

三　男儿何不带吴钩 /66

四　火种 /108

五　山水之间 /140

六　西风烈 /174

七　黎明之殇 /204

# 一 万里赴戎机

夕阳将湖水，酿成一个澄澈的梦境。

湖边的垂柳，深深地弯下腰去。如同垂暮的老人，在与过去的岁月，作着冗长的低语。

微风拂过。粼粼的波光，闪成一湖碎金。镶着金边的柳叶，开始轻轻地摆动。

而这位满头白发的老人，却在湖畔的长椅上，被某种幽微的思绪所包围。

他双手扶杖，凝成了一尊神秘的雕像。他安静地看着湖面，似乎看见了湖水，又似乎看见了，一去不复回的，华年流光。

那一刻，时间好像回到了70多年以前。

# 一

1937年，山西祁县。

那是一座城堡式的建筑。坐西朝东的大门，威武，庄严。高大的顶楼，飞阁流丹。开阔的门道，正对着百寿图照壁。

这座彩饰金装的建筑，三面临街。高达10米的青砖围墙，让它从周边的民居中，脱颖而出。

赶着马车走进大门，只用眼角的余光，年轻的车夫赵树兴，就看到门口的拴马柱，看到院里长长的甬道，和那些曲折的回廊。

北面的偏院里，是佣工房和灶房。

卸完马车上的煤炭，赵树兴从灶房领了一块干粮，一碟咸菜。赶了一天的马车，这个18岁的孩子，实在是太累，也太饿了。他顾不上洗脸，就蹲在屋檐下，开始了他的晚餐。

赵树兴正在狼吞虎咽，手里的干粮不翼而飞。一抬头，干粮，早被宋管事新养的小黄狗叼跑了。

赵树兴马上追了上去。可是，还没跑两步，屁股上就飞来重重的一脚。回过头，宋管事正恶狠狠盯着他："怎么啦怎么啦？你就这么没出息？难不成要和狗抢东西？你想怎么着？想打我的狗吗？也不撒泡尿，照照自己是谁！"

宋管事管的，是这个院子的伙食后勤。他刚吃完饭，正对着花园里凋敝的月季，一丝不苟地剔牙。他宠溺的小黄狗，时而亲热地伸着脑袋，在他裤脚边蹭来蹭去；时而卷起漂亮的小尾巴，在院子里跑前跑后。没承想，就在这优游的时刻，有人坏了他的清欢，还要揍他的小狗。最不能容忍的是，追赶小狗的居然是赵树兴，那个最能吃的赵大个子！

宋管事是读过书的，最见不得这些四肢发达的粗人。怕小狗吃亏，他先飞起一脚，解决了问题，这才回头："张妈，这个小崽子，今天饿他一顿，看他还横不横？"喊完话，便扬长而去。

扬长而去的宋管事，心中洋溢着一举几得的喜悦。

他早就看不惯这个赵树兴了。为人不懂得察言观色，经常外出，却从没拿点什么孝敬自己。这倒也罢了，他居然那么能吃。

能吃！想到这个问题，宋管事的气，就不打一处来。做管事的，办事讲究灵活。随机应变的事办得，缺斤少两的事，也办得。如果都像赵树兴这样，不仅能吃，还实实在在地吃，那这些做管事的，还有什么油水可捞？

可惜小黄狗个子太小，否则，真该怂恿它，把赵树兴扯上几口。

赵树兴气愤，委屈，又无可奈何。他在屋檐下愣了半天，垂着头，走回佣工房。

佣工房里的周大哥，一直拿着烟斗，默默看着窗外。

窗外的一幕，是这么熟悉。自从来到这个地方，这样的羞辱，他已经历过多次。只是，一次次的委曲求全，并没让自己的境遇略有改变。为了多挣几个工钱，周大哥已经3个月没回家了。前两天，家人捎话，说自家小女儿病得厉害，天天喊着要见爸爸。周大哥这才意识到，3个月来，自己省吃俭用，也没攒下几个钱。前一天，他还去找宋管事，苦苦央求他，希望他能帮自己，先支1个月的工钱。正在剔牙的宋管家，噗的一声，吹掉了口中的牙签："什么什么？没见你好好干活，你还有脸来借钱？你以为我脑子被驴踢了啊？给你借钱，那还不如用肉包子打狗……我看这院子里，就你和赵树兴，最不灵醒。整天就记着钱钱钱，吃吃吃……"

想到这一幕，周大哥叹了口气，放下了烟斗。他转身从被窝后面摸了半天，摸出了一个干馒头，趁没人注意，悄悄塞给了树兴。那是他存下来，准备带给闺女的。

北方的冬天，苦寒难当。赵树兴缩在单薄冰冷的被窝里，捱过了一个饥肠辘辘的长夜。

半梦半醒的赵树兴，恍恍惚惚走在回村的路上。远远地，他看到了倚门等候的母亲，闻见了熟悉的饭菜香……眼看就要到家了，不料，路旁蹿出一个黄色的影子，扑上来就搂住了他……哎呀，不好，是宋管事的黄狗。它忽然之间，长得比人还高大。黄狗张开了血盆大嘴，毛茸茸的，向赵树兴压来……赵树兴极力躲闪。黄狗爆发出一阵嘲弄的狂笑……定睛一看，狗脖子上，居然是宋管事的脑袋……宋管事的脑袋上，又是长满獠牙的狗嘴。眼看自己的鼻子，被冰冷的狗牙，一点点咬住……赵树兴拼死挣扎，挣出了一身冷汗……

逃离了噩梦，逃脱不了寒冷。那个夜晚，赵树兴就那么看着窗外惨白的月光，蜷曲在墙角……

第二天，他有气无力，准备起床出工。周大哥看了看这个面色苍白、衣衫单薄的小伙子，又在自己铺上找了半天，末了，他无可奈何地摇摇头："唉，小兴子，我这羊肚手巾，你先戴上吧！"

赵树兴的眼睛，一下溢出了光彩。对，白羊肚手巾，这几乎是赵树兴梦寐以求的东西。他一直想象着自己戴上白羊肚手巾的模样。对村里的男孩子来说，这是最帅气的行头。谁有一条雪白的羊肚手巾，连村里最漂亮的姑娘，也会多看他两眼。

戴上白羊肚手巾，赵树兴的心情异常明快。饥饿和疲惫，一扫而光。他神采奕奕地，走出佣工房，走向马厩。

不料，宋管事却背着手，迎面走来。看见赵树兴头上的白手巾，他眼中闪过一丝鄙夷。只见他快走几步，一把抹下小伙子头上的羊肚手巾，并轻蔑地哼了一声："哼，这也是你戴的？也不撒泡尿，看看你的怂样……"

"宋管事，你……"

"我怎么了？我怎么了？你这个穷光蛋……难不成还要造反？"

宋管事嘴里在呵斥，脚下也没闲着。他跨步上前，将白羊肚手巾，踩在脚下，又使劲地踩了几踩。

连日来郁积在心头的愤怒和不满，突然在这个瞬间，全部爆发。赵树兴一个箭步冲上去："姓宋的，你把手巾还给我……"

树兴举起的拳头，被人架住了。

是周大哥。

被周大哥劝回佣工房，树兴不准备出工了。他知道，得罪了宋管事，这份工，是务不下去了。事实上，对这份吃不饱肚子的差事，他本来就没什么兴趣。只是，离开了乔家大院，自己又能到哪里去呢？

周大哥一直抽着旱烟，默默地看着赵树兴收拾行装。

忽然，他灭了烟，在炕沿上磕了一下烟斗，站起身来。

"兄弟，这活，我也不想干了！吃都吃不饱，还有什么干头？我想去一个地方，不知兄弟你想不想去？"

"哥，你说，去哪里？"

◆ 1937年8月31日，八路军第115师第1梯队从韩城芝川东渡黄河抗日

"去找游击队！"

"打鬼子？能不能吃饱？有军饷吗？"

"有。听说那里的当官的，不仅打日本，而且不欺负士兵。吃的，穿的，都跟士兵一样！"

"真的吗，哥？"

"真的……"

"行，哥，只要有粮饷，弟就跟你走。"不假思索地，赵树兴做出了他生命中最重大的决定。又或许，他已经明白，自己，已别无选择。

跟着周大哥，赵树兴很顺利地，加入了游击队。

后来，同村的20多个小伙子，也随他去了部队。

## 二

学射击，学识字……一群年轻的战士，经历着他们生命中最烂漫的时光。

虽然，每顿饭还是吃得不够饱，但大家在一起唱歌，训练，听教导员讲课……这些农村长大的孩子，还没反应过来，就一下子，进入一种崭新的，甚至可以说是神奇的生活。

长官也没有架子，和战士们打成一片。那个年轻的教导员，像是和气的邻居大哥。他个子不高，面容清癯，眉眼之间，总有一种若有若无的笑意。看赵树兴饭量大，他总会从自己的伙食里，悄悄匀一点给他。

高大英武的周大哥，则像是一个坚定的保护神，永远雄赳赳地，站在赵树兴的身边。

只有训练的时候，每个人的神情，才会变得凛然。如果谁动作不到位……这时的教导员，一点也不客气。他轻轻的一个手势，就可以让刚入伍的小兵，人仰马翻。大家对他又是喜欢，又是敬畏。

置身这样一支队伍，赵树兴有生以来，第一次感受到了温暖。这种交织着自由和约束的温暖，可能就是幸福！

在河滩上练习打靶，在营房前学习唱歌，帮老百姓挑水劈柴……身后，有孩子们无拘无束的欢笑；旁边，有女孩子羡慕的眼神……头上的白羊肚手巾，在阳光下，神气地忽闪……青春和生命，在明朗的大地上，无所顾忌地怒放……那是赵树兴笑得最开心，过得最快乐的日子。

然而，幸福的日子，总是稍纵即逝。也许早有预感，所以，树兴和他的战友们，尽情地享受着他们生命中这些最美丽、最明快、最奢侈的光阴。

树兴所在的支队，经常会接到一些物资运送任务。运送的，主要是粮草。为了保障物资的安全，队伍一般昼伏夜出，选择的通常是一些偏僻的小路。

这个黄昏，赵树兴跟着自己的队伍，出发了。

参军3个月，这是赵树兴第一次执行任务。

出发前，赵树兴认真地检查马车，收拾货品。作为一名职业车夫，他很清楚，自己需要干些什么。只是，现如今出车，毕竟和在乔家大院，不大一样。他忍不住地惊喜、激动、紧张，一颗心，嘣嘣嘣地，快要跳出胸膛。

不过，一坐上颠簸的马车，一种熟悉而亲切的感觉，油然而生。赵树兴马上变得平静，自信。

冬天的夜色，分外深浓。车队一出发，就被无边无际的黑暗包围了。

赵树兴熟悉这黑暗，就像他熟悉这弯弯曲曲的小路。

走了多年的夜路，有时候他觉得，黑夜比白天，更加安全。

在一种熟悉的氛围中，策马扬鞭，驱车向前——赵树兴只觉得意气风发，神清气爽。

出发不久，月亮就颤巍巍地，爬上了天空。它小心翼翼地，向人间瞥了几眼，又好像害怕什么，飞快地躲进了云层。

道路齐刷刷地，向后退去；目的地，在一点点地接近。

捷行中，不闻号令，但闻人马之行声。

这是一个理想的行军之夜。

大家都奋力向前赶去，都希望尽快将粮草，送给前方的队伍。

时间过得很快。不知不觉，已是夜半时分。

忽然，疾行的队伍，停了下来。

黑暗中,赵树兴感觉得到,有一股杀气,正扑面而来。

这边的队伍,还在犹豫,那边,却悍然开始喊话。

一听那吱哩哇啦的声音……赵树兴还没反应过来是怎么回事,前面已经响起了噼噼啪啪的枪声。

遇到了鬼子?

只是一闪念之间,赵树兴看到,身边的战友,开始匍匐射击。

赵树兴也赶紧伏地。

小支队每个队员,都配有一把汉阳造。赵树兴迅速扶着枪支,拉动扳机……

可是,一下,两下……扳机,似乎是凝固了。

完了,枪坏了!

赵树兴脑子里嗡的一声。

就在这时,一样东西,沉重地砸下来,狠狠地,击中他拿枪的手臂。他低头一看,依稀是一只血糊糊的手掌。那指头,还在拼命地蠕动,有一刻,几乎抓住了赵树兴的手腕。

喷射的血浆,溅了赵树兴一脸。一阵腥热,赵树兴的眼睛,被血浆糊住了。

子弹呼啸着,擦着耳朵飞过。

炮弹,也从天而降。

抹去眼前的血浆,在震耳欲聋的爆炸声中,赵树兴看见,自己的车和马,烟花一样,飞向空中,失去了形骸。

一种巨大的恐惧，攫住了少年的心。他手臂发软，一时连枪也举不起来。他将头深深埋进路上的泥草，喉咙里，发出撕心裂肺的悲鸣……

但是，没有人听到他的声音。

"小兴子，小心……"

赵树兴似乎听见有人叫他。紧接着，一个巨大的黑影，和一团耀眼的光球，同时向他飞来。

仿佛被无边无际的黑暗，突然吞没——在惊天动地的撼动和撞击中，赵树兴昏了过去。

醒来的时候，已经是东方欲晓。

赵树兴拼命地翻转身体。一个人，从他身上僵硬地滑落。

那是周大哥。

他的双腿，只剩了一条。他的后背，已经被炮弹掀去。在炮弹落下的那个瞬间，他紧紧地，将树兴，将这个18岁的孩子，将这个被他带进队伍的孩子，护在了自己的身体下面。

天空中，是血色的朝霞……

米粮，早成了血泥。

赵树兴从满地狼藉之中，一具一具，寻找着战友们的尸体。

他看到了同村的三海，喜娃，英哥，大勇，阿山……

他们有的没了胳膊，有的被炸成两截……

他小心翼翼地，将战友们的身体，尽量拼凑完整；他又整整齐齐地，将他们的遗体，摆放成一排……

他担心着自己的每一个动作，唯恐稍有不慎，弄疼了他们。

在和战友们告别之前，赵树兴抬起头，再次看了一眼晋中冬日的天空。

霞辉已经散去，阳光炫人眼目。

赵树兴又回过头，望了一眼身后熊熊的火焰。

他扑通一声，双膝着地。

在久久地，向他的11个战友跪拜之后，赵树兴挎着战友们留下的武器，大步流星，向前走去。

这次，他没有回首。

只有眼泪如决堤的洪水，在他脸上纵横奔流。

而仇恨，却像是无边无际的火焰，从他的心中，喷涌而出。

## 三

回到部队以后，赵树兴明显变得沉默了。

他几乎将所有的时间，用来练习格杀，瞄准，射击。

每一次训练的时候，他都觉得，周大哥、三海、喜娃、英哥……所有那些牺牲的战友，就默默地站在他身边，默默地看着他。

这样的时候，在赵树兴眼中，每一个目标，都是一个面目狰狞的鬼子。

与此同时，战争的消息，也在源源不断传来。

时局越来越艰难。

中国军队，仍在顽强地坚持。

日本鬼子的兽行，令人发指。

1938年2月13日，元宵节的前夕。侵华日军出动大批骑兵、步兵，在飞机、坦克、大炮的掩护下，从祁县出发，兵分两路，进犯平遥。

日军沿途烧杀抢掠。郝家堡村，有村民被活活烧死；钦贤村，有老人被刺刀挑死；东善信村，日军抓走了村民和他们的骡马，一去不回……

中国军队收复的平遥，再度被日军侵占。鬼子一条街一条街，进行疯狂的屠杀。一天之内，1000多名老百姓，惨死在鬼子的屠刀之下。

而在赵树兴的故乡——祁县，老百姓更是生活在水深火热之中。

官厂村。日军大队行军经过时，号称丢失了一个防毒面具。为此，他们抓了7位村民，途中刺死1人，其余6人被带到火车站，投入枯井，活活埋掉。紧接着，日军再次进村，杀害了两位村民，烧毁了500余间房屋。

子洪口村。村里仁兄弟面对鬼子的屠刀，不愿意透露谁是八路军。日本人堆积高粱秆，将他们点了天灯。

赵树兴自己的村子。鬼子祸害了妇女，又当着她们的亲人，把她们用刺刀捅死。

同年 4 月，日军 3 万余人，由太谷、祁县进犯子洪口，企图对我革命根据地，分进合击。八路军浴血奋战，誓死抵抗。

祁县的南风沟、东峪沟、上庄沟，有少量抗日根据地。

穿过子洪口村，入山走十几里山路，到盘坨涞源的山顶分水岭后，是沁县、武乡，这里是主要的八路军抗日根据地。

游击队配合大部队，参加了战役。

赵树兴和战友们，埋伏在熟悉的山地上。

几十个被大部队打散的日寇，东张西望，闯进了山谷。

"打！"

只听队长一声令下，赵树兴和自己的战友们，迅猛射击。

拉一下枪栓，一个；再拉一下，又一个……

赵树兴惊奇地发现，自己居然弹无虚发！

撂倒了五六个鬼子，在冲杀声中，赵树兴和战友们跃出掩体。

矫捷过猴猿，勇剽若豹螭！

赵树兴和战友们，以迅雷不及掩耳之势，冲向敌人。

赵树兴听到了自己的长啸。那比炮火还猛烈的声音，让敌人心寒，也让他自己震惊。

他红着眼，将刺刀插进敌人的胸膛。

积聚了太久、太多的仇恨，似乎都凝聚在尖刀之上。

一次，那刺刀，居然穿透了两个敌人。

教导员也冲锋在前,撂倒了一个又一个敌人……

残阳如血。

山谷里,尸骸散落。

又有5个战友牺牲了。然而,阵地上,更多的是敌人的尸体。

这次,赵树兴没有流泪。面对战友的逝去,他来不及流泪,来不及伤悲。

强烈的愤怒,几乎要冲破他的胸膛。

他蹲下身去,轻轻地,替死去的战友,抹上暴睁的眼睛。

同村的小明,阿强,丁子……

他轻声地告诉这些曾经的发小:你们安心走吧,你们已经杀死了敌人,赶走了敌人。剩下的事,就让我替你们来做;剩下的仇,就让我替你们来报……

身后传来一声闷响。

在回头的瞬间,赵树兴看到,扶抢挺立的教导员,猝然倒地。

赵树兴冲过去,将教导员抱在怀里。

拼刺刀,连续捅死了七八个敌人,教导员已经透支了全部的体力。筋疲力尽的他,听见树兴的叫声,努力地睁开眼睛。看着赵树兴,他用不连贯的声音,低低地说道:"树兴,好好杀敌人,你行……"

话音未落,教导员头一偏,再也没有醒来。

紧抱着教导员逐渐冷去的身体,赵树兴又是一声长啸。

山鸣谷应。在这悲愤的声音中,连绵的群山,似乎骤然一惊,猛地从沉睡中苏醒,并缓缓变青。

## 四

1940年冬。

这是赵树兴参军的第4个年头。

这一年,22岁的赵树兴,已经和刚入伍的时候,判若两人。

他沉毅,冷峻。紧闭的唇线,勾勒出义无反顾的决绝。

此时的他,已经是决死队的铁血战士。

作为一位纵横沙场、骁勇善战的营长,赵树兴十分清楚,自己的青春,生命,已和这场战争,融为一体。

没有了国,也没有了家。

看着参军的伙伴,一个个血染疆场,作为同村唯一幸存的战士,赵树兴明白,他活着的使命,就是和日本鬼子决战至死。

而此时的日军,越来越猖狂。

3000余个据点、1万多个碉堡、5000余公里铁路、3万余公里公路,交织成一个严密而便捷的军事网络。

日寇企图以此割断太行、晋察冀等战略区的联系,压缩八路军的作战空间,推行所谓"以铁路为柱,公路为链,

◆ 1937年8月1日，山西青年抗敌决死队成立

碉堡为锁"的"囚笼政策"。他们以铁路、公路为支柱，对抗日根据地进行频繁扫荡。

八路军被日军封锁在各个穷乡僻壤。

为生存发展，八路军总部决定发动交通破击战，重点破袭正太铁路和同蒲铁路，粉碎日军的图谋，打破其"囚笼政策"。

8月20日夜，晋察冀军区在司令员兼政治委员聂荣臻指挥下，实施对铁路、桥梁、隧道、煤矿的全面破击。

追随大部队，赵树兴和自己的战友，直扑朔州。他们此去的任务，是破袭同蒲铁路，切断交通线路，使入晋之敌，失去东援。

那是赵树兴经历过的最惊心动魄的战争。

一如神兵天降，各路英豪争先恐后，打入鬼子的车站、据点。

爆炸声，枪炮声，号角声，震天撼地。

这注定是一个不平凡的季节。

星火燎原。愤怒的烈火，从华北大地，席卷而过。

105支八路军参战部队。

所有的战士，用血肉之躯，与强敌对抗。

怀着不共戴天的仇恨，他们摧毁了自己用血汗浇铸的道路，桥梁，隧道，和煤矿。

倭寇不灭，何以家为？

这是同蒲铁路上的一个小站。

赵树兴飞身而入的时候，鬼子的话务员正对着话筒，狂喊乱叫；另外一个鬼子，正在拉枪栓。

手起刀落。

只是几秒钟的时间，两个鬼子，就横尸值班室。

这时，值班室外的铁轨上，爆开了巨大的火球。

在振聋发聩的巨响声中，铁轨一节节，飞上天空。

赵树兴抹了一把脸上的血浆和污渍，用惋惜的目光，看了一眼狼藉不堪、面目全非的铁道，又率领他的战友，杀向前去。

远远地，赵树兴看到了敌人的碉堡。

碉堡喷吐的火舌，映在赵树兴的眼中，变成仇恨的火苗。

伏在掩体后，拉开火线……一颗手榴弹，两颗手榴弹……

这一颗，为周大哥；这一颗，为三海……这一颗，为教导员……

碉堡里的机关枪，却扫射得越发疯狂……

赵树兴撕下一绺衬衣，把10多个手榴弹拧在一起。

他把步枪扔给身边的战友，抱着手榴弹和炸药，朝着敌人的碉堡，匍匐向前。

"不，营长，我去……"通讯员小王，一把拽住他的裤脚。

赵树兴回过头，斩钉截铁，大声命令："掩护我，准备冲锋……"

子弹擦着身体，呼啸而过。

赵树兴闻到了自己头发烧焦的味道。

三步，两步，一步……

眼看着到碉堡跟前了。

一声呼啸，一阵灼痛。他感觉，自己的脑袋，被劈成了两半。

有腥热的液体，从两颊流下。

牺牲了的战友的面容，从他眼前一一掠过。

他们这是在迎接自己吗？

不行，必须完成任务。

猛地一晃头……对，自己还没死。

好！没死！他一发狠，猛地将手榴弹，砸向敌人喷着火舌的射孔,然后,就势向外一滚……

巨响中,赵树兴看到了漫天的烟花。他又看到了第一次执行任务的那一天,那个燃烧着朝霞的,冬日的天空。

周大哥,三海,喜娃,英哥,大勇,阿山,小明,阿强,丁子,教导员……他们正齐步向自己走来。

自己马上要回去了,回到这些出生入死的战友身边了……

震天的厮杀声,却将他从死亡的边缘拉回。

碉堡已经被炸掉,战友们已经发起了冲锋……

赵树兴奋力地站了起来。

风吹过他沾满硝烟和血渍的脸庞,扬起了他褴褛的军装。

在山河破碎的仓皇大地,他站成了一尊不屈不挠的、坚强的雕像。

## 五

1941年年初,日军在华北地区集结重兵,推行"强化治安运动"。在他们的扫荡和蚕食之下,抗日根据地的处境,日趋艰难。

迫不得已,八路军各部队派出武工队,奔赴敌占区。

武工队的任务十分艰巨。他们要深入敌占区,策动民众,瓦解伪军,镇压汉奸。工作所需,武工队队员,一般要文武双全。

赵树兴会演讲，能写标语，同时又身经百战，双枪也使得出神入化——他自然而然，成为武工队队长的不二人选。

赵树兴带领的这支队伍，主要任务是潜入太原附近的县城，配合根据地工作。

每人两支枪——或者两支短枪，或者一长一短。短枪都是德国造盒子炮。上级还为赵树兴他们，配备了掷弹筒和轻机枪。

万事俱备，只欠东风。剩下的问题，也是最重要的问题：人员和设备，如何进入敌占区。

这次出面的，是茶馆张老板。

◆行军中的武工队

"垒起七星灶,铜壶煮三江。摆开八仙桌,招待十六方。来的都是客,全凭嘴一张。相逢开口笑,过后莫思量。"

茶馆张老板,可不是一般的角色。他在县城混了多年,凭借着左右逢源,结交了三教九流,在当地的关系,可谓是盘根错节。鬼子进城以后,谁家的生意,都会受些影响。但张老板凭借出手阔绰,机变灵活,很快扭转了颓局。他不仅在别人的红白喜事中,仗义出手,而且在官僚地痞中,网罗了不少拜把子兄弟。有几个伪军,甚至拜他做了干爹。

一来二往,许多人见了茶馆张老板,都感觉面熟。

这一天,看守城门的伪军,又看到了这张熟悉的脸。

只见张老板穿着长衫,戴着墨镜,一手摇着竹扇,一手背在身后,一大早,就风度翩翩,出城迎客。

一个矮个子伪军,恭敬地拉出了一条木凳,请干爹暂坐。

赵树兴他们,赶着马车,扬鞭而来。

车上的麻袋里,装满了茶叶。

张老板满面春风地迎上去:"大侄子呀,辛苦你啦!这一车茶叶,够叔用一阵子了!"

赵树兴不由自主,盯了这个风云人物一眼。

茶馆张老板的故事,他听多了。可这一张口,就叫人侄子,而且叫得这么响亮、顺溜,大言不惭……

没容他多想,几个当值的伪军,就围了过来。

张老板立马迎上去,亲切地挡在那个头儿面前,紧紧握住他的手:"这不是上街王家的三小子嘛?我刚才还见你爹来着……可别忘了,这两天,一定要带着弟兄们去喝茶呀,上好的陕青喽,刚到的货……"

赵树兴看见,在张老板字正腔圆、抑扬顿挫的吆喝声中,那伪军头儿一边点头,一边飞快地欠身,将张老板递到他手上的大洋,塞进了口袋。

回头看到身边的同事,伪军头儿很不耐烦:"张老板的茶叶,能有什么问题?散开散开,下午,去茶馆验货。"

几个伪军心领神会,一哄而散。

眼看着,就要进城了。

一个日本鬼子,突然吱哩哇啦,挺着肚子,端着刺刀,走了过来。

他站在车前,举起了刺刀……猪耳朵似的帽页,在风中忽闪。

赵树兴的心,一下悬了起来。

矮个子伪军,张老板的干儿子,忽然一个箭步,冲到他面前:"太君,香烟的,大大的香……"

看来,那塞到鬼子鼻孔下的香烟,确实是香。鬼子一下眉开眼笑,高高兴兴,跟着小伪军走了。

那小伪军,这才回过头来,意味深长地,看了赵树兴一眼。

在茶馆老板的安排下,赵树兴和队友们,分别在几个店铺,安顿下来。

来茶馆喝茶的,什么人都有:伪军,日本人,当然,还有自己人。

时间长了,赵树兴和各路客人,都熟络起来。

其实,敌占区的伪军,大多不愿死心塌地给鬼子卖命。毕竟,他们还想给自己、给家人,留条后路。

赵树兴他们,又经常性地,给伪军"点眼药",即暗地里寄信,发传单,警告伪军,让他们分清黑白,明辨是非,不要逞强使气,欺负百姓。

虽然一明一暗,但伪军与武工队,却不自觉地,达成一种默契,即武工队不找伪军的麻烦,伪军们对武工队,也睁一只眼,闭一只眼。

有了这种默契,在茶馆老板配合下,赵树兴他们,一方面给根据地提供情报,一方面给根据地输送药品、军械。一些干部通过敌占区,往返于太行和吕梁山区,也是武工队秘密接应、护送。

不能否认的是,日军确实驯养了一批鹰犬。这些汉奸,一旦凶暴起来,比起日本鬼子,有过之而无不及。

比如,那位姓王的警察所长。

这王所长,据说读过大学,也懂得一些日语。鬼子来了以后,他像是遇到了爹亲娘亲,俨然找到了用武之地。

有一阵子,替鬼子喊话的是他,替鬼子收粮的是他。不但如此,他还打着鬼子的旗号,随便到哪个居民家里,见啥拿啥。对方稍有反抗,他就带了一帮伪警,刀棒相加。

张老板交游甚广,一般人不会到茶馆滋事。王所长不一样，一天，喝完茶，他不仅不付账，还让手下将柜台上的茶叶，全部背走。末了，他依着柜台，挑衅地看着张老板，一副洋洋自得的模样。

张老板愣了一下，立马喊道："小二，上好的陕青，封上一包，给王所长奉上。"

王所长这才心满意足，抹着嘴离开了。

赵树兴却一直惦记着王所长那挑衅的眼神。

是的，在县城待了1年，赵树兴已明白了这里地下党的组织结构。

茶馆这个据点，谁也不能动。

这是一个月黑风高的夜晚。赵树兴和队友扮成客人，进入当地著名的烟馆。

过了一会儿，王所长带着几个狐朋狗友，进了隔壁的房子。

看来，张老板的情报，完全准确。

子夜时分，正在吞云吐雾的王所长，还没反应过来是怎么回事，就被几个黑衣人，抹了脖子。

对武工队队员来说，"背死人"也是常事。这种行动，一般选在郊区，旁边有青纱帐最好。可是，像商会会长这样的老狐狸，才不会去那样的地方。他深知，自己勾结日本人，干了不少坏事。怕老百姓索命，即使晚上睡觉，会长也是睁着一只眼睛。

所以，有的锄奸，只能在城里进行。

勘察好路线，设计好方案之后，赵树兴和队友，潜伏在商会会长必经的路口。

昏黄的街灯下，一个矮个子伪军，从赵树兴身边经过。

他忽然抬头，盯了赵树兴一眼。

赵树兴一怔。他想起进城的那个早上，想起了张老板的那个干儿子……

然而，来不及多想了。醉醺醺的商会会长，正东倒西歪，向这边走来……

想来，张老板今晚给他上了好酒。

擦肩而过。赵树兴猛然回头，将准备好的绳子，套在商会会长脖子上，然后，往自己肩上一扛。

别人背死人，靠的是拖。赵树兴个子高，这个背，就落到了实处。

他加大力度，开始向侧边的巷子里，狂奔。

挣扎中的商会会长，居然扣动了扳机。

尖锐的枪声。

赵树兴的心，往下一沉。果然是老狐狸……

与此同时，他听到，相反的方向，也有枪声响起。同时，还有一个响亮的声音："快，有八路……"

人声远去。

跑到一处荒废的院落，扔下肩上的死人，赵树兴忽地一下，想起刚才那个矮个子伪军，想起他莫测的眼神……

他豁然开朗。

就这样，有了各方的协助，"锄奸队"的名气，越来越大。

提前宣判，尤其让那些汉奸，闻风丧胆。

武工队常在人口稠密的集市，张贴布告，并宣布，5日之内或10日之内，必对某个汉奸，执行死刑。

此后的5日或10日以内，那汉奸，不管身在何处，肯定是必死无疑。

锄奸队威名大振。

锄奸队队长，则被老百姓描绘成一个身着黑衣，神出鬼没的英雄。他侠肝义胆，飞檐走壁。一对双枪，使得出神入化。

几乎没人把这队长，和赵树兴，和茶馆里那个高瘦甚至文弱的跑堂，联系在一起。

花篮的花儿香 / 听我来唱一唱 / 唱呀一唱。

来到了南泥湾 / 南泥湾好地方 / 好地呀方 / 好地方来好风光 / 好地方来好风光 / 到处是庄稼 / 遍地是牛羊……

在开满鲜花的山坡上，赵树兴仿佛又看到了周大哥，阿强，丁子，教导员……

他们欢笑着，朝他走来。青春的身影，如同一支悠远而嘹亮的歌，又如一阵明亮而温暖的风……

对，那是1943年。

1943年,陕北根据地进入最困难的时期。东面,日本鬼子隔着黄河,虎视眈眈,时刻准备渡河西进,袭击红色首府延安。南面,胡宗南的顽军,对根据地形成绵长的半圆形包围圈。西面和北面,宁马、青马,气势汹汹地进行合围。

根据地的处境,异常艰难。粮食、布匹、食盐,以及一切生活必需品,无法得到补给。为打破顽敌的围困,我根据地一方面精兵简政,一方面开展了大规模的生产自救运动。

为了保证根据地的安全,粉碎顽敌的阴谋,同时为了生产自救运动的顺利展开,延安方面从各个根据地,抽调了大批人员,奔赴陕北。

赵树兴正是在这种背景下,追随359旅,从晋西北抗

◆南泥湾垦荒

日前线,回到了延安。

"背枪上战场,荷锄到田庄"。赵树兴和自己的战友们,开荒种地,砍柴烧炭,一边保卫边区,生产自救;一边给前方将士,提供补给。

"开荒好似上火线,要使陕北变江南"。战歌声中,荆棘遍野、鸟兽纵横的荒凉山区,变成了肥沃的田地。

往年的南泥湾/处处是荒山/没呀人烟/如今的南泥湾/与往年不一般/不一呀般/如呀今的南泥湾/与呀往年不一般/再不是旧模样/是陕北的好江南/陕北的好江南……

嘹亮的歌声,忽远忽近。那些开荒的战友,也从鲜花丛中,向自己走来。

天地,成了生机勃勃的花的海洋。

老人伸出双臂,想要拥抱这阔大而明媚的幸福。

一阵微风。

风中,老人猛一下睁开了眼睛。

垂柳,正柔和地,拂着夕阳下的湖面。

拂出了一湖的平静和安宁。

赵树兴(1920— ),山西祁县人。曾参加过游击队、

武工队，参加过百团大战、延安大生产运动。新中国成立后任兰州军区干部学校校长。离休后居住西安。

## 二 青春祭

1937年的仲夏，暑气蒸腾。

郁郁葱葱的林木，好像掩藏着千军万马。深黛色的山峦，于起伏中显示出前所未有的躁动。

在李政贺的记忆中，这是一个奇诡的夏天。

那个夏天，因为表姨的到来，清新灵动；又因表姨的离去，烟云横生。

从未谋面的表姨，应该在山的那边，再那边。她一定穿过了层层叠叠的草地和田园，走了很远的路，碰到了很多的事。因为那天，当她从夕阳下的黄土路，扑入父母的怀中，小政贺首先听到的，是一阵撕心裂肺的哭声。

接下来的几天里，表姨总是早出晚归。

黄昏的窗棂下，小政贺不止一次地看到，表姨激动地向父母诉说着。他听到了"北平""学生兵""沦陷""鬼子"这些陌生的词语。他看到，表姨白净的面孔，因为气愤，因为激动，憋得通红。

此后的日子里，她奔波的身影，成了小村庄与众不同的风景。

傍晚时分，奔波归来的表姨，总会坐在门口的青石板上，凝神地看着夕阳。

看她一脸的落寞与凄凉，政贺小小的心里，突然有了莫名的感伤，甚至疼痛。他不由自主地，慢慢走过去，依偎在表姨身边，仿佛自己弱小的身躯，可以帮忧伤的表姨，驱散内心的严寒。

表姨把小政贺紧紧地揽入怀中。

"宝贝，我们不做亡国奴，我们长大了，要像那些学生兵，去杀鬼子……我们一定能把鬼子，赶出中国……"搂着政贺，表姨会轻声地念叨，好像在对政贺说话，又好像在自言自语。

"好，表姨，你别生气。你放心，我一定把他们赶出去……"小政贺用力地点着头，懂事地安慰……

半个月以后，表姨走了。父母沉默了。整个村庄，重新陷入古怪的宁静。

曾经安详的村庄，忽然少了行人。那些晒太阳的爷爷奶奶，那些拉家常的叔伯大婶，突然不见了。路上偶然走过几个人，也都是行色匆匆，表情凝重。

某个夜晚，当政贺大声地喊着"表姨"，从噩梦中惊醒，大汗淋漓的他记得,梦中,一群青面獠牙的恶鬼,垂着长及肚脐的血舌,重重叠叠,包围了村庄。看到他们向自己家门口逼近,政贺拿起父亲的铁锹,奋不顾身,冲上前去,可是,漫天的乌鸦,黑压压地冲下来,扑向自己头顶,啄食自己的眼睛。又有半尺长的蚂蚁,漫山遍野,争先恐后涌来,分食自己的身体。政贺看到了恶鬼闪着绿光的眼睛,听到了他们桀桀的笑声……

一

其实,当李政贺的乡亲——朱坑的老百姓,在距离平遥20多里地的山村,忐忑不安地,等待风暴的来临,卢沟桥事变之后的华北大地,早已风雨飘摇。

◆ 1937年7月7日,日军挑起卢沟桥事变

1937年7月29日，日军武力攻占北平之后，长驱直入，进攻山西。

9月，大同、怀仁、朔县被日军攻占。

10月，宁武、崞县、忻口、平定、阳泉，被日军攻占。

日寇的铁蹄所到之处，山河破碎，民不聊生。

沉默了一个夏天的朱坑，终于在深秋时分，骤然爆发。

连续几日，有老人在村口，祭奠倾觞。痛彻肺腑的哭声，让原本平静的村子，在愁云惨雾中，陷入恐慌。

那几天，不善言辞的父亲，日复一日蹲在屋檐下，默默地抽着旱烟。

又是一个残阳如血的黄昏。父亲像是下了什么决心。他突然收起旱烟袋，走进上房。

"你把那半缸玉米，分成5份，我给他们送过去。"父亲一反常态。他用不容置疑的口气，吩咐母亲。

"可是，家里只有……"

"什么只有不只有……人都没了……三栋，阿泰，小章子……那么年轻啊……3000多人……狗日的鬼子……在朔县，整整杀了3天啊……可惜了这么多年的经营……他们5家人算是全毁了。"

母亲顿了一下，眼圈一红，转身去装玉米了。

祭奠的纸烟还没散尽，村子里，又来了很多人。几乎每户村民家里，都有从外地、从城里逃来的亲戚。也说不准是什么时候，也说不准是从谁家，倏然就会有哭声，突兀地爆发。

整个村庄，变得凌乱而芜杂。

政贺的家里，也多了两位客人：表舅和舅姥姥。只是，看见母亲急急呼呼，四处筹粮，表舅只住了两三天，就不顾父母的挽留，去了太原。他留下了舅姥姥。

舅姥姥瘦得几乎脱形。一头焦黄干枯的头发，胡乱地盘在脑后。母亲替她梳头的时候，她就伸出枯瘦的手指，在母亲脸上乱摸。手里摸着，嘴里还念念有词："嗯，小兰啊，这里，这里，嗯，鼻子还在，嗯，还有耳朵……"

刚开始的时候，母亲有点紧张，有点躲闪。后来，她就流着眼泪，拉着舅姥姥的手，让她在自己脸上乱摸。她含含糊糊地安慰："嗯，在呢，在呢，妈，咱不担心，好吗……"

整个生活，起了微妙的变化。但显然不是什么好的变化。

家里的饭菜，一天比一天粗糙。很多时候，父母只是坐在一边，安静地看着舅姥姥和几个孩子吃饭，自己却不动筷子。父亲有时会拿了旱烟袋，蹲到外面屋檐下去抽烟。母亲这时总会找个理由，独自去厨房。一次，政贺看到，母亲往炒锅里倒了两碗水，拿勺子涮了涮锅，烧开，给她和父亲一人盛了一碗。

弟弟妹妹也变得懂事了。他们不争不吵，有时候，还相互谦让……只是，舅姥姥的举止，依然吓人。

政贺逐渐接受了这样一个事实：远道而来的舅姥姥，

确实是疯癫了。

她不仅摸母亲的脸，而且，见了孩子，也会一把抓住，不管不顾地摸过去，嘴里还念着"鼻子""耳朵"。孩子们感觉恐惧，一个个绕着她走。但是，政贺不行。作为家里的长子，父母给他安排了一个工作，那就是：盯着舅姥姥，不能让她走远了，走丢了。

政贺就成了舅姥姥的尾巴。不敢离得太近，舅姥姥活动的时候，他就不远不近地跟着。好在舅姥姥不打不闹。她只是一心一意，到处找鼻子，找耳朵。

这一年的日子，格外地仓促。还没去村边的小河，和伙伴们游泳；还没去远处的林子，抓一回知了……遍地的落叶，就宣告了夏天的远逝、秋天的结束。

政贺没有想到的是，舅姥姥就是被这些落叶，轻轻卷走的。

一次，看到飘落的枯叶，舅姥姥突然发疯般冲了上去。她一边疯狂地捡拾，一边声嘶力竭地尖叫："耳朵，耳朵，快，我孩儿的耳朵……"舅姥姥的腿脚，本身不好。一用力，一个趔趄，她冲向前去，一头撞到了院墙的石基上。黑红的血液，顺着她的鼻梁，汩汩流了下来……在政贺惊慌失措的喊叫声中，大人们把舅姥姥，抬回了屋子。

母亲手忙脚乱，拿出自己的旧衣服，撕成条，给舅姥姥包扎。

布带随着母亲的手起手落，快速地翻动。政贺压不住内心的惊惧,站在门口,嘤嘤地啜泣。

父亲猛地将手中的烟斗,扔出门去:"哭什么哭?哭有用吗?鬼子迟早也会打到我们这里,也会割掉我们的耳朵……"

从来没见过父亲发这么大的火。政贺吓呆了。

"孩子他爹,你的烟斗……"母亲犹犹豫豫,小心翼翼地说。政贺愣了一下,懂事地跑出去,将烟斗捡回来,放到父亲的矮凳边。

"国都没了,家也快没了,还要什么烟斗?"

父亲将他曾经珍爱的烟斗,轻轻抛开。他搂过政贺,目光空茫地望向院子:"活埋、开膛、剖腹、肢解、割鼻……南怀化村的100多户人家,差不多被满门杀绝,房子也被烧光了……舅老爷一家9口人呐,一下死了7个。舅老爷被活生生埋掉了。小兰肚子里的孩子,也被挑了出来。小兰,那是你的表舅母啊……那孩子,你没出生的小表弟,被挑出来后,还在地上抽搐。村里很多人的耳朵,鼻子,都被他们割了下来……崞县附近的宁武,4800多人被杀了,惨遭灭门的,不在少数……舅姥姥他们幸运啊……还能逃出来两人……这断子绝孙的小日本……快了,快了,他们来我们这里为害作恶,也快了。"

"那,我们怎么办?"母亲惊慌地问。

父亲紧紧地握着拳头,政贺听见他的指节,嘎嘣作响。

似曾相识的场景,似曾相识的话语……依偎在父亲怀里，政贺突然想到了表姨。

是的，表姨呢？

政贺小小的心，猛地一揪。

## 二

舅姥姥昏迷以后，再没醒过来。过了半个月，老人安安静静地，在这个对她来说还很陌生的地方，溘然长逝。

朱坑的日子还在继续，只是，一切不复是过去的样子。

冬天的时候，听大人们议论，太原失守了。

◆太原会战

平遥沦陷。平遥光复。被打跑的鬼子，又卷土重来。

村子里时而乱成一团，时而又会陷入诡谲的宁静。白天，家家门户紧闭。那些并不结实的木门，似乎成了朱坑人最后的屏障。晚上，村里的叔叔伯伯们，总会悄悄来到政贺的家里，和父亲围着油灯，聊一些他们的见闻。

有人说，太原沦陷那阵子，有一股日本兵，和川军的学生兵，在榆次小南庄遭遇。"唉，那都是一些娃娃啊，刚出学校，也就十八九，二十出头。武器装备还没领上，手榴弹都不会用，就和鬼子交火了……"学生兵与日军展开了殊死搏斗，但等待他们的，却是一场惨绝人寰的屠杀。他们或被赶到洼地，遭机枪扫射；或被捅到半死，扔进燃烧的柴草；伤员则被成堆地扔进猪圈，泼上汽油，进行焚烧……鬼子就这样，屠戮了1000多个年轻的生命……

有人说，鬼子的飞机，轰炸了平遥的城墙和车站，又去轰炸县政府。平遥电报局局长坚持发报，错过了逃离时间。鬼子逼近以后，他和早已做好准备的夫人，投缳自尽……

有人说，占据平遥的鬼子，在被川军师长王铭章率军打跑之后，几经周折，又打了回来。国民军高桂滋部伤亡惨重。最后的时刻，营长史殿丞依着战友的遗体，抱着机枪，只身坚守着城墙缺口，直到身中数弹，拔枪自尽……

"自己的军队"，从大人的口里，政贺频繁地听到这个词。

在父亲叔伯们的眼中，只要是中国人的军队，就是自己的军队。只要是打鬼子的军队，就是自己的军队。

不言而喻，大家都渴望、崇拜这样的队伍。

憨厚的村民慢慢明白，那些土门木棍，是挡不住鬼子的。

得有自己的军队。只有有了自己的军队，才有反抗的可能，才有活下去的希望。尽管这希望，有时候那么渺茫。

然而，究竟什么样的军队，才是自己的军队呢？

直到那个秋天，直到见到了小兵哥他们，"自己的队伍"这个概念，才在小政贺心中，慢慢明晰起来。

多年以后，李政贺还记得那个秋天的早晨。

那个早晨，阳光透过窗棂，柔和地照在政贺的身上。

那天的阳光出奇明亮，而且有一种神奇的力量。它如同一只温暖透明的大手，把政贺小小的身体，轻轻地覆盖了。许久以来束缚着政贺的那些紧张，那些不安，都在这个阳光灿烂的瞬间，烟消云散。

政贺舒展着身体，闭上了眼睛，想享受这难得的幸福和安宁。

"政贺，政贺……"

没错，是小墩子的声音。

小墩子比政贺大半岁。他是政贺最要好的朋友。两人钻山入水的事情，从没少干。最惊险的一次，是两人趴屋檐下掏鸟窝。结果，小墩子亲自动手，掏出来一条一尺左右的小蛇。好在那是一条菜花蛇，没有太大的毒性，但小墩子的调皮，却是因此出了名。知道自己声名在外，加上时局紧张，小墩子近半年很有些懂事的样子。他找政贺外出的次数，比以前少多了。不过，正因如此，政贺知道，小墩子这么一大早跑来，肯定是有什么大事。

小墩子人如其名，长得方方正正，看着很敦实。这一两年，谁家的日子，都饥一顿饱一顿，可这没影响小墩子的成长。或许是他太有能耐了，外出打柴，总能从田间地头，找到一些吃食。

那个早晨，小墩子站在秋天明朗的阳光里，站在睡眼惺忪的政贺面前。他抑制不住自己内心的喜悦，用激动得有些发抖的声音，大声地告诉政贺："快，走，咱们的队伍来了！"

多年以后，耄耋之年的李政贺，还时常记起那个阳光中的少年，记起他熠熠生辉的眼睛，记起他红扑扑的脸庞，还有那脸蛋上散发出的生机勃勃的光芒。

懵懵懂懂地，政贺就被自己的小伙伴，拉到了乡场上。

乡场上，五六十个穿灰军装的军人，正在忙碌。

而一个坐在乡场边的小兵哥，一下引起了政贺的注意。

他约莫十七八的样子，一身灰色的军装，很旧，却很整洁。

小兵哥抱了一杆枪，认真地擦拭着，根本没注意到，有两个野小子，已经悄悄地，站到自己身后。

"小兵哥，枪给我看一下。"

见了陌生人，小墩子也不改他一贯的风格。他突然出手，握住了枪杆。

吃惊的小兵哥，反应出人预料。他呼的一声，凌空而起。等两个孩子回过神来，小兵哥早已右手扶枪，左手叉腰，神气活现，站在两米开外的地方。

从小生活在朱坑，小墩子他们，哪见过这身手。小兵哥立马成了两个孩子心中的偶像。

大大咧咧的小墩子，忽然忸怩起来。在小兵哥面前，他居然知道了害羞。

一次，墩子叫上政贺，去找小兵哥。吭哧半天，小墩子磕磕绊绊地说，家里的水缸空了，希望小兵哥给自家挑点水。

政贺心里犯了嘀咕。小墩子的父亲去太原做生意，已经有一两年没回来。这大家都知道。可这一两年，也没见小墩子和他妈妈，开口求人做什么。

小兵哥斜了小墩子一眼，明显对小墩子的吞吞吐吐，不以为然。不过他还是随两个男孩，到了墩子家。

推开墩子家的院门，一股异香扑面而来。政贺几乎有了眩晕的感觉。这种遥远而熟悉的味道，让他的肠胃，在剧烈的抽搐中，感觉到了疼痛。

墩子家里，居然炖了一锅肉。应该是野兔肉。

墩子妈妈在围裙上擦着手，满面笑容地迎出来。

小兵哥忽然回过头，狠狠地盯了小墩子一眼。他充满歉意地，向墩子妈笑笑，算是打了个招呼，然后，径直走向立在门口的水桶和扁担。

小墩子向小兵哥示好的打算，彻底落空了，不过，这并不影响两个孩子对小兵哥的感情。他们整天腻在乡场上，士兵们练刺刀，他们就找个树枝，跟在背后比画。士兵们给村民劈柴，他们就跟在人家身后，整理柴火。晚上，墩子也不回家，拉了政贺，一边一个，靠着小兵哥，在麦垛下睡觉。小兵哥话不多，可是，不难看出，很快，他就将这两个小自己近10岁的孩子，当成了朋友。

秋天的夜空，高远而沉静。洒满繁星的天空，偶尔有飞动的流萤。不知为什么，政贺觉得，和小兵哥在一起，要比在家里开心，也比在家安宁、放心。

看着满天的星斗，小兵哥的眼中，常有亮晶晶的东西，隐约地闪动。墩子很懂事地，打断他的沉思："小兵哥呀，你一个空翻，能翻那么远……你是跟谁学的？"

仰望星汉的小兵哥，像是走入另外的时空。在他断断续续的讲述中，政贺得知，小兵哥的家乡，在长江的边上。小兵哥从小跟着师傅，到处卖艺，空翻什么的，对他来说，都是小把戏。从长江边到朱坑，小兵哥走了好几年。他翻过雪山，走过草地，到了一个叫延安的地方，又跨过黄河，到山西打鬼子。小兵哥的部队，以前叫红军，现在叫八路军。

小兵哥这一路，走了太多的地方，多得连他自己都记不清了。那是一条多么神奇的长路啊。路的那头，是长江。想都不用想，长江，那肯定是世界上最长的江。虽然，很多的战友，都被雪山的风暴卷走、被草地的泥淖吸走，但那白雪皑皑的高山，那一望无际的草地……那么多年轻的战士，唱着歌，雄赳赳，气昂昂，横渡长江黄河……小墩子和政贺,听得入神了,发呆了。他们多希望,这就是自己将来的生活!尤其是,小兵哥讲到的那个地方,延安——人们在歌声中,共同创造着一个和平、富足的世界……直到所有的家庭都有肉吃,所有的孩子都有学上……

原来,朱坑以外的世界,有那么多的精彩!

是的,那个秋天的阳光,把墩子和政贺,带入一个春天的梦中。他们有了一种在春光中穿行的感觉。他们甚至感到了春风的和煦,闻到了春花的芬芳……而小兵哥,就是那个迎着太阳,带着他们,朝着春天奔跑的人。

他们甚至看到,太阳为小兵哥矫健的身影,镶上了一道绚丽的金边!

## 三

梦是被一场恶战惊醒的。

那个清晨,几乎所有的村民,都听到了小墩子尖锐的叫声。

"鬼子来了,鬼子来了……"

原来,小墩子像往常一样,一大早便外出打柴、抓野物。在离村子八九里地的地方,他先是看到了滚滚的黄尘,紧接着,又看到了一群穿黄衣服的军人。虽然没见过鬼子,但直觉告诉他,自己应该做什么。他撒开脚丫子,就往回跑，那速度，居然比兔子还快。

就在朱坑的老百姓不知所措的时候，八路军做出了最快的反应。他们迅速撤离村庄，赶赴附近的山谷，同时还告诉老百姓，尽量消除部队驻留的痕迹。

村民们按八路军的吩咐，开始忙碌。

约莫过了一袋烟的功夫，村庄北面，响起了零落的枪声。村民们清楚，这是八路军，开始有意地引开鬼子。

过了一会儿，枪声变得激烈起来。紧接着，枪声之外，又有了隆隆的炮声。

朱村的人们，第一次离战争这么近。

一些胆大的后生，悄悄地跟着队伍，离开了村子。

妇女孩子们全都躲了起来，男子们集中在一起，匆匆商议着什么。

村外的厮杀声，似乎很遥远，又好像在耳边。

在政贺的记忆里，这无疑是最漫长的一个早晨。枪声停歇下来，已经是晌午时分了。

一个没有炊烟的晌午。

午后，有人蔫头耷脑地回来。朱坑的男子，不约而同，拿上工具，跟着他们，走向战场。

小墩子自然不会落后。政贺也默默地，跟在大人们后面。

父亲回头看了看这俩崽子，想阻止，又摇了摇头，长叹一口气，径自前面走了。

看到了真正的战场，政贺突然明白了父亲想阻止自己

的原因。

那是他有生以来看到的最惨烈、最恐怖的场景。

倒伏的杂草，残损的枝叶，发黑的血浆，和黄土搅和在一起。

到处是横陈的尸骸。树桩上，还挂着被炮弹炸飞的残缺的肢体。

血腥味交织着草腥味，呛得人想吐，想哭。

其实，面对这样的场景，控制政贺的，正是强烈的想哭的冲动。可是，很奇怪，他忍住了。

长大成人以后，许多次，每每想起那触目惊心的一幕，李政贺都弄不明白，究竟是什么，给了10岁的他，那么强大的，乃至于神奇的力量？

他一步步地，走过去，踩着遍地的血浆，跨过一具具尸体。他不知道自己要干什么，直到他看见了小兵哥。

小兵哥双目暴睁，双手握在胸前。他像一尊血色的雕塑，跨开双腿，在一棵大树下，巍然矗立。准确地说，那不是树，是一个树桩。因为，树上已经没有了枝，没有了叶。

"小兵哥——"

政贺大喊一声，扑上前去，抱住了小兵哥，可是，一阵剧烈的疼痛，冲向他的肩胛。他不由自主撒手，后退两步。

小兵哥一动不动。

政贺这才看到，他双手紧握的，其实是一个刀柄。那刀，不仅穿透了小兵哥的胸膛，也穿透了他身后的一个鬼子，最后,才插入树干。那个鬼子兵的双手,还死死地扣在小兵哥的腰上。

听到政贺的叫声,小墩子早就跑过来了。看到小兵哥没了气息,他忽然放声大哭。在政贺记忆里,小墩子从来没有哭过。即使被大人打骂,他也只是耍赖地咧嘴笑笑;即使被蛇咬了,他也只是皱皱眉头。这是政贺第一次,也是最后一次,看见他哭。他哭得那么大声,以至于政贺觉得,那声音,比起敌人的炮声,更加震耳欲聋。

他一边哭,一边捶着小兵哥的胸口,一边还将鼻涕眼泪口水,狠狠地抹在小兵哥身上。他嘴里念念叨叨,那意思是,小兵哥还没教他武艺,还没带他去看长江,还没带他去翻雪山过草地,还没带他去延安唱歌,还没吃他猎的野兔,就这么不仗义地,一走了之。这个事情,不能就这么了结。小兵哥不能这么亏欠自己。听得出,小墩子心里,有很多的怨气。

大人们用了不小的力气,先把小墩子从小兵哥的身上扒开;又把小兵哥,从鬼子身上扒开。

哭着,吼着,小墩子飞也似地跑回家去,提来了一桶水……那正是小兵哥为他家挑水的木桶。

大人们处理遗骸的时候,政贺就和墩子,专心致志地,给小兵哥擦拭身体。

一个弹孔,两个弹孔……

肩膀,胳膊,腿脚……他们从小兵哥身上,发现了整整 7 个弹孔。

小墩子慢慢地，停止了哭喊，但他的眼泪，却和着血水，流在了小兵哥的身上。

遗骸该入土了。小墩子拿了一套宽大的新衣服，给小兵哥套上……想都不用想，那，肯定是墩子妈给墩子爸做的新衣……

当父亲为小兵哥合上眼睛，政贺看到，小兵哥的眼皮，微微地颤抖了一下，有亮亮的液体，从他眼角，缓缓渗出。

政贺知道，小兵哥，肯定是想他长江边的家了。从此，他将住进朱坑的土地，再也不能回去。

那次战争，朱坑的老百姓，没有伤亡，但朱坑北面，从此有了 40 座坟包。40 座八路军无名烈士的坟包。逢年过节，朱坑的老百姓，总会去祭奠他们，就像祭奠自己逝去的亲人。

直到许多年以后，这些坟包，被风雨侵蚀，又被善忘的人们，走成了大路……

而朱坑人的日子，还要在风雨中继续。

村里的老少爷们，开始铆足劲，为鬼子的再次到来，作各种准备。他们也经常性地，说起小兵哥他们的战斗。有目击者说，鬼子仗着人多，包围了八路军。八路军一部分人掩护，一部分人打算突围……只是，成功突围的，却不到 20 人。还有人说，能突围 10 多人，也不容易啊……多亏有一个武功非凡的八路军。关键时刻，他像风一样，几乎是从树梢,飞掠而过,转眼间,就落到了鬼子指挥官的面前。一眨眼的工夫,他便夺过了指挥官的军刀,反手将其捅死……鬼子一乱,咱们的人,才有了突围的机会……

政贺和小墩子,自然知道那人是谁。不过,目下,他们更迫切地,想要找到那些八路军的去向。

他们至少要搞清楚一个问题:小兵哥,究竟叫什么名字?

是的,相处了好几天,他们还不知道,小兵哥叫什么名字。

只是,他们还没来得及寻找,小墩子就不见了。

据墩子妈妈讲,那天早上,墩子像以往一样,背着背篓,带着砍刀、弹弓,外出打柴、找野物。走之前,他照例挑了水,还撒娇地告诉妈妈,如果打到了野物,妈妈就要往野菜汤里,加点苞米糁子。

但是,下午,到了该回家的时间,小墩子没回来。

太阳下山了,墩子没回来。

月亮爬上山头的时候,墩子还没回来。

墩子妈终于忍不住了。她来到政贺家,想讨个主意。政贺爸一听就急:"这兵荒马乱的,孩子的事,你咋不早说?"

抱怨归抱怨,政贺爸迅速约敛了村里的叔伯兄弟,大家打着火把,立马三杆,满山遍野地找开了。

然而,找到大半夜,眼看着月亮从东山移到了西山,小墩子，依旧无影无踪。

寻找的队伍回来没多久，天就亮了。

大家继续出发，继续找。

又一天过去了，还是没有消息。

整个村子死气沉沉，偶尔会听到妇女压抑的哭声。

那个活泼调皮的少年，似乎带走了这个村庄最后的生机。

虽然，小墩子消失了才两天，但是，在这个特殊的时期，大家都有了不祥的预感。

这两天晚上，政贺每每被噩梦惊醒。

他梦见，窗外阳光灿烂，小兵哥站在阳光中，向自己招手。可当政贺跑到门外时，小兵哥不见了。院子里，躺着一把漓血的长刀。阳光下，它反射出刺眼的光芒。那光芒，又变成了一柄柄火红的利剑，将政贺击穿。

他梦见，小墩子满身是血，拿着弹弓，站在自己面前。小墩子指着自己弹痕累累的胸膛，愤怒地说："政贺，你看，你看，这都是鬼子打的……我要跟小兵哥去打鬼子，弹弓留给你……你要替我报仇……"

从噩梦中醒来，政贺有一嘴，没一嘴，吃着母亲做的杂菜锅盔。

就在这时，他听到了长长的，悲怆的嚎叫。

毫无疑问，那不是人的声音。

政贺愣了片刻，忽地站起身，向门外跑去。

循着声音，政贺来到不远处的乡场。

村子里的"大良"，正伏在一具尸体上，仰天悲鸣。

大良是村头王叔家的大白狗，体长足有5尺。在这个村子里，大良是狗们独一无二的首领。在它率领下，村里10多只狗，常威风凛凛，列队从村道旁，从田地间，风一样掠过。它们俨然是一支行色匆匆的队伍，只是，没有人知道它们的任务。村人走夜路，不管碰见谁家的狗，只要喊一声"大良"，当道的狗，都会掉头跑开。

而此时的大良，一扫往日的威风。它浑身血污，泪流满面，像一个悲切的母亲，又像一个委屈的孩子。

它无助地舔舐着眼前那个孩子，但发现自己既不能舔去他的伤痕，也不能将他从深睡中唤醒。

别家的狗，则或蹲或伏，分散在离大良不远的地方，满脸的爱莫能助。

而小墩子，对，小墩子，此刻就在大良的眼前，在它悲伤的怀里。

小墩子的头皮，被掀去了一半。

他的上衣不见了，黝黑的身上，是密密麻麻的伤痕。

他的鞋子，只剩了一只。

他的弹弓，还紧紧地挽在手上。

政贺已经感觉不到恐惧，感觉不到伤心。

他被一种无法言喻的愤怒控制了。

那愤怒，瞬间又从他的内心，喷薄而出，爆发成一声

声长啸。

他张开的双臂，伸向天空，手中的锅盔，不知不觉，被扬到了很远的地方。

他似乎在冲天空，激烈地控诉。那长啸，就是他控诉的内容。

这一次，政贺是和墩子妈，和自己的母亲，一起为墩子擦洗身体。除了弹孔，政贺看到，一道，两道，有三道长长的刀伤，贯穿了墩子的身体。墩子的妈妈不顾别人的劝阻。她拿了缝衣针，硬是将那些伤口，一道道缝合。

墩子平日看着很敦实的身体，这时看起来，是那么单薄，像是一片风中的叶子。

政贺感觉到，叶子一样的小墩子，马上要随秋风，远远地飘走，飘到自己再也够不着的地方。然而，自己却无法挽留。

他提了一桶又一桶水，认真地为小伙伴做着最后一件事。可是，任他怎么细心地揩拭，他也无法擦去小墩子身上的那些瘀青，血渍，和伤口。

初冬的天空，更加寡淡，更加高远了。

远得像是政贺和小墩子的距离。而他们曾经是形影不离啊。

从别的村庄里，逐渐传来了消息，政贺和乡亲们慢慢地，知道了那个早晨的一些事情，一些和小墩子有关的事情。

其实，也没有什么悬念。捡柴的小墩子，碰见了气势汹汹的鬼子。鬼子想进村，就抓小墩子去带路。小墩子便带着鬼子，漫无目的，向远处的山里走去。反应过来以后，一大群鬼子，狼一样扑上去，刀枪交加。10岁刚过的小墩子，就这样惨死在了山里。

奇怪的是，当附近的村民，去清理战场，他们没有见到墩子，那个被鬼子杀害的孩子。

他们不知道，接小墩子回家的，正是大良它们，他平日里的那些玩伴。

长大以后，甚至在暮年的时候，政贺经常会独自一人，默默地听一首歌，默默地流泪。他不知道写歌的人是谁，但他知道，歌里的那个孩子，一定就是墩子。

## 四

转眼两三年过去了。这是1940年的春天。

两年多的时间里，虽然经历了很多的事，但政贺仍然时不时地，想起表姨，想起她轻风中飞扬的短发。

只是，一直没有表姨的消息。

这个春天，父亲决定，带政贺去太原。

经过鬼子一次次的袭掠，本身贫瘠的村庄，越发荒凉。村里很多年轻人，都外出找生计去了。谁都知道，外面的世界不太平，可是，村里的日子，又能太平到哪里？

何况，听父亲说，表姨，表舅，都在太原城。

那是政贺生命中第一次远行。

站在黄尘弥漫的太原城，政贺没有感觉到一丝兴奋。在这个芜杂而浩大的城市，政贺觉得，自己也变成了一粒微尘。在不由自主的飘浮中，强烈的无力感，让他不胜惶恐。

最让政贺不适的，是大街上随时出现的鬼子。他们一身黄皮，脚蹬马靴，每次出现，都威风八面，好像他们才是这城市真正的主人。见了他们，所有的路人，都默默地退到一边。

政贺感觉心里很憋，却不能发泄，后来他知道，这种感觉，就是屈辱。

表舅在车行做人力车夫。说到表姨，他叹了口气，一脸的悲伤无奈。

表姨从北平来到太原后，一直在小学教书。可是，有一天，鬼子从学校抓走了几个青年老师，其中就有表姨。有人说，表姨他们是抗日分子，是共产党员。鬼子时常从监狱里，提一些抗日分子，押到城郊枪决。几乎是每一天，表舅都关注着这样的消息，可是，两年过去了，表姨始终生不见人，死不见尸。这成了表舅的一块心病，也成了他在太原坚持下去的主要原因。

好几年没有表姨的消息，好不容易有点音讯……政贺的心，一下沉到了底。

"有个大饼店的掌柜，他和那些小学老师相熟……"

表舅沉吟了一下，突然转向政贺爸："要么，让政贺去他那里做工？好歹也是个营生……或许，还能得到一些他表姨的消息……"

政贺立即表态："爸，我就去大饼店吧。"心里却在想，管它什么店，只要有表姨的消息。何况，应该还有大饼吃。

大饼店离车行也就一两百米的样子，在一个不算繁华的十字路口。店里只有一个掌柜，一个伙计。伙计负责烙饼子，政贺就帮着掌柜，卖烧饼。

店里的生意还过得去。不过政贺看得出，有一些人，他们找掌柜，可不是为了买烧饼，虽然，最后，他们都会带些烧饼回去。

有一次，一个人匆匆走进来，边买饼，边和掌柜低声交谈。不知掌柜说了什么，他回头向政贺这边看了一眼。这一眼可不简单，它在政贺的心中，掀起了轩然大波。那是一张多么熟悉的面孔啊……政贺的记忆，突然定格在那个阳光明媚的秋天，定格在那个秋天的乡场上。他眼前掠过小兵哥明澈又冷静的眼睛，掠过一群穿着灰衣服的，年轻的身影……对，那，不就是小兵哥的班长吗？回过神的政贺，赶紧追向门口，但是，他只看到了班长远去的背影。

掌柜看着政贺，轻轻叹了口气。政贺想问他什么，却欲言又止。他记起，父亲和表舅，都让他多做事，少说话。

到太原后，父亲随着表舅，拉了半个月的黄包车，便急急赶回家了。好像是鬼子进村抢粮，没抢着粮，就放火烧了房子……父亲临走时，郑重地告诉政贺："政贺，你马上12岁了……也经过许多事情了……离家这么远,我和你妈,不能再照顾你;你呢,也不用惦记我们……记住,好好干活,少说话,提防鬼子,有什么事情,多和你表舅商量……"

那个瞬间,政贺的眼泪,唰地流了下来。他终于明白了长大的意思。他觉得,自己就是一片树叶,被抛进了汪洋大海,不能自主沉浮,只能无可奈何。

好在表舅常来看自己。表舅和掌柜的关系不错,他们有时会拌个小菜,小酌几杯。而这时,政贺就会和嘎子,一起吹牛。嘎子比政贺大两岁,但已经拉了半年的黄包车。没事的时候,他就跟着表舅,来大饼店转悠。掌柜总是很慷慨地,给嘎子大饼吃。嘎子很自觉,每次只吃半个。尽管,政贺从他的眼神,看出他的饥饿。

嘎子的家在阳高县。鬼子攻进县城以后,商会会长想保全性命,就召集百姓欢迎敌人。没想到,鬼子却将欢迎的人群,赶至瓮城,用机枪扫射。两天里,鬼子杀了上千人。嘎子的母亲、妹妹,都死于非命。而他太原务工的父亲,也一直没有消息。嘎子就一路找了过来。可惜,两年过去了,嘎子还是没有找到他的父亲。

政贺对嘎子有些崇拜。因为,他不仅能自个儿来到太原,他还识字!这在政贺的小伙伴中,可是绝无仅有的。据嘎子说,他家隔壁,原本住着一个私塾先生。私塾先生的女儿,比嘎子小两岁,可她识的字,比嘎子多得多。

她就是嘎子的师傅。只是,私塾先生的夫人被鬼子糟蹋后,先生一家三口,因为受不了日本兵的凌辱,一起投井自尽了。

在嘎子的帮助下,政贺慢慢地,认识了一些简单的汉字。加上掌柜的指点,过了1年,政贺拿起报纸,居然也能连蒙带猜,读懂大致的意思。

有了表舅,有了嘎子,有了掌柜的关照,日子也就不知不觉地过去了。

转眼,政贺到太原已经两年。期间,小鬼子烧杀抢掠之外,偶尔也会出人意料,搞些所谓的"亲民"动作。

这不,仲夏的一个晚上,鬼子突然要给老百姓放电影。他们端着刺刀,挨家挨户,"动员"大家去看电影,而且还申明,"大人孩子,统统的要去。"

居民们心里忐忑起来,谁知小鬼子胡芦里卖的什么药。有些当地居民,打算悄悄往外转移孩子,但是,已经来不及了。大家被撵到附近小学的操场上,看鬼子放电影。

几十个鬼子,倒是穿得整整齐齐,率先坐在了银幕前。老百姓一个接一个,无可奈何地,坐到了鬼子指定的地方——那群日本兵后面的空地。

这个晚上的嘎子,显得有点神秘。

当政贺有一搭没一搭,看着银幕,嘎子突然神秘地消失了。

回到政贺身边的嘎子,分明有些兴奋。看着毫无意义的镜头,他竟忍不住,咯咯笑出声。

电影刚散场,观众还没来得及离开,谜底就揭晓了。

日本兵气势汹汹,迅速围住了操场。

"死啦死啦的,一个的都不准走!"

为首的鬼子,抓着一把字条,气急败坏地问:"谁的干活?"

一个精瘦的翻译官,赶紧接着说:"谁在太君背上,贴了这些条子?啊?谁把太君叫鬼子?啊?打倒鬼子?鬼子,不,太君是你们能打倒的吗?谁贴的?赶紧站出来,不要连累了大伙儿。"

操场上,一片静默。

几个鬼子端着刺刀,向人群逼近。

表舅突然站出来。他冷冷地看了翻译官一眼:"告诉鬼子,是我贴的。"

"啊!"政贺惊叫一声,嘎子紧紧拉住了他。

还没等翻译官开口,为首的鬼子就双手举刀,向表舅劈下去……

尖叫声中,人群起了骚动。那边鬼子的刀刚落下,这边的嘎子,已发疯般冲了过去。他抱住一个鬼子的胳膊,狠狠地咬上去,全不顾身后的刺刀,已刺进自己的身体……

看着嘎子在喷射的鲜血中,被五六支刺刀,挑起在空中,政贺腿一软,倒在了地上……

## 五

醒来时，政贺发现，自己正躺在掌柜的床上。看见他醒来，掌柜一脸的惊喜，一脸的怜惜。

就在他扶起政贺的那个瞬间，政贺忽然伏在这个中年汉子怀里，号啕大哭。

政贺是一个沉默的孩子，很少笑，也很少哭，然而，这次，他这么痛苦，这么难过。积聚了多年的愤怒，委屈，和泪水，似乎全部迸发在这个时刻。

平静下来的政贺，没多说什么。他告别了掌柜，离开了大饼店，去不远处的车行，住到了表舅的铺上，拉上了嘎子的黄包车。

当他拉着客人，在大街小巷里飞奔，他感觉，表舅的力量，嘎子的力量，正一点点，汇聚到自己的身上。迎着朝阳，迎着夕阳，迎着灯光……他往往觉得，那一道道的光柱，就是表舅，就是嘎子喷射的血光。现在，这血光融铸成巨大的力量，在自己的血脉中激荡。

半年的工夫里，政贺迅速地强壮起来。皮肤变得黝黑，个子长高了一头，胳膊有了明显的肌腱。

当他再次站在大饼店掌柜的面前，他从掌柜惊讶的目光里，看到了自己的变化。掌柜的态度让他明白，自己，已经是个大人了。

是大人，就得做大人的事情。

可是，大人，究竟该做些什么呢？

在日复一日的奔跑中，这些疑问，渐渐变得明晰了。

以前拉车，政贺总是远远地，绕开那些穷凶极恶的日本兵，仿佛他们一个个沾染了瘟疫。现在，政贺开始有意地接近他们。他毕恭毕敬站在"太君"的面前，听他们喝三吆四。他完美地克制住了内心翻滚的仇恨，一脸的平静和谦卑。只有他深沉的眸子，透露出他想干什么。

大饼店的掌柜，最早发现了这一点。他盯着政贺，看了半天，看得政贺有点发怵。末了，掌柜收回目光，淡淡地说："我是你表舅的朋友，你得听我的。千万不能擅自行动，更不能轻举妄动。我知道你在想什么。不过，事情没那么简单。"

掌柜的话，让政贺出了一身冷汗。然而，冷静下来的他，并没改变自己的计划。

再去看掌柜的时候，掌柜摆了一碟花生米，一瓶老酒。他深深地盯了政贺几眼，政贺明白，今晚，掌柜一定要和自己谈些什么了。虽然有点紧张，但是，这个羽翼初丰的年轻人，也有些欣慰。坐在桌子边，他恍然觉得，自己就是表舅，那个敢在鬼子面前挺身而出的英雄。

掌柜仍是淡淡地，谈生意。谈大饼店的生意，谈车行的生意。谈着谈着，他话锋一变："听说，这几日，城里死了好几个鬼子……你知道吗？"

"几个？"政贺马上问。

"五六个总是有吧。"

"哦……"政贺舒了一口气,看来,杀鬼子的人,不止自己一个。

"也没听说有武工队在活动呀……应该也不是游击队……"

掌柜沉吟半晌,最终拍了拍政贺的肩膀:"小子,你长大了,叔的话不见得能听进去……可是,毕竟,你表舅要我关照你。不能他人不在了,你就不听我的话啦。有的事情,那是需要组织的,你不能单枪匹马地行动。"

"什么是组织?"政贺马上反问。他立刻对这个词,产生了兴趣。

"算了算了,你先回,好好拉车,不要胡思乱想。"

回车行的路上,政贺还在想,掌柜说的那个"组织",究竟是怎么回事。他意识到,掌柜从他的行踪里,发现了疑点,只是,已经没有什么,能挡住这个血气方刚的少年。

政贺还是拉自己的车。他往鬼子驻地附近跑的次数,越来越多。车行里的伙伴,开始用奇怪的目光打量他,有时候,还会在背后嘀咕。政贺感觉到了,却并不在意。

终于有一天,他看到了放电影那晚,那个领头的鬼子。他挎着腰刀,腆着肚子,不可一世地,朝政贺的车子走来。政贺迎了上去。

他似乎听到了军刀挥过来时呼呼的声音。他似乎感觉到,那冰冷的锋刃,正在劈开自己的脑袋,贯穿自己的身体。

但他迎了上去，义无反顾，就像看电影的那天晚上，就像那个晚上的表舅一样。

鬼子臃肿肥胖的身体，压在了政贺的车上，压在了政贺的肩膀上。可政贺一点也不觉得沉重，他甚至感受到了前所未有的轻松。他拉着鬼子，沿着自己选择的道路，用最快的速度，朝鬼子指定的方向奔跑。还好，鬼子寻欢作乐的地方，靠近郊区。

到了目的地，大汗淋漓的政贺，谦恭地把鬼子扶下车，最后还少收了他一块钱的车费。

鬼子翘着大拇指，冲政贺道："小伙子，大大的好。"

政贺笑了笑，心里暗暗琢磨了一下，鬼子那肥胖的手臂，到底能吃多少力。

蝇头小利，谦恭的态度，很多人的心理防线，就被这些东西击穿。

鬼子也不例外。

那个细雨迷蒙的晚上，政贺又看到那个肥胖的鬼子。他以熟悉的姿势，笑嘻嘻地，向政贺走来。政贺在心里，轻蔑地笑了笑。他想着，小鬼子，你好好笑吧，咱看看，你还能笑多久。

天色暗沉，街灯昏黄。

政贺恭敬地把鬼子扶上车，然后朝着行人稀少的街道，一路飞奔。

这是他熟悉的道路。正因为熟悉，政贺知道那路上的每一个坑，每一道坎。

最熟悉的地方，终于到了。

政贺只是轻轻地抖了下手，黄包车就倾翻在路边。

路边，是一个水坑。

鬼子正好跌进了坑里。

"你的，快快的拉我……"

政贺从容地走过去。

不过，他没有去拉鬼子。他一下扑在鬼子身上，将他的头，狠狠地按在积水之中。

鬼子在政贺身下，拼命挣扎。可是，几口积水下去，他挣扎的力度，顿时小了许多。

政贺直了一下腰，想喘口气，加把劲。

谁知，身后却有枪声炸响。

政贺没搞清楚，到底是自己碰到的扳机，还是鬼子在垂死挣扎。但这已经不重要。重要的是，枪声会引来更多的鬼子，而身下的鬼子，此刻还没断气。

他顺手从身边摸起一个石头，发疯般向鬼子头上砸去。

在骤起的警报声中，政贺又奋力砸了几十下。

末了，他抹一把头上的血和汗，迅速离开。

沿着小胡同，政贺一边跑一边想：这次的事情，办得不太利索。鬼子看到车，就能找到自己，现在，自己能到哪里去呢？

对，往城外跑。

远远地，离开这个混乱的城市，回家。

回家，这个念头像一道闪电，照亮了政贺的思路。

就在政贺准备掉头往城外跑的时候，一只有力的大手，抓住了政贺的胳膊。政贺被人挟持着，向前跑去。

那些熟悉的路面……没错，几分钟后，他被带到了大饼店。

大饼店里，有两个陌生人。

掌柜拿起桌上的茶缸子，递给了浑身血污的政贺，然后转身，对陌生人说："这个孩子，你们这次必须带走。不然，他的小命，肯定是保不住了。"

"但是……"

"没有什么但是。你们一定要想方设法，把他交给李英同志……我这次才知道，李英同志活着——她是孩子的表姨。孩子的表舅，李英同志的哥哥，已经牺牲了……"掌柜的声音顿了一下："我知道出城有困难，可是，我会全力以赴……"

接下来的半天时间里，政贺迷迷瞪瞪。他在掌柜安顿下，换了一身衣服，挑了两个粪桶，混在人群里，往城外走去。遇到盘查的二鬼子，政贺看到，掌柜赶紧哈着腰，往二鬼子口袋里，塞了些什么……

政贺的鼻子，突然一酸。一阵强烈的失落感，袭上他的心头。3年来，身边的人们，来了又去。到头来，只剩了这个与自己素无瓜葛的掌柜。在偌大的城市，他竟成了自己唯一的亲人。看他冒着生命危险，救助自己，政贺想起了表舅……只是，表舅终究没能救下嘎子。

掌柜和表舅，都是一样的人，是不怕鬼子的人，是自己的亲人。

走出太原，回望这个灰蒙蒙的城市，政贺突然有了很深的不舍。

有些人已然远逝，可是，政贺觉得，他们一直陪在自己身边，比如表舅，比如嘎子。然而，现在，自己真的要离开他们，去一个遥远的地方。也许以后永远不能回来，也许以后再也不能见到掌柜。

好在有延安，小兵哥哥说过的延安。那里有阳光，有歌声，有无数快乐地开放的青春。

当然，还有表姨。

这次，他会给表姨讲舅姥姥，讲表舅，也讲小兵哥，讲墩子和嘎子，讲讲那些烟花一样，绚丽却短暂的生命。

他也会请表姨，给自己讲讲北平，讲讲北平的那些学生兵。


李政贺　（1930—　），山西平遥人。1940年至1943年在太原大饼店、车行工作，杀过日本鬼子。1949年入伍。参加过解放战争、抗美援朝战争。曾在临汾染料厂等单位工作。

## 三 男儿何不带吴钩

1936年8月。洮州大地，平整而浩荡。满山遍野的金黄，仿佛酝酿着一场盛大的、丰收的辉煌。

宽阔的洮河，像是一个来自远古的梦境，她悠远，沉静，似乎不曾穿越过雪山草地，没有经历过激流险滩。

洮河之滨的临洮，这些日子，并不平静。丰收的喜悦，早被沸沸扬扬的传闻冲淡乃至驱散。

临洮城，笼罩着前所未有的恐慌。

红军已经到了临潭、漳县，马上就要到临洮了！

听说"赤匪"要来，听说共产党要来，县里的乡绅、富商，乱成一片。

三大人是远近闻名的富户，据说，还是马步芳的远亲。

他总共娶了8个老婆,后来死的死,逃的逃,目前只剩了4个。三大人很是紧张。剩下的4个老婆,无论如何不能落到共产党手里。他到处游说,极力动员大家反共。但是,就在红军进城的前几天,大家发现,平日里慷慨激昂的三大人,早已携了老婆孩子,卷了金银细软,一溜烟跑得无影无踪。

三大人对妻妾的态度,人们略知一二。他的第六个老婆,是一位知名的花儿歌手,歌唱得好,人也漂亮。嫁给三大人(其实是被三大人抢去)的第二年,由于经不住大家的吆喝,她在花儿会上,漫了一支花儿。三大人知道以后,勃然大怒。一气之下,他将这个"伤风败俗""有辱门庭"的婆娘,直接拉去,装进猪笼,沉入了洮河。

看到三大人四处游说、不胜紧张的样子,在县中读书的李毅弘,觉得甚是可笑。离开这个脑满肠肥的猪头,那些如花似玉的女子,也许过得更好。

李毅弘清楚,自家一贫如洗,不管谁来,都抢不了什么东西,捞不着什么好处。不过,他还是有些担心。不管怎么说,红军又叫"赤匪"。尽管经事不多,15岁的李毅弘也知道,土匪可不是等闲之辈。他们烧杀抢掠,无恶不作。听村民说,前些年,一位住在荒郊的老爷爷,半夜听到急促的敲门声。老人披着衣服,举着油灯,前去开门。门一开,几个土匪一拥而入,他们拿着标枪,刺向老人。老人还没来得及哼一声,就被捅成了肉酱。

有了这些令人胆战心惊的传闻,别说李毅弘,几乎所

有的老百姓,都对红军,怀了几分戒备——即使有人说,红军是老百姓自己的队伍,专门给穷人做主。

风声过紧,加上农忙,毅弘所在的学校,也临时放假了。

一

天蒙蒙亮,还在酣睡的毅弘,突然被母亲摇醒。

"快,大弘弘,红军来了!"

"啊,红军?"

毅弘迷迷糊糊地揉着眼睛。

可是,"赤匪"……毅弘一个鲤鱼打挺,跳下了炕。

没有枪炮轰鸣,没有鸡飞狗跳,红军,居然神不知鬼不觉地,就这么来了!

记起那个被土匪捅死的老爷爷,毅弘走到院门跟前时,非常小心。他可不愿让破门而入的土匪,捅成蜂窝煤。

毅弘透过半指宽的门缝,向外望去——

街上安安静静,没什么异动。只是,路面上灰蒙蒙一片……感觉没什么危险,毅弘轻轻地,拉开了门闩。

秋天的清晨,已经有了几分寒意,何况,天空中,还飘着毛毛细雨。

毅弘惊讶地看到,不甚宽阔的街面上,一排排地,睡满了穿灰色服装的军人。

他们的身边,整整齐齐,摆放着行装、枪支。

◆红军翻越的夹金雪山

　　李毅弘弯下腰,悄悄观察了一下,他们也是黄皮肤,黑头发。从那些年轻的脸上,他看不到任何与"赤目红毛""嗜血成性"相关的痕迹。当然,也有一样东西……确实是红色的。那是一面猎猎的旗帜。它立在街道的中央,宛如一丛怒放的山丹,又如一抹艳丽的朝霞!它是那么醒目,那么耀眼,看到它的时候,毅弘不由自主,一脸肃然,并且挺直了身板——正如若干年以后,他在天安门广场,眼含热泪,看着中华人民共和国国旗,冉冉升起。

　　一个小战士,抱着枪,站在路边。很奇怪,他头上顶了一个东西,像是锅盖……不对,是铁锅。

他默默地，看着毅弘，末了，轻声道："同志们，老乡起床了。大家起来吧，赶紧把路面腾开！"

小战士的声音不大，但十分有力。

军人们迅速分散到马路两边。

那个小战士，稍微迟疑了一下，朝李毅弘走来。

李毅弘有点紧张。

似乎看出了小伙子内心的疑虑，那个战士在离李毅弘四五步的地方，自动站住了。他轻声道："小老乡，不要怕，都是自己人。"

他的面颊，稍微有些泛红。他的眼神，十分柔和。他的声音很轻，却很有穿透力。李毅弘看得出他的小心翼翼。他好像知道那些荒唐的传言，唯恐吓着了眼前这个小伙子。

发愣的毅弘，情不自禁，冲着这个年轻的战士，微微一笑。接下来，他有了一个连他自己都不能理解的举动。他突然撒开丫子，沿着街道，向前跑去："红军来了，红军来了……"

道路两旁的军人，向他投来了友善的目光。

这善意的目光，汇聚成一条清澈的河流。这明亮温暖的河流，轻柔沉稳地，把毅弘托举起来。毅弘的身心，感受到了前所未有的轻松，舒展。

老百姓的大门，在犹犹豫豫中，一扇扇打开……

多年以后的黄河边，一群年轻人借着酒劲，讨论历史。谈及当年的红军，有些人的神情，逐渐变得莫测；言语，逐渐变得恣肆。这时，一个一直沉默的年轻人，突然站了起来："不，在我的家乡，人人都景仰红军。他们真的像历史书上说的那样，秋毫无犯……"在众人吃惊的目光中，他给大家讲起了1936年，讲起了那个不同寻常的秋天……

这个年轻人，就是李毅弘的侄孙子。而那时，李毅弘已经去世多年了。

不能否认的是，1936年的这个清晨，彻底地改变了李毅弘的人生。

见到了红军，李毅弘才明白，三大人为什么那么憎恨他们。他们和三大人来自完全不同的星球。

来到村子以后，红军帮老百姓挑水劈柴，干粗活。他们又教孩子们读书识字，学唱歌。

沉睡的村庄，在清亮辽远、陌生神奇的歌声里，渐渐地复苏了。

敌意和戒备，在一点点地消解。

就像一个奇迹。这支朴素的队伍，不仅走进老乡的生活，也走进了他们的心里。

打土豪，分财物。争取到僧众的支持后，红军还将地主藏在寺院的粮食、衣服，分给当地的穷人。

看到那些衣衫单薄的军人——他们大部分还是孩子，看到他们在愈来愈紧的秋风中，露宿街头，有些乡亲，主动邀请红军，去住自家热炕。战士们无一例外地，婉言谢绝。在老乡的一再坚持下，只有下雨天，战士们才会在老乡家的地上、屋檐下，避雨、过夜。

村口张伯伯家附近，住了一队红军。他们帮张伯伯家修院墙，笘屋顶。闲下来的时候，一位姓陈的长官，就蹲在大门口，和张伯伯一起抽烟，唠嗑。他蹲着抽烟的样子，怎么看，都不像个长官。有一次，李毅弘听到张伯伯在夸赞陈长官的烟斗。陈长官听了，很得意地看了看自己的烟斗："那当然，这可是打了胜仗，首长奖我的。"

经过了长途跋涉，红军的口粮，明显有些不足。在征得张伯伯同意后，一天，陈长官带他的人，摘了树上的梨子。

不日，陈长官的队伍接到了命令，连夜开拔了。

清早起来，张伯伯发现，红军在门口的石墩上，留下了7串铜钱，还有他夸赞过的那个烟斗。烟斗下面，压了张纸条："张文炳抽用，望永记红军。红四陈。"

这个条子，后来出现在当地的博物馆中，只是，没有人知道，"红四陈"究竟叫什么名字。

李毅弘家门口，也住了一队红军，大约二三十人的样子。这其中，就有那个头顶铁锅的炊事兵。

炊事兵小飞与李毅弘年龄相当。他个子不高，不爱说话，一说话就脸红。但是，只要拿起炒勺，小飞立马像变了一个人。他双手上下翻飞，两眼熠熠生辉。不出半袋烟的工夫，粗粮野菜，都会在他手中，变成美味佳肴。

小飞和李毅弘一见如故。

部队留驻村子的几天，李毅弘天天带着小飞去捡柴、挖菜。

小飞有一个习惯。他在炒锅的两个耳朵上，各拴了一条布带。每次外出的时候，他就将炒锅顶在头上，再拿布带，固定在下巴底下。

李毅弘觉得有点奇怪。他忍不住问小飞，这装扮，到底有什么讲究。小飞不好意思地笑了笑。他说，自己的家乡，人们外出都会戴斗笠。当了炊事兵以后，他发现，这个铁锅，比斗笠还管用。不仅遮阳防雨，还能防冰雹。最重要的是，只要炒锅在身边，不管遇到什么情况，他都可以随时随地，给战友们做饭。当然，小飞锅不离身，还有其他原因。不过，那是他后来告诉毅弘的。

除了铁锅，小飞最金贵的，还有一支钢笔。因为没有墨水，这支钢笔，鲜有机会，发挥作用。小飞总是将它端端正正，认认真真，别进胸前的口袋。李毅弘数次想摸摸那支笔。不料平时腼腆的小飞，在这个事上，一点也不让步。看到李毅弘跃跃欲试的手，他会立刻闪开，毫不含糊。

一直到部队攻城前的那个傍晚。

自从来到村子，红军就开始为攻打临洮城，作紧张的准备。彼此相熟以后，乡亲们也开始主动地，用自家的梯子、绳子，帮红军做云梯。

在紧锣密鼓的准备中，攻城的日子，一天天逼近。

那个傍晚，毅弘和小飞，又一次来到洮河边。

洮河从青黛色的南山蜿蜒而来，又向北方的黄河迤逦而去。

映着秋日凋零的田园，映着黄昏漫天的霞彩——风云变幻的人世间，似乎只有这深澈的河水，波澜不惊。

那个傍晚，毅弘和小飞，没有捡柴，没有挖野菜。两个半大不小的少年，就那么默默地，坐在河边。他们有一搭没一搭地说话，有一搭没一搭地发呆。

在小飞断断续续的叙述中，毅弘知道，小飞的家，很远很远。

小飞从家乡来到这里，用了整整两年的时间。

小飞的父亲，是一个教书先生。他的梦想之一，就是将小飞送进京师大学堂。

可是，所有的梦想，都在一个秋雨淅沥的夜晚，轰然坍塌。

那个夜晚，父亲正在灯下教小飞读古文，一群士兵忽然破门而入，将父亲带走。

在被带走之前，父亲挣扎着回过身，将自己一直随身携带的钢笔，递给了小飞。

父亲这一走，再也没有回来。有人说，父亲是地下党员；有人说，父亲被抓以后，很快就被枪毙了。可是，母亲却告诉小飞，父亲没死，他被自己的队伍救走了。

小飞就开始寻找父亲的队伍，直到有一天，他随红军离开了家乡。

在红军队伍里，小飞跟着磊子哥，做炊事兵。

磊子哥参军以前，在镖局做厨师。过草地的时候，他不仅教小飞认识了许多野菜，没事的时候，他还拿了擀面杖，点拨着小飞，练一练筋骨。按他的说法，只有身体好了，才扛得住饥饿。

然而，不可预知的命运，好像已经下了决心。它决心要将所有的亲人，从小飞身边带走。

一次，小飞去挖野菜。寻寻觅觅的他，一不小心，踏进了沼泽。眼看着淤泥慢慢将自己吞没，小飞毫无办法。他甚至没有喊叫。远离了队伍，在这渺无人烟的地方，喊叫，也没有意义。

他仰起头，看看天空。湛蓝湛蓝的天空，有洁白的云朵，飘来飘去。是啊，天地间，只有它们不知冷暖，无谓饥饱，来去自由，优游自如。

小飞知道，自己就要这样从大地上消失了。他想起了母亲，想起了父亲，想起了父亲讲过的，那些缥缈的诗句。

死者为归人。

◆红军走过的草地

他没想到,自己会在这么一个陌生的地方,踏上生命的归程。

就在这时,小飞看到,磊子哥匍匐着,一点一点,接近了自己。他抓住小飞的手,把这个半大小子,一点一点,拔出淤泥。可是,在这个过程中,他自己,却越陷越深。他把从淤泥中脱身的小飞,拼着全力,推到了自己背上。

"走,赶紧走,快帮我去做饭!"

这是磊子哥留在人世间的最后的声音。

"毅弘,你帮我一个忙。"

讲完磊子哥的故事,沉吟半晌,小飞突然异常慎重地对毅弘说。

"我?我能帮你什么?"

"明天就要打仗了……铁锅我是要带走的。你帮我保存一下这支钢笔。打完仗,我会回来取它……如果我不回来,你想办法,把它交给我爸爸。我爸爸叫王一民。你也许……也许在延安,能够找到他。对,你去找毛主席。找到了毛主席,肯定能找到他!"

毅弘郑重地,双手接过了钢笔。虽然不知道延安在哪里,虽然不知道毛主席是谁,可他知道,朋友嘱托的事,无论如何,一定要办到。

他发现,自己一直希望能摸一下的钢笔,其实一点也不好玩。真的,一点都不好玩。那分量,比洮河石还重。

就这样,战争不期而至。

第二天晚上，天空又飘起了细雨。

夜半时分，红军按计划，发起了总攻。

其实，早在红军到来之前，国民党临洮驻军，就开始召集民团，储存武器，准备迎战。

是夜，在被枪声惊醒之后，敌军迅速投入战斗。

借着火力的掩护，一批批红军战士搭着云梯，试图攻上城头。

无奈下雨天，城墙湿滑。守城敌军一边向下扔手榴弹，一边让守城民团，抛掷滚木礌石。

云梯一次次被掀翻，但红军战士前仆后继，冒雨登攀。

这一次，眼看着云梯，已经被敌人推离城墙。一个小战士，突然像一只轻捷的燕子，腾空而起，飞身跃上了城头。

他头顶铁锅，手挥大刀，左冲右突，前挥后砍，转眼之间，就在敌群之中，杀出一血路。

看见有人攻上了城头，敌营一阵慌乱。

趁着这个间隙，红军战士架起了云梯，冲上城去。

城墙上杀声四起。

在激烈的搏杀中，不时有战士抱住敌人，滚下城墙。

而那个头顶铁锅的战士……据目睹了战斗的老乡说，他就像一阵旋风，迅捷地，从敌人头顶掠过，所到之处，手起刀落，敌人立马身首异处。

发现小战士不可小觑，敌人将他团团围住。

在四五十个敌人的围攻下，小战士最终寡不敌众，身负重伤。

人们看到的最后一个镜头，是他紧抱着一个敌人，从高高的城墙上，一跃而下。

第二天，红军小英雄"草上飞"的故事，就在临洮城传开了。

◆红四方面军洮州瓦窑坪战斗遗址

李毅弘紧握着钢笔，茫然地走在秋风里，走在满目凄凉的洮河岸边。

眼泪，顺着他的脸颊，肆无忌惮地流淌。

是的，他宁愿帮做饭的小飞，捡柴烧火，他也不愿意让自己的小伙伴，就这样变成一个传说。

## 二

撤离临洮之前，红军在这里，驻守了1个多月。

1个多月以后，临洮县城有2000多个年轻人，追随红军，离开了家乡。

李伯伯的大儿子，为逃避抽丁，躲进了临夏的寺院，不料，在那里，他又碰到了抓丁的国民党士兵。几个年轻的和尚，直接被绑走。李家的小子，全凭眼明耳亮，身手快捷，及时翻出后墙，逃了。

其实，对很多穷人家的孩子来说，吃军饷，也是一条活路。但是，自打进了一回县城，李伯伯就下了决心，这一辈子，就是饿死，也不能让孩子当壮丁。

想起当时在县城的见闻，李伯伯始终心有余悸。

那一次，在城郊，他见到了很多国民党的伤兵。那多是一些刚抓的壮丁。一场恶战之后，年轻人死的死，伤的伤，这都不稀罕。让老人震惊的是，很多重伤员，居然被拉到河滩，活生生埋了。他听到，一个气息奄奄的伤兵，躺在架子车上，苦苦哀求："老总……把我扔掉……我不拖后腿……老总……缓一缓……让我喘口气……不要……埋我……"

路过河滩，李伯伯时不时看到，有一些土灰色的，僵硬的手脚，袒露在沙土外面。

看到一只脚的大拇指，在微微抽动，心惊肉跳的李伯伯，忍不住停下了脚步。四顾无人，他赶紧放下背包，开始刨土……哪怕带回去，当儿子养，那也是一条年轻的生命啊……可是，挖出来的那个年轻人，暴睁着双目，早已没了气息。

近些年，抓壮丁的风声，越来越紧。李伯伯眼前越来越频繁地，出现那双痛苦绝望、沾满泥土的眼睛。

保卫儿子，逃避抓丁——从那以后，李伯伯把这事儿，当成了自己神圣的使命。

大儿子从临夏逃回来以后，李伯伯不敢让他久留。他索性让老大带了老二老三，躲进了附近的山林。虽然他知道，这不是长久之计。

直到红军进了村子。

红军让李伯伯感觉到了一些异样。

村里不少孩子，都想参加红军。得知有些家长不同意，红军战士就把他们的孩子，亲自送了回去。

红军的长官对士兵，个个都很客气。他亲眼看到，一个红军长官把自己的窝头，让给了手下的小战士，自己分明在咽口水，还硬撑着说"我不饿"。

红军的队伍走到哪里，都受老百姓欢迎。

两相比较，李大伯犹豫了。考虑再三，他紧急召回了3个儿子，并果断决定，让他们都参加红军。大伯想通了，生逢乱世，与其让国民党把孩子们捆了去，生死难卜，或者活埋，还不如让他们跟着红军，体体面面，去为穷人打天下。

拗不过父母的李毅弘，却留在了村庄。

红军来的时候，人们的脸上，多了笑容，心中，有了希望。

随着红军的离去，临洮，这个洮河之滨的小县城，重新跌入绝望的死寂。

没有了那些年轻的身影，没有了他们嘹亮的歌声，临洮的冬天，真的来了。

人们还没走出失落的阴影，三大人他们就气势汹汹地还乡了。

他们不遗余力地，想消除红军留下来的印记。谁家的院墙上有红军写的标语，他们就将那墙全部推倒。老百姓稍有反抗，恶霸就派爪牙大打出手。

一度晴朗的天空，重新阴云密布。

15岁的李毅弘，再度陷入了迷茫。

15岁，本来就是一个迷茫的年龄，一个多梦的年龄。

15岁的李毅弘，不止一次地，设想过自己的人生。面朝黄土背朝天，在地主恶霸的欺凌中，屈辱地生存，这是一种可能。挑着货郎担，远走他乡，也许有一天，能成为一个小小的商人，这是第二种可能。是的，除此之外，他几乎想不到其他的可能性了。

然而，红军却给穷人的孩子，打开了另外一扇窗户。从那个窗户里，人们可以看到一个完全不同的世界。那个世界有着无穷的可能。那是一个全新的世界，触手可及，却又需要无数的年轻人，用生命换取。

如果能拥有一种全新的生活，李毅弘想，他宁愿像小飞一样，以飞翔的姿态，从容赴死。

可是，留在了故乡，等待他的，只有灵魂的死亡。

1 年的时间，转瞬即逝。从报纸上，从林林总总的传言里，李毅弘知道，日本鬼子已经攻下了上海、南京，他们已经打到了山西腹地。

"男儿何不带吴钩，收取关山五十州"！

身为堂堂五尺男子汉，自己却在山河破碎的时候，困守书斋。

李毅弘的 16 岁，就这样在焦虑和无奈中，悄然远逝。

又是一个秋天。这一天，应该是小飞的忌日。

李毅弘握着小飞留下的钢笔，走在洮河岸边，走在萧瑟的秋风里。

斯人已逝，遗愿犹存。可是。小飞的父亲，究竟在哪里？

延安……毛主席……

李毅弘有一脚没一脚地，踢着岸边的石头。

红军……八路军……

李毅弘脑子里，突然灵光一闪。

对，听去过省城的老乡说，兰州现在有八路军办事处。八路军，就是红军的人。

为什么不去兰州，去找八路军？找到了红军，找到了毛主席，不就能找到小飞的父亲吗？何况，听人说，八路军专打日本鬼子。

主意就这么定了。

李毅弘一边打点行装，一边开始联络平日里要好的几位同学。这中间就包括南兴——他的姐姐,就是被三大人沉了猪笼的那个花儿歌手。

10月的临洮,已然是一副初冬的景象。寒风中的草木,已经开始挂霜。

天蒙蒙亮,李毅弘就悄悄出发了。这次,他没敢惊动父母。他知道,惊动了父母,自己就再也离不开这个沉闷的村庄了。他只是在枕头下,留了一张纸条。

在拉开门闩的那个瞬间,毅弘突然想起初见红军的那个早晨;想起了抱着枪,顶着铁锅,默默看着他的小飞;想起了秋风中,那一面鲜艳的红旗。

毅弘的眼睛,一下子湿润了。

他擦擦眼睛,走出村庄,经过了村口张伯伯他们家的两棵老梨树。

他再也没有回头。

他知道,前方,有未知的旅程,还有等待自己的同学。

4个小伙子,沿着洮河,朝着兰州的方向走去。

鞋磨破了,就垫些干草;脚磨破了,就撕块衣角,草草一包。

眼里饱含着憧憬,胸中激荡着豪情,没有什么,能挡住他们前行的脚步。

两百多里的路程,只用了3天的时间。

3天后,他们站在了兰州八路军办事处门口。

◆兰州八路军办事处

经过一路的奔波,4个小伙子满身征尘。但他们一个个精神抖擞。

办事处的首长,一个长相憨厚的中年人,亲自接待了他们。

害怕被首长拒绝,4小伙子争先恐后,诉说自己和红军的渊源。有人说,自己当时给红军扎过云梯;有人说,自家给红军做过鞋子;有人说,李彩云将军还是我们临洮人呢,不是因为这个,红军走的时候,哪能一下跟走2000多个年轻娃娃……

首长耐心地,听大家讲自己的往事。

轮到李毅弘时,李毅弘讲了"草上飞"的故事,讲了小飞给自己的那支钢笔。最后,他恳切又坚定地说:"首长,我来这里,就是想去延安。我想找毛主席,找小飞的爸爸,把钢笔交给他,然后,再去打日本鬼子……"

在李毅弘的讲述中,首长的面色,越来越凝重。等李毅弘讲完了,半晌,他才回过神来,点了点头:"彩云同志,是我们的战友。草上飞的故事,我也听说过。唉,多好的孩子……可惜……"

◆李彩云

他长长地叹了一口气,方始叫来工作人员,安排这几个孩子休息。他同时还吩咐,一定要把这几个小鬼,安全送达延安。

兰州、平凉、户县……辗转在奔赴延安的路上,李毅弘的脑海里,时而是小飞腼腆的笑容,时而是他城头上飞掠的身影。

"旦辞爷娘去,暮宿黄河边。不闻爷娘唤女声,但闻黄河流水鸣溅溅……万里赴戎机,关山度若飞。朔气传金柝,寒光照铁衣"……

前所未有的自豪,从他心头升起。

"名编壮士籍,不得中顾私"——李毅弘知道,自己的人生,从此将有所不同。

## 三

1940年6月。

这是一个沙枣花飘香的季节。

黄尘弥漫的兰州城,开始有绿意浮动。

经过了冬天的沉睡,经过了春天的复苏,初夏的黄河,逐渐于平静中,显露出横扫千军的气势。

就在这个季节,一个身穿中山装的青年,背着简单的行囊,出现在兰州街头。

他胸前的口袋里,端端正正,别了一支钢笔。

他嘴角微微勾起的弧线,透露出一种冷静、果敢,和坚毅。

他,就是19岁的李毅弘。

19岁,一个如诗如梦的年龄。

但是,诗与梦,却与此时的李毅弘,没有什么关联。

抗大毕业的李毅弘,此番受中共西北工作委员会秘书长李维汉派遣,专程从延安来兰州,准备在青年军人和帮会中,发展进步人士,建立"西北青年救国联合会"。

奔走在黄河两岸,李毅弘时不时地,想起那个延河边的伟人。

李毅弘记得,讲到王一民的时候,伟人的眼中,有亮晶晶的东西,在微微闪动。他拿着钢笔,反复地揩拭着。末了,在停顿片刻之后,他郑重地,将钢笔交还到李毅弘手里:"小同志,我就代表一民,把这支笔交给你喽。希望你用这支笔,把他们父子没有写完的故事……坚持写完。"

那究竟是什么故事呢?当时的李毅弘,有点懵懵懂懂。

而今,李毅弘越来越清楚地意识到,自己早已不知不觉,走进了同一个故事。

◆西北青年救国联合会

早在李毅弘来到兰州之前,供职于甘肃省政府的通渭人王子元、临洮人桑汤六(应林),已经在八路军驻兰办事处帮助下,组织成立了"甘肃在乡军人抗日联络委员会"。不少倾向于抗日的在乡军人,逐渐集聚在他们周围。比如临洮县王仲甲。王子元更是从自己150块银元的薪俸中,拿出2/3,资助抗日活动。

李毅弘很自然地,融进了这个群体。他经常和这些人在王子元家中聚会，探讨抗战时局，探讨甘肃形势。

也就是在这个过程中，他对甘肃南部的局势，慢慢了如指掌。

他不无兴奋地看到，有一股强大的力量，正在民间悄然凝聚。

首先是肋巴佛。

关于肋巴佛，李毅弘很早就听到过他的传说。这个祖籍夏河、比李毅弘大了5岁的青年，出生于青海民和。

几乎从出生开始，肋巴佛就随着父母，为了生计，颠沛流离。

1922年，逃荒到甘肃积石山以后，肋巴佛的父亲，被地主祁衣拉布害死；肋巴佛的姐妹，也被祁衣拉布抢走。次年，母亲带着肋巴佛弟兄，去衙门告状。愤怒的肋巴佛，无视衙役威逼，拒绝下跪。害怕肋巴佛再遭不测，旁边有善意的人，替他解围："这孩子听不

◆肋巴佛

见,他又聋又哑。"衙役不依不饶。僵持之下,一向少言寡语的肋巴佛,忽然对着衙役,厉声喊道:"你给我跪下!"看见哑巴说话,衙役吓了一跳:"你……你不是哑巴吗?你是谁?"肋巴佛满腔愤怒,脱口答道:"我是活佛!"

一群正在到处寻找活佛"转世灵童"的僧众,一听大喜。他们前后斟酌,很快认定,这个会说话的"哑巴",就是十八世怀来仓活佛。

1923年4月,7岁的肋巴佛在松鸣岩剃度、坐床,当了活佛,并被送到卓尼康多寺学经。

个人境遇的改变,并没让肋巴佛苦难的家人,摆脱厄运。学经期间,肋巴佛的母亲,因不堪地主欺凌,投河自尽;大哥因保护过两名红军,被马步芳残杀。

少年肋巴佛广交义士,与临洮王仲甲、毛可让、肖焕章、广河马福善往来密切。

年龄和肋巴佛相仿的张英杰兄弟,也引起了李毅弘的注意。

张英杰是东乡县"尕桶匠"的儿子。

"尕桶匠"做得一手好桶,但日子照样过得紧紧巴巴。生计所迫,张英杰兄弟常年随了父亲,四乡奔波。看乡绅白眼,受恶霸欺负,遂成了家常便饭。

即使这样的日子,也不能继续。1927年,谁也想不到,年仅14岁的张英杰和弟弟张英奎,同时被国民党抓了壮丁。

在军队摸打滚爬,由于孔武有力,又反应机敏,张英杰从班长、排长……一路被提拔为国民党某骑兵独立营营长。他曾先后到榆中、陇西、定西、武都等地驻防。

地处川甘要道的武都，人员构成复杂，社会治安混乱。到武都后，年轻气盛的张英杰广交帮会头目，整肃当地治安，一时声威大振。

张英杰的弟弟张英奎，则从国民党中央军校七分校毕业后，分配到了临洮师计划处，任新兵连连长。

"尕桶匠"的两个儿子，就这样身不由己地，被抛向命运的潮峰浪尖。

从1937年11月5日开始，日本人对兰州及其周边的平凉、天水、陇西、武威、临洮、永靖、永昌、靖远、景泰、永登等地进行大规模的轰炸。

那是一个秋天的早晨。张英杰出差到了陇西。

他坐在洒满阳光的窗前，泡了一杯三泡台，拿了块陇西腊肉夹馍，准备边晒太阳，边进早餐。

就在这时，天空传来飞机的轰鸣。

张英杰在兰州，经历过数次鬼子的轰炸。听到这不祥的声音，他的第一反应是冲出门去，大声呼喊……

可是，没等他喊出声来，一颗颗炮弹，已经呼啸而下。

陇西城西南角，顿时烟火弥漫，哭声、喊声和爆炸声，连成一片。

轰炸持续了10多分钟。10多分钟后，陇西县城满目疮痍：几百间民房被炸毁，近百名居民被炸死。

张英杰看到，有一位老人蜷曲在路边，痛苦地呻吟。他腹部被炸破，肠子溢了一地。一个女人，在发疯般乱跑，仿佛不知道，怀中的孩子，已经被弹片削去脑袋。陇西中学成为一片瓦砾，炸断的胳膊、大腿，挂在校门口的树梢……

身为军人，张英杰很清楚，陇西城既无驻军，亦无军事设施，更无战备物资……但灭绝人性的日本鬼子，仍对这里进行了"地毯式"的来回轰炸和扫射，毁灭的，全都是手无寸铁的老百姓。

日本飞机轰炸兰州、陇西的惨况，在张英杰脑海中，挥之不去。

就在国民党消极抵抗的同时，共产党却在艰苦抗战。张英杰亲眼看见，支援共产党抗日的苏联志愿航空队，在兰州协助中国空军，一举击落日机18架。这是中国空军抗战史上最辉煌的战果。

共产党在团结一切力量，抗击侵略者，国民党却无视老百姓的死活，积极反共。这让热血方刚的张英杰，更加不满。

英雄惜英雄。

1939年，张英杰回和政探亲。在松鸣岩山场浪山的他，和来此做佛事的肋巴佛，不期而遇。

早就听说过对方大名的两个年轻人，一见如故。很快，两人在临潭结义，拜为兄弟。

为加强联络，张英杰派人在冶力关开办了木行，以便和肋巴佛联络。他数次拿枪支弹药，与肋巴佛"换马"。在他的支持下，肋巴佛属下的武器装备，大为改观。

1940年，张英杰回和政安葬父亲。临走时，肋巴佛跟随他，到了张英杰驻防的武都。白天，张英杰去办公；晚上，这一对结义兄弟就在油灯下，商量、筹划起义事宜。

不久，肋巴佛在卓尼县康多、勺哇一带，号召贫苦牧民，成立了"七族组织"，抗粮抗税，开始了反抗斗争。

两个年轻人不知道，地下党员李毅弘，也在这个时候，来到了兰州。

虽然担负着不同的使命，但几个年轻人，仍然有着很多的相似：国民党的横征暴敛，马步芳的飞扬跋扈，土豪乡绅的剥削压迫，早已像噩梦一样，烙进了他们的记忆。他们都向往一个公正、和平的世界。他们都反对内战，主张抗日。他们都对共产党，心怀敬意。

风云际会。

时代让这些胸怀报国之志的青年，在波澜壮阔的时空，不期而然，相遇、相知。

## 四

那是一个金风送爽的早晨。

李毅弘在黄河边的茶摊上，缓缓地，划动着三泡台。

这个传说中侠肝义胆的张英杰，究竟是什么样子呢？

他知道，出身低微的张英杰，之所以能成为国民党的骑兵营长，靠的是骁勇善战。这么一个年轻人，只要接受了共产党的主张，他无疑会成为"西北青年救国联合会"的中坚力量。可是，身为国民党的军官，以前和共产党交锋的时候，张英杰也是毫不手软……

李毅弘缓缓地抿了一口茶，心里有些忐忑。

远远地，朝西望去，李毅弘看到，一个羊皮筏子，正迎着金色的霞光，顺流而下……顷刻之间，那羊皮筏子，已经停在自己面前。

第一次见面，李毅弘和张英杰，都怔了一下。

李毅弘眼中的张英杰，一身戎装，高大、英武，疏朗的眉目之间，洋溢着少有的果敢和刚毅。

李毅弘生性柔和，张英杰身上的那种豪爽坚毅，对他有一种天生的引力。他的事业，正需要这种力量来支撑。

而那个依着漫天的朝霞，文质彬彬，玉树临风的少年，也让张英杰稍稍一愣。张英杰眼中的李毅弘，穿着整洁的中山装，胸前别着一支闪亮的钢笔，隽秀、挺拔，书卷气中，透射出一种难以言传的智慧和正气。

少年气盛的张英杰，一方面对那些手无缚鸡之力、喜欢空谈国事的书生，心怀不满，一方面因为没有念过书，张英杰在狂狷之余，始终心存遗憾。李毅弘却不一样。他不仅有着文人的儒雅，更有一种让张英杰敬畏的力量。张英杰记住了这种力量，一直到他生命的最后一刻。

两个年轻人都从对方身上,看到了自己向往的那种东西。这一点他们始料未及。

40多年以后,一位白发苍然的老者,坐在兰州水车园,遥望着西天的云彩,陷入久远的回忆。他记起了那个秋天的早晨,记起了那个顺流而下的羊皮筏子,记起了羊皮筏子上,那个满脸阳光的青年。

当年,就是在这个地方,他和张英杰,谈着他们的故乡,他们的过去,还有他们的未来。

两杯清茶,一番述说,娓娓的攀谈中,两个年轻人,不由自主,有了相见恨晚之意。

他们郑重地交换了礼物。李毅弘给张英杰的,是一副精致的水晶眼镜。而后者给他的,则是一把漂亮的保安腰刀。

这一天,张英杰从李毅弘那里,了解到了完全不同、又似曾相识的共产党。

而李毅弘从张英杰那里,进一步了解到了甘肃南部的风云变幻。

他们的灵魂,都被投身风暴的激情,冲击、鼓荡。

会面之后不久,1942年10月1日,张英杰、张英奎弟兄,毅然决然,加入了李毅弘组建的"西北青年救国联合会"。

虽然不像张英杰和肋巴佛一样,有过隆重的结拜,但是,从第一次见面,李毅弘和张英杰,就把对方当成了兄弟。

他们约定:张英杰的任务是,联合陇南帮会势力,发动群众，抗兵抗粮，反对内战，反对压迫。张英奎的任务是，返回临洮，发动群众，掌控自己那个连的兵力，必要时开赴武都，参加武装起义。而李毅弘的任务是，往返于地方和省城之间，疏通关系，筹集经费，全力配合、策应张氏兄弟的工作。

张英杰精神振奋，摩拳擦掌。虽然没读过多少书，不了解理想一类的概念，可是，李毅弘这个新来的弟兄，无疑给了他一个明确的方向。那正是他一直在寻找，一直在期盼的方向。

这才是他梦寐以求的，轰轰烈烈的事业。

为了这番事业，"尕桶匠"的儿子，暗暗下了决心。他准备全力以赴，在所不辞。面对波涛汹涌的前程，他没有给自己，留任何的退路。

与此同时，肋巴佛也在紧张地筹备起义。

1943年1月，肋巴佛派年辣椒，参加了王仲甲的临洮会议，决定发动全面起义。

3月，义军在冶力关泉滩召开了誓师大会。

大会推选肋巴佛为总司令，并明确了起义的口号："天灾人祸，饥民遍地，官逼民反，不得不反，若要不反，免粮免

◆王仲甲

款",宣布了起义的宗旨:"抗日反蒋,反对国民党,接洽共产党"!

次日,肋巴佛率领300名骑兵,攻入新城,杀死县长徐文英等官史。年辣椒则率人打开监狱,释放囚犯;开仓分粮,救济百姓。

王仲甲领导的洮岷一带汉族,马福善领导的康乐、广河一带回族,同时举事。

张英杰迅速做出反应,率部在武都起义,并与王仲甲、肋巴佛在武都会师。

张英杰被公推为"西北各民族抗日义勇军"总司令,王仲甲则被推为副总司令,他们决定将起义军统称为"西北各民族抗日义勇军",并整编出了有汉、回、藏、东乡等民族义军参与的10万大军。

这支队伍打破民族隔阂,冲破历史成见,大家同舟共济,齐心协力,迅速进军武山。

张英杰骑兵营的介入,使得"甘南民变"的起义队伍,从武器装备到人员素质,都有别于一般的农民起义军。

当几位年轻的起义军领袖,壮怀激烈,驰骋在陇南大地,地下党员李毅弘,正在兰州的街头,紧张地奔波。

事情还得从1943年初,甘南民变爆发前夕说起。

西北的冬天,滴水成冰。

在临洮通往兰州的官道上,七道梁,应该是最后一道屏障。

一支数百人的队伍，在青黛色的群山之中，艰难地穿行。

经过数天的颠簸，队伍已经疲惫不堪。

这一天，天气尚好。一群新入伍的士兵，东倒西歪，或醒或睡，在路边歇息。

他们是国民党征收的新兵，绝大部分是抓来的壮丁。

这些十几岁的孩子，像是一群无辜的羔羊，被人驱赶着，走向未知的命运。

就在这时候，张英奎，那个解送新兵的长官，出现在他们面前。

几天来，大家时不时会见到他。他一副少年老成的模样。对人不凶，但也不怎么说话。

这是他第一次开口。这一开口，就吓了大伙儿一跳。

"弟兄们，你们和我一样，大都是被抓进这个队伍的。这身灰皮，穿上容易脱下难啊。现在，你们痛恨那些抓壮丁的人，不久的将来，你们却要帮国民党，去抓壮丁……那有可能是你的弟兄，你的亲人……

"前些年，红军到过我们临洮。红军是一支好军队，这我们知道……离开我们临洮以后，他们很多人去了山西，打日本鬼子。可是，我们现在参加的，是国民党……

"日本鬼子在北平，在上海，在南京……疯狂地屠杀我们中国人……他们已经占领了山西，就等着打过黄河，打到我们家门口，来我们这里烧杀抢掠。如果让我们去打小鬼子,我们心甘情愿……不过,我们现在可不是去打鬼子。我们是去打共产党,打当年到过我们临洮的红军……那里有我们多少兄弟……"

"张长官,你的意思是说,我们这参了军,还要去打自家兄弟?"

"不可能吧,我哥还跟着李彩云将军,去当了红军呢!"

"自己人打自己人,这是什么意思?"

"狗日的国民党,串通马步芳,抓了我两个弟兄还不够,如今又想让老子去送死……"

"长官,你能不能放我们走啊?"

"能!"

张英奎个子不高,嗓门却不低,洪亮的声音里,自有一种不凡的气势。

骚动的人群,马上安静下来。

"弟兄们,我这里有一些盘缠……虽然不多,却也够大家回家的路费。只是,现如今这世道,大伙儿回到了家乡,照样会被抓壮丁……"

"张长官,你见多识广,能不能给兄弟们指条明路?"

"各位,实不相瞒,我大哥张英杰,已经跟着和政的肋巴佛,还有临洮的王仲甲,一起举事了……他们就像红军那样,想为老百姓谋利益,做好事。如果你们愿意,你们可以去武都投奔他们……我自然会给那面打招呼,我大哥自然会关照各位……"

张英奎把李毅弘交给他的路费,悉数发给了这些新兵。

看着新兵们离去的背影，张英奎抬头望了望七道梁的太阳，那个惨白硕大，不温暖、也不明亮的太阳。

按照李毅弘的安排，他应该撤退了。

不过，他还有一个大胆的设想。

这个倔犟的年轻人没有想到，他的做法，早已引起国民党的怀疑。

一到兰州，刚在一家牛肉面馆坐定，几个彪悍的便衣，就走到他身边。

张英奎被军统特工人员，抓到了警察局。

李毅弘第一时间听到了这个消息。

他知道，张英奎阅历比较单纯，在自我保护方面，远远不如张英杰。可他没想到，国民党这次下手的稳、准、快，远远超出他的想象。

1941年皖南事变之后，国共关系日渐恶化。此时的李毅弘，已经很难从兰州八路军办事处，寻求援助。他只能梳理其他关系，设法营救张英奎。

借助在政府工作的老乡，李毅弘找到了一位警察局的科长。

那个胖胖的科长，一边听李毅弘解释，一边漫不经心，悠然地挖着耳朵。

其实，整个事件，一目了然。胖子科长，不过在紧急思考。

国民党到处抓丁，整得民怨沸腾，这路人皆知。共产党貌似处于劣势，但他们的队伍，深受老百姓欢迎，这，

同样是不容忽视的事实。

再斜眼看看桌上的那个袋子，胖子科长很快下了决心。这个事情，宜快不宜迟，一旦开审，审出个什么问题，那岂不是没了退路？解送路上，新兵脱逃甚至杀掉军官，都是常事。自己何不快刀斩乱麻，放了这小子？看他的做派，难说就是个共产党。国民党不好惹，惹共产党，又有什么好处？自己何必蹚这个稀泥？

两头都不得罪，还有一笔不菲的收入。好，这事，就这么定了。胖子科长这么想着的时候，早就把什么军统中统，忘到了脑后。其实，给他底气的，说到底，还是身为政府要员的那个叔叔。回头真是该孝敬一下他老人家了。

胖子科长又斜着眼，瞟了一下桌上的钱袋。

张英奎就这样被释放出来。

李毅弘没敢让他在兰州多待。他以最快的速度，让这个小伙子赶赴武都，投到了他哥哥的麾下。

## 五

起义大军浩浩荡荡，一路向北。

行至西和县，国民党15师跟踪追击，但慑于起义军的威力，只远远放枪，未敢靠近。

武山县县长带保安队，守在滩歌镇的一个城堡。他们佯装投诚，等起义军靠近之后，突然开火。国民党15师则提前埋伏在四周。起义军腹背受敌，仍顽强抵抗。激战了两天两夜，"竹林被踏成平地，草坡被踩成汤土"。

甘南民变如同熊熊烈火，炙烤得身在南京的蒋介石寝食难安。眼看这次多民族联合大起义，已经形成了星火燎原之势，震惊之余，蒋介石急电，命令国民党59师师长盛文亲自出师，务必于月底以前，肃清"匪患"。

于是，7个步兵师、2个骑兵旅的正规军，1个中队的空军，开始在马步芳3个军团的协助下，从临洮、康乐一带，对农民起义军，进行围追堵截。

洮河两岸，战火纷飞。

装备精良的国民党部队，杀人如麻的马步芳部队，几头夹击。加上有飞机狂轰滥炸，起义军在百余场激战之后，弹尽粮绝，损失1万余人。

张英杰兄弟率领1千多人马，退至康乐一带。

又是一次疯狂的围剿。

敌人重兵出击。在层层叠叠的火力包围中，大部分起义将士，壮烈牺牲。

张英杰、张英奎兄弟，背靠着背，打光了最后一颗子弹。

甘肃南部的山岗，被将落的夕阳，涂成了血色。

张英杰看了一眼西天的火烧云。

他突然想起了那个霞辉漫天的清晨，想起了那个身穿中山装，胸前别着钢笔，在开阔的黄河岸边玉树临风的少年。

他笑了笑，扶了扶鼻子上的眼镜，转身搂着张英奎的肩膀，轻声说："弟，咱俩出去吧。或许，咱还能换回这些兄弟的性命。"

他用怜惜又内疚的目光，注视了一下阵地上横陈的尸骸，注视了一下那些在死亡线上挣扎的伤兵。他在心里，深深地，道了声对不起，然后就拉着自家兄弟的手，跃出战壕。

这个声名远播，令多少人闻风丧胆的年轻军官，就这么大步流星，一身轻松地，朝敌人走去。

不少敌兵，都深吸了一口气。他们不由自主，退后两步。

张英杰轻蔑地笑了笑。

◆张英杰（中）

也就是在这个时候，李毅弘在兰州的街头，看到了四处张贴的布告："西北联军总司令张英杰父子五人为匪，悬赏捉首。"李毅弘知道，那5人除张英杰、张英奎两兄弟外，还有其堂祖父张志祥、张志录和一个本家兄弟。

他仿佛看到，张英杰兄弟，被敌人用铁丝五花大绑，关押在敌师军营。

一股眼泪的腥味，突然冲上李毅弘的鼻头。

自从离开了家乡，穿行在大大小小的风暴中，多年来，李毅弘已经忘掉了眼泪的滋味。

他知道，国民党无论如何，都不会放过这兄弟俩。

想到张英杰明朗的笑容，想到张英奎明净的眼神，想到两个活泼泼的生命，即将被摧毁，李毅弘有了一种痛心疾首的感觉。他甚至对自己，有了一种强烈的怨憎。是的，如果不是自己策动他们……或者，如果不要让张英奎加入，那么，他们的家人，还不至于失去全部的希望……

然而，李毅弘又很清楚，那种源自使命的强大的力量，任何人都无法抗拒。像张英杰兄弟这样的热血青年，即使没有碰到自己，他们也不会自甘平庸……

接下来的日子里，李毅弘几乎动用了所有的关系，所有的力量。

从兰州，到临洮……乃至延安……青救会，共产党地下组织……

只是，这次，张英杰兄弟，直接引起了蒋介石的关注。

斩草不除根，必有祸患生！

李毅弘的营救，还未见效果，南京一道密令，张英杰、张英奎兄弟，就被押赴刑场。

这个上午，天分外蓝。蓝色的天空，有洁白的云朵，向一起聚拢。

它们是要赴一场集会，还是要迎接久别的亲人？

这一天的临洮城，戒备森严。

张英杰兄弟被押解着，从主街道走过。

临洮的民众，默默地站在街边，默默地，给心中的英雄，送行。

张英杰身穿草绿色毛呢军服，腰板笔直，英姿飒爽。那副水晶墨镜，给他平添了几分儒雅。他从容淡定地向前走去，如果不是被五花大绑，他的神情，更像是在久违的故土，闲庭信步。

张英杰身边的张英奎，心里反倒多了几分踏实。多年来，虽然有共同的目标，但总归来说，兄弟俩还是聚少离多。今天，走在哥哥的身边，他突然有了小时候被宠溺、被保护的感觉。只是，当他从路边的人群里，看到一位熟识的大伯伛偻着身体，老泪纵横——他的泪水，突然奔涌而出。

张英杰看到路上的熟人，微笑致意。看到弟弟在流泪，他劝道："英奎，拿出个男人的样子！18年后又是一个好后生，哭什么哭！"

想起自己那些死难的兄弟，想起幼时那些颠簸的日子，张英杰仰天长叹一声，开始大骂"刮民党"……

行刑地点在临洮飞机场东南角。

张英杰环顾了一下四周。

他清楚，这里离他的家乡，不过百十里的路程。要在以往，纵马扬鞭，回家不过是半天的事。而今，自己恐怕是再也回不去了。

抬起头，他听到了洮河水呜呜咽咽的声音。

透过水晶墨镜，他看到了苍黄的天空，看到了绵延不断的遥远的群山。

他也看到了刑场上斑驳的草皮，看到了草皮上点点滴滴的血痕。

他还看到，有几个士兵，正对着自己，指指点点。他们的目光里，写满了贪婪。

张英杰突然明白了什么。对，李毅弘——他最敬爱的朋友送他的墨镜。这是他身上唯一值钱的东西了。

只见他用力地，将头一甩，那副精致的水晶眼镜，被甩在地上。张英杰一脚踏碎……

在子弹尖锐的呼啸声中，沉着敦厚的肋巴佛、清隽睿智的李毅弘、深谋远虑的王仲甲……这些人熟悉的面孔，从张英杰眼前，联翩而过。

他感觉得到，自己的血液，正从自己身体里，奔腾而去，注入这些年轻人的血液。

而父亲刚箍好的木桶，却被人一脚踢开了。散开的木桶，开成了一朵血色的花……

这一天，同时被枪杀的还有起义军将士刘羽等20多人。

3天后，在临洮城中心十字楼下，一个年轻人，肃然伫立。

他的目光，扫过楼上的木笼……他从血肉模糊中，认出了张英杰，认出了他坚毅的面容。

"兄弟，对不起，我来迟了……对不起……兄弟……"他哽咽着致歉。

收回冒着火焰的目光，在转身的那个瞬间，他的眼泪，大滴大滴，打在黄尘飞扬的地上。

当天晚上，临洮城里，突然响起了噼里啪啦的枪声。

第二天，看守十字楼的士兵说，那天半夜，有一个神秘的黑衣人，燕子一样，飞上楼顶，用闪电般的速度，抢走了张英杰的头颅。看守的士兵想追，但黑衣人随手一挥，追击者纷纷倒下……第二天一看，倒下的士兵，每人胸口都整整齐齐，插了一把匕首。

国民党立马警惕起来。他们加强了防守，安排了专人，看紧张英杰的尸体。

其实，那些五花八门的传言，对李毅弘来说，都不重要。重要的是，不管付出什么代价，哪怕是牺牲生命，他也要把自家兄弟的头颅，从城楼上取下来。

是的，没能挽救他的生命，那就让他入土为安——这，自己总能做到吧。

他要尽可能地，让这个爱体面的兄弟，走得干散。

在如豆的灯光下，他用自己的手绢，一丝不苟，仔细地，擦拭着张英杰的头颅。

他的动作很轻，很轻，好像唯恐惊醒了这个长眠的兄弟。

在清理得干干净净之后，他伸出手，想替张英杰合上眼睛。

他吃惊地看到，张英杰暴睁的双目，忽然慢慢地，自己合上了。

有血红的泪水，从他眼角渗出。

3个月之后。

混乱喧嚣的临洮城，终于变得安静。围剿起义军的盛文部队,被调去封锁陕甘宁边区。

李毅弘拿出几乎所有的积蓄,买了一副上好的棺木,合葬了张英杰的头身。

在洮河之滨,在那个小小的土堆旁,李毅弘跪了下来,认认真真,拜了三拜,一如在完成某个没有完成的仪式。

张英杰走了。

可是,他真的走了吗?

李毅弘看到,有缤纷的花朵,从张英杰、从那些烈士的坟头,勃然爆发。那些血肉幻化的花朵,融入了流光溢彩的烟霞。

王一民,王小飞,磊子哥,张英杰和他的弟兄……他们青春的身影,消失在烟霞深处。

可是,肋巴佛、王仲甲……他们却身披霞光,朝气蓬勃,朝自己走来。

再次仰望深秋的天空,李毅弘的心,一点一点,变得空旷。

他知道,自己必须和这些生机勃勃的生命,在空旷的天地间,继续前行。唯有这样,他才能对得住那些朝霞一样怒放,闪电一般凋零的生命。

李毅弘(1921—2001),甘肃临洮人。1937年10月在兰州八路军办事处和中共中央代表谢觉哉的帮助下,奔赴延安,至抗大学习。1940年回甘肃,从事地下工作。新中国成立后任甘肃教育学院图书馆馆长等职。

## 四 火种

"这是最美好的时代,这是最恶劣的时代;这是充满智慧的时代,这是弥散愚蠢的时代;这是拥有信仰的时代,这是遍布怀疑的时代……这是希望之春,这是失望之冬……我们将直上天堂,还是直下地狱……"

邢老师的国语,带着明显的东北腔调。他略显低沉的嗓音,分明饱含了某种激越的感情。明朗的晨光,给他略显稚嫩的脸,镀上了柔和的金边。同学们安静地凝视着他。教室里鸦雀无声。

老师的朗诵,却戛然而止。偌大的教室,有了数秒钟的静默。

"同学们,这是狄更斯《双城记》的开头。那么,亲爱的同学们,你们觉得,我们生活的,究竟是一个什么样的时代?请大家去感知,用自己的眼睛,自己的心灵。好的,这,就是我们这周的作文主题。文章题目自拟。有问题的同学,课后可以找我。"

一

这究竟是一个什么样的时代呢?

带着这个疑问,15岁的二保,独自走在乡间小路上。

金色的田野,一望无际。夕阳下,少年的身影颀长单薄。

到县城读书,已经整整1年了。

只有见到了邢老师、王老师、夏老师,二保才有了不一样的感觉。

尤其是邢老师。这个21岁的国文老师,个子不高,长了一张娃娃脸。可是,他镜片后的目光,又似乎有着与娃娃脸不甚相称的深邃。

放学以后,二保和他的同伴,常跟着邢老师,去葫芦河边散步。有时候,教音乐的王老师、教绘画的夏老师,也会随他们同去。

葫芦河的流水,在漫天的霞辉中,宛如绚丽的梦境。

坐在河堤上,望着滔滔流水,邢老师总会陷入一种近乎冥想的沉思。他常常会给大家讲他东北的故乡。有时,他还会若有所思,对着河水,轻声哼唱:"我的家 / 在东北松花江上 / 那里有森林煤矿 / 还有那满山遍野的大豆高梁……"

每当这时，老师的眼中，都有泪光闪烁。

发现自己流泪了，邢老师略显尴尬。但他身边那些十四五岁的少年，却是一脸的虔诚。老师的歌声，让他们懵懂的心，感受到了无法言说的忧伤。

时间长了，老师一唱《松花江上》，大家就会自觉围在他身边，陪他一起哼唱。少年们觉得，自己只能用这样的方式，支持和安慰老师。

不知不觉中，歌声把他们带入另外一个世界。那个世界沉雄博大。那个世界，有失败和荒凉，也有激情和梦想。小伙伴的心中，丝丝缕缕地，漾起了悲壮。

起来／不愿做奴隶的人们／把我们的血肉筑成我们新的长城／中华民族到了最危险的时候／每个人被迫着发出最后的吼声……

从《义勇军进行曲》中，他们感受到了家国破碎的痛楚，更感受到了惊心动魄的力量。

同学们／大家起来／担负起天下的兴亡／听吧／满耳是大众的嗟伤／看吧／一年年国土的沦丧／我们是要选择战还是降／我们要做主人去拼死在疆场／我们不愿做奴隶而青云直上／我们今天是桃李芬芳／明天是社会的栋梁……

从《毕业歌》中，他们隐隐约约，看到了年轻人未来的方向。

邢老师还让二保和几个爱好文学的同学，知道了《草叶》，知道了《谷雨》。这些马兰纸印刷的杂志，粗糙，古朴，但它们让二保和伙伴们，熟悉了一些陌生、新鲜的名字。比如贺敬之、何其芳，比如延安、宝塔山。

像是老师，更像是朋友，邢老师就这样走近了二保。他总会让二保，想起自己的表哥虎子。

最重要的是，他给二保小小的心灵，注入了太多太多的好奇和想象。

满怀心事的二保，就这样走进了自己的村庄。在袅袅的炊烟之下，这个村庄，其实发生着很多粗粝的故事。二保不知道，那些故事，终将悄无声息地，改变他的人生。

村子西头，是雪儿的家。雪儿有如雪的肌肤，如梦的眼神。雪儿还练得一手好女红。她是村子里最漂亮、最灵巧的姑娘，她，也是二保所喜爱的表妹。虽然没上过学，但雪儿会写字。二保上私塾时，常教雪儿写字。他没想到，雪儿学字，比自己还快。

由于忙学业，二保好久没有见到雪儿了。上次回家，二保听母亲说，雪儿要嫁人了。雪儿未来的夫婿，是村里有名的二傻。二傻成天流着口水，满世界游荡。不过，二傻家的房产地产，在十里八乡，那是数一数二。为了家里的这个独子，二傻的父母，可谓是绞尽了脑汁。经过再三盘算，他们决定找一个能干的儿媳，辅佐智障的儿子。挑来拣去，他们选中了雪儿。

雪儿的父母答应这门婚事，却是因为家里的4个儿子。4个儿子，个个都在眼巴巴地，等着娶亲。对于一个赤贫的家庭，嫁女的彩礼，无疑是最可靠、最直接的经济来源。

走过雪儿家门口的时候，揪心的感觉，再度攫住了二保。他下意识地，往院子里看了一眼。院里的气氛，很不一般。雪儿的4个兄弟，或蹲或立，散布院中，脸上的表情，十分凛然。

二保犹豫了一下，继续往前走去，脚步却不由自主慢了下来。听说，由于害怕逃跑，雪儿已经被自己的几个兄弟，看管起来。难道这是真的？

尖锐的呼喊，杂沓的脚步，打断了二保的思绪。就在回首的瞬间，二保看到，雪儿正跑向自己。雪儿正在伸出手臂。雪儿被几个兄弟扭住……混乱中，二保还看到，一个纸团，坠落到离自己两三步远的地方。他一个箭步冲上前去，迅速将纸团踩在了脚下。

看着几个表哥威胁的目光，看着雪儿被架回院子，看着雪儿绝望的眼神，愤怒，伴随着雪儿凄厉的呼声，从二保心头腾起。

然而，他一动没动。直到大家走远，他才飞快地，捡起那个纸团。

是一张已经揉皱的牛皮纸条，上面有一行清秀的字迹，只是有点歪扭："快去给大伯说，找人救我，我不想嫁……"

二保揣起纸条，奔向大伯家。

大伯咋能不知道雪儿的事呢？雪儿嫁二傻，明摆着就是鲜花插牛粪，可是，父母之命，媒妁之言，谁又能拿它怎样呢？

大伯刚开始抽着旱烟，有些不以为意。不曾料想，二保想着雪儿绝望的眼神，说到激动处，竟双膝一软，跪了下来："大伯，您就救救我妹妹吧！"大伯这才一惊，收起旱烟袋："好吧，二保，这个事我会处理，你就不管了，赶紧回家吧。你娘还等你回去吃饭呢。"

二保无可奈何，只能转回家去。

## 二

在村里的那棵老柳树下，二保又见到了断臂叔叔。

他落寞地坐在夕阳里，任傍晚的阳光，将自己雕成孤独的塑像。

他的左臂，紧紧搂着一把大刀。他将自己，紧紧贴在刀面上，好像那闪闪的利刃，就是他的依托和希望。

他的眼前，仍然摊放着那张地图。那张二保看过无数次的地图。

看着地图的时候，断臂叔叔眼中，总会闪动异样的光芒。那光芒，分明属于另一个世界。它让这个干枯的村庄，有了一层梦幻的色彩。

清风吹过，断臂叔叔右面的衣袖，轻轻地飘了起来。

飘扬的衣袖，空空荡荡。

二保恍然回到了四五年前。

那也是一个黄昏。冬天的黄昏。

那时的二保，还是个孩子王。

那天，二保和小伙伴拿了竹箩，麻绳，和麦粒。他们蹲伏在村边的大树后面，等着捉麻雀。

冬天的麻雀，觅食艰难。饥饿难当的时候，难免上当。看见竹箩下的麦粒，明知有危险，还是想试试。结果，孩子们一拉麻绳——哐当，麻雀落网了。

不过，那天的麻雀，好像知道有人要跟自己过不去。

在树下蹲守了一个下午，几个孩子甚感无趣，正准备打道回府，旁边的小六子，忽然惊叫起来："快看快看，那是什么？"

远远的村道上，有一个影子，飘了过来。对，是飘了过来——逆着淡金色的夕阳，朝着村子的方向。二保清楚地记得当时的感觉。那个影子，像是天空的云彩，又像是水中的倒影，给人的感觉是，飘飘忽忽，没有分量。

孩子们大喜过望，以为等了一下午的猎物，终于来了。

他们蹲的蹲，爬的爬，一个个摩拳擦掌，严阵以待。

而那个影子，就那么飘到他们面前。

大失所望的孩子们，一个接一个，从地上爬起来。

很快，他们发现了自己感兴趣的东西。

"快看,他背着一把刀!"

"妈呀,好大的刀。"

"他手里拿的那是什么?"

"好像是……好像是一卷纸……不对,是一幅年画吧。"

"他是谁?"

"不会是阿青的爸爸吧……"

影子一直飘到他们跟前……孩子们发现,这是一个20多岁的青年。他满面烟尘,衣如飞鹑。那衣服,说灰不灰,说黄不黄。一双沾满黄泥的布鞋,露出了脚趾。

虽然如此,孩子们还是发现,这个年轻人,长得英俊、挺拔。只是……只是,他右面的袖子,空空荡荡,随风飘扬……在二保记忆里,那天的断臂叔叔,像是一只飘落凡间的鹏鸟。他以滑翔的姿态,从小伙伴旁边经过,以至于长大以后,当年的孩子们,还记得那一刻的感觉……对,那感觉,古怪,而且悲怆。

断臂叔叔,就这样出现在自家门前。

门框里的他,像一幅年代久远的油画。

看到他,母亲不由惊叫一声……她以为,自己是在做梦。

事实是,她离家多年的儿子,真的回来了。

他带来了一把刀,一张地图,却失去了一条胳膊。或许,他还……"失魂"了。

在西北的农村,有这样一种说法:出门的孩子,容易受到惊吓。惊吓得厉害,他的魂魄,就有可能弄丢,或者被某种神秘的力量，悄然带走。在这种情况下，大人就要帮他"叫魂"。

看到当兵归来的儿子，整日少言寡语，只是抱着大刀发呆，当母亲的，想尽了办法……她首先想到的，便是"叫魂"。

那几日，村子里，到处都能听见她"叫魂"的声音："英哥呀，回家……英哥回来了……英哥呀，快回家……"

每次听见这凄怆的声音，二保都感觉瘆得慌。他希望这声音早点消失。他希望断臂叔叔的魂魄，早日归来。

然而，阴阳先生请了，魂也叫了，断臂叔叔，还是不怎么说话。面对着母亲的关爱，他总是一脸的无奈。只有见着地图的时候，所有的情感和活力，才会奇迹般，回到他的身上。

"看，如果从这面走，我们就会截住鬼子……"

"不，不能从那面走。"

"将军是这样讲的。"

只要有人看，他就会指着地图，耐心地解释。

有人说，断臂叔叔一直跟着吉鸿昌，还是吉鸿昌大刀队的骨干。吉鸿昌被蒋介石杀了，他的队伍，也就散了。

可是，面对别人的探询，断臂叔叔总是很坚定：

"别信，那都是谣传，将军的队伍怎么会散？"

"蒋介石不知道，将军抗日是为了国家，为了百姓？"

按断臂叔叔的说法，他不过是丢了胳膊，回家休养一下。他很快就要回自己的部队。

四五年过去了，断臂叔叔却再也没有离开。

走过老柳树时，二保忽然发现，断臂叔叔的头发，几乎全白了。

还是那套灰黄的旧军装，不过洗得干干净净。

还是那把刀，锋芒不减当年。

还是那张图。经过岁月侵蚀，经过人们的摩挲，图上的线条和字迹，已经模糊不清了。

而断臂叔叔也在飞快地老去。他看着，怎么都不像一个年近30的人。

二保没有像别人一样，同情地绕过他。

他迟疑了一下，坐在断臂叔叔旁边。

他将头靠在断臂叔叔抱着大刀的左臂上，就像小时候一样。

"叔，给我讲讲你打仗的故事吧。"

"对，二保，来，叔叔给你说，说说怎么打鬼子……"

断臂叔叔笑得很灿烂，同时又有些受宠若惊。

从断臂叔叔那里，二保知道了"九一八"事变。

那是8年以前的事情了。

8年前的9月18日，日本鬼子炸毁了沈阳北郊柳条湖附近南满铁路的一段铁轨，并且嫁祸于中国军队。

当天，鬼子以此为借口，炮轰并侵占了沈阳，随后，又陆续侵占了东北三省。

在断臂叔叔的讲述中，二保看到，无数矮矬丑陋、面目狰狞的鬼子，铺天盖地，涌向中国的土地。他们将刺刀，捅进中国人的胸膛；把炮弹，洒向中国人的家园。

山河破碎。

山河破碎的大地上，那么多的人，蝼蚁一样，苟延残喘，屈辱求生。

可是，更有这么一些人，他们要将生命，写成一个大写的人字。

他们要在自己的土地上，挺起胸膛做人。

人生自古谁无死，留取丹心照汗青！

当年，断臂叔叔只是为了生存，当兵入伍。然而，一个不一样的长官，改变了他的人生。

那个人的名字，叫吉鸿昌。

参加过军阀混战，打过蒋介石，也和共产党交过手。在国难当头的时候，却毫不犹豫，选择了民族大义……

面对辱华倾向，这位传奇英雄，曾在国外街头，凛然戴着胸牌："我是中国人"……

面对蒋介石的阻拦，他毅然回国，参加共产党，勇赴国难。

1933年的春天，寒风料峭。

吉鸿昌潜赴山东，联络冯玉祥，共商抗日大计。

他毁家纾难，变卖家产，购置枪弹。

1933年5月，察哈尔民众抗日同盟军在张家口成立。

6月，吉鸿昌率部北征，收复察东失地。

同盟军三战三捷，所向披靡，先后收复康保、宝昌、沽源。

7月，同盟军进军察东重镇多伦。多伦易守难攻，是日寇攻掠察绥两省的战略据点。

日伪负隅顽抗，攻城部队奋勇冲锋。

经过3天激战，多伦久攻不下。

那时的断臂叔叔，不仅是大刀队的中坚力量，更是奋勇当先的敢死队员。

在吉鸿昌率领下，敢死队不断地，尝试登城。

断臂叔叔还记得，那天，将军赤着双臂，匍匐前进。

看着前面倒下的战友，愤怒的断臂叔叔，一跃而起……

但是，将军一下把他拽倒。

他回头看了断臂叔叔一眼。

硝烟，遮不住他深切的眼神。

断臂叔叔记住了那眼神。用他的一生。

3次登城未遂。吉鸿昌暗派副官，化装成伪军，率兵入城。

两天以后，凌晨时分。在副官策应下，同盟军再次猛攻。

多伦终于攻下了。

察东四县，成为"九一八"事变以来，中国军队首次收复的失地。

断臂叔叔就是在入城后的搏杀中，被鬼子砍掉了一条胳膊。

吉鸿昌带领叔叔他们，与日本鬼子浴血奋战，蒋介石却对同盟军，展开了追杀。

多伦之战1年以后，在刺杀未遂的情况下，蒋介石悍然派人，直接逮捕了吉鸿昌这位抗日英雄。

将军的家人亲信，也在国民党的追杀中，流离失所。

那后来呢？

二保追问。

看着辽阔的天空，看着远方的斜阳，断臂叔叔神情庄重，他缓缓地说，后来啊……

后来，在刑场上，将军拒绝下跪，拒绝背后受枪。

他在大地上，用树枝，写下了铁血绝唱："恨不抗日死，留作今日羞。国破尚如此，我何惜此头……"

他微笑着，看着国民党士兵，把子弹射进自己的胸膛。

二保不知道，经历了九死一生，断臂叔叔，如何回到了自己的家乡，

但他从这个似痴非痴的叔叔身上，感受到一种不同寻常的力量。

曾经飞翔过的，力量。

再后来，他就知道了那首著名的《大刀进行曲》。

　　大刀向鬼子们的头上砍去／全国武装的弟兄们／抗战的一天来到了／抗战的一天来到了／前面有东北的义勇军／后面有全国的老百姓／咱们工农军队勇敢前进／战胜全部敌人／把他们消灭消灭……

有时候，二保很想给断臂叔叔，唱唱这首歌，这首专门为断臂叔叔他们谱写的歌。

只是，那时候，他已经没有了断臂叔叔的消息。

◆训练中的大刀队

## 三

回到家里,却没有闻到熟悉的饭菜香。

陕西户县的姨妈,居然来了!

上房炕上,姨妈正压低声音,和母亲说着什么。她很勉强地,和二保打了个招呼。她的头发有些散乱,眼睛又红又肿。

母亲面色苍白,竟像是没有看见二保。

二保却有些激动:"姨妈,您来啦?姨夫和虎子表哥,他们都好吧?"

母亲狠狠地剜了二保一眼,简单地吩咐:"厨房案板上有锅盔,也有酸菜,你自己过去,弄点吃吧。"

二保哪有心情吃饭呢?碰了一鼻子灰,他默默地坐在屋檐下,百无聊赖地看着果树上微微发黄的叶子,开始发呆。他想起雪儿跳跃的发辫,想起她灿烂的笑容。那些小河边的嬉戏,那些无声胜有声的捉迷藏,究竟是什么时候,开始变得遥远?而二傻满嘴的哈喇子,此刻却如此清晰地,摇摆在他眼前。

二保忽然有了很深的忧伤。他觉得,自己像是一根洪水中的树枝,飘飘荡荡,失去了方向,内心深处,只有惶恐。

看见母亲从上房出来,二保赶紧跟了过去。

"娘,我想给您说件事……"

母亲回头看看上房,低声说:"走,让你姨妈休息一下。"

"二保,你虎子哥……"走到厢房,母亲只说了一句,就语不成声了。

虎子哥怎么了?那个长得虎头虎脑、只大自己5岁的表哥?

二保只见过两次虎子哥,那还是前些年,姨妈回娘家的时候。虎子就像个小尾巴,跟在他娘的后头。

虽然只见了两次,可虎子哥,仍然成了二保最崇拜的人。

他小小的脑瓜,装了数不清的故事。二保不仅从他那里,了解到了很多的历史人物,他还带着二保,认识了不少的花草树木……这跟虎子哥殷实的家境有关。姨妈曾表示，自己的儿子，将来一定要上京师大学堂。然而，4年前，虎子突然不辞而别。据说，他给父母留了一封信。据说，他不顾父母的反对，参军去打日本兵……据说，他参加了国民党的部队，到了山西……

不过，一切的一切，仅仅是据说而已。二保一直相信，有一天，虎子哥会神气活现，出现在自己眼前。他仍会快乐地，召唤自己："嗨，二保，过来，哥给你讲故事！"

母亲压抑的低泣，姨妈哭红的眼睛……二保突然打了一个激灵：虎子哥，他怎么了？

母亲断断续续，说得很不连贯，但是，二保还是知道了一些事情。这是大家早该知道，然而又拒绝知道的事情。

虎子离去4年了。4年里，风风雨雨，家人多多少少，总会有些感知。只是，虎子的父母，却拒绝向别人提起自家不听话的儿子。他们顽强地保持沉默。外面的世界，风雨飘摇；打仗的消息，有捷报也有噩耗。不管外面的消息，传得怎样沸沸扬扬，没有一个母亲愿意相信，自己的儿子，会遭遇不测。

虎子的父母，也曾抱怨儿子的决绝，抱怨他拧身一去，便无消息。然而，这沉默，这抱怨，其实更是一种固执：他们相信，任性的儿子，仍旧生龙活虎。终究有一天，他会回来，会恭恭敬敬跪在爹娘面前，说声对不起。

从山西来的一位客商，却彻底地，粉碎了他们的沉默，他们的希望。

1939 年的 6 月 6 日，那，究竟是一个什么样的日子？

山西芮城陌南镇。与陕西隔河相望的中条山上，枪声，炮声，厮杀声，声析江河，势崩雷电。

上千名中国军人，和日本士兵短兵相接。

"鼓衰兮力竭，矢尽兮弦绝，白刃交兮宝刀折，两军蹙兮生死决"！

殊死搏杀之后，800 多名中国士兵，被日本兵逼到黄河岸边，悬崖之上。

头上是疯狂的轰炸机，前边是鬼子的枪炮和叫嚣，后边是波涛汹涌的黄河。

弹尽刀折，鬼子一步步逼近。

年轻的中国士兵，已无退路。

惊心动魄的一幕出现了。

800 余位中国少年，没有一个人选择投降。

他们齐刷刷地转身，齐刷刷面对着黄河。

几乎是同一个瞬间，他们张开了双臂，飞身扑向黄河。

不约而同，又义无反顾。

残阳如血，黄河如怒。苍鹰在血色的天地之间，飞翔，起落。它们凌乱的羽翼，遮蔽了浩荡的天宇。

黄河掀起了拍天巨浪，像是激烈的拥抱，像是愤怒的呼号。

一位羊倌，亲眼看到了这触目惊心的一幕。之后的岁月,羊倌的脑子里,时不时会掠过这样的场景:展翅的群鹰,血色的残阳,昏黄的天地。

这是一位没有羊的羊倌。在过去的1个月里,他不仅失去最宝贵的羊只,而且还失去了所有的亲人。

当乡党们被鬼子从藏身的地窖,赶向尸体纵横的河滩,他躲在一处放羊时避风的小土洞,才幸免于难。

山洞中的他甚至注意到,最后跳下去的,是一位年轻的旗手。小旗手始终保护着狂风中翻飞的军旗。而在飞身投崖之前,几声高亢悲怆的秦腔,随之迸发:"两狼山,战胡儿,天摇地动……好男儿,为家国,何惧死生……"

他看到,小旗手怀抱战旗,冲向围攻的鬼子;继而和鬼子,一起飞入黄河……

那战旗在河水中,不屈不倒……

战争结束了。羊倌回到村里,和幸存的村民一起,清理了阵亡者的遗体。

村子里,尸体叠着尸体,残肢压着残肢。很多中国士兵,至死和日本兵撕拼在一处。

他看到,一个年轻的中国士兵,和一个日本鬼子,紧紧地抱在一起,鬼子的刺刀插进了他的胸膛。中国士兵口中,还咬着鬼子的一只耳朵。

羊倌流着眼泪,费了好大的劲,才将两具尸体掰开。他想,这个,一定要分开。

羊倌又不甘心地,走上了那块高地。他想从血肉狼藉之中，找到一些生命的消息。

风悲日曛，天地惨悴。

魂魄结兮天沉沉，鬼神聚兮云幂幂。

在少年军人投河的地方，他看到了横陈的尸骸，看到了中国军人砸毁的武器……他也收集到了，一些残缺不全的照片，家书。

在接下来的日子里，如何把这些遗物送出去，成了羊倌主要的生活内容。他觉得，这比放羊，更加重要。他甚至认为，这，才是他作为羊倌的真正使命，是上天让他活下来的真正的原因……

一封迟到的致歉信，就这样，不知道在多少人手中，辗转了两个月。父母，仍然是最后的知情人。

◆赵寿山将军

母亲的述说，已然冲破一个15岁孩子心理承受的极限。

听完虎子哥的事，二保冲进屋子，一头扎在被子上，放声大哭。

他隐隐觉得，他已不是为虎子哥而哭，他必须用这样的爆发，释放自己无法言说的情绪。

## 四

二保是被嘈杂的人声吵醒的。

在泪水中昏昏睡去,二保一会儿梦见,面目狰狞的日本鬼子,正端着刺刀,一步步逼上前来;一会儿梦见,破碎的军旗,在狂风中翻卷;一会儿,他又梦见虎子哥用旗杆挑起鬼子,冲向黄河。在跳河之前,他突然回头,朝自己微微一笑……

不知过了多久,窗外忽然响起脚步声,人声,还有母亲急切的呼唤:"二保,二保……"

二保一下跳起来。

他揉揉眼睛,有点怔忡。

母亲却披散着头发,一头闯进来:"二保,二保……快去……快帮忙……去捞雪儿。"

"娘,雪儿妹妹……她怎么了?"

"赶紧……赶紧……槐树井……"

二保脑子里嗡的一声,他连外衣没穿,就往村口跑去……

村口有一大片槐树。槐树林中间,有一口公井。村子里的人,平时都从这里取水。

每年四五月,一嘟噜一嘟噜的槐花,开得如雪似霰。清淡悠远的花香,无声无息地弥漫,弥漫成一张无边无际的,香甜的网。

那张香甜的网，网住了二保多少美好的回忆！

槐树开花的季节，村里的大人小孩，都分外勤快。大家一趟趟，往槐树井跑。那些日子的井水，格外清澈，格外甘醇。

曾经，少年二保喜欢采一些槐花，在井边磨蹭。

太阳透过浓密的树叶，在清凉的井边，洒下斑驳的光影。二保坐在槐树下，仰着头，一边闻着花香，一边听蜜蜂，嗡嗡嘤嘤地歌唱。

这样的日子，是最好不过的，可是，最好不过的日子，好像还是缺了些什么。

雪儿，总是在这样的时候，灵光一现。

是的，雪儿，一道彩色的灵光。

皎洁的面孔，婉约的身材，当她甩着大辫子，一晃一晃，出现在井边，二保的世界，一下子就圆满了。

不仅他手里的槐花，有了去处；他的心，也立马有了一个妥帖的去处。

时隔多年，每每到了槐花飘香的季节，每每闻到清淡的槐香，二保的心头，都会有一种甜蜜的期冀。

而这个早晨！这是一个梦醒的早晨。这是一个很多东西都土崩瓦解的早晨。

二保赶到槐树下时，井边已经乱成一团。

不见了雪儿，二保本能地冲向雪儿的父母。

雪儿的父亲，满口流血，趴在地上。他攥紧拳头，不停捶打着地面。他面前的土地,已被捶出一个大坑。

看到气势逼人的二保,雪儿的父亲,惊恐而慌乱。他连忙摇着脑袋。

赶到他身边的二保,突然退后两步。他分明看到,地上有一块半圆形的东西,在冒着血,微微抽搐。

雪儿的父亲,这个悔恨交加的老人,居然咬掉了自己的舌头!

雪儿的母亲,早不见了人影。她的尖叫和狂笑,却将整个村庄,严严实实地包围了。

她这次真的撇下了自己的孩子。她不用再为一家人的生计发愁了。因为,雪儿的母亲,她疯了!

雪儿几个哥哥,正在井边忙碌。

二保挤到井边,往下望了望,又无助地退了回来。

黄土高原上的水井,动辄数丈深。小时候一起打水,他还和雪儿打赌,看谁能照见自己的影子。这样的井,掉下个人去,断是没有生还的可能。

回头的瞬间,二保看到了大伯。他心头倏然蹿起一股怒火。

他扭身冲了过去。大伯往后退两步,拿着旱烟袋的手,抖得厉害。他承认错误般,啜嚅道:"孩子,你别急。你听我说,我说了,真的说了……昨天接到你的信儿,我就把老四(雪儿爸)叫来了……可是孩子,他给我跪下了,他给我跪下了……他还有4个儿子,他还要过日子,你说他怎么办,你说他怎么办,你说我怎么办……"

那是一个漆黑的夜晚。没有风,没有月亮。死亡的气息,笼罩了高原上这个小小的村庄。

那一夜,唯有如豆的灯光,抗议着小村里令人窒息的死寂。

那一夜,二保一直在灯下奋笔疾书:

"这,究竟是一个什么样的世界?

"这是一个满目疮痍的世界。这里有鲜活的生命,在贫穷和黑暗里熄灭;这里有侵略者的铁蹄,踏碎了广大的山河……

"这是一个抗争的世界。这里,有人为对抗不合理的现实,舍弃生命;这里,有人为捍卫自己的家园,毅然赴死。

"飞翔……对,飞翔……

"只要飞翔过,即使跌落……

"这样的死,胜过了苟且的生。

"因为,或许只有这些死亡,才能抚平大地上那些难以弥合的创伤……"

## 五

这是一个黑暗的世界,但黑暗中,分明有飞舞的火焰。

可是,那些燃烧的火焰,为什么总被残忍地熄灭……

二保迫切地想见到邢老师。

他想,既然邢老师布置了这篇作文,那么,他肯定知道一些问题的答案。

还好，周一第一节，就是邢老师的国文课。

上课的铃声响了，二保不自觉地挺直腰板，望着教室门口……

他从来没有如此急切地，期盼老师的出现。

一分钟，两分钟……教室里有了嗡嗡的议论声。

10多分钟以后，一位年长的男老师，匆匆赶来，甫登讲台，即脱口道："同学们，邢老师有事，不能来上课了。这门课，暂时由我给大家上……"

讲台下一片哗然。

下课以后，二保赶到邢老师的宿舍门口。

除了一把大铁锁，邢老师的门上，还横七竖八，贴了几道封条。

二保用双手撑着窗台，使劲往里张望——

邢老师的衣物、铺盖，洒了一地。

二保双脚落地，歇了一口气，复又撑起身体。

他想看看，老师的那些书，还在不在。

就在这时，有人朝他屁股上，狠狠地踢了一脚。

疼痛加惊吓，二宝一下子摔在了地上。

半躺半坐的二保，看到了手拿戒尺的校长。

"小崽子，你快点滚，滚得越远越好……你觉得还不够是吧？你还想添乱吗，哎？"

二保一骨碌爬起来，撒腿就跑。

对，去找夏老师，找王老师。

夏老师有 30 来岁。他教美术。他的人，就像他的画，清俊，脱俗。笑眯眯的王老师，年龄和夏老师差不多，他主要教音乐。除了偶尔和他们一起去葫芦河边散步，二保不止一次地，看到这两位老师，聚在邢老师简陋的宿舍。有时候，邢老师唱歌，夏老师和王老师，就坐在他旁边，一个拉二胡，一个吹口琴。

听同学们说，王老师和夏老师，还合伙做生意。县城大十字的那个糕点铺，就是他们开的。两位老师常常带一些糕点，放在邢老师宿舍。碰到合适的时候，邢老师就会将这些东西，分发给家里太穷、吃不饱肚子的孩子。当然，除了糕点，3 位老师也会拿了自己的薪金、衣物，接济家庭贫困的学生。

现在，邢老师不见了。

二保首先想到的，就是这两位老师。

躲开凶神恶煞的校长，二保悄悄地，先后潜到了夏老师、王老师的宿舍门口。

锁子，封条。

第三次看到这两样东西，二保蹲在地上，呜呜哭了起来。

许久以来，他都觉得，自己是个堂堂男子汉，不会轻易哭泣……可是，这些日子，他总是无法控制自己。

那个晚上，回到邢老师宿舍门口，二保蹲在老槐树底下，哭了个天昏地暗。

王老师，很快有了消息。

原来，王老师和夏老师，都是地下党员。糕点铺，其

◆延安时期杂志

实是共产党的情报站。情报站暴露了,王老师被捕,夏老师和邢老师,同时失踪。

王老师被捕不久,就被押解到了兰州。

面对特务的刑讯逼供,王老师只做了一件事情:咬掉了自己的舌头。

国民党特务,也做了一件事——他们最拿手的事。他们将王老师装进麻袋,沉入了黄河。

没有了王老师,那邢老师,夏老师呢?

一天,两天,两位老师,终是没有出现。

逝去的生命,蒸发的老师,交不出去的作文。

这注定是一个忧郁的长夏。

没有人再教二保他们唱歌。二保常会独自一人,坐在唱过歌的草坡上,翻着老师借给他的《草叶》《谷雨》,陷入沉思。

◆《草叶》杂志

杂志里头,那是一个多么明朗奔放的世界!人们可以为家国故里,快意恩仇;可以为追随理想,挥洒热血……延河水,宝塔山,它们究竟有什么神奇的力量?

而雪儿,断臂叔叔,虎子,邢老师,王老师,夏老师……眼前这世界,到底是怎么了?

两个月后的一个晚上。二保正躺在床上发呆,同宿舍的小力,气喘吁吁冲了进来:"不好了,不好了……"

原来,小力的叔父,刚从太原回来。在太原的城门楼子,他看到了被鬼子斩首示众的抗日分子。叔父坚持认为,他从血淋淋的人头里,看到了邢老师。

这次,二保没有哭。

听到消息的二保,昏昏沉沉睡了3天。

在长达3天的昏睡中,他反复地做着一些怪梦。

他梦见,雪儿在水井里,呼着二哥,声声凄惨。自己俯下身,伸长手臂,想拉雪儿……身后却一声巨响,回头望,却是雪儿从大槐树上掉下,直挺挺站在他面前。雪儿脸上的皮肉,被撕去了一半,唇边流着鲜血:"二哥,你也害我,你为什么不让大伯救我……"在雪儿的逼问下,二保一个错身,掉进暗无边际的深井……

他梦见,虎子站在悬崖边,缓缓地回头:"二保,代哥给爹娘道声歉,哥不能回去照顾他们了。""虎子哥,你别……我来救你……"话音未落,后心冰凉,转身望去,一个面目狰狞的鬼子,正在将刺刀插进自己的心脏。"虎子哥,虎子哥……"蓦然回首,虎子哥已经从悬崖边上消失。

他梦见,自己和邢老师、夏老师、同学们一起,在黄河边上捞王老师。捞啊捞……王老师没捞到,其他的人,却一个个,被狂暴的河水卷走。二保伸长手臂,想抓住他们,黄河却变成一只血盆大口,一下将他吞没。

他梦见,邢老师提着一个东西走了进来。仔细一看,那是一颗血淋淋的人头。透过血渍,可以看到一张清俊的娃娃脸,紧闭的双眼,竟然露出微微的笑意。"老师,不好,您怎么提着自己的头?""傻孩子,老师不是跟你们说过,引刀成一快,不负少年头吗?""可是,老师,您死了吗?您看,那是您自己的头……"二保惊惧又痛苦地看到,邢老师冲他笑了一笑。他手上的那个头,也轻轻地咧了咧嘴:"二保,别怕,老师没死,老师在宝塔山呢,你看,山下就是延河水……来,我们一起唱歌吧。"

夕阳照耀着山头的塔影 / 月色映照着河边的流萤 / 春风吹遍了坦平的原野 / 群山结成了坚固的围屏 / 啊 延安 / 你这庄严雄伟的古城 / 到处传遍了抗

战的歌声／啊 延安／你这庄严雄伟的古城／热血在你胸中奔腾……

歌声中，二保似乎重新和他的伙伴们，围着邢老师，坐在了开阔的葫芦河畔……

又是一个清晨。

阳光很温暖，很安详，好像不属于这个血雨腥风的世界。

二保平静地坐在书桌前，平静地写着家书，平静地，向自己的父母道别。那一刻，他觉得，自己就是雪儿，就是断臂叔叔，就是邢老师、王老师、夏老师。只是，此刻的二保，有了一种浴火重生的感觉。他如此真切地，感受到虎子哥当年的心情。他甚至觉得，自己已经和当年的虎子哥，化为一人。

满满两大页的家书。

写完最后一个字，二保长长舒了一口气。

他最后望了一眼宿舍，望了一眼他生活了1年多的地方，然后，拿着小小的包裹，迈着沉毅的脚步，头也不回地，走出校园，走向无边的金色的原野。

太阳，田野。小小的包裹里，还有《草叶》《谷雨》，那是邢老师留给他的最珍贵的礼物。

他不停步地向前走去。

他知道，前方，有一座山，叫宝塔山；有一条河，叫延河。

那里，有他想念的老师，有他在书中看到的人和事。

那里，迎接他的，将是一个全新的，光明的世界。

◆爱国青年奔赴延安

5年之后。一个春天的早晨。

太原的某个药店。

一位身着长衫的青年,从柜台后走了出来。

站在门口,他抬起头,深深地,望了望北方清冷的天空。

"张老板早!"有行人热情地跟他打招呼。尽管来太原才3年,年轻的张老板,早已远近闻名。他凭借非凡的交际能力,网罗了当地的三教九流,生意做得风生水起。

"张老板,记得晚上喝酒!"看见他,一个警察模样的汉子,熟稔地挥手。

"那是,那是,那必须的。"张老板满面笑容,谦恭地欠身。

看警察走远了,张老板转过身,把一个写有营业时间的牌子，挂到了门口。

早晨的阳光，斜斜地，洒落在柜台上面。

一个戴礼帽的男子，匆匆走了进来。

一看到他，张老板马上站起来，一脸的严肃。

他望了一眼门口，迅速从柜台下，拎出一箱东西。

"这是我最近筹的款，小李同志，我希望你尽快把它送到根据地。"

"好，我明白。"

对方从贴身的衣兜里，拿出一张纸条："这是最近要经过的同志。上级决定，还是由你来转送。"

"好。"张老板迅速收起纸条。

戴礼帽的男子，匆匆离去。

迎着阳光，张老板微微眯着眼，目送他远去的背影。

那个瞬间，他的眼睛，突然有点湿润。

他记起了葫芦河边的那些往事。

他想起了雪儿、断臂叔叔、虎子、邢老师、王老师……

他发现，那一切，如此深刻地，沉淀在自己生命中，甚至已经成了自己生命的组成部分。

他想起了夏老师。

摆脱敌人的追捕以后，听说，在陕甘交界处的一个道观里，有人见到了他。他一身道袍，留了长须，正在庙堂扫地。当时的二保不明白，夏老师怎么会出家！

联系自己的经历，张老板唇角，浮出一丝会意的微笑。

他还想起，二保，那个陪伴了自己17年的名字。

多么亲切的名字啊。可是，现在没有人这么叫他了。他叫张冰，山东人，来太原做生意。

这是他现在的身份，也可能是他永远的身份。


张二保（1924—1990），甘肃秦安人。1939年赴延安，进入抗日军政大学。后至太原，从事地下工作。新中国成立后在供销系统工作。

## 五 山水之间

夏日的金城,清风如水。

一位白发苍苍的老人,安静地坐在黄河边,安静地看着金色的河流,波澜不惊,悠然东去。

眼前的三泡台,泛着袅袅的香气。一朵浅黄的菊花,在洁白的杯子里,悄然绽放。

黄河对岸。穿越了数百年的光阴,古老的白塔山,迎着柔和的晚照,亭亭玉立。

一切都透出祥和、安宁的气息。

这是一个祥和、安宁的时代。

老人轻轻啜了一口茶,缓缓放下了杯子。

就在那个瞬间,一些往事,闪着碎金样的光辉,从他眼前掠过。

抬起头,老人又看到烟波浩淼的黄河。

曾经的风雨，仿佛从浩淼烟波中，缓缓溢出。

恍然间，他又看到了那些人，那些事，那座山，那条河。

一

郝老师有一个浪漫的名字，叫梦笔。

和那些"缓步从直道，未行先起尘"的老先生不同，郝老师不穿长衫，也不戴瓜皮帽。他穿一身毛蓝制服，梳着利索的分头，看上去很精神。

郝老师不和同学们之乎者也。讲完了四书五经，他还会给大家讲校园外边的世界。他身上洋溢的活力，眼中闪烁的光辉，都让郭丰瑞这些刚上初小的孩子，感受到某种希望。

在以后的岁月里，一听到老师这个词，郭丰瑞的眼前，就会出现郝老师。不管经历了怎样的沧海桑田，郝老师，永远在学生记忆的晨光里，侃侃而谈。

但是，那天早晨，总是青春焕发的郝老师，一脸的悲容。

"同学们，1931年的9月18日，日寇开始侵占我们国家的东三省……"

老师的声音变得激愤："同学们，东三省已经沦陷。那里，我们的同胞，当了亡国奴。他们亲人被杀，家破人亡；他们家园被占，到处流浪……鬼子打到平遥，是迟早的事！

鬼子要把我们从自己的土地上赶出去……你们记住,这是亡国之耻,是血海深仇……"

懵懵懂懂的孩子,大致听出了老师的意思。看着老师肃然的神情,听着那些已经发生、和即将发生的事情,这些10岁不到的小孩子,感受到了无法摆脱的惊惧。有人忍不住,嘤嘤咛咛,哭了起来

宁静安逸的平遥古城,一天天变得压抑。

硝烟的气息,越来越浓。

"九一八"事变后,日寇加紧了对华北的侵略。

不断有战争的消息,从前方传来。人们的心情,渐渐由郁闷,转向愤怒。

而这愤怒中,又夹杂着隐隐约约的期盼。

1936年2月20日,红一方面军主力分别从绥德县沟口至清涧县河口等地,横渡黄河,发起东征战役。

不少人豁然明白,那隐隐约约的期待,究竟是什么。

那些日子里,郝老师容光焕发,神采英拔。课后,他给同学们讲共产党,讲红军,讲毛泽东、朱德、刘志丹。原来,红军千里迢迢,来到这里,就是为保家卫国,抵御日寇。

红军,原来是老百姓自己的军队!

当然,也有人反对红军。比如,两个月之后,郝老师就被学校赶走了。据说,他有"共产党嫌疑"。

紧接着,班上几个亲近郝老师的男同学,也失去了踪影。

看着新来的老师陌生的面容,看着身边那几个空空荡

荡的座位，郭丰瑞的心，冷到了冰点。

直到年底。

新年快到了，平遥城死气沉沉，没有一丁点过年的气象。

没有就没有吧，反正，过去的几年，一直如此。

只要没有战争，只要能平平安安地生存——老百姓的愿望，永远这么低微。

早晨的教室，干燥而寒冷。

郭丰瑞和同学们袖着手，一边打盹，一边听老师讲解古文。

这时，街上突然锣鼓声震。喧嚣中，只听有人在喊："胜利了！胜利了！""百灵庙收复了！""支持傅作义将军！""打倒日本帝国主义！"

有气无力的老师，无精打采的学生，忽然都来了精神。

穿着长衫，年近半百的男老师，有点不能置信地，看着学生。

看到学生肯定的目光，他忽地扔下课本："赶紧走呀，你们傻了？等什么等？"

没错，在全国人民的声援下，驻守绥远的傅作义将军，终于忍无可忍，奋起抗击。1936年12月24日，他率领军队，一举收复了百灵庙。

中国人第一次给为非作歹、不可一世的日本鬼子，给了狠狠的一击，而且，大获全胜！

这是"九一八"以来，中国人听到的最激动人心的消息。

还有一些激动人心的消息，陆续传来。

共产党推出的抗日民族统一战线政策，把全国抗日救亡运动，推向高潮。

国共合作已成定局。

阎锡山决定"联共抗日"。

"牺牲救国同盟会"就在这种情况下，应运而生，并迅速发展。

◆山西牺牲救国同盟会

郭丰瑞所在的平遥县第三高级小学，就在学校"牺盟会"的领导下，召开了百灵庙大捷庆祝大会。

学生打着旗、敲着鼓、吹着号，走上街头。

农民、商人、小贩，也加入游行队伍。

"打倒日本帝国主义！""誓死不当亡国奴！""支持国货，抵制日货！"

振奋人心的口号,响彻云霄!

中华民族到了最危险的时候/每个人被迫着发出最后的吼声/起来/起来/起来/我们万众一心/冒着敌人的炮火/前进/冒着敌人的/前进、进……

沉雄浩荡的歌声中,游行的队伍,震撼了古城!

跟着队伍前行,澎湃的热血,鼓荡着郭丰瑞的心胸。

"我是中华民族的好儿女,自愿参加牺盟会,誓死不做亡国奴……"

加入牺盟会的那天,郭丰瑞和一群年轻人,郑重宣誓。

伴着高飞的雁群,他们响亮的誓言,回荡在冬日的天空。

他们胸前,是"牺盟会"闪闪的徽章。圆形的铜制徽章上,印有蓝底白色的中国地图。

他们的眼中,是奔放的激情,是蓬勃的希望。

那些波澜壮阔的青春,就在这样的时代背景下,轰轰烈烈地展开。

郭丰瑞和盟友们,上街作抗日宣传,教大家唱抗日歌曲……

元宵节,郭丰瑞带领大家,在段村小学操场,搭起台子,演了3个晚上的抗日歌舞和话剧。

◆山西牺牲救国同盟会徽章

天寒地冻,但演出现场人山人海。

"乡亲们,战火已经烧到我们的家门口了。与其任人宰割,不如抗战求生!"

"我们牺盟会就是打日本、除汉奸、进行民族革命战争的群众组织。让我们团结一致抗日,奋勇救国,不怕牺牲!"

台上,郭丰瑞和盟友们慷慨陈词。台下,老百姓群情激昂!

在雄壮的《义勇军进行曲》《大刀进行曲》中,抗战的热情,在苏醒,在酝酿,在爆发!

那天,演完了话剧,一个小脚老太太拄着拐杖,满场子追打自己刚从台上下来的孙子:"遭天谴的,你不当牺盟会会员,却去当鬼子!"

郭丰瑞赶前一步,撑住了老人的拐棍:"奶奶,他不是真鬼子,他扮演鬼子,是为了……"

"你让开,不管为什么,都不能当鬼子,坏了我老张家的名声……"

老太太的手劲,还蛮大的。她一把拨开郭丰瑞的手,急急追了过去……

在"牺盟会"的号召下,郭丰瑞报考了"国民兵军官教导团"。随后,他受命前往祁县"山西陆军军事训练二团",接受军政训练。

## 二

1937年7月8日早晨。

晨光熹微,郭丰瑞和同伴们,还在酣沉的梦中。

一阵紧急集合号,惊得郭丰瑞从床上,几乎是蹦了起来。

战友们迅速集结。

操场上,全团各营、连按讲话队形,站在检阅台下。

大风掠过。团旗、营旗、连旗,猎猎飞扬。

这是从来没有过的阵势。战友们有点诧异。

主任开口了。一句话,就是一个晴天霹雳!

"同志们,昨天,日本侵略者炮轰了宛平县城和卢沟桥附近的我军阵地……"

主任还说了些什么?郭丰瑞已听不清楚了。

热血,冲向他的脑门。

示威游行的队伍,从祁县县城,逶迤而过。

队伍中,郭丰瑞和战友们率领民众,一路高呼口号。

  大家武装起来 / 打倒汉奸走狗 / 枪口朝外 / 收复失地 / 打倒日本帝国主义 / 把旧世界的强盗杀光!

雄壮的《救亡进行曲》,直冲云霄。天地万物,为之低昂!

8月,郭丰瑞申请参加了"山西青年抗敌决死队"。

国已破，家将亡。

他做好了开赴抗日前线的准备。

捐躯赴国难。面对亡国亡家的屈辱，生命，已不足惜。

此时，"牺盟会"号召会员，发动募捐，筹集经费，支援29军抗战。

那段时间，郭丰瑞每天都要到城里、农村、火车站，进行募捐。

卢沟桥事变之后，火车站每天都会涌来大量的难民。

这一天，几十名老乡，从河北逃难过来。

虽然个个风尘仆仆，衣不蔽体，但是，看到募捐点，他们都默默走过来。

他们中间有人捐钱，可更多的人，或者摸下自己的手镯，或者解下自己的怀表。

"日本兵太坏了，见人就杀，见东西就抢，简直是丧心病狂！"

一个老奶奶拉着两个小孩子，蹒跚地走了过来。

她一边抹眼泪，一边将自己浑身上下，摸了个遍。最后，她把腕上一个单薄的银镯子，取了下来，放进了募捐箱。刚要抬步，老人又想起了什么，她回过身，从孩子脖子上，取下一个长命锁，放入了箱子。

"老奶奶，这个长命锁……"

"孩子，不说了，不说了，命都没了，还要锁干什么……"

老人哽咽了。

◆山西民众抗战捐款

在她泣不成声的讲述中,郭丰瑞眼前出现了异常惨烈的一幕。

一切发生在鬼子进城后的一个晚上。

一家人刚刚入睡,鬼子就破门而入。

老头子迎了出去。

老太太赶紧把两个孙子,藏进水缸,自己钻到另外一个缸里。

在儿子的呵斥、儿媳的尖叫声中,院子里响起了噼里啪啦的枪声。

鬼子紧跟着冲进来,到房里转了一圈,吱哩哇啦喊了几句,就出去了。

过了一会,外面火红一片,却没了人声。

老奶奶从缸里爬出来。

她往外一看，腿一软，坐在地上。

老头子倒在院子里，早已身首异处。头，不知被扔到了哪里。

儿媳妇赤身裸体，躺在屋檐下，胸前还插着一把短刀。

厢房被点燃，院里火光冲天。

老奶奶颤颤巍巍地爬起来，连拖带拽，把两个孩子拉到院子外边。

听着老人的讲述，那冲天的烈焰，似乎就在郭丰瑞眼中，熊熊燃烧。

随着战争的继续，日本鬼子的兽行，越来越骇人听闻，越来越令人发指。

日军狂妄地声称，要"一个月占领山西，三个月灭亡中国"。

侵占阳高县后，日军屠城 3 天，杀害百姓 1000 余人。其中，郝天福一家 13 口人，因无法忍受日军的摧残蹂躏，集体投井自杀。

侵占天镇县后，日军屠城 3 天，用活埋、枪杀、刺杀等方法，杀害百姓 2300 余人。

攻破朔县后，日军屠城 3 天，杀害百姓 4000 余人。

攻破宁武后，日军屠城 13 天，只有 7000 多人的小县城，竟被杀害 4800 余人。

攻破崞县后，日军杀害晋绥军伤员及百姓，共计 3700 余人。一个老太太听说跪迎日本人，就能保全性命。谁料想，看到下跪的老太太，日本人却狂笑着，顺手给了一枪。老太太的尸体，就那样在冷风中，跪立了好长时间。

悲痛已在其次。郭丰瑞被无边的愤怒攫住了。

那愤怒，像一只只利爪，撕扯着他的心；又如一把把小刀，一点点，切割着他的灵魂。

宁可站着死，不能跪着生。中国人要记住，鬼子是怎样杀中国人的！

也就是这个秋天，郭丰瑞随山西新军抗敌决死二纵队南下。在临汾的街头，他几乎不敢相信自己的眼睛。那是一个多么熟悉的身影！

郝老师！

确实是郝老师。此时的他，已经进入了八路军学兵队。

那一天，在临汾的街头，郭丰瑞，这个16岁的孩子，搂着郝老师的胳膊，涕泪交流。

郁积在内心的各种情绪，轰然爆发。他向郝老师诉说自己的见闻，自己的愤激，自己的打算。

他已经顾不得路人投来的惊诧的目光。

从郝老师那里，郭丰瑞得知，郝老师给他们上课时，已经是中共地下党员了。而那几个失踪的男生，确实像郭丰瑞想的那样，跟着郝老师，参加了红军。

匆匆一别，再无聚日。

关于郝老师，郭丰瑞的记忆，就定格在了那个秋天的早晨。

从那以后，他再也没见过这位自己最崇拜、最热爱的老师。

## 三

郭丰瑞参加了整个抗日战争。

曾经，血战沙场，裹尸马革，是少年郭丰瑞的人生理想。

然而，抗战 10 余年，他从来没有机会，和敌人面对面地厮杀。他从未在生死第一线，穿越枪林弹雨，接受血与火的洗礼。

战争赋予郭丰瑞的，是不一样的使命。

1940 年冬天，郭丰瑞被派往延安敌军工作干部学校。

延安敌工干校由八路军总政治部直接领导。主要的任务，是给前线部队培养敌军工作干部。这里的学员大都来自前方，多是一些连排级青年干部。

在延安，郭丰瑞度过了自己生命中最明朗，最奔放的岁月。

在这里，他也经历了难以忍受的，心灵的煎熬。

学校的生活简单，朴素，却又充满生机和乐趣。

在悠扬的号声中，学员们每天天不亮，就出操跑步。

他们带上洗漱用具，来到延河岸边。

整齐的步伐，嘹亮的口号。

大路边，清澈的河水滔滔不息，奔向远方。

抬眼望,巍巍宝塔在蓝天白云映衬下,如同不落的希望。

一条河,就这样,穿过了激情的岁月。一座山,就这样,支撑起青春的信念。

跑完步,用河水洗漱。

掬起一捧清凌凌的河水,就像是掬起了一个春天。

学校还有俱乐部。上完课,郭丰瑞经常和同学一起,在那里排演一些短小的秧歌剧。星期天,他们还会去大砭沟,听艾思奇、丁玲等同志的哲学、文学或青年讲座。

◆宝塔山

虽然时刻准备着奔赴前方,但是,崭新的生活,仍让这些年轻人朝阳般的心中,洋溢着诗意,升腾着梦想。唯一让郭丰瑞苦恼的,是他必须面对日本鬼子,而且,还要和颜悦色。

为了做好瓦解敌军的工作,日语,成了学员们最重要的课程。

因为恨鬼子，所以对日语，本身就没什么好感。现在，不仅要学日语，而且还要夜以继日地背。这倒也罢了。延

◆鲁艺旧址

安敌工干校的隔壁，就是日本工农学校。里面的学员，大部分是日军俘虏。为了学习会话，上级命令，两个学校的学员，必须结成对子，相互学习对方的语言。这让郭丰瑞备受煎熬。

和郭丰瑞结对子的，是一名叫加藤的士兵。

加藤长得高高大大。初见郭丰瑞，他始终低着头，一副小心翼翼的样子，还好像有些腼腆。

郭丰瑞心里交织着厌恶和憎恨。他在心里冷笑了一声。单从一个人的外表，很难看出他嗜血成性的本质。从踏上中国的土地，到成为八路军的战俘，这小鬼子，杀人放火、毒害中国百姓的事情，肯定没少干。

不能虐待俘虏，这道理，郭丰瑞懂。何况，加藤现在还是自己的结对对象。可郭丰瑞还是觉得，这加藤，怎么看，怎么不顺眼。

黄昏。夕阳像一个硕大的火球，慢慢地沉下山去。

赤金色的晚霞，铺满天空，倒映水中。

望着将落的夕阳，加藤一动不动，在那里发呆。

郭丰瑞的眼前，却出现了一幕画面。

几个日本鬼子，面目狰狞地，逼向手无寸铁的中国百姓。

他们有人用大刀，砍下中国人的头颅；有人将刺刀，插入中国人的胸膛。

郭丰瑞甚至听到了鬼子肆无忌惮的狂笑。

晚霞和流水，似乎都变成了血色。

郭丰瑞不由自主，抓紧了手边的一块石头。

这时，一阵忧郁的歌声，缓缓从前方传来。

那声音凄凉、低沉，宛若来自一个遥远的地方。

一种浓得化不开的忧伤，随着歌声，渗进了郭丰瑞的心灵。

故乡的青山绿水，如徐徐展开的画幅，缓缓地，从他眼前滑过。他仿佛看到了自己随着野风，在河边奔跑的童年；他仿佛看见了那些曾经形影不离，现在下落不明的，童年的伙伴。

郭丰瑞不知不觉地，松开了手中的石头。

加藤始终没有回头。

看着这个 20 出头的日本军人，在风中默默揩拭眼泪，郭丰瑞不觉有些惆怅。

后来，郭丰瑞跟着加藤，学会了那支歌——《晚霞中的红蜻蜓》。

晚霞中的红蜻蜓 / 你在哪里哟 / 童年时代遇到你 / 那是哪一天……

渐渐地，郭丰瑞知道，加藤，也是寻常人家的孩子。他一样上山打柴，一样下地种田。由于家里贫穷，加藤的父亲，一直给地主家干活。被主人打骂，更是家常便饭。一天，加藤的父亲回家时，满脸满身的血泡。原来，因为端茶递水，迟了一步，地主家的少爷，就毫不客气，将刚开锅的沸水，劈头盖脸，泼了过去。

父亲受伤以后，生活无以为继，加藤 14 岁的哥哥，只好辍学，去鞋厂务工。他微薄的收入，根本解决不了一家人的温饱问题。加藤记得，在鞋厂工作的哥哥，从来都穿着露了脚趾的鞋子。

后来遇到了征兵。当兵有军饷，加藤和他的同学还满腔热血，梦想着能效忠天皇……

他们没想到的是，天皇一挥手，他们就要远渡重洋，背井离乡。

他们也没想到，效忠天皇的方式，主要是烧杀抢掠，屠戮无辜。

为了让新兵全身心地投入战争，杀人训练，无时无刻不在进行。

因为不愿意对一个活靶子动手，加藤说，他的一个伙伴，直接被长官削去了脑袋。从那以后，面对杀人放火的事情，没有人再敢说不。

那是在一个小县城。

由于久攻不下，攻下县城后，气急败坏的日军，不仅进行了屠城，还进行了大规模的刺杀训练。

加藤记得，那个冬天的下午，白花花的太阳，像是死人的眼睛。

7个村民，被并排绑在村口的大树上。长官宣布，有了这些活靶子，大家就可以痛痛快快，练一回刺刀。

说是练刺刀，加藤知道长官的意思，他是要杀鸡给猴看。

除了日本军人，全村的百姓，也被撵到活靶子跟前。

加藤的小队友，松本，首先被叫出了队列。

松本是个16岁的学生兵。

从北平到山西，一路的杀戮，在松本的眼中，沉积成深深的恐惧。

不止一次，加藤被松本的低泣，从梦中惊醒。

不止一次，松本告诉加藤，他又做噩梦了。

他梦见，自己捅了几个中国人。捅死之后，才发现对方是自己的爷爷，奶奶，父亲，母亲。

他梦见，一群无头的中国人，在后面追杀自己。走投无路，他跳进一条河……可他怎么都游不动，因为那河里，全是黏稠的血液。

他梦见,自己的头,被长官剁下来,挂在了腰上……

每次说到最后,松本都翕动着嘴唇,马上要号啕大哭的样子。

加藤总是一把搂过他,紧紧捂住他的嘴。

他知道,这个瘦弱的孩子,已经到了崩溃的边缘。

他也看到,长官对松本,一脸的不屑与不满……

这一天,长官毫不犹豫,把松本叫出了队列。加藤甚至从他眼中,看到了一丝幸灾乐祸。

松本托起枪。他瘦弱的身体,在寒风中瑟瑟发抖。

就在做好冲刺动作的那个瞬间,松本看到了一双亮晶晶的、惊惧的眼睛。

那是一个十一二岁的孩子。

松本突然发现,这孩子,居然和自己的弟弟,长得一模一样。

不,哪里是长得一样?他分明就是自己的弟弟。

"不——"这个 16 岁的学生兵,终于崩溃了。

他扔了枪,一下子蹲在了地上。

激烈的哭声中,所有的人,都怔住了。

"八嘎——"

只听长官一声咆哮。刀光如闪电,劈向松本。

一道黑红色的血柱,从松本蹲在地上的身体,喷射而出。

松本的头颅,轻轻地,从惨白的太阳下划过。

加藤看到他飘散的黑发，看到他哭泣的眼睛，只是，不再有声音。

尘埃中，加藤看到，松本的嘴唇，在一阵抽搐之后，居然染上了淡淡的笑意。

他大睁的眼睛，却一直在流泪。

那个黄昏，加藤悄悄离开了营地。

他悄悄地，将那颗已经冻硬的头颅，埋进了土地。

就这样，郭丰瑞和加藤，这个异国的青年，一起坐在黄土坡上，坐到太阳落山。

加藤给郭丰瑞，讲那些恐怖的经历，讲他的故乡和童年。

郭丰瑞也情不自禁，给加藤讲自己的家乡，自己的亲人。

也有时候，两个年轻人，什么都不说。他们就默默地坐在那里，各怀心事。郭丰瑞在想自己备受蹂躏的家园，加藤在怀念他远方的亲人。

有时候，两个异国的朋友，还会在延安城，一起走走，吃点当地的小吃，改善一下生活。

不止一次，对着眼前的饭菜，加藤的眼中，都盈着泪光。他说，他很想家，很想母亲亲手做的饭菜。

郭丰瑞慢慢明白，普通的日本士兵，原来和中国人一样，都是这场战争的受害者。

其实，延安生活中，最让郭丰瑞难忘的，还是洋溢在山水之间的，那种乐观浪漫的青春情怀。

没有桌凳。学校给每个学生发一块小木板，一个马扎。

上课时，同学们坐在马扎上，双腿支起木板写字。

没有教室。夏天，师生到树阴下上课；冬天，师生到太阳地上课；刮风下雨，就找个大一点的窑洞上课。

艰苦的条件，丝毫不影响同学们的学习热情。他们风趣地说，自己拥有"活动课桌"和"气候课堂"。

1941年。秋天的一个早晨。

郭丰瑞和同学们正在窑洞外上课，空袭警报响了！

师生们立刻疏散，隐蔽到窑洞中。

在震耳欲聋的轰炸声中，大家发现，去菜地除草的张管理员，没有回来。

大家都捏着把汗。看来，平时爱说爱笑爱劳动的张管理员，这次是凶多吉少。

◆窑洞前学习

警报解除了。过了半个时辰,还不见张管理员的踪影。

大家心情沉重,张罗着分头找人。每个人心里,都有说不出的担忧。

就在这时,随着一声洪亮的吆喝,张管理员,他居然回来了!

他不仅回来了,而且还扛回了一大块猪肉。

原来,敌机轰炸时,张管理员跑进一口废弃的窑洞。

敌机走了,他就出来拾弹皮。警报解除后,他背着弹皮,到供销合作社,换来这猪肉。

张管理员笑眯眯地说:"日本鬼子真是好运输队长。他们好像知道我们缺肉吃,这不,不但给我们送来了钢铁,还送来了猪肉!"

晚上,在欢声笑语中,大家围坐一起,饱餐土豆炖猪肉。

如同心脏,如同脉搏,在那个风云激荡的年代,延安就这样,吸引着五湖四海的有志青年。

于是,一座山,一条河,成为一个时代最鲜亮、也最精彩的标识。

## 四

在延安敌军工作干部学校学习两年后,1942年底,按照组织的安排,郭丰瑞奔赴晋绥军区。

◆窑洞前劳动

　　第二年元月,他回到第八军分区政治部敌工科,正式开展对敌斗争工作。

　　这个中秋节,天气格外晴朗。

　　天空一碧如洗。皓月皎洁如玉。

　　每逢佳节倍思亲。

　　看着冉冉升起的明月,郭丰瑞不由想起了自己的故乡,自己的亲人。是的,战火纷飞,人事飘摇。不知远方的亲人,是否安好?

　　怎么能安好呢,在鬼子日复一日的骚扰之中!郭丰瑞苦笑着,摇了摇头。

　　这一天,鬼子的据点,特别安静。

记得加藤说过,日本人也过中秋节。

日本人把中秋节叫作十五夜、中秋明月。为了庆祝秋季的丰收,感谢自然的恩赐,他们要举行各种庆祝活动。日本人也赏月,他们把赏月叫"月见"。不过,日本人不吃月饼,他们吃江米团子。他们会用江米团子和各种水果,供奉月亮。

这个中秋节,根据分区政工科的布置,我方准备向日军据点投放"慰问袋",散发宣传品,开展"喊话"活动。

"慰问袋"里装着月饼、糖果、纸烟、日用品,以及日本在华反战同盟的宣传资料。

郭丰瑞和同志们匍匐前进,悄然把"慰问袋",挂在碉堡外的铁丝网上。

撤离到一定距离,找好掩体,我方开始用日语,向日军喊话。

"碉堡里的日本士兵,你们好!我们受日本在华反战同盟的委托,专门来慰问你们,给你们送来了节日的礼物!"碉堡里头,悄无声息。

从1937年卢沟桥事变开始,6年过去了,日本"三个月灭亡中国"的梦想,越来越渺茫。无数年轻的日本士兵,信心十足地踏上中国的土地,自以为很快就能凯旋,谁知,他们陷入了越来越深的泥淖。

即使杀人成了习惯,他们也不知道,自己究竟杀到了哪里。

即使记住了死伤者痛苦的面容，他们也记不住，那么多复杂的中国地名。

慢慢地，他们连自己的故乡也要忘记了。

◆在华日人反战同盟晋察冀支部成立

他们也忘记了，自己出征的使命。

在日复一日的消磨之中，回家，对，回家，成了他们最奢侈的愿望。

回家，就要结束战争。可是，这场渺无胜算的战争，究竟还要持续多久？没有人知道。

刚扛上枪时，还是青春少年；眼看着，已经蹒跚着，迈向中年。看来，抛尸他乡，是无法回避的结局。

望着皎洁的月亮，高高悬挂在碧空，一种久违了的柔软的情感，让他们鼻孔发酸。

是的，在这片土地上，不恨他们，能给他们光亮的，只有这一轮皓月。

而遥远的家乡，却有那么多亲人，在惦记着自己。

爷爷，奶奶，父亲，母亲，兄弟，姐妹……离开故乡的时候，还太年轻。他们大部分人，都没娶妻生子。只是，不少人心中，仍会有那么一个女孩子，会有她温柔模糊的面容……

听见"日本在华反战同盟"，大家精神一振……

不过，片刻之后，士兵们又恢复了先前的消沉。

原来，喊话的是八路军，不是在华反战同盟的日本人。

要说日本人在中国的土地上，干了些什么，最清楚的，无疑是这些士兵。

有时候，偶然回想到战争中的一幕，他们都不能相信，那居然是自己的恶行。

战争到了最后，他们也弄不清，自己究竟是人，还是兽。

他们知道，只要留在中国的土地上，自己迟早会被这里的老百姓，千刀万剐。

八路军说优待俘虏，他们根本不信。

"日本士兵们，虽然在战场上，刀枪相见，但我们知道，你们并不想打仗，也不想杀人。今天是中秋节，是你们日本的芋明月、栗明月。你们的父母亲人，肯定在远方思念着你们。他们也想让你们尝尝家乡的月见团子，吃吃家乡的水果，喝喝家乡的清酒……"

等了半天，碉堡里还是不见动静。

不见动静就好。怕就怕鬼子丧心病狂，冲出来一通扫射。

郭丰瑞和战友们有了信心。

想起加藤说过的一些民俗，郭丰瑞开始进一步动员："远离家乡的日本士兵们，你们想一想，此时此刻，你们的父母家人，或许已经在廊檐下插好了芒草，摆好了月见团子。他们在祈祷明年的丰收，也在祈祷自己远方的亲人，祈祷着你们早日回家，平安归来……"

碉堡里的鬼子，死活不吭气。

郭丰瑞有点上火，他拿起水壶，喝了一口水，接着喊。

"日本士兵们，我们带来的慰问袋里有月饼、糖果、纸烟、日用品。你们在这里困了这么长时间，相信有些东西，很是奇缺……尤其那个月饼，你们知道月饼是什么吗？月饼就是你们日本的江米团子，月见团子呀！"

"长官，月见团子，他们还有月见团子！"

"长官，我要么出去看一下？"

碉堡里，隐隐约约，传来了敌人的对话。

一个小兵的头，在碉堡边上，冒了一下。

"八嘎，赶紧的回来！你命的不要了？八路军一枪的，把你崩掉。"

碉堡里头，重新安静下来。

樱花啊／樱花啊／阳春三月晴空下／一望无际是樱花／如霞似云花烂漫／芳香飘荡美如画／

快来呀／快来呀／一同去赏花／樱花啊／樱花啊／暮春时节天将晓／霞光照眼花英笑／万里长空白云起／美丽芬芳任风飘／去看花／去看花／看花要趁早。

面对顽固的敌人，郭丰瑞忽然想起夕阳下，延河边，加藤教自己唱的那些日本歌曲。

月光下，碉堡上冒出几颗人头。

晚霞中的红蜻蜓／你在哪里哟／童年时代遇到你／那是哪一天……

继续唱。

郭丰瑞的声音，浑厚，苍凉，在波动的月光中，托起了一种深沉，又清澈的忧伤。

挎起小篮来到山上／来到桑田里／采到桑果放到小篮里／难道是梦境／晚霞中的红蜻蜓／你在哪里哟／停歇在那竹杆尖上／是那红蜻蜓……

一个人，两个人……

是对面的鬼子。

他们越来越多的人，开始和着郭丰瑞，一起歌唱。

歌声好像一条明净缥缈的大河，在月光下流淌。

等歌声渐落，郭丰瑞的身边，爆发出热烈的掌声。

战友们不知道，郭丰瑞还有这绝活。

一直拒绝对话的鬼子，突然喊话了。

"八路军，你们走吧。我们怎么知道，你们的江米团子里，有没有毒药，有没有炸弹。"

"好，那我们走了。日本士兵们，我们八路军是讲纪律、讲信誉的军队，我们说一不二，我们不会做那些不人道的事情。慰问袋子挂在铁丝网上，你们可以取下来看一看，试一试呀。"

知道日本人有顾虑，不敢过来，郭丰瑞他们喊完话，就撤离了。

第二天，侦察员回来报告，说鬼子害怕有毒，把慰问袋全部扔了。

鬼子扔了，郭丰瑞他们就接着送。

一次，两次……

慢慢地，觉得没有危险，鬼子就拿了慰问袋，取了里面的食物和日用品，扔了宣传资料。

以后，每逢到日本的樱花节等节日，郭丰瑞和同志们，总要送上"慰问品"。

一次，侦察员回来以后高兴地说，一个小鬼子，这次不仅拿了慰问袋里的东西，见四下无人，他又悄悄拿出宣传资料，偷偷地看了一下，从中抽了两页，往胸前一塞，走了。

郭丰瑞他们的努力，初见成效。

## 五

时光如梭。不知不觉,到了1944年冬天。

瓦解敌人的工作,一直在继续。

这天,反战同盟派来了两个日本人,支持郭丰瑞的工作。

郭丰瑞走进队部。远远地,他看到两个穿灰色制服的背影。

就在跨进门槛的那个瞬间,其中的一个人,回过头来。

"加藤!"

"丰瑞!"

加藤一下冲上来,紧紧握住郭丰瑞的手。

那个晚上,在如豆的灯光下,两个久别重逢的朋友,一起讲宝塔山,讲延河水,讲分别以后各自的经历。

"那时候,我总想着,你迟早会干掉我呢!从第一次见面,我就看到了你的目光,我就知道,你有多恨日本人。"说这话的时候,加藤有点腼腆。

"是啊,我以前的理想,就是杀日本鬼子……不过,直到现在,我还没动过刀枪……"郭丰瑞看了加藤一眼。其实,差点被自己干掉的日本人,只有这个加藤。

"你不知道,离开延安以后,我很想你,你是我的第一个中国朋友。我也想那个,你带我吃过的洋芋擦擦。我现在想它,就像想家乡的饭菜……

"我相信，我们一起努力，肯定能做通这些日本士兵的工作。我肯定比你更了解他们的心理……其实，谁愿意天天打仗啊……"

和加藤一起被日本反战同盟派来的，还有永井。

有了两个日本人的加入，郭丰瑞的工作，进展迅速。

带着他们，对附近的日军据点"喊话"，效果很好。

加藤和永井的日本人身份，让他们更容易和据点里的日军，进行沟通。

晚上，大家来到日军碉堡外的铁丝网前。

"兄弟们，请你们相信，我们两人都是日本人，以前都是日本士兵。如果不是被八路军俘虏，我们很可能早就死了，战死在这遥远的中国，再也回不了家……

"兄弟们，别怕当俘虏，八路军真的优待俘虏。他们不仅让我们吃饱穿暖，还送我们在工农学校学习……

"兄弟们，这场战争日本是打不赢的。来到别人的国家，杀人放火，这作法，全世界都反对。

"日本军队彻底失败之时，就是弟兄们和家人团聚之日……我们不应该在别人的土地上，胡作非为。我们要回国去，在我们自己的土地上，做真正的主人……

"我们的敌人不是八路军，不是中国人，而是日本的军阀、财阀。"

加藤和永井的现身说法，在日军阵营，引起明显的骚动。

在一个鬼子据点，两名日本兵听到郭丰瑞他们的喊话，试探着走近铁丝网。拿起日本反战同盟宣传品,看到上面写着"你们的老母亲正在家中烧香拜佛,希望儿子平安,早日回国",两个年轻的士兵,当时就失声痛哭,全然不顾,他们的敌人,就在对面,看着他们。

渐渐地,有些日本兵逃出据点,向八路军缴械。

郭丰瑞离开曾经的据点——李家湾村以后,听说了这么一件事情。

有一天,一个日本的娃娃兵,带着一支长枪,匆匆忙忙,跑到了郭丰瑞他们的驻地。见到老乡,他一边比画,一边磕磕巴巴地说,自己要找"八路军里的日本人"。

多次见到过日本兵投诚,当地的百姓,倒不吃惊。不巧的是,前一天,郭丰瑞他们的驻地,刚刚转移。

那个十七八岁的孩子,就在郭丰瑞他们的旧驻地,坐了整整一天。

有路过的老乡说,那个娃娃兵穿着破烂的军服,满脸的硝烟。他对着夕阳,翻来覆去,唱着一支歌。因为不懂日语,没有人知道,他究竟在唱些什么。

第二天黎明时分,有人听到了尖锐的枪声。

在村外的山沟里,老乡发现了娃娃兵的尸体。

没找到八路军,又不敢回去。

在一个完全陌生的地方,这个迷失的孩子,彻底失去了方向。

老乡说,那孩子跪在地上,面朝东方。一把长枪斜立在地，指向他的额头。

听到这事，郭丰瑞心里，有说不出的遗憾。

他能想象，在漆黑的长夜，那个无助的日本孩子，经历了怎样的心灵煎熬。

1945年，抗日战争接近尾声时，太原日军翻译官池田东根、大村三郎、菊本镇田郎等一行9人，集体投诚。

一幕幕的往事，在郭丰瑞的脑海叠映着，叠映成烟波浩荡的黄河，从他眼前，从容地流过。

他耳边响起了雄壮的牺盟会会歌。

他仿佛看到了宝塔山，看到了延河水。

那一座山，那一条河呵。

他想起了自己的老师郝梦笔，想起了延河边那些战友，想起了加藤腼腆的笑容。

1949年，在太原解放战役中，他第三次，也是最后一次，巧遇加藤。加藤说，他已经参加了日本共产党在华支部，回国后，就是正式的日本共产党员了。他正急切地等待着返回祖国。

也不知道，加藤现在怎么样了。

远方的加藤，如果他还健在，他是否会给自己的孩子，讲起中国，讲起宝塔山，讲起延河水？

夕阳下，大河东流。

金色的霞辉，好像在一寸寸，替老人收存这些往事。

郭丰瑞(1921—2007)，山西省平遥县人。1936年参加"牺牲救国同盟会"。1940年入党，并在延安敌军工作干部学校学习，毕业后分配到晋西北军区第八军分区政治部敌工科任干事。新中国成立后曾任兰州军区军事检察院检察长等职。1980年离休。

## 六　西风烈

　　朔风掠过原野。所有的草木，都悄悄低下头去；所有的灵魂，都已静静地歇息。唯有这守墓的老人，还在一座座坟茔之间，长久地徘徊。他仔细地拭去每一块墓碑上的尘埃。他缓缓地除去每一座坟尖上的杂草。

　　每当夜幕降临的时候，他都会燃起如豆的灯光，似乎要让它在漫漫长夜，陪伴那些长眠在戈壁上的灵魂。

　　老人常会坐在某个无名烈士的墓旁，长久地陷入沉思冥想。

　　雪山、草地、嘹亮的歌声，还有无数年轻的身影，这时便如联翩的梦境，穿越时间的光影，轻柔地漫过他沧桑的心灵。

一

月牙儿清冷地，斜倚在天空。偌大的烈士陵园，万籁俱寂。

夜风吹过，地上的芦苇，开始轻轻摇曳。

幽深的小径上，有马灯的火苗，在黑暗中闪烁。

守墓人提着马灯，走到了无名烈士墓前。

夜色凄冷，乱叶飘零。

他把马灯放在墓碑旁，然后点燃了一堆篝火。

他坐在火堆旁，拿着一个烟斗，仔细地擦拭。

跳跃的火光里，老人仿佛看到了无边无际的，明亮的雪山；看到了干燥枯萎的，金黄的野草。

大秦就在这样的背景中，朝自己走来。那只烟斗，斜挂在他的腰间，摇摇晃晃，散发着温润的光芒。

他的后面，是影影绰绰的红军队伍。

大秦其实不大。这个四川小伙子，也就十七八岁吧。

在草地上，帮着老符——这位后来的守墓人做饭，他经常有一搭没一搭地，讲些自己的经历。

16岁那年，大秦家里，发生了一件大事。

那是一个闷热的午后。大秦正在屋檐下，帮母亲择菜。这时，村里的王举人，匆匆忙忙，走了进来。

王举人是远近闻名的乡绅。他居然会屈尊，走进自家破败的小院，大秦有点吃惊。

然而，让他更吃惊的事情，还在后面。

国民党到处抓壮丁。这次，抓丁的事，终于摊到王举人头上。

王举人发了愁。别说自己只有一个儿子，就是有十个八个，那也不能随随便便，上战场给人当炮灰。

思谋了一夜，第二天，王举人揣了10个大洋，去找保长。他想通过保长，买个壮丁，顶替自己的儿子去当兵。

从保长家出来，他直奔大秦家。

离开大秦家的时候，王举人满面春风。而大秦的父亲，则怅然若失。

送客的父亲，还没进门，母亲就搂着妹妹，哭成了一团。

父亲进来后，一声没吭。他收起被母亲扔在院子里的10块大洋，把大秦叫到了跟前。

要偿还的外债、要购买的口粮、要修补的房屋……把所有的事情，还有他心爱的烟斗，全部交付给儿子，父亲这才回到屋里，安抚啜泣的母亲。

就这样，大秦的父亲，跟着国民党的队伍走了。他这一去，便了无音讯。

大秦的母亲，几近崩溃。

父亲走了。而父亲用自己换来的10块大洋，居然是假的！

母亲愤怒地冲到王举人家里，想找他理论。

前几天还和和气气的王举人，此番连面都没有露。倒是王家的大黄狗，将悲伤的母亲，追咬了一路。

母亲回家以后，一病不起。

屋漏偏逢连更雨。

保长的地痞儿子，早就盯上了大秦的妹妹。年底的时候，保长的父亲病危。经儿子一番蛊惑，保长抢了大秦的妹妹，说是要给儿子娶亲，给父亲冲喜。

大秦的母亲，当场就昏死过去，没了气息。

大秦的妹妹，却不知所终。

后来，听老乡讲，抢亲的队伍，正好和一队红军，不期而遇。红军救走了大秦的妹妹。大秦的妹妹，应该是跟他们走了。有人在县城里见过她。她剪了齐耳短发，穿着整洁的灰军装，正在街头演讲。

一无所有的大秦，安葬了母亲，参加了红军。

因为，红军队伍里，有他唯一的亲人。

翻雪山，过草地，每次见到倒伏的尸体，每次见到路边的伤员，大秦都会一脸惊惧地过去，一脸悲戚地返回。

老符知道，大秦这是在担心、在寻找自己的妹妹。

老符还不止一次地看到，大秦双手捧着父亲的烟斗，在那里发呆。

每到这样的时候，老符都会悄悄地走开。

虽然从不抽烟，但这烟斗，却被大秦擦拭得油光闪亮。对这个半大的孩子来说，烟斗，应该是他有关亲人、有关

故乡的唯一的记忆。

在寻找和期待中,大秦和老符,和战友们,一路走来。一直走到1936年11月。

会宁会师以后,未经休整,老符他们所在的红西路军,就唱着雄壮的军歌,怀着打通共产国际的豪情,从甘肃靖远强渡黄河,向西挺进。

从鄂豫皖征战到在川陕建立革命根据地,再到长征后西征甘肃河西——在荒凉的大西北,扑向2万多名红军战士的,除了大漠风沙,还有气势汹汹的马匪。

初过黄河,战事尚算顺利。首战吴家山,大战一条山,坚守永昌城,攻克临泽、高台、山丹——在山穷水恶、苦寒难当的河西走廊,衣衫单薄、武器不足的红军,尽管死伤惨重,可仍艰难地,杀出了一条血路。

只是,战事越来越艰难。

恶魔一样的马匪——对,除了恶魔,已经没有什么词语,能更准确地,描述马家军的凶残。这是老符见过的最酷暴的敌人。他们和日本鬼子,难分伯仲。

狂沙之中,老符看到过被马家军活埋的战友。他们头顶的黑发,还在沙土之上,无助地飘拂。

枯树之上,时不时能看到红军的头颅。他们的耳朵、鼻子,都被匪兵割走……据说,马家军就按这个,给士兵论功行赏。

对那些被俘的红军,马匪或五马分尸,或开膛破肚,或剖取心肺，或油煎肝胆……

除了决一死战，红军战士别无选择。

1937年1月，红五军在攻克高台县城后，一方面紧张地，

◆牺牲的红军西路军战士

进行军备筹集，一方面全力以赴，迎战来犯之敌。

马步芳、马步青则率骑兵旅、步兵团、炮兵团、民团共2万余人，不断地向高台发起总攻。

1月20日，坚守9天9夜之后，高台城墙被打开数处缺口。

老符他们不远处，是妇女团的女兵。

那个胖墩墩的女兵——过去的10多天，她一直带着战友，和当地的裁缝，给大家赶制棉衣——老符和大秦身上，就穿着他们缝制的衣裳。

现在的她们，打光了子弹，拼折了枪刺，砍卷了大刀，只能用石头砸，用嘴咬。

拼搏中，敌人狂呼着，冲上了城头。

一个匪兵挥举马刀……

一道血光，胖墩墩的女战士，只剩了无头的身体……

一声怒吼，覆盖了所有的声音。

老符看到，大秦突然夺过战友的机枪，一跃而起。

◆红西路军女兵

他挺立城头，将仇恨的枪口，对准城下的顽敌。

愤怒的扫射中，大秦和敌人，同时倒下。

老符冲上去。

倒在他怀中的大秦，使劲对他笑了一下。

大秦的手，从腰间嗒然落下。

老符看到了那只烟斗！

他一把将烟斗揣入怀中。

他挥起大刀，咆哮着，冲向敌人……

## 二

透过浓密的树阴，清晨的太阳，在烈士陵园里，洒下了斑驳的光影。

守墓人依着坟包，缓缓地拿起手中的螺号。

柳枝在风中轻摇。鸟儿在自由地飞翔。

晨曦中，螺号的声音，空灵如尘外之音。

号声中，守墓人仿佛听到老豆清脆的声音："小符哥哥，你家乡的杏花，也很红很红吗？"

老豆究竟叫什么名字？他的家乡，究竟在什么地方？守墓人一直没有弄清楚。他不曾来得及弄清。他只知道，小号手老豆，来自波光水影里的江南。老豆真实的年龄，是13岁还差一点点。老豆珍藏着一条美丽的红丝带。他曾经说过，将来要把红丝带带回家去，送给他的小妹妹。

是的，关于老豆的情况，守墓人只知道这些。

每一次急行军，老豆都像勇敢的嘎蹦豆，蹦在队伍的最前头。然而，有一天，他越走越慢。老符赶到他身边时，不由放慢了脚步。他惊奇地发现，老豆居然闭了双眼，大声地打着呼噜。看他一脸的幸福和安宁，老符差点掉下了眼泪。他轻轻地将这个小自己近10岁的孩子，揽到了胸前。他让老豆在自己胸前，边走边睡。那一刻，他觉得，老豆就是自己的亲弟弟。尽管他的弟弟，早在几年前死于战乱。

战友们都知道，老豆有两样宝贝：一样是那只漂亮的小螺号，另一样，则是一条艳丽的红丝带。那丝带就系在老豆的号柄上，远远望去，宛如一簇燃烧的小火苗，轻快地在老豆屁股后面，飞舞，跳跃。昂首阔步的老豆，愈发神气。

草地上，一潭清水，很可能就是一个可怕的泥淖，可这改变不了老豆对水的热爱。

行军途中，老豆总会擦着脸上的汗水，停住脚步，四下张望。

只要看到水，老豆就会三步并作两步，奔向水边。他总是解下红丝带，在水中漂洗，又痛痛快快洗脸。

小树林里，老豆靠在树旁，侍弄他的红丝带、海螺号。

看着他投入的神情，几位年轻的红军战士，忍不住开玩笑："老豆，红绸子给哥，哥也戴戴。"

"不！" 老豆收起红丝带，唯恐别人抢了去。

"不给也行，军号给我，我替你背背。"

"不！"老豆回答得更干脆。他赶快抱紧了军号，躲到了老符的身后。

战友们笑了起来："老豆，你这么小气又这么爱美，会不会是女孩？该不是女扮男装吧？"

老豆的脸，一下涨得通红，亮晶晶的眼睛，委屈得几乎迸出泪水。

老符擦着枪，微笑着，听战士们逗笑。老豆躲在他身后，羞涩地摆弄红丝带。

从那以后,他就将红丝带,藏进了贴身的小口袋。

攻克高台县城后的一个傍晚,守墓人看见,老豆抱了军号,坐在村头的大树下。那条红丝带,就在他肩上,鲜艳地飞扬。

老符默默地,坐到老豆身旁。

见着老符,老豆有点不好意思:"小符哥哥,你看这丝带,红得多好看!我妹妹可喜欢这种红色了!"

停了片刻,他又自言自语:"等咱们打回老家去,我就把这红丝带,扎在小妹妹的辫子上。"

"我们那里的杏花,也很红呢!""噢,对了,小符哥哥,你家乡的杏花,是不是也很红、很红?"老豆黑亮的眼睛,一闪一闪。老豆一脸的灿烂。

老符拍拍老豆的头。

"傻孩子,我家乡的杏花,不是很红很红,是很白很白呢。"

老符就想给老豆讲讲自己的家乡。可第二天,高台保卫战打响了。

茫茫戈壁,在火与血中震颤。

战友们一个个倒下了。

不知搏杀了多久,老符骤然一惊。他分明听到,老豆的号声,在空中凄厉地划了一个最强音,然后戛然而止!

冲刺中的老符,猛然转过头。

他看到,红绸在空中,划过一条弧线。

"老豆——"老符嘶声。泪水和着热血,在他脸上奔流。他抡起大刀,冲向敌群……

黄昏时分,老符从昏迷中惊醒。他挣扎着从地上爬起。

老豆的小螺号。

他一眼从横陈的尸骸之中,看到了那柄熟悉的小螺号。

而司号兵老豆,就像一只受伤的雏鹰,张开了双臂,仆倒在大地。

他唇边,是缕缕的血痕。

他身上,是累累的弹孔。

他手中依然紧握着那只螺号。

北风吹过,红丝带沉重地拂动了几下。

螺号呜呜地,发出了长长的悲鸣。

暮色苍茫,残阳如血。旷野,死一般寂静。大地上静陈着死难者的遗体。

## 三

重重叠叠的花圈,像是花的海洋。

微风穿堂而过。

所有的花朵,都发出窸窸窣窣的声音,像是一阵情不自禁的低语。

陵园的纪念大厅里，有两尊塑像，安静地伫立。他们是红军军长董振堂，和政治部主任杨克明。

裹尸马革英雄事，纵死终令汗竹香。

岁月匆匆。这两位刚毅的军人，在走过雪山草地大漠狂沙之后，在将热血洒入异乡的土地之后，在驻步这宁静庄严的大厅之后，他们的面色，是那么严肃，那么感伤。

◆高台烈士陵园纪念碑

守墓人耐心地，拭去他们身上的浮尘。

他一次次地说，首长，你们安息吧。大家已经尽力了。

可是，他仍看到，有沉重和不甘，溢出他们的双眼。

他知道，他们的心，还在那场走不出的风雨之中。

在和平的岁月，当守墓人一次又一次，想起那些硝烟弥漫的日子，他逐渐明白，有一些东西，只有经历了战争，经历了失败，才能真切地感知。

真正的战争中，最可怕的不是两军对垒，不是枪林弹雨，

不是白刃格杀，不是战死疆场。

真正的战争中，最可怕的只有两个字，那就是：失败。

战后的高台，到处是鲜血流过的痕迹，到处是层层叠叠的尸体。

匪兵一边吆喝着老百姓，处理尸体，一方面加大搜寻力度，到处追捕红军。

老符被老乡安置在阴冷的夹墙里。

老乡的家，早已被马匪洗掠一空。可是，憨厚的男主人，每餐还是会让妻子，先给老符，盛来一碗稀粥。

夜半时分，老乡悄悄闪进夹墙。

从他的叙述中，老符知道了城里的一些消息。

1月20日。还是那个血雨腥风的日子。

作为红五军的军长，董振堂看到了红军的勇敢，也看到了他们的牺牲。

不管经历怎样的艰难，红军战士都无怨无悔，挺了过来。只是，如今，他们面对的，是完全不同的水土，是这方水土上土生土长的，十倍于自己的顽敌。

经过数日厮杀，红军伤亡惨重，弹药也消耗殆尽。尽管老百姓连自家的箱柜，都贡献出来，填了泥土，作为掩体；尽管妇女儿童，都加入后援部队——悍敌当前，胜利的几率，仍微乎其微。

力拔山兮气盖世，时不利兮骓不逝！

董振堂，这位从冀中大地走来的英雄儿郎，宁都起义的主要将领,抢渡金沙江的无敌前锋,红军长征的"铁流后卫"——在惊沙入面的河西走廊,他遇到了自己生命中难以逾越的关隘。

他紧急命令骑兵团长,挖透城北墙体,只在外层,留下薄薄的土皮。这样,到了紧急关头,红军人马,可以破壁而出。

19日傍晚时分,眼看着突围的时刻,就要到来,军政委黄超,突然派便衣送来指示:坚持打通共产国际,死守高台!

军令如山倒!董振堂召集营级以上干部开会,决定与敌人血战到底,与高台共存亡。

红五军全体官兵,包括所有的女战士、炊事员、马夫,全部投入战斗。

没有子弹,就拼刺刀,拼大刀。

刺刀断了,大刀卷了,就用木棍、石头、开水。

木棍、石头、开水没了,就展开肉搏。

敌人在炮火掩护下,登上了云梯。

搏击中,不断有红军战士,抱着敌人,从城墙上滚落。

改编的保安团、民团,见大势已去,开城迎敌。

军长董振堂仍带领二三十人,在城头鏖战。

这时,一颗流弹,击中了他的身体。他一个趔趄,摔下城墙。

警卫员和几个战士,赶紧滑下城墙。

◆高台烈士陵园董振堂烈士塑像

他们看到,子弹贯穿了军长的左胸,鲜血染红了他的军装。

军长挣扎着睁开眼睛,断断续续地说道:"同志们,快走……不然……来不及了。"

与此同时,政治部主任杨克明,正率领少先连的几十名小战士,在军部所在的天主教堂,与敌人展开血战。

石破天惊的厮杀声中,10多岁的娃娃兵,全部牺牲。打光了最后一颗子弹,杨克明傲然挺立,任敌人的枪炮,将自己击穿。

夹墙里,老乡告诉老符,马匪割下了军长董振堂、政治部主任杨克明的首级,说是要用酒泡了,送到南京,向蒋介石邀功请赏。

而红五军3000多名战士，几乎全部阵亡。

老乡告诉老符，两天来，全城的架子车、三轮车，都在往城外运送尸体。

"同志，我得赶紧把你送出城去。再不送，怕是来不及了。匪兵天天挨家挨户地搜，留在城里，恐怕只有死路一条！"

这天，天麻麻亮，老乡往老符身上，压了五、六具尸体，用架子车，把老符送出了高台。

分别的时刻，老乡给老符送了一套旧衣服，又从胸前的衣袋里，摸出两块干粮："同志，你赶紧走吧，听说有一支队伍，朝西走了……运气好，兴许还能碰到他们……记着，一定要找个地方，赶紧把衣服换了。"

爬出死人堆，告别了老乡，老符蹒跚着，向前走去。

如同一个失去家园的孩子，多年以后，老符还记得，那种被世界遗弃的感觉。

他的泪水，大颗大颗地跌落。他感到了刻骨铭心的疼痛。那是一种骨肉分离的疼痛。

他回望了一眼高台县城。那猎猎西风中的浴血之城。

也就在那一刻，他觉得他的青春，梦想，乃至生命，从此和长眠在这里的战友们，深深地凝结在一起，再也不能分离。

## 四

离烈士陵园不远的地方，有一个空旷的大院。

现在，那里是某个单位的办公地点。

打理好陵园里的事务，守墓人经常会去那个大院转转。

他往往会在院里的那棵老树下面，待上大半天时间。

那棵树，那棵200多岁的老树，就那么无语地伫立在蓝天白云之下，无语地和他对视着。老树的目光穿越了数百年的风霜雨雪——它来自时空的深处。那目光带了些微的冷峻，甚至严厉。守墓人的心，开始轻微地颤栗。

老树确实很老了。它直径将近2米，树高足有3丈。但树身的伟岸，遮不住遍体的沧桑——纵有新生的嫩芽，从枯枝周围聚拢，并交织着，重叠着，挣向太阳。

是的，老树的生存，似乎只是为了向人证明一段历史。这段撼人魂魄的历史，如今已经刻进老树的灵魂。经过时光的剥蚀，老树的枝干，凹凸不平，最终竟然成了一个人形。那个人，引颈向上，振臂苍天，似乎在作最后的呐喊。由于强大的外力的撕扯，他的躯体变形了，上面甚至有了若隐若现的裂缝。他的四肢，则密密麻麻，布满了深深浅浅的钉孔。

老树的形象，让人悚然，肃然！

它让守墓人一次又一次地，回到高台战役后的，那个清晨。

在老乡的掩护下，离开了高台，离开那个曾经的胜利之城，现在的魔鬼之城，老符茫然地，向西走去。

他不知道，自己能不能找到队伍。

他只知道，要打通共产国际，红军会一路向西。

走了大约一两个时辰，太阳，颤巍巍地升上了天空。

天亮了。

远远地，老符看见前面有一棵大树。大树不远处，有几个大麦垛子。应该是个乡场吧。

老符疲惫地走到麦垛子后面，准备休息一下。

休息了不到半袋烟的工夫，一阵呼啸，伴着嘚嘚的马蹄声，由远而近。

老符赶紧隐蔽到了麦草中。

匪军在30米开外的那棵大树下，停了下来。

他们像拎麻袋一样，从马背上拎下一样东西，扔在地上。

那个东西，血糊糊地，了无声息。

"尕东西，还想跑！"

"没想到，一个尕娃，居然这么难对付！"

"幸亏是个卫生员……碰上个拿枪的，还不把人气死！"

"嘴硬得很哪！"

"把嘴给他片了！"

"不行，没嘴，怎么能说出他同伙的下落？"

匪兵七嘴八舌地讨论着。

忽然有一个匪兵，扯着粗嗓门说："割了那么多耳朵，也没见司令给弟兄们论功行赏。挖的心掏的肺，哪有咱家乡的羊肉香。干脆，把他给我钉树上，看他能嘴硬多久……"

在一阵欢呼声中，有人策马而去。

愤怒，几乎让老符窒息。

他紧紧握着腰间的螺号，告诫自己，冷静，冷静，一切冲动，都毫无意义。

他看见，两个匪兵，把一个单薄的身体，架到大树上。

他看到，有匪兵拿着长钉，举起铁锤……

第一锤下去。

老符听到了一声长号，摧肝裂胆……

接下来，一根根铁钉穿过了身体，那个年轻的战士，居然没有反应。

透过硝烟和血污，在早晨的阳光中，老符唯一看到和记下的，就是那张没有血色的，年轻的脸。

而那一根根铁钉，似乎正在穿透自己的身体。

10多天的战斗，战斗带来的巨大的创痛，突然向极度虚弱的老符袭来。

他头上的伤口，开始流血。

黏稠的血液，模糊了他的眼睛。

他依稀听到，不甘心的匪兵，怂恿着狼狗，去撕扯那个战士。

他依稀记得，骂骂咧咧的匪兵，呼啸而去。

过了一两个时辰，一切安静下来。

只有白花花的阳光，照着黄尘漫漫的戈壁。

老符走出了麦垛。

他放开双手，在沙地上挖掘……

手破了，指甲掉了……鲜血，染红了沙土。

老符已经感觉不到疼痛。

他只想，要让自己的战友，入土为安。

挖好了坑，老符却无法拔掉那几十枚铁钉，无法把小战士的遗体，从树上取下。

不知什么时候，一老一少两位老乡，应该是父子，他们默默拿来工具，默默帮老符，埋了那个小战士。

死寂的戈壁滩，只剩了老符，只剩了那个沉默的坟包。

老符摸了摸腰间的螺号、烟斗，他想起了老豆，想起了大秦。

可是，这个长眠在戈壁滩的孩子，他叫什么名字？

不用等沧海桑田的时间。战争的血与火，已经泯灭了他的年龄，姓名。

事实上，年龄，姓名，甚至性别，对投身战争的人来说，已不重要。

老符唯一能想到的，是这个被匪兵折磨致死的孩子，或许和许多红五军战士一样，来自江南。

这个被钉死在老树上的生命，肯定有爱，有痛，也有梦。那梦，曾开放在遥远的南国，美丽的家园。但时代和命运，却注定了家园的零落。于是，雪山，草地，便成了他生命中最精彩的段落。因为，因为仅仅过了4个月，他的青春，梦想，还有梦中的爱情，就永远地，陨落在陌生的西北边陲。

◆徐向前在西安红军联络处幸会黄埔同学宣侠父、陈赓、左权

老符抬起头。

纵横的枝丫之间，太阳像是一个迷离的幻影。它没有温度的光芒，是那样强烈，强烈得如一枚枚闪亮的钢针，刺透了老符的眼睛，刺进了他的心灵。

他低下头，却发现老树的根部，洇出了一大摊血迹，还有丝丝缕缕暗红的液体，正从龟裂的大树缝隙，缓缓地渗出。

而在那血液的边缘，老符看到了一张小小的照片。

一张全家福。

刚毅的父亲，温柔的母亲，俏皮的姐姐，可爱的小弟。

多么寻常的幸福！但却像流星，虚幻缥缈，遥不可及。

老符将照片，小心地收好。

夺眶而出的泪水，让他眉目酸痛。

他看到，那棵老树，渐渐变成了人的形状，一个几乎要被撕裂的，人的形状。

它用自己的身体，保留了夺去小战士生命的，累累的创痕。

它似乎在告诉人们：你记得也好，不记得也好，反正，我不会忘掉。

## 五

自东而西，绵延千里的祁连山，如同一个深远的梦境。

它将多少人的乡愁，切成了记忆的碎片，抛入了大漠西风。

和很多红西路军战士一样，走进了河西走廊，守墓人和故乡，就失去了联系。

他也不想再去联系了。

只是，每当他拿起那个精巧的荷包，他就想起荷包的主人。他常常猜想，那个姓李的女战士，到底是哪里人呢？

那个水绿的荷包上,绣了一朵洁白的莲花。一只红色的蜻蜓,在生动的花瓣上,翩然欲飞。

经历了岁月的漂洗,荷包的颜色,已不复鲜艳。可那有点暗淡的色彩,却渲染着特殊的柔和与温婉。

埋掉了那位被钉死在大树上的小红军,老符继续向西行进。

路越走越长。

寻找部队的希望,越来越渺茫。

在一个废弃的村庄旁边,他看到了一个破败的土屋子。

◆突围后被中央代表接至乌鲁木齐的西路军西行支队部分指战员

走进房间,老符不由一愣。

房子里,黄土地上,横七竖八,躺了10多个重伤员。

是红军!

饥寒交迫,加上伤口感染,很多伤员,都处于半昏迷状态。有人看到了老符,很吃力地,冲他点头,含含糊糊,说了句什么,好像把他当成了老乡。

老符替那些看似有救的伤员,做了一些简单的包扎。

夜幕慢慢降临。心力交瘁的老符,迷迷糊糊睡了过去。

"快,这里有人!"

"好像都死了!"

"你瞎眼啦?分明在动!"

"赶紧进去,砍它一遍!"

是匪兵!

老符挣扎着,想爬起来。一个气息奄奄的战士,突然吃力地翻了个身,把老符,完完全全压在下面。

"同志,活下去。"老符听到他叹息般的声音。

夜色中,几个黑影闪进房间,抡起马刀,一通乱砍。

屋子里顿时弥漫了血液腥热的气息。

一阵剧痛。老符昏死过去。

"同志哥,快醒醒!"

不知昏迷了多久,老符被人摇醒。

他发现,自己的左腿,已经用绑腿,进行了包扎。

此刻的他,被人拖到屋后,正躺在一堆玉米秆子上。

"太好了,醒来了!"

"同志哥,你帮我们照看一下这位大姐,我们去找点水!"

老符看了一下自己的腿,无可奈何地点点头:"好,你们赶紧去,注意安全。"

身边的一位女同志,半坐半躺着,双腿都受了伤。她面孔浮肿发黑,呼吸急促。

老符想扶她一下,她微微地侧过头,努力地咧了咧嘴,算是笑了一下。

不一会,旁边的女同志口吐白沫。

老符赶紧掐她人中,没用。

正着急,两位女战士赶回来了。

她们给负伤的战友按太阳穴,掐人中,喂水喝,都不管用。

一个小个头女战士忽然惊叫起来。她从受伤的战友怀里,摸出一样东西。一个水绿的荷包。空荷包。

小个头女战士尖叫一声,扔掉荷包,扑了过去:"李姐,你不能这样啊,我们好不容易走了过来……"

大家的忙碌,没能留住女战士的生命。

原来,激战之后,女战士所在的部队,幸存者不多。面对马匪的围追堵截,首长把所有的银元、烟土,分发给大家,让大伙儿先分散到民间,设法求生,找机会奔赴延安,继续革命。

刚才那位女战士,不愿拖累大家。趁着战友不注意,她把分到的烟土,悄悄吞了下去。

面对小个头女战士递来的水壶,嘴唇干得起了皮的老符,竟然没有任何喝水的欲望。他捡起地上那个绿荷包,紧紧攥在手中。

◆被俘的红西路军女战士

他,已经没了眼泪。

老符知道,大腿被削去了一大块,他现在,也只能拖累别人。

当天夜里,他拄着棍子,悄悄离开了……

高台县阵亡烈士陵园落成以后,一位身着红军军装的老人,找到了这里。他随身携带了几样东西:一只闪亮的烟斗,一柄小小的螺号,一条褪色的红丝带,一个水绿的

◆返回延安的红西路军战士

荷包,还有,一张小小的黑白照片。

他说,他要为长眠在这里的3000多名弟兄姐妹,守灵。

从那以后,每天黎明,都有嘹亮的号声,将附近的居民,从梦中唤醒。于是大家知道:新的一天,已经开始了。

清明时分,前来扫墓的人们总会感到惊讶:烈士陵园那些低垂的松枝上,居然开满了莹洁剔透的小白花!

他们不知道,这泪珠般的小白花,是守墓人用时间,更是用心血,一朵一朵,缀上去的。

清明节前后,守墓人还会固执地守在陵园门口。许多年过去了。他见过许多凡人,也见过许多伟人。可他格外注意那些南来的凭吊者。他一个一个地向他们打问。他相信,这么多凭吊者里头,肯定会有大秦、老豆、卫生兵,或者那个女战士的,远方的亲人。是的,只要有一个,哪怕是一个,他这一生的心愿,也算是了了。

30多年过去了。

时光如流水，匆匆漂白了守墓人满头的青丝。退休年龄到了，有人劝他回家，颐养天年。守墓人笑了笑，笑得很淡：去哪儿呢！这里不就是我的家吗！

在尘世的繁华之外，在冥冥之中，因为有3000多名兄弟姐妹相伴，老人从来不曾寂寞。每当微风拂过，老人都会屏息静听。他总能从风中，听到战友们的絮语和歌声。偶尔，这位昔日的老红军，也会正正衣冠，然后庄重地站在战友们的墓前。他要为他们唱一首属于他们那个年代的歌……

我们是铁的红军／钢的力量／工农的儿女／民族的希望／不打通国际路线／不是红四方面军……

马家的官来马家的兵／制造内战打红军／可是我们不愿意／不知那个马家是何心／不分回族和汉族／也不分那官长和士兵／只要联合打日本／咱们就是一家人……

那是一个很平常的早晨，平常得跟别的日子，没有任何不同。周围的人，同样听到了明澈辽远的号声。

就在那天早晨，守墓人吹完螺号以后，照例来到了无名烈士的坟前。他忧伤地叹息一声："唉，大秦，你的妹妹，我没找到。我不能将烟斗，交给她了。老豆，我也不能替你吹号了。还有，你给妹妹的红丝带……我大概等不到那一天了。我老了……"

他摸索着,将小卫生兵的照片,女战士的荷包,一一放在了墓前,一一跟他们絮叨。

这时,他清清楚楚地看到,大秦,老豆,小卫生兵,女战士,他们穿着崭新的灰军装,一起坐在坟头,开心地冲他微笑。他甚至看到,军长也一展愁容,微笑着,站在他们身后。

"大秦,老豆……呵,你们,你们来看我了吗?"老人突然泪流满面。

第二天,人们没有听到号声。有人看到,守墓人倚在一座长满青草的坟包旁。他面前端端正正地,摆放了一只闪亮的烟斗,一柄小小的螺号,一条褪色的红丝带,一个水绿的荷包,还有,一张小小的黑白照片。

带着陪伴了他50年的深深的思念,守墓人终于追随他的战友们去了。

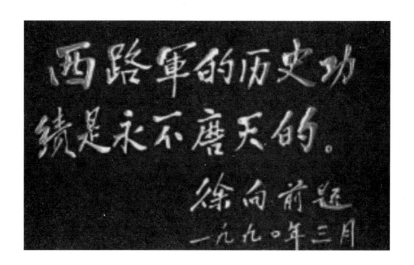

守墓人珍存的那些小物件,现在都摆放在烈士陵园的陈列馆。

而那只小螺号,从此不再有人能吹响。

村子里的人们,怅然若失。但他们一直坚信:其实,每天早上,如果你仔细聆听,你真的能够听到号声呢!有时,你甚至还能听到歌声。它们来自烈士陵园的方向。

符泽攀(?—1986),四川人,红五军战士,高台县阵亡烈士陵园守墓人。

## 七 黎明之殇

1936年的秋天。

收获后的大地，辽阔而坦荡。

夕阳金色的光辉，洒满了古老的城墙。

天空和古城，都渲染着绚烂的霞光。

15岁的张光庭，失神地坐在城墙上。斜阳将他的影子，拉得又瘦又长。

所有的风景，与他无关。此刻的张光庭，正被无法言喻的痛苦折磨着。

19岁的表哥，曾经和自己形影不离的表哥，难道就这么死了？

◆张光庭

像是有尖锐的芒刺，一根根地，扎在了他的心上。

刚刚，父亲给他带来了新麦面做的锅盔，也带来了表哥的死讯。

东北当兵的表哥，被日本人打死了。

送走了父亲，张光庭想独自走走。他始终走不出那死讯带来的阴影。

一阵悲凉的歌声，远远地传来。

带着哭腔的声音，来自古城西北方向。

这几年，不少东北的流亡学生，来到了古城西安。

每天黄昏，那些学生，都会跟着老师，站在城墙上。对着将落的夕阳，他们总是唱着同一支歌。

……九一八／九一八／从那个悲惨的时候／脱离了我的家乡／抛弃那无尽的宝藏／流浪／流浪／整日价在关内／流浪／哪年／哪月／才能够回到我那可爱的故乡……／爹娘啊／爹娘啊／什么时候／才能欢聚一堂……

那声音，带有乡亲哭坟的腔调，回环往复，肝肠寸断，声泪俱下的控诉中，有呼天抢地之悲。

张光庭不由和着歌声，哭出声来。

一

从乾县簧学门小学毕业以后，张光庭考入了西安师范。

全新的环境,让少年张光庭,感受到了前所未有的新奇、喜悦。

在这里,同学们谈论的,不仅仅是课堂上的知识。他们讨论"九一八",讨论蒋介石的不抵抗政策。每到关键处,大家群情激昂。

张光庭被同学们的激情,深深地感染。

同学们经常提起一个蓝田女学生——张景文。

1932年春天,国民政府考试院院长戴季陶,来西北视察。省教育厅召集各校师生5000余人,到民乐园礼堂开会。戴季陶侃侃而谈,时而儒,时而释,时而道,就是不谈现实。张景文和同学们,终于按捺不住了。刚开始,他们递纸条质问:"日本侵占东北大片国土,政府为什么不抵抗?""学生抗日救国,政府为什么要镇压?"戴季陶支支吾吾,敷衍了事。他搪塞的态度,激怒了学生。见势不妙,戴季陶想从后台开溜。"打!"只听张景文高喊了一声。无数的石块、瓦片,一起砸向戴季陶。

张景文,那个柔弱纤细的女孩,她挺身而出的勇气,她被捕后的大义凛然,都让同学们心生崇拜。

离开了家乡,来到了古城,在校园里,在同学中间,张光庭如此真切地,感知到了这个时代的风云变幻。

让大家愤怒和不满的,还有校长。

他带领一帮爪牙,幽灵一样,在校园里游荡。

他严禁学生阅读进步书刊,制止学生参加抗日救亡运动,甚至不准学生同外界来往。

慑于校长的压力,同学们讨论时事时,总是派一个人,守在宿舍门口。

这天,轮到张光庭值岗。暗淡的夜色中,他想起了表哥。忧伤瞬间浸透了他的心。

就在这时,张光庭看到,校长从屋子后面,鬼鬼祟祟溜出来。

"小李,衣服收了没有?"

张光庭一惊,立刻大声喊道。

这是他们的暗号。

宿舍里马上鸦雀无声。

刚才还蹑手蹑脚的校长,一个箭步,蹿了上来。

他一把拧住了张光庭的耳朵。

"小崽子,我让你叫,我让你叫,什么衣服不衣服,我在后窗听了半天了……你以为你通风报信我不知道?"

张光庭使劲地,想要摆脱。可是,他越挣扎,校长越用力。

小伙子的脸,挣得通红。校长的手,哪里是手,那分明是一只大铁钳啊。

"大……大块头,你……你想干什么?你要造反吗,啊?"

紧急关头,校长的手,被一只更大的手,狠狠地箍住。

是大块头,张光庭的老乡。

大块头比张光庭,只大了两三岁,知道的事情,却比

张光庭多得多。

他给大家讲日本侵华战争,讲蒋介石的对内对外政策。不过他讲得最多的,是共产党,是红军。

大块头从小跟着母亲生活。听母亲说,他出生不久,父亲就贫病交加,早早地故去。大个子一直跟着母亲,给城里的富户打工。

在大块头印象里,为了一碗饭,他们母子,什么粗活脏活,都抢着干。每天天一亮,母亲和他,就赶紧给主人打洗脸水,倒小便盆。除了下地,母亲每天还要给人做饭、缝衣。工钱是没有的,能混个吃喝,已经是谢天谢地。

一间没门的破屋,是大块头和母亲的住处。和他们同住的,还有一条流浪狗——黑丑。

时间长了,大块头和黑丑,厮混出了感情。有一天,小少爷不高兴,想拿大块头泄泄气。平时,大块头会由着他,在自己身上一通乱捶。不巧的是,这次,黑丑站在一旁。小少爷刚捶了大块头一拳,黑丑就冲上去,一头将小少爷,撞翻在地。

虽没什么大碍,但宝贝少爷,哪受过这样的惊吓。老爷一声令下,大块头和母亲,便被逐出家门;黑丑,则被活活吊死。

讲起这一切的时候,大块头的眼睛里,有泪水,更有愤怒。

听着大块头的故事,张光庭不禁想起自己农村的父母。

他似乎明白了什么。

上次,吃着母亲用新麦面做的锅盔,张光庭思谋着,今年,家里的小麦,长势不错。接下来,一年的吃喝,应该没有问题。

结果,周末回家,他意外地发现,母亲还在用去年的玉米面,做野菜糊糊。追问之下,母亲道出了实情。原来,缴税、缴租之后,家里新收的小麦,没剩一粒。给张光庭做锅盔的新麦面,还是问邻居借的。

张光庭一直弄不明白,为什么勤俭持家的父亲,一年拼死拼活,总不能挣来一家人的温饱。他不明白,为什么母亲拆东墙补西墙,还是维持不了生计。

大块头的讲述,让张光庭慢慢知道,制造贫穷和痛苦的,其实是制度,是国民党的统治。国民党对老百姓,欺凌压榨;日本人悍然入侵,他们却一再退让。他们把主要的心思,放在了打内战上。也就是说,他们主要关注的,还是怎样消灭红军,消灭共产党。

红军从来不抓壮丁,但无数穷苦人的孩子,却自觉跟着他们,走上了革命的道路——哪怕爬雪山,过草地;哪怕抛头颅,洒热血。因为,红军,是老百姓自己的军队。

在操场上的大柳树下,大块头还给张光庭讲到了延安。他说,延安,现在是红军的大本营。

"没想到,共产党能到离我们这么近的地方,安营扎寨……你知道吗,光庭,现在,全中国的进步青年,从北平,

上海，香港……从四面八方，聚集到了那里。"

树阴中，大块头的眼睛，熠熠生辉。

"我要是什么时候，能亲自去延安，亲眼看到毛主席……那简直是……到时候，咱们一起去吧！"

"好，一起去！"

张光庭郑重地说。

## 二

还没去延安，大块头就出事了！

那是1936年10月13日。

夜幕降临的时候，陕西省教育厅厅长周学昌，率领20余名特务及警察，在校长田杰生协助下，包围了西安师范学校，逮捕了12名学生。其中就有大块头。

第二天，学校又张贴告示，开除了8名学生。

隔壁班上，几乎一半的学生，要么被逮捕，要么被开除。

愤怒和不满，如同飓风，从学校刮过。

空气中充满浓烈的火药味，一触即发。

为营救被捕同学，几位高年级学生（张光庭后来知道，他们是地下党员），连夜发动学生，进行斗争。

由各班推选的20余名学生代表，紧急讨论对策。

大家决定，从17日起，全校罢课。

学生要求：释放被捕学生，撤销开除决定，公开田杰生贪污受贿的罪行，撤销其校长职务。

学生代表分赴西安各中等学校，告知他们西师学生的斗争情况，请求兄弟院校支援。

反抗国民党独裁专制的西师学潮，在中共地下组织的领导下，迅速展开。

领导抗日救亡活动的西师学生救国会，随即成立。

◆西安学生联合会

为镇压西师学潮，10月18日晚，国民党陕西当局调动了大批警察，进驻西安师范学校。

学校被层层包围。

校园的每个角落，都是警察、密探。

学生处于严密的监视之中。

学校禁止学生出入，禁止他们集会。

然而，被控制的学生，并没有放弃斗争。

很快,每个进驻学校的警察身边,出现了两名同学。他们手持童子军棍,声称要协助警察大哥,"共同维持学校秩序"。

张光庭忍住内心的不满,与自己协助的那个警察,和颜悦色地聊天。

一聊才知道,小警察也是乾县人。

两个同龄人,顿时有了共同话题,他们聊乾陵,聊铁佛寺,聊漠谷河……最后,自然聊到了各自的亲人,各自的生活。

原来,小警察也在黉学门小学读过书。只不过,因为家穷,他只读了两年,就辍学了。

小警察的经历,比大块头好不到哪里去。因为家穷,他的哥哥以10块大洋的代价,顶替别人做了壮丁。

哥哥离家一去,音讯全无。害怕重蹈覆辙,他的父母费尽周折,才为他在西安城里,谋了个警察的差事。这个差事也不好干。不做昧良心的勾当,很难挣到钱。

张光庭就给小警察讲学校里的事情,讲大块头的故事……

没多久,警察和学生的对立情绪消去了大半。有些警察对学生十分同情。

各班代表,也利用到水房打开水的机会,互通消息,商量对策。

最后,大家决定,派人从小操场翻墙到安居巷,找一个姓王的先生，设法和校外联络。

张光庭自告奋勇，和其他几个同学做起了联络员。

他的想法很简单：尽快救出大块头，救出那些被捕的同学。

小警察和他的许多同事，有的睁一只眼，闭一只眼；有的索性帮助张光庭他们，悄悄传递一些信息。

校内同学起草的《告社会各界同胞书》《驱逐田杰生宣言》，顺利传到了校外，并被大量刻印，到处散发。

12名被捕的同学，在看守所撰写了《告西安各界同学及社会人士书》，并设法送出监狱，由地下党员印发。

西安高中、西安女师、东北大学工学院的学生代表，在西安高中开会，筹备成立了西安学生救国联合会，支援西师学潮，展开抗日救亡活动。

各校开始罢课声援，并组织学生代表，集体向省政府、省教育厅请愿，要求释放被捕同学，收回被开除的学生，撤换西师校长田杰生。

西安的几家报纸，对西师学潮进行了跟踪报道。

西师学潮引起社会各界的广泛关注，并赢得社会各界的同情和支持。

越来越多的人，加入了声援的队伍。

西安的救亡团体、社会名流、文化教育界人士，以及广大的青年学生，坚决地站在了西师学生一边。

杨明轩（当时主持西北各界救国联合会常务工作）以

西北各界救国联合会的名义，致信省政府主席邵力子，并奔走于社会上层，四处疏通。

在《松花江上》悲壮苍凉的歌声中，西安事变爆发。

被捕学生最终被释放。

◆ 1936年西安学生纪念"一二·九"游行

## 三

生命挣扎在饥饿的死亡线上。

唯有坚强的意志

和继续不断奋斗的勇气,

才能把理想中的乐园,

完满地创造出来。

这是一个阳光灿烂的早晨。

打开了笔记本,张光庭看到了扉页上的诗句。

那是他当年的学习心得。

1937年,在西安师范加入共产党以后,经组织安排,张光庭先后进入陕北公学、鲁艺、马栏党员训练班,进行实践训练和理论学习。

1940年,从同州师范泾阳临校毕业以后,他先后在乾县敬业小学、凤翔师范等学校任教。

四五年过去了。今天的张光庭,已不复是稚气未脱的少年。

他不会再在夕阳下的城头,用眼泪冲洗内心的悲愤。

自信,挂在他的眉梢;坚毅,写在他的唇角。

很少有人知道,这个文质彬彬的年轻人,已经是一个成熟的共产党员,一个经验丰富的地下工作者。

追随共产党,坚持抗日救亡,始终是他义无反顾的选择。

在明亮的晨晖中,张光庭合上笔记本。

他缓缓打开了画夹。

离开故乡,时日已多。许久没有回家,没有见到日渐苍老的父母。今天,他突然很想家。他想起了故乡一望无际的金色的麦田,想起了田野里埋头耕作的父亲。

大片的水墨，在纸上晕染开来。

丰收的辉煌，在他笔下，渐次展开。

可是，张光庭的眉头，却渐渐地蹙了起来。

一年一度的收获，永远撑不起乡村的生活。

故乡的父老乡亲，仍在生死线上挣扎。

张光庭明澈的眸子，染上了沉重的阴影。

直到他将目光，投向宿舍的窗台……

窗台上，是一本鲁迅文集。

文集上，一束绚丽的山花，闪着灼灼的光芒。

他知道，自己的学生已经来过了。

带着浅浅的笑意，他走过去，收起书，将花儿仔细地插入瓶中。

在张光庭生活中，这是最寻常不过的场景。

绘画、书法、音乐，样样在行。多才多艺、谦虚热忱的张光庭，每到一处，都会用自己菲薄的工资，资助那些贫寒的学生。一束野花，甚至几颗煮熟的洋芋——学生也时不时将自己小小的心意，悄悄地放上老师的窗台。

孩子们喜欢张老师。

风度翩翩的张老师，周身笼罩着一层神秘的光辉。他温和醇厚的声音，拥有令人沉醉的力量。

他也讲四书五经，但在他妙语连珠的解说中，那些枯燥的文言文，都成了生动的白话故事，以及简洁的人生哲理。

除了课本，孩子们还从张光庭那里，知道了鲁迅、邹韬奋,看到了《二万五千里长征》,看到各种进步书刊。

这是一个不一样的老师。在他引导下,学生们了解到了另外一个世界,一个校园之外的世界——风云激荡,又五彩缤纷。

接触到了进步思想,学生们开始向往和憧憬另外一种生活。他们开始关心国家命运,关心民族前途。

张光庭的不少学生,都先后参加了共产党。

1943年,奉组织之命,张光庭几次从西安赶到乾县简师,与该校地下党员吴鸿翰、白靖中、祝宽、王彦亭、张海,秘密开会,领导发动了乾县简师学潮。

走上街头,游行请愿;在政府门前,静坐示威……要求当局开除反动校长,释放被捕学生……

看着纷飞的传单,看着学生青春焕发的脸,张光庭恍然回到了7年前,回到了在西安师范闹学潮的日子。那是他真正的人生起点。

经过4个月的努力,学潮取得决定性的胜利。迫于社会各界的压力,当局不得不释放被捕学生,撤销何绥之校长职务。地下党员祝宽开始协助王彦亭,主持教务。

这次学潮在关中及西府各县,产生广泛的影响。它震动了陕西省教育厅,在政治上对国民党向陕甘宁边区进犯等行动,起到一定的牵制作用。

此间,张光庭还组织和领导凤翔师范学生,发动当地农民,进行抗粮斗争。

经历了一次次的风雨，一次次的历练，张光庭这个26岁的青年，已经成长为一个坚定的共产主义战士。

## 四

解放战争时期，白色恐怖笼罩着西安。

八年抗战结束了。

赶走了日本鬼子，国民党统治下的中国，仍然民不聊生。

张光庭知道，他和战友们的使命，还在继续。

从某种程度说，他们的使命，才刚刚开始。

多年的地下斗争经历，让张光庭拥有了广泛的社会关系。

他一方面通过各种渠道，搜集国民党上层情报；一方面打入敌人兵工厂，打探详细信息。这些信息，都被他及时准确地，送到中共陕西省委。

这是一个冬天的早晨。

北风一阵紧似一阵。随风飞舞的雪花，如同细碎的沙粒，打得人的脸生疼。

白花花的泾河河面，到处是浮冰。

泾河渡口，过河的人排成了长队。

宁肯错杀一千，不能漏过一个。

哨卡的士兵，一个个凶神恶煞。

他们见到箱子就打开乱翻。摸着包袱就一通乱抖。

站在人群中，张光庭默默地摸了摸自己衣服的夹层。

那是一份紧急情报，必须在中午之前送到渭北。

眼看着，哨卡越来越近，张光庭心如火燎。

紧张的思考中，他看见了前面的背篓。

背篓里有很多小包裹。

敌人会把这包裹，一一打开吗？

正在思忖，前面那老乡，回头冲他一笑："小兄弟，别着急，马上就到了。"

张光庭意识到，是自己刚才碰到了背篓，老乡并无恶意。

张光庭替他托了一下篓子："老乡，我来帮你背背？"

老乡看了看这个英俊又和气的青年，摇了摇头："唉，不烦劳你啦，马上就到了。"

说罢，他又自言自语："也不知整的哪门子鬼……天天过河，天天查，啥意思么！"

"大哥天天过河？"

张光庭若有所思地问。

"可不是，我天天都从河南背些杂粮面，到河北去卖……没烟土没大麻的……也不知放哨的这些兄弟，到底有什么不放心……呃，不过，也不容易，天天站这里，冻也冻僵了。就这样，也不见得能把日子过好。"

小贩抬起下巴，向前指了指："你看，那不是我们街头老王家的二小子？老王这两天生病，照样没钱买药。"

"哦，是啊是啊……"

张光庭搭讪着。

看见老乡衣衫单薄,脸冻得发青,他心里一动,迅速脱下自己的棉衣,披在小贩身上:"大哥,以后出来,一定穿厚一点,泾河边风大,一般人扛不住啊!"

"哎,小兄弟,你这太客气了,你……"

"大哥,没事,我穿得厚,扛得住。"

推让间,哨卡到了。

熟门熟路的小贩,很快被放行。

哨兵把张光庭,浑身上下摸了一遍,又满脸狐疑地打量着他:"你干嘛去?"

"去渭北找我哥!"

看张光庭走远了,盘查他的士兵自顾自摇摇头。

这个温文尔雅的年轻人,好像有什么地方不太对劲。不过,他身上确实没什么东西。

过了哨卡,张光庭看到,那个小贩正在寒风中,踮起脚朝这边张望。

看见张光庭,他高兴地跑过来:"小兄弟,他们没为难你吧?这帮坏蛋……"

"没有没有,谢谢大哥,谢谢你在这里等我。"

"哪能不等呢,这还有你的衣服。谢谢小兄弟,刚才在河边,可把我冻坏了……多亏了你的衣服……"

"不客气,大哥,应该的。"

小贩看看天空:"太阳出来了,一会就热乎了……小兄弟，衣服还你。"

"算了，大哥，衣服你穿吧……一会到我哥家里，我再讨件衣服……不过，你等一下，我看兜里有没有什么东西……"

张光庭迅速地，把夹层中的情报取了出来。

就这样，他将情报准时送到了指定地点。

看似挥洒自如的张光庭，其实时时有走钢丝的感觉。因为，国民党的特务网络无处不在。

张光庭的新邻居，隔壁的三青团员张丁，就是个小特务。

张光庭清楚，只要抓不住把柄，张丁拿自己，也没办法。匆忙搬家，反倒容易引起怀疑。

虽然知道，张丁时时刻刻都在盯着自己，张光庭还是有条不紊，开展自己的工作。

黄昏时分，张光庭刚吃晚饭，就听见有人敲门。

是严丕显。他按照约定，过来取一份机密材料。

严丕显刚进门，张丁就一闪身，从他后面，挤了进来。

"哈哈哈，张大哥呀，有客人啊？不好意思，小弟过来讨杯茶喝……顺便聆听一下教诲……这不，还能认识个新朋友……哈哈哈哈……"

张光庭看了这个小瘪三一眼，浓浓的眉毛拧了起来。

张丁矮矮胖胖，一双小眼睛挤成了两条线。稀稀拉拉的头发，油油地搭在脑门上。

张光庭给两位客人沏了茶，然后从容地坐下，和严丕显谈起了老家的近况。

很显然，严丕显刚从乾县过来。他给张光庭带了锅盔，还有豆面糊糊，提起张光庭的家人，也头头是道。

听了半天，听不出什么破绽，张丁颇感无聊。他从兜里掏出个小镜子，拿出一把精致的小银梳，把自己水光油滑的头发，往一边梳了梳。

有些不甘心，他又狡黠地搭讪，大谈共产党的嚣张。

张光庭低头，轻蔑地看了张丁一眼，语带讥讽地说："听说前不久，共产党的大人物就住在西安八路军办事处，你们怎么不去抓？整天想从小学教师中找共产党，恐怕你们就不认得共产党是什么样子！"

张丁张口结舌。他嘀咕道："我觉得你小子就像个共产党！"

"你说什么？"张光庭笑着问。

"嗯嗯，我什么都没说。"张丁狠狠地瞪了张光庭一眼，转身就走。走了两步，他又返过身，将眼前的茶水一口抿掉。

看着他的背影，严丕显和张光庭心领神会，相视一笑。严丕显顺利地取走了材料。

## 五

冬天的黄昏，乾县县城苍茫一片。

四处升起的炊烟，给这旱塬上的小城，涂上一层朦胧的暖意。

张光庭匆匆走在乾县的大街上。

他急着去找一个人，新兴商号的老同学——苗育林。

前一天接到通知，组织急需一笔经费。

张光庭有点发愁。这笔钱的数量，远远超出他的能力范围。

到哪里去筹这么多的钱？纠结了一夜，他突然想到了苗育林。

和他一起上过小学的，那个胖乎乎的男孩子。

小时候的张光庭，很难吃上白面馍馍白面饭。早上上学，父母给他带的，一般是玉米面锅塌塌。每次看他啃锅塌塌，胖乎乎的育林就会走过来，坚持拿白面锅盔交换，他说，自己就是喜欢玉米面，但妈妈不给做。

这样，小学几年，张光庭几乎每天早上，都可以吃一顿白面锅盔。

在西安读书时，张光庭也见过苗育林。

到西安进货，听张光庭讲自己的校园生活，苗育林很是羡慕，可是，那时的他已经继承了父亲的生意。偌大的商行全靠他打理。他和张光庭，已经有了完全不同的人生轨迹。

不知为什么，张光庭对这个久未谋面的同学，很有信心。

果然，听到老同学开口借钱，苗育林没有推辞。

当年那个小胖子，如今这个气宇不凡、闻名县城的小老板,深深地看了张光庭一眼。

"我知道,你既然开口了,必是有急用。可惜兄弟我,一下拿不出这么多现洋。要么这样吧。"

沉吟了一下,他吩咐手下,马上去备40石麦子。

张光庭准备好的一套说辞,根本没用上。

苗育林不仅备好了粮食,还备好了车马。他连夜将张光庭送出了县城。

在马灯闪烁的光辉中,他拍了一下张光庭的肩膀:"兄弟,好好干,粮款可还可不还,你呢,可得注意安全。"

走出了很远,张光庭回过头。他看到,那盏送别的马灯,还孤孤单单,伫立在暗夜的路边。

他眼前,出现了老同学真诚又担心的眼神,还有当年的锅盔。

一抹笑意,滑过他柔和的唇线。他突然有点难过。

连夜赶回西安,还没来及好好睡一觉,张光庭又接到了新任务。

入陕的李先念部有一位伤员,由中共长柞工委,护送到西安治疗。

医院里到处安插着国民党特务。送负了枪伤的伤员进医院,无疑是自投罗网。

事不宜迟。

张光庭迅速将伤员,安排进自己五区一小的教员宿舍。

他对外宣称,自己的表弟咳血不止,应该是得了什么大病，所以来西安治疗。

白天，他从外边抓来大包大包的中药。不过他知道，伤员的伤口严重感染，中药已经起不了什么作用。

盘尼西林！

对，这是当时最珍贵，最稀缺，也最有效的药品。

他先找相关的诊所。找遍所有认识的医生——从曾经的同学，到乾县的老乡。

大家的目光或遗憾，或迷惑，答案却只有一个：没有！

只有去公立医院了。

他忽然记起了姚婷，记起了那个柔弱美丽的女孩。

认识姚婷，是在西安师范读书的时候。她常来张光庭宿舍，看望自己的表哥。闹学潮的时候，她还委托张光庭，给表哥捎过东西。多年以后，张光庭曾在西安的街头，碰到过她。听姚婷说，她的表哥，参加了孙蔚如将军的部队，已多年没有消息。而她自己，也已结婚生子。她的丈夫，是一位国民党军官。她以军人家属的身份，进了当地的军队医院，在那里当护士。

姚婷的经历，让张光庭感到些微的震惊。只是，这事，很快被他忘掉了。

此刻，姚婷突然从他记忆里跳出。张光庭看到了一线希望。成，或者不成，他都准备一试。

接到门卫的电话，听说表哥来找自己，医护室里的姚婷，大吃一惊。

她以为，失踪的表哥，早在抗战中牺牲了。

姚婷用有点发抖的手，接起了电话。

"你是，表哥？"

"对，我是你的表哥，张光庭。"

电话那头的声音，冷静，坚定。

张光庭，表哥宿舍那个男生，那个清俊、机灵的小男生？

闹学潮时，每次都是他，帮自己和表哥，互通消息。

多年过去了，她还记得他果决，又略显稚嫩的眼神。

后来在街头见过他。他成熟了，也更清俊了，可是，事后，两人并无交往。也许，是因为她的身份，国民党军官的妻子？

不知道为什么，姚婷觉得，张光庭来找自己，一定有重要的事情。

她使劲地，让自己平静下来。

"呃，表哥，你把电话给门卫。"

在张光庭进来前的几分钟时间里，姚婷的心中，掠过了无数种可能。

见到张光庭的那一刻，她豁然明白，所有的事情，都非她所想。

张光庭的神情，疲惫而坚定。憔悴，掩饰不住他眉宇间的英气。

姚婷马上意识到，站在她面前的，已经不是当年那个半大孩子了。

"姚婷，我今天来，不为别的。我想求你帮忙，给我弄点药。"

张光庭一开口,姚婷就意识到什么。

"你要?"

"对,盘尼西林。"张光庭迎向她的眼神,温和、坚决,没有任何可以拒绝的余地。

"你,你得等等。"

姚婷觉得,张光庭的口气,就像在替表哥,向她要什么东西。她无法拒绝。

当天下午,张光庭顺利地拿到了盘尼西林。

## 六

1949年元旦,毛泽东发表了新年致辞——《将革命进行到底》。

不久,中共西安市工委书记韩夏存,从关中带回了"致辞"的腹稿,口授给张光庭,吩咐他尽快印发,尽快让西安人民了解国内形势。

为了从内部分化瓦解敌人,张光庭和战友,准备将"致辞"印件,以及中共《告蒋管区公务人员书》,一起寄发给国民党军政机关。

为了将邮件送至国民党要员之手,他们找到了新发展的地下团员——国民党西安市警察局五分局户籍员王某。

王某帮他们从印刷馆找了 50 个五分局的带衔信封。邮件被迅速寄出。

不料,有一封邮件,被特务意外查获。

看了"致辞",看了《告蒋管区公务人员书》,备受失败煎熬的胡宗南,暴跳如雷。

尽管知道是垂死挣扎,他也不愿这样,被共产党彻底瓦解。

看着眼前发呆的警察局局长肖绍文,他狠狠地把茶杯,砸在地上。

看见匆匆赶来的五分局局长严益敬,他冲上去,直接扇了一个耳光。

气急败坏的胡宗南命令:严查共产党,限期破案。

地下党还没察觉,一场大搜捕悄然展开。

印刷馆经理供出了户籍员王某。

户籍员王某供出了五区一小的地下党联络点,供出了张光庭等同志。

元月 19 日的晚上。

浓密的夜色,将五区一小,包裹得严严实实。

晚上 11 点左右,奔波了一天的张光庭,疲惫地回到了学校。

第二天,他就要动身,奔赴边区。几日来,为安排后续工作,他天天都在连轴转。

刚进校门,他感觉眼前一黑。

冰冷的手铐。眼睛也被蒙上了黑布。

特务把张光庭押进了囚车，又窜入他的宿舍，砸箱扭锁。

张光庭安静地坐在囚车上。他甚至没有一丁点的挣扎。

他知道，这一天，终于来了。

没什么好惊慌的。从在党旗下宣誓的那一天起，他就做好了准备。

这一天，五区一小校长、地下党员白靖中，教师黄文轩，还有西安市卫生局职员、地下党员张延龄，同时被捕。

开始，张光庭和他的战友们，被关押在鼓楼八家巷监狱。1个月后，他们被转入东大街炭市街敌人大队部监狱。

不出张光庭所料，审讯方式，首先是分化、诱供、讹诈。

"有人交代了你和王某的关系。你有什么话可说？"

"我不认识王某，有什么关系！"张光庭淡淡地说。

看着敌人找来的叛徒，张光庭平静自若。他只是说："他以前是我的学生，但我从未让他办过什么事。"

刑房里，看着那些血迹斑斑的刑具，张光庭明白，考验自己的时刻到了。

不过，想起以前经历的那些血雨腥风，想起那些在斗争中牺牲的战友，张光庭知道，比起心灵的折磨，皮肉之苦，真的算不了什么。

抽皮鞭、灌辣椒水、上老虎凳……

血肉模糊的张光庭，已经感觉不到疼痛。他只是在告诫自己：保持清醒！保持清醒！不论什么情况，都不能给敌人可乘之机。

因为是胡宗南钦点的"要犯",张光庭一直是敌人审讯的重点。

面对严刑拷打,张光庭只有一句话:"我什么也不知道!"

一次,敌人逼问:共产党员苏明远,是否从边区来到了西安?

张光庭扬起唇角,微微笑了一下:"苏明远又没到监狱给我报到,我怎么知道!"

他的微笑,战友看了心伤,敌人看了胆寒。

恼羞成怒的敌人,将烧红的烙铁,架在他背上。

皮肤烙得吱吱响,牢房里弥漫了人肉的焦煳味。

张光庭昏死过去。

这是隆冬时节。铺着碎麦草的牢房里,没有被褥,大件衣物也被特务收走了。

狱友们的身上,遍布虱子和冻疮。一两天吃不上一顿饭,喝不上一口水,成了常态。

看着遍体鳞伤、气息奄奄的张光庭,狱友们忧心忡忡。他们不知道,这个年轻人,还能撑多久。

每次醒过来,备受折磨的张光庭,都会用微笑,安慰其他的狱友。

极度虚弱的他,总是拼着全身的力气,告诉大家:"不管怎么审问,都不能乱说,更不能牵扯别人,在这个地方说话，一句也疏忽不得。只要我们口供一致，才能保证不出问题……不要害怕，害怕就害了自己，说了实话也不能逃生。你越说，他们越想得到更多的东西，你越要招大刑，王某就是例子。你什么都不说，他们也拿你没办法。"

看到被提审回来的狱友，只要不昏迷，他总会挣扎着起来，仔细察看伤势，清理伤口，帮助喂饭，安慰鼓励。同时，他也会认真地了解敌人的审问情况。

在张光庭的努力下，尽管敌人的审讯，越来越频繁，但大家的情绪，逐渐稳定下来；团结斗争的意志，更加坚定。

张光庭始终没有忘记他入狱前的誓言："一旦被捕，第一不承认自己是共产党员；第二不出卖组织和同志；第三宁肯死在狱中，决不当叛徒。"

考虑到胡宗南逃离之前，很可能对关押的共产党员，痛下杀手，张光庭和几位同志商量：想办法，让狱友里头，有人活着出去，哪怕是一个人，也好给组织、给家里报个信儿。

经过分析，大家觉得，黄文轩是位普通教员，平时寡言少语，和别人不甚来往。他看上去，更像一位事不关己不开口的好好先生。

对，黄文轩出狱的可能性最大！

统一了口径，大家齐心协力，在一次次审讯中，极力将黄文轩"往外推"。

终于，自作聪明的国民党释放了黄文轩。

黄文轩出狱后的第一件事，就是根据张光庭和白靖中的吩咐，迅速通知有危险的同志，让他们马上转移。

敌人进一步破坏西安地下党的阴谋，彻底落空了。

而上级党组织，也一直在不惜代价，全力营救张光庭他们。

无奈，由于该案系胡宗南亲抓的"要案"，营救活动，最终未能成功。

这是1949年4月下旬的一天。

张光庭躺在冰冷的监狱里。

狭小的窗口，透进了一束细弱的阳光。

张光庭注目良久，才缓缓地合上眼睛。

被日本鬼子杀死的表哥，去了延安的大块头，小胖子苗育林，一个个从他眼前掠过。

他的记忆，最终定格在乾县东乡小坳村，定格在门口那棵巨大的枣树下。

他仿佛看到，头发斑白的母亲，正在家门口焦急地张望、等待。

他仿佛看到，夕阳下，步履蹒跚的老父亲，正荷锄归来……

他还想到窗口，再看一眼窗外的蓝天，但两条被打断的腿，不听使唤。

他很清楚，最后的时刻，快要来了。

第二天晚上。

斜月如钩，冷冷地照着城墙，照着这座古城里，最后的疯狂。

惨淡的灯光下，一群敌人蜂拥而入。

他们只用了几分钟时间，就将备受折磨、没有任何反抗能力的张光庭、白靖中、张延龄装进了麻袋。

月色中，几位坚强的战士，一一被投进大队后院的枯井。

投进去以后，敌人意犹未尽，他们又将两个碌碡，推了下去。

第二天，有人看到，几个工人正在枯井上面，紧锣密鼓地，建房修屋。

就连修房的工人也不知道，前一天晚上，这里发生了什么。

明了这一切的，好像只有城头的斜阳。

也许，那亘古不变的斜阳，那历尽沧桑的城墙，还记得13年前，还记得那个坐在城墙上、满眼忧伤的少年。

那少年就那样，在《松花江上》悲怆绵长的曲调中，走向他生命的远方。


张光庭（1917—1949），笔名泓波，化名杨彬，陕西省乾县人。1935年毕业于乾县黉学门小学，1936年秋考入西安师范。1937年加入共产党，一直从事地下工作。1949年1月被捕，同年4月英勇就义。

陕西出版资金资助项目

中国故事

长安光女

峥嵘与不朽

桦桢 著

西安交通大学出版社

### 图书在版编目（CIP）数据

峥嵘与不朽 / 桦桢著 . -- 西安：西安交通大学出版社，2018.9

（中国故事：延安儿女）

ISBN 978-7-5693-0842-6

Ⅰ.①峥… Ⅱ.①桦… Ⅲ.①革命故事—作品集—中国—当代 Ⅳ.①I247.81

中国版本图书馆CIP数据核字（2018）第199639号

| | |
|---|---|
| 书　　名 | 峥嵘与不朽 |
| 著　　者 | 桦桢 |
| 策划编辑 | 张瑞娟　贺彦峰 |
| 责任编辑 | 贺彦峰 |
| 出版发行 | 西安交通大学出版社（西安市兴庆南路10号邮政编码710049） |
| 网　　址 | http://www.xjtupress.com |
| 电　　话 | （029）82668357 82668851（发行中心）（029）82668315（总编办） |
| 传　　真 | （029）82668857 |
| 印　　刷 | 陕西天之缘真彩印刷有限公司 |
| 开　　本 | 787mm×1092mm　1/16　印张 15.75　字数 141千字 |
| 版次印次 | 2019年1月第1版　2019年1月第1次印刷 |
| 书　　号 | ISBN 978-7-5693-0842-6 |
| 定　　价 | 360.00元 |

读者购书、书店添货，如发现印装质量问题，请与本社发行中心联系、调换。

投稿热线：（029）82668284

读者信箱：qsfs2010@sina.com

版权所有　侵权必究

# 目 录
CONTENTS

一　星火燎原 /1

二　初举义旗 /20

三　存续苗种 /47

四　逸民罹难 /72

五　转战陕甘 /105

六　义士绝命 /130

七　奇兵夜袭 /155

八　前赴后继 /186

九　劳山遇险 /206

十　精魂不朽 /222

十一　尾声 /242

# 一 星火燎原

黄水奔流向东方,
河流万里长。
水又急,
浪又高,
奔腾叫啸如虎狼。
…… ……
风在吼。
马在叫。
黄河在咆哮。
…… ……

◆ 20世纪初的黄河渡船

五千年的民族，

苦难真不少！

铁蹄下的民众，

苦痛受不了！

受不了……

………………

——《黄河大合唱》

公元1911年，辛亥革命烽火起，武昌首义，举国响应，溥仪退位，民国建立，弃除帝制，共和议事。中国历史翻开了崭新的一页。

然而，正如那首陕北民歌中所唱到的"天下黄河九十九道弯"，道路是曲折的，中华民族复兴的步伐没有在辛亥革命成功后笔直迈向前方,它并未立刻像鹏鸟那样展翅飞起,反而如鲲鱼般一头扎进了水里。袁世凯篡权称帝,孙中山二次革命,众军阀混战争锋,诸列强虎视眈眈。苦的,是黎民百姓,是"未敢翻身已碰头"的想要努力站起来的中国人民。

提起我家 家有名
黄河那畔上这伽蓝村
祖祖那辈辈受贫穷
我扳船摆渡过上那光景

说我难 我真也难
一年那四季呀扳水船
头顶上立人我脚踏上扳
风里那雨里在浪里头钻
风里那雨里在浪里头钻

划船那苦 摆渡难
脚踏那阴阳这两世界
刮风那下雨这浪滔天
一船人伏在这大浪尖
一船人伏在这大浪尖

宽阔浩荡的黄水大河之上,在一条出秦入晋的小船船头,船夫唱起了这首扳水小调的劳动歌谣,歌声昂扬,乐动两岸。风劲浪急,但伴着民谣的律动,船夫熟练地扳水东渡,小船头刺开大浪尖,摸着水流的脉络驶向对岸。"刮风那下雨这浪滔天,一船人伏在这大浪尖。听见么,学生娃?抓紧,扶好!"

这一船上只有一位乘客,他着一身粗布长袍,梳分头,眼睛不太大,双目有精神,眉宇间生有一股不平之气,虽说刚过本命年,但看上去只有20出头。船夫管他叫"学生娃",其实他已是陕北安定县小学里的教书先生了。此刻他正出神,似没听到船夫的提醒,一个浪头滚来,摇晃得他差点翻倒,水花澎湃溅起,拍湿了这青年人的胸膛。

"坐稳,扶住!"船夫没有回头,继续推扳向前。"怎么样,学生娃?不听咱这苦力人的话,吃苦了不?你这干干净净的好衣裳,湿了不?"

年轻人挪挪屁股,扶了扶行囊,自语般回道:"衣服湿了没事,书本没湿就行。"

"你们这些读书人,脑袋里开出的花花,我闻不出香。风浪这么大,你只顾护着书,不留心保着命。要是连命都没了,你拿啥读书?"

"对着哩。您说的对。"他无意争辩。

"我这话对着哩,你就给我扶稳。莫瞧我是苦力人,我船扳得可是好。我这船在河上来来回回三十年,从河东到河西,从河西到河东,可是从来没落水过一个客人。你不要仗着自己能读书写字,就想当第一个从我船上往水里钻的人。今日浪大,你掉下去,我可救不起。"

男青年看着老船夫黝黑的脊背,仿佛望见了冲霄的山岳。那被日头暴晒割划出的一条条裂纹,好似高原上的沟壑,汗水混着浪水淌过皮肉的缝隙间,又好似平原山谷中的溪流。烈日是天的力,重量是地的力,狂风是气的力,巨涛是水的力,而那紧把着船扳的经脉突起、钢铁精肌的坚实臂膀,那稳立船头的微屈的双腿,是血肉之躯的人的力。奔滚的黄河,狂啸的黄河,纵情从黄土高原一跃而下,劈开吕梁雄山,朝着中原大地上恣意地腾流而去,一心要冲向浩瀚无边的海洋。而此时此刻,这不可驯顺的黄水巨龙,却让一个不起眼的船夫驭上了脊背,任它如何腾挪,都要承载起这残旧小舟上的一老一少,迎风前行。

正是这样的人,千万年来,不计其数的这样的苦力人,得着黄河的养育,又驯驭着河水,撑举起巨龙。然而,也正是这样的人,虽在风里雨里钻得了滔天巨浪,却"头顶上立人"地"祖祖辈辈受贫穷"。那后生娃刚才的出神,并非真是心顾随身书籍,而是听着老船夫的歌谣,想到了人民的伟大和世道的不公。现在,他沾湿了的胸膛非但不凉,反而更热,船夫随浪起伏的背影,更坚定了他此行的决心。

"你那包包里装的是什么宝贝书册?咋把你惊吓得连命都顾不上了?"

"是一套三本的'三民主义'。"

"啥？三个啥主意？"

"三个好主意，民族、民权和民生。而今皇帝没有了，说简单点，就是以后要让老百姓说了算，叫人人都有饭吃，任谁也饿不死，大家伙一起过好日子。"

"学生娃，你说的这些个名堂，我听着不懂。皇上是没了，但老百姓说了可不算，像那阎锡山就是个'山西王'，在山西，就他说了算。我看，没饭吃的人还是没饭吃，穷人总归还是穷。你们读书人是真饿不死，啥个朝代都饥不了，屋里坐着写字，书纸堆里风不吹着雨淋不着太阳晒不着。不下地割麦，不上山砍柴，蘸着墨汁在纸上写几个字，就说能叫人人都吃饱，谁信谁就真饿死了。"

是啊，这不正是他走下讲台，非要东渡入晋的原因嘛。纸上这些新主张，飘荡在中华的上空，像是浮云蜃景，总也落不到大地的土壤中去。三年前，他在西安城求学时，也参加过五四运动的游行与罢课，和同学们一起在街头示威、呐喊，揭露官僚的腐败、政客的无能。可然后呢？然后他看到了更不堪的现实，似乎没有希望的现实。连一个碎碎的安定县小学里，都有着政商的勾结、贪官的包庇，而那些新学、旧学的迂酸书生们，或同流合污，或假装失明，纸册中"民权"与"民生"所许诺的种种好处，一样也没降临到穷苦人的身上来。

风浪愈加平静，船就要靠岸了。船夫仿若无心地问了一句:"你那写着好主意的宝贝书,到底是哪个写的么?"

"孙文,孙中山,也叫孙逸仙……"

"哎唷唷,这名字比点子还多。没听过,知不道。"

青年微微一笑,上岸告别了船夫,踏足三晋大地。

此人姓谢,名德元,号浩如,字子长,生于陕北安定县枣树坪,延河边上,凤凰山下。谢子长自幼聪颖,有仁心,讲义气,虽身材瘦小,却怀着雄才侠骨,好打抱不平。其父谢彪鹏为人正直,行事公允,在安定县一带颇有些威望,平日里好结交读书人,略有文采,常帮着邻里乡亲写一些碑文、对子、喜帖、悼词,认识的都尊其为"谢老先生"。谢彪鹏在县城里经营一爿杂货小铺,育有三子、四女,过着不愁吃穿的小康日子。子长在家中排行最末,打小便得了一众哥哥、姐姐的荫护,也享着父母亲朋的宠爱,没吃过什么苦,全心意投在学业上,博览群书,成绩超人。

1919年,谢子长南下西安,入陕西省立西安第一中学求学,翌年转入陕北联合县立榆林中学学习。因受五四精神感召,急于改造世界、唤醒中华的谢子长未等到中学毕业,便赶回故乡,在安定小学当起了老师,想通过多教育些娃娃来抖擞起这黄土高原的精魂。躁动的心无法安困在狭小讲台上,任教时日不多,谢子长动起了投笔从戎的念头,竟要抛下安稳的教职,去扛枪杆子。

谢彪鹏老先生忧心小儿子的前途,顾虑他可能就此误了一生,走上条蛇头鼠尾的偏斜道路。两位兄长甚是兴奋,

支持这瘦小的弟弟去当个武将,似乎谢子长能迈出他俩想迈却迈不出的步子,金戈兴中华,威力振三秦。谁叫他是最受宠爱的老幺呢?谢彪鹏终究是拗不过家里这位老三,允他去考山西太原的学兵团。父母四行老泪,目送爱子踏上了刀兵火石的东游之旅。

1922年,秋,太原城。谢子长垂着脑袋,挎着行囊,步伐沉缓地走回了旅店,回到他那间冷清的客房,倒在那张又潮又凉嘎吱作响的木床上。

太原学兵团的实质,是阎锡山为巩固扩充晋绥军力而创办的军事学校,乃是从1912年赵戴文主持的将校研究所发展而来,1918年由商震筹组太原学兵团干部训练队,翌年扩为学兵团,下设12个连,对教育部称斌业中学,对陆军部报为步兵第9团。

欲入太原学兵团学习,需要经过目测和笔试两轮考试。目测带有一定体检的性质,由考官观察考生的身姿气宇,决定其是否有资格参加第二轮的笔试。谢子长天生瘦小,个头不高还驼背,猴腮长脸谈不上英俊,在第一轮的目测环节里就被刷下出局。

笔试没有参加上,眼看考期就此结束,招生人数也已满额,谢子长陷入梦断龙城的愁苦中,似与想象中的戎马生涯再没半毫干系了。

难道就这么回去吗?五百里路披星戴月,下高坡,渡大河,风雨兼程,挎行囊,啃干馍,从延州到并州,这么远,他就是来听那些穿军装的人的嘲笑的？只凭相貌、身材，那军官就可以认定他不适合当兵？他自己也要就这么认输吗？想起父亲的不同意、母亲的不答应，两位老人送别时的泣声，仿佛还在昨天，今天，他谢浩如，也不得不在此低头吗？

反侧难眠，心乱如麻。后半夜，胸中愤懑已凝成一股豪气，月淡风清时，谢子长心中落定了一个念头，暗自叫了声："睡！"哪管他什么东西西东的，放心安眠，待黎明朝阳升起时，咱且看谁是英雄。

第二天午饭前，约莫快十一点钟的时候，太原学兵团门口正对的墙上，贴出一张红底黑字的告示帖，题为《秦人在晋言志书》，作者署名"谢浩如"：

秋到落叶萧萧下，不尽黄河滚滚来。昔重耳于秦之北（吾家乡）避难，还晋而终成霸业；今秦人赴晋投笔从戎，岂料尔等以貌取人，不问鸿志与否？实有违秦晋之好。人岂可貌相，海水又何斗量。历来成就大业者不在体貌伟岸，而在是否立远大志向也！人言吾体小弱瘦，安知吾红心跃动，热血沸腾乎！中原逐鹿、谁主沉浮，貌美体壮而胆小如鼠者能担此乎！治乱在于军，救民出水火，吾辈之重任了。呜呼！燕雀安知鸿鹄之志哉！此处不留人，自有留人处，中华大地任吾驰骋。鹿死谁手，岂在一时，天将降大任于斯人也，鼠辈能知乎！

谢浩如 壬戌秋

这篇文章震动了龙城,太原学兵团内外,不知有多少人愿意推荐保举,学兵团考官不敢忽视民意,特为谢子长一人设考笔试。既不负众望,又出乎意料,莫小瞧他其貌不扬,人家提起笔来可是答出了个各科全优,学力远超于早前已通过的那些考生们。就这样,谢子长被破格录入太原学兵团,开始了他的军旅生涯。

荏苒光阴似疾风飞矢,一年时间眨眼就过去了。在入学后的日子里,步兵操典、马术劈刺、行军宿营、野外勤务、实弹兵器、交通城防、战备动员、战斗联络,各式战略战术兵科武学无不被谢子长学得样样精熟。

1923年夏,第一学年结束,子长赴河南考察社会民情,看到众军阀剥削蹂躏下的中原大地贫瘠黑暗,心胸愈发不平,于是决定北上入京,去瞅瞅中华民国大总统脚下身边的地界是个什么好模样。这年正是直系军阀主掌北京的时候,第一次直奉大战的炮声还在人民耳畔回响,罢免黎元洪又贿选"猪仔议员"的腐败闹剧又在大家眼前上演着。什么"联省自治""恢复法统",净是些打着"民主""自由"旗号来侮辱民主与自由的龌龊恶行。没变的,是掌权者对民众的压榨;变了的,是权贵们变本加厉的侵夺和更加丑陋的吃相。

这就是北京啊,神秘的禁城与古旧的城墙,多少悲剧与喜剧在高墙内外上演过,多少刀枪的搏杀声在岁月里哀鸣着。这是灰色的悲凉的北京,被列强和军阀们吸食过骨髓的北京。这也是血色的滚烫的北京,青年人在广场上呐喊,新思想、新主义正在这座城市的角落里发酵酝酿,即将穿过街道和楼宇、越过山谷和河流,传遍整个中国。

初到京城,来自黄土高原的谢子长不大喜欢大首都的土腥味儿。有一种不自在的感觉,让他说不清。这种不适应,引发出子长的乡愁,促使他更乐意待在延安会馆的客房里,翻阅书籍报刊。

当时的北京城里,有一大批陕西旅京青年,因西北闭塞落后,三秦的学子们很乐意到京城里接触最新的思想、学习先进的技术。城中的三座陕西会馆成为这些陕籍青年的交流、聚会之所。这三大秦人会馆分别是关中会馆、延安会馆和榆林会馆。

"有没有煎饼?"

"今天煎饼没的。有麻辣肝盖面。"

"没有麻辣肝碗坨子?"

"只有盖面。"

"盖面就盖面吧。"

右手筷子挑起面,左手捧着一本《共进》,谢子长边吃边读边叹气。

"这位同学,文章不好看吗?谁的糟烂文章,引得你唉声连连?不妨说说。"门外踱步走进来一个人,新派书生模样,墨色长袍掩不住肚皮微微有些发胖,眉目显出种后天养成的清秀,讲话声透着发自灵魂深处的挺拔。

突然被这位素不相识的同乡提了古怪的问题,谢子长不大想搭理,礼貌而敷衍地回话:"吃不到煎饼,也吃不着碗坨,这辣肝子拌出来的好像是炸酱面,偌大一个北京城,吃不上想吃的东西,我叹这首都的味道不好。"

"同学,你的家境想必还是不错。我小时候在绥德,照样也吃不上想吃的东西,有时连不爱吃的东西都吃不上,没东西吃,饿着。"

子长未想到对方会这般对话,令他语塞,遂放下手中的筷子,认真起来。"长这么大,我没饿过肚子,但我也知道穷人的苦。其实,我刚才叹气是因为这本刊物里有篇文章写得幼稚,作者虽有热情与才华,却好像把事情看得太简单了。"

"哦?哪篇文章?说说你怎么想。"

谢子长递上手中的《共进》杂志。"我在会馆大厅的桌上看见的,随便翻翻。你看,"谢子长指着一篇文章的作者名,"这个叫'逸民'的,写的这什么'有感'的诗,喊的全是口号,'勿愁不能成功,勿惧牺牲性命!'叫着:前进,冲锋,杀光军阀。怎么杀?这手枪和炸弹是能全凭他挥笔写出来的么?教青年们不怕死,可是要拿命换什么?前进是往哪儿去,没头绪地在这人间瞎冲乱撞么?"

那书生接过杂志,皱着眉头听子长评说,微微点头,又微微摇头,然后将书册反转过来举给子长看。"他这里最后写明了的,青年有责任接过烈士的重担,'争我们的自由幸福'啊。"

"自由和幸福，说得漂亮，谁见过？话说得漂亮的书，我读得多了，从先秦一直读到现今。现今人写得还不如先秦人，各种主义的空话把我耳朵都磨出茧子了，真是羞先人哩。"

"那当今中国，就没你看得上的作者？"

"有，不少，鲁迅、胡适、陈独秀等等，他们看问题看得透。那蘸了人血还不治病的馒头、看破吃人的礼教史的狂人……鲁迅的书我爱读。"

"我倒认为鲁迅先生因生自富庶的江南，看得再透也没看见西北的贫苦。他写的小说里的人还能吃得上蘸了人血的馒头，可我所见的世界里的人，喝人血时都没馒头可以蘸着吃。那在史书中看出吃人的是狂人，而饥荒年里吃人的人可不狂，易子而食不稀奇，也未见得是有多凶恶多狠心。"

"你的话有理，但不全有理，鲁迅看见的是普遍的深层的馒头和人血，你看见的是具体的浅层的。太具体反倒不深刻。"

"那你刚才叹这逸民的文章，不就是嫌他不具体么，怎么鲁迅的普遍就是深刻，逸民的抽象反而成了毛病了？"

谢子长这才发现他被对方七绕八拐地带进了自我矛盾中。"这……我想想……"他现在也像那书生一样皱起了眉头，"噢。你这比得不恰当，鲁迅先生是多大的学者，人家在北京大学教书，这逸民，这谁么，看这首四不像的新诗，我真觉得他没读过多少书。"

书生露出尴尬的笑容，"这位逸民的确没法跟鲁迅先生比，但他还是读过一些书的。"他放下那本《共进》，向谢子长伸出右手。"同学，你挺爱思考嘛。陕北哪里人啊？"

谢子长起身握手，道："凤凰山下安定县，谢德元，号浩如，字子长，平时也是爱胡思乱想，没多大学问，榆林中学没毕业，太原学兵团入学一年了。"

"看来是有大志向。你以前在榆林中学上过学，我去年在榆林中学教过书，我们有缘。"书生举左手指指自己。"绥德汉子李登瀛，字里也带一个'子'字，李子洲，北京大学哲学系毕业，李大钊是我的授课老师。我平日里喜欢写些四不像的文章，稿子大多供给了《秦钟》《共进》。'逸民'，是我的笔名。"

谢子长尴尬地一笑，挠挠头，不知该怎么回应。

"子长啊，我们都认识到了现在的现实，人吃不上馒头，人在吃人。这黑暗，这残酷，人只要不瞎，都能看得见。可是，我有一个理想，就是让人人都吃得起你现在吃的这样一碗面。"

"难吧！我也还不是顿顿都有肉吃，你竟想让人人都吃得起麻辣肝盖面？这口气是不是大了些？"

"我没吹牛，这就是我想要的世界：没人挨饿，也没人受冻，人不吃人，人人都像人一样活着。"

"我可没想那么大。你这太像是做梦了。你怎么敢做这样的梦？"

"我就是要做这梦。我信这梦能做成哩。这个梦叫'共产主义'。"

这就是李子洲与谢子长的第一次会面。此时，李子洲才刚加入中国共产党不久，而谢子长还没怎么接触过共产主义的思想。这次北京的游历，谢子长待的时间不长，但走时得了李子洲赠送的几册《共产党》月刊、一本《共产主义ABC》和一本《共产党宣言》。这些书，这次会面，已在谢子长心中播下了种子。

李子洲可是当年京城里的风云人物。他生于绥德县城关镇一个银匠家庭，家境贫寒，小时候读不起书，十五岁才有机会第一次上学，苦学十年，1917年考入北京大学预科，两年后转入哲学系。1919年，李子洲担任北京大学学生会干事，是五四运动的主要参与者和组织者，也是在这一年，他加入了由老师李大钊所创建的北京大学马克思学说研究会。陕西学子的进步刊物《秦钟》和《共进》颇有些影响，就是由李子洲和魏野畴、刘天章等人一起创办的。

据李象九后来自述："为了寻找真理，我于1921年借故请假回家，去北京游历。到北京后，我结识了陕西旅京学生李子洲、魏野畴、刘天章、刘含初、耿炳光、呼延震东等人。他们都是思想进步的青年知识分子，对我的思想影响很大。特别是李子洲、魏野畴、刘天章，对我影响尤为深刻。"

如李象九一样在北京的三秦青年学子,并不少,他们在李子洲的影响下,大多在1922年加入了由《共进》杂志发展而成的"共进社"。

1923年,李子洲入党,介绍人是李大钊和刘天章。

1924年,李子洲回到榆林,任绥德陕西省立第四师范学校校长,在陕北的大地上传播着他从北京带回来的思想。

◆李子洲用过的文具盒、砚台

也差不多就在此时,他之前在谢子长心中播下的火种也渐渐冒芽,即将绽出绚烈的花火了。

谢子长从太原学兵团学成返乡后,在安定县组织民团,任团总。他把在太原学到的先进军事知识,带回安定县,操练起这一支队伍,逐渐崛起为当地小有实力的一股政治武装力量。

族里常有亲友半开玩笑地说："子长以后这是要当大官啦。"

谢子长听闻后正色声明："我一不做官，二不求财，我是要让老百姓都有吃穿。"

这话颇有些共产主义的理想色彩，大概是受了李子洲赠予他的那些书籍的影响吧。在《共产党》月刊创刊号的《短言》中，陈独秀这样写道："我们要逃出奴隶的境遇，……我们只有用阶级战争的手段，打倒一切资本阶级，从他们手里夺来政权；并且用劳动专政的制度，……建设劳动者的国家以至于无国家，使资本阶级永远不至发生。……一切生产工具都归生产劳动者所有，一切政权都归劳动者执掌，这是我们的信条。"就是这种新鲜的信条，在谢子长的心里取代了三民主义的位置。《共产党宣言》中的理论、目标、精神，那是何等宏大、豪迈，谢子长还从来没感受过此般热血沸腾的滋味。小书不厚，但分量可不轻；都叫"主义"，可共产主义与其他主义有万里之差。

"民团，民团就是人民的团，就要保护老百姓。"谢子长口中的民团，愈发与这个词的本义不同了。这位谢团总，也成了百姓口中的"谢青天"，有一曲民间快板赞曰：

乡绅李耀辉，外号"山神爷"，
大放高利贷，剥削受苦人。
有一宋老汉，借高粱三斗，

逼他卖窑院,打断手指头。
老汉无法忍,来找谢团总。
安定逢集日,叫来"山神爷",
子长站台上,当众断分明。
民呼谢青天,日月有出头。

◆中共陕西党组织的建立

1925年,五卅运动时期,为联络陕北旅京的各界人士,谢子长再入北京城。这一回,他在与其他进步青年的接触中彻底接受了共产主义思想,加入了中国共产党。

本书的主角不是某个人,而是一种精神。这种精神使一群人去做了一些事,他们想通过这些事,去打造出一个新的世界来。

怒吼吧,黄河!
掀起你的怒涛,
发出你的狂叫!
向着全世界的人民,
发出战斗的警号!
啊——!
五千年的民族,
苦难真不少!
铁蹄下的民众,
苦痛受不了!
受不了……
但是,
新中国已经破晓……
——《黄河大合唱》

## 二 初举义旗

蓝天上挂个红太阳,
陕北是个好地方。
山连山来川套川,
黄河在身前拐了一十八个弯。
东靠黄河西靠昆仑山,
黄帝陵修在咱桥山。
三边地里有三宝,
皮毛食盐甜甘草。

  这首信天游唱出了陕北人对家乡的爱与自豪。然而,不得不承认,以古时的标准来看,这是一片自然条件恶劣的贫瘠的土地。即便是现在，东部人、南方人，甚至中原人，一听到"陕北"或"西北"，脑中想到的是漫天黄沙、寸草难生、滴水不落、颗粒无收，对这方水土很有些偏见，并不怎么了解这边的美好。而在生产力落后、统治者冷血的帝王时代，陕北人的生存处境的确相当之艰难。

既可能有天灾，又常发生人祸，生存的艰难使得这片土地上的人有了倔强不屈的坚韧性格，也让他们爱与天灾斗法、与人祸搏争。南宋抗金名将韩世忠、李显忠分别是绥德人和清涧人，明末农民起义领袖李自成和张献忠分别是米脂人和定边人。民间故事中有吕布是绥德汉子、貂蝉是米脂婆姨的说法，而在《水浒传》的一开头，教头王进受到高俅迫害，也是逃往延安府投奔种经略，此般种种虽是稗官野史、小说家言，却也能在虚构中看出些陕北人性格的端倪。盛世之时，中原丰饱富足，东南歌舞升平，没人念着陕北。但逢乱世，延安、榆林的英雄儿女往往就横空而出，扛起关乎社稷兴亡、黎民存续的重担，固然常常没幸运去品尝胜利的甜果，但他们的文治武功、风雷烈血，却在关键的时间点上，影响了历史的走向。北宋末年如此，明朝末年如此，在20世纪初的中国革命伟业中，仍是如此。

20世纪20年代的陕北，是军阀井岳秀的地盘。井岳秀，字崧生，陕西蒲城人，是杨虎城的同乡，也是同盟会"侠魔"井勿幕的胞兄，因在家中排行第十，人称"井十"。井岳秀自幼喜好武术，是清末武科的庠生，本可以当清廷

鹰犬、平步青云,却在30岁左右时改了志向,陕西武备学堂肄业,入同盟会举起反抗朝廷的旗帜,辛亥年在西安武装起义。其人作战英勇、调军有法,在民国初年一路官运亨通,1917年被黎元洪任命为陕北镇守使,驻防榆林。井岳秀乃独镇一方之枭雄,与民国各股势力周旋得游刃有余。袁世凯称帝时,他上过劝进表;护国运动时,他又响应蔡锷的云南起义;张勋复辟的时候,他在榆林挂起龙旗;全国一片革命声了,他的声音比谁叫喊得都响。既能被直系吴佩孚封为"岳威将军"西北联军总司令,又可被冯玉祥任为陕北国民革命军总司令,北伐时看准形式,他还能够立即组织兵力支持杨虎城南下西安城,成为国民党的功臣。城头变幻大王旗,城里坐镇的小霸王却从不换人。十多年时间,井岳秀从起初的"榆林王",慢慢扩张得升格为整个陕北的土皇帝了。

就是在井岳秀的眼皮子底下,共进社的陕籍共产主义青年们在积极地活动着。除了走进学校的李子洲、魏野畴、呼延震东等知识分子外,行武之中也有李象九、谢子长等革命军人在不断宣传共产党的思想、扩大共产党的队伍。

李象九原名李瑞鼎,陕西白水人,本是保安县的一名骑兵,1921年去北京游历时结识了李子洲等人,次年加入共进社,并与魏野畴一同赴榆林开展工作。他与井岳秀军中一位姓石名谦字益斋的军官是同乡,借着这层关系,再加上自身所具备的文武素质,李象九很快被石谦视为心腹,获石谦任命为安定县警佐。1926年，石谦由营长升职为团长，任李象九为第三连连长，负责招收新兵。

谢子长操练起的安定县民团，早在石谦还是驻守瓦窑堡的营长时就已经引起了注意，如今石部实力不断增强，加上李象九已打入内部，成为核心幕僚，两支队伍合并的事就被放在了眼前。经李象九的牵线、介绍，安定县民团被石谦收编为第4团第3营第12连，连长谢子长。

中共绥德地委相当重视石谦的这支武装，先后派史唯然、李瑞阳、杜衡、阎揆要等一批共产党员进入石谦的部队，担任中下层军官，并在团中秘密建立了两个用以发展新党员的中共特别支部，李象九、谢子长分任特支书记。

一时间，石部一片赤色，部队里发展出来的共产党员、共青团员人数过百，其他军人也多少都受到了马克思主义的教育和影响。石谦团一共有九个连队：李象九连是装备最好、战力最强的连队，士兵多为有一定文化的青年人，人称"学兵连""学生连"或"青年连"，是石团的嫡系主力部队。谢子长连改编自安定县民团，操练已久，凝聚力强，装备虽不如李连，战力却未必会弱。王有才是石谦的义子，李象九的金兰，他的连队和李瑞成的骑兵连也属于石团的基本力量。另有韩子丰连和雷进才连，均收编自民团武装。在这些党政工作已经展开的连队之外，有一个特殊的康子祥营，下辖三个连队，是石谦新收编的一支力量，其部队中没有中共党组织。

石谦本人一直有侠义气概，原本就对贫苦人有同情心，现在身边围绕着这么多的党员，包括其子石介在绥德四师上学时，也加入了中国共产党，所以石谦的思想自然而然地产生了许多变化。虽未宣誓入党，石谦却已经是中国共产党的支持者和追随者了。

这是一段顶美好的日子。

但暴雨将至。

1927年4月，蒋介石在上海发动"四·一二"政变，张作霖在北京绞杀李大钊。谢子长闻讯后义愤填膺，在安定县农协的大会上声讨白色恐怖的恶行，追悼李大钊。

其时，石谦已升为第六旅旅长，部队扩充至千人以上，分驻延川、延长、宜川、安定、清涧多地。面对时势的突变，石谦开始在共产党人的帮助下加强部队训练，增强纪律性，稳固政治思想，以期应对将至的风暴。然而，这样一支纪律严明、战力卓越的队伍，反倒更易引起反动势力的恐惧与仇视。

七八月间，早已侵蚀东部的白色恐怖蔓延到了陕西。井岳秀终于出手了，他追随冯玉祥实行清党，密令刺客在宜君县暗杀了著名共产党人刘含初，又下令封闭了绥德省立第四师范学校、延安中学、榆林中学等陕北共产党员组织活动的主要据点。石谦的部队，这时也成了井岳秀眼中大大的一条锈铁烂钉。

8月，石谦先是收到了一封井岳秀的亲笔信：

益斋见信如面：

　　顷接上峰旨意，为适应国民革命新发展之需要，亟待开展清党工作。据悉，你旅以谢子长、李象九等为首之共党分子，宣传赤化，造谣惑众，实为军纪国法所不容。望兄以大义为重，迅设法除之，以绝后患，则国家幸矣！我军幸矣！切切此意，望速察之。

　　　　　　　　　　　　　　　井岳秀

他没理，倒是拿给谢、李二人去读作笑谈。

不几日，井岳秀又发来一封请柬，大意为：井岳秀五十大寿在即，诚邀石谦到榆林赴宴。

"象九，你说我去不去？"石谦谦和地询问他最为信任的参谋。

李象九斩钉截铁道："我看这是鸿门宴，不能去。"

石谦摇摇头，微笑道："我还以为你们共产党个个都不怕死哩，结果一个吃饭的请帖就把你们吓住了。"

谢子长插话解释："旅长，这不是怕不怕死的事，而是说要不要白死。那井岳秀就是个坏怂么，这事情我看他就没安好心。"

"那你不能这么说，"石谦摆摆手，"你不认识他，我认识哩。当年他反满清，那也是提着脑袋起事的，讲义气，有虎胆。以我和他这么多年的交情，他决不会对我有啥不利的举动。况且,人家这是五十大寿,其他部队的头头儿肯定也要去呢,我是旅长,我根本不能不去。"

谢子长好像也找不出劝阻石谦的新理由了。李象九仍然谨慎,说:"现在正杀共产党呢。前几日他给你写的亲笔信,让你收拾咱队伍里的党员,特别是我和子长,你没理,他肯定记着呢!你不抓我们,还跑去见他,见了以后真是说不过去这事情呢。"

"你们是共产党员,我又不是!让我杀你们呢,又不是让我杀我自己。他整我干啥?我就不是共产党员么。什么抓我呀、杀我呀,全都说不过去嘛!五十大寿,不能不去,不去就得罪人咧,得罪人咧以后咱这队伍就没法在陕北混哩。"

"就是嘛,井崧生井司令哪里有加害自家兄弟的道理?"说话的是营长康子祥,"石旅长追随井司令十几年了,这陕北如果说是井司令的天下,那它也是高师长、石旅长等一众兄弟枪林弹雨中帮着打下来的。高师长、石旅长可算是井司令的左膀右臂,井司令会举刀砍自己胳膊?不疼吗?不流血吗?"

石谦的义子王有才一拍大腿,道:"我也说,怕球呢!他就是心怀不轨,咱手里也有枪!这第十一旅千百号人,有刀有枪有好马,怕谁呢?就那高双城虽说是咱旅上头的师长,真干起来,他都不是义父的对手。就算井岳秀没良心,记不住义父给他打天下的功劳,也得掂量掂量他自己的实力,量他也不敢不好好的!"王有才掏出一把手枪拍在桌上,说:"义父,不管这寿宴是虎狼穴还是阎王殿,我陪你去!"

石谦旅这几年从没吃过败仗,加上党在队伍中开展活动后人心凝聚起来,大家越发自信,俨然自觉是一支无敌于陕北的队伍。其时,刘含初遭井岳秀派刺客暗杀的事还没传到石营,"八·一"南昌起义刚爆发不久,并不广为人知,它的历史意义也还有待后世逐渐去认识,加上陕西的白色恐怖氛围形成得比较晚,李象九、谢子长虽有顾虑,但终究是没能预料到新形势的残酷程度。李、谢二人带着一肚子的不情愿,送石谦踏上了北上榆林的贺寿之行。

石谦、王有才、康子祥带着十余名随从前日刚走,次日,唐澍急匆匆赶到营中来。

"东园,看你热得满头是汗,"谢子长请唐澍坐下,"来,喝口茶。"

"没时间喝了。"唐澍看看四周环境,示意谢子长要单独谈话。"情况紧急,快叫象九。"

谢子长遣人叫来李象九,三人进了一间小客房,闭门说话。

"我受省委军委指派,来说明最新的情况。"唐澍满头大汗。"公历8月7日,党中央在汉口召开紧急会议,撤销了陈独秀同志的党内职务。现在国内斗争形势严峻,以前的老办法行不通了。"唐澍小心翼翼地掏出几页纸,接着说:"这是会议讨论通过的《告全党党员书》和《最

近农民斗争的议决案》。现在咱们的队伍里有多少名党员和团员？"

李象九略作思索，答道："可靠的党员，大概三十几人。共青团员和刚入党的同志刚刚七十人出头。"

"好，这份《告全党党员书》，可以给这一百多位同志全部传达下去。另一份斗争决议，目前先只让最可靠的三十几个党员知道就够了。"

"'共产党现时最主要的任务是有系统地有计划地尽可能地在广大区域中准备农民的总暴动……以乡村农民之胜利为根据，推翻反革命政权，而建立革命平民的民权的城市政府。'"谢子长接过唐澍带来的文件，低声念道。

"没错，咱们要时刻准备能领导并参加武装暴动了。今年秋收是个关键，就在这一两个月间，全国各地的武装起义即将在我党的领导下遍地开花了。南昌的事听说了么？这是武装对抗国民党反动派的第一枪，就在本月初，公历 8 月 1 号。"

谢子长和李象九点点头。

"咱们这儿也要准备准备起事的事了。这次中央的紧急会议上，有位来自湖南的叫毛泽东的候补委员，提出了'政权是由枪杆子中取得的'的说法，乍一听好像没啥稀奇，细想想还真有道理。"

"枪杆子里面出政权……这话我喜欢呢，在理得很。"谢子长说到。

"井岳秀这个土皇帝可不会束手待毙,咱有枪杆子,他枪杆子还比咱多,是死是活,就看谁能开出这第一枪。石旅长是可以信赖的人么?我们得赶紧做他的工作,争取这月底咱就造了反了。"

谢子长摇摇头,"糟咧!"李象九长叹一声道:"石旅长此去,凶多吉少。不妙!"

清涧县到榆林市,约三百里路程,石谦一行人骑马需要走两天。途径横山县,井岳秀的部下安排石谦一行在当地的营馆休整过夜,石旅的直属领导——师长高双城亦在此留宿。

"石旅长别来无恙?"

"高师长容光焕发!"

一番客套,各自回屋。

这本是当地一位士绅家的宅邸,不久前被充公当了驿所。四合院幽僻朴拙,青砖灰瓦。良夜微风徐徐,月明星稀。康子祥和他的几位随从住在一间大屋。石谦、王有才和两名警卫住在一间小客房。

"高双城那傻货咋也在这儿?"王有才侧倚着床,挠着肩膀问。

"他也要去给井老十祝寿嘛,刚好碰上了。"石谦说。

"还他妈挺巧的。我就看不上那傻货么,不想见他。明明就只会卖个大烟膏,咋就骑到义父你头上咧?他开枪

都射不中猪呢！"

"人家能整来钱，会当官，井老十能吃着他的好处呢。没办法。再说了，他官衔比我大就是骑到我头上啦？我照样低看他。"

"义父……"

"咋？"

"你说……这井老十会不会没安好心？我本来是不怕的，可我今天看见高双城那怂样子，不知道咋，心里头忽然有点犯怵。"

"哪怕他没良心，要害我吧！你忘了咱春天在蒲城咧？那程百川摆的是多大的阵势！明明白白的鸿门宴。咱有人，人有枪，枪不多，但他人多咱也不怕。今儿咱人来得比上回还多些，怕啥？安心睡吧。"

王有才想起年初他们孤单赴会，被程百川包围又全身而退的事，似乎也真的不怕井岳秀会有什么不轨图谋了。睡吧。门外有警卫，门里还有他。

午夜，一声枪响。王有才睁开眼睛，窗户开着，窗口一个人影，举枪立在窗外。又是两声枪响，子弹向王有才射来，他紧急地翻身滚下地，没打中。"义父！"王有才大叫一声，伸手摸到湿湿的地板。石谦腹部中了一枪，右胸中了一枪，鲜血止不住地从身上流到床上再流到地上。

两名警卫开门进来，窗口的人影已经不见。小院子不一会儿就被二三十个惊醒的军人填满了，人声嘈杂，灯火通明。

王有才抱起石谦，用手去捂那两个血窟窿。"义父，你睁着眼，别睡！"

石谦声音微弱："年轻时，安船船砍坏了我的右腿，我设一计把他弄死了。没想到，今天，我也中计了……可能是报应……"

"不要胡说咧。"王有才涕泪纵横。"安船船是个混球，人人都巴不得他死呢。义父你是为民除害的好人，好人有好报呢。"

"唉，我以前是刀客……就想当个好人。一直都想呢……"石谦说着，眼皮就想要合上。

"不能睡！"

"……不想睡，可我……累呢。儿呀，你跟着象……""象九"和"子长"还没说出口，石谦就不再有呼吸了。

王有才抱着石谦，号哭几声，向身边聚来的官兵们大喊道："快去抓人！不要看咧！快去！"

"去，去！都去！抓刺客。"高双城心急火燎地走进门来，拨开人群，对着石谦的遗体哭叫道："益斋兄！你不能死呀！"他又拍拍王有才的背，说："贤侄节哀，咱一定要报仇，一定会给石旅长报仇的！"

王有才不露声色，但他心知面前假哭的这位，正是仇人。

井岳秀大摆寿宴的时候，石谦的遗体刚被运回清涧。

高双城指派康子祥为代理旅长,把李象九和康子祥的心腹齐梅卿提为营长,将谢子长的连队并入李象九营,但命令李象九赴延安接受改编,谢子长从安定县移驻宜川县,并指示骑兵团团长"种阎王"种宝卿在清涧、安定一带严加防范,大有对谢、李二人各个击破、分而歼灭之意。井岳秀想要清剿境内红色势力的企图,已是司马昭之心。

李象九接回石谦的灵柩后,秘不发丧。他和谢子长在清涧文庙,与可靠的军官代表们,为石谦举行了秘密的公祭仪式。李象九与党员、团员代表们谈话,做了初步的动员工作。经过一番酝酿,他们又为石谦举办了公开的追悼会,一时间群情激昂,官兵纷纷表示要为石旅长报仇。井岳秀通过高双城下达的换防计划,也被将士们拒绝了。

8月底,白明善受省委指派,来到清涧,指示李象九、谢子长加紧武装起义的准备工作。9月初,李子洲从武汉带回八七会议的全部文件和党中央关于陕西工作的指示。9月26日至28日,中共陕西省委在西安市红埠街9号召开第一次扩大会议,会议决议认为"李、谢部队不能坐待敌人消灭,应立即举行起义"。

根据"九二六"会议精神,唐澍、李象九和谢子长组成了领导起义的陕北军事委员会,唐澍任书记,兼任参谋长;李象九任委员,兼任代旅长;谢子长任委员。同时,组成了部队党委,唐澍任书记。

烈火马上就要烧起来了,可在点火的方式问题上,唐澍与李象九有了不同的见解。据李象九回忆："军委、党委成立后，唐澍、谢子长和我集体商议起义计划。我认为，当时敌强我弱，打击敌人的弱点才能制胜。据此建议，借运送石旅长灵柩回白水县路经延安的机会，先派遣领款人员及护灵人员暗藏器械，埋伏在城内，然后，大军轻装袭取延安。那时，延安驻军是高双城师，懦弱无能，我军定能攻克。届时，可以延安为依据，与高世秀师会合，北上攻取绥德、榆林及其近属十余县。完成此举，再向南发展。唐澍同志没有采纳，他认为，应先南下肃清内部。于是，我们议决南下。"（李象九《清涧起义前后》）如果当时三人决定按李象九这一计划行动，不知历史会给这故事写出怎样的结局。尽管李象九在几十年后仍对他头脑中的谋略念念不忘，我们也无从知道它是否真的可行了。总之，1927年10月12日，清涧起义最后是以康子祥调李象九营去宜川换防为契机发动的。

康子祥接高双城指示，命令李象九营到宜川城换防，显然是井岳秀已经想要动手除去石谦嫡系旧部了。从清涧到宜川，300里路程，康子祥准备等李象九营刚到宜川城时，趁着李营人马劳顿疲惫、缺乏休整之时，伙同在延长县等待指示的齐梅卿营，来个内外夹击，瓮中捉鳖，一举消灭李象九一股，再收拾驻守延川的王有才，最后干掉远在安定孤立无援的谢子长连。这是个毒辣、阴狠的计划。然而，高双城、康子祥低估了共产党人的决心与实力。

10月11日,谢子长的部队从安定秘密行军至李象九所在的清涧。此日是农历九月十六日,清涧当地大集,准备起义的部队,利用赶集的牲口,在市集买卖的掩饰下,暗中运输装备、辎重,并以维护商业治安、打击无良商贩为幌子封锁了交通要道。这样一来,既加强了防守,又确保风声不会走漏。

10月12日,起义官兵们先切断了清涧与榆林间的电话线,防止井岳秀得知消息后趁后防空虚而挥兵南下,避免腹背受敌。起义官兵全体臂戴红袖章,一些怀念石谦的官兵主动戴孝,在额前、身上系白布条,有的还在白布上写了"报仇"二字。白天,部队以缉毒反贪的名义,查封了清涧县城里几家大商号的银柜,缴获高双城利用地方商贾走私的鸦片数万两、驮骡40余匹,没收黑心商人们的银洋20余万元,算是为革命军筹集到了起义的军费。入夜,李象九向官兵发表讲话,历陈井岳秀、高双城贪污腐败、暗害石谦之恶行,高喊"为石谦旅长报仇"的口号,数百兵士群情激昂。学兵连阎红彦受命,率领一小队人马,月下直取国民党县政府,所向披靡,活捉了县长张友之。

白明善,字乐亭,陕西清涧人,1924年在绥德省立第四师范念书时,由当时的校长李子洲推荐,加入共进社。石谦遇害后,白乐亭应陕西省委指示,进入李象九营,与唐澍、李象九、谢子长三人一起领导部队里党的工作。为这次发生在他家乡的红色武装革命,白乐亭专门写作了一首《清涧起义歌》：

  陕北有个害人贼，

  名叫井岳秀。

  纵杨衮，

  杀名流，

  罪属莫须有。

  先打高双城，

  活捉井岳秀，

  志愿不遂，

  目的不至，

  誓死不回头！

  13日凌晨，起义官兵高唱着这首歌曲，浩浩荡荡开出清涧城，剑指康子祥的老巢宜川。当日下午，部队先抵达了延川县城。守城门的士兵头子举枪讯问："你们哪支部队？为何来势汹汹？进城要做什么？"

  谢子长连的白锡龄上前答话："这是咱李象九营长的队伍，咱们起义了，要去打高双城，捉井岳秀，给石谦石旅长报仇呢。你们王连长是石旅长的义子、李营长的把兄弟，快去报告，开门会师。"

  那兵头回头看看身边的心腹，和部下交换了一个眼神，抿嘴摇头，对白锡龄喊道："你们回吧。我们不造反。石谦已经死咧，现在的旅长是康子祥哩。你们速速撤兵，我可以当作啥都没听见。你要硬闯的话,咱这延川城百十条枪,也不是吃素的。你攻不下来!"兵头示意手下十几个卫兵举枪固守。

"嘭"的一声。兵头被身后的"心腹"举枪射穿了脑袋。接着城头又是两声枪响,几声惨叫,四五个士兵都被身边"战友"放倒了。城门大开,城中守军唤道:"兄弟们,赶快进城吧!王连长等你们一整天咧!"

一众人马进入延川城,与王有才连会合。见到李象九,王有才激动得泣不成声,终于等到了今日,可以为他的义父报仇了。两队人马会合休整,秣马厉兵,睡了一夜,第二日天蒙蒙亮,大部队拔离延川,向西急进,经杨家沟秘入延长县境。

驻守延长县的齐梅卿是康子祥的臂膀嫡系,其正等待康子祥指令,随时准备偷袭本该先至宜川的李象九连,却突然收到谢子长连班长周增玉因"重要公事"携礼求见的报告。来使声称谢子长连中不少官兵烟瘾太重,要求以弹药交换些鸦片丸子,为增进双方感情,周增玉他们还带了耀州窑产的几件瓷器准备送给齐连长当见面礼。齐梅卿举茶杯漱漱口,吐一口水痰,笑道:"妈的,就是个废物,拿军资换大烟膏,真是羞先到坟底咧。高师长想多咧,还要俺防着谢子长,他这民团改编的队伍,就是杂牌军,扶不上墙的烂泥巴,完全不用怕么。让他们进来。"

搜过身,缴了枪,周增玉带着两个文职装扮的学生兵,携三盒礼物走进齐梅卿的会客室，先敬一个礼，然后开始假装有烟瘾地说起连队的苦楚来，愿以一箱子弹换一箱鸦片。齐梅卿嫌交易量有点小，皱着眉头发些报怨。周增玉表示交易如果顺利满意，日后双方的买卖还可以扩大嘛，并呈上礼物，准备让齐梅卿欣赏。"齐营长，周某今日前来，还带着谢连长的一条重要口信。"周增玉使个眼色，齐梅卿恍若会意，让屋里的两个警卫站到门外去等。三盒礼品打开，三人掏出三个黑黢黢的坛子，"谢连长托我们带来的薄礼，还请营长笑纳。"

"这礼还真有点薄，"齐梅卿难掩失望，"你这是耀州窑的古瓷么？我看着……咋那么……那么普通呢？"

"营长，您凑过近处来，细细再看。这坛子可不是咱民国的东西，最晚也是明末。"

"明末？可是李自成闹起来的那时候？"齐梅卿被骗得当真仔细观赏起这三个集上买来的酒坛来。"对了，你刚说你带的口信，是啥？"

"口信就是……"周增玉趁着齐梅卿分心，猛一把将他的脑袋狠狠摁在桌案上。两个学兵，一人去守着门口，一人砸破酒坛。尖利的陶瓷片，立马抵在了齐梅卿的脖子梗上。"不要动……一动你就流血啦，血流开了就止不住啦，到时候你就死啦。"齐梅卿动弹不得，刚才用来捆礼盒的绳子现在束缚了他的手脚。

两个警卫破门而入，见状惊慌无措，不敢立刻拔枪，

反而被埋伏在门后的学兵打倒,收缴了武器。

周增玉喘口气,缓缓对齐梅卿说道:"谢连长带来的口信就是:叫你们全营赶紧投降。"

就在齐梅卿中计的同时,谢子长率领几十名精兵,极速进击,突袭了延长城驻军的军营。神兵突然从天而降,那营中正赌牌九的、抽香烟的、睡懒觉的、吃完早饭散神的、等着吃午饭发呆的各色士兵,惊得毫无反抗之意,一整支连队,瞬间就被缴光了武器,列队抱头蹲在墙边。

齐梅卿被押至营中,看到自己的精锐部队已然灰飞烟灭,止不住泪水横流,丧失斗志。谢子长问他要不要投降加入义军,齐梅卿死不言降:"你们可以为石旅长报仇,我也能够为康旅长掉脑袋。"遂被处决。

李象九登台向齐营士兵们喊话,说了高双城的不仁、康子祥的不义,呼唤大家加入义军队伍,为石谦报仇。王有才戴孝出场,痛哭流涕,劝众人为他义父报仇。俘虏们受到感染,不一会儿就也呼起"为石谦旅长报仇"的口号,纷纷表示愿意加入起义军队。

自12日清涧举义起,13日延川会合,14日延长收编,三天时间,起义队伍已壮大至千人的规模。而就在这三日间,宜川城里的康子祥几乎已沦为孤家寡人。

原石谦旅的"赤化"程度,远超高双城、康子祥的想象。如果彻底抛弃受过党的影响的官兵,康子祥可能会陷入无人可用的局面,所以他只能寄希望于人性中的软弱,希望石谦旧部会见风使舵地听命于新的当权者。这就是高双城、康子祥这样的旧式军痞在智力和眼界上的局限了,他们无法理解中国共产党的目标是什么,以为它只是哥老会、天地会同类的堂会社团,是树倒猢狲散的利益联盟。康子祥只知道李象九、谢子长是中共的重要党员,却不知骑兵连连长李瑞成也早已入党,韩子丰、雷进才也早就接受了共产教育。康子祥诱杀李象九的计划,早已透露给了他手下三名"干将",而他还正做着一举剿灭共党的美梦。

几乎就在清涧起义的同时,在李瑞成、韩子丰、雷进才的谋划下,宜川城内里应外合的起义计划也在有条不紊地准备着。13日,天还没亮,李瑞成率骑兵连和韩子丰第10连起义,分三路在人睡得最熟的子夜突袭营区,迅速击毙追随康子祥多年的连长雷克让,又杀了死忠于康子祥的几个下级军官,直接就废掉了康子祥能够控制的一半军力。

康子祥一梦惊醒,立刻组织嫡系部队第5连和第6连的残兵进行突围反扑。雷进才和康子祥一样是较晚编入石谦旅的,他的连队是1926年石谦攻打韩城时投降归附的,所以康子祥对雷进才有一种亲切感,在旧部下之外最信任他。此时,雷进才的义军身份还没有曝露,假装听命于康子祥,放空枪与李瑞成他们周旋,实际上是帮着起义队伍,一步步"战斗失利"地逼康子祥的人马退到了宜川城的东南角。13日晚,激战一夜,李瑞成已控制了大半个县城,西门、北门被义军封死了,双方形成对峙之势。

延长县在宜川县的西北偏北，西门和北门被起义军控制，意味着康子祥无法联系齐梅卿搬来救兵。这时候，康子祥可以逃了，但他仍据守宜川城东南，一是他并不了解城外的军事形势，二来他心里实有不甘。本来是用计要除掉李象九，怎么着就被身边人摆了一道？计划和现实的反差太大，那心情从半空跌进泥潭，实在是咽不下这口气啊。14日，康子祥抽出四五个他信得过的兵卒，厉命其分三批、走两路，急奔延长县去请齐梅卿率兵来救。那些兵卒拔腿跑出城后，就再也没了消息，也许被城北的义军捉住了，也许是怕死跑回家了。就算他们到得了延长又如何呢？那里的部队已经被清涧起义军收编了。

15日下午，谢子长、李象九率兵抵达宜川，李瑞成开北门迎接。大军鱼贯而入，宜川城内的两方人数的平衡被彻底掀翻，这对康子祥的部下造成了巨大的心灵震慑。李瑞成本已在人数上占了优势，但延迟一日才准备进攻，就是要等待与李象九的人马会合，可以把胜利的代价降低到最小，甚至可以不战而胜。康子祥正被眼前的情势惊得失掉头绪，耳边不远处又传来枪响与惨嚎，最得他信任的"炸弹连长"雷进才竟在此时"临阵倒戈"！雷进才连名不虚传，还真是颗炸弹。

"他娘的，太狠了！"康子祥掏出手枪，边射击，边后退，边骂道："宜川城五个连，三个都他娘的成了共产党的队伍！几个能干的军官全他娘的是他们的人，我这仗还打个毛蛋呢！"在十几名亲信的力战、护卫下，康子祥由东南角的城墙爬下，向凤翅山中逃去。

城内残兵全部缴枪投降，几方英雄齐聚宜川，全军庆贺大胜利。军威所至，荣耀满城，数日间，宜川城内及周边村镇的青壮小伙纷纷前来投军，因为听说这是石谦旅长留下来的讲仁义的部队，又有着百战不败的实力、神机妙算的领导，跟着这支队伍准不会错。

唐澍、谢子长、李象九率领义军，清涧起事，攻占宜川，使这支部队在此达到了实力的顶点：官兵1700余人，枪3000余支，战马百十匹，驮骡数十匹，银元几十万。这在当时的陕北来说，可算是一支十分强大的武装队伍。

以宜川为据点，起义军打算依次攻下延安和榆林，把整个陕北染红，变成革命根据地。然而，在下一步棋该怎么走的问题上，李象九和唐澍再次有了分歧。

唐澍和谢子长认为，拿下了宜川，打起共产革命的红旗的时候已经到了，起义队伍就是要搞共产革命的"红军"。可李象九主张沿用石谦旅陆军第23军第68师第11旅的番号，理由是这样更容易保存力量，不会过分激怒井岳秀，可与高双城的部队对峙共处，必要时还可接受军阀的收编。

唐澍又主张不可在宜川固步停留，应趁高双城惊魂未定时，尽快攻打延安，主动出击。但李象九认为部队初到宜川，还未站稳脚跟，队伍里主要是陕北各地人，从各县移师至此，不少人打算迎接家属入城，带着行李搬家，需

要修整一段时日,不宜远行。李象九自1919年在陕北军阀帐下入伍,至今已有八年,在他目前的军事眼界里,陕西旧式地方武装割据的生存形式似乎是唯一合理可行的。他还不知道什么山地游击战、什么农村包围城市的战法,所以,站在手下官兵的立场上,李象九竭力要求固守宜川城。

在军中干部问题上,唐澍主张用纯洁的中下层领导队伍,只留下久经考验的党员干部,把封建、江湖气重的军官全部撤换。李象九却念着石谦旧部的感情,觉得大家都是"兄弟",有交情,讲义气,于恩于理都不可撤换,加之他们在之前的战斗中立下了功劳,撤他们职就是忘恩负义。

"你是党员,还是军阀?"唐澍敲着桌子质问。

"我是党员,也是军人。"李象九的立场毫不退让。

"你这军是红军还是白匪?要举红旗,还是缠白布?"

"举红旗的时候,现在还没到。条件不成熟,举起红旗会吓到老百姓的。现在老百姓认的是石谦的牌子,咱起事的时候下面人喊的也是给石旅长报仇。你突然更换了名号和旗帜,可能人就作鸟兽散咧。"

唐澍边听边摇头:"象九啊,你这些办法会把队伍毁掉的。不要看前些天,你指挥着大家,所向披靡。一步错,步步错,错了就毙了。咱现在不出击,就是坐以待毙!"

"你了解陕北还是我了解陕北?你在黄埔军校学的那些,在这儿可不一定适用呢!"李象九戳到了唐澍的痛点。

唐澍，字东园，河北省易县人，1924年考入黄埔军校第一期步兵科，同年加入中国共产党。1927年以前，唐澍的革命生涯主要是在广东地区，虽也参与了东征、北伐，但多数时间仍以主持教育、领导罢工为主。1927年初，唐澍始入陕西，上半年主要在西安活动，对于陕北来说，他真是个初来乍到的外地书生。在李象九、谢子长面前，他又小了六岁，这年龄差也让他的话少了几两分量。

总之，唐澍说服不了李象九，于是他决定迅速前往西安向中共陕西省委请示汇报，由省委决定下一步该怎么办。

唐澍刚走，李象九就擅自打出了石谦旧部第11旅的旗号，自认旅长，将起义的八个连编成三个营，谢子长、王有才、李瑞成分任营长，史唯然为书记官，呼延震西为旅部副官。李象九打算复制石谦那一代人的军阀割据经验，扎根于宜川城这个要塞据点。

可是时代已经变了。

井岳秀闻听清涧兵变、宜川失守的消息，并没有因为李象九打出石谦旅的旗号而打算放过"叛军"，他急命驻守延安的高双城师调集兵力全力收复宜川。

高双城虽不善攻城掠阵，但他多少有些运用狡计玩弄人心的本事，不然也混不到师长的位置上。如果高双城在调集兵力，集中人马的过程中，被起义军出城截击，甚至被围困在延安的话，别说收复宜川，恐怕他自身也难保。高双城决定先攻心，后攻城，兵马未出，书信先发。

守在宜川的李象九,收到了高双城的"求饶"手信。信的开头,高双城先是狠夸了李象九用兵如神、谢子长古今无双,说他在延安也受到震撼,很害怕义军来攻。他是很希望两城兵马和气共存的,真不愿双方爆发战事。石谦遇刺的事,他说与他无关,他也支持李象九收拾旧部,为石旅长报仇,而真凶终有一日会落入法网。至于井岳秀那边,他高双城将竭尽全力去说明情况,平息事态,帮助李象九的第11旅在陕北获得"合法"的地位。

李象九读罢这封态度如此低卑的求和信,顿时心情异常舒畅,更觉得自己的军略了得,割据宜川的远见看来是不错的。

可城外却慢慢开始有一些高双城的士兵在活动。谢子长感觉这势头不对,认为这是敌军正在集结,他要求出城迎敌,将还未拧成一股的零散敌兵迅速击溃。

李象九正犹疑时,又收到了高双城的第二封信。在第二封信中,高双城解释,从名义上说,李象九的第11旅到底还是归在他第2师的编制之下,所以为了不让井岳秀"误会"李象九的人马是叛军,他多少总得调配一点点兵力,驻防在宜川城周边,在形式上做做样子,表示他这个师长没有失去权威,消除井岳秀的疑心。这些官兵战力很弱,完全是来"表演"的,恳请李象九不要出兵攻击这些毫无战意的"兄弟"们。

此封信加固了李象九对高双城的幻想,任谢子长多次

◆陕北籍烈士

求战，李象九只是不允，坚持守着宜川城，不动如山。

就这样，二十几天的工夫，高双城从容地从各地调来了六个营的兵力，不费一兵一卒地完成了对宜川城的包围。谢子长心急如焚，请求猛攻突围，以现有兵力，或许还能另寻一个据点，再图发展。

这时候，高双城写给李象九的最后一封信又送来了。事到如今，宜川城都被围得水泄不通了，高双城依然还在用计攻心。他在信中声称围城实在是因为将令难违，全是井岳秀逼他调兵啊。他只是奉命围城，但决不会下令攻城，也不可能忍心对兄弟们痛下杀手！还请李象九多给他几日时间，因为井岳秀就快被他说服了。现在请李象九千万不

要"突围",一旦"走火"开了第一枪,双方动起手来,事情就难以和平了结了。

都到了这个份儿上,李象九居然仍能被高双城的如簧巧舌所麻痹,真的和平守城,静待解围!我们今人回头再看这段历史,实在感到不可思议,但这就是当时确实发生的事!既然历史就是上演了这样无奈的滑稽,那就只能希望后人们能从中汲取教训吧。

收到高双城的书信的,并不只有李象九一人。针对起义军内可能策反、可以麻痹的连长、排长,高双城以不同的口气、言辞,各个击破,区分攻心。正如康子祥在宜川时未战先败一样,李象九死守的宜川城,在高双城鸣第一枪前,就已经失守了。

## 三 存续苗种

你晓得

天下的黄河几十几道湾?

几十几道湾里几十几只船?

几十几只船上几十几根杆?

几十几个艄公呀把船那个扳?

几十几个艄公把船扳?

唉嗨唷……唉嗨唷……

这首在黄河之上传唱百年的船夫调，讴出了生存的艰难、生活的困惑和生命的伟大。

世上有几条道路是笔直的？

革命的道路尤其充满艰险。

清涧起义是中国共产党在西北发动的第一次武装起义，它如暴风一样搅动了陕北大地，但这骤雨来得快，停得也急。

被围城而死守宜川的李象九，仍计划着高双城退兵后，如何先割据一方，再北图榆林。神木县的高自卿旅，也早已与义军有所通信，盟订过南北夹击井岳秀本部的战略。李象九似乎是看不到眼前围城的军队，他太轻信高双城了。

高双城只是静待时机，一方面围城，一方面攻心，等到时机成熟了，他才不会顾得着什么兄弟之情、战友之谊。这个攻打的时机，终于在11月17日到来了。早晨9点，高双城指挥枪响，一令下达，围城的六个营同时向宜川发动猛攻。

谢子长准备领兵冲上东城外的凤翅山，占据高点控制全城。李象九不准，认为谢子长营是关键力量，不能随便消耗损失，要求他固守本营。"山上有雷连长呢，他的'炸弹'从天而降，还不把高双城吓毙了！"高双城虽然人多，但一向不善于带兵实战，这使李象九此时仍保有对战局的乐观。

凤翅山上，雷进才连的重机枪和手榴弹并没有发出一声响。他在观望。高双城给他写了信,允诺了很多。一个士兵从林间山路中跑来,匆匆报:"雷连长,康子祥来找你咧。"雷进才点点头,示意可以见面。

康子祥瘦了,胡子一月没刮,军装又皱又脏。"雷炸弹,你够狠的呀。上个月临阵倒戈,害我丢了宜川。你老哥我的一生官运,已毁在你一念之间了啊。"

"康旅长,我要是真的够狠,你现在还能活着么?我念着你我二人的情分,夺城不夺命。"

"亏你还有些情义。不过,别叫我'旅长'了,这官儿我受不起。"康子祥哼了一口气,道:"我这次冒死上来,是为高师长当说客,劝你不要再跟着李象九的队伍瞎胡闹了。你有没有入他们那个共产党?"

雷进才摇摇头,说:"道理我听了不少,党我还没入进去。"

"没入就好,不怕掉脑袋。你现在有两个选择:一是跟着他们走,现在开枪把我打死,然后我们的人攻上来把你打死;二是跟着我们走,一会儿开枪把他们打死,以后升了官那就谁也不能把你打死。"

雷进才不假思索,立刻回话:"升了官,可能更容易被人打死吧。呵呵。今儿我谁的人也不杀,刚才没开枪,过一会儿还是不开枪。这山头,你们拿去。我们下山,但不会去帮你们攻城。高师长答应我雷进才的事,希望他不要忘。"雷进才回头对手下们喊了声"走"。

这时，距高双城打响总攻的第一枪，才过了20分钟。

"凤翅山上的炸弹连咋没响声？"王有才问他的义兄李象九。可李象九，他脑中也正困惑着。

"虎头山上咱的人咋向咱自己人开火呢？"李瑞成问他的长官李象九。可李象九，他也不知道现在这是怎样一个状况。

"象九！"谢子长摇晃李象九的双肩，"咱得弃城咧。凤翅山上雷进才没开枪就撤退咧，估计已经叛变。虎头山上的一个排也投降咧。七郎山眼看就要被敌人占下了。宜川必须丢弃了！"言罢，谢子长拽着懵眼发呆的李象九，指挥大家撤退。

不论是防守还是撤退，被围城二十天的这支队伍已经从内部发生了重大的变化。李瑞成和王有才发现根本指挥不动自己的部下和士兵，许多旧军官兵都心怀叵测，满心都是保命投降，个别人还有着倒戈立功的不轨念头。

李象九被眼前的形势刺痛了心，他气愤地大骂高双城假情假义，居然骗他。幻梦惊醒，李象九也开始积极地领导、指挥撤退。他急告全军："不可恋战，立刻弃城。"

为时已晚，军心已乱，据点失守，城门破开。谢子长保护李象九，指挥他自民团时期就经营、训练的精锐人马，出南门，向南突破包围圈。而王有才和李瑞成手下的人马，因忠心不够、操练不足，或阵前投降，或死于流弹，他们两个营的起义官兵，不是被打散，就是被俘虏，一片混乱。

幸得韩子丰带着百十人突然杀出，才救了他二人，紧随谢子长，自南门突出重围。

1700多人的队伍，3000条枪，经过不到两个小时的战斗，突围后，只剩下不到300人，辎重、军资遗失殆尽。

出了宜川，沿着河岸一直向西南方去，起义队伍行军至黄龙山方才止步，在山上关帝庙里，众人打算稍作停留，再作计划。

"人，还有二百多。枪，几十条。钱，没有。粮，没有。啥都没有。"李象九叹气道。

"那不正好？一无所有，我们真是货真价实的无产阶级了。"谢子长仍积极乐观，大伙儿被他逗笑了。

"好啥呀好？敌人人那么多，咱们人这么少。"王有才不笑。

"有才，你和你干哥的问题一样，以为只有穿军装的、拿枪的，才能给咱算上人头。眼光全停在当兵的身上，看不到咱潜在的力量。你们看！"谢子长指着关帝庙的关帝像，说："这是关二爷，他杀过的人多，所以老百姓怕他。"谢子长拾起半根废柴，在地上画了个党徽，说："我们要争取老百姓，不是靠打打杀杀让老百姓怕咱。咱要救人哩，让老百姓爱咱。军阀们拜的是关羽这样拿刀杀人的神；我们信的是用镰刀割麦的人，谁握着这镰刀和斧头，谁就是咱的人。"谢子长指着庙门外的整片天地，说："咱的人可多了，咱的人比他们多多了！"

宜川刚刚失守，陕西省党委还不知道，还制订着宜川为据点逐步控制陕北的大战略。唐澍、白自强和阎揆要，接省委指令，从西安赶往宜川。三人行至白水县的窑河镇，听到了李象九部队宜川失守的讯息，再仔细打听，得知起义军余部投奔了韩城，于是立即赶赴韩城，终于在西庄镇与起义部队会合。

韩城在宜川东南，当时由杨虎城的后方留守司令王保民带兵把守。王保民一直很欣赏李象九，所以他得知宜川失守后就主动派人联系清涧起义的残余部队，希望义军能归附杨虎城军。此时的李象九，还保留着旧时部队依附军阀的习惯性心理，于是同意接受改编。王保民让起义军驻守在韩城县北西庄镇，把他们这不到三百人编为"独立旅"，李象九任旅长，唐澍任参谋长。

唐澍归队以后，心里对他不在时李象九失城的事还存有芥蒂，认为自己当初要打起红旗、清理队伍、速攻延安的主张如果得到执行，队伍绝不至于落到今天这步田地。现在，他带来了省委的最新指示：由于我方力量薄弱，全国起义受挫，所以不能独树一帜，须积极迎待新革命形势的到来。今后的方向，应北上与神府一带的高自卿旅会合，重整人马，再打井岳秀。他组织起军事教导队，由此行同来的阎揆要主持内部整训事宜，加强军事训练，提高部队素质。

可是石谦旧部里的一些官兵，因接受整训，反而不满起来：本就是败将残兵，好不容易保住了命，却要担起自身素质不过硬的指责，还得重新训练，再举反旗？李象九受他这些旧部老兵们的影响，加之失宜川的惊魂还未定住，对唐澍的目前做法和未来规划很是不满意。他要保存实力，他要带着他的人留在韩城了。

谢子长问李象九："我们这到底是革命的队伍，还是军阀的队伍？"

李象九没吱声，但韩子丰连队里一个平日不怎么说话的副连长跳出来发声了："当初我们跟着你们兵变，乃是要给石谦旅长报仇，没想过要闹什么革命。我当年进清涧民团，也是为了跟着韩起胜连长吃上一口饭。这口饭差点就被你和姓唐的弄丢了，如今李旅长带我们编入王司令的独立旅，这才又有了条活路。这条活命的路，你谢德元别想再用你的革命给我们断送了。""住口！"韩子丰要部下闭嘴。

李象九问谢子长："子长，咱俩是太原学兵团的同窗，又都是陕北人，一起在益斋旅长的队伍里吃过同一锅饭。他唐澍是黄埔出来的，河北人，纸上谈兵的书生。他动不动就从西安带来几条那些远离前线的人的指令，他们根本不了解这陕北这里的斗争究竟该怎么搞起来。今天，你要支持他唐澍么？你要带着这百十号人去跟着他起起不起来的义么？"

谢子长正色道："瑞鼎兄，不，李象九同志，你入党

比我早,我本以为你的革命意志比我更坚定一些……我当初投笔从戎,进太原学兵团,不是为了混口饭,共进社在我心里也不是同乡会。你说唐东园他纸上谈兵,但在宜川的时候,你要是听了他在纸上谈的那些兵,恐怕那千百号人马还在我们身边,我们也不是身在西庄。"

李象九无语,起身,转头,推门出去了。

只剩下二百多人,李与谢的队伍却终于闹了"分家"。十几天秘密准备,一个新的军委在西庄镇里成立起来,唐澍任总指挥,谢子长任副总指挥,阎揆要任参谋长,白明善、史唯然任委员。李象九被排除在外,毫不知情。军委决定把队伍拉到北边清涧、安定一带,那里的党群关系较好,有革命基础。白明善拟出了"打倒贪官污吏,打倒土豪劣绅"的口号,谢子长等人表示同意。

"这次,我们要打起红旗——陕西革命军,西北工农革命游击队。"唐澍说,"这是省委的指示。不要告诉李象九,革命计划的任何细节,都不能让他知道,不然咱们未必能把队伍拉得走。"

"明天出发前,要不要先缴了他的枪?"阎揆要问。

唐澍看看谢子长,谢子长说:"不要了吧。象九他不至于对同志掏枪,也不会来追击咱们的。"唐澍点点头。

韩子丰推门而入,众人吓了一跳,以为计划已走漏了风声。韩子丰解释道:他也是党员,也是来开会的。"我跟党走。可我的人不跟我走了。我韩起胜连,愿意编入革命军的游击队,虽说我只带来了我自己。"

1928年1月1日,天亮前,唐澍、谢子长率领100人出头的革命游击队,离开韩城西庄镇,向北,朝着清涧的方向出发。李象九还睡着,留在了韩城王保民的军队中。

革命军游击队,避着大路,绕开市镇,翻过黄龙山,准备从延安和宜川的缝隙中穿过去,先到临镇,再去清涧,重整人马,大闹一场。

黄龙山上遇到两个赶路人,游击队员向他二人打听情况。路人说他们昨日刚路过宜川,那里现在是座空城,大部队都撤走了,城里最多也就是百十人的兵力。

"消息可靠么?"阎揆要问唐澍。

"先派人去侦察一下。"唐澍对谢子长说。

"如果敌人真的只有一百多人,那和我们的人数也差不多。"谢子长一捶拳头,"宜川城我们还会失而复得的。"

侦察兵回报:宜川城内外没什么动静,城头也就站了十来个小兵,可以断定驻防空虚。

"看来他们只留了一个连。高双城的老巢在延安,估计是他不愿待在宜川,又回去了。子长,打不打?"唐澍问。

"打!干脆不去清涧了,再把宜川打下来!"

游击队月下行军,拂晓时抵达宜川。唐澍一声令下,游击队兵分两路,开始攻打西门和南门。

战斗刚一打响,谢子长就发现侦察情报有误。西门城

墙上迅速集结了几十人兵力,而且敌方人马还在不断增加。一时间枪林弹雨,游击队员们根本没法攻入城去。"撤!"

南门那边,韩子丰带着十几个战士迅速攻上了城头,可上了墙朝城里一看,墙下密密麻麻一片军帽,竖着的枪杆子把大地装饰成了钉板。"快撤!"

本来的攻城战,瞬间变成了撤退战。上了南门的战士,未消灭敌军一兵一卒,逃回来的只有两三个。攻西门的一支,连城墙的边儿都没能靠近,只是引出敌军一路追击。在唐澍的指挥下,部队急撤向西方。

看来这是高双城的计谋啊,对外散布只有一个连把守宜川的假消息,而实际上却驻守着高双城整个师部和直属连队,兵力远远超过游击队。高双城引诱起义军再攻宜川,是想把队伍一锅端掉,连根拔除。

在宜川城西20里外的羊道村停下休整的时候,已是下午了。清点一下人数,损失了14个兄弟。从韩城王保民那里拖来的200条枪,也在撤退途中丢掉了。军心涣散,失落的情绪写在每个人脸上。睡了一夜,醒来再清点人数,夜里走掉了40来个,队伍里只剩下50多人了。

自此,游击队放弃了再攻打县镇的念头,决定向山里走,首选宜川东北靠黄河畔的狗头山。到了山脚,又打听得消息,山上缺水,人没法长待,不能作为据点。这时候队中一个团员报说他到家了,狗头山下有他一个富农的亲爹,小伙看大家缺粮缺钱,就提出了打自家土豪的建议。小战士领全队回他家吃喝,又把豪绅老爹藏着的一些银元找出来,充作公款。白明善有感,言道:"打土豪的口号喊了几天,真正'打'了土豪的,这还是头一遭。"理想与现实差距甚大。

部队顺着延长和延川之间的川道前进,至两县交界的交口镇时,遭到敌军重兵伏击,白明善身负重伤。看来他们北上的计划已经泄漏,估计是因为前些天脱队的战士中有人投敌。游击队决定转而西进,躲到洛河川的深山中。然而行踪已然暴露,井岳秀的种宝卿骑兵团对游击队展开追击,游击队与追兵又干了两仗,损失惨重。

1月28日,月初打着红旗拔离韩城的游击队,只剩下20个人了,他们的征途止步于陕甘边缘的豹子川。

唐澍看着眼前这19位英豪——他们是经过百炼而未折的钢铁,又看看一望无际的黄土,碧云蓝天下的大风,再往前走,就出了陕西了。"子长,叫大伙儿回家吧。"

谢子长点点头,眼泪在脸上淌出两条泥水河,河水滴落在黄土地上,画出一个个暗色的星,好像想滋润土壤,让泥沙开花。"听到总指挥的命令了?散了!都回家吧,娘还在家里等着呢。"

战士们压抑已久的情绪,终于爆发了,哭声一片,不舍,也不甘,却不得不。

唐澍擦擦眼角的泪,大声说:"不知不觉的,一下子就走了这么远的路,攻下宜川那晚的庆功宴,都快记不起了。从清涧走来的这条路,今天到头了,但工农革命的大道,

我们才刚刚上路。烈火还会重新燃起来的,你们就是火种。子长,咱的火,他们可浇得灭吗?"

"地上的草干着呢,燥得都冒烟了。这人间只要还有不公,哪怕一丁点,咱的火就不缺柴禾呢!"

1928年初,唐澍、谢子长、阎揆要等人先后到达西安,向中共陕西省委汇报清涧起义的经过。也就在清涧起义失败的同时,陕西省委已经在策划着另一场武装暴动了。

当时,在陕西军阀李虎臣的军中,有一支中共苦心经营、费尽心血,好不容易才保存下来的武装力量。那就是在许权中领导下的陕军新编第3旅。它本为史可轩带领的队伍,为保留革命血脉,史可轩在1927年7月率众脱离冯玉祥的控制。想要让队伍既不受敌人调动,又有"合法"名分地存在下去,于是史可轩联系和他有旧交情的岳西峰。史可轩试图投靠,却在富平被岳西峰的部下田春生设圈套扣留、杀害。许权中接过总指挥之位,先投岳西峰的对手冯子明,后又南渡渭水,进发商洛,改投李虎臣,被编为新编第3旅,驻守豫陕边界洛南县的寺坡、三要司等地。

1月28日,中共陕西省委第30号通告宣布,将许权中旅中的军支改为旅委员会,仍直辖于省委。全旅共有党员50多名,下设5个支部。为了加强许旅党的工作,省委相续派出刘志丹、谢子长、唐澍、廉益民、吴浩然、王泰吉等人进入该部,发展党员,纯洁队伍,以党、团员代替旧军官，加强组织整顿和军事训练，提高部队的政治与军事素质，为武装起义做好准备。虽决心必定要起义，但在哪里起义，一时还未决定。

先到许旅的这个刘志丹，姓刘，名景桂，原字子丹，后改字为志丹，是延安府保安县金汤镇一个教书秀才家的儿子。18岁时，刘志丹考入榆林中学，在学校里，他先后受教于魏野畴、李子洲等共进社青年学子，在他们的影响下，他逐渐接受了共产主义思想。1924年冬，刘志丹加入中国社会主义青年团，1925年春，转为中国共产党党员，年底，受党的指派，进入黄埔军校第四期炮兵科学习。1926年10月，刘志丹随王尚德、唐澍等黄埔师生到冯玉祥部，参加了北伐战争。1927年大革命失败后，刘志丹承担起中共陕西省委秘密安排的各项工作。

刘志丹奉命从西安出发，南下去找许旅的时候，还在1927年底，正是唐澍奉命回宜川，准备攻下整个陕北之时。按照省委原先的计划，当起义军在宜川站稳脚跟后，将调许权中部、甄寿山部进入陕北，再联合神木的高自卿，以一举拿下陕北。不过等刘志丹翻过馒头山，在三要司见着了许权中，陕北的据点和队伍已经不复存在了。许旅下一步何去何从，是个问题。

3月20日，中共陕西省委书记潘自力从上海返回西安，带回了中共中央写给许权中并转给许旅全体党员同志的指示信。对于许旅日后的行动，中央提出了三个重点：

一是要求党员们明确认识李虎臣和其他陕西军阀的军队都是反革命的,绝对不是出路,必须下决心脱离,如有犹疑,后患无穷。

二是说明目前要做的三项工作:肃清内部,发展组织,扩充军队。

三是对于出路的三个建议:开赴陕中,割据一方;开赴豫西,组织暴动;开赴鄂北,通联两湖。

3月22日,中共陕西省委秘书处被敌人侦破,多名同志被捕。当晚,陕西省委召开紧急会议,认为时不可待,马上得发动全省武装起义。会议决定:应首先在陕东组织暴动,以渭南、华县、五一、华阴、临潼等五县为暴动区,指示许旅开赴渭华,配合农民起义,准备在渭华建立革命根据地,推动全省武装起义高潮的到来。

所谓"渭华"地区,是指渭南、华州一带,北跨渭水,南接秦岭,坡原起伏,沟壑纵横,人称"三秦要道,八省通衢",东可以下潼关,西可以通长安,战略地位极其重要,素为兵家必争之地。之所以首选在渭华地区发动武装起义,除了它粮产丰富、交通便捷的战略地位外,还因为这里是西北地区马列主义传播最早、党团组织建立最早、开展革命活动最早,也是群众运动特别是农民运动最活跃的地方,早在大革命时期就有中共党员397人。经过长期的不懈宣传与秘密发展,到了1928年的春天,渭华地区的党员人数已增加到了一千多人。

随着这里党员人数的增加，新旧势力间的矛盾也不可避免地激增起来的。1928年2月28日下午，围绕豪绅创办的乐育高小与共产党领导下的宣化高小之间的生源之争，乐育高小校长田宝丰带领四五十名警察和暴徒冲进由共产党员李维屏任校长的宣化高小，砸烂校舍，驱赶师生，打伤数人，抢走了党内文件。渭南党、团县委紧急开会，决定组织群众，夺回宣化高小。29日清晨，当地农民们、渭南中学和县立一高的全体同学，举着旗子，喊着口号，赶来声援，数百人包围了宣化高小所在地宣化观。田宝丰和他乐育高小的手下们，拒不撤离，以刀棍砖石顽抗群众。愤怒的群众冲进学校，打伤了田宝丰，打死了他两名下属。这就是渭华地区的"二二九""宣化事件"。这件事惊动了国民党政府当局，严令"暂停学潮学校"，"严办共产分子"。随后，冯玉祥发出"整顿学风"电令，宣布"渭河南北各学校一律停办，切实改组。校长不良者撤换之，教员不良者更易之"，学生"不服师长者，以共产党论罪"。渭南县长亲自带着军警，包围了渭南县立中学——中共渭南县委机关所在地，抓捕了校长王文忠和教员冀月亭。他们把王文忠、冀月亭押送到西安，严刑审讯后，就活埋了。在整个渭华地区，40多名党员、团员和革命群众遭到逮捕。

风扇得愈大，火烧得愈旺。锅盖掩不住，沸水就快溢出来了。

4月1日，中共陕东区特派委员会在华县高塘西边东

阳乡江村的药王洞正式成立，省委常委刘继曾任书记。4月6日，陕东特第一次扩大会议召开，制定了工作大纲。

刘继曾，是四川金堂人，时年33岁，瘦瘦小小，一副清秀书生的模样。他1925年在莫斯科东方大学入的中国共产党，在华山脚下这些党员、团员、农民、学生的眼里，是见过大世面的洋气人。但刘继曾说起话来却不故作深奥："药王孙思邈，他当年是救人的人，救过的人多了，就被老百姓当成神仙拜了。我们共产党员，也是要救人的，要救的还不是一两个人，而是全天下的苦命人。我身后这有个真人洞，老百姓在里头烧香，想着药王的金丹可以让人长生不老，吃了可以变成真人。他们求的这是鲁迅先生写的那种'药'，是求不到的。我们共产党员也下一副药，是要治好世道的药，不用老百姓求，我们白送给大家。我们的世界吃了这副'良药'，天底下的人，不再求吸风饮露，因为人人都不愁温饱；大家也不必再想修炼成啥子真人，因为人人都是真的人了，每个人都能真正地像人一样有尊严地活。"

盘坐在药王洞前听刘继曾讲话的年轻人们，或是贫苦的农民，或是有志的学子，平均年龄也不过20岁。他们激动地鼓掌，有些流下了热泪。他们未必知道：待到盛夏来临时，他们中的大多数人，将血洒少华山，魂留渭河畔。

刘志丹当时还不到25岁，生得清秀英俊，精明稳健，却平易近人，没有一点架子，他喜欢把他的肚子里的知识和道理，用大白话讲给战士和群众。薛自爽就是和其他党员、团员及农名运动积极分子一起，在三要司许权中的部队里接受训练时，第一次见到刘志丹的。

薛自爽是华州的农民出身，本名春喜，"自爽"是北伐时期于右任因其为人自在豪爽而帮忙改的名字。自爽30年来没出过关中，对刘志丹、唐澍、李大德这些黄埔军校出身的年轻人很是佩服，又因为自己只上过几天私塾，也就特别喜欢听这些读书人党员讲共产主义的道理。他心里佩服着刘志丹，刘志丹心里也看重着他：薛自爽年轻时就加入过红枪会，有着多年的带着民众抗粮抗捐、对抗豪绅的斗争经验，民众的暴动要想搞起来，不仅靠打入军队的党员力量，更要靠扎根于乡村的薛自爽这样的党员。

4月，冯玉祥率大军攻打河南，陕西后防空虚，驻守西安和潼关的，各有约一个旅的兵力。李虎臣趁机集结了近6万人的兵马，发动了反冯战争，一面调兵围攻西安，一面率部开赴潼关。许权中旅也接到了调赴潼关，加入李虎臣军，攻击冯玉祥部马鸿宾旅的作战指令。

时机来临了，陕东特制定了"4月底尽可能地成立农村苏维埃或农协"的工作计划。薛自爽随李大德一起，领上28名已在许旅受训完毕的同志，率先潜回了乡村战场。

李大德并不姓李，他本名张汉俊，陕西咸阳周陵人，黄埔军校第四期步兵科，大德乃是他开展革命工作时所用的化名。李大德率领在许旅学习军事的武装骨干，带着一批枪支和手榴弹，深入渭华，以"踏团"的名义进行武装活动。他们沿着山路前进，打土豪，分粮食，铲除了一个个地方豪绅豢养的民团，先后处决了地方豪强韩老虎、黑蝎子、何豹子、阮化生，鸡头关的恶霸吕能俭、吕贤选，马家坪的地主陈东昌、陈荣昌、陈衡胜。乡里村头的年轻人们，看到这支队伍的力量，又分得了粮食和物资，争相加入到革命的行列中来。在4月底前，之前撒进民间的30人的种子，翻了几番，迅速扩大到了150多人，长枪短枪50余支。

4月底，新军阀的混战在河南打响，陕东特在渭南县崇凝区王家坡观音洞召开紧急扩大会议。会议决定抓住军阀混战这一有利时机，立即在渭华地区展开起义暴动。

5月1日，渭南、华县1000多名农民聚集在渭南县崇凝区，举行纪念"五一"劳动节的大会。薛自爽站在了老爷庙前的戏台上，和其他农民代表轮番历数近年来国民政府的恶行，控诉了地方恶霸对劳动人民的压榨。因渭华地区的群众工作早已布局、展开，所以这个以纪念"五一"为由头而组织起来的大会，很容易便戳中了民众的心坎，不一会儿，集会的主题就从庆祝劳动节转为反对国民党。薛自爽张大嗓门，振臂一呼，以当地方言口音带着群众高喊口号："打倒军阀！打倒土豪劣绅！让种地的都有田耕！要割麦的全有粮吃！取消高利贷！恢复农民协会！"

控诉大会上民众的热情逐渐升温，李大德估摸着温度已经够热了，给戏台上的薛自爽一个暗号。薛自爽接到指令，怒喊道："不能再忍咧！分粮分田咧！"跳下戏台。群众也纷纷响应："不忍咧！分粮咧！"赤卫队员给薛自爽递上步枪，自爽摇头不要，另选了大刀，扛在肩上。"走！咱把这贪赃枉法的衙门给他掀了去！"带领举着铁叉和棍棒的群众浩浩荡荡开向崇凝区区公所。崇凝区原本也有那么几个警察和保安，他们一看今天聚来了千余名持棍扛镢的农民，吓得赶紧去找区长，急着汇报并听从指示。谁知区长早已逃了。区公所成了空房一座，群众毫无障碍地涌入，一番清理，占领了这栋建筑。崇凝区苏维埃委员会在此宣告成立。一条横幅被挂了起来——"全部政权归苏维埃"。

自此日起，赤水镇、阳郭镇、三张镇相继发生暴动。4日，陕东赤卫队宣告成立，李大德任队长，薛自爽任副队长。几日间的起义活动，此起彼伏，高潮不断。在赤水镇，起义群众处决了暗通敌营的商会会长赵登科，烧毁了长期放高利贷的"三兴合""福寿昌"两个商号，截获了大批银元，为起义夺得巨额经费。在阳郭镇，陕东特召开会议，为陕东赤卫队设计了队旗，确定了编制和领导人选。在三张镇，警察分局被攻陷，革命队伍收缴了兵器库的枪支，枪毙了税务所所长。

12日，在李大德的领导下，一个武装工事、驻守据点，在渭南东原南端的塔山上被构筑起来。这里，就是陕东赤卫队总指挥部，统一指挥陕东赤卫队及各地起义后成立的群众武装。塔山之上，易守难攻，四通八达，视野开阔。李大德和薛自爽立在山头，望着秀丽的山谷，虽有暂时功成的喜悦，心头却还有其他的疑虑和担心：农民运动如火如荼，为何许权中旅仍没有动静？刘志丹和唐澍，此时此刻，身在何处，又在想些什么？

三要司地处秦岭之南，其地北望阌灵，南通武关，东抵卢氏，以险要居衡而得名。同时接到了李虎臣的调兵命令和陕西省委的起义指示，许权中有他自己的考虑。这个地方是交通要道，兵力足时是一夫当关，实力弱时就是三面受攻了。

唐澍直勾勾盯着许权中，手上的香烟挑着长长曲曲的一绺烟灰。刘志丹也不发一语，脸上少见的毫无笑容。许权中挠挠他的光头，又咂了一口茶，再次试图说服身前的这群同志们："你们知道按兵不动的后果吗？咱们的部队不去潼关，就会引起他李虎臣的疑心！他就不去打冯玉祥了，就直奔着咱来了。就三要这地方，一旦遭到围攻，进无可去之处，退无可守之地，咱们党从中山军事学校时期好不容易保存下来的这支队伍，怕是在一夕之间就没有了！"

"可是，"谢子长说话，"你叫咱全都去咧潼关，去和冯玉祥的人干仗，帮着军阀狗咬狗，难道不是去白白送命？为了革命而死，怕是比为军阀去死，总要有价值得多吧！"

"浩如，不要老说死，别想着咱只要一打起仗来，结局就是个死。你和东园，"许权中看一眼唐澍，"你们在陕北的事，我也知道。可能受到了打击吧，心里不愿再参加大战咧。"

唐澍不满，把手中的烟头掐灭捏碎，愤声道："你说谁受打击了？怕死的话，我们就跟着李象九留在韩城啦！怕死的话，我们也不会从西安又下到渭南来。我看……"唐澍又点燃一根新烟，"……怕的人，恐怕是你吧？"

"我怕？"许权中皱眉瞪眼，"我是不想让这支队伍白白牺牲！必败无疑的行动，我肯定是反对的！"

"但现在的问题是，大家都主张遵照省委的指示行动，不参加军阀混战，配合渭华地区农民的武装暴动，立刻发动兵变。"刘志丹对许权中讲起道理来。"听你的，去潼关，一来是违反了省委的指示，二来也不符合民主的原则。我们是党员，你也是党员，大家总还是要讲纪律的嘛。"

"将在外，君令有所不受。省委不了解这里的情况。你们也没我了解这支队伍的情况，没我了解李虎臣。不去潼关，是绝对会遭到讨伐围攻的。等到队伍都没了的时候，啥起义也都是空谈了。"

"但你怎么向省委交待呢？怎么向等着部队去支援的李大德、薛自爽和其他革命群众交待呢？"刘志丹问。

许权中摸摸他的光头，默默思考了几秒钟，说："我有这样一个想法，大家听一下。让雷天祥带着教导营的80多人，先去渭华地区。咱这儿的主力部队，打潼关！"许权中手掌一挥。"李虎臣要利用咱，咱还利用他呢！借着他的炮火，让冯玉祥回不来。冯玉祥帮着蒋介石'清党'，杀了咱那么多同志，咱借李虎臣的力量把他赶出去。这样，既能迷惑李虎臣，又能赶跑冯玉祥，还不耽误革命运动，甚至还可能趁着打潼关的机会，把起义的火烧到河南豫西那边去。"

许权中这个权宜之计，当然没有说服所有的同志。但，大家觉得，这样的妥协，也不是完全不能接受。毕竟，这是许权中领导下的队伍，许多事，后来的同志也说了不算。

于是，共产党员雷天祥奉命率80人先行赶往渭华地区，支援群众暴动。许权中旅主力部队，开赴潼关，参加了李虎臣发动的反冯战争。

交战伊始，李虎臣方占据巨大优势。因是敌从腋部偷袭，被打了个出其不意，冯玉祥后防空虚，吃了败仗。但没过几天，战局发生逆转。冯玉祥部宋哲元第四方面军、孙连仲第二方面军从河南回援陕西，调头猛攻李虎臣的部队，两军在潼关南面的北山激战三日。许权中旅被李虎臣安排为这场战斗的主攻部队，三天下来，作战失利，部队遭受惨重损失。

白天的炮声似乎还在夜空中回荡，繁星闪闪，凉风阵阵。

双方坚守阵地，暂停进攻，等待黎明。官兵们累倒在战壕里和指挥部中，既想睡个好觉，又怕遭到偷袭，以一种假放松的心态倚靠着被炮弹炸软了的蓬松的土地。

唐澍蹲坐在防御工事后的一个角落，脸上、身上，都是硝烟的痕迹，手上还沾着些血，不知是自己的，还是别人的。刘志丹提着一盏煤油灯，凑了过来，俯身看着唐澍。唐澍斜着眼睛看着志丹，似乎想笑，却又没什么该笑的心情。四目相望，虽未发一语，却似乎已经完成了一段交流。唐澍问："你想的，和我想的一样么？"刘志丹点点头。唐澍又问："大家怎么想？"刘志丹开口说："我和高克林已经聊过了，他去做其他人的工作。"唐澍再问："许旅长也同意？"刘志丹答："还没告诉他。"唐澍放低声音："那就不要告诉他了。还有旅委的杨晓初……他们几个走得太近，都别说了。那天开会的时候，支持咱们立场的，可以通知一下。能带走的人马，越多越好。时间定了么？"刘志丹抬头看了一眼月亮，再低头答道："等月亮开始落咧，咱就走。"

天还没亮，许权中做了个怪梦，惊醒了。梦的内容他记不得了，但眼前的情势马上引起了他的警觉。一种直觉告诉他，跟了他几年的这群弟兄，恐怕已不在他的身边了。出营帐一看，果然，除了他的直属卫队，其他人都已连夜撤离了。"不要睡了！"许权中拔手枪朝天一射，"备马！"

刘志丹、唐澍，率领许权中部队的主体，不再为军阀

混战流血牺牲，撤出潼关，向渭华地区进发。连夜百里急行军，他们在5月16日的早晨，到达了华县的瓜坡镇。队伍稍事休整，旅党委召开会议，准备起义。

"红旗准备好了么？"唐澍问。

"好了好了，这就拿来。"廉益民说。

"'工农革命军'，"谢子长念着红旗上的大字。"好，打起来。"

就在旗帜即将被高举起来的时候，马蹄声响，许权中、杨晓初带着20几个卫队骑兵，追到了瓜坡镇。

没人拦他，许权中径直骑到唐澍跟前，下马，瞅瞅唐澍，转头问刘志丹："你们咋就这么走了？一夜之间，就把我的人，全带走了？你们这是要干啥？跑到这儿，这就是要起义了么？"

众人沉默，刘志丹开口解释："许旅长，我不想再看战士们白白牺牲了。所以……"

"不要解释了！"许权中声音很大，"不用解释，起义就对了！"他转向全体士兵，"起义咋能不叫我呢？我许广斌不能错过，我也要跟你们一同起义呀！"

大家伙儿一愣，随后欢呼起来了，朝天放枪，互相拥抱。起义队伍打起"工农革命军"的旗帜，继续向西，进抵高塘镇。

在高塘，地方党组织举办了万人军民联欢大会。刘继曾向起义部队授旗，宣布西北工农革命军正式成立，下辖四个大队、一个骑兵分队，近一千人，五百余支枪。唐澍任总司令，刘继曾任政治委员，王泰吉任参谋长，廉益民任政治部主任，吴浩然任军党委书记，许权中任军事总顾问兼骑兵分队队长，杨晓初任军财政经济委员。同时宣布成立西北工农革命军军事委员会，刘志丹任主席。

在高塘，刘志丹作了一首诗，并把它抄送给了唐澍和许权中，希望化解这二人间的心结。此诗题为《赠许唐》，是一首七言绝句：

二五进军驻渭华，
插旗暴动起高塘。
相劝许唐同结心，
牢记当初志太行。

## 四 逸民罹难

西北工农革命军布告

土豪劣绅和财东,剥削穷人真个凶。
加一放账驴打滚,卖儿卖女还不清。
要账手提桄桄子,打人不分老和幼。
如今穷人要翻身,大家团结来求生。
西北工农革命军,他是咱的子弟兵。
大家同心一齐干,铲除土豪和财东。
贪官污吏都打倒,我们要做主人翁。
建立苏维埃政权,才能过上好光景。

西北工农革命军

军委主席：刘景桂

前敌总指挥：唐澍

政治委员：刘继曾

中华民国十七年五月

西北工农革命军在高塘镇成立后，立即发布了公告，号召民众翻身做主，打倒土豪劣绅，建立苏维埃政权。在陕东赤卫队的配合下，革命军惩办贪官污吏、地方豪绅，将渭华起义推向了高潮。

至6月初，一片约200平方公里的红色武装割据区域已经形成，它以华县高塘、渭南塔山为两大活动中心，东至少华山，西接临潼东，南依秦岭北，北通豫陕大道。各基层地区普遍建立起了苏维埃组织，区、村级苏维埃政府共48个，大部分都辖有武装赤卫队。

卧榻之旁，岂容他人安睡？自5月中旬起，冯玉祥麾下宋哲元、孙连仲两军分别击败陕军各部，先后解了潼关、西安之围，他们在渭南、华县一带集结起了三个师的兵力，调集渭华地区的警察和民团，打算迅速扑灭这股红色的烈火。

6月8日，魏凤楼师的一个旅，由渭南县保安团带路，从渭南城出发，沿着龙首坡向南，计划攻下陕东赤卫队的塔山军事据点。

这一旅人马,刚打过胜仗,根本没把什么陕东赤卫队放在眼里,旅长先派出了一个营,营长又派出了一个连。连长听保安团长说,这赤卫队不过一群以农具当武器的暴民而已,只是仗着人多,让各县的民团、红枪会没有办法。他们连正规军都打过了,还会看得上几个山中刁民?

"塔山上面那石头垒的破房子,就是他们的指挥部?"连长问保安团长。

"别看它破,位置险要。你们不来,我们也不敢上去。"保安团长道。

连长摇头骂:"大材小用么!我就不该亲自来。妈的,这还骑着马,带这么多条枪。我看来一个排就够咧么,随随便便就把它端咧。"

"你不知道啊,他们闹得凶!各村有多少财主都被他们抄了家。"

正行进中,连长看到龙尾坡东侧的塬上,远远的有几个人影晃动。"不要紧张。"他安抚民团长。"你瞧好咧,我朝树上开两枪,打两只麻雀,那塬上的人就吓跑咧。"说罢,掏手枪,扣动扳机。

"嗙"。树杈上一个鸟巢被打翻,两个鸟蛋落地,摔烂。

"嗙!"又是一声。

"妈的,这是谁?我才放咧一枪,谁就忍不住咧?我还没下令进攻呢!"连长大骂。

保安团长从马上摔下来,捂着腰眼,气喘吁吁:"唉呀……我中弹咧。"

"这他妈谁？"连长又骂。回应他的是枪声。枪声响完，紧接着又是吼声。

拿着镰刀、锄头和长柄斧的赤卫队员和村民们，从四面八方围上来。

"你咋没说他们有枪？""上个月还没有的！""嘭"，又是一枪。

这次伏击，赤卫队的人数并不占优势，武器也比较低劣，但妙就妙在出其不意。而敌人也不知道他们所面对的武装力量究竟有多大的实力，一时惊慌，被打乱了阵脚。

"不要乱！列队，防守！"连长紧抓缰绳，朝天放了一枪。他定睛细看眼前形势：赤卫队根本没什么像样的武器，进攻也是缺乏组织，仅凭着一腔热血，挥舞农具，猛冲乱打；目前的混乱状况主要是渭南县这群废物保安团员造成的，他的正规军士兵受到保安团情绪的感染，又因为人生地不熟，而不知所措；至于那枪声嘛，这群赤卫队员至多也就有十几条枪，他们的枪法不准，枪械不好，子弹也不多……"不要怕！都是刁民！咱从潼关打回来的！随便收拾他们！好好地瞄准，给我打！"

敌人逐渐稳住了军心，赤卫队员们开始一个个倒下。塔山的赤卫队员只是受过几天训练的农民，既没有参加过这么激烈的斗争，也并不知道那些先进的武器有这么大威力，会造成如此严重的伤害。他们看到自己的亲人和朋友，一个个倒在了血泊中，而那些保安团的恶徒们正狰狞地挥舞着刀棒，穿着军装的敌方士兵们正冷血地开着枪。他们愤怒地又冲上去，而后又惊愕地负伤，倒在地上。

对敌人的包围圈渐渐变薄，被撕开了一个裂口，外围的赤卫队战士们也一时不敢向前。

那连长得意起来。保安团长捂着伤口说："突围成功咧，能撤咧。"连长道："撤球呢，今天我就要登上塔山，明天我要拿下那个什么刘景桂的人头。""嘣——！嘣嘣！"

连长话音刚落，前胸中了一枪。"这他妈谁呀！"他举手捂胸，头上又中了两枪。他不再问是谁开的枪了，他也不会再想。

谢子长领着一队骑兵，直向这股敌人的核心冲击进去。刚刚射出的子弹，是从这赶来支援的西北工农革命军第三大队中射出的，谢子长正是第三大队的队长。

对方的指挥官已死，所列阵型又被冲散，刚刚有所稳定的军心再次崩塌，一片慌乱。

"弟兄们！不要慌！跟我上！"谢子长策马挥刀，率骑兵队将敌军截为两半。刚刚失去战友的赤卫队员们受到鼓舞，在谢子长指挥下，把靠南的一小股敌人再次包围，消灭。

这就是渭华地区起义军与前来"围剿"的冯玉祥军的第一场战斗——龙尾坡之战。陕东赤卫队与谢子长第三大队奋勇作战，英勇抗敌，西北工农革命军取得大胜。

军队打了胜仗，刘志丹却发现了己方的弱点：被动迎击，缺乏主动。他把革命军四个大队派到边沿上活动，一方面扰乱敌军，一方面观察动向。刚刚完成部署，当天夜里就收到了赤卫队员的报告："大明寺发现敌方骑兵！"

龙尾坡失利的两天后，6月10日，宋哲元军田金凯部一个骑兵师，与华县保安团联合行动，自华县出发，企图经瓜坡、大明寺两地，直取西北工农革命军总司令部驻地高塘镇。

由于刘志丹事先将主要兵力分散到四周去执行扰敌任务，所以总司令部所在地高塘镇只留下了一个连和一个小赤卫队。大明寺离指挥部还不到十里路。情况危急。

据革命军第一大队第六支队队长郑殿华回忆："当敌军已到达高塘附近，对我已成半包围形势时，我军尚未察觉。当时，北堡子有一农民群众，急来我第五中队报告说：'骆驼项上敌人的旗子插满了，你们还在睡大觉！'队长周益三急出村观望，确如农民所报。"

田金凯的这支"剿匪"队伍，本计划是要和魏凤楼的人马同时进击的，一个打高塘，一个取塔山。未料到，魏凤楼那边争功、轻敌，居然擅自出兵，遇伏受挫。田金凯只好调整战略，夜间行军，兵出几路，分散兵力，撒开罗网。高塘镇以北，从东头的崔家村，一直到西边的龙王庙，田军骑兵师与华县保安团联结出一个扇形的半包围圈。

刘志丹的新战略，虽增强了部队的侦察力和机动性，

却无意间让指挥部面临了大兵压境的危机。在位于高塘小学的总司令部里,刘志丹和唐澍商讨起对策:"镇上只留了一个连,加上司令部里警卫赤卫队这30个带枪的,只有100多人。几里外的敌人,不会少,估计是上千了,还是宋哲元手下的精锐。东园,你怎么想?"

唐澍斜眼看看刘志丹,突然笑了。

刘志丹轻捶了一拳唐澍,焦急地责问:"子弹都飞到门前了,你还笑?说说你咋想的么!"

唐澍尽力收起笑容,表情严肃起来:"刘景桂同志,我笑,是因为,我觉得我想的,和你想的,可能,是一样的。要不,你先说说,你咋想的?"

刘志丹也被逗乐了,微笑道:"原来是这样啊?嘿。指挥部里只有30来人,这是事实。但是,这个事实,咱知道,他们不知道。"

"说对了。他们只知道我们革命军的总人数过千,而且应该驻扎在作为指挥部所在地的——高塘。他们结成1000多人的包围网,是为了来打和他们人数差不多的——在高塘的——1000人的革命军。"

"我们出击!"

唐澍带着司令部赤卫队30名战士,主动出击大明寺。这30人是由许旅的手枪连改编的,身经百战。由于熟悉地理环境,赤卫队借助地形,对大明寺的敌人展开猛烈攻击。

敌军远道而来,又走了好长一段夜路,在对指挥部的

"主力部队"发起进攻前,本就心里紧张不安,突然又遭到不知哪里射来的子弹,枪火猛烈,自然受到了极大的震慑。山坡上的一群人马乱了阵脚,进退维谷。

就在唐澍以虚攻实,亲临前线的同时。镇守指挥部的刘志丹,已派出军委秘书长许维善火速赶往箭峪口和塔山,通知许权中、李大德、雷天祥回防支援。

敌人畏战不前,只站在坡上乱放枪。利用己方早已修筑的各种工事,唐澍以这30名手枪手打出了百人的效果,又在敌军心里造成了千人的印象。然而,东方已泛白,天就快亮了。一旦天亮,高塘守军的真实情况就会暴露无遗,田金凯就会轻而易举地拿下革命军的总司令部了。

正在此时,敌军后方起火。刘志丹前夜派出的武丕谟第二大队、谢子长第三大队已经赶回,从东西两面对敌军形成了钳形夹击。分散在各处的赤卫队队员、革命军战士、苏维埃群众,尽已醒来,看到指挥部面临危机,速来支援,从四面八方冲向敌军。近十里长的战线上,杀声震天,人喊马嘶。

总部赤卫队队长张汉泉看到此景,一时激动,怒吼一声,举枪冲向骆驼顶。唐澍忙叫他回来,不可冲动。张汉泉没有听见唐澍的呼喊,一意奋勇冲锋,向前跑了百多米后,中弹倒在了麦地里。唐澍下令:"王泰吉代理赤卫队长!"说罢,他猫腰避着弹雨,疾速跑到了张汉泉身边。他俯身,在麦田里抱起张汉泉,看了下伤势,流着泪,笑着说:"你这条胳膊伤得好重啊!可命还在!""嘿,唐司令,瞧你说的!我可死不了,我命大着哩。"

在一片腹背受敌的混乱中,田金凯的骑兵师惊慌撤退,遗弃追击炮数架、炮弹多箱、驮马十余匹。除了大明寺、骆驼项的敌军遭到重击外,太平寺的敌军遭到谢子长的截击,魏家塬的敌军遭到许权中的阻击,瓜坡的敌军撤退时被王泰吉追击。

这是渭华起义的第二次战斗。又是一场大胜利,人心备受鼓舞。

两次击退了宋哲元的进攻后,西北工农革命军军事委员会在高塘镇召开扩大会议。刘志丹分析当前形势,提出向陕北转移的主张。会议接受了这一建议,决定派刘继曾去西安向中共陕西省委汇报。司令部亦由高塘镇向南移动十里,暂时改驻在涧峪口南堡村。会后,刘志丹在高塘小学的指挥部里写下一首《高塘述怀》:

秦皇呈凶强,百姓横遭殃。
老蒋欲称王,杀戮北伐将。
旗上烈士血,遗志岂能忘。
他日传捷报,祖国沐朝阳。

而在刘志丹之前那首《赠许唐》的"相劝"下,许权中和唐澍之间因不告而撤所纠结的那点小别扭,也已被解开了。

这天下午,唐澍和许权中一起,来到了寺坡水磨渠学校,与教师陈太尤等几位群众拉家常,了解地方民情,征求群众对部队的意见。

陈太尤等人看到革命军从不拉夫抽丁,不要粮派款,而且战士们自己动手砍柴、磨面、盖马棚,还在马村西边种了十多亩之前没收下何豹子的地,是个好军队。他们看到唐澍和许权中态度诚恳,说话和气,便也就不再顾忌,也说出了一条意见:驻寺坡吴村军营中的战士,在从龙头到常沟砍柴时,经过学校门口拐弯时插斜,给麦地当中踏出了一条路。麦子现已返青,地里踏出这条路,可就等于糟蹋了一些粮食。老乡们请唐澍和许权中回去给战士们讲一下:不要再从地里走了,农民最心疼田里的粮了。

这件事,唐澍和许权中非常重视,拉完家常,立刻就骑马到学校门口查看。地上真的被踩出一条光秃秃的路来。唐澍摇头,对许权中说:"老许,我也是村里长大的庄稼人,谁要是把我家的田踏了,我真想打呢。"许权中皱眉无语。

恰巧就走来几个战士抬着柴,又到了地边。这是一段硬拐弯的路,真不好过,如果是两人抬一件东西,身子可难调转,所以抬柴的士兵走这儿过时,习惯了插斜,给麦地当中踏了一条路。许权中厉声道:"都停下!往哪儿踩呢?你们看着没?这是路吗?这里原本有路吗?"抬柴的战士一愣，解释："不斜插，这难过呢。""有多难？能比跟冯玉祥的人干仗难？退下！"许权中命令这几个战士绕远路回，他和唐澍下了马，亲手捡来些藤蔓刺条，把田围住。陈太尤等人站在校门前看见这些举动，甚是感动。

过了两天，许权中趁着跟各营长开会的时候，正想讲讲寺坡这条小路的事，想叫属下吩咐战士去帮老乡清清石头，再把踩坏的麦苗给种起来，却收报了敌军卷土重来的消息。

6月19日，冯玉祥手下"五虎将"之一的宋哲元，亲自督战，率"西北军十三太保"之一孙仲连、"魏瘸子"魏凤楼、骑兵第一师师长田金凯，共三师大军，分路出动，张开巨网，以李振山、王佐所领兵的地方保安团为前驱，向高塘和塔山进犯而来。

宋哲元军的具体部署为：左翼田金凯师从华县出发，经瓜坡向桥峪进攻，得手后进占箭峪口；右翼魏凤楼师，由宋哲元亲率，从渭南县出发，经崇凝向箭峪进攻，相机进占箭峪口，与左路形成马蹄形战线从东、西、南三面包围高塘；余下的孙仲连师则从赤水县出发，兵分两路，一路沿赤水东川从正面进攻高塘，一路沿赤水西川进攻魏家塬，直捣高塘侧背。

刘志丹、唐澍所指挥的革命军部署为：许权中率骑兵队驻守箭峪一带，并指挥留守崇凝的第四大队和塔山赤卫队，巩固西线；赵雅生率第一大队驻涧峪，防卫由东入侵的敌人；谢子长率第三大队驻高塘东边地区，拱卫高塘；武丕谟率第二大队机动防御防高塘北边地区。

铁盾对上了钢矛！密不透风的铁甲防御，抵抗着万箭齐发的进攻。

19日拂晓，重炮轰鸣。

战斗打响。左翼革命军在丰原镇老乡们的配合下，在桥峪河西岸，节节抗击，逐次退守至桥峪。右翼革命军与陕东赤卫队在崇凝一线阻击敌军，最后退守至箭峪塔山一带。由于革命军之前连赢了两个胜仗，所以士气旺盛，与前来进犯的敌军大战半日之久，反复冲杀。

战况激烈，北面被敌人阻断去路，向陕北转移已经不可能了，刘志丹决定且战且退，带军队进入秦岭深处，以保存主力，静待时机，另辟蹊径。总司令部再次向南撤七里，准备安扎在牛峪口龙山底。

敌众我寡，力量悬殊。塔山之下，半截山上敌方迫击炮连续轰击，陕东赤卫队总部着火，赤卫队员撤出，塔山失守。午后，革命军的防御网已被撕开多个缺口。田金凯师的一队骑兵，已突破崇凝地区右翼，迂回速攻，直扑高塘镇。此时，唐澍正带着手枪队，和武丕谟第二大队一起，坚守高塘主阵地，抗击北边孙仲连的强兵。高塘西侧告急，王泰吉及时发现敌情，带着不足百人的赤卫队，果敢出击。在老乡们的帮助下，王泰吉指挥赤卫队员们，利用王家岭、郭家崖的复杂地形，化解了敌方骑兵队的进攻，暂时守住

了高塘。

枪声响彻山谷。炮火刀光,从旭日东升,到夕阳西下,没有断绝。山谷中的鸟兽们惊吓得或入地或飞天,花草和鱼虫也被硝烟烤得失了生命的颜色,天地间似不再有活物,只留下人和人,做着决死的拼杀。

唐澍再换上一匣子弹,准备迎击第五次冲锋的敌人。可就在这黄昏之时,他接报了魏家塬阵地已经失守的消息。唐澍低头自语道:"咱们被围住了……"

"唐司令,咱能冲出去。"陕东赤卫队副队长薛自爽擦擦头上的血和手上的汗,说。

"他们的人顶得上一个团,围着高塘,一轮又一轮打,还有炮兵掩护。咱们这儿只守了一个连,现在……连一个连的人都……"

"唐司令,我跟着党闹革命,时间不短了。各村里收拾土豪劣绅,都是我带的人、领的头呢。咱不能只看扛枪的,扛锄的也是咱的人呢。我走小路,钻出去,到三教堂去敲钟,把乡亲们动员上,给咱搬救兵。"

"自爽,这太危险了。"

"唐司令,你和刘主席,以前说我是咱革命军的'李逵'。我知道,那主要是说我回家接娘,结果我娘在半路上被保安团的人砍死的事。这事像李逵呢,"薛自爽眼泛泪光,但此时刻不容他大哭一场,"但我还没刮过'黑旋风'。眼看天就要黑咧,今儿我给咱刮上一回。"

唐澍扶着薛自爽的肩，叮嘱了一声"当心"。

敌军正在集结，准备发动对高塘的总攻。残阳一片血色，暗红发黑。

薛自爽如插了翅膀般，在林间飞奔，从包围网的缝隙中，潜入了东阳乡堡子底的三教堂。他推动长长的木槌，敲撞铜钟。以前闹交农、打土豪、分粮食时，他都是这样通知乡亲们的。各村赤卫队和群众早有约定，若遇急事，鸣钟为号。今天，在这危急的时刻，他又敲响了这口大钟，可仗打得这么凶，老百姓们还敢不敢来呢？他不停地摇着撞槌，使尽他平生气力。

唐澍已做好突围的准备了，不论他们是否冲得出去。

宋哲元在魏家塬上立马远眺，举望远镜，遥望高塘，笑说："他们闹腾得凶，把你们给吓的，俺还道是有多厉害。没有想到天还没黑，俺就把高塘给拿下了。快开炮吧，甭等星星啦。"

对阵地一番炮轰后，围着高塘的三路人马一齐前进，收缩罗网。他们正收网，这网后却被插来一把钢刀。东阳乡三村五庄的四百多农民，在薛自爽的带领下，从西南方涌了上来。本在东线鏖战的革命军参谋主任高克林，听到三教堂的钟声传来，知道西边定是战情告急，也速速赶回驰援。唐澍趁机，带着为数不多的部下，出高塘杀向南边。三股人马汇合成军民混融的激流，从敌军的缺口中，朝南急泻而下。

革命军在老百姓的掩护下,沿东阳乡各村各庄小路,迅速撤至箭峪口。在箭峪口,地主薛良臣带着一队武装民团,想杀几个革命军军官,领点人头赏钱。薛自爽一看对方是本族的恶霸、世代的仇家,怒吼一声,领着赤卫队员搅起一阵"旋风",挡住民团,掩护唐澍、高克林继续南撤。

夜已至,宋哲元的大军暂时停在了高塘,开始清理革命军曾经的指挥部。

许权中带着骑兵队赶来,夺下箭峪口,救出了与民团激战的薛自爽。薛自爽已浑身是伤,卫生员急忙包扎伤口,只见他那被硝烟熏黑了的身躯,被白布裹成了白色,又被伤口渗出的热血浸得乌红。那是一张农民的脸,只为了让农民种下的麦归属于农民,便染上了敢斗天地的无所畏惧。

午夜,革命军总司令部命令武丕谟第二大队、谢子长第三大队夜攻高塘,袭扰敌军指挥部。我军主力部队继续向秦岭转移。

东起大明寺,西至沈河川,六十里战线火光冲天,杀声不断。

武丕谟畏战贪生,未执行夜袭任务,带着几个亲信临阵脱逃。独力袭扰宋哲元司令部的谢子长队,在撤回时,遭到了跟踪追击,不慎将敌军引向南边牛峪口革命军临时指挥部。

指挥部决定放弃牛峪口,立即潜入秦岭。廉益民和吴浩然,奉命领兵坚守牛峪口阵地。天亮前,牛峪口失陷,廉益民、吴浩然在战斗中牺牲。

20日晨，宋哲元分兵左、中、右三路，向桥峪、箭峪和箭峪口发起进攻。

薛自爽看着眼前这15名赤卫队队员——他们多少都带着伤，但没一个人比他伤得重——100多人的赤卫队，现在只剩下15个人了。身为副队长的薛自爽，心里真的难过。他扭头望了一眼已经布好阵势的敌军，问身边这些随他走到今日的弟兄们："一会儿，咱就要成革命烈士咧，你们跟着我闹咧这些天，说句实话，后悔不？"

赤卫队快枪组小组长杨克彦说："自爽，别说这些咧。咱风风火火闹这一场，不亏呢！"

老党员杨居仁眼角泛泪，说道："薛队长，咱干咧这些事，老百姓记着呢。咱杀掉的韩老虎、何豹子，他们死了也都是虎豹，在乡亲们心里就不是人。咱今儿把命撂这儿，你薛自爽的大名，华山下、渭河边的人，忘不了呢。"

"哈哈"，薛自爽高笑两声，扯下头上的纱布，握起腰间的手枪，"于右任说我耿直豪爽，给我改名叫'自爽'。临死咧，我再耿直一下，小杨，你说这话，我听咧，心里真爽！咱今儿，值咧！"

陕东赤卫队最后的15个人，与革命军的战士并肩，坚守箭峪口，以必死的觉悟与敌展开激战。薛自爽右胸中弹，壮烈牺牲。

恶战一整日，许权中以骑兵队机动回援，阻防敌军数次进攻，掩护主力部队退入了秦岭南麓。他和杨晓初无法跟上司令部，率骑兵队从西南方绕道逃向蓝田。

入夜，渭华地区已无革命军。

宋哲元军没有追进秦岭山中，但革命军也没法一直留在山里面展开活动。渭华地区起义军势力最鼎盛时，革命军加各地赤卫队，将近两千人。而现在翻越着秦岭的，只剩三百来人了。他们走了5天，跨过了秦岭山脉——中国南北方分界线，到达了陕南地区洛南县辖区。

25日，唐澍和刘志丹率军进入两岔河镇。刘志丹决定派人去蓝田县许家庙、沙王村一带找找许权中的队伍，看看蓝田县委那边的情况，可以的话，主力部队也向蓝田转移。唐澍主张就在洛南这边，继续闹革命。刘志丹笑道："你可真是个'唐贯贯'，名不虚传。""唐贯贯"是唐澍的学生们给他起的外号，他讲军事课和政治课时，常用"吾道一以贯之"来说明革命的道理需要贯彻到底。刚吃了败仗，唐澍却依然不忘要贯彻他的"道"。

经过初步的调查，革命军掌握了两岔河地区的地形、交通和民情，将街心的"致合昌"商号征用为指挥部，又派出赵雅生大队开赴东面三十里外的保安镇驻防，作为两岔河指挥部与洛南县城之间的屏障，做好应付多种战斗的准备。在两岔河街心的一座破庙里，革命军设立了临时医院，救治在渭华地区中负伤的战士。

在两岔河街东的戏楼上，革命军为渭华起义中的死难烈士廉益民、吴浩然、薛自爽等人举行了追悼大会。唐澍对战士们说："革命并非一帆风顺，难免有牺牲和失败，即使还有一兵一卒，也要血战到底，决不半途而废。"会后，唐澍、王泰吉和王尚德等人来到临时医院慰问伤病员，给每人发了一只从镇上买来的烧鸡和五块钱。伤员有四十人左右，多是枪伤，个别人伤得很重，有粉碎性骨折的，但设备简陋，只能用老百姓的笨剪刀做简单的手术。

革命军进入洛南后，紧锣密鼓地在两岔河与保安镇两地开展起农民运动，在两岔河街东的戏楼上，贴上了"军民联合起来""铲除土豪劣绅"的标语。唐澍还新排写出一个双簧戏，让赵葆华组织人在戏楼上演。革命军人们积极宣传共产党的主张和革命道理，率领部队开展打土豪、救穷人运动，处决了两岔河地痞蔡林娃和保安镇焦沟奸淫妇女的坏和尚，收拾了由高塘窜入的武德茂土匪武装，烧毁了"合盛顺"放账铺的高利贷文约，还把保安"义仓"里的粮食和财东杨治太的不义之财，分给了贫苦农民们。

可是，被冯玉祥军队打败而转移到洛南地区的，不只是刘志丹他们带来的革命军，还有在潼关失利的李虎臣的军队。从潼关撤下来的方少海、丁增华残部，就扎在洛南县城里。革命军进驻两岔河和保安镇以后的一系列活动，也已引起了他们的注意。地方豪绅早就苦不堪言，反复求李虎臣的残兵出动，"剿灭"革命军。方少海和丁增华，

本不愿再有所损耗了,但革命军领老百姓闹得越来越红火,他们经过一番侦察和计划后,与地方民团一齐出动了。

7月1日,正是中国共产党的诞生日。刘志丹、唐澍二人正在指挥部里聊着今天该怎么和大伙儿纪念一下建党的日子,突然收到保安镇赵雅生的部队遭到攻击的报告。唐澍看着刘志丹,又微笑起来。刘志丹问:"你又笑啥?"唐澍说:"你知道。"刘志丹摇头道:"报告说对方只有百十人,顶多就是个洛南县民团。雅生本来就带着100人在那儿守着呢,有枪支有弹药,稳着呢。我看叫子长或者泰吉,弄上二三十个骑兵,冲过去吓一吓,那些民团的地痞绝对就散了。咋也轮不到总司令亲自带兵驰援吧!"唐澍说:"刘景桂同志,你知道我想的不是这个。今天是党的生日,我这总司令,应该去打一场大胜仗,来给咱西北工农革命军庆祝一下。30人是小打小闹,胜了也不漂亮。我带上一个大队过去,还不把敌人给打得落花流水?""可你是总司令啊,万一有个三长两短,我咋给全军交待,咋给从清涧陪你走到渭华的子长交待呢?""你们呀,就等我的好消息吧!"唐澍满面笑容,起身出门,领了一个大队,近百人向东边的保安镇开去。

唐澍带着兵马,毫无阻碍地就走进了保安镇。街上没人,静得出奇。

"看来,赵雅生他们已经胜了,出去追击敌人了。"唐澍对跟他一起过来的李大德说。

李大德还有疑问："可是街上怎么家家都关门闭户？现在不正是该吃早饭的时候么，人咋都没动静呢？"

唐澍皱一下眉，"嗯，"思考了两秒，"前几天不是才过完端阳节？有的地方就有这习俗，端阳期间不吃早饭。"

侦察兵前来报告，在保安镇粮仓附近看见赵雅生的人了。唐澍让李大德带队在保安镇西边原地留守，他带了几名贴身警卫去见赵雅生。走到粮仓门口时，唐澍突然感到空气中有一种令人不适的死寂感，但他依然没太往坏处想，只道是赵雅生这边在储粮问题上出了什么小岔子。"雅生，你们怎么都聚到这仓里？是不是地方上有贼人偷粮？"

赵雅生一看唐澍来了，忽地情绪有些失控，满头冒汗，紧张地说道："唐司令……你咋能来呢？你来干啥呀……司令……你不该来呀！"

"来也来了，你还说啥？早知道敌人退得这么快，我也不跑这么远。"

"司令……你们进镇子的时候，没遭遇敌军？"

"没有啊。"话到此处，唐澍预感事情不妙。

"糟了。"赵雅生几近崩溃，摇着头，想流泪。"唐司令，我们对不起你呀……为了救我们，你也被围住了！"

"不要急，咱们得冷静。你说，他们到底有多少人？"

"一开始，我们以为是一百人……越打越不对劲，后来再看，应该是有五个旅的陕军，加上民团，人数大概在

七百到一千。"

"看来,他们迟迟没有向你们发起进攻,就是要把你困在这儿,再将两岔河那边的主力都引过来,全部围在这保安镇里,一锅端个底朝天。"唐澍冷静地分析着战情。

"司令,咱咋办?"

唐澍微笑了,"雅生,我看我今天是走不出保安镇了。李虎臣的这些残兵,还真有两把刷子,把我诳来了。不过,他们最多也就诳来个我了。这儿还剩下几十人,你带走一半,冲到镇西边去找李大德,他那里有近百人。我领剩下的人,吸引火力,掩护你们走。我这身军装,一看就是大官,他们肯定首先来打我。你们剩下的一百多人,杀出去通知刘景桂、谢子长,叫他们赶紧撤离洛南地区。只要有一个人能走回两岔河,那就是救下了革命军,就是给革命留下了种子。"

这一日的血战,相当悲壮。敌军只让你进,不让你出。赵雅生带人一口气杀出粮仓,唐澍紧随其后。赵雅生本应承担起杀出重围的使命,可他在保安街西的雷家院就率先战死倒下了。雷家院四面受敌,弹如雨下,但,此时它是必经之路。唐澍率众急进强攻,穿过雷家院,继续向西。他本想再把回去通知刘志丹的重任转交给留守在西边的李大德,可李大德已经被俘,他带队的人马早不在原地了。唐澍无法停下,他只能继续,沿着河,向西北方,一路杀敌,一路奔跑。

战士们一个一个地倒下，一批一批地被俘，到达碾子沟的时候，唐澍一队仅余六人。敌方追来个陈彦策民团，五名战士留下与敌缠斗。冲上了唐岭，唐澍身边只剩下警卫员许天洁一人了。敌军嚎叫："抓活的！那是唐澍！抓活的，赏银多！"

"这是唐岭呢，我刚好姓唐。"唐澍看看自己左腿上的枪伤，对许天洁说："今天是公历七月一，我'唐贯贯'上了唐岭，好着呢。天洁，你继续前进吧，去找刘景桂，告诉他，"唐澍笑了，"我还是觉得刘志丹这个名字更好些。漫天红旗树高志，遍地烈火淬丹心。他们还带着火种呢，继续烧。""不呢，司令，我是你的警卫，我要跟你一起回呢！""快走！这是命令！"唐澍严厉地说。许天洁热泪盈眶，敬一个军礼，迈开大步向西跑去。他听到身后响起枪声，可他没有回头，只是向前奔跑。唐澍从两岔河带到保安的援军里，许天洁是唯一一个逃出生天的。

唐澍在唐岭上，冷静地射击向他冲来的敌人，坐在那儿，身上又中了几枪。他捂着红血汩汩的肚子，看那些想抓活的领赏的敌人们越围越近。那端着枪，向他冲来的军人，也不过20岁上下，看样子，也是穷苦人出身。大概只剩一两发子弹了……唐澍举枪，射向了自己的心脏。

身在两岔河的刘志丹，收到唐澍、赵雅生战死的消息，带上总部人马迅速离开洛南县，向蓝田县退去。在蓝田县张家坪，刘志丹与许权中会合，刘继曾也从西安赶回了部队,革命军开会商讨下一步行动。刘继曾传达了省委指示:取消西北工农革命军的旗帜及军事委员会,党在军队中的组织秘密潜伏起来,不开展苏维埃运动,保存现有军力,以待时机。会议决定:部队里红色显著的同志,离开部队,分头活动;灰色一点的同志,仍留在部队工作。刘志丹、谢子长、杨晓初等人离开部队,伪装身份,分散各地。许权中通过私人关系,联系上了陕西军阀刘文伯,将剩下的不到200人,拉到商县黑龙口,改编为刘文伯师第9旅,旅长是许权中。

革命军离开渭华,曾经的土豪恶霸们,联合保安团,对参加过革命的群众展开了疯狂的报复。凡是和革命军、赤卫队有一点关系的,或被石头砸死,或被投井摔死,或被丢进河里淹死。参加了军民联欢会或分到钱粮的百姓,被要求给死掉的恶霸"折合命价",不少人倾家荡产、家破人亡。许多人远走他乡,一些人被关进黑牢,还有的被砍下首级,横尸街头。薛自爽的遗体被掘出,何豹子他爸带人将他劈成了几段。这白色恐怖的血腥报复,在人们心里种下了更深的仇恨,也使革命的灯苗在渭华长明不灭。

李大德与50多名战士一起,在洛南县的监狱里被关押了十几日。他和另外两名革命军官,被拉到洛南县城,先示众,而后枪毙。剩下的人被编入了方少海和丁增华的军队中。

唐澍的尸体被敌人一路拖下山,丢进涝池里。一位名叫余善岐的好心农民，用土壅住了他的遗体。第二天，敌人又去把唐澍挖了出来，切下他的头，将唐澍的头颅在洛南县西城门楼上悬挂了很久……后来，这颗头，不知所踪。

群众将唐澍的躯体埋葬在保安镇碾子沟，1989年，这具无头遗体被迁至商洛市烈士陵园内。唐澍的头颅，一直没有找到，但我们知道，它永远昂扬着。

> 民国里来一十七年整，我们陕北遭了个大年馑。
> 高粱面涮的稀糊糊，三天两顿把口糊。
> 可怜呀可怜实在可怜，可怜我们受苦人没有钱。
> 量的二斗糠炒面，一口气能吹上天。
> 一口人卖银钱三至五串，母子们分离实在可怜。
> 山蔓菁拿秤称稍比麦贱，荞麦皮和秕谷也能卖钱。
> 酸枣吃得人摇头摆眼，野杜梨吃得人口吐酸涎。
> 几日不吃不知道饿，几天不喝不知道渴。
> 阳世间穷人实在多，穷人的日子实在难过。
> 
> ——《世上苦不过受苦人》

这首信天游，唱的是1928年陕西的大饥荒。从那年的秋天开始，陕西全省发生了旱灾，其中的陕北和关中地区已连续第五年大旱了，可从1928年秋到1929年春的这场旱灾，是5年来最严重的一次。据陕府救灾委员会1929年4月的调查报告称：截止1929年2月，全陕西省灾民共达655万多人。而到这一年的11月23日，全省因灾死亡人口超过250万人，逃至外省度荒的人达40万，陕西人口从940万锐减至650万。关中各县最为严重，如眉县原有90746人，死亡69293人；泾阳绝户3400余家；千阳人口由15万减少至10万。全省19个县的弃耕地占总耕地面积的百分之七十。陇县、蓝田、榆林、紫阳、永寿五县弃耕地百分之百。许多地方十室九空，出现了人吃人的惨象。

农村经济破产，加之渭华起义后国民党陕西当局疯狂"清党""清乡"，使中国共产党在陕西农村中的基层组织、农会组织几近消亡。一大批共产党员、共青团员被捕、被杀。农村和城市中，随着白色恐怖的加剧，一些共产党员纷纷躲避、脱党乃至叛变，党员人数急剧减少。渭华起义前的1928年春，关中各县党员已发展到2600多人，到1929年初，仅剩下了250名。

刘志丹就是在这样的背景下，在西安最后一次见到自己的授业老师李子洲的。

长期的高强度工作和紧张的精神压力，使李子洲积劳成疾。最近的几次会议，他都是抱病参加的。尽管全国、全省的武装暴动进入了低潮期，但李子洲还是没有放弃由他所起草的《全陕总暴动决议案》。他闷闷地抽着烟，靠在书桌前的藤椅上，安静地看着他的学生刘志丹，眼光似乎停在志丹的身上，又好像望穿了整个人间。

"李老师，您又在想什么了？"

"我想起你魏老师了。"李子洲深吸一口烟,又是直愣愣不语。他的老同学、好朋友魏野畴,4月份在皖北起义的时候,已经被敌人杀害了。当初,是他们俩,一起把马克思主义从北京带回西北的。如今西北大地革命受挫,魏野畴已离世,而他李子洲又身患顽疾。

"魏老师,"刘志丹想起他在榆林中学求学时的岁月,"是他介绍我进的共进社呢。"老师魏野畴带着他们一群

◆魏野畴翻译的《美国史》

同学排演话剧《爱国赋》和《列宁传》的情景，历历在目，仿若昨日。"我还记着，有一天，魏老师拿出一本《共进》，问我看过没，印象如何……"回忆美好时光，志丹露出微笑，却同时忍不住流泪，"我给魏老师说：我看过《共进》，它是为人类争取自由的。我还问魏老师：我啥时候能入共产党？魏老师说：不会很久了，大革命要来咧，革命需要人。"刘志丹终于无法自控，大哭起来。

李子洲脸上写满了悲伤，但他没有允许自己的泪水涌出。他站起来，给刘志丹递一条手帕，说："刘志丹同志，你要坚强。你现在是咱们党的干将，是领导过起义的人，不是当年的景桂儿学生娃咧。魏老师肯定希望你多为革命流血，少为他流些眼泪呢。"

"李老师，血流得太多咧，你没见唐澍、赵雅生、廉益民、吴浩然、薛自爽……"

"还有徐九龄、方鉴昭、任醴、李嘉谟、校明济……太多咧，这名字数下去，没得完。有一天，我的名字，也会写进这烈士的名单里……"

刘志丹使劲摇头，"李老师，你可不敢这样说。"

"有啥不敢的？我的老师李大钊都被他们杀咧，你的老师李子洲凭啥就能长命百岁？那么多留了名和没留名的党员、战士和群众，都被他们活埋咧、枪毙咧、砍头咧，我难道还有什么资格不敢死么？"

刘志丹咬紧牙，嘴唇在颤抖。

"志丹,你给自己改这个名字,说明你的志向是红的呢。既然如此,我们的牺牲,你在心里也要有所准备。咱们是桥,让今人踏着咱走向明日的桥。咱也是火,要把这个旧世界烧咧。可是等大家都过咧河,桥兴许就被拆咧;等腐朽黑暗的都被烧光咧,火可能也就灭咧。咱拼了命做的事,后人未必都理解呢,说不定还有指着咱的灰烬笑咱丑的。但咱把事做咧,让世道变好咧,跟这比起来,死倒算个啥?"

叛变、告密,在1928年底至1929年初,成了陕西党、团组织的主要威胁。

1928年11月,陕西省党委书记潘自力被捕,李子洲代理省委书记一职。

1929年1月下旬,妇女协进会的团员肖桂藩在《新秦日报》登报自首,供认自己的团员身份,并出卖团员刘秀英。刘秀英被捕后又供出共青团省委委员程士诚。程士诚被捕后,供出了全部团省委成员的住处和红埠街团省委机关的秘密地址。

程士诚的第一位受害者是团省委组织委员李大章,当时他住在程士诚的家里,程士诚叛变的当天下午,就引敌人将他逮捕。2月1日,团省委机关被查抄,敌人逮捕了团省委书记马云藩及他的老婆高玉兰以及临时住在他家的团省委宣传委员刘映胜。马云藩经不住敌人威吓利诱,很快叛变,招出了省委书记曹趾仁在早慈巷的住址。2月2日深夜两点左右，马云藩带着敌人闯入早慈巷曹趾仁的家，将他从床上抓起，绑在屋梁上用鞭子狠命抽打。曹趾仁受刑不过，当即叛变，供出了省委机关在鼓楼化觉巷的地址，并答应给敌人带路抓人。曹趾仁、马云藩带着敌人连夜赶到化觉巷，翻墙越入院内，将住在这里的李子洲、刘继曾和任青云逮捕。3日上午，省委常委蒲克敏、徐梦周先后到省委机关接头，又被等候在这里的特务逮捕，同日，到曹趾仁住处接头的团省委委员王友章也落入敌手。至此，陕西党、团的主要负责人全部被捕入狱。

陕西省内被捕的重要党、团员，会被押运至宋哲元设在西华门的军事裁判处看守所。他们先接受军事裁判处处长肖振瀛的审讯，少数人有机会接收陕西省政府主席宋哲元的亲自提审。李子洲被誉为"西北的守常"（李大钊字守常），当然也就能够见到西北军的"虎将"宋哲元。他们俩在国共合作的时候，还是很相熟的。

"逸民先生，"宋哲元假作恭敬地对李子洲说，"您在中山学院握笔杆子的时候，那是何等才华横溢、风度翩翩！俺是真没有想到，您后来怎么就动起了枪杆子的念头？"

"为了救国啊。"李子洲戴着沉重的手铐和脚镣，却不失半分尊严。

"救国，怎能听俄国人的话呢？您天天给学生娃们讲什么马克思、列宁，一堆苏俄的共产邪说，怎能够救国呢？"

"首先，马克思是德国人，列宁才是俄国人。再一个，这共产主义，不是属于某一个国家的，它是全世界的，它还就是要改造这整个世界的。如果实行了共产主义，人人平等，这个世界上就再也没有剥削与压迫，也没有穷人富人之分。你说，好不好？"

"俺听着也挺好，但就是没法信。您爱国，俺也爱国，俺爷当年当官爱国，俺爸穷得叮当了还爱国。您教过书，俺过去也当过私塾的先生，穷人家孩子来读书，俺分文不取。俺投笔从戎难道不是为了救国吗？等到哪一天咱再和外国打起来，俺也是挺在前头的。可是救国这个事上，俺宁愿去烧香，拜佛祖，拜孔子，拜祖先……反正是拜不了你们的列宁。"

"你又错了，我们不拜列宁，我们拜的是人民。"

"人民您就别拜了。老百姓，你只能让他们拜你，拜他们才真是错了。"

"所以说，咱俩没法子再聊下去了，宋将军你也别劝我了。"

"俺不是来劝您的。俺是来帮您的。念及咱俩往日的交情，俺想放您出去呢。"

"是么？"李子洲早已看穿对方的立场，"有条件的吧？"

"条件先不谈。俺就问您一句：如果真把您放了，您出去了还要闹共产吗？"

李子洲回了一句:"别说了,你们是不可能放过我的!"结束了他和宋哲元的对话。

监牢里有很多老朋友,虽然身体上不适,但李子洲在精神上完全和入狱前一样坚强。

宋哲元派人给所有政治犯每人分发了一本《三民主义》,还指定要他的老朋友李子洲在"教诲室"里讲解。结果,"教诲室"没有起到"教诲"的作用,反而成了李子洲的革命讲堂。凡来听过李子洲"讲课"的犯人,都变得更加不与狱方合作了,本该按时写好的"效忠书"也没人写了,交待经历的"自传"也被敷衍糊弄过去。

李子洲在狱中给同志们开玩笑说:"咱进来了,也算来接受主义真不真的考验了。以前的总书记陈独秀,他都被捕过四回了。敌人把咱抓一抓,也是帮咱清理队伍呢,一下子就看出谁是混进党里的'假货'了。"

刘继曾悄悄告诉李子洲:"书记,您刚一被捕,我就把党委的重要文件都埋了。很安全。"

"贯之,你是好样的。你留过苏呢,在牢里,找机会多给同志们讲讲你学的马列,等他们有朝一日出去了,也能把火花散得更广。"

杨明轩是李子洲专门从上海请回陕西的,他早一年就被关了进来。杨明轩给李子洲讲了他去年结识的一位小狱友的情况:"子洲啊,你说得真对呢。他们不但扑不灭咱的火，还帮咧咱煽炉火呢。去年春天闹学潮，他们抓咧些学生娃进来。有一个在三原三师上学的学生，才15岁，富平娃，进来的时候还是团员，出去的时候成了党员咧。进来咧几个月，学到的革命真理，比在外面上几年学还多。"

"狱中入党，很传奇嘛。说不定，咱未来的事业，以后还真靠咧他这样的娃娃。"

李子洲在狱中被关了半年，期间，每日都戴着沉重脚镣。肮脏的环境，低劣的饮食，使他本就罹患的疾病，日益加重起来。先是疼痛难忍、呕吐不止的肠胃病，后又是伤寒引起的肺病。初夏，李子洲常常陷于昏迷之中，人也已瘦得皮包骨头。

刘继曾等狱中战友联名要求让李子洲保外就医，不准；又要求将李子洲送到外面去治疗，依然不准。只准请医生到狱中来探诊。医生要求将脚镣去掉，又是不准。

在李子洲病逝前几天，在医生和狱友们的联名要求下，军事裁判处处长肖振瀛派人来给李子洲卸脚镣。他摇手说："不用了。"

1929年6月18日夜里，37岁的李子洲，戴着脚镣，在狱中病逝。

1944年2月，中共中央西北局和陕甘宁边区政府，在李子洲的出生地绥德西川地区新成立了一个县，并以李子洲的字来命名。它就是现在的榆林市子洲县。

李子洲的笔名是"逸民",而他在世上留下的最后一篇文章,是写给他妹妹李登岳的信:

"我不怕死,我一个人牺牲了,还有更多人活着,将来的社会是光明的,不要为我伤心掉泪。"

◆李子洲戴过的礼帽和在狱中用过的栽绒毯

## 五 转战陕甘

这天下午和几位同学,到城外散步。那温和的春风,吹在我们的衣襟上,似乎在说:"趁这良好的时光,请你们快快进步吧!"抬起头来,见那在微风中的树枝儿,摇着!摆着!现出最得意的样子,似乎说:"你们看我们在春风当中,发旺得何等迅速呀!请你们的进步,也照这样子地迅速。"凝神再看,微风摆动的树枝上的鸟儿,唱着!舞着!也似乎在说:"这么好的春光!请你们赶快努力!……"

一切活泼快乐最难以形容的光景,把我就看呆了!便想到这么好的春光,这么美的景致,我们一切的动作,都应该顺着春光景致的维新才好啦!为什么政治还是那样腐败?风俗还是那样固闭?正想中间,同学从肩上一拍说:

"天快要黑了！回罢（吧）！"

——刘志丹《春天的榆林》

十年前那个春天，好似一场遥远的梦。

太累了，刚才睡着了……刘志丹醒过来，看看自己这身行头。他不再是十年前在榆林中学读书的那个孩子，他现在是中国工农红军陕甘游击支队的副总指挥。这里也不是春光明媚的榆林，而是夏秋之交耀县北面的金刚庙。刚才他梦见的魏老师和李老师，他们在三四年前，都已相继牺牲了。

1932年2月14日，根据中共陕西省委的决定，谢子长、刘志丹所领导的西北反帝同盟军，在旬邑县职田镇北三嘉原，正式改编为中国工农红军陕甘游击支队。陕甘游击队成立的第二天，就攻占旬邑县职田镇，击溃国民党地方民团，在阳坡头伏击"进剿"之敌，袭击耀县照金民团。5月，游击队在富平、洛川、黄陵、宜君作战九十余次，歼敌1400

◆陕甘游击队使用过的武器

余名,月底转入陇东活动。8月底,陕甘游击队在谢子长的率领下转入陕西耀县照金地区,坚持武装斗争。

这时候,有一位刚在两当县兵变失败的年轻共产党员,打听得谢子长在照金镇以西杨柳坪驻扎的消息,急忙从老爷岭赶来与谢子长会面。几天后,他又在杨柳坪以北10多里外的金刚庙见到了刘志丹。这个年轻人当时还只有19岁,他姓习,名仲勋。

此时离渭华起义已相隔了4年。刘志丹和谢子长已身经百战,一次次的失败和挫折,没有扑灭他们心中的火焰,而只使他们更加成长起来,愈来愈善于用奇兵、打胜仗,愈来愈知道如何在群众中发展党的力量。习仲勋带着对英雄的由衷景仰,在金刚庙第一次见到了刘志丹:

> 我很早就听说过刘志丹的名字,也听到过他进行革命活动的许多传说。他原名刘景桂,渭华起义失败后,回到陕北,领导饥民斗争,组织革命武装。1931年春天,我从敌人的通报中看到,他带队伍在旬邑一带打土豪,分粮财,闹共产。次年春天,我们在甘肃两当发动兵变,把队伍改编为陕甘工农游击队第五支队。志丹同志奉陕西省委的指示,带队伍到礼泉、乾县一带,准备接应。当我们准备攻打永寿县城时,遭到当地的土匪头子王结子的包围,受到很大损失。失败后,我秘

密回到家乡富平，党派我到照金地区工作。我在照金南面的杨柳坪，才第一次见到刘志丹。在传说中，常把刘志丹描绘成一个神奇的人物，但是初次见面，我得到的印象，他却完全像一个普通战士。他质朴无华，平易近人，常同战士们坐在一起，吸着旱烟袋，谈笑风生。同志们都亲切地叫他"老刘"。他一见到我，就紧紧握着我的手。当时我只有19岁，没有斗争经验，因为两次兵变失败，心情很沉重，也不知说什么好。志丹同志很理解我的心情，鼓励说："干革命还能怕失败！失败了再干嘛。失败是成功之母。我失败的次数要比你多得多……"他的态度真诚坦率，好象有一种吸引力，立刻使人对他产生亲切的信任感。我们像久别重逢的老朋友那样，相视很久。他脸庞清瘦，鼻梁很高，目光深邃而温和，总带着笑意。他知道我搞兵变前担任过营委书记，又听别的同志说我坐过牢，还搞过群众运动，我们的谈话就更活跃了。他说："几年来，陕甘地区先后举行过大大小小70多次兵变，都失败了。最根本的原因，就是军事运动没有同农民运动结合起来，没有建立起革命根据地。如果我们像毛泽东同志那样，以井冈山为依托，搞武装割据，建立根据地，逐步发展扩大游击区，即使严重局面到来，我们也有站脚的地方和回旋的余地。现在最根本的一条,是要有根据地。"

志丹的谈话,给了我们很大的启发,也给我们指明了今后革命的道路。我感到他有很高的理论水平,这不仅是从书本上来的,也是从实际斗争中总结出来的。几年来,志丹走遍陕甘边区,下决心要搞一块红色根据地。但是,由于省委"左"倾机会主义的错误领导,这个愿望始终没能实现。他走到哪里,就把建立根据地的道理说到哪里。苦口婆心,循循善诱,期望能说服他见到的每一个人。虽然是初次见面,但他那种坚韧不拔的信念,为真理献身的精神,给我留下了深刻难忘的印象。

——习仲勋《群众领袖 民族英雄》

照金是一个小镇,隐藏在陕西省耀县西北部的山林之中,自古便是要塞之地,地处桥山山脉南端,与淳化、旬邑、宜君、同官等县交界,北倚子午岭,南俯渭北高原,东临咸榆公路,西通陕甘腹地。境内山峦逶迤,河溪纵横,山高沟深,台塬相连,地形复杂,适于开展游击战争。此地群众基础也好,有大量外来农民,他们生活贫困,经常自发地进行抗捐、抗租和抗债斗争,都迫切地有着土地革命的要求和愿望。

在与习仲勋朝夕相处的日子里,刘志丹向这位新来的年轻人讲了他关于如何建立根据地的主张："我们就该在敌人统治薄弱的地方,三不管的地方,各种地方势力有矛盾的地方,去建立几个游击区,逐步发展成根据地。在敌人的进攻面前,互相配合,牵制敌人,你在这儿打我,我在那儿打你;你去打他,我拖你的腿,分散敌人的兵力,瞅准弱点,伺机消灭敌人。这就是古人说的'狡兔三窟'。这两年我们先后在甘肃的华池地区、三原武字区、旬邑和照金地区建立了游击区和小块根据地,我们的回旋余地就很大。特别是武字区和照金这两块根据地,像两把短剑,刺向西安,牵扯了敌人的兵力,对我军在陕北广大地区纵深活动很有利,因而这两年我们不断壮大了起来。"

1932年9月,国民党当局发动了对陕甘游击队区的三面"围剿":第一路,是甘军鲁大昌的陇东警备九十七团和九十八团,从宁县、正宁,自西北方向南尾追而来;第二路,陕西杨虎城命令其警备八十六师二五六旅五一一团孙友仁部,由邠县、旬邑自西向东"搜剿";第三路,是富平、同官、耀县的三县民团,共计400余人,在胡景铨总指挥、党谢芳副总指挥和耀县民团大队长蔡子发的率领下,由东南方北上"进剿"。同时,柳林、庙湾等地民团进一步加强了武装,预备把游击队一举消灭在照金地区。

三县民团刚刚出动,谢子长就从在杨柳坪捉到的地方侦察兵口中,得知了敌方四百余人由东南方来犯的详细信息。指挥部当即开会，商讨战策。

"在北有陇军两个团，南边又来了三个县的保卫团。我看，咱们的队伍应该向桥山山脉里纵深移动，以便跳出合围。"阎红彦首先发表了自己的看法。

"我主张出奇兵。"刘志丹磕磕旱烟管，说道，"保卫团依仗西北边有陇军围攻，料想咱们不敢往那边走。咱给他来个将计就计，偏偏就往西北撤。这一下，他绝对就上当咧。然后咱突袭他！"

谢子长扶着下巴听完大家的发言，总结道："红彦的想法也不错，有利于保存实力，但我更倾向于志丹的奇袭。咱们撤的时候可以撤掉一些物件，给敌人造成一种咱狼狈逃窜咧的假象。这样一来，等他进咧照金以后，就会放松一切警惕，以为咱会被陇军正面击溃。等他歇到这儿咧，咱杀他一个回马枪！这就叫以退为进，先纵后打。"

指挥部对行动计划做了周密部署。部队丢下少量辎重，迅速撤向照金西北的尖坪一带。李妙斋和郑其来奉命将红军败逃的消息，通过群众，设法透露给了盘踞在后沟寨子的张彦宁民团，造成迷惑效果。而游击队撤退时在西梁和野虎沟设了暗哨，随时监视敌方动向。

雾夜行军，细雨迷蒙。游击队在山中急行80多里，绕过老爷岭主峰，爬过林木茂盛、荒草遍地的石山，躲在照金西北边，静待敌军入瓮。

9月11日，下午，三县民团轻取照金，弹冠相庆。当地豪绅的"门神"张彦宁，率照金联保队的部下，隆重接待前来"剿匪"的各位长官和弟兄，在照金北边的寺坪、坟滩一带摆下大宴。

张彦宁举杯庆贺"剿匪""大捷"："胡指挥、党指挥、蔡队长，你们是咱照金乡绅们的大救星啊！来来来，我先干为敬。"说罢举杯先干了，又满上，再敬一杯。"第一杯是代表照金的大户，这第二杯是代表我个人。我张彦宁，是从他们'红匪'眼皮子底下钻出来的人啊。我不容易呢。你们这一来，也算帮我报了仇咧。"说着流了泪，干了第二杯，又满上。"你们不知道啊，就今年正月十五晚上，我正在照金街上耍社火呢，那'匪首'谢子长就带人把我联保队给围咧。我他妈真是命大，在金刚庙里躲咧一夜，要不是都没法在这儿给你们敬酒咧！可怜了那些当时跟着我的弟兄咧，一个都没逃出来呀！"张彦宁连喝三杯，脸红得像烧热的烙铁。

胡景铨见状只觉得尴尬，举杯蹙眉难言。党谢芳举杯，说："来，咱也敬张队长一杯。大难不死，是条好汉。感谢张队长的盛情招待！"胡、党、蔡三人举杯，一饮而尽。

蔡子发是耀县民团大队长，不怎么看得起张彦宁这种镇联保队的小角色，故意揶揄道："张队长确实是条好汉啊。被人团灭了，就他一个头头儿逃出来咧，还真是有些能耐，不简单哩。"

"咦，"张彦宁红着脸，向蔡子发举杯示弱，"蔡队长，你笑耍我呢,再不要瓢我咧。我这小队和你的大队比不了。我咋敢跟他们那群'匪娃子'斗呢?我就是个给你们报信、跑腿的么。蔡队长,我敬你一杯。"

一夜欢宴,当官的和当兵的,全都醉得酩酊,酒酣之后是打鼾,在酒席这个战场上全都匍匐卧倒,在醉梦里的前线上划拳搏杀。

张彦宁灌倒了三县民团的三个头子,自觉赢下了一场胜战,总算没给照金联保队丢脸。可酒水催尿,膀胱肿胀,他离席闪到院外树后去撒尿。正尿着,一种似曾有过的感觉涌上心头,这是一种发自直觉的不安,很像是年初元宵夜他被谢子长包围前的不好的预感。他总觉得前面,林中,树后,有人。虽然看不见,但好像,就是,有人。他忽然想到这三县民团总头子的姓氏是多么的"不吉利":胡指挥,那不就是胡乱指挥呢么!反正,张彦宁以他独有的警觉,没留下过夜,撒完尿就摸黑赶回他后沟寨子的老窝了。

就在张彦宁回后沟寨子的时候,郑其来已将敌军的人员分布、宿营地点等准确情报传至尖坪一带游击队隐蔽地点。

一切按原计划进行,陕甘游击队连夜回师,在9月12日拂晓前,趁大雾奇袭三县民团。

这支酒酣正浓、醉梦未醒的吃席联军,毫不设防地被打了个出其不意。一小时就结束了战斗,民团联军被歼灭四分之三。总指挥胡景铨和副总指挥党谢芳,被当场击毙。蔡子发被活捉。游击队缴获了枪支300余支和一大批弹药。

这才是真正的轻取照金。

刚刚取得胜利,却没有时间喘息。

第二日,敌方何高侯率一个千人左右的团向照金猛扑而来。他们中了陕甘游击队在照金西南的安子洼设下的埋伏,溃败而逃。游击队缴获了一批枪支弹药,但第五支队第三大队队长高山保却在行动中牺牲。

一连两次大败,引起了国民党陕西省政府的关切,急调西北军两个团的兵力,在淳化、旬邑等县民团的配合下,再度"围剿"。

陕甘游击队队委会分析了当前形势,讨论了今后的行动方向。刘志丹、谢子长认为陕北保安县、安定县一带的山区更利于游击队的工作,地域辽阔,回旋余地大,地处偏僻,敌方势力薄弱,便于开展游击战争。

习仲勋率陕甘游击队第二大队特务队,留在照金地区坚持游击战争。临行前,刘志丹对习仲勋殷切嘱咐:"你是关中人,还种过庄稼,能跟农民打成一片,你一定要做好根据地的开辟工作。队伍走了,你们会遇上很大困难,但只要政策对头,紧紧依靠群众,困难是可以克服的。"谢子长也鼓励习仲勋:"从关中逃难过来的饥民多,你在这儿人熟地熟,工作条件好。我们没有枪支弹药留给你,你要在发动群众的基础上,成立农民协会,组织游击队,开展游击战争。"关于如何打好游击战的问题,刘志丹又向习仲勋补充道："打仗一定要灵活，不要硬打。能消灭敌人就打，打不过就不打。游击队要善于隐蔽，平常是农民，一集合就是游击队；打仗是兵，不打仗是农民，让敌人吃不透。"

陕甘游击队主力撤离后，习仲勋按照志丹的嘱咐，一村一村做调查研究，一家一户做群众工作，相继组织起农会、贫农团、赤卫队和游击队。在发动群众进行分粮斗争的基础上，建立了工农政权——陕甘边革命委员会，选举雇农周冬至为主席，习仲勋为副主席，并任党团书记。游击队和群众休戚相关，生死相依，血肉相连，受到广大农民的拥护。许多青年要求参军，陕甘边几支游击队如雨后春笋般建立起来了。至此，照金根据地才初具规模。

1932年10月的一天，时任陕甘游击队第五支队支队长的阎红彦，扮作国民党正规军特务团的一个"排长"，带着战士们来到了照金地区的坟滩村。此地为照金联保队的据点之一，张彦宁就带着他的人马在此聚驻。

第五支队的游击队员们假装国民党特务团排长的手下，用轿子把阎红彦抬到了坟滩村。"人呢？咋没人招呼！"

联保队的下属一看这阵势，忙叫来了他们头目张彦宁队长。张彦宁恭恭敬敬地脱帽行礼，"失礼，失礼。小地方人没见过大阵势，长官您多包涵。"他小心翼翼地问："您是？"

阎红彦不说话，轿子上靠着，睥睨张彦宁。一个小战士搭话:"这你都不认识?这是咱国民革命军第十七路军二团三营四连五排的杨排长。"

"二团……杨排长……杨……?"张彦宁一头雾水。

"行了行了行了行了。你们这破联保团,半天不出来个能说话的人接待,还不让我们进屋,把人晾这儿晒太阳是个啥意思么!"小战士盛气凌人,"你碎碎个官儿,咋还没眼色呢?走那么远的路,弟兄们都饿坏咧!"

张彦宁一看这派头,他是惹不起,赶紧安排"排长"一行进他小院里吃喝。

张彦宁一边向"杨排长"敬酒,一边试探着这支"国军"队伍的真伪:"杨排长,我看这个省党部发的文儿里面说:咱这儿的'红匪',主要不是由那个陇军警备九十七、九十八团来追击的么。而且,听说他们已经被逼到了陇东南梁一带,溃不成军。咱这陕军咋还来了照金咧?"

阎红彦摇摇头,干一杯酒,嘲笑道:"就说你这个小小的联保队头头儿,没啥远见吧。前面三县民团被全歼,不就是在你这破院儿里!当时你可咋想的!嗯?"

张彦宁低头无言,羞愧难当,默默听"杨排长"训话。

"你的错误,已然惊动咧省政府!我们是干啥来的?啊?哈哈,"阎红彦回头看看第五支队的其他战士,相视一笑,"哼,我们就是来救你们这些无用的蠢材的!'红匪'杀回马枪也不是头一回咧。我听说,你被他们耍得团团转,两次都差一点丢了性命。真的吗?"

张彦宁红着脸,再向"杨排长"敬酒:"不瞒您说呀,上回要不是我觉得不对劲,连夜跑咧,我已经毙咧呀!我命大呀,谢子长用兵太阴咧呀,我的杨排长呀……"说着他愈发伤心,泪就想滚出来。

阎红彦拍拍张彦宁的肩,"安慰"道:"哎呀,我杨某人把话说重咧呀。张老弟,你不要哭。你委屈,你杨哥我全知道咧。不瞒老弟你说,老杨我还真的跟谢子长、刘志丹打过仗,他们是我手下败将呀。谢子长有啥可怕的么,咋还把你围咧?他就那碎碎的个子,一点点个人,骑到马上都显得马肥呢。也就是你们这些地方上的民团装备不行,训练不足。我们这些正规军一上,那些'赤化分子'全都是闻风而逃,火都不敢交。"

"对着呢,对着呢。"张彦宁听得解气,满脸写着对"杨排长"的崇拜,举杯傻傻地听阎红彦吹牛。

"所以说,彦宁我弟,你杨哥带着人来咧,咱就不怕'红匪'再回来咧。我们是奉省政府的命令,就驻扎在照金你这坟滩村了,一来是防止谢子长、刘志丹窜回来,二来是把你这儿还没有清理干净的'赤化'武装,给他以粉碎性的打击,把根儿给他掘咧。张老弟,以后日子就好咧。"阎红彦又拍着张彦宁的肩,哈哈地笑。

张彦宁也陪着笑,发自内心的爽快。"杨排长,既然您能看得起我张彦宁,我也给您交个底咧。坟滩村你们就不要驻扎咧,这只是个假据点,我用来迷惑'红匪'的。

我张彦宁之所以能在他们眼底下活这么久,乃是用咧他们'狡兔三窟'的办法。他们游击,我游逃。喝完这杯酒,我带你们去我真正的大本营——后沟寨子!上次三县民团被全歼,我能活下来,就是靠了这!"

张彦宁带着醉意和快意,领阎红彦一队去了后沟寨子。他和他的人马,看到"正规军"来帮他们防守,彻底卸下了防备。一番寒暄后,安排阎红彦一行住进了客房,张彦宁死猪般倒床上睡下了。

午夜时分,张彦宁酒劲一过,他突然从酣梦中警醒!有问题,他意识到"杨排长"不大对劲。一个是部队番号不太真、不太准,另一个是"杨排长"跟他聊了半天也没说出个名字来。"杨排长"姓杨,他叫啥?叫个啥么?

张彦宁直觉到自己可能上了当,正要起身来摸桌上的枪,只见床边暗处正立着一个人。他借着月光仔细看,那人是下午训斥他的那名小战士,此刻正用手枪指着他。

几声枪响,游击队第五支队在阎红彦的周密部署下,一举缴了照金联保队的械。这次,"狡兔"张彦宁也没逃得了,乖乖成了俘虏。

游击队把张彦宁和他手下几个小头目关在一间民房里,由一老一少两个游击队战士看管。午夜过后,电闪雷鸣,屋外大雨滂沱,伸手不见五指。

老战士正给小战士讲他之前如何跟着谢子长、刘志丹斗土豪、击民团的事,讲得津津有味,高潮迭起。小战士听得入神,兴致勃勃。几个民团头目,也在旁边隐约听到了些:什么在小丘击毙保安团团长马希哲和敌方连长康德润;什么打开了监狱,释放了群众;什么分了地主粮食,捣毁了县"老衙门"……这些故事,吓得他们胆战心惊,直害怕自己在天亮时被枪毙。

可张彦宁听着这些故事,内心毫无波澜。他刚才趁人不注意,在土炕上抓了一个盛猫食的破碗。此时此刻,窗外雷声雨声很大,他以猫食碗的豁口,正偷偷磨着他手上脚上捆着的绳索。绳子差不多都磨断了,他向老战士报告:"报告长官,我想尿尿!"

老战士给小战士讲得正起劲,被张彦宁的"尿"一打断,真是扫兴,催他赶紧:"水喝得不多,尿还不少。蹦到门口尿去。"随便一打发,继续给小战士讲革命史。

张彦宁假装笨拙地一跳一跳,蹦到门口去"尿"了。

一老一少两个游击队员,都进到故事里,回不来神,也想不到张彦宁手上脚上的麻绳已被磨开。张彦宁在门口磨磨蹭蹭,悄悄挣脱绳索,迅速隐入墨色的雨夜中。进入莽莽黑色后,他又一次利用对地形的熟稔,消失在了茫茫的黑夜里。

1932年12月上旬,陕西省委通知陕甘游击队到宜君马栏杨家店集中整编。从西安那边来的一个大人物,也到了此地。此人姓杜,名衡,又名杜振庭、杜振清、杜励君,是陕北葭州人。他今年才25岁,却早在1925年就入团入党,是个资历很老的年轻干部,当年清涧起义时在石谦部的宣传动员工作就有他的份儿。1930年7月起,杜衡就当上了中共陕西省委书记。1932年4月,他视察过一次陕甘游击队,当时他给谢子长扣上"右倾""逃跑主义""土匪路线"的帽子,撤销了一阵子子长的职务。12月18日,杜衡在渭北游击队的护送下,以中共北方局特派员和自称的"陕西省省委书记"(其实已卸任为委员)身份,来到宜君,根据《中央关于陕甘边游击队的工作及创建陕甘边新苏区的决议》,要陕甘红军游击队改编为中国工农红军第二十六军四十二师第二团。

杜衡是带着框框来的,这个框框代表着省委一些人对以谢子长、刘志丹、阎红彦等多年浴血苦战创建的陕甘游击队的看法。他们坐镇西安遥控,违背客观实际,多次强制陕甘游击队做它力所不及的工作,10个月内撤换谢子长、刘志丹、阎红彦等四任总指挥,使一支成立不到一年的游击队,几经挫折,元气大伤。在他们的眼里,陕甘游击队是一伙"乌合之众";刘志丹、谢子长、阎红彦等领导,是"机会主义分子"。

因此,1932年12月22日,杜衡以"省委书记"和即将上任的红二十六军政委名义,召开党员大会。会上,杜衡首先宣布党中央、陕西省委关于改编陕甘游击队的指令,接着大讲一通"全国大好形势",最后声色俱厉地陈述了刘志丹、谢子长、阎红彦、杨重远等人"不懂马列主义"，犯了"梢山主义""逃跑主义""右倾机会主义""反对省委正确路线"的错误，言称必须进行"残酷斗争"和"无情打击"，彻底改组领导班子，当场宣布撤销刘、谢、阎的职务，并擅自决定给谢子长、阎红彦以留党察看处分，强令刘、谢、阎、杨离队，赴中共上海分局"受训"。

在广大干部和战士的强烈要求下，杜衡勉强将刘志丹、杨重远留下来。但他不相信陕甘游击队的干部，把杨重远、吴岱峰、杨琪和排长以上干部的枪全部收缴，并规定排以上的干部，必须从班长和战士中选举，由他自己任命。被选举为团长的王世泰后来回忆道：

> 对于改编陕甘游击队为正规红军，指战员无不衷心拥护。但是，硬要给志丹、子长、红彦等强加罪名，撤职调离，大家无论如何想不通。特别是多年跟随志丹、子长的老战士，在峥嵘的岁月里，出生入死，患难与共，结下了深厚的感情，他们深知志丹、子长等，对党绝无二心。一时，全队议论纷纷，对杜衡表示强烈不满，不少战士偷偷地找志丹、子长诉说。志丹、子长以共产党人的博大胸怀，顾全大局，对战士们晓之以理，让大伙服从党的决定，教育我们千万不能闹事，稳定了部队的情绪。

——王世泰《回忆红二十六军红二团》

12月24日，全军在转角镇召开大会，宣布中国工农红军陕甘游击队正式改编为红二十六军第二团，并举行了授旗仪式。说是一个军，实际上只有二百来人。杜衡自任二十六军政委兼二团政委，王世泰被选举为二团团长，刘志丹任团政治部主任。红二团下辖骑兵连、步兵连、少年先锋队、随营学校、政治保卫队等。

谢子长和阎红彦，被迫离开，去了上海。可杜衡并没有就这么心满意足，他用《苏武牧羊》的曲调编写出一首讽刺歌曲，"批判"谢子长等人"工作不力""打骂士兵"，有"军阀主义残余"。他亲自教学，让战士们学了这首歌来唱。杜衡的"整军"运动，前后持续了一个多月。

红二十六军刚成立便东进直捣焦坪，南下照金香山，击溃旬邑民团，奔袭淳化，攻克铁王镇，屡战屡胜。

时值灾年，四方逃难饥民近万人，流落此地，见红军路过，同声呼救。红军指战员，面对这一惨景，无不焦心如焚。为了救灾民于水火之中，经团党委研究，决意进占香山寺，开仓放粮。红军进入香山寺后，杜衡提出，香山寺距照金只有30余里，是照金的要隘，在军事上占有重要位置，一旦被敌人占据，会对根据地造成极大的威胁，建议焚毁。大家没有表示异议。杜衡又在万人饥民大会上征求意见，众人举手通过了焚寺的决定。千年古刹，就此烟消。

香山寺的粮食可真多，大约有二三千石。饥民们分到粮食，无不感谢红军和游击队的恩德。这些饥民，大都在以后的革命斗争中，给予红军有力的支援。

红军的影响日益深入人心，青壮年农民和灾民纷纷自愿参军。红二团扩建了步兵二连，全团迅速发展到300多人，长短枪300余支。

红二十六军和照金革命根据地的发展壮大，使杜衡头脑发热，提出"集中力量，一鼓作气消灭根据地周围的豪绅地主武装"，极力主张红二团进攻庙湾民团。

刘志丹首先反对，道："那庙湾，是夏老幺的指挥总部，他们庙湾民团的团丁，多是惯匪、地痞出身，尽是些亡命之徒。而且，他们在庙湾占据咧险要的地形，还筑有坚固的碉堡。以咱红二十六军目前的实力，是无力吃掉的。"

杨重远也同意刘志丹的主张，说："夏老幺，就是夏玉山，他以前和咱的人马是打过交道的。他庙湾民团，一直与咱的游击队保持着互不侵犯、互报敌情的关系，还曾经卖过物资和弹药给咱们。这一打，就伤了人心咧，以后咱在庙湾就没朋友咧。"

"再说了，"刘志丹又补充，"夏老幺和咱井水不犯河水，平日里也不惹当地百姓。咱为啥非要打他么？打他对咱二十六军，倒是有个啥好处？"

杜衡把烟一掐，脚在地上狠狠一跺，厉声道："我就说你们是右倾机会主义吧！你们俩本来不该留下的，要不是大家伙给你们求情，你们也得和谢子长、阎红彦一起去上海受训。让你们留下是留错了吧？"杜衡又点燃一根香烟，"你们这就是土匪路线，知道吗？夏玉山是什么东西，以前怎么会和你们有来往？而且你们说他的人是亡命之徒，不好打。不好打就不打了么？这就叫逃跑路线！只打好打的，专挑软柿子，这就是游击主义！夏玉山就算没造成很大的危害，他从本质上说，仍然是地主阶级的先头部队，不是革命的游击队，而是反动的土匪武装。你们看不清这些问题的本质，再一次证明：你们就不懂马列主义！不懂就不要言传，谁懂谁说话，听懂的人的话。"

1933年1月17日晚，红军分两路向庙湾行动。由于事先不熟悉当地地形，对山路距离估计不足，步兵虽先行出发，拂晓前却未能到达庙湾后山，而骑兵已按时进入阵地。

早晨8点左右，战斗还没能按原计划打响，因步兵迟到而白白丢掉了偷袭的机会。突然，一声清脆的枪响，划破了清晨的寂静。那是夏玉山每天早晨叫醒部下的方式：早晨九点左右朝天上放一枪，然后集合人马，进行晨练。结果，因为事先没有探明情报，红军的骑兵连误认为双方已经交火，就立即发起了攻击。

骑兵连的战士，个个久经战火锤炼，英勇无比，一路冲锋便迅速进到庙湾街里。骑兵连长曹胜荣、指导员张秀山，身先士卒，直接冲向敌人碉堡。庙湾民团见红军攻势凶猛，立即进入三个碉堡中防守，居高临下，阻击我军。

此时，刘志丹也带着主力从山上压下来，投入激战。但是，由于红军没有炮，缺乏攻坚能力，虽经多次强攻，终未奏效。骑兵连连长曹胜荣英勇牺牲，张秀山身负重伤。

打到了下午四点，红军伤亡了二三十人，被迫撤出战斗，返回照金。

干部和战士们对政委杜衡和参谋长郑毅的意见很大，纷纷要求他二人检讨失利的原因。杜衡说："我军参谋长郑毅，曾在冯玉祥部当过营长，他喜欢打大仗，不懂得灵活运用游击战术，错误地制定了行军和偷袭策略，使部队受到重大损失，好多优秀的战士都牺牲了。对此，我这个政委也同意大家的意见，撤掉郑毅的参谋长一职。"在众人的强烈要求下，杜衡不情愿地任命刘志丹为新的参谋长。

◆红二十六军的"榆木大炮"和假"机枪"

只要身在军中，杜衡就要瞎指挥。1月在庙湾才失利，2月他又强令红军面对"围剿"时坚守根据地，害得红

◆ "榆木大炮"的另一角度

二十六军差点在芋园地区被围死。虽得渭北游击队的接应，跳出了包围圈，红二十六军却在战斗中失掉了长期以来用以迷惑敌军的四门"榆木大炮"（木头做的假炮）。

3月，杜衡回西安向陕西省委汇报工作。他一走，红二十六军立刻恢复了生气，刘志丹与王世泰率军转到外线，连战连捷，开辟出了新的游击区，巩固了根据地的外围阵地，还发动群众在薛家寨据险筑堡，改造山寨，整修岩洞。

5月25日，杜衡又回来了，红二十六军党委和陕甘边特委、革命委员会在照金北梁召开联席会议，讨论边区的工作和第二团下一步行动计划。

会上，主要有两种意见。以杜衡为一方，认为敌人力量大，群众基础差，部队天天跑着打游击，根据地很难扩大，主张南下渭华创建根据地。并提出四条理由：渭华地区有渭华暴动的影响；党的工作基础好，群众觉悟高；人烟稠密，物产丰富，便于扩大红军；配合红四方面军和陕南红二十九军，可以切断陇海铁路，直接威胁西安等等。以刘志丹等为一方，反对南下，主张坚持陕甘边根据地，以桥山中段为依托开展活动，发展和巩固根据地。杜衡未等刘志丹等把话说完，蛮横地指责刘志丹"一贯右倾"，扣上一顶"老右倾主义"的大帽子，让人们不敢支持刘志丹的意见。

最终，会议通过了红二十六军南下渭华，创建渭（南）华（县）蓝（田）洛（南）根据地的计划。

5月29日清晨，红军召开全团大会，杜衡和刘志丹在会上作了简短的动员讲话。饭后，部队由北梁出发，挥师南下。下午，遭遇淳化县民团，一战，胜。

30日，红二团与渭北游击队在三原县会合，渭北游击队领导劝红军不要过渭河，无效。下午，到达长坳，红二团与渭北游击队袭击了富平张德润民团。杜衡突然只身离开，声称他要去西安给省委汇报工作，待汇报完工作后，再沿大路追赶部队。他带了20两烟土、50块白洋、1匹蓝绸子，骑上毛驴，离开了红二十六军。刘志丹他们还不知道：杜衡再也不会回来了。

5月31日早晨，部队渡过了渭河。两天一夜急行军200多里，人困马乏，战士们疲惫不堪。右有西安方向重兵扼守，后有渭河天堑挡道，左有临潼方向的敌人封锁，大家预感前途渺茫。

红二团南下后，不但没有群众欢迎，而且连地下党也找不到。实际上，当时渭华地区正处在革命低潮，白色恐怖严重，所以，红军一下子就陷入了孤立无援的困境。

杨虎城在西安宣布戒严，调驻渭华的警备旅到高塘各坳口布防阻截，调商洛一个团驻防南山峪口镇，又从西安派两个特务团向红二十六军尾随追击。

敌军五千重兵层层围堵，红二十六军艰苦转战。至7月初，在张家坪一战失利，红二十六军被彻底冲散。全体将士浴血奋战，分路突围，力量悬殊，弹尽粮绝，兵败终南山。100多名战士在这次战斗中牺牲。刘志丹、王世泰等幸存指战员绕道陕北西行潜回照金。刘志丹安全抵达照金已是在1933年的10月4日了。

杜衡于7月28日在西安被国民党政府逮捕。他和袁岳栋一起当了可耻的叛徒，带着国民党特务到处搜捕中共地下党员，陕西省委机关遭到完全破坏。关中各地，如三原、富平、高陵、大荔、合阳、渭南、华县等地的地下党组织几乎被破坏殆尽，已打入敌方内部的中共地下组织也遭破坏，大批共产党员和革命群众惨遭杀害。仅渭北一地，遭逮捕和屠杀的共产党员、革命群众就有五百余人。

杜衡沦为国民党的鹰犬后，曾公开在报纸上发表自白书《陕西共党沿革》，向敌人摇尾乞怜，供述了陕西省委的所有机密。在自白书里,他供认道:"在庙湾战斗后,就动摇了,没有信心了"。可笑,那庙湾一战,不就是他不听众劝,执意要打的嘛。1965年4月,杜衡病殁于台湾。

## 六 义士绝命

七尺男儿汉，
立足天地间。
满目不平事，
蹈覆待何年！

这是王泰吉 18 岁时，从西安赴广州黄埔军校前，写下的一首五绝。"满目不平事"，是王泰吉一生革命的动力。这个年轻人所看到的，是一个极度不公不义的世界。他愿意为改变这一切，尽最大的可能，去奋斗。甚至，他可以，为此光荣的事业，献出自己的生命。

王泰吉，字仲祥，1906年生于陕西临潼县。其父亲王新斋是陕西的知名人士，早年参加过同盟会，后来一直在军政和教育界任职，他对王泰吉的管教极为严格。1924年，共产党人魏野畴到陕西省立三中任教，在学生中广泛宣传马列主义，王泰吉受到熏陶，积极参加中国共产党领导的革命活动，接受党的派遣，入黄埔军校第一期学习，并加入了中国共产党。

1928年春，王泰吉率部发动了麟游起义，失败。1928年5月，他又与唐澍、刘志丹、许权中等人一起，参加和领导了渭华起义，失败。王泰吉离开渭华地区时，与党组织失去了联系，他不得不只身一人进入河南省南阳府。不久，他在河南省南台县一个富户人家里打起了短工，却引起河南国民党当局的怀疑，遭逮捕，被押往南京监狱。面对刑讯逼供，王泰吉始终没有招供实情，而是周旋斗智，使对方摸不清底细也拿不出证据。虽然与党组织失去联系，但其信念从未动摇，他在狱中写下七绝两首：

（一）

南京被押己巳年，
蚤虱围攻何足怜。
翻身消灭尔丑类，
革命精神炼愈坚。

(二)

三尺塌上不容睡，

五步室内寄余身。

狂吟将伯君毋躁，

独对铁窗思好音。

经中共地下党员吴岱峰恳请，时任河南南阳守备司令的杨虎城出面保释王泰吉。杨虎城见他骁勇而有才华，非常器重，遂留在身边任参谋，不久，又任命其为十七师补充旅副旅长兼参谋长。1930年王泰吉随杨虎城部队转战入关，驻防西安。1931年杨虎城部成立骑兵团，任命王泰吉为骑兵团团长。当时，王泰吉和杨虎城部另外一名中共党员张汉民，同属青年进步军官，很得杨虎城信任。

1931年"九一八"事变后，日本军国主义意图灭亡中国的狰狞面目更加暴露。国家、民族的存亡，处于紧要关头，爱国人士无不义愤填膺。1933年1月17日，中华苏维埃临时中央政府、工农红军革命军事委员会发表了"在停止进攻革命根据地、保障人民的自由权利、武装人民三个条件下和国民党中愿意同我们合作抗日的部分，订立抗日协定"的宣言。这时，日军已攻占热河，华北告急。同年5月，冯玉祥、吉鸿昌、方振武在中国共产党的推动和影响下，在张家口组织起"民众抗日同盟军"，举起抗日大旗。

就在此时,王泰吉所在的第十七路军骑兵第一团,奉命开赴淳化、耀县一带进行"剿共"。春夏之交,王泰吉率骑兵第一团由三原县移驻至耀县。

夏初,当时的中共耀县县委书记张邦英,曾在街上看见过王泰吉,据他回忆:

> 他当时给我的印象是一个衣冠楚楚,不苟言笑,沉着持重,很有点派头的国民党军官。
> ——张邦英《回忆王泰吉同志》

王泰吉的骑兵团,其实早就潜伏着不少的党员。有人曾经两次试图起义,均不幸失败了:1932年,第一连连长魏志坚在商南领导过一次全连起义,被本连班长蒲章成枪杀;第二连连长刘清和计划起义,却遭泄密。团部副官袁宏化、排长赵启民两位党员,曾在骑兵团进行地下工作,后因被国民党发觉而离开了部队。王泰吉的本家侄子王英和秦重民、陈守印等几个党员,也在部队秘密进行军运工作。骑兵团四个大连,有两个连长是共产党员,一些班、排长也是共产党员,连里有秘密中共党支部,还有一些共产党员在骑兵团以副官或编外人员的名义作掩护,做党的工作。这些潜入敌方内部的党员,很多在组织上都不发生横向联系,以免被一网打尽。

王泰吉对这些情况是知道的,某件事过于暴露了,他会提醒地下党员不要引起敌人的注意。有一次，他把总给党组织开西安城防司令部证件的赵启民叫去问话："城防司令部的证件怎么发的那么多？你要注意把关，管严一点。"就此了事。不过，因为自渭华起义后他就与党组织失去了联系，党组织现在还无法确定他的立场和身份。

早年与王泰吉熟悉的许权中、谢子长、杨晓初、张性初、师守命等一批共产党员，先后参加抗日同盟军，奔赴抗日前线，与日寇浴血奋战，守土保国。这对王泰吉的触动很大。故友们在抗日，可是他呢？在1933年的夏天，他却接到的是进照金"剿匪"的命令。

6月里的一天，王泰吉秘密召集了几个骑兵团内的进步青年，跟他们谈论抗日救国的道理，互相交流看法。潜伏在骑兵团内的王英了解到这个情况后，主动去面见王泰吉，说自己很佩服东北抗日义勇军作战的英勇，也看见身边的队伍里有很多青年都愿意抗日救国。隔了两日，他借故"无意"闯入王泰吉的"密室"，看到了一面新制作出的红旗，上面有"西北抗日义勇军"几个大字。

"叔，我也是咱共产党员呢。"第三次见面的时候，王英把自己隐藏已久的身份，告诉了自己的本家叔叔。"叔，咱得是要起义咧？"

王泰吉先是一愣，而后又觉得王英是党员这件事没什么可意外的，他早就看自家侄子有一身正气。他高兴道："王英，你隐藏得不错嘛！你不说，我还真想不到，咱家又多了个干革命的咧。既然你是共产党员,我就先给你简单地说一下。"

原来,王泰吉在月初已经联系上了陕西省委。他找到他的老同学、中共地下党员、省立三原中学教务主任何寓础,透露了自己长期身在曹营心在汉,打算组织骑兵团起义的想法。他又亲自拜访三原中心县委的党员、三原教育局长周芝轩,汇报起义计划,为表决心,王泰吉还送给周芝轩一把驳壳枪。何寓础请李树言将王泰吉计划起义之事转报了省委。几天之后,省委派发行部部长余海丰与何见面,何即向余详细汇报了王起义的决心和准备情况。六月中,省委派余海丰、何寓础来耀县与他会谈,拟定了起义计划:

一,骑兵团起义后,部队番号改为"西北抗日义勇军第三路"。为什么称第三路?这样能使敌人认为三路之上还有一路、二路,既迷惑敌人,又鼓舞群众。

二,起义后,骑兵团四个连均编为大队,队长由信得过的人担任。

三,起义后部队只在耀县活动三天。这三天的具体工作是:收缴地方武装;召开群众大会,宣布起义;出布告、发宣言、通电,散发传单,张贴标语口号,向各方面进行革命宣传。同时,释放县政府被押犯人、打击有民愤的土豪劣绅、严明军纪、不扰害百姓。

四,起义部队在耀县活动三天之后,即向白水、澄城一带进行游击,并收缴沿途保安团队的枪支武装。必要时可进入黄龙山区。部队到达白水、澄城一带后,逐步改变官兵成分,改造部队。军官中不愿参加革命者,可予资遣,由士兵中选出新的军官,或提拔一些表现好的排长担任大队长。此外再由省委派来一批党员和革命群众充实各大队领导力量,吸收农民参加革命。

五,省委派人来领导起义,部队的政治工作由省委派来的人成立政治部担任。

六,起义具体时间暂不确定,等省委派来领导起义的同志到后再根据情况决定。特别要注意保密,防止军事上过早过迟的行动,不作仓促无备的举事。

七,起义前,对当地土豪劣绅进行调查,起义时即予扣押,以打击其气焰,并没收其浮财,以济贫困兼资军用。对市面军用物资如西药、布匹等先行调查登记,起义后一律按市价收买,做到公平交易,不损害地方。

王泰吉接着对王英说:"这次起义,不光是动员党员呢。只要是愿意抗日的人,不论老幼,咱都欢迎呢。不过,青年人最好,抗日就是要靠青年,中国的未来也主要靠青年嘛!"

王英点头。

王泰吉又说:"其实咱杨虎城将军给我说过这话:他现在半百咧,打游击也跑不动。但咱们还是可以有作为的青年,在现在这种环境里,未免可惜。杨将军说这话,对我是有触动的。虽然咱要起义,等于背叛咧他的十七路军,可是民族大义是通的，他能理解咱呢。"

按照王泰吉的指示，王英广泛联系爱国青年，宣传抗日救国的道理，同时也监视那些反共军官的动态。

安排完王英的工作，王泰吉又找到他所信赖的军官李啸苍，商谈起义事宜。

"咱们要起义，你看咱们的士兵靠住靠不住？"

李啸苍说："士兵根本没有问题，只是在连长中必须把一连连长郑子明、三连连长张龙韬调离，另派忠实可靠的人接替。各连的排长、班长一定要调离几个，每个连至少要有两个能跟上干的排长、班长。二连连长任建民看起来还能吃苦，没有野心，不必顾虑。四连连长董崇道，必要时可以处置他。"

"在三原时，明哥首先劝我插旗造反，他不会靠不住；张龙韬是我的学生，他也不会靠不住。"王泰吉不同意李啸苍的意见。

"自骑兵团成立以来，我从来没有向你说过他们一句闲话。今天你要举大事，我就非说不可。你从咱中国的历史上看，越是被认为亲近的人，在紧要的关头，越应注意他们，卖主求荣的往往就是这些被认为可靠的人。你对郑子明、张龙韬的为人，恐怕还没有认识清楚。"接着，李啸苍讲述了郑子明在二连连长刘清和在军法处管押期间，当众调戏、猥亵刘清和妻子，在西安处决一个犯人时，对已经失掉反抗能力的人，暴逞淫威，施行灭绝人性的一些狠毒做法；又讲述了张龙韬亲自谋杀一个见习军官、一个班长、两个士兵的残忍手段，和侵吞兵饷、克扣士兵伙食、诱兵聚赌的可耻行为。李啸苍强调说："你不要为他们的假象所蒙蔽。历史上有许多好的教训，值得我们注意。现在我们要举行起义，就必须把他们两人先行撤换，不然要误大事。"

王泰吉听罢，低头不语，搔首犹豫。他想不到：他所信赖的两个人，被他所信赖的另一个人，说成了是不可信赖的人。

李啸苍觉得自己的建议不会被采纳，忠言逆耳，起事后的局面可能对他不利，况且他只是个光杆团副，没有本钱抗衡，于是在起义前夕离开了部队。

1933年7月21日中午12时，按照事先计划的：等吃饭号响，便统一行动，王泰吉率领全团官兵，在耀县县城，宣告起义。

起义军袒露左臂，臂膀系着一条红巾，以迅雷之势，按计划分路冲向县政府、保安团、民团和公安局。一番激战，起义部队迅速收缴了耀县城内所有敌方武装的枪支，收编了他们的部队，占领耀县城，张贴布告，通电全国。

骑兵团正式改称为"西北民众抗日义勇军"，王泰吉自任总司令兼第三路总指挥。骑兵团原来的连、排、班改编为大队、中队、区队。全军共辖四个大队，约两千人，迫击炮两门，骡马数百匹，电台一部。

王泰吉召集全体官兵讲话，号召全军忠于抗日救国的大业。义勇军成立了政治部，赵宝珊、龚逢春、欧天东、秦重民负责政治工作，还吸收了几个文化界人士。杨声派王英组成宣传队，把国民党县政府囤积的粮食和雷、段两家大地主的财物分给了贫苦人民。义勇军召开群众大会，逮捕了当地罪大恶极的土豪劣绅，将镇压过农民革命斗争的南区区长张恒义当场枪毙，又释放了监狱里全部的在押人士。

驻扎在寺沟寨子的北区民团，趁泰吉同志率部起义的机会，也举起了红旗，立即组成耀县游击队，积极配合，进行活动，在寺沟川道、阿姑社、孙家原、孝义坊、白家庄一带进行游击，扩大影响。耀县游击队领导民众，处死了全县有名的阿姑社恶霸地主左善楚兄弟三人，没收分配了他家的财物，烧毁了全部土地、债务契约；活捉并处死了孙家塬横行霸道、作恶多端的兵痞流氓张廉明；还将白家庄一个姓周的地主富农的粮食分给贫苦农民，受到群众拥护。

按原定计划，起义军本应只在耀县待三天，可到了第三天的晚上，部队还没有离开。这一天的夜里，王泰吉派人请来了县党委书记张邦英，问道："张同志，你和雷天一熟吗？他这个人咋个样？你给他说过打红旗的话吗？"

张邦英答："过去我在雷天一所在的部队做过兵运工

作,和他比较熟悉。曾经向他讲过革命的形势和革命道理,希望他也能打红旗、干革命。但雷这个人是一个非常圆滑、看风使舵、向上爬的人,当时他既不加害我们,也根本不想革命。记得有次我向他提到打红旗时,他推托说:这当然很好,但我们力量很小,现在只能借他人之力,养我之羽毛,待将来羽毛丰满再说。"

王泰吉听到这里,表情有些不大自然的样子,说:"我们把雷天一民团的枪收了以后,雷就来找我,说他也要参加抗日救国义举,还说:'张邦英过去就同我讲过打红旗的事,现在到我们一起打红旗的时候了。'于是,我就将收缴雷的二三百支枪全部退回咧,还委任他为第一路总指挥,派去打王茂臣的反动民团。可是他带着人已经出去几天了,也不见有啥动静。你看他,还可能回来不?"

张邦英摇头说:"我看,据他这人一贯的表现,带着队伍出去咧,就肯定是回不来咧。"

王泰吉用手在桌子上轻轻拍了一下,后悔道:"糟咧呀。"

由于石川河水涨和等雷天一部队这两件事,义勇军在耀县滞留了七天之久,以至于让敌人对耀县形成了包围。第七天,王泰吉改变了原定北上白水、澄城的计划,决定打淳化,在嵯峨山区建立根据地,同时为争取驻防在三原的杨竹荪民团起义,先南下,向三原进发。

途径坡子庙,本该由雷天一讨伐的王茂臣民团向义勇军开枪射击。王泰吉命令第一大队包围该堡，主力继续前进。下午遇暴雨，部队行军困难，当晚便驻在三原武字区陵前一带，受到苏区广大群众的热烈欢迎。第二天，在陵前镇召开了联欢会，到会群众约两千多人，三原中心县委书记赵伯平、心字区委书记韩学礼同志参加会议，他们给部队送来鸡蛋、瓜果等慰劳品。会上，王泰吉、杨声和群众代表都讲了话，大大鼓舞了抗日部队的革命士气。

第三天上午11时，义勇军行至三原县桥头镇辘辘把村，与杨虎城部孙友仁特务团遭遇，发生激战。

王泰吉和杨声，被敌军两个连从右翼包围，幸得特务大队奋勇阻击，指挥机关及大行李才得突围而出。王泰吉下令部队向耀县小丘镇撤退，第一大队作后卫掩护全军。当时士兵疲劳，情绪不高，且战且走。第三大队队长张龙韬率部投降胡景铨民团。团部率百余人行至淳化西原，被杨虎城部赵玉亭一个团阻击，损失大部。第四大队长周德民率部和敌军作战，大部覆没。黄昏时到达小丘镇。

半小时后，敌人追至，第一大队四区队阻击片刻，力不能敌，遂向照金方向转移，和习仲勋、李妙斋领导的游击队汇合。义勇军先后到达照金的有：谈国帆所率的特务大队近百人，王泰吉所率的团部机关和后勤人员约六七十人，赵国卿所率的第一大队一部，第四大队的一部，共约300人。

到照金后，王泰吉对士兵们说："弟兄们跟着我到了

这儿,以后可能就是苦日子咧。愿意干革命的,可以留下。不愿意干的,我也不强迫谁,但是你走的时候,得把枪留下。要走的人,不用有啥顾虑,我发给你们路费。"此话一出,不少士兵就回了家。部队又经过张阁老崖寨子和柳林,又是两场战斗,又有伤亡。特务大队的骑兵排长带了二三十人又逃跑到西安,投降了杨虎城。于是,当王泰吉在薛家寨绣房沟见到了习仲勋的时候,义勇军只剩下100多人了。

习仲勋握着王泰吉的手说:"泰吉同志,欢迎你!党和同志们都欢迎你和抗日义勇军!"

王泰吉也紧握习仲勋的手,激动道:"不容易啊!我今天总算是回到党和革命的怀抱里咧!"可是又长叹一口气,自责道:"你看,说是义勇军,我这才带来咧这么一点人!"

习仲勋笑着宽慰王泰吉:"兵不在多而在精,比起

◆红军抗日标语

义时的人数虽然少了,质量却高了。想跑的跑了,革命意志坚定的都留下来了。有了这个力量,咱们就好大发展了!"

这时王泰吉想起李啸苍对他说的那些话,果然没错:郑子明、任建民、张龙韬等不是逃跑,就是投降,雷天一刚一出城就叛变了。这些人,过去和他的关系很不错,都是"朋友"。可是,一到紧要关头……

习仲勋语重心长地对王泰吉说:"你们过去的关系都是建立在私人感情上,没有革命的政治思想基础。你起义为的是抗日救国,干革命,那些人跟着你起义是想发财。他们搞到了一笔钱,银元、元宝、大烟土,腰里装得满满的,哪还会有心思跟着你为革命去拼命?"

王泰吉"嗨"地长叹一声,"我现在算是明白咧!"

上一章咱们讲到红二十六军在杜衡的错误指挥下南渡渭水,遭受重创。照金地区因失去红军主力的依靠,游击队只剩下了40多人、不足30支枪,子弹也少得可怜。面对国民党军调动大批兵力对照金的"围剿",形势相当危急。故而,王泰吉的耀县起义,具有十分重大的历史意义。习仲勋回忆道:

> 耀县起义,意义很大,影响深广。当时,我陕甘边主力部队红二十六军在政委杜衡的"左"倾错误路线指导下,南下渭华在蓝田失败,几乎

全军覆没。敌人调动大批武装，妄图一举荡平我陕甘边革命根据地。继之，杜衡又在西安被捕叛变，使陕西党组织遭到严重损失和破坏。在这种革命暂时受挫的形势下，王泰吉毅然决然率骑兵团起义，犹如石破天惊，在奄奄一息的革命火堆上加了一把干柴。它打击了国民党反动派卖国投降的嚣张气焰，激励了处于困难境地的西北革命活动，鼓舞了西北人民的抗日救国热情，对于后来加强壮大西北红军、巩固发展陕甘边苏区都起了重大作用。

——习仲勋《深切怀念王泰吉同志》

1933年7月，王泰吉起义部队和耀县游击队来到照金后，边特委和指挥部决定，集中优势兵力，打开张彦宁民团盘踞多年的后沟寨子，拔掉这颗楔入照金革命根据地的钉子。

王泰吉带来了先进的武器，使部队可以用迫击炮弹、麻辫手榴弹和其他轻重武器进行猛烈攻击。一轮炮轰、枪扫后，赤卫队队员段羊进寨谈判。敌人见大势已去，便乖乖缴枪投降。可匪首张彦宁并不愿低头，他见败局已定，便手持双枪，打死红军数人后，从寨西险要处的羊肠小道亡命脱逃。这是张彦宁一生中第四次从红军手心里逃走，也是最后一次。

8月14日，陕甘边特委和部队的领导同志在照金附近的陈家坡召开了会议。经过一个下午又一晚上的讨论，会议最终取得了一致意见，决定将红四团、义勇军和耀县游击队第三支队组成主力部队，成立陕甘边红军临时总指挥部，王泰吉为总指挥，高岗为政委，实现了部队统一指挥、统一行动。

总指挥部成立后，红军先于8月27日在让牛村消灭了雷天一民团一部，随后又打了庙湾和柳林镇等地，消灭了夏玉山的部分民团。9月25日中午，当部队进至底庙时，栒邑县城所在地张洪镇的民团，仓促出动了60多人前来打红军，遭到红军骑兵与步兵合力攻击，被迅速歼灭。随即，部队乘势智取张洪镇。

10多名机警的战士被挑选出来，换上民团服装，暗携短枪。在被俘人员中，一个曾经和红军打过交道的班长宋飞愿意投诚，带队。这个10多人的小队，伪装成民团，沿大路向张洪镇进发。大部队则利用秋庄稼作隐蔽，紧随其后。到了城下时，宋飞上去攀谈，以其团队被红军缴械放回为由，迷惑了对方，得以开城进门。门刚一开，跟在后面的大部队就迅速缴了城门卫兵和城内一部分民团团丁的枪。这时候，民团团总还正和他的小老婆在炕上抽大烟，直到见到红军战士冲进他们的房间，才恍然大悟，连忙摘下挂在墙上的手枪，同冲进来的战士扭打起来，被当场击毙。部队随即控制了全城，缴获枪八九十支，释放了全部在押犯人，没收了县政府和土豪劣绅的许多布匹、粮食和钱财,镇压了国民党县党支部书记和几个群众最愤恨的豪绅,取得了一次大胜。次日,部队冒雨返回照金。

10月14日,农历中秋之夜,刘志丹、王世泰、黄子文等人历尽千辛万苦,辗转回到了照金薛家寨。习仲勋回忆道:

> 大难之后又重逢,个个心里都无比激动,彼此紧紧拉着手,眼里冒出泪花,经过这场折磨,刘志丹更瘦了,但他的意志更坚强了,仍然是那么精神抖擞,没有一点灰心丧气的样子。他拉着我的手说:"你的伤好了么?这次我们又上了机会主义的大当,又吃了一次大亏!"我向他汇报了陈家坡会议的情况,他兴奋地说:"这就好了!陈家坡会议总算清算了错误路线,回到正确路线上来了。现在需要把部队集中起来,统一领导,统一指挥。我们重新干起来,前途是光明的!"
>
> ——习仲勋《群众领袖 民族英雄》

根据刘志丹的提议,大家准备着手恢复红二十六军,先组编了一个第四十二师,由杨森任师长,照金、耀县、淳化、枸邑等地区游击队编为红三团,渭北游击队编为红四团,王泰吉起义部队改编为西北抗日义勇军,共同组成一个指挥部，由王泰吉任总指挥，刘志丹任副总指挥兼参谋长。

与此同时，杨虎城调集了四个正规团和六个县的民团数千人，准备再次"围剿"。为了避开"围剿"，刘志丹、王泰吉率军北上合水、庆阳、正宁、宁县一带。到了1933年冬天，红军建立了以南梁为中心的陕甘边根据地。

1933年10月底，国民党重兵攻占了薛家寨。红军储备在薛家寨的物资与枪械均被抢走。照金地区农民领袖、边区革委会主任周东至，土地委员王满堂和肃反委员王万亮等人先后被逮捕杀害。张彦宁带着团丁到处搜查红军伤员和农会干部，只要被他找到，就性命不保。在箭穿崖，张彦宁抓住了曾经劝他投降的赤卫队员段羊，把段羊从山巅推下了深谷。

革命中的斗争就这样，它从来不是请客吃饭，而是你死我活的搏杀。有胜利，也有失败。有成功的喜悦，也有壮烈的牺牲。

1934年1月，山东的土匪刘桂堂，带着一支他们自称为"山东人民军"的万人武装力量流窜到了豫陕边境。王泰吉听到这个消息以后，觉得可以争取，想利用他过去在旧军队中的人事关系前去收服这支队伍。

刘志丹说出了自己的疑虑："这个刘桂堂，不就是那个名声不好的刘黑七么。以前咱北伐的时候就听过他不少劣迹。人说他是抢掳奸杀，无恶不作，以前老搞绑票，撕票的手段相当残忍。沂蒙地区有土匪的歌谣，唱的是：'要使钱，上刘团'，'跟着师长到处窜，给个县长也不换'。去年春天他还当过一阵子汉奸。这样的队伍，你去招纳它，是不是太困难咧些？"

◆西安革命公园内的王泰吉烈士纪念塔

王泰吉一脸自信,道:"他们投日本人,主要是为了骗装备。后来他们跟着吉鸿昌抗日咧。至于他以前的匪事,咱没有亲眼见,未必属实,即便属实,那也是针对地主老财的。刘黑七这个人,也可能用不成,但我潜进去,可以搞兵运,把他的人拉走。即便不能全拉到,这一万多人里,我拉个小一半,也是四五千呢,把他们弄回来,咱这根据地就扩大咧,陕甘宁都能连成一片。"

刘志丹听了王泰吉的分析,觉得也有道理。一万多人的队伍,和日式装备的补充,的确是很有吸引力。红四十二师党委经过研究,同意了王泰吉的行动意见,他走后,将由刘志丹补任师长一职。

"放心吧,我的刘志丹同志。我这次去呀,就是出去放一把火!把咱革命的火种,丢到他们土匪的部队里去,把他们也淬炼一下,去芜存菁,令其真正配得上'人民军'这三个字。"

农历正月初二,王泰吉同他的一个警卫员一起出发,携带手枪两支,骑骡两匹,拿了一些旅费,乔装打扮,进入了国民党统治森严的"白区"。

途径淳化县通润镇,王泰吉决定先拜访一下他的旧部下马云从,此人现为淳化县三区民团团总。王泰吉打算利用马云从的关系,顺利通过关中地区,去到豫西找刘黑七。

马云从听说王泰吉来访的消息后,先是一惊,而后深思了一番,决定见一下。

"仲祥吾兄，别来无恙乎？"马云从抱拳相迎。

"承蒙挂牵，日子是不如以前啊。马团总你这里还不错嘛，兵多将良，很可以为国家做一番事业嘛。"

"里面请。"马云从把王泰吉和警卫员请进会客室。

"快！上陕南的好茶！"马云从给王泰吉点上一支烟，说："仲祥兄，听说你现在是师长啦，啊？"

"哪里哪里，已经不干了。赚不上钱啊，我退出来啦。现在想去河南做点买卖。唉，后悔啊，入了他们的道，被通缉了，退也退不出来。我是想啊，看你这儿还有没有开文书的关系，帮我弄几张证件，那就畅通无阻了嘛。"

"哎，这话说的。你可以投诚嘛，咱这省政府收人呢，既往不咎。去年不是有个杜衡嘛，就你刚把队伍拉走，他就效忠党国了嘛。"

"那不行啊。杜衡那一弄，死了多少人？我自己悄悄地退出来就行了，出卖朋友的事，我咋能干呢？毕竟在一起待了那么长时间嘛。你看，我把人拉到他红军里的时候，也不是强迫的，不愿意去的，我都发路费让回咧。我这人，讲义气，重友谊，你是知道的嘛。"

"那当然，我肯定知道嘛。咱俩这关系，谁跟谁？我去给你问一下，看看办这个事需要多长时间，手续麻烦不麻烦。"马云从起身，向屋外走。"仲祥，喝茶，稍等一下。我马上回来。"

马云从出了屋，把王泰吉和他的警卫员留在会客室，过了一个小时，也没回来。警卫员问："怎么这么久？干啥呢么，磨磨蹭蹭。"王泰吉闭目，冷冷地说："他不会回来了。咱也走不出去了。"果然，不一会儿就进来几个民团的团丁，持枪指着他们二人的头，缴械，绑了。

王泰吉其人，有识人不明的缺点，如李啸苍回忆所说：

> 王泰吉用人只重私人感情，不注意阶级出身，只知"待人以诚""用人不疑"，却不能从具体事实中吸取教训，提高革命警惕。后来他坚持单独去见马云从，亦是从"义气"出发，以至身陷囹圄……
> ——李啸苍《十七路军骑兵第一团耀县起义始末》

马云从将王泰吉出卖，为的是向上头邀功请赏。王泰吉在通润镇，被拘留了10来天。敌人软硬兼施，威逼利诱，他却没有屈服。在拘留所的墙壁上，他写下了两首狱中诗：

（一）
几经奋起几颠沛，
愧无良平智量深。
引颈辞世诚快事，
瞑目庆祝红旗飞。

## （二）

二十八岁空蹉跎，
为谒故人入罗网。
狐鸦结交吾有愧，
悬睛待看事如何。

"为谒故人入罗网"，"狐鸦结交吾有愧"，这两句诗真让人读来不胜唏嘘，心痛不已。

国民党当局，在报纸上，以显著的位置刊登了王泰吉被捕的消息。可他不愿做第二个杜衡，在给父母的信中，他说道："为加速革命成功起见，只身离开部队，行经通润镇，被马云从扣留，……男绝不学杜衡之被捕自首，遭社

◆习仲勋为王泰吉烈士题字
"泰吉同志及一切烈士们永垂不朽"
——习仲勋

会人之唾骂，及遗父母羞。男革命目的，在推翻国民党统治权，国民党杀男，为意中事。"

在铁窗下，王泰吉还写下了上万言的《困顿漫语》。可惜，他所思所写的大部分，已经丢失。在保存下来的诗中，尚有如下壮语："堪叹国事日益非，屡经起义与愿违，莫行于先谁继后，自我牺牲视如归"；"功名不必自我成，革命实践作先锋，遗嘱同志莫顾虑，宇宙将来到处红。"

1934年2月，王泰吉被押解到西安，送杨虎城部所辖之西安绥靖公署军法处关押。因事已见报，加上国民党陕西省党部书记长、特务头子宋志先对王泰吉严密监视，中共地下党员和杨虎城部的进步军官多方营救均未成功。王泰吉知道自己不久于人世，恳切地对旧友们说："希望杨虎城将军的十七路军能为全国的团结抗日事业出力，民族危亡之际，中国人不要再打中国人了。"

1934年3月3日，王泰吉被秘密杀害于西安西华门"绥靖"公署军法处的大院内，年仅28岁。

1951年，党和人民政府在西安革命公园专门为王泰吉烈士修建了纪念亭和纪念塔，供后人瞻仰和纪念。

王泰吉在临刑前，曾最后写下了绝命诗与绝命词各一首：

## 绝命诗

崤函振鼓山河动,
萧关频翻宇宙红。
系念袍泽千里外,
梦魂应知寄愁容。


## 绝命词

为圆寂,
将门儿掩,
谁也不见;
学秃陀参禅,
象睡佛咒天;
将孔孟抛在一边。
劳什子吓破几许英雄胆!
咱从来不说奈何天。
这头颅任你割断,
这肉体任你踏践,
一切听自然。

# 七 奇兵夜袭

喝喊一声绑帐外,
不由得豪杰笑开怀。
某单人独骑把唐营踹,
马踏五营谁敢来。
敬德擒某某不怪,
某可恼瓦岗众英才。
当年一个一个受过某的恩和爱,
到今日委曲求全该不该。

敬德不能把头借，

二十年后某再来。

——秦腔《斩单童》

1934年2月19日，三个男人被一队士兵押过陕北延安府安定县的街道。其中走在最前头那个，高唱着秦腔《斩单童》中单雄信的经典唱段。"20年后某再来！哈，刘培仁你给咱听着，红军你杀不完。老子们过个20年又是一条好汉，再回来天就红咧！咱等着瞧呢！"说话的人叫强世清，是陕北游击队第一支队的队长，和他一起被押上刑场的，还有他的弟弟强世光，以及红一支队分队的队长张增荣。

这是农历的正月初六，陕北这边正是过小年的日子，也叫过人庆。"狗县长,你听着,有人给我们报仇呢!"雪花如棉絮,落在黑铁大刀上。刽子手袒露双臂,上身被冻得通红。"杀不完呢,我们的头砍咧,还从地里长出来呢!革命是万岁的!"

"再不要叫咧,"押送他们的兵头骂道,"你几个一杀,就杀完咧。还你妈有啥杀不完的?不要叫喊咧,没人听呢。这姓强的、姓白的,还有你们惦记的那一家姓谢的,俺都快杀光咧,没死也在牢里,就完咧。你还做啥梦呢?把自己的命都革没咧,都快死咧,安生点儿吧,不要叫喊咧。再喊让你吃完'花生'再割头……"

"世光、增荣,咱没白死呢!咱不怕,咱共产……"话还没说完,强世清的脑袋就被大刀片子硬生生砍了下来。

这是在拱极门外秀延河畔,刽子手于正月里新春佳节之际,用屠刀砍死了这三位革命者。他们的头被挂在了安定县城门楼上,给新年蒙上了一层血腥的暗影。

就在六天以前,强世清的战友,白得胜、任志贞夫妇,在瓦窑堡南门外的雪地上被枪杀。

而此时,谢子长的二哥谢占元,侄儿谢绍斌和谢福成,仍被关在大牢里,生死不明。

这就是1934年的春节,冰雪和鲜血,令人心寒。

对穷苦人来说,春节就是年关。一家人团团圆圆其乐融融包饺子,这对穷人来说只是一个梦。他们在年关,所要面对的,是领着打手催账的地主老财们。共产党人的头

颅被挂上了城楼，土豪劣绅们对乡亲的态度自然就更不客气了。

乡长姬占富，带着他的几个打手，在胡家圪沟住下了，专等那些躲过年关后又回家的农民们，向他们"讨债"，收粮催账，强迫画押。他自己过完了年，过好了年，哪里还管别人的死活？别人最好死，他才快活。

这就到了1934年3月9日，正月二十四，姬占富在胡家圪沟催账时，等来了一个要向他讨债的人。

"喂！叫你呢。对，就是你！你和这家人啥关系？噢，给他传个话：他们再不回来，我给他把房拆咧，他这破草烂泥，给他顶一半债。人回来，再看，这账咋算，他准备拿啥换……"姬占富的头号打手，对着一个瘦瘦小小的路人叫唤着。

那人愈听愈怒，他后面又跟来了六个人，个个看着都来者不善。

"你们是……这是要干啥？"打手们看见对方每个人腰间都别着手枪，全被吓怂了。

姬占富这时也不敢再趾高气扬，带头求饶："各位爷！有话好说。姬某不知哪里得罪了几位好汉，劳烦指正，姬某定将加倍补偿，给您好好地赔个不是。"

"怕只怕，你赔不起。"

"姬某虽非家财万贯，总还是有些产业。要多少，您先开口，姬某先听听。"

"村东头，胡老六他闺女，得是你害的？"

姬占富一愣，头上冒起冷汗："不瞒您说，胡老六他家拖欠了我两年租子了。他那闺女，是他拿来还债的……这个，我和他之间……已经两清了，没有债务上的毛病了。"

"两清了？我看倒未必。胡老六他闺女，昨儿个上吊咧。我看，你还欠他家一条人命呢。"

姬占富听到此处，只想做最后的挣扎，威胁道："我说这位爷，你要钱咱还能商量。你要我的命？怕是你不要命了吧？你知道我是谁？你知道，咱这县城西区团总李丕成和我是啥关系？"

"我知道，我全知道，所以我才一定要你的命。"那个瘦瘦小小的领头人淡然道。"你就是个吸老百姓血的大蚊子。今天我要拍死你。至于我是谁嘛，我就是二哥刚被你们在牢里折磨死的谢子长。"

姬占富听到此，知道自己死定了，他发出了最后的嚎叫："谢子长，你等着，你全家就快死绝咧，你谢家要绝后咧！李家兄弟和张建南会给我报仇的！你们都是必死无疑的……"姬占富被拖到沟里去，等着吃枪子。

"你们这些吸人血的才必死无疑。今儿让你知道，陕北游击队还在。我谢子长，还没死呢，我回来咧。"

嘣——！

1932年底，谢子长在杜衡的强迫下，冒雪离开了中国工农红军第二十六军，赴上海"受训"半年。1933年夏，谢子长受中共中央驻北方代表派遣，赴张家口进入察哈尔民众抗日同盟军工作。他与阎红彦、许权中组建第十八师第一团。在这个夏天，第十八师在许权中和谢子长的指挥下，先后收复了康保、固源、宝昌、多伦等六县，这是鸦片战争以来中国人第一次成功地收复失地。10月，抗日同盟军在国民党军队和日伪军的联合夹击下，弹尽粮绝，最后失败，谢子长回到北平。12月中旬，红二十六军南下失败和红军陕北游击队第一支队埋枪的消息传到北平。中共陕北党、团特委联席会议在北平西城榆林会馆召开，会议重建了党、团陕北特委，宣布谢子长将返回陕西，并担任北方代表派驻西北的军事特派员。

1934年1月22日，谢子长渡过黄河，回到了清涧。他秘密地联络失散的战士们，收集枪械，着手恢复红军的队伍。3月8日，谢子长在安定县刘家圪崂村宣布恢复红军陕北游击队第一支队。3月9日，游击队处决了敌方的乡长姬占富。

一支队处决了姬占富，可敌人并不知道。姬占富两天未归，他的家人就找到张建南诉苦，这下可气坏了和姬占富有些交情的"狼儿子"李丕成，他带上100多人，包围了胡家圪沟，要全村人集合，说出姬占富的下落。

胡家圪沟全村共有9户人家，其中就出了17个跟着共产党闹革命的，群众基础太好了。任李丕成怎么审问，全村大人小孩就一句话:"姬乡长他在我们村收完款,就带着人走咧。"

李丕成怎肯善罢甘休?他闹到太阳落山前,见根本拷问不出头绪,便抓了8个老乡当人质,临走说:"我要是找不着姬乡长,你们也别想再见着你这八个亲戚咧。是死是活,你都得把姬乡长给我找到,活要见人,死要见尸。"

被扣押了亲人的群众来找谢子长,请子长帮忙想个办法。谢子长也是发了一会儿愁,突然冒出个点子,愁眉一展,道:"那张建南、李丕成,不是都爱求神拜佛嘛!咱就请山神爷来帮他找。"

第二天,胡家圪沟的群众依谢子长之计,假作庄重地在长辈老汉的率领下,排队来到李家岔老爷庙,大拜关公,令十里八乡的百姓都知道他们来请神仙了,然后再抬出关老爷的神龛。"关帝圣君下凡来,救水救火救苦难。关老爷啊!你可要帮我们找到姬乡长呀!找不到姬乡长,我家人就回不来咧!"民众一通哭闹,而后抬着神龛,上东山,下西山,南来北往,让大家伙都知道他们抬着关老爷出来找姬乡长了。天色渐暗,他们来到姬占富被抛尸的地方,突然大喊:"关老爷显灵啦!显灵啦!"他们前面抬着神龛,后面抬着姬占富的尸体,到安定县城顺利换回了人质。

张建南和李丕成,对着关老爷的神像一通跪拜,感谢神明"显圣"帮他们找回了姬占富。可姬占富究竟是谁杀的,他们完全没有头绪。李丕成问道:"这是谁这么坏?把咱姬乡长给打死咧？该不会是……共产党又卷土重来咧？"

张建南摆摆手："不可能。他们不要命咧？还敢回来？你就说咱这儿闹得最凶的老谢家吧，他家谢绍斌和谢福成，全都在牢里，也没几天咧。那个谢子长，八成都死到外面咧。他若不死，那头还值个三千元呢，咱还盼他回来，杀咧领赏呢！"

李丕成陷入困惑："那会是谁呢？姬占富咋说也是个乡长，这咋说杀就杀咧？"

"这年头儿，啥都说不准，也许他欠咧谁的赌债，又或者偷咧谁家媳妇儿，遭报复咧。这事儿没办法咧，人都死咧，也没头绪。就这吧。"

在群众的掩护下，谢子长带着游击队神出鬼没，敌人的一举一动，他们掌握得清清楚楚。敌人一连驻扎在枣树坪，可谢子长偏偏就常掩着夜色在离枣树坪只有二三里路程的马圈坪、张家坪、刘家圪崂等村庄活动。他深信，离敌人越近，敌人越不信红军会敢来活动，反而更安全。

严冬已过，春暖花开。李丕成收到消息，说杀姬占富的人就藏在李家岔，于是带了20个团丁，开至李家岔。谢子长认为这是个消灭李丕成的机会，决定在李家岔偷袭李丕成。李丕成败走，损失团丁一名，枪一支。此战是谢子长回陕北恢复游击队后打胜的第一场战斗，规模不大，但打响了声势。

这下，谢子长回到安定的消息真的传开了，群众欢欣鼓舞，敌人也开始准备"围剿"。谢子长率队四处游击，连战连捷，在梨树台打跑了向群众催粮要款的青阳岔民团，又夜袭了横山与安定交界处的石湾镇民团。所到之处，游击队在当地党组织配合下，发动群众抗丁、抗税、抗租。石湾镇大胜后，游击队召开群众大会，谢子长公开露面，队伍也打出了"陕北工农红军第一支队"大旗。

这个春天，谢子长带着游击队在安定、横山一带四处播撒工农革命的火种。他们在安定西区，协助马明方、郭洪涛等领导的地方党团组织，打土豪，分浮财，筹经费，搞宣传。以李家岔为中心的革命根据地很快被建立了起来，赤卫军、贫农会、少先队、妇女会、儿童团等，蓬勃发展。陕北游击队红一支队逐渐发展到了80多人，建立了安定、延川苏区。

6月，刘约三奉刘志丹的指派，率庆阳、保安游击队30人来到陕北，与红一支队会合。正在此时，红一支队收到了张建南受贾生金之邀，到窑则峁河修碉堡、"扎钉子"的消息。谢子长一笑，对刚来不久的刘约三说："刚好，咱会合以后还没一起行动过，这次可以看看咋配合，实战演练一下。"

贾生金是窑则峁河的大地主，他的地盘离红军的李家岔根据地很近，可其气焰依旧嚣张。他仗着自己和安定县营长张建南的交情深，竟扬言要和谢子长的红军一决高低。张建南针对红军不断扩大根据地的形势，设计出了在重点村落"扎钉子"建碉堡驻兵把守的新办法,试图限制红军在村庄中的活动。贾生金专门请来他的好哥们张建南,请他们也在窑则峁河村里修上碉堡。

"张营,你喝,我先干为敬,"贾生金举杯邀张建南同饮,"兄弟们今儿个都喝好吃好啊。我贾某人别的没有,就是家里肉多酒多。今儿专门宰咧两头肥羊,弄几锅铁锅羊肉招待各位,大家放开咧吃啊。"

张建南一饮而尽,把杯子倒过来给贾生金看,道:"老贾,你把我们招待这一番,可是不够呢。修筑碉堡,那可得不少钱,谁给你出料出工呢?我们只出兵啊,其他的,咱俩交情虽好,你还得自己想办法呢。"

"哈,那有何难么?村里又不是没人,每家每户都出点儿,那不就够咧么。我贾生金说话,这窑则峁河地界上还有谁敢不听?"

"嘿,有你的。不过,今时不同以往,谢子长回来后带着人从开春闹得就不消停。乡里那些穷鬼,让他们一煽和,心里都怪着呢,租也不想交咧,话也不愿听咧,都不知道想干啥。你得小心呢,那姬占富,你也认得,人家是乡长呢,都被他们干掉咧。"

"哎,我说,难道还真翻咧天吗?祖宗留下来的规矩嘛,大清亡咧这也不会改嘛。张营,你放心吧,他们瞎胡弄,弄不了几天。又不是第一次咧。你这钉子往我这儿一扎,碉堡修起来,20条枪往这儿一竖,他谢子长就出不来咧,还活动个啥么？他一出门挨打呢，他们就毙咧！"贾生金借着酒劲，一席狂吹。张建南叼着烟，点头称是。

就在这时，贾生金的院子外面响起了枪声，惊得贾生金一口酒喷到张建南身上。张建南十分机警，一听枪声，酒就醒了，握起手枪就站了起来。士兵来报："院子被包围咧，营长，咱咋办？"张建南把烟头一掐，骂道："妈的，也太嚣张咧吧，敢跟老子硬拼。赶紧上西山，咱上去咧，他攻不上来。"说罢，举起枪，领上身边的卫兵，问贾生金："老贾，你这儿可有后门？"贾生金为其指路。张建南拍拍贾生金的肩膀，道："老贾，今天是一场恶战，我可能就把谢子长收拾咧。带上你这仗没法打，你自己逃吧，找个地方躲一躲，我们是顾不了你咧。"贾生金吓得双腿发软。

谢子长他们就在屋外，他吩咐刘志丹派来的刘约三游击队掩护，红一支队作为主攻。张建南刚从后门冲杀出去，游击队就往贾生金的院子里扔了手榴弹。村里的敌军人数越来越少，谢子长很快发现他们去占西山了，随即布置李胜堂、谢绍安、刘明山、陈文保等组成突击队去抢攻西山山头。

"绍安，你是我侄儿呢。叔等着你给咱立功。跟上胜堂，把西山拿下来。当心点，可别挂咧彩。"谢子长嘱咐谢绍安。

"三叔，你放心。张建南他今天不仅在那山头上待不下，他还下不了山！"

突击队奋勇进攻西山山头，可张建南因已提前抢占，利于防守，他那个一个排打得很顽强。李胜堂、谢绍安等攻了几次，也上不去。

关键时刻，谢子长挽起裤腿，撸起袖子，手提一把驳壳枪，亲自带着临时组成的第二个突击队，冲上山腰。"同志们，上！拿下西山，就是胜利！"他身先士卒的举动，很有感染力，鼓舞了两个突击队的全体指战员。山下的赤卫队和游击队其他成员也摇旗呐喊，周围群众闻声也都出来遥遥观战。

被团团包围而孤立无援的景象，彻底击垮了山头上敌军的军心。任张建南再挥枪舞刀逼手下死守，他的士兵们已不再抱有胜利的希望。约莫一顿饭工夫，西山山头被游击队拿下了。张建南手下一整个排被消灭，六个人被活捉，其中就有张建南本人。

"你，刚才指挥你们守山头的那个长官是谁，他在哪儿呢？"李胜堂问张建南。

此时张建南穿的是士兵的服装，他抱着头蹲在地上说："刚才那就是张建南啊，咋？你们没抓着他，让他这个混球给溜咧？"

"混球？咋咧？你不喜欢他？看不上他咋还在他的队伍里？"

"那谁倒能看得上他么！他平时对士兵打骂得那么厉害，我们恨不得他被你红军打死呢！我在他队伍里就是混口饭吃。这年月，谁都不容易，能吃上口饭，就够咧。我家是穷苦人，我心里有你们红军呢，我也想加入呢。"

"加入，倒不能让你立即加入。我看你肥肥胖胖的，不像是穷苦人嘛。是这，我们和你们这些士兵也没仇。只要你以后不跟着他们反动的军队欺压老百姓，我们也不杀你。我跟你聊，觉得你这人心地还不坏。一会儿我们清理完战场，没啥事，你就走吧。走咧就把军装一脱，别再跟着他们干咧。"

"我胖是因为他部队伙食好。我确实是敬佩你们呢。我看行，我把军装一脱，回家务农咧，我家里还有老娘呢。"张建南就因为红军不认识他，虽被生俘，却毫发无伤地伪装脱逃了。

窑则峁河一战，红军声威大振，红一支队也发展到了百余人的规模。安定县的民团和正规军都不敢轻易出城了。各级党组织基本上开始公开活动了。乡村里大量的进步农民选择参加革命：胡家洼有8户人家，17人参加了革命；李家砭4户人家里，9人参加革命；马圈坪7户人家，15人参加革命；崖窑沟10户，10人参加革命；孙家河11户，11人参加革命；枣树坪只有7户人家，19人都参加了革命。中山川的羊倌白海山、瓦窑堡的铁匠任铁栓，都是在这时候参加红军的，他二人后来分别担任了毛泽东和周恩来的警卫员。安定县的农村地区，成了红军的天下，群众唱起一首赞颂谢子长的信天游：

  腊月黄河结了冰，

迎接老谢回家救乡亲。
鸡娃子叫来狗娃子咬,
老谢带领红军回来了。
对面湾里牛喝水,
沟里头出来个游击队。
羊群领路靠头羊,
领头的是咱谢子长。
一对对鹁鸽朝南飞,
游击队个个是飞毛腿。
趁夜激战攻西山,
打垮了敌营长张建南。
降龙把揳的月牙斧,
捣毁了窑则峁河敌碉堡。
人吃白面马吃料,
看我们当红军嘹不嘹!

  革命的烈火,烧遍了安定县境,也燃烧起了整个陕北高原。继红一支队迅速发展扩大后,红二支队在清涧建立,红三支队在神木、府谷一带发展,红四支队在佳县、吴堡一带建立,红五支队在绥德建立。各个游击支队互相支援,开辟巩固了安定、延川、神木、府谷、佳县、吴堡、绥德等革命根据地,形成了以安定西区为中心的安定、佳吴、神府三个红色割据地区,陕北革命根据地已初具规模。陕北的广阔乡村成了红军游击队的天下。

谢子长向陕北特委提出了成立陕北游击队总指挥部的建议。陕北特委完全同意，决定将一、二、五支队集中统一起来，由谢子长负责相关事宜。1934年7月8日，陕北红军总指挥部在安定西区阳道峁一块开阔的山地里宣布成立，谢子长任总指挥，郭洪涛任政委，贺晋年任参谋长，下辖红一支队、红二支队、红五支队，兵力逾200人。

"我们这里有200多人，可关在安定城黑牢里的同志，也有200多人呢。他们饱受折磨，有的被割鼻、割耳，有的遭受酷刑。咱们要干的第一件大事，就是打他安定城，救革命同志！"谢子长在总指挥部的会议上说。

陕北特委书记崔田夫有所犹豫："可这安定城三面临川，一面靠山，石条城墙，又高又坚，里面的正规军加民团总共都超过三百人咧。咱这二百人，分散各地，能集中调动的也不过一百多，还是第一次攻城，以少敌多……子长，你这个主意好着呢，可是……"

"可是啥呢可是？"郭洪涛说道，"前几日白匪下到西区的庄里，抓咧10来个老百姓，拉到县城当场就杀了6个。咱还瞻前顾后，不给老百姓报仇，以后谁还跟着咱闹革命？只要不怕牺牲，就能取得成功。"

"话也不能这么说，"谢子长道，"咱既然要虎口拔牙，就不能轻敌。无谓的牺牲，过去已经太多咧。这一次，咱事先把情况摸清，准备周全，既然要打，就打他一个大

胜仗！"

7月9日，陕北游击队总指挥部决定：攻打安定县城，解救被关在牢里的200多名同志和革命群众。经过周密的侦查和反复的研究，总指挥谢子长决定：7月15日，夜打安定城。

安定城的防守几乎密不透风。它的城墙经元、明、清三代扩建维修，城坚壕深，墙上有青砖砌出的堵口，各堵口可相互照应。东、南、北三个城门上分别筑有高大的门楼，西城下唯一一片比较平整的开阔地，也在山上的射击范围以内。国民党的县政府就设在县城内，它由大堂口、二堂口、三堂口三部分组成，所谓的"政治犯"就关在二堂口内。城中驻兵总共超过300人，其中包括：驻守在县政府东面和北门的张建南正规军200多人，驻守西门的李丕成民团六七十人，以及驻守东门的折坤德民团三四十人。

南门没有重兵把守，但门外河宽，不利于进攻和撤退。东门守军最少，折坤德民团战力较弱，指挥部决定由红一支队主攻东门。但只攻一个门的话，敌人会立即调动优势兵力来防守，所以必须四面开花。红二、五支队绕到北门去佯攻，把实力最强的张建南的部队吸引在北门，叫他不得离开，以掩护一支队，确保主力能从东门攻入。由薛兰斌率领的赤卫队，从马神桥绕到城西山上，去攻占折坤德民团把守的炮楼，确保西门外空地的安全，方便接应和转移被解救人员。

　　黎明前,战斗打响。谢子长亲自指挥二、五支队,诈攻北门。张建南被枪声惊醒,立刻部署防守北门。佯攻部队利用夜的黑,以制造响声、令敌心生恐惧为主要战斗目标,并不急于杀伤和攻破。张建南的部队在慌乱中穿衣、拾枪,向北门集中而去。

　　安定城墙很高,游击队红一支队从南山上吊下长梯子,利用长梯登上了城墙。贺晋年、谢绍安、刘明山、李胜堂、马万里、路文昌等,都在这支承担着危险任务的队伍中。守东门的折坤德民团只有三四十人,虽然游击队总人数不及安定县城的敌兵人数,但经过"田忌赛马"式的分配,打东门的红一支队人数在五六十人,超过了折坤德民团。趁夜登城,意外突袭,东门很快就被攻破了。

　　张建南一听到东门被攻破的消息,马上又让主力从北门朝东门移动,去补东门的漏子。可游击队一旦进了城,就不是那么好防得住了。红一支队势如破竹地向二堂口的大牢杀去,仓促来应战的敌兵根本不是对手。东门补不上,守北门的兵力又大量缩减,致使谢子长又带着兵破了北门。两头受敌,张建南只能择其一,他马上又把往东派的队伍拉回来固守北门。

　　游击队进城后,敌军主力放弃了东城门楼、钟鼓楼、县衙门,退在北门坚守。贺晋年吹响冲锋号,马万里、路文昌、谢绍安、刘明山等带着部队冲向安定县大牢。

贺晋年号声一响，北门外谢子长指挥的第二、第五支队也吹响冲锋号，分散开的游击队员，从各个角度向北城门楼的敌军射击。张建南在理性上虽不能相信游击队有这么多人马，但视听上的经验让他从感性上认为安定城已被不逊于己方人数的红军所包围了。不仅是他，李丕成和折坤德的人马也都不知游击队的虚实，此时只敢采取守势，不愿妄动。

红一支队顺利打到了监狱门口，刘明山一枪打开牢门的铁锁，大喊道："大家不要怕！我们是红军，老谢领着我们来救人咧！同志们，老乡们，咱们可以回家咧！"在他说这话之前，狱中的同志们从听见枪声起，就知道红军要来营救他们了，已经有所准备，但亲耳听到，依然是激动得湿了眼窝。

"听，这是我三叔带的人。"已在狱中关了很久的谢绍斌对同牢房的狱友们讲："快，咱互相把这脚镣砸开。福成哥！三叔带着人打进来咧，咱快帮着大家把这铁镣给他砸烂！"隔壁牢房的谢福成听到堂弟的话，也行动起来。

狱中一些同志，已经被敌人折磨得无法行走了，战士们能背的就背，能抬的就抬，把他们一个个护送上山，交给赤卫队。

张建南在北门干守了一阵后，发觉情况好像有些蹊跷：红军不是来占城的，而是来救人的。似乎是这样吧，保险起见，先派一队人到县城监狱那里去看一看。

谢绍安见到了他的两个本家兄弟，激动不已，三兄弟一起帮大家砸铁镣。人已救走了大半，张建南的人马渐渐向监狱这里围攻过来。面临危险，谢绍斌对他的两个堂哥说："这干咧革命以来，听过一些道理，我还都不全懂。但《共产党宣言》里有一句话说得好，我记着呢：无产者在革命中失去的只有铁镣，得到的将是全世界。绍安哥，你扶着福成哥先走吧。我要把这监狱里最后一个铁镣给它砸破咧，我才愿走。"

绍安不答应，"绍斌，三叔回来你还没见他面呢，赶快跟我回去。剩下的人，其他人也能救得了。"

"不要再说咧，绍安，我也是谢家人呢！许你冒着炮火冲进来，就不许我在牢里再多待一会儿？快走吧。"绍斌继续砸着别人的铁镣。

这时敌军已打到了牢门口，刘明山催促谢绍安立即掩护群众上山，不可耽误。

东方已开始泛白，张建南逐渐看清城外并没有多少游击队员，少得几乎看不见。他气急败坏地让主力杀向监狱。为时已晚，监狱里曾被关押着的人，差不多都已上了山了。

"他妈的，让谢子长把咱给骗咧。全军出击，开门反攻！"张建南带着200多人，出西门，追击红军，打算把逃出去的人再抓回来。刚追到马河川，两面山头上事先埋伏好的赤卫队、少先队和主动参战的群众挥舞红旗，高声呼喊，土枪与土炮齐放，吓得张建南又以为遭遇了什么重兵设下的埋伏，带着人马又折返回城。

几支队伍重新汇合，军民一起庆祝这场胜利。谢子长急切地问："怎么样？牢里的人是不是全救出来咧？"这一问，突然影响了喜悦的气氛。贺晋年说道："牢里关了200多，咱就出来咧200多。只是……"谢绍安难掩失望之情，说："三叔，绍斌他只顾着给别人砸脚镣，最后一个走的……走得太晚咧，又被抓回去咧。"说着就流下了眼泪。谢子长扶着自己的侄子，道："不要哭，人世间悲惨的事情太多咧，不造出一个新世界，咱的泪是流不完的。"他忍住泪水，想让大家多看看好的那一面，继续说："咱们这是一场大胜利呀，虽然也有牺牲和损失，但咱把它安定县给打咧，进去咧又出来咧，还从牢里救出来咧这么多的好同志！他张建南在城里有两个连，加上民团约300人，枪支弹药比我们多好几倍。可是呢？咱红军进咧城的还不足一百人，却能打开监狱放出200多人来，他干瞪眼也没法子。这说明啥？咱是好样的，红军比他们强多咧，革命是会迎来胜利的。"

安定一仗，使敌人大为震惊。他们急忙调来第八十六师和地方民团，向安定、清涧、神木三个革命根据地发动第一次"围剿"。数百人的游击队面对的是1.5万多人的敌兵。

谢子长亲率陕北游击队总指挥部与红一、二、五支队及200余人的赤卫队南下南梁堡,于7月23日在南梁阎家洼子与刘志丹领导的红二十六军四十二师会合。两支部队交流经验,互相学习。两位西北革命的领导人物各自历经挫折与胜利,再次重逢,百感交集,相谈甚欢,亲如兄弟。

1934年7月25日,中共陕甘边特委和红四十二师委员会,在南梁附近的阎家洼子,召开了由西北军事特派员谢子长主持的陕北、陕甘边联席会议。会议决定:由谢子长任四十二师政委,贺晋年接任陕北游击队总指挥;红四十二师派第三团北上,协助陕北游击队粉碎敌人对陕北根据地的第一次"围剿",发展和扩大革命根据地,争取尽快把陕甘边和陕北连成一片。有一首流传半个多世纪的民谣,唱出了此次会师中两位革命战友的深厚友谊:

陕北游击队,

老谢总指挥。

打开安定城,

犯人放出监。

下到南梁堡,

见了刘志丹。

老刘热情说,

欢迎歇几天。

谢子长与刘志丹正在南梁相聚之时,陕北军阀井岳秀的第八十六师已经展开了对陕北的"围剿"。北线，二五八旅刘润民部"围剿"神府；南线，高双城的二五六旅和二五八旅各一部，随附民团，沿大理河、无定河，在青阳岔、石湾、绥德、清涧一线，对安绥清地区构成一个马蹄铁形的包围圈。敌军采取了"撒豆战术"，分散配置，以连排为单位，多股分途，逐村蚕食，逐地推进，向陕北游击队中心区域的安定西区收缩网罗。

敌人还是老对手，可今日的谢子长已不是当年清涧起义时没有太多经验的新兵了。8月15日，谢子长率领陕北游击队和红三团回到安定，召集王世泰、贺晋年等，商议决定：集中兵力，对付敌人分散的配置。从总兵力上讲，红军远寡于敌人；但若集中使用兵力，保持团一级的作战单位，在单次战斗中就能够保证优势。而战略战术上的首要目标，是剪除敌人伸来的那两支触角，消灭由田庄、石湾方向分别推进而来的两路敌军。

8月17日，敌方驻石湾镇的第八十六师姜梅生第五一五团，派出其第二营六连向安定西区根据地进犯，进入了安定县景武家塌村。

谢子长闻讯笑说："这姜梅生真是不会用兵，他派出的这一连人待的那地方，犯咧兵家大忌。这仗还没打，咱已经赢咧。五个山头一占，他就是瓮中之鳖！"

景武家塌距石湾十公里，村周围有大郎、二郎、三郎、四郎和五郎五座山，村子位于二郎和三郎山之间北大沟的脑畔山上。17日深夜，谢子长指挥红军从孙家河出发，向景武家塌开进。抵达村子附近后，陕北游击第一、二、五支队占领二郎山，守住北大沟口，切断敌军向石湾撤回的后路；红三团担任主攻，占领脑畔山，扼住敌人向南逃窜之路；由特委调集的赤卫队、少先队员和部分红军，约1000人，分别占领大郎、三郎、四郎和五郎山的制高点；以贺晋年、谢绍安、李胜堂、刘明山、陈文保等十余人组成的突击队，隐蔽在山畔上，随时准备突袭村中的敌人。

18日拂晓，红三团的一部如猛虎下山，直冲入村中。梦中惊醒的敌人，慌忙向外跑，敌连长大喊："不能下沟，快上山！"话毕，贺晋年带着突击队也杀进村来。敌人慌慌张张逃出景武家塌，试图爬上脑畔山，却没想到这里埋伏着等了他们很久的红三团。一阵步枪的射击、手榴弹的爆破，七八个敌人就倒在了脑畔山的山畔。敌连长带队向北突围，谢子长立即命令第一、二、五支队阻击。这时连长又喊道："不能上山，快下沟！"此时下沟，真是死路一条。红军乘势从五个山头冲下来，把敌军在沟里围了个严实。敌连长被突击队击毙，残敌见大势已去，纷纷缴械投降。

此次景武家塌的反"围剿"初战，陕北游击队和红三团南北夹攻，毙敌30余人，俘虏80多人，缴获长短枪百余支。敌五一五团二营六连，无一人脱逃，被红军全歼。他们伸出的一支触角，就这样被切断了。

这次胜利，鼓舞了陕北根据地的军民，也气坏了井岳秀。井岳秀急令姜梅生团、高玉亭团、李少棠团、张建南营和地方民团共1000余人，一齐出动，合围红军。

谢子长在长期的游击战争中，早已学会了声东击西，他越来越善于出奇兵。以实打实，游击队根本没有胜算，但以虚对实，同时以实击虚，则可以打他个出其不意。面对重兵压境，谢子长沉稳而果断地决定：由一支小分队将敌方主力部队全都诱至安塞，红军主力避开敌人的强锋，绕道东进，直捣"围剿"军的大本营绥德，直插敌心脏。

8月22日，谢子长率队到达绥德南区的张家圪台。驻店子沟的敌五一五团一个排发现红军踪迹，尾随而来，遭遇红军的伏击。驻薛家峁的敌五一五团另一个排闻讯前来增援，也被打垮。半个小时的战斗，红军歼敌两个排。

无定河北岸苏家崖的敌军听到张家圪台的枪声，派出一个连来救援，结果刚过河就被路文昌带着突击队员给歼灭了。

此时，红军集中兵力，所向披靡，打得敌军军心大乱，全线动摇，逐渐从"进剿"转为"保命"。

张家圪台一战后，谢子长率军过无定河南下，进至袁家沟、高杰村、王家山一带。每到一个村子，谢子长带着部队，秋毫无犯，宿营做饭，凡用了老百姓的米面、柴草，都一一计价，留下钱款。这一日，有一个小男孩捧着一篮子红枣，找到部队的宿营地，要见这支"天兵天将"军队的"头头"。

战士们笑着把孩子带到谢子长面前,谢子长摸摸小男孩的脑袋,微笑道:"小娃儿,你这枣子,我们不能白要呢,红军的战士不白取老百姓的东西。枣子不错,多少钱?我们买下。"

"你是不是他们说的那个'老谢''谢青天'?是的话,我这大红枣就是要送你呢。"

"我就是老谢,'谢青天'不敢当。你家大人在哪儿呢?枣子我们不白要,得把钱给你家大人呢。"

"青天大老爷,你得给我报仇呢。"小孩说着就跪下了,把篮子举到头顶。"我爹我娘都被河口镇那个董正谊害死了。他是个连长呢,我们不敢惹。'谢青天'叔叔,只有你们能帮我爹娘报仇了。"孩子哭成了个泪人,举着篮子的双手发颤。

谢子长忍着泪,把孩子扶起来,"咱不哭,也不跪。我不是官老爷,我们是人民的军队。只要是欺压老百姓的人,他就是咱红军的敌人。"他拾起一颗枣子,吃到嘴里。"叔叔吃了你的枣咧,放心吧。来,大家都吃吃这娃儿送来的大红枣,可甜呢。"

小孩抹泪离开后,谢福成问谢子长:"三叔,为了一筐枣儿,咱就去打一个连,这决定是不是太草率了些?"

谢子长意味深长地回答道:"这不是一筐红枣呢,它是满满的一筐子民心。咱打的也不是一个连,而是明日的一片天。"

河口镇地处黄河岸边,是秦晋两省黄河上的重要渡口,它是清涧、延川守敌的一个重要战略支撑点,驻有第八十六师五一五团第三营的董正谊第十一连及一些地主的民团武装,极大妨碍了红军的游击活动。谢子长深知打下河口镇的重大战略意义,遂决定拔掉敌人扎在此处的这根"钉子"。

河口地势险要,有一座突兀挺拔的大山位于河岸边,山上筑有坚固的防御工事,居高临下,易守难攻。董正谊连进驻以后,加固了山上的工事,又在河口村修筑了新的工事。他们这个连队,纠结地主恶霸的武装,经常到附近的村落中欺压百姓。方圆几里的群众,早就恨透了他们。

8月26日,秋雨暗夜。谢子长为了降低敌方的地形优势,提高红军的胜率,决定雨夜偷袭,希望能一举成功,避免由强攻带来不必要的损失。谢子长带着战士们冒着大雨,踩着泥泞的山路,前进。按照计划,兵分两路,谢子长率王世泰带红三团由西向东攻击河口镇主阵地;贺晋年带游击队一、二、五支队迂回至河口北面,沿黄河岸向河口镇进攻。

雨越下越大,天又黑,人连自己前方的战士都看不清,只好拉着衣襟排队前行。走了很久,却不知身在何处,已经迷失了方向。两路人马的带队向导,都完全搞不清楚状况,不知道他们走到了哪里。

正疑惑间,枪声响了。原来,谢子长带队的那路人马,已经摸到了敌人的眼皮底下。董正谊因听说了己方在张家圪台的战斗中被红军吃了,所以加强了防备,这天夜里他警惕得失了眠,还真巧就让他碰上了红军来袭。一时间,火光横射,暴雨狂下,雨声、枪声、喊杀声,混作一片,两军在黑暗中做着几乎看不见的拼死搏杀。

谢子长指挥战士们向山包上的敌人碉堡进攻。一连迅速攻占了敌方阵地,可是二连在黑暗中看不清楚,仍继续攻击阵地。一连以为有敌人反攻又围追上来,调过头来守阵地,打二连。你攻上去,我压下来,两队人战斗都很顽强,一直打到天快亮,才看明白是自己人打自己人。这时,大量的敌人已退躲进河口的几孔窑洞内,顽抗坚守。

天已大亮,再不把这河口镇的碉堡、窑洞拿下,敌方的援兵就可能会来。谢子长命令红三团组织最强火力,尽快攻下碉堡。可是,红军缺乏攻坚武器,几次进攻都未果。

谢子长亲自和几个战士到前沿察看敌碉堡地形,一颗子弹从碉堡内飞出来,击中了谢子长的左前胸。谢子长一个趔趄,就朝前倒下去。一连长宋飞将他扶起,他说道:"不要紧,你快指挥大家往上冲!不要管我,快冲。"他左手捂着胸,右手抡着驳壳枪,继续指挥。

血,越流越多,混着雨水,滴在了陕北黄土高原的泥地上。谢子长还想站着,却没法不倒下。谢福成和几个站在他身边的同志,将他从战地前沿抬了下来。谢子长用微

弱的声音下令:"我负伤的事,不要声张。不能让敌人知道。"

守河口的敌军,因惧于红军再次来袭,在当晚弃镇而逃,撤回了清涧城内。河口镇变成红色的了,可谢子长也身负重伤。

河口之战后,红军又北上攻打横山县董家寺,击溃国民党一个营。至此,在谢子长的指挥下,红军粉碎了敌人对陕北根据地发动的第一次"围剿"。

国民党在榆林出版的《上郡日报》1934年8月31日头版写道:"近日陕北驻军多被赤匪缴械俘虏,驻军虽全力剿除,惟匪出没无常,时而千百成群,时而三五分散,难以奏效。"

谢子长负伤后,随着伤势越来越重,他在心中已经有了牺牲的打算。可他心中还有一块石头,一直放不下,那就是大地主"山神爷"的两个"狼儿子"——"大狼"李丕成和"二狼"李丕胜的安定西区民团。不把恶狼消灭了,他总觉得欠了家乡的人民一笔债。

李丕成民团和谢子长的游击队,在对方的队伍里,互有眼线。上次李家岔一战,李丕成能全身而退,也是提前得到了线报。这次,谢子长要利用游击队在李家民团中埋伏已久的白应奎和刘光汉来完成这次重要的任务。

1934年9月15日夜里,谢子长带伤上阵,亲率一支队、八支队和保卫队,偷袭李丕成民团协助张建南营驻守的安定城东门。

"大狼"李丕成已经接到了消息，知道红军晚上在东门外东沟里会有所行动。但他万万没想到，白应奎也是红军的人。他把这个讯息告诉白应奎，嘱咐白应奎叫手下夜里守好东门，注意门外的动静。

白应奎安排地下党员刘光汉夜间放哨，千方百计找借口，不让其他人接哨。等到东门值夜班的其他人都睡着了，刘汉光把谢绍安领进了东门城楼里。

"大狼"李丕成听见动静，一下坐起来，大声问："什么人？"

刘光汉把门帘一揭，说："不晓得是谁，但人可多咧。"

"二狼"李丕胜见情况不对，举枪就要杀刘光汉，扣了几下扳机，没有子弹。子弹已被白应奎趁他们睡觉时，卸掉了。李丕胜窜出门，沿城墙飞奔逃走。

谢绍安破门而入。"大狼"李丕成看见谢绍安，急忙从被子下面抽枪。谢绍安一跳上炕，骑在李丕成身上，压住"大狼"。白应奎夺下李丕成的枪。谢绍安连开两枪，刘光汉补上一枪，这条"大狼"终于被打死了。

城门已开，谢子长和贺晋年带着一支队进了东门，火烧城楼，俘虏民团，随后撤退。

这支"狼儿子"民团是安定县境四大民团之首，最恶就是它。如今谢子长二打安定城，消灭这支西区民团，剩下的三大民团也就相继被轻而易举地消灭了。四大民团一完蛋，安定城里的王、李、史、孙四大"绅士"也纷纷逃向瓦窑堡。安定县境，除了安定县城和瓦窑堡外，全都是整片的红色了。

1934年9月18日，在这个纪念着国家的仇恨与屈辱的日子，陕北红军第一团，于安定崖窑沟正式成立了。谢子长带着伤病参加了整编大会，他将一面绣有"陕北红军第一团"的红旗授给贺晋年，说道："我们多年来的愿望，总算是实现了。陕北终于建立了第一支正规红军。晋年，你是正儿八经学过军事的，你要好好带着这支队伍，不断地发展壮大。这支队伍，是咱陕北革命斗争所需要的，也是咱全中国的革命的需要。"

贺晋年接过旗帜，他看着谢子长被日益恶化的伤口折

◆红军东征时使用过的武器

磨得憔悴的模样,泪花夺目而出,他将旗帜高举过头顶。

看到这面崭新的旗帜迎风飘扬,谢子长也哭了,不是因为他自己的伤痛渐渐加剧,而是因为这片土地的疾病正在被治愈。

> 山丹丹开花红崖洼,
> 我送我的哥哥当红军。
> 山林的核桃河畔上的枣,
> 当兵就数当上红军好。
> 千里的雷声万里的闪,
> 闹革命的道理我宣传。
> 羊肚肚手巾三道道蓝,
> 我送哥哥上前线。
> 一把筷子红绳绳捆,
> 妹三年五年把哥等。
> 天上下雨地下滑,
> 世事太平了再回家。

 八 前赴后继

陕北的那游击队
哎老谢是总指挥
打开了那个安定县
哎山川红一片

陕北的那游击队
哎老谢是总指挥

男女呀那个动员起

哎参战分田地

陕北的那游击队

哎老谢是总指挥

打倒了那个反动派

哎铲除吸血鬼

陕北的那游击队

哎老谢是总指挥

红旗呀那个大发展

哎建立新社会

——陕北民歌《歌唱谢子长》

粉碎国民党对陕北根据地的第一次"围剿"后,陕北各县根据地、游击区纷纷组建起红军游击队。安定县除红一支队外,又组建了第十六支队。绥德、清涧地区除红二支队外,先后组建了红七、十一支队。佳县、吴堡地区组建了红四、六、十五支队。横山、靖边地区组建了红八、十、十三支队。延川、安定、安塞地区组建了红九、十二支队。各支队都建有党支部,设有政委,游击支队分别归各县委和陕北特委双重领导。在红军游击队的强力支持下,在党组织已能够公开活动的区域,各村都有了赤卫队,各区都有了武装小组。到了 1934 年 10 月中旬，陕北革命根据地有了近千个赤卫队，赤卫队员人数在一万七千以上。到了 1934 年底，陕北红军游击队已发展到拥有二十六个支队的规模，分布在陕北各县。

陕北革命根据地大发展的同时，陕甘边根据地也迅速发展。到 1934 年的 10 月，陕甘边根据地的东区扩展到了安塞、富县，西区扩展到了庆阳北部，南区扩展到关中地区。红二十六军四十二师的建制增加到了 5 个团，总兵力超过一千人。地方游击队发展到了一千五百多人。1934 年 11 月 4 日，陕甘边在梨园堡召开工农兵代表会议，选举成立了陕甘边区苏维埃政府及革命军事委员会。习仲勋被推选为政府主席，刘志丹被推选为军事委员会副主席，吴岱峰任军委委员兼参谋长。刘志丹在梨园堡阅兵后写下一首诗：

梨园堡阅兵
陕甘儿女有豪气，
赤手空拳争权利。
今日武器扛肩上，
列队阵阵成铜墙。

革命形势在好转，可谢子长的伤势却恶化着。在河口镇中弹后，谢子长的伤就一直没有养好。刘志丹得知了谢子长负伤的消息，决定亲赴陕北去看望他。1934 年 12 月底，刘志丹率红二团和陕甘游击队五、六支队出发前往陕北根据地。

1935年1月19日下午，刘志丹在白坚的陪同下，来到赤源县。他想立即去看望谢子长，可白坚提醒他："咱陕北有个忌俗哩，这下午不能看望病人。下午探病，等于添病。虽然咱也不迷信，但礼貌上还是不该下午去。"于是刘志丹只好选择第二天上午再去探望子长。

谢子长的儿子谢绍明一吃完早饭，就按着父亲的关照，到村头去瞭望即将到来的刘志丹叔叔。早晨9点多，刘志丹一队人骑马朝村子跑来。谢绍明飞快地跑回去向父亲报告，小孩子还没讲完，刘志丹他们已经跨进门来了。

刘志丹一进窑洞，看到谢子长饱受伤病摧残的憔悴模样，真难以想象自己多年的战友竟伤得如此之重，热泪夺眶而出，他一把拉住谢子长的手，说："老谢，你咋伤成了这个样子？为啥不给我早说呢？"

谢子长半躺在炕上，紧握住刘志丹的手说，道："老刘啊，我早就盼着你咧！我估计你快来咧。早想给你说，但是派出去给你送信的人，一直没有回来。"大家估摸着，出去送信的南贵臣同志可能已遭遇了不测。后来人们才知道，负责送信的南贵臣刚出发，途径保安时就被敌人抓住活埋了。

两只手紧紧握在了一起，这是牢靠的友谊，也是坚定的意志。志丹在流泪，子长在流泪，窑里的人都在流泪。

◆刘志丹探望谢子长

谢子长擦一擦擦不干的眼泪,脸上带着幸福的微笑,说:"老刘啊,你来咧就好!我要给你说呢,看样子我是不行了,这伤好不了哩。陕甘和陕北的军事工作,全要落在你的肩上了,这个担子不轻啊!你刘志丹,要给咱挑起来。"

刘志丹既难过又激动，泣不成声地说："老谢，你不敢这么说哩。你要有信心给咱活下来，把伤治好。党和人民还需要你呢！我们都离不开你呀。你的伤，能治好，一定能治好。"

谢子长摇摇头，笑颜挂泪，说："我见你们，这可能就是最后一面咧。以后我就再也见不到同志们咧，你转告同志们……"

刘志丹安慰道："能见，还能见哩！……"

"老刘啊，你听我把话说完……咱两个根据地要党政军统一起来呢，不然面对敌人的再次'围剿'就很困难。我的伤，在这乡下，是不治之症咧。即使我死不了，那也是上气不接下气，实际上没法搞工作。你得给咱当这个西北军委的主席呢。"

"老谢，你是老大哥，也是北方局派来的军事特派员，应当担任军委主席。我和上级组织断了好久的联系咧，当你的助手就行，协助你完成任务。"

两人互相辞让，相持不下。谢子长突然严肃起来，正色道："刘志丹同志，我谢浩如，现在以中共中央驻北方代表派驻西北军事特派员的名义，请求你担任西北革命军事委员会主席。老刘，我问你：你愿意为共产主义事业继续奋斗，随时准备牺牲一切，光荣地挑起这副重担么？"

刘志丹不好再作推辞，起身敬一个礼，眼含泪水，接过使命："我愿意！请党和人民放心。"

谢子长松了一口气，开心地笑了。他看着炕边自己十岁的儿子绍明，问："双玉，等你长大了，也跟上你刘叔叔，掮枪去当红军，好不好？"

谢绍明毫不犹豫地答应了一声："好！"

1935年2月21日，农历正月十八的夜里，谢子长因伤病辞世，年仅38岁。

在红军时期，谢子长家共有17人参加了革命，其中牺牲而成为烈士的有9人，分别为：谢子长的大哥谢德惠、二哥谢占元、谢子长，谢家三兄弟全部牺牲；谢德惠的长子谢碧成、次子谢福成、三子谢绍安、四子谢财娃、五子谢年娃，德惠的6个儿子牺牲了5个；还有谢占元的次子谢绍斌，与其父在安定县城的黑牢里一起被关押了很久，最后被敌人处决。谢家可谓是满门忠烈全家红。

1932年初，国民党对枣树坪进行清剿，高喊"逮住谢家人，鸡狗都不留"的口号，对谢家进行围追剿杀。这个"大清剿"，一直持续了4年。

谢德惠是谢子长的长兄，十多岁便执掌家业，如慈父般带大兄弟姊妹，是谢子长走向革命道路的第一位启蒙老师，也是谢子长回陕北发展的第一批党员，是安定西区第一任区委书记。谢德惠有6个儿子，他坚信"打虎要靠亲兄弟，上阵全凭父子兵"，先后将6个儿子交给三弟谢子长，把他们磨炼成了机智勇敢的"红小鬼"，骁勇善战的红军指战员。谢子长辞世后,谢德惠一度精神失常。经过一年多时间,他凭着超人的自控力和顽强的毅力,逐渐恢复健康。1936年10月,党中央从瓦窑堡转移到保安,谢德惠不顾身体不便,主动请缨,带队赴靖边抗敌,在龙州湾战斗中为掩护战友突围,不幸腿部中弹负伤,辗转两个月后才回到安塞毛家砭。1937年1月,谢德惠因伤辞世,享年55岁。

谢占元是谢子长的二哥,他于1932年9月被捕,在安定监狱被关押了两年之久,最终不堪敌人的严刑拷打、百般摧残,于1934年死于狱中。

1932年初,新婚不久的谢德惠长子谢碧成在第一次"清剿"中不幸遇难。1933年11月,谢德惠16岁的四子谢财娃不幸被捕,因坚持不暴露党的机密和谢子长的行踪,被押在马圈坪院内的碾盘上当众铡杀。同日下午,年仅14岁的谢德惠五子谢年娃被敌人暗害,埋藏于村前的书房台山坳里。1935年3月,入狱两年之久的谢占元二子谢绍斌在安定城西门外新城壕被敌人杀害,时年23岁。5月下旬,谢德惠的二子谢福成在下寺湾胡皮头对敌作战中牺牲,时年29岁。谢德惠的三子谢绍安,外号"老实人",1935年11月在榆林鱼河堡附近与敌遭遇,激战中,为保护杨和亭而牺牲,时年27岁。为躲避敌人搜捕,12岁的谢占元五子谢福玉、9岁的谢占元幼女谢玉梅,先后于1934年和1936年因饥寒交迫夭亡于山水洞里。

谢子长辞世后,为了不影响陕北根据地的军心与民情,

避免敌方有可乘之机,中国西北工委决定保密:不发讣告,不开追悼会。谢子长的遗体秘密地安葬在离灯盏湾20多里远的一个山沟里。西北军委的布告文件仍旧签署他的职衔和姓名。直到1935年5月,红军解放了安定县城和延川县永坪镇以后,谢子长已经去世的消息才被逐渐公布出来。

1939年,中共陕甘宁边区党委和政府决定将谢子长的遗骨移葬于他的家乡枣树坪,并修建了子长烈士墓。毛泽东6月23日亲笔题词:"谢子长同志 民族英雄"。

1942年,经中共中央同意,中共西北局、陕甘宁边区政府批准:将安定县改名为子长县。如今,谢子长的名字仍印在中国的地图上,子长县还有着"将军县"的美誉。

据说,谢子长的临终遗言是这样的:

"就这样死了,我对不起老百姓,我给他们做的事太少了。"

刘志丹接下西北军事委员会主席这个重担后,于1935年2月18日,发布了《中国工农红军西北革命军事委员会粉碎敌人第二次"围剿"的动员令》。《动员令》分析了当前形势,制定了作战方针:先集中优势兵力打高桂滋部,而后向南发展,进攻延长、保安、安塞等地,使陕北苏区与陕甘苏区连成一片,从而打破敌人的"围剿"。

高桂滋,字培五,本是井岳秀手下的一个连长,曾反叛井岳秀,试图取而代之,却失败了。高驱井事件后,高桂滋在外独创起家，投靠蒋介石，顺利爬上了第八十四师师长之位，和第八十六师师长井岳秀算是平起平坐了。蒋介石把高桂滋派到陕北来"剿匪"，井岳秀和他手下人是有些担忧的，怕高桂滋乘势吃了他们在陕北的地盘，夺了井岳秀陕北土皇帝的权力。双方矛盾很深，几乎交通断绝。

红军先打高桂滋，有这样一些好处：第一，高桂滋部奉命"围剿"的重点地区正是陕北苏区的核心地带，打他也是守卫火种；第二，高桂滋部刚到陕北不久，士兵多为冀鲁豫人，人地两生，不适应在陕北作战，战力较弱，好打；第三，高桂滋部装备精良，弹药充足，消灭了他的部队，对于补充和改善西北红军的武器装备十分有利；第四，高桂滋部从未与西北红军交过手，狂妄自大，骄兵必败；第五，高桂滋和井岳秀的矛盾深，井岳秀不会出手救援，红军可利用他们的嫌隙，各个击破。

红军在此次反"围剿"中的具体部署是：暂时放弃南梁根据地，陕甘边苏维埃政府向东区洛河川转移，留当地游击队坚持游击战争；红四十二师第三团和西北抗日义勇军北上陕北作战，配合红四十八师打击高桂滋部；红四十二师第一团进至耀县柳林地区，钳制国民党军第六十一师；红四十二师第二团向环县、三边地区发展，开辟定边环县新苏区；骑兵团东进宜川，向韩城郃阳游击。

这次反"围剿"，从 1935 年 1 月 31 日的南沟岔战斗开始，到 8 月 21 日的定仙老君殿战斗结束，历时近八个月。

红军缴获长枪五千余支，轻重机枪二百余挺，俘获敌军约五千人。红军主力发展到五千人左右，游击队发展到四千人。根据地不但没有因"围剿"而缩小，反而因反"围剿"而扩大了。延长、延川、安塞、安定、靖边和保安六座县城被解放，游击区新开辟出甘泉、富县、宜君、定边、环县等，扩至三十多个县，二十多个县里建立起工农民主政权。陕北、陕甘边两块根据地完全连成了一片，北起长城，南到淳耀，西接环县，东临黄河。

1935年的秋天，中央红军到达了甘肃哈达铺。毛泽东、周恩来、彭德怀等中央红军的领导，在国民党的报纸上看到了刘志丹在陕北开辟了革命根据地的消息。此时，由谢子长、刘志丹在大西北的黄土高原上打下的这片红区，是中国仅存的最后一个革命根据地了。中央红军遂决定，将陕北作为长征的最后一站。

9月15日，徐海东率红二十五军长征到达陕甘苏区的延川县永坪镇。第二日，红二十五军与红二十六军、红二十七军胜利会师。徐海东见到了刘志丹。9月18日，红二十五、二十六、二十七军，统一整编为红十五军团，徐海东任军团长，程子华任政治委员，刘志丹任副军团长兼参谋长，高岗任政治部主任。红十五军团下辖第七十五、七十八、八十一师，共七千余人。

三军会师之际，红军又要面临国民党对陕甘苏区的第三次"围剿"了。除原在陕北的4个师外，东北军7个师也从豫陕一带调至陕北,各路"围剿"大军步步逼近,气势汹涌而来。

9月19日,陕甘晋省委主持召开军事会议,决定先打东北军。东北军经过长途行军,跋山涉水,十分疲劳,大部分官兵都希望抗日,而不想打内战,斗志不高,容易打。只要打垮东北军中的一路人马,整个陕北的"围剿"形势就会发生变化。

9月28日,驻延安的国民党军第110师接到南面甘泉县城的急报:红军已经包围了甘泉县城,随时可能攻城,望延安方面尽快出兵救援。

师长何立中很是惊讶,前几日他和老同学梁青田、王以哲闲聊时还夸口说陕北的红军不足为虑,没想到这才几天工夫就被事实给打了脸。当时王以哲责备梁青田说:"陕北有啥红军么?走这么多天,沿途一个红影都没瞅着。你们瞎喊胡叫唤,把我们弄到这穷山恶水的地方,叫我们来吃陕北的黄土山包子吗?"何立中虽听梁青田说徐海东和刘志丹合兵为红十五军团,却根本没把这个徐、刘二人放在眼里:"老梁,你真让红军把你给打怕了。徐海东由豫皖边界经过陕西,现在还能有个啥力量么!这沿途都是咱的部队,在陕西境内从南到北都连成长蛇,还有啥可怕?"可这毫无预兆的情况下,甘泉县突然就被围城了,实在是有些蹊跷。

劳山是从延安到甘泉的必经之处。此地树林参天,山

势向南一直绵延到20里外的甘泉，延甘公路被夹在群山之间。这口袋式的地形，是设伏的绝佳场所。28日围甘泉的只是假装主力的佯攻部队，为的是引蛇出洞。29日拂晓，红十五军团的主力已经埋伏在了劳山的树林中。

10月1日早晨，国民党第110师从延安出发，南下营救甘泉，按照628团、629团大部、师部、630团的序列向前行进。

上午11时，后卫团630团行至延安西南方四十里铺时，师部侦察到前方有敌情。何立中做了一番思考，虽感觉可能会遭遇红军，却根本没想过可能要打败仗。红军能怎么样？偷袭？他们有多少人？何立中下令：630团停止前进，警戒后方，联系延安。他自己亲率师部和其余两个团，继续向南，直扑甘泉。

中午，110师大部队抵达距甘泉20里处，此处民众家家都有煮熟的小米饭，但那个量显然不是自家吃的。何立中派人询问，老百姓答说这些都是红军刚刚做好的，还没来得及吃，人就走了。情况愈加诡异，打头的628团立即派出侧卫部队和侦察部队，搜索式前进。

下午14时许，110师到达了劳山地区。

这里异常寂静，鸡不鸣，狗不叫，路上连人也没有。东北军来到陕北，也没怎么走过这条路，官兵第一次看到这个不太正常的场景，也不觉得不正常，心想：也许陕北就是这么荒凉呢。

何立中可是不怕,他带来的人马比较多,而且经过两次侦察,他已料到红军会设埋伏。可惜他把红军的设伏地点估计错了,他没想到劳山这条路有这么长,红军会诱敌如此深。他骑在马上,笑着对参谋长范驭州说:"唉,刚才把我紧张的,我当共军会打咱们个埋伏呢!没想到这么容易就出了龙潭虎穴,一点事儿没有。估计啊,是看到咱们的阵容,全给吓跑了。"

话音还没落,只见两旁山上忽然就竖起红旗,林中飞出的都是子弹和手榴弹。锣鼓声和枪声混杂,响彻山谷,震荡在劳山大小山头。山上的红军战士们齐声大喊:"中国人不打中国人!"东北军官兵一听这话,战意退减了一半,再听后面这句:"东北军枪口应该对着小日本,打回老家,收复失地!红军是帮助你们打回老家去的朋友!"本就被打了个出其不意,无路可逃,现在又听到这么扎心的话,来自东北的官兵们呆若木鸡,无心应战。

628团团长裴焕彩大声下令:"就地展开反击,不可束手待毙!"想反击也难反击呀。红军都在山上林中,四面八方都是,你看不清,打不着,还怎么反击?在这毫无优势的情况下,628团军心涣散,面面相觑,基本放弃了抵抗。团长裴焕彩被俘。

629团团长杨德新素以善战闻名于东北军中,他率人拼死登山,抢夺山头,占领几个小山头后,打算血战到底。但,他的部下,可能没有他这样的想法。629团逐渐被截成

◆刘志丹穿过的大衣

了数段,指挥失效,无法有效抗击。团长杨德新见大势已去,举枪自尽。

师部一意突围，打算冲向甘泉城以谋活路。可是，红军的手枪团已堵住了他们前方的去路。突围中，参谋长范驭州当场阵亡。师长何立中，颈部中弹，立刻昏厥，他的快马驮着他向前奔跑了一阵子后，他落马摔入甘泉河畔的草堆中。夜间独自醒来，被过路的百姓送到甘泉城内，后伤重无药而死。

第110师在劳山地区遭受重创，师部和两个团全军覆没。这一战下来，东北军损失了近5000人，连师长、参谋长和几名猛将都战死了。此消息使"西北剿匪总司令"蒋介石大为震恐，也惊到了各路"围剿"军。

1935年10月19日，毛泽东等领导人率中央红军，经过两万五千里长征，胜利到达了陕甘苏区保安县吴起镇。

刘志丹于1936年4月14日，奉彭德怀、毛泽东的命令，率红二十八军向山西省中阳县三交镇地区挺进。在三交镇战斗中，刘志丹亲临前线侦察敌情，不幸中弹牺牲，年仅33岁。

据他的女儿刘力贞回忆，"父亲去世时，他的皮包里只有6支香烟、半截铅笔。他没有给我们留下任何财物，但是，他留下了最珍贵的精神遗产"……

如今，在刘志丹烈士陵园里还保存着他为列宁小学编写的课本内容：

马克思是谁呢？是世界革命的领袖，他终生领导着我们穷人革命，还把穷人革命的办法指示出来。

你知道土地革命吗？土地革命就是穷人们联合起来，把豪绅地主的土地没收来分配给没地和地少的穷人耕种。

列宁是苏联人。他把苏联穷人的革命事业领导成功，他还指出了穷人革命的最好办法。所以他也是世界革命的领袖。

我家里很穷，因为实行了土地革命，分得了土地，不受地主的剥削，光景就好过多了。

赤卫队是红军的后备军，是保护苏区的武装力量，穷人们都要参加赤卫队。

少年先锋队也是后备红军，也是保护苏区的好力量。我是少年，也要参加少年先锋队。

游击队做些什么事呢？就是帮助穷人做斗争。把敌人的武器夺过来，武装穷人，帮助红军

◆刘志丹用过的砚台和谢子长用过的刀枪

打白军。

红军做的是什么事呢？就是要打倒一切敌人的反动势力。建立起苏维埃的政权。把一切穷人都要解放。

苏区的穷人都解放了，不出捐税，不纳粮草，不还欠账，不缴地租，还不受土匪的侵害。

我们的苏区，一天比一天扩大起来，一天比一天巩固起来。马上就要结果一切敌人的狗命。

敌人要围剿苏区和红军，我们全体穷人都要动员起来，反对敌人的围剿，不让敌人侵占苏区的一寸土地。

1936年4月24日，中共中央及地方党政军领导机关、红军代表和广大群众数千人，在瓦窑堡隆重召开追悼大会，悼念刘志丹。会后，周恩来等党政军领导人亲自扶柩，将刘志丹遗体安葬在瓦窑堡南门外二三里处的山坡上。6月，中共中央决定将保安县改名为志丹县。

周恩来曾为刘志丹题诗一首：

上下五千年，
英雄万万千。
人民的英雄，
要数刘志丹。

谢子长、刘志丹，同广大干部、群众一起，创造了陕北红军和陕甘根据地，使这块根据地成为中央红军长征的落脚点。党中央和毛主席直接领导陕甘宁边区以后，这里又成为夺取全国胜利的出发点。延安成为革命的大本营，成为闻名中外的革命圣地。

在黄土地的山谷中，在陕北高原的大风中，一首信天游在天地间回荡：

> 羊肚子手巾三道道蓝，
> 游击队的领导就是刘志丹。
> 又做饭来又泡茶，
> 咱们的救星就是他。
> 大腿上有两个疤，
> 刘志丹打仗带了花。
> 青疤红疤老黑疤，
> 九九八十一朵花。
> 糖里边要数冰糖甜，
> 人里边亲不过刘志丹。
> 井子里打水园子里浇，
> 谁不夸咱刘志丹好。
> 羊肚子手巾包砂糖，
> 刘志丹实在好心肠。
> 扫净土炕铺上毡，

刘志丹和咱们把话谈。
麻油灯上结灯花,
句句拉的都是知心话。
走头头骡子戴响铃,
跟上刘志丹闹革命。
人人都说革命好,
刘志丹把我引上道。
背上子弹提上枪,
跟上刘志丹就把红军当。
五角星帽子亮闪闪,
当上红军真好看。
裤子挽在大腿弯,
男当红军女宣传。
拔起黄蒿带起根,
下个狠心闹革命。
黄河里边翻大浪,
誓死要跟共产党。
拿起钢枪多威风,
骑上马儿赶路程。
红豆角角熬南瓜,
革命成功再回家。
不怕苦来不怕累,
死在战场上也不后悔。

## 九　劳山遇险

"我不愿意打内战。我跟你说这个打内战，双方面，不能说单方面，死掉的都是很不错的人。可惜得很！这些人自己内战死了。我是一向讲对外的。这何必打这个？……我跟蒋先生说：你跟共产党打，就说'剿共匪'，你是'剿'不完的。他问我：为什么？我说：我们没有百姓支持我们，共产党有老百姓支持。"

——张学良1993年接受郭冠英采访时所说的话

1935年秋，东北军奉蒋介石之命令，参与进行大规模的"围剿"行动。继10月1日何立中的110师在劳山被全歼后，10月25日，红军又强攻甘泉境内的榆林桥，消灭了

107师的4个营,曾当过张学良警卫营营长的团长高福源被俘。在这两次胜仗后不久,中央红军长征到达陕北,与十五军团会师,联合作战,又在直罗镇和黑水寺消灭了东北军的109师,击溃了106师。

11月23日午夜,109师师长牛元峰在直罗镇西南的山上,见援兵不来,突围无望,自杀。此役东北军被歼灭了1个师加1个团,被俘5300余人,3500余支枪被红军缴获。而红军也付出了不小的代价:著名将领、原红八军团政委、中共中央委员黄甦,在冲锋中中弹牺牲;聂荣臻的警卫员孙起峰,在阻击敌人中中弹牺牲;红十五军团先锋队12名十五六岁的小战士,首先冲入直罗镇东门,被敌军抓住,全部杀害。

东北军出师未捷,先死了两个师长,此等惨败,令张学良大感震惊。他是带过兵的人,知道长途跋涉后的部队是什么样子。红军经过万里长征,还有这么强的战斗力,可见这支军队不得了。东北军在"剿共"中失利,也令蒋介石失望,趁机撤销了这些部队的番号以减少供给。这更让张学良下定了不再打内战的决心。

红军在战后释放了俘虏,交还了武器。不久,东北军与红军秘密实行停战,逐渐接受了中共提出的联合抗日的主张。

约一年后,1936年12月12日,"西安事变"爆发。西北军杨虎城和东北军张学良软禁了蒋介石,"逼蒋抗日"。

西安事变和平解决以后，1937年的春天，时任中央革命军事委员会副主席的周恩来，根据党中央、毛泽东的指示，离开延安前往西安，准备由西安中转南下，见蒋介石继续商谈国共合作及红军改编等事宜。

此行一共安排了三辆大卡车，除周恩来、张云逸、孔石泉等干部外，还有几位新闻记者，总共六七十人。三辆车原定于4月24日一起出发，但由于中央对国共合作新一轮谈判中的一些问题还没有敲定，因此决定让两辆卡车先行，周恩来被留下来多讨论了一天。4月25日，早饭后，毛泽东站在他土窑洞坡地的枣树下，目送周恩来一行人离开延安，启程出发。

周恩来和他警卫参谋陈友才坐在驾驶室里，张云逸和其他20余人坐在后车厢里，众人一路说说笑笑，对此次西安之行甚是期待。

"你们呀，别光想着玩，咱们要去的西安城，可是国民党地区。此行也算是深入虎穴呢，毛主席都替周副主席担心呢。张学良、杨虎城，不都被他们关起来了么？"排长陈国桥说。

"陈排长啊，你想多了吧。这'西安事变'，把老蒋吓了个半死，他都收起反共打内战的破旗了，也公开讲了团结抗日的话，西安的那些白军头子，不会不识好歹，做什么对咱们不利的事。"警卫员刘九洲说道，"咱这一路，沿途驻扎的基本上都是东北军和西北军，不能说毫无障碍，也基本上是畅行无阻。至于什么土匪啊、民团之类的，咱这延安都派出去多少兵去清剿他们了，这帮人，躲都躲不及，哪还敢搞事啊？"

张云逸点头道："九洲，你这分析得挺有道理啊。最近加强学习了吧？"

刘九洲抿嘴一笑，似乎有些害羞，但依然带着些自信，道："咱延安学习气氛浓，思想上想不提高也难呀。"

外号"猴子"的特务队一排一班侯班长说："我们学来学去也还是个老粗。陈参谋在毛主席和周副主席身边待久了，现在都穿上西服了哇，看上去文质彬彬，活像个教书先生。"

副班长外号"瞎子"，道："老侯啊，叫你'猴子'，也没见你机灵啊。陈参谋那样的打扮，是工作需要。亏我还是'瞎子'，你还没我看得清。"

陈友才在前面驾驶室里坐着，守卫在周恩来身边，随时保持警惕。最近几次谈判，陈友才都戴礼帽，着西服，系领带，英姿飒爽，颇有风度。这不仅是为了在正式场合看上去比较体面，这也是他在利用自己和周恩来身材、相貌相似的特点，更好地执行保卫工作。

卡车一路颠簸，过了三十里铺，出延安已有一个小时，这就到了劳山山区。侯班长又讲起来："大家快看，前面就是刘志丹、徐海东设伏吃光了何立中一整个师的地方。就去年秋天，何立中带着人，从延安往甘泉走，走的就咱们现在走的这条路。到了这劳山呀,他就遭了咱的埋伏,两面山上都是人,顿时枪声大作啊。"

"嘣"的一声响。

大家有些惊住了。难道,今天他们也在这儿遭了埋伏?

"蹦蹦",又是几声。今天,他们真的遭了埋伏。

两面山上都是人,顿时枪声大作。

这里是卡车刚刚爬上山坡,正要拐弯的地方,突然弹如雨下,既不能向前突进,又没法倒车后退。"哒哒哒",司机老李中弹牺牲。卡车停下了。

◆陈有才,时任延安卫戍司令部参谋长兼周恩来随从副官。劳山遇险时,为掩护周恩来而壮烈牺牲。图为陈有才(左)生前与战友在七贤庄合影。

◆劳山脱险后,周恩来(中)、张云逸(右)、孔石泉(左)在红军联络处合影。

周恩来早已身经百战,遇到过各种艰险,他一听到枪响,就立即低头俯身,躲避子弹。车停后,周恩来打开车门,敏捷地跳下车来,伏在卡车巨大的前轮之后,以车门和车胎作掩护,观察和指挥。

张云逸也是老革命了,早在1911年,他就参加过黄花岗起义。此时,张云逸是后车厢里军衔最高的指挥官,他果断发出命令:"特务队,下车保护周副主席!警卫班,跟我迎击敌人!"

此时,前方、后方和左面,三面受敌。而前方土包后的敌人威胁最大,距卡车仅有20余米。张云逸一挥手,喊道:"警卫班,跟我上!"

10个人猛杀过去,人数虽少,但气势震慑了敌人。小土包后迅速就被张云逸和警卫班占领了,他们依托此利于防守的地形,开始顽强迎击。

侯班长伏在卡车下,问副班长:"'瞎子',你看,他们约莫有多少人?"

"人太多了,三面都有。居高临下,打得我们抬不起头啊。'猴子',你看咋办?"

"猴子"头部中弹,当场牺牲。"瞎子"去抱他,也中弹牺牲。

转眼再看,张云逸的小土包那边,虽未失守,也只剩下5人了。

情势危急。很久以后的1973年,周恩来再到延安时,

还对延安地委书记土金璋等人说:"我一生遇到过许多危险,在劳山的那次是最危险的一次。"

那么,这群埋伏在劳山的敌人,他们是谁呢?

4月初,陕甘宁边区政府在延安成立了临时剿匪司令部,准备清剿一下在延安南面流窜的土匪。进剿部队分别由关中保卫局、边区保卫局和延安县保卫局抽调,总共近100人。边区剿匪的政策是:对土匪,首先进行政治上的争取;政治争取无效的,以武力解决。

剿匪部队翻过大道沟,跨过高房山,穿过南泥湾,到达金盆湾。金盆湾南沟的一位农民,当天下午卖给剿匪部队一斗二升玉米,当晚他全家五口被当地土匪杀害。这是这伙匪徒的最后挣扎,他们试图以恐吓民众的方式,阻挠、破坏边区政府的剿匪行动。

群众不敢公开接近剿匪部队,但他们的心是向着共产党的,暗地里给剿匪部队提供了情报和线索:延安南部的这批土匪,有明与暗两股力量。明的是当地哥老会的大爷和小弟,李清伍、王中阳、齐金权等人;暗的是临镇土豪姬延寿的民团,有80多人。这两股匪徒,不仅相互勾结,还与国民党甘泉县党部有着很深的联系。这批土匪主要由当地人组成,熟悉地形,武器精良,关系面广,消息灵通。

剿匪部队了解情况后,认为己方目前的实力不足,向上级汇报,请求支援。不久,一支200人以上的独立团,在团长白寿康、政委李太渊的率领下，浩浩荡荡开进临镇，增援了剿匪部队。这一形势上的逆转，使匪徒感到有灭顶之灾。农历三月初三，民团头子姬延寿邀请剿匪部队到镇街上的庙会看戏，还热情地叫官兵们点戏。剿匪部队感觉事有蹊跷，经过缜密侦察，发现临镇民团有逃跑投匪的可能。当晚11点，对面山上两声枪响，80多个民团团丁全部钻进梢沟，潜逃到哥老会那帮土匪那边去了。姬延寿被剿匪部队逮捕，审讯，却佯装不知。因此时已有国共合作之约，而民团又算是国民党的地方部队，所以剿匪部队眼看民团逃走投匪，也不能开上一枪。

国民党甘泉县党部派来7个人，有民政局的，也有警察局的。他们到临镇找剿匪部队谈判，要求划定延安与甘泉之间的边界线。甘泉县来的这几个人有两大要求：一是说以金盆湾到临镇的这段河流为界，河北归延安，河南归甘泉；二是要剿匪部队放了姬延寿。可是，土匪一直都是河南边活动，这么一划界，剿匪行动就成了空谈。姬延寿已然承认了和哥老会的关系，放了他会失掉线索。剿匪部队拒绝了对方提出的要求。甘泉县国民党部致信延安边区政府，说剿匪部队破坏统一战线，破坏国共团结。可毛泽东收到这封信以后，向剿匪部队的指示是：我们的土地一寸也不能丢。

剿匪部队的政委贾腾云，曾是哥老会的成员。李清伍、王中阳等匪首了解到这一情况后，开始积极地找贾腾云"谈判"，"礼尚往来"，"吞云吐雾"，称兄道弟，关系日渐密切。贾腾云每次"谈判"归来，都告诉南线剿匪司令吴台亮："进展很大呀，这伙人马上就要归顺咱们边区了。以后大家就都是同志啦。"吴台亮初听此话，心里也是高兴，能不动手，就尽量和平解决。可跟群众聊天以后，吴台亮听到的信息却和贾腾云所说的完全不符，这使他谨慎起来。

这一日，贾腾云从麻洞川再次"谈判"归来了，对吴台亮说："啊，今天我和他们谈得差不多了。明天再去照个面，他们就缴枪归顺，接受改编了。心情好啊，小吴，今天赶紧睡吧，明天领着大家，不费一颗子弹，就迎接胜利。"吴台亮应了一声，假装先睡了。

剿匪部队的警卫班长李天杰正值夜班，贾腾云突然来找到他。"老李，辛苦啊。唉，这日子，我看，苦得没个尽头，更别提什么甘来了。"

李天杰一听这话，感觉不对，但沉着气，顺着贾腾云说："是啊，东征西跑的，来到这黄土疙瘩山沟沟里，吃不好穿不好，是挺苦啊。"

"老李，你是明白人！我观察你很久了，今晚这个事，我看也就你最可靠。咱俩聊过，我原来是哥老会的，你也挺看得上哥老会。这共产党，你跟着他们长征一路过来，现在还入不了党，你何苦啊？年纪也不小了，干来干去就当个班长，眼看也没有个出头天。"

"那这，贾政委，你说我该咋办呢？"

"别再叫我贾政委了,我这个政委是假的。我身在曹营心在汉,你入不了共产党,我保你入哥老会。这兵荒马乱的,咱们也拉起自己的队伍,也能干大事呢!"

"那,贾哥,这大事……到底该怎么干呢?还请你给小弟我说一说。"

"这狗屁剿匪部队,要把人家临镇、甘泉的民团都吃了。想得也太美了。咱反过来,咱帮着蒋委员长'剿匪',用民团把'共匪'吃了!就在今晚,等人睡熟。我这里以一声枪响为号,对面山头民团100来号人马就过来接管这支杂牌队伍了。还有4个弟兄,我已经都说好了,到时直接把吴台亮这些头头儿们一控制,整队人就被拿下了。你到时给咱开门,让哥老会的弟兄们顺利进营房来。事成之后,大洋、大烟、大妞,应有尽有,咱再不用跟着这群土货吃苦了!"

李天杰唯唯诺诺,假表了一番忠心。待贾腾云去联系其他叛徒时,李天杰悄悄去找了吴台亮。吴台亮根本没睡。李天杰是老红军,一听贾腾云的叛变计划,心头怒火烧得灼烫。吴台亮受骗多日,更是气不打一处来,他立即叫醒自己带的一个班,部署起抓捕贾腾云的行动。

贾腾云就快行动了,他也很紧张。突然有人敲门。"谁呀?"

"我。贾哥。我老李啊。"李天杰的声音显得谨慎可靠小心翼翼。

贾腾云收起枪,去开门。"别急嘛,老李……"

门刚刚打开一个缝,吴台亮就猛撞进去,扑向贾腾云,两手掐住贾腾云的脖子。警卫班长鲁俊章、通讯员李生桂上前缴了贾腾云的枪,拿绳子把他紧紧地捆住。贾腾云知事已败露,也不再辩解什么,只怪自己信错了人,沉默不语,听任处置。

剿匪部队赶紧上山,挖了简单的战壕,准备迎接土匪的进攻。

对面的李清伍一直在等贾腾云的枪声为号,可这天眼看就要亮了,完全没有动静。他和齐金权一商量,为求保险,干脆撤。

第二天,剿匪部队派人把贾腾云押回延安,写信汇报了当前的情况,并提出要把土匪包围起来,不缴枪就坚决消灭。边区党委回信,请剿匪部队继续掌握情况,不可轻动。

李清伍的这支"哥老会"匪帮,趁机向西运动,扩充力量,收买眼线,招揽地痞,很快发展成了二百人的武装。因周恩来一行人的三辆卡车在延安南门外空地上停了五六天,还有战士放哨看管,于是就引起了土匪的注意。他们有个长期潜伏在延安南门口附近的坐探冯长斗,将此情报汇报给了李清伍一帮人。这才有了劳山设伏的一场惊险。

周恩来下了车,可陈友才的腿已中弹负伤,下不了车了。"周副主席,这里是守不住的。你快和张副总长到对面山上的林子里，突围出去。"

"友才，你快下车，我们一起冲出去。"

"周副主席，我的腿已经动不了啦。"陈友才在驾驶室里，左手支撑起身子，右手举枪射击，并做作战指挥状。他故意大喊道："同志们，打呀，要守住。"其他战士立即会意，假装顽抗，保护驾驶室里的"周恩来"。

情况紧急，无暇多言，周恩来呼唤掩护在土包后的张云逸等五人，想示意他们随他一起冲向车右侧的山林中，但现场太嘈杂，张云逸他们没听见。土匪们设下的这个埋伏圈，只包围了三面，右侧因为地势陡峭，所以露出了一个口子。他们没想到，共产党人就是不怕钻这样险恶的漏洞。

刘九洲和陈国桥，护卫着真正的周恩来，向山中冲去。张云逸看准时机，也跟了过来。此时，陈友才还支撑着身子指挥，利用自己的装扮和体型，让土匪们误以为他就是周恩来。特务队的战士们也纷纷帮助陈友才一起掩护周副主席。火力被陈友才吸引过去了，他为首长的撤离争取了时间，周恩来因此冲入了林中。身中数枪，陈友才仍在射击，可他毕竟是肉身凡人。

张云逸和在他身边的这四个战士，已渐渐抵挡不住土匪们的攻击，此刻边打边退，将一部分敌人引向南面。

陈国桥和刘九洲此刻均已负伤，"九洲，你掩护副主席走。我是排长，我带着战士再撑一会儿。""陈排长，撑不住啦。一起走吧。""一起走，就谁也走不了啦！快走！"

刘九洲含泪告别，可他也没能走多远，就负伤倒地无法动弹了。

听到第一声枪响，驻守在山上的通信班就拿起电话，准备向甘泉步兵一连报告。结果，这电话不通，通信班战士们知道电话线已经被设伏的土匪给切断了。土匪的计划固然很周密，但他们却没料到，在岩崖下面，还有另一条电话线，直接通向延安总参。无法联系近处的甘泉步兵一连，通信班赶紧把情况报告给延安的总参。

延安方面接到报告，警卫团团长黄霖心头一震，立即跑到手枪一连的院子里，大喊道："会骑马的，只带武器不带行李，快跟我到白石子街集合！"

此时，手枪一连刚上完政治课，正在以班为单位讨论着，人员很集中。大家一看黄霖如此焦急，知道必定是出了重大的事件，迅速提着枪跟随上去，飞奔到白石子街上。刘伯承接到报告后，已命令部下将当时集中饲养的快马牵到白石子街。黄霖也顾不得点人数，叫大家抓紧集合，大概陆续来了几十个人。毛泽东也匆匆赶至集合点，向黄霖招手，指示道："不要有什么顾虑，无论如何都要把周副主席给救回来！"黄霖带着其他官兵，接过缰绳，翻身上马，扬鞭喊了声："出发！"

周恩来一人躲进了树林，其他人不是已经牺牲，就是负伤倒地了。在林中，虽然不时噼噼啪啪被打进一阵冷枪，树叶、草茎乱飞，却未见有土匪追来。

渐渐没有枪声了，总算增加一点点安全感。寡不敌众，一旦周恩来行踪暴露，生还的可能性极低。土匪们开始清理现场。看着倒下的陈友才，土匪们确认他们已经杀掉了"周恩来"，但没找出什么贵重物品，于是他们气急败坏地用刀在死者遗体上胡乱戳刺。周恩来在林中目睹此景，心如刀割。这时候，林外大路上传来了马蹄声，还有枪响。

警卫团的援兵到了。从遭遇伏击停车时算起，已过去了一个多小时。黄霖骑的是属于肖劲光的一匹高头大马，他快马加鞭，冲在最前头。到达遇险地点时，他看见土匪们正在卡车上搜查、验尸。此景令黄霖心焦如焚，怒气都快点燃整个山谷了，他以为周恩来已经遭遇不测。悲痛的泪珠在他脸上滚着，又随风扬上天，他纵身下马，还没站稳，就向土匪连开三枪。两个土匪倒地，正搜刮"战利品"的其他人急忙下车，准备撤离。这时，黄霖回头再看，发现因他的马跑得太快，其他战士还没跟过来，此刻，只有他一个人在战斗。黄霖孤身奋战，边跑边射击，子弹很快就打光了。正要换弹夹，听到树林中有声响，忙猫腰查看，林中所藏之人正是周恩来。周恩来站起身，对着黄霖拍了两下手掌，示意他也躲过去。

"上哪去？"周恩来问。

"来增援！"

"多少人？"

"一百多。"

"他们呢？"

"就来了。"

正对话间，侧面山坡飞起三颗信号弹，土匪们在报告：延安的援军已到，可以撤了。随即山上发出一阵漫无目的的扫射，是对撤退的掩护。

黄霖强压怒火，没有去追击，而是守在周恩来身边。土匪们在山路上飞快地奔跑，逃离。

援军陆续赶到，幸存者们脱险。

在清理现场时，刘九洲和温太林虽负重伤，却还活着，他俩被兵站的同志们用推柴的小车子送回了延安。特务队一排一班，14个人，除4人负伤外，其余全部牺牲。

深夜10点多钟，张云逸等人在延安西南面的大山中被派出的战士找到。

陈友才，西装革履，临阵指挥，上衣口袋里还有一张周恩来亲笔签名的名片。他牺牲以后，土匪们检查尸体，找到了这张名片，以为他们刺杀周恩来的行动已经成功，在陈友才的尸体上又捅了20余刀后，带着得胜者的心情离开了。如果没有陈友才的掩护，土匪是断不会轻易停火的，那后果将不堪设想。

此次劳山遇险事件后，延安加强了对陕北的剿匪工作力度，至7月底，边区各股土匪势力被基本肃清。至于土匪背后是谁指使，历来众说纷纭，但可以肯定的是，幕后黑手应该是国民党中的某些人。

在劳山遇袭后,周恩来一直随身带着一张陈友才的一寸照片,在这张照片背面,周恩来亲笔写下了"劳山遇险,仅剩四人"8个字。

陈友才,湖南郴县人,牺牲时年仅23岁。他和其他为保护首长而献出生命的10余名烈士们一起,被安葬在了延安宝塔山下,延河水畔。

# 十 精魂不朽

或曰"东方物所始生,西方物之成熟"。夫作事者必于东南,收攻实者常于西北。故禹兴于西羌,汤起于亳,周之王也以丰镐伐殷,秦之帝用雍州兴,汉之兴自蜀汉。

——司马迁《史记·六国年表》

我们看到,中国近代的革命当时最主要的问题就是如何把一个破碎的中国重整河山,孙中山、蒋介石起于东南,而未能成功,最后以毛泽东为首的共产党从西北统一了中国,再次印证了司马迁的话。

——李零

一钵白菜九条根,

八路军跟咱老百姓亲。

槐树开花碎纷纷,

老百姓拥护八路军。

人不脱衣马不解鞍,

八路军吃苦在人前。

向阳花开在门对面,

八路军战士个个是好汉。

枪子林里走路死人林里睡,

三哥哥当的是敢死队。

白马白鬃白银蹄,

三哥哥的任务分到了晋察冀。

晋察冀是前线,

面对面要和日本鬼子干。

日本鬼子心肠狠,

到处糟蹋老百姓。

旱蛤蟆叫唤遭水灾,

日本鬼子不消灭是咱中国人的害。

——《三哥哥要上前线打日本》

2017年的春天,我带着一颗崇敬之心,来到了延安。在枣园西边的延安市八一敬老院里,几位饱经战火和风霜的老人,用他们的回忆,将我带回了那段硝烟弥漫的历史中去……

◆八路军抗日战争期间使用过的武器

◆同景飞老人

同景飞,1927年生,延安志丹县人,1939年参加革命。"13岁(虚岁)参加的八路军,那会儿陕甘宁拔起队伍,四十几岁的老汉,十二三岁的娃娃都是兵。当兵的那会儿别人叫我叫小鬼。"如今,老人已经91岁了,回忆起当年的岁月,感觉还是历历在目。"我们志丹那个时候起了一个连,选拔了一个连,130多个人。"

卢沟桥事变以后，中国工农红军改编为国民革命第八路军，朱德为总司令，彭德怀为副总司令，任弼时为政治部主任，左权为副参谋长。抗战全面爆发以后，毫不夸张地讲：中华民族真的到了最危险的时候。连同景飞这样12岁的娃娃，都参军抗日了。

21世纪的电视荧屏上，充斥着各种抗日"神剧"，剧中角色动不动就以"神功"手撕鬼子，或以"轻功"飞檐走壁、闪躲子弹。可同景飞老人的讲述，让我看到了另一种历史景象：

1942年，同景飞随连队从延安步行到绥德，再搭乘渡船开赴山西，准备到大同去迎击日寇。他是号兵，一连人穿着边区生产的粗布衣服，带着简陋至极的武器装备，就去迎击东来之敌了。我们常听"小米加步枪"这个说法，可实际上他们用的武器比步枪还差，是土枪和红缨枪。我感到惊讶，问老人："红缨枪？带着那个就去打日本人了吗？""嗯，那会儿可怜得很。提起那会儿，可怜得不能再可怜了。3个游击队长都打死了，连踪影都没有回来。"

装备的简陋，经验的不足，连长张红胜率领下的这个特务连，130多人，刚到山西打第一仗，就几乎覆没，仅有6人生还。

已经走了10余天，还没与大部队会合，张红胜带着他们在一个老百姓的农院里坐下休息。突然间头上有轰鸣的飞机声。飞机丢了几颗炸弹在院里，士兵们急忙向往外走，

◆同景飞老人接受作者采访

这时才看见,我们的这支连队,已经被日本人包围了。"人家把我们围在院子里,拿机枪齐齐扫。""飞机连炸,带机枪绞,我们那次下来就剩下6个人了。"这6个人是一听见机枪射击声,就立即趴下卧倒的,其中就包括同景飞。连长张红胜当场阵亡。"他是个好人,他老丈人在咱们红军这里当过旅长。"同景飞回忆起连长和战友们,脸上充满着惋惜。

"您还记得其他牺牲的战友的名字吗？"我问老人。

"记不住了，人太多了。还有一个指导员，过去的时间长了，忘记叫啥了。他是外地人，不是本地人，说话我还有点听不太懂。那个时候我们都年轻，十七八岁。"

同景飞和其他5个战士，卧在血泊中，他们即将面对日寇的屠杀。这时候，援军到了。"之后支援兵来了，那仗还打胜了。咱们的八路军和阎锡山的队伍一起，支援来了。我们这伙人都死的死了，就剩下我们6个。"在阎锡山队伍的帮助下，包围了特务连的日本兵，又被我军反包围，此仗惨胜。"那次打仗咱们缴的武器还不少呢，机枪、大炮、快枪……日本武器可先进了，比咱们武器先进得多了。咱们那会儿苗苗杆杆也算是武器，马刀也算是武器。"

就是这样拿着马刀和红缨枪的队伍，真真用血肉筑成一道长城，抵抗着飞机大炮的进攻。在中华民族这道血肉防线中，就有延安儿女用生命铺起的砖。"这130个人去山西，大部分都是咱延安的。""大部分是延安的，但是名字你现在都忘掉了，他们都牺牲了。""六七十年了，我现在都九91了，都记不过来了，模模糊糊的。"我们的历史上，有太多无名的英雄，他们为了今天和明天献出生命，虽未留名，却已将自己的牺牲嵌入民族不朽的功绩中。"打死以后，活着的人若认识死了的，就给他们拿折子写个名字，不认识的就那样埋了。这就是打的第一仗。"未满20的少年们，带着一腔杀敌报国的热血走上前线，却也许还不知道他们面对的是怎样凶残的敌人。

◆王步福老人

王步福，清涧人，1918年生，10岁时随父母逃饥荒走到延川，17岁时加入了刘志丹领导的游击队。抗日战争时期，王步福跟着彭德怀的队伍，也开赴山西，去和日本人较量。

"咱那会儿没枪，就是红缨枪、大刀，一个连那会儿有一支还是两支枪，一个人带三发子弹。你们没有打过仗，那会儿，枪子儿比雨点都稠密。打得高的子弹飞过来时，你不要害怕。但是新兵刚来，不懂，怕得赶紧抱着头蹲下来，而真正会打死人的子弹，他们又不知道。老兵是枪子儿越高越不害怕。那时候人都说：死的新兵多，老兵的寿命长。那会儿的兵被招来以后，让他们入了班，假如今天晚上来了敌人，你就得出发。那会儿的人笨，不会打枪，不像现在的年轻人啥都知道。现在的兵都要训练，那会儿的兵哪有时间训练？敌人来了，你就得去打。首长一战备，一点名，一讲话：同志们，你们怕死不怕死？都说不怕死，但是脸都变了。然后连长在前面带着兵走，那些兵聊天说：不知道这场仗打完能不能活下来。家里人是见不到，于是他们就了无牵挂了。枪声一响，他们就不怕了，就看敌人在哪里，然后打敌人。我那会儿头顶被打了一下，不过头上只是流了一点血。

"现在我享福了，穿的好。那会儿旅长、军长穿的衣服都没有现在的好，和我们这些兵穿的一样。我们打地主，把地主的柜子打开，穿柜子里面的夹袄。那会儿冬天穿的棉裤都是有破洞的，把肉都露出来，肉被冻得红通通的。那会儿天很冷，但是都没有鞋和袜子穿。我们陕北人那会儿穷，没有麻绳纳鞋底，所以鞋穿一天就破了。人家山西人纳的鞋底厚，鞋穿上一年都还是新的。我们那会儿受罪了，但是现在穿得很好。那会儿当官的就是衣服有两个兜，不

然和我们当兵的穿的一样。那会儿国民党和我们的关系破裂了,彭德怀穿的都是一件很破的灰色袄。路上碰见走不动的老太太、老大爷,他就从马上下来,让他们骑自己的马。彭德怀对农民特别好。农民不骑,彭德怀就把他们抱到马上,自己走。所以当时的山西老百姓对共产党特别好。每次打完仗的路上,老百姓都送来绿豆汤、开水、米汤。共产党人打仗打完特别渴的时候就来喝。

"日本人那会儿把山西围攻了,把一个庄子的人扣下来给他们扭秧歌。他们强奸妇女,还强迫老百姓脱了衣服扭秧歌,完了以后,日本人就用机枪扫射,把他们都打死了。"

面对残暴的日寇,不肯投降、血战到底的战士,是真的英雄。王步福的兄弟们,也为了国家和人民,奔赴战场。

"我们弟兄4个,两个当兵,堂兄弟12个,有6个当兵的。我大伯家大儿子打日本人的时候当司务长,被日本侦察员抓住弄死了。

"敌人当时占的是柳林,我们占的是临县。这两支军队,国民党过来一半,我们八路军一半,一起在柳林打日本人。

"当时攻打柳林的人有一个旅那么多。我们那会儿穿的是灰色的衣服,日本人穿的是黄色的衣服,所以俘虏回来的人,我们都能认出来。咱们把日本兵俘虏回来以后,他们愿意干活的话,就留下,不愿意干活的话,就把他们放走。但是,日本人把咱们的兵抓住以后,严刑拷打一个月,然后又停一段时间,又打一遍,也不让你当兵,到最后就用枪把他们全部打死。"

老人的眼中闪烁着一个世纪的沧桑,无数金戈铁马、硝烟战火,都已被留在了遥远的昨天。"我都两个九了,明年就一百了。那会儿当兵的,哪里人都有。我的一个战友,那会儿还经常聊天,他给我说:'赶紧,要出发了。'结果他连大门都还没有走出去,就被枪打到,倒下了,就不能和他说话了。眨眼间的功夫,一个人就不见了。"

抗日战争结束后,解放战争时期,延安儿女们依然抛头颅洒热血。抗日战争的胜利,并没有给这片土地上的人带来和平。

1947年3月,国民党军队重点进攻山东和陕北,胡宗南部25万人马,在飞机大炮的掩护下向延安进攻,延安军民奋起自卫,开始了保卫延安的战斗。当时在陕北的解放军只有两万多人,在彭德怀副总司令指挥下,不计较一城一地之得失,以消灭敌人有生力量为目的,于3月19日主动撤离延安。同景飞老人回忆道:"当时说:守延安,没延安;离延安,有延安。所以就全都走了。"

就在胡宗南占领了延安后的第6天,解放军在青化砭消灭敌31旅三千多人,活捉旅长李纪云以下两千六百多人。尽管是胜仗,但官兵们可是吃了不少苦,同景飞老人回忆道:"我们全都从安塞,清涧,绥德这一带过去了。散了,我们的队伍一起都散了,中央红军全部都过去了。胡宗南

上来，到延安的时候，延安是空城，没有人，想打没有人。就从安塞那道川进去了，打青化砭，沙家店。那一带上去，一直打到米脂。这块，那部分从清涧这样上去了，瓦窑堡是这样上去了，上去又打到米脂。打到米脂，哎呀，那次打了五六仗。打了五六仗，几天几夜吃不上喝不上。几乎天天都是那个七月天那种连续的雨，所以说我们趴在战壕里，连饿带渴不说的，还把人淋湿了。淋湿以后着急了，就把衣服一下脱下来拧干，拧干再穿上。就没有吃的，人家东面人吃那个豆切切饭（黑豆子压扁后煮），之前吃那个豆切切饭还可以跟上，最后跟不上，就拿那个大锅煮黑豆，饿得着急了就抓得吃两把黑豆，不饿就行了。就那样，特别受罪。穿鞋，晚上走了，鞋丢了的，赤脚走的，那也没有办法，过去老百姓自己做的鞋，一不小心鞋就断面了，要拿草带子绑住，就那样。这是我们打仗那个阶段。"

王步福老人回忆："我们那会儿打了西华池，在西华池打了败仗回来。我们打的马鸿逵。马鸿逵的火线很硬。打宝鸡那会儿我骑着马，子弹从这边划过。那会儿我们两个人趴着，炮弹把我炸着了，没把旁边的人炸到。咱们那时候没有飞机，蒋介石有飞机，从空中扫射。炮弹筒有这么粗、这么长。打到人会打下来很大一块肉。"老人用双手比画着，想让我了解到那武器对人体的杀伤力。"我们打西华池死的人很多，回来时还没一个团。休息了一天，天黑了太阳就要落了，吃了饭。通信员说不能走这边了，敌人把宝塔山占了，占了半座山了。那会儿天特别冷，下雪下得很冷，天黑地暗。走到安塞住了一晚，第二天走到蟠龙翻过去，又过来到青化砭打了个歼灭战。就在这儿解决了敌人一个旅。四座山把敌人架住下不来，到了沟岔上我们开了枪，把敌人截断了。他想要上来的被我们挡住上不来，援兵想要下来的下不来。我们大概打了三四个小时，解放了一个旅。敌人蒋介石的队伍打仗很厉害，人家不走山，就在过道上、车路上走。车路上走一半，山上走一半。他们知道害怕了。再就是羊马河打了两仗，蟠龙一仗，清涧、卧龙寺都打过。卧龙寺咱们受了害，咱们侦察员没有侦察好，咱们那会儿死了很多人，最后的人上了对面的山支援我们，我们在这边，这才打得敌人退了。再上面米脂也打过，不知道在吴堡还是哪里，把刘戡俘虏回来，让刘戡在咱这边干，他不干，'看不上你们共匪'。彭德怀讲话说第二次又会俘虏你，刘戡说你第二次俘虏我就要俘虏死的了，活的你俘虏不回来。在瓦子街咱们全部的队伍都集中在瓦子街了，刘戡两个军，毛主席下令说一个也不能跑掉。人家在山上，咱们这，这个团死了，那个团又上，血就像小河里的水一样流淌。咱们这次宝鸡打仗死了很多人。我没有说半点谎，不信你可以问一下打宝鸡的人。"

张洪山，1932年生，米脂人，1947年参加革命，在西北野战军第1军2师6团服役，参加过榆林战役、蟠龙战役、瓦子街战役、青海战役等战役。张洪山老人，就是一个打过宝鸡的人。"北面有宁夏马鸿逵、西半边有马步芳。

◆张洪山老人

我们攻进了宝鸡，打进了宝鸡城，三面夹击，里三层，外三层，打得不能出去，我们西北野战第一军二师六团三营，被马步芳一个骑兵连全部打散了。"说到此处，老人眼中泛起泪光。"我们三营的八连、九连后来就被打散了，敌军非常残忍，把他们的头割下来，挂在柳树上，耳朵、鼻子割下来放在自己的包包里，等着蒋介石对他们按功行赏，给他们官衔，给他们金银。他们为了升官发财，就把我们的战士的耳朵、鼻子割下来。我们剩下的七连继续悄悄地准备冲出包围，我们遇山爬山，逢水渡水，在敌人的眼皮子底下硬闯，最后我们七连终于闯出来了。"

马步芳、马鸿逵集团，俗称"马家军"，下辖8个军，24个师，约14万人，长期活动于甘肃、青海、宁夏地区。1936年，马家军将红军西路军二万余人打得几乎全军覆没。西路军战死七千多人，被俘九千多人，五千六百多人被残酷杀害，军长董振堂、政治部主任杨克明的头还被马家军割下来，泡在酒里，送到青海西宁给马步芳。他们欠了我军一笔血债，却仍高傲狂言："在马家军的字典里就没有'败'字。"

从宝鸡随队伍冲出来的张洪山，目睹了战友们惨烈的牺牲，但他后来参加了歼灭马步芳残部的青海战役，终于得以为战友们报仇雪恨。西宁解放两天后，《人民日报》以《西宁解放》为题发表短评：

◆张洪山老人接受作者采访

> 西宁解放了，长期受马匪蹂躏的青海各族同胞，在中国共产党的领导下，开始建设幸福繁荣的新生活，尤以占青海全省150万人民近半数的回族、藏族等少数民族，从此可以解脱2000余年来的奴役痛苦，摆脱一切民族歧视和压迫，各族人民团结起来，为共同努力建设新青海而奋斗！

◆年轻时的张洪山

新的美好的生活终会到来,但我们若回头凝望,会看到先烈们用血铺出的道路。

解放战争胜利了,新中国成立了,但战士们还没来及放下枪,又跨过鸭绿江,去"抗美援朝"了。

郝战英,1929年生,20岁参加革命,在延安参军,之后随军南下,解放四川。"雄赳赳,气昂昂,跨过鸭绿江。保和平,为祖国,就是保家乡。中国好儿女齐心团结紧,抗美援朝打败美帝野心狼。"一讲起这段历史,88岁的老人神采飞扬地唱起这首歌。"彭德怀将军带着中华儿女抗美援朝。我们那时候东援,为国家,为世界和平抗美援朝。头一批50年去的,我是第二批。

"抗美援朝26万人,回来6万人,死了20万人。上甘岭,三八线那死的人最多。美军的飞机在山上炸了一个钟头,走了,之后又来炸了一个钟头,

◆郝战英老人

把阵地都摧毁了，人都炸死了。"

又是以弱抗强，抗的还是当时世界的第一强。老人讲述当年的辉煌时，脸上焕发着光彩，但从他所述之事中，我们可以看得见当年这场战争的艰苦与惨烈。"喀秋莎炮打得满天红，小机枪打三天三夜不熄火。飞机飞过来把一个排都炸了。飞机在山上炸一个钟头，走了。第二个道具，炮来了，又用炮打我们，从山顶打到山底，山底又打上去。我们第二批志愿军去了，打坑道，就是打洞。"这场战争中的大部分时间，郝战英和他的战友们都在打洞和钻洞。"炮弹来了，门口旁边就有个小房子，里面有个战士，拿个电话。比如说你是个连长，我是个战士，手里拿着电话，'喂，报告首长，前方多少公里出现敌人的飞机。''好，让战士们都注意了，你仔细观察。'轰隆轰隆地炸，坑道那都是石山。飞机走了炮又来轰隆轰隆炸了一通。排子炮。从山顶打到山底，打下来又打上去，继续打。"

有地道，并不就意味着安全。在张洪山的回忆中，他亲密的战友侯义文，就牺牲在坑道里。"我们当时据守的山头叫马梁山。我们还有一首唱马梁山的歌：'马梁山，马梁山，打败了美帝千千万；马梁山，马梁山，保卫了祖国的安全。'敌军打得太厉害了，美军的空军占着绝对优势，地上全都是美帝国主义的大炮，火力太猛了。

"朝鲜战争的时候我在那个连当班长，侯义文在连里当通讯员。侯义文的吃、穿都和我在一块，很爱护我，吃

饭的时候经常给我的碗里挑肉,挑粉条,非常关心照顾我。我和他关系非常密切。

"我们的装备非常差,从蒋介石那里夺过来几千挺步枪,还有几挺简单的冲锋枪。我们用低劣的装备打败敌人占优势的装备真的是很不容易。空军当时把我们打下去一次又一次,空军打完后,我说我带领咱们这个排,一组在左,二组在右,三组跟我来,一个班10个人,一共30个人。拼刺刀的时候两个人要背靠背,互相照顾,要有战术,不能乱刺一气,要保存自己,消灭敌人。我告诉他们我们不能远程打敌人,敌人怕的是近战,怕的是夜战,咱们就专门等到夜晚打。但是白天敌人进攻,我们也不得不打,就是不分白天黑夜地打。当时打的时候,我说我们不能离得比较远的时候打,得让距离至少保持在我们的手榴弹扔出去可以碰到。最远我们能扔40米,最近的也得扔30米,不然手榴弹再近一些就会把人炸到。在这30米到40米之间10米的距离里,我们对敌人进行射击。太近的话怕时间来不及。我们一个连有很多个班,我给我这个班下命令,一定不能让敌人打上来。敌人打得太厉害了,其他班的伤亡特别严重,我这个班也有伤亡。敌人的进攻非常猛烈,不断向上攻。我们这个班的子弹都用完了,但是我想着地面上既然已经失守了,地洞一定不能再失守了,我们就跑进了地洞。

"钻到地洞以后,在洞口,侯义文的头被炸烂了。我们一个班,加上侯义文一共牺牲了7个,一共就剩下5个人了。我们要守住这个洞口,不能让敌人钻进来。敌人占据了地面,但是我们占据着地洞,当时我们想着,如果敌人敢钻进来,就用整箱的手榴弹炸他们。我们当时待的地洞非常小,就有一个房间这么大,敌人把手榴弹往洞里面扔,要炸我们。我当时很愤怒,我想着就算我死了,也不能让我的4个战友死了啊。敌人把手榴弹扔进来以后,我立马就把手榴弹捡起来扔到外面敌军那里,手榴弹的威力特别大,把洞口的几个敌人都炸死了。其他敌人看我们这个洞口外死了好多人,都不敢靠近。我也不能出去,就一直死守到天明。首长用报话筒问我,你们班现在的伤亡情况怎么样,我说牺牲了7个,剩下5个了。他说:'洪山,不要怕,你一定要坚持到黎明破晓的四五点钟,外面我们师到时候派大部队来援助你们消灭外面的敌人,到时候你们从洞口出来,我们里应外合,在黎明前结束这场战斗,一定把马梁山夺回来,你们的任务就完成了,你就是人民的功臣!'"

讲到这里,老人骄傲地向我展示他胸前的奖章——"人民功臣",虽自豪,脸上亦写着失去了战友的超过半个世纪的哀伤。

"侯义文牺牲的时候头都被炸烂了,炸得脑浆都流出来了。头顶扔过来一个手榴弹,头部全部烂了。侯义文平时和我那些缺胳膊短腿的战友一起睡觉,我是班长,爱护自己的兵。他当时牺牲以后,他的家人连他的死尸都没有找到,因为当时朝鲜战场上牺牲的人太多了。根本就找不到。无名英雄太多了。"

在地洞里躲藏很久后,郝战英他们打了唯一的一次偷袭战,而在这次战斗中,他的连长牺牲了。"我们的连长,叫陈道利,原先是号兵,后来提升了当了我们十连的连长。他是山东人。特别惨,晚上被枪打死了。晚上12点钟去偷袭敌人,回来的时候被打死了。敌人在睡觉,衣服都没穿,把枪都缴了,他们也死了很多人。害得我们连长死了,还死了一个排。飞机扔一个炸弹下来一个排就没了。"

我结束了对老战士们的采访,走出延安市八一敬老院。延安的天空,仿佛有了新的色彩。春风拂面,细雨绵绵,风中的土腥味,让我嗅到了在这片土地上飞扬了半个多世纪的精魂。

延安,道不尽的延安,数不清的儿女英雄,听不完的革命故事,唱不完的信天游。

红丹丹缨缨迎风颤,
布筋筋草鞋三只半;
双手捧起心里想啊,
为啥有一只不编完?
老红军送来的传家宝呀,
无限深意在里边;

要我们发扬好传统,
要我们革命永向前;
多少雄关还没越,
多少险峰等着攀;
万里征途接着走啊,
永远把草鞋接着编!

——廖代谦《老红军的礼物》

## 尾声
### 梁家河的抿节

夏天,在延安市延川县梁家河村的农家乐里,我吃了一碗抿节。

"挖的那个杂面抿成抿节,挖的那个白面揪成不碴"。抿节是一种杂粮面食,它的面是豌豆面和小麦面磨合而成的。面团和好以后,放筛孔稠密的"抿节床"上,用手掌向下抿压而出,每段长约一寸左右。

一份热腾腾的抿节,配着一大托盘五色十味的调料,

◆ 梁家河知青旧居

一大碗酸咸开胃的汤汁,真是丰富可口。调料是依自己的口味随意加配的,汤和抿节也都不限量,按需取食。虽可

无限制地吃，但食客们都很克制，只吃到适合自己的量，一个个满面红光，很是满足。

这就是今天的中国，如今的延川。捧着一碗抿节，我想起之前拜访的老战士们讲述的他们的青春，想起所查的资料中那些吃不饱穿不好的乡亲，想起旧社会那些题为《卖娃娃》《老天爷杀人无深浅》的陕北民歌……现在，这里，没有地主、豪绅，也没有被民团、奸商逼得走投无路的穷苦人，有的只是人民群众生产致富的热情。

2013年7月，延安地区遭遇百年一遇的强降雨，延河、汾川河、新市河等多条河流发生洪水，其损害程度不亚于一场6级地震。220万延安人民没有被灾害摧垮，他们不仅在抗洪抢险中团结一心，又在灾后重建时积极奋进。这场天灾中，梁家河村126户群众全部受灾，全村倒塌和受损窑洞169孔，各项公共基础设施受损严重。招待我吃抿节的这家农家乐，也曾在暴雨那年院毁墙倒，可他们经过修缮整理，重新出发，一直经营到了现在。中国大地上，曾经有过千万次的灾祸，可再多再深的不幸，也没能打折这个民族的脊梁。中国，母亲，她总是有一个要站起来的目标，一个挺立于世间的梦想，任风吹雨打，她的头都昂扬向上，她的目光都指向前方。

1969年1月，15名北京知青来到梁家河这个偏僻的小山村，在这里，知识青年们和乡亲们一起种地、打坝，一起吃"团子"（玉米面窝窝头），把自己辛勤的汗水洒在了这片土地上。知青们用他们的文化知识,帮助乡亲们打井,还建成了陕西省第一口沼气池。他们一待,就是许多年,从青涩的少年,长成了干活的好手,在艰苦劳动中磨

◆梁家河知青旧居内部

炼了意志，在与乡亲们的朝夕相处中，懂得了什么叫实际，什么叫实事求是，什么叫群众。

毛泽东曾经说过："我说陕北是两点，一个落脚点，一个出发点。"（《中国共产党第七次全国代表大会的工作方针》）对来到梁家河的知青们来说，陕北，延安，也是他们的落脚点和出发点。延安精神，从20世纪30年代至今，一直传承着，并没有断裂。延安的儿女们，黄土地的孩子们，会用自己的光热，去照亮一方人间，去温暖一片世界，去梦想一种未来。

据当年的梁家河大队一队队长石玉新回忆，北京知青们来到梁家河，吃的第一顿饭，就是抿节。可那时候，抿节是逢年过节才能吃得上的，配料不如现在这么多，面与汤也不能不限量地吃。我捧着面前这碗抿节，突然觉得它十分可贵，一种难以言传的感动从心中涌出。我感到了幸福。

> 像爱自己的父母那样爱老百姓，为老百姓谋利益，带着老百姓奔好日子，绝不能高高在上，鱼肉老百姓，这是我们共产党与那些反动统治者的根本区别。
>
> ——习近平《我是黄土地的儿子》

陕西出版资金资助项目

# 中国故事

# 长安兒女

## 烽火保育院

韩春萍 著

西安交通大学出版社
XI'AN JIAOTONG UNIVERSITY PRESS

## 图书在版编目（CIP）数据

烽火保育院 / 韩春萍著. -- 西安：西安交通大学出版社，2018.9
（中国故事：延安儿女）
ISBN 978-7-5693-0842-6

Ⅰ. ①烽… Ⅱ. ①韩… Ⅲ. ①革命故事—作品集—中国—当代 Ⅳ. ① I247.81

中国版本图书馆 CIP 数据核字（2018）第 199636 号

| | |
|---|---|
| 书　　名 | 烽火保育院 |
| 著　　者 | 韩春萍 |
| 策划编辑 | 张瑞娟　贺彦峰 |
| 责任编辑 | 贺彦峰 |

| | |
|---|---|
| 出版发行 | 西安交通大学出版社（西安市兴庆南路 10 号邮政编码 710049） |
| 网　　址 | http://www.xjtupress.com |
| 电　　话 | （029）82668357 82668851（发行中心）（029）82668315（总编办） |
| 传　　真 | （029）82668857 |
| 印　　刷 | 陕西天之缘真彩印刷有限公司 |

| | |
|---|---|
| 开　　本 | 787mm×1092mm　1/16　印张 10.25　字数 90 千字 |
| 版次印次 | 2019 年 1 月第 1 版　2019 年 1 月第 1 次印刷 |
| 书　　号 | ISBN 978-7-5693-0842-6 |
| 定　　价 | 360.00 元 |

读者购书、书店添货，如发现印装质量问题，请与本社发行中心联系、调换。
投稿热线：（029）82668284
读者信箱：qsfs2010@sina.com

**版权所有　侵权必究**

延安,对我来说是一个象征。曾几次擦肩而过,这次却不一样。当我住在杨家岭的石窑宾馆,躺在硬实的土炕上抬头看见星星镶嵌在窗前的时候,心里感叹我与延安这样相遇竟是没想到的。似乎历史的脉动、现实的触角和我的思绪微妙地纠缠在了一起,我笨拙而小心翼翼地触摸那些历史的纹理。杨家岭、枣园的窑洞在落日的余晖里显出了温暖的黄色,我想象当年的革命者是怎样在这里酝酿着改变历史的运动。粗壮的枣树在冬日里虽然变得筋骨嶙峋,但那种坚硬、那种不可忽视的灰黑色枝干直指蓝天,我禁不住想用手机拍下它们的傲骨,这些树们是历史的见证者。对我这个80后的人而言,延安故事是需要我用想象来添枝加叶的。我们在清凉山、在桥儿沟、在宝塔山时,我敢保证我们一行几人都是在用想象力的大手仔仔细细地触摸延安这块土地的。她黄土般的纯朴、她暗暗涌动着的红色的激情和自豪,她回应着来自天南地北的拥抱,这些声音与气质形成了一个怎样独特的延安。就像我们在枣园革命遗址门前的红秀广场所看到的一样,一边是强劲的红色歌曲,一边是地道的陕北秧歌，中间还夹杂有蒙古舞曲的广场舞，它们各自热烈着，似乎毫不干扰。我和同事跟着秧歌队扭起来，这才发现我自己步态扭捏，而我前面的陕北小伙子却像在水上漂着似的。我难以融进这气质，但却如此热烈地向往，这是来自延安的神秘呼唤。宝塔山旁有一个卖纪念品的小亭子，我们买了一些毛主席像章和几个搪瓷缸子，上面印着"为人民服务"，大红色的字在白色的搪瓷缸子上闪耀，就像它的心脏在跳动。

看舞台剧《延安保育院》的时候我的眼泪滚落在了膝盖上，怕被身边人看见，忙低下头装作看自己的脚。没想到关于延安的切入点在这里找到了。幼小的孩子在炮火硝烟里奔跑，那种童声，那一个个小小的身影，让人无限爱怜。我心里最敏感的那根弦被一次又一次拨动。作为一个五岁孩子的母亲，一个老师，延安保育院的故事就像瞬间长出了强大的根须，每一根纤细的触角都能伸到我柔软内心的核心地带，我总是恍恍惚惚把舞台上的孩子当成我的女儿。同样的年龄，相隔八十年的时光，已是几代人了。虽然时间的隔膜不可避免，但我没想到我五岁的女儿却对八十年前那个保育院的同龄孩子们那么痴迷。有一群和她差不多大的孩子们在窑洞里上着幼儿园，那里发生的故事让她觉得神秘而独特，有一些故事还给她的成长带来了很大的改变。亲爱的读者朋友们，我不禁想把这些故事讲给你们听了。小朋友们，如果你们能放下手中的玩具，听听这些故事，说不定还能和延安保育院的孩子成为朋友呢，到那个时候你们就会发现生命的大河一直向自己奔流，你们也是其中的一朵朵浪花。也正因为延安保育院的故事很独特，大家可以在很多资料里看到，那些文字，那些音像和声音都是保留下来的证物，这些孩子里有很多佼佼者，他们在后来的岗位上都是顶尖的。朋友们，我无法给你复原出一个曾经的延安保育院，甚至要勾勒出保育院的完整历史都是困难的，但我愿意给你讲那些小小心灵故事。对，这本书是关于延安保育院历史上那些小浪花的故事，我只是采撷了几朵，这些浪花般的孩子我给他们取名为小耶、小义、小华、小可、小九、雪兰和怡珠。本书由两部分组成，上篇属于虚构的儿童故事，下篇是非虚构的人物速写与访谈，希望二者相互印证，更立体地呈现延安保育院。

深深感谢高耶夫和白洁两位老人提供的宝贵资料和照片，他们的生动讲述使我仿佛亲身经历了延安保育院的生活。从老人经历战争考验的人生中，我看到了保育院学生身上所体现出来的高贵品质，他们是我学习的榜样。对延安保育院保育精神的书写和弘扬具有重要意义，这本小书旨在抛砖引玉。

2017 年 9 月 20 日

# 目录
CONTENTS

## 上篇　延安保育院儿童故事
一　马尾胡琴 /9

二　生日礼物 /23

三　雪兰的冬学 /45

四　怡珠 /67

五　不要睡去 /87

六　足球足球 /100

## 下篇　对话保育院学生
一　寻找小耶 /117

二　高耶夫这个名字 /120

三　王震是我的工作证明人 /124

四　大哥高朗山 /126

五　一副老花镜 /129

六　高耶夫、白洁访谈 /133

七　相隔八十年的幼儿园小朋友 /142

## 上篇　延安保育院儿童故事

1937年7月7日，日本侵略者挑起七七事变，中国全国抗战开始。国共两党对日本的侵略迅速做出反应。7月17日蒋介石在庐山发表谈话，提出"如果战端一开，那就是地无分南北，年无分老幼，无论何人，皆有守土抗战之责任"，中国人民展开了气壮山河、血战到底的全国抗战。

随着战区的不断扩大，抢救战区难童已成为中国战时不可忽视的现实。在中国共产党人的倡导推动下，经周恩来、邓颖超、宋庆龄、何香凝等人奔走呼吁，联合各党派、民主爱国团体、各界爱国民主人士共同发起抢救难童的工作。历时两个月的筹划，于1938年3月在汉口成立了中国战时儿童保育会，宋美龄出任理事长。陕甘宁边区在同年7月也成立了分会，并集中一切力量来筹办保育院，以托儿所为基础，改组扩充，积极筹备整顿，战时儿童保育会陕甘宁边区分会战时儿童保育院于10月2日正式开始招生。

开办费由总会、边区政府和私人捐助构成，全体工作人员都自发地将总会所给薪金捐给保育院作保育儿童之用。

1939年3月10日《新中华报》对保育院有较为详细的报道，摘录如下：

保育分会与保育院当时在经费上颇感困难。有的小孩的衣服被褥尚未补充完全，并且儿童还在不断增加。全院现有儿童二百五十七名，分为四部：（一）乳儿部——自六个月至一岁，有二十一名。因代乳粉及牛奶的困难，故暂不收容吃奶小孩，但正准备扩充中，如培养乳儿保姆，购乳牛乳羊，寻善於饲牛羊之人，添设窑洞衣物等能顺利解决，乳儿即可扩充；希各方人士多多援助，以利幼儿与抗属等。（二）婴儿部——自一岁至三岁有四十一名。（三）幼稚部——自三岁至六岁有儿童

◆儿童保育会成立的报道

五十八名。（四）小学部——自六岁至十二岁有一百二十七名。

每日上午六时起床，晚上八时睡觉。乳儿及婴儿睡觉时间较多。早起饭前都喝白开水一次，

早起饭前饭后漱口洗手,每晚洗脚。每星期洗澡一次,换内衣两次。小学部及幼稚部的儿童每日爬山及野外游戏,婴儿及乳儿部,每日晒太阳半小时,儿童的衣服被褥每星期晒二次,衣服尿布在洗净后,并用水煮开以消毒,每月检查体格二次。

衣服以清洁整齐为主,每个儿童都有两套衣服换洗,冬天有棉衣裤,棉大衣。为防空,外面的衣服颜色都较深,小学部是灰色学生服,灰色

棉帽棉大衣,幼稚部是蓝衣服,白围裙,帽与大衣同。小学部与婴儿部及乳儿部一部分是蓝色棉衣,一部分是花布棉衣。

食物以便宜营养为主,以儿童年龄大小体格强弱定质与分量。乳儿部是变动性的,以人乳代乳粉牛奶羊奶等,一小时一次,婴儿部的食物是以鸡汁、豆腐酱、大米小米粥、白菜等为主,一

日四次。幼稚部吃大米、麦子、麦片、豆汁、白菜、洋芋等,每日三次,还有一顿点心。小学部因年龄较大,而且大米、白面很困难,所以食物主要的是小米、蔬菜,每星期吃两次大米白面,每日三餐。

儿童们的住舍一方面为了防空,一方面适应陕北天气的需要,都是住的大砖窑或土窑,冬暖夏凉,日光与空气都好。此外并在保育院另特设一儿童卫生所,作保育院的儿童保健及卫生顾问,专门诊治儿童疾病,有一儿科医生,及二位看护常住院中,保育院卫生所及边区医院,都特设儿

◆保育院孩子们在玩跷跷板

童病室，以便给有传染病或身体弱的儿童居住。

除了保育儿童的健康外，并施以适当的教育，小学部与幼儿部的教育目标，以适合抗战需要，实现三民主义，争取民族之独立自由，启发儿童爱国思想与发扬民族精神，养成儿童独立精神为主，按照儿童年龄发育，文化程度，将小学部分为四班，幼稚部分为两班。课程在小学部有国语、算术、常识、音乐、劳作、美术、体育等七门。幼儿部有音乐故事和儿歌、游戏、谈话（社会和自然）、工作、静息、识字、识数等七门。小学部每日上课时间为五小时，幼稚部三小时半，教材由边区政府教育厅或由保育研究会编制。婴儿部则教他们走路、说话等，特别注意感官的训练。乳儿部和婴儿部，教育与保育是分不开的，小学部与幼儿部之教育与生活也不可分离，环境熏陶、教师保姆的态度都直接影响儿童生理心理之发育，我们也都很注意，并在日常生活上养成儿童很好的卫生习惯，劳动习惯，生产技术等。

年龄较大的儿童组织了儿童剧团，孩子歌咏队，作抗战救亡工作，并自出戏报，开晚会，每星期二、四、六下午。

小学部的儿童都上劳动课，如牧牛羊、砍柴、缝衣等，幼稚生则以玩具启发儿童思想。

◆保育院的孩子在做早操

工作人员每日上午六时起床，晚上十时睡觉，每日工作八小时，采取分工合作制度，除小学部外，幼稚部的小儿部婴儿部的工作人员，都要轮值夜班，平均每人每周轮值两次。轮夜班的白天睡觉，夜半吃点心一次，由这点看，工作人员比工友更苦些，好在他们有吃苦耐劳的精神，虽然睡眠不足，吃的是小米蔬菜，工作十分忙碌，身体感觉疲劳，但大家时常以自己的生活同前方将士相比较，有的还以所做的抗战工作太少来责备自己呢！工作人员自动地组织了一个俱乐部：其中有歌咏组、戏剧组、每星期开晚会一次，工作人员共同

◆保育院孩子们在阅读

◆保育院孩子自己动手做学习用具

负责预备游戏节目,每月请政府公演电影或话剧一次,俱乐部之下经济委员会负责管理工作人员及儿童的伙食。

俱乐部设有小规模的图书馆、阅报室,其中书报都是工作人员捐助或凑钱购买的,并将全院工作人员按其文化水准分为三组;有的参加研究组,有的参加学习组,每天在公余时间上课,有卫生保育法常识等课程,每周报告时事两次,每月开保育研究会一次。

以上是延安保育院儿童故事的时代背景,故事里的孩子多半是八九岁的样子,小耶、小义、小华、小可、小九、雪兰、怡珠都是他们的小名,他们有几位是从保育院幼稚部升入小学部的,有几位是后来直接入院进入小学部的。

◆可爱的保育院孩子

这里的每个孩子都有故事，我只选择了他们几位着实有些遗憾，但也没有关系，他们是谁不重要，重要的是他们身上发生了什么。保育院里的老师本书主要涉及了郭校长、彭老师、惠老师，炊事员刘爷爷和保育员如壁妈妈。也许是因为这些可爱的人太让我震撼了，他们穿过史料大踏步向我走来，既是真实的，又像是我心灵的眼睛叠加了众多人所形成的新人物。

# 一 马尾胡琴

一

很久很久以前在延安白家坪这里住着一个放羊娃,家里很穷,爹娘去世的时候他才八岁,他的哥哥被抓去打仗了,只剩下他一个人孤零零的。放羊娃为了有一口饭吃,就给村里刘地主家放羊。可是刘地主的老婆是个很刻薄的婆姨,她见不得家里的长工吃闲饭,哪怕有一丁点儿休息的时间都不行。她总是能找出活让长工们去干,她要求放羊娃每天必须背一捆柴回家。放羊娃就是在这样的人家苦苦地熬着日子,幻想着哥哥有一天回来把他带走。可是很多年过去了,哥哥还是没有音讯。有一天放羊娃正为丢失了几只羊急得哇哇大哭呢,正巧碰到一个女子赶了他的羊来。从此以后,放羊娃每天都能碰到这个女子,这个女子

也总能带来惊喜,不是一个窝头,就是一个香喷喷的土豆。放羊娃从来没有得到过这样的关爱,他想这女子就是传说中的神仙吧。但是有一天晚上他做了一个梦,他梦见这个女子来到他身边正要说什么,他刚起身,女子化成一条大蛇哧溜一下不见了。放羊娃惊出一身汗,刚坐起身,看看什么也没有就又睡着了。谁知第二天当他走出那孔破旧的窑洞时吓了一大跳,地上竟然有一层蛇皮,看起来是刚刚蜕下的。他四下看了看其他人还在睡觉,也不曾见有蛇来过。放羊娃不敢近前,他转了一圈找到一个柴火棍,先是轻轻碰了一下蛇皮,发出窸窸窣窣的声响,不由地手缩回去,后退几步。他想起前一晚的梦,心咚咚地跳,但他想起那女子对他的好也就不那么害怕了,于是捡起蛇皮揣进了衣服口袋。说来也奇怪,后来放羊娃就再也没见过那女子了,他肚子饿得咕咕响的时候总能想起她。有一天他突发奇想,把蛇皮蒙在赶羊用的一个小木板上,蛇皮迎风发出悦耳的呼啸声。据说放羊娃后来不断琢磨,竟然用竹子做成弓,用马尾做成弓弦,能在蛇皮板上摩擦出好听的声音,就像那女子在咿咿呀呀吟唱。这就是第一把胡琴的来历。

惠老师讲了这个胡琴的传说,同学们都听得入了迷,但小耶这天上课有点心不在焉,就连老师点名叫他回答问题都没听见,同学们纷纷侧身喊"小耶""小耶",他愣了一下,回过神来。惠老师大声问小耶你想啥呢?认真听课啊!小耶轻声说知道啦,但他的心不由得又被惠老师讲的那个故事吸引走了。

惠老师很会讲故事,他的识字课总能在各种故事里完成,生动有趣,一节课不知不觉就过去了,几十年后他的学生还能想起他上课的情景。惠老师是保育院最年轻的老师,他经常课间和同学们一起蹦蹦跳跳,教男孩子滚铁环,教女孩子扭秧歌,非常活泼。有一天刘少奇走进保育院看见他正和孩子玩成一片,就开玩笑称他为"猴王"。猴王惠老师讲胡琴传说时一会儿模仿放羊娃的动作,一会儿学着女子尖嗓子说话,同学们都听呆了,纷纷感叹原来一把乐器有这样的魔力。是啊,音乐是超越一切的声音,美妙的音乐后面都有着美丽的故事。最后惠老师说保育院要成立一支演奏队,如果我们的演奏队能够成立,边区这么多活动,我们就可以去表演啦。

惠老师这话就落进了小耶的心里,像鱼一样游来游去。

◆保育院孩子在大槐树下上课

在院子里的一棵大核桃树下,孩子们和老师围成一圈儿上课。没有教室,就连一个宽敞的窑洞都没有。小耶其实很喜欢在院子里学习,当然冬天就不要啦,那实在太冷了,手脚冻得麻木,想在雪地里写个字手都不听使唤。不过这会儿是夏天,天还不太热。小耶一会儿抬头看对面的山梁,一会儿盯着大树上悬挂的那口老钟,见惠老师目光过来,他又匆匆低下头。小耶心不在焉的样子被一个同学看在了眼里。

老师刚拉响下课钟声,小耶被小义拽着袖子拉到了院子一角。小义悄悄在小耶耳边说:"我知道你想干什么。你想参加乐队!"小耶问:"你不想吗?"想啊,小义说着却叹息了一声,学着大人的口气说:"我们没有乐器呀!"两个小家伙热切地看着彼此,似乎办法能从对方的嘴里蹦出来。

"有了!惠老师的故事!惠老师的故事里有办法!"突然小耶跳起来,猛拍小义的肩膀,他黑亮的眼睛里仿佛有光芒迸溅出来。

小耶和小义决定做一把胡琴!

大家一定想不到,这两个八岁的孩子真的开始行动了。保育院里是军事化生活,除了上课学习之外,就连吃饭、睡觉都是集体行动。有一天可把老师们吓坏了,小耶小义不见了!如壁妈妈气喘吁吁地跑去找郭校长,又去隔壁敲门喊出惠老师,如壁妈妈带着哭腔说该怎么办呀,到处找了都没找到。白如壁妈妈是保育院里最受孩子们喜欢的保育老师了,以前她一直在幼儿部工作,对待孩子非常有耐心,从不烦孩子哭闹。这次她的惊慌是有道理的,郭校长和惠老师也慌了,天快黑了,再找不见这两个孩子后果不堪设想。保育院附近经常有狼出没。几位老师决定分头去找,由老炊事员刘成保负责院里孩子们的安全。

"小耶、小义你们在哪里?""小耶小义快回家!"郭校长在坡顶上大声喊着,如壁妈妈手持一根木棍不时拨开蒿草丛看有没有孩子藏在其中,惠老师跑下沟底小河边寻找。他远远看见河边草丛旁似乎有两个小黑点,快步近前一看还真是小耶小义。两个小家伙正头挨着头忙活,对惠老师的出现完全没有察觉。"嗨,你们两个跑到这里来干什么?!"惠老师大声地责备:"你们知不知道把大家吓坏了,郭校长如壁妈妈都去找你们了!"小耶小义一惊,忙起身给老师道歉,这时惠老师看见面前一块大石头上鲜血淋漓,不知他们在搞什么,小耶手藏在身后,似乎拿着什么东西。

"把手伸出来!"惠老师一改平时的口气,语气非常严厉。他生气地说:"你们跑到这么远的地方来,万一碰到狼怎么办?万一被特务抓去了怎么办?"

小义哇的一声哭了,抽抽噎噎,很委屈的样子。小耶伸手将一个满是血迹的蛇皮捧到惠老师面前,倒把惠老师吓了一跳。"怎么回事?你们抓了蛇,还杀死了!""怎

么这么调皮,真是气死人,蛇有毒,万一被咬了呢?"惠老师又急又气,在两个孩子身上又摸又拍,知道没受伤说话语气就温和多了。惠老师一手拉一个孩子急忙赶回保育院,他步子很快,两个小家伙几乎是一路小跑着。一路上大家都很沉默,只听见粗重的喘气声,惠老师侧身看看,又不忍心了。他自言自语地说:"我知道你们想吃肉,保育院一个月也吃不上一次肉,可是再怎样也不能去吃蛇肉啊,太危险了。"

这时小耶大声说:"我们不是为了吃肉!"

"哦?那为什么?"惠老师有点好奇了,"难道是为生物课做标本?"保育院里开设有生物课,老师经常带孩子们采摘一些花草植物和蝴蝶之类风干了做标本用。

"不是,惠老师,我们是想做一把胡琴!"小义说。

"做一把胡琴?"惠老师不敢相信这两个八岁的孩子有这样的想法。"可是做胡琴很难啊,不仅需要上好的木板,需要蛇皮,还需要弓和弦。"惠老师这时心里似乎有各种复杂的情绪翻腾起来了,这是怎样的孩子啊,他知道小耶小义平时喜欢唱歌,也很有音乐天赋。但保育院里条件艰苦,唱歌,扭秧歌还行,要说器乐就很难了,没条件买乐器。学校组建乐队的事也只是一种理想,没想到他课堂随口说的话,孩子们倒记在心里了,这就是梦想的种子吧。想到这里,惠老师紧握了一下孩子的手,说:"我知道了,我会为你们保密的。但是做胡琴难度很高,要慢慢想办法。"

小耶小义"失踪"的事大家心有余悸，郭校长在全校大会上再一次叮咛了保育院的安保问题。一直以来有两大安全隐患让郭校长的心悬着不敢放松。保育院在半山腰，半夜经常能听见狼嚎声，晚上睡觉时男娃娃集中在一个窑洞的大通铺，女娃娃在另一个窑洞。说是窑洞但都很破旧，有些没有门，春夏季节就挂个帘子，冬季用柴草堵住窑洞口。郭校长给每个窑洞安排一位老师，老师睡在门口的铺位，负责照顾孩子半夜起来小便，同时要防着门外的狼。晚上睡前孩子们最喜欢听故事，老师就讲狼外婆的故事来告诉同学们要注意安全，千万不敢一个人偷偷溜出去。老师还告诉孩子另一类要防的狼外婆就是特务。保育院四面敞开着，虽然也有警卫员看护，但边区的特务就像狼外婆一样会化装打扮成乡亲，因为保育院周围都是村庄，平时和乡亲们来往多，一不小心特务就会钻空子伤害孩子们。保育院里的孩子大多都是因为父母忙着工作，有些父母去前线打仗了，有些父母已经牺牲了。这些孩子可得保护好啊，郭校长和老师们，与今天的老师不同，他们多了一份沉沉甸甸的责任，不仅教书，还要育人，更要做好安全保护。

　　但还是发生了一件大事。这天保育院全体师生紧急集合在院子里开大会。同学们惊奇地发现小耶小义站在大家面前低头抹眼泪，旁边还站着一位头戴羊肚手巾的大爷，他怀抱着一个哇哇大哭的孩子，看上去有三四岁的样子。

　　"你俩给大家说说怎么回事？"郭校长生气地说，他

看小耶小义抽抽噎噎，什么也说不出来，便向大家大声说："《三大纪律八项注意》怎么唱的？我们怎么能把马弄惊，把老乡家孩子踩倒了！"

这时惠老师跑过去抱过老乡的孩子，大声哄着，同学们小心翼翼地看着那个孩子。"真对不起呀，大爷！我们给您道歉，孩子不懂事，我代他们向您道歉。"惠老师说着就给那位老乡低头鞠了几个躬。小耶小义见状也小跑过去，连连鞠躬。他俩又惊又怕又委屈的样子让老乡不忍心了，说了句"以后可要小心哩"，抱着那小娃娃转身走了。

"立正！向右看齐！"郭校长大喝一声，"稍息！""三大纪律，八项注意，第一一切行动听指挥，步调一致才能得胜利！"郭校长带头唱了起来：

革命军人个个要牢记，三大纪律八项注意

第一，一切行动听指挥，步调一致才能得胜利

第二，不拿群众一针一线，群众对我拥护又喜欢

第三，一切缴获要归公，努力减轻人民的负担

三大纪律我们要做到，八项注意切莫忘记了

第一，说话态度要和好，尊重群众不要耍骄傲

第二，买卖价钱要公平，公买公卖不许逞霸道

第三，借人东西用过了，当面归还，切莫遗失掉

第四，若把东西损坏了，照价赔偿，不差半分毫

第五，不许打人和骂人，军阀作风坚决要除掉

第六，爱护群众的庄稼，行军作战处处注意到

第七，不许调戏妇女们，流氓习气坚决要除掉
第八，不许虐待俘虏兵，不许打骂不许搜腰包
遵守纪律人人要自觉，互相监督切莫违犯了
革命纪律条条要记清，人民战士处处爱人民
保卫祖国，永远向前进，全国人民拥护又欢迎
一曲歌唱罢，郭校长喊"全体解散！小耶小义罚站！"

小耶小义站在初夏的大太阳底下，惠老师、彭老师看了看也没说什么，如壁妈妈端来一碗水让他俩喝了几口。保育院里一向是半军事化生活，一直强调要特别注意和群众的关系，孩子虽小，但大多都是领导干部子弟，决不允许有损群众利益的事发生。惠老师还记得有一次孩子们玩，踩踏了老乡的庄稼，学校的处罚也很严厉。延安本来干旱，庄稼就是金苗苗，郭校长当面给老乡又赔钱又道歉。犯错的同学被罚打扫院子一周呢。

小耶站久了肚子开始咕咕叫，他们饿了，已经过了吃晚饭的时间。小义偷偷拽了拽小耶的衣袖，但谁也没动。老师没让去吃饭，他们不能动。小耶虽然倔强，但也深知这次是犯下大错了，幸亏老乡的孩子没伤着，否则后果不敢想啊。父母从前线归来如果问起这事，可怎么给他们说呢。上次"失踪"这件事在保育院里人尽皆知，实在太丢人了。

"嗨，小鬼！你不就是上次要跟我去打仗的那个小鬼吗？"小耶抬头一看，来人正是王震将军，他身后跟着警卫员，刚从彭老师办公室出来。

"我叫小耶",小耶抬头说,肩膀依然微微缩着。

"你俩怎么回事?站在这里不去吃饭?"王震惊奇地问,他边挥手边说"快去吃饭吧,一切行动听指挥,步调一致才能得胜利",说着还唱了起来,看起来心情很好。

"我们做错了,要罚站。"小义小声说。

"做错什么事了?说来听听。"王震俯身问。

"我们把马弄惊,把小娃娃踩到了。"警卫员一听这才发现那匹马不见了!原来他把首长的马拴在了保育院门口的大槐树下,就这么一会儿时间马不见了。"马去哪里了?!"他又急又气。小耶用手指了指保育院旁边的小山坡。马正在路边吃草呢,大概没人敢去拉这匹受惊的马,只好等饲养它的警卫员来。

警卫员仔细一看,更生气了。"你们怎么搞的?"他大声喊,"看看把我的马尾巴弄成什么样了?"王震看过去只见一只秃了的马尾巴,上面还挂着几个酸枣树枝。

"我们就想拔几根马尾……"小耶话刚出口,警卫员大声说:"噢,你们想拔马尾,咋不去拔老虎牙呢!马一蹄子就能踢死你们,不要命了吗?"

王震俯身问:"来,告诉我,你们拔马尾想做什么?"

"我们想做一把胡琴!"两个孩子齐声说。

王震和警卫员愣了一下,看了看对方。"为什么想要做胡琴?"王震轻声问。

"我们保育院要组建一支乐队,没有乐器,我们俩就想做一把胡琴。"小耶小义就把惠老师课堂讲的《胡琴的传说》给他们讲了一遍。小小警卫员这会儿说话温和多了，看得出来他也被触动了。

"你们了不起啊，孩子，有梦想就要勇敢实现！好样的！"王震感慨地说，"不用罚站了，吃饭去吧。"

"我们不能去吃饭，老师让我们罚站的。"这两个乖巧的孩子说。

王震说没事啦，我去给老师讲。"小王，再给孩子们拔几根最长的马尾！"他命令道。

小耶小义开心极了。他们心心念念着要做出一把胡琴，原来那天他们发现保育院大门口的树下拴着一匹白马，那长长的马尾随风飘逸，看着非常俊美。但他们围着白马转了好久就是无从下手。可能白马也意识到了他们的企图，不断"突突"打着响鼻，还不断刨土，就差点扬蹄向他们而来了。这时小义看见路旁田埂上有老乡用来围挡田地的一排排酸枣树枝，他跑过去拔下两根拉过来。于是，小耶小义人手一根酸枣树枝，远远地去够马尾，希望能揪下来几根。谁知小耶突然手腕酸软，将酸枣树枝拍向了马屁股，白马被刺疼了，向一边猛地一跃将缰绳挣断了。这就是后来大家知道的，白马冲向门前的路，将路边的老乡连同怀里的小娃娃撞倒了。

白马事件之后，小耶小义要做胡琴的事就不是秘密了。同学们纷纷前来出主意。也有老师帮助指导的，惠老师就

一直很关心这件事。

但保育院里第一把胡琴的诞生,还有一个人功不可没,这个人说出来谁都不相信。大家都说没看出来呀,原来炊事员刘爷爷懂得这么多。保育院里的老炊事员刘爷爷名叫刘成保,原是跟随刘志丹的老红军。他可是保育院里的故事大王,同学们休息时间总喜欢围着刘爷爷听他讲打仗的故事,一个个豪情满怀,幻想自己有一天能像刘爷爷那样上战场去杀敌保卫祖国。有一天小耶小义又和几个孩子玩弄着那把所谓的胡琴,别看它现在是个四不像,在孩子们的心里,早已奏响了美妙的音乐,否则他们怎么会有这么大的耐心和兴趣去玩弄这个。这一切被刘爷爷看在了眼里。他这时刚蒸了一锅馍,正好靠在厨窑的门上歇息。

"嗨,小家伙们,拿过来让爷爷看看。"他招手叫孩子们。

"你们知道咋样才能做出一把拉得响的胡琴吗?"他说:"竹弓马尾弦,蛇皮筒子要备全。"同学们纷纷摇头表示没听懂。

"哟,刘大爷是行家啊。"惠老师闻声也过来看看。刘爷爷憨憨地一笑说:"啥行家,不敢当,就是我小时候看我爷爷做过胡琴。我爷爷是个说书的。"他顿了顿说,"做胡琴的手艺是祖传的,不给外人说,嗨,现在就不兴这些了。可惜呀,我爸死得早,还没来得及把这手艺传给我。"孩子们兴奋地听着,听到这里又不约而同叹气。"但是,我还记得一些",刘爷爷不愧是讲故事的高手,他一停一顿,孩子们的心就跟着一波三折的。他说"我爷爷那次做胡琴我在旁边帮忙,胡琴的弓要用韧性极好的竹子,弓弦最好是马尾弦。琴筒可以用桐木板做,声音脆。就是这蛇皮要求高,最好是蟒蛇的皮。"

我们哪里弄这样的蛇皮啊,大家在延安还没见过蟒蛇呢。

小耶这时窸窸窣窣在口袋里掏东西,他一直贴身珍藏好久了,大家望着这个皱皱巴巴的蛇皮,满怀期望地看着刘爷爷,等待他的"审判"。

刘爷爷仔细看了看,遗憾地摇摇头。小耶剥蛇皮时划破了,何况这么窄小的蛇皮很难包裹琴筒。他说胡琴的琴筒是这样的,蛇皮不能拼接,否则就发不出声音了。他边说边比画,很是小心翼翼,唯恐伤了孩子们的心。他知道一个小孩子把血淋淋的蛇皮当宝贝一样揣在口袋里,一点都不害怕,这需要怎样的信念啊。

他望着孩子们失望的脸说:"你们知道胡琴为什么能发出声音吗?"同学们纷纷说靠摩擦,再问其中道理便不知道了。这时惠老师接过话说:"要有一把弓弦,靠它来摩擦琴弦使琴弦振动,琴弦振动引起琴皮振动,琴皮振动引起琴筒里的空气振动。琴弦振动发出的声音在琴筒中得到共鸣,因此音量就放大了。"

不愧是有文化的人,说得头头是道,刘爷爷边开玩笑边羡慕地望着惠老师,他像下了重大决心似的说,"同学们,我给你们想办法，我们一定能做出一把胡琴！"

果然没过几天，刘爷爷拿来一把胡琴。这可是真正的胡琴，没有油漆，散发着木头的清香味，琴皮也完全处理好了。原来刘爷爷自己又去捕了蛇，同学们知道后很感动，刘爷爷打仗时落下了腿伤，走路很不方便。正如大家后来所知道的，保育院的第一支乐队成立啦，小耶小义成了小小演奏家，当时延安的所有活动，保育院乐队都去伴奏，甚至在农闲时还去给老乡们表演呢。

刘爷爷的生日快到了，小耶他们又有了一个新的秘密行动。

◆保育院的合唱团

# 二 生日礼物

同学们早都各自计划着一件大事,那像是一团火苗在心里滚烫,又像是一个秘密的蛐蛐儿在胸口按捺不住。刘爷爷的生日快到了,送给他什么礼物好呢?刘爷爷是保育院里的炊事员,五十多岁啦,瘦高的个子,背有点驼,走路时左脚有点拖沓,两只胳膊蜷缩着。他经常在厨窑里烧火做饭,有时候也跟着同学们做操。伸展运动时大家都平展得像一面面旗帜,但是远远望去刘爷爷太显眼了。这时候总有一些孩子看着刘爷爷那伸不直的胳膊,为他的笨拙而着急。但是当夜晚来临的时候,刘爷爷就摇身一变成了最受欢迎的人,仿佛黑夜就是魔法师的黑色大斗篷。当太阳慢慢隐去脸庞,黑色斗篷随着夏日傍晚凉爽的风缓缓铺

展开来的时候，刘爷爷就像被施了魔术一样，开始发亮，谁都能听出来他说话的声音里带着怎样的快乐。但是刘爷爷这时尽量克制自己，言语反而更少了，只是细细地刷洗锅碗，还要再将厨窑的脚地扫上一遍又一遍，有时候还要再扫扫院子。在向晚温暖而忧伤的余晖里，刘爷爷的影子像皮影戏的剪影，孩子们远远望了去，都觉得像自己的亲人。保育院的孩子们白天学习玩耍，很少有人哭闹说想妈妈的，可是当黑夜的斗篷铺盖天地的时候，孩子们就想妈妈了，有人偷偷抹眼泪，有人哭出声。有时候保育院附近的山坡上传来一阵阵狼的嚎叫声，孩子们紧紧地挨着彼此的小身体，吓得发抖。有人半夜尿急，也不敢爬下炕，其实每个窑洞里都给孩子们准备了一个尿盆，但还是有人尿炕。经常是早晨睁眼发现自己的衣裤湿乎乎的，身旁的孩子如果水漫大炕，几人就会连着遭殃。

　　自从刘爷爷来了之后就不一样了。刘爷爷有讲不完的故事，还会唱很多歌，孩子们经常在刘爷爷的故事和歌声里进入梦乡，梦里不再有战争，各种精灵古怪的东西和他们在一起。一觉醒来嘴角有时候还挂着微笑呢。同学们中有个名叫阿毛的小家伙，被大家笑称为"地图大王"。因为他每晚都会尿炕，第二天晾晒在院子里的褥子就像绘了各种各样的地图，同学们都不敢和他邻铺了。阿毛很难为情，每晚睡觉成了他头等担心的事。好多次他一直憋着尿睁眼等着天亮，眼看天亮了，终于放心了，可是转身就睡着了，梦见在田地里小便，舒畅极了，结果一睁眼又尿炕了。大家都拿阿毛没办法，保健医师罗老师还给阿毛吃过药，但都没有什么效果。刘爷爷说可能是孩子晚上睡觉太紧张了，一定会有办法的。于是他每晚就给大家讲故事，首先就讲狼的故事。

◆保育院孩子们的故事会

## 狼孩的故事

很久很久以前，在延安北边的内蒙古草原上，有一位母亲带着尚在襁褓中的儿子去放羊。那正是六月的草原，天高云淡牧草茂盛啊，草地上随处可见一簇簇黄色的金露梅、浅紫色的野菊花，还有金莲花、虎耳草，大地像一块色彩斑斓的软软的地毯。母亲忍不住将年幼的孩子放在草地上，任他爬来爬去。呵呵，小家伙很好奇，还把野草野

花拽进了嘴里去。母亲微笑地看着孩子,唱起了歌儿,她的歌声起初像从梦境里飘出来的,那么温柔那么甜蜜,像花香一样沁人心脾。慢慢地母亲的歌声渐渐高远起来了,就像草地上起伏的草坡,又像低回的云的影子,最后一句引上云霄,像鹞鹰一样飞上了天。母亲的歌声里有她的想象,孩子的父亲快回来了吧,她想到她丈夫凯旋时的情景,远近部落的人都会来祝贺,他就是这里的英雄啊,草原的巴特尔。

　　母亲正想得出神,隐隐听见人声,刚起身望向身后草坡,来人快马如飞,一把将她掳上马疾驰而去。孩子在草地上爬着,完全不知道发生了什么。过了很久,孩子哭了起来,他在用哭声告诉母亲他饿了要吃奶。可是母亲在哪里呢?不知道过了多久,孩子嘴里流进了他渴望的乳汁,他紧紧地吮吸着。原来是一头母狼。母狼的孩子和家人几天前失踪了,也许被猎人杀死了,母狼一直在外寻找着,憋着奶水浑身发痒又着急。看见这个躺在草地上嗷嗷待哺的孩子,母狼送上了它的乳头。孩子的吮吸让这头绝望的母狼安静了下来。等孩子吃饱了,母狼闻了闻孩子,很浓的奶香味,没有危险气息。母狼那天然的母性让它做出了一个决定,它要将这个孩子带回家。

　　后来草原上经常出现一个野孩子,奔走如飞,力大无穷,有时候碰见羊群,扛起一头羊就跑。牧民都说防狼容易但防野孩子难啊,他跑在草原上简直就是草上飞嘛。于是牧民们想方设法布置下陷阱，陷阱之上用草遮盖着。有一天野孩子落入了陷阱，牧民才知道这是个狼孩，于是慢慢教会了他说话，狼孩也越来越懂得礼仪。大家后来得知这就是部落首领的儿子，他的母亲被敌人掳走，没想到孩子被狼救下了。这是天生的巴特尔啊。巴特尔就是蒙古语英雄的意思。后来草原上有很多名叫巴特尔的孩子，大家都希望能像狼孩一样勇猛。勇猛的狼孩巴特尔最后完成了父母的遗愿，带领大家与敌人抗战，保卫家园，最后统一了草原各部落，成了远近受人尊敬的大英雄。

刘爷爷讲完狼孩的故事，最后不忘告诉孩子们要像狼孩巴特尔一样勇敢，虽然巴特尔的父母也牺牲了，但巴特尔很坚强，他没有忘记保卫家园的责任。

"狼也不完全都是坏的，也有好狼，就像人也有坏人好人一样，我们蒙古人不怕狼。"说这话的正是一位来自内蒙古草原的孩子，名叫小可。小可是他的汉语名字，其实他还有一个蒙古语名字巴特尔，他没有告诉过别人。小可还说这个狼孩故事就是蒙古族苍狼的传说。

狼孩的故事在保育院的孩子们中口耳相传，让他们幼小的心灵筑起了一个神话般的世界。刘爷爷早年上过私塾，他的爷爷又是说书艺人，家里有不少这类传奇书。他讲故事绘声绘色，而且能够根据孩子们的心理需要改编故事。孩子们总感觉刘爷爷的故事里就像有一双无形的手，不断抚过他们的心灵。这些小小的孩子承受过多少孤单、恐惧与别离啊。

## 一个馒头

刘爷爷在保育院里的厨窑上班,最清楚保育院里的伙食啦。孩子们经常唱一首歌,听起来歌声里香喷喷的,可是实际上并没有这么多好吃的,战争年代都很艰苦啊。那歌是这样唱的:

天上一颗星
星星放光明
男娃娃女娃娃
一堆儿学文化
吃的是小米饭
也吃白面馍
萝卜白菜炒上个山药蛋

◆保育院孩子吃饭的情景

孩子们最常吃的是小米饭，蔬菜就是萝卜白菜山药蛋啦。今天很多小朋友也许不知道山药蛋是什么，其实就是土豆啦。今天的孩子们常常面对一桌菜这个不想吃那个不想吃，可是在那时的延安保育院里，能吃一次白面馒头都是奢望呢。小义好几次看见同学们吃上了白面馍，可是刘爷爷和老师们吃的全是黑黑的高粱面馍，他知道这种馍馍吃起来没有白面馍甜香。尽管同学们都渴望吃到好吃的，但吃饭时很有纪律。吃饭经常在院子里，一个组蹲成一小圈儿，八人一组，一盆菜放在中间，由值日生把菜分到大家碗里。每人一小份菜，两个馍。等到饭菜盛放停当，全体师生唱起《吃饭歌》。

  我们的粮食是老百姓供给的

  我们就应当加倍地努力

  遵守纪律　用功学习

  准备去打倒日本帝国主义

那时正是抗战时期，孩子们从小就知道自己能吃到这样的饭菜都是因为有老百姓供给，很多老乡还吃糠咽菜呢。努力学习，增长本领，有一天也要上战场去打仗杀敌，保家卫国呢。毕竟是小孩子嘛，很多小家伙嘴馋，小义很要好的一个女同学叫燕子，被大家称为小馋猫。保育院山脚下有一个部队的农场，有一天小义发现燕子和几个女同学偷偷溜出了保育院，原来她们跑到山下农场去了。等小义跟去时发现燕子她们在掐西红柿吃。那时候的西红柿像杏子一样大，青里透红，吃进嘴里酸酸麻麻的。但这些孩子们却吃得津津有味。最有趣的是燕子，她掐一个青辣椒嚼起来，辣得直吸溜。小义看着燕子的样子一边哈哈大笑，一边打趣叫她小馋猫。燕子捂着火辣辣的嘴巴不服气地说："我才不是小馋猫呢，咱们班有一个人最馋啦，有一次我们到学校门前那条清水河去玩，他逮着一条鱼儿就咕咚吞进肚子去了。"谁这么嘴馋呢？原来是小可，这个小馋猫！

◆保育院孩子在种菜

当孩子们把小馋猫的故事讲给刘爷爷时，他沉默了一会儿，说："走，今天我带你们上山找吃的！"他请示了郭校长，就带了几个大孩子出发了。孩子们看见他们肩扛着镢头，一个个像英雄出征一样，满怀希望。不知他们能带回来什么好吃的呢？

上山后小义才知道刘爷爷要教大家挖甘草。孩子们谁也没见过甘草长啥样。只听刘爷爷说甘草又叫甜草，是一种中草药。在陕北沟壑纵横的土坡和土崖上，生长着大量的野生甘草。贫苦的农民刨挖甘草卖给药铺，换点小钱，以弥补家用。刘爷爷告诉小义挖甘草的最佳时间是秋季。他们人手一把小镢头，爬上土坡细心地寻找甘草苗。原来长势旺盛的苗子，甘草根都很细嫩，反而是那些低矮干枯的苗子之下总能挖出又粗又长的甘草根。刘爷爷刨到甘草根时大家都凑身去看，只见他越刨越有劲，直至汗水淋漓黄土沾全满身，等把甘草主根全部刨挖出来，他才带着胜利和喜悦的微笑，坐下来歇息。亲眼看了刘爷爷刨挖了几根甘草，同学们羡慕之余谁也不甘落后。大家更加起劲地寻找，刨挖，就像土拨鼠一样，人人都撅着屁股，哼哧哼哧的，一直干到饥肠辘辘、甘草根装满了篮子，这才收工回到保育院。那时保育院里的孩子一年四季都没有什么饮料可喝，也很少能喝上白糖水或蜂蜜水。自从刘爷爷带孩子们挖回甘草根，大家每天嘴里都甜丝丝的。刘爷爷每天把生甘草切成片泡成甘草水给大家喝。往往一个秋季挖的甘草根够喝一年的了。这种甘草水色泽淡黄，口味香甜，尤其在炎热的夏季，更是消渴散热、清凉败火的好饮料。有些孩子实在嘴馋得厉害，又没有糖果之类可吃，刘爷爷就会取出一段甘草来，让他们放进嘴里嚼着解解馋。

孩子们中有很多小馋猫的故事，小义没想到他却成了大家公认的小馋猫。那天正上着课，惠老师发现小义上课

注意力不集中，不时地伸手去扶他的帽子。惠老师提醒过几次还是那样。

"小义同学认真听课啊，你头上莫非藏着什么宝贝，总是摸帽子干什么？"惠老师本想开玩笑提醒小义一下，没想到有个同学还真较真了，猛地一把摘下了小义的帽子。这下可把大家惊呆了，小义的头顶上滚下来一个白面馒头！只见这个白面馒头在地上滚了几圈落在了惠老师脚下，惹得孩子们哈哈大笑，有人就用手指刮着小义的鼻子喊他小馋猫了。惠老师捡起馒头，吹了吹上面沾的土，他发现这个白面馒头很硬，看起来有些日子了。

"小义，你吃饭吃不饱吗？怎么藏着馒头不吃，你看硬得和石头一样了。"惠老师疑惑地问。

"我，我……"小义什么都没说，脸红得和苹果一样，默默收起了他的馒头。

## 马兰草鞋

天气越来越热了，厚底厚帮的粗布鞋对保育院的孩子们来说就像脚上的蒸笼，小脚丫在里面又闷热又黏滑。该怎么过夏呢？光脚丫可不行，土块与小石子会硌破脚的。老师和孩子们都在想办法解决这个问题。

有一天晚饭后刘爷爷忙完照例蹲在保育院门口的大树下歇息，他看起来很严肃，嘴里哼着什么歌。有几个孩子远远看着刘爷爷，不敢走上前去。毕竟没见过刘爷爷这么严肃，有点吓人呢。他瘦弱的身影看起来有点孤单。这时候大大咧咧的小可走过去，拍拍刘爷爷的肩膀。刘爷爷一怔，回头发现孩子们都在看着他，就有点不好意思了。

"小家伙们，来，过来！"他起身招手叫大家过去，脸上的笑容把皱纹挤成了一朵花。

"刘爷爷讲故事喽！"孩子们欢叫着跑过去把刘爷爷围在中间。

"刘爷爷，你刚才唱啥歌呢？不如给我们唱个歌吧！"不知谁喊了一句。

"对对，刘爷爷给我们唱歌！"大家都听出来刘爷爷刚才唱的歌和保育院里教的歌不一样，虽然没人听清楚刘爷爷唱的什么，但感觉很好听。

> 青线线那个蓝线线，蓝个英英采，
> 生下一个兰花花，实实的爱死人
> 五谷里那个田苗子，数上高粱高，
> 一十三省的女儿，数上兰花花好。

刘爷爷放声唱了几句，唱到高音时如浪花拍岸，他让声音缓缓落在了地上，隐忍和克制中有莫名的感伤，孩子们的心就像细软的沙滩，这样的歌声拍打几次之后，一个个的心里都湿乎乎的。

分明是赞美一个女孩子嘛，可是听得人突然忧伤了，有几个女同学还流下了眼泪，其中就有燕子。燕子后来成为歌唱家，她第一次把《兰花花》唱响了全中国，但她第

一次被歌声触动却是因为刘爷爷。

"刘爷爷,这个歌为什么听得人想哭?"燕子问。

刘爷爷看着这个眼里噙着泪花的小女孩,他轻轻摸摸她的头,叹了一口气说谁也不知道这后面有个故事。

兰花花是一个女娃娃的名字,她原名叫姬青芳,1919年出生于延安南川的一个农民家庭。她从小心灵手巧,长得也很乖。她从小穿着用马兰草的草汁染的白底蓝花衣服,她自己织染的衣服总是那么好看。等她长到十六岁时,好看极了,就像雨后的马兰花一样惹人怜爱,因此大家就叫她"兰花花"。

刘爷爷讲着讲着,突然停了下来。又叹了一口气,他说:"我见过这个兰花花。"

"刘爷爷,你快说说兰花花到底有多好看?有燕子好看吗?"小家伙们好奇心太强了,拉着刘爷爷问个不停。

"兰花花现在在哪儿?刘爷爷在哪里见过她的?"小耶觉得刘爷爷一定知道兰花花现在的情况,似乎通过歌声就能感觉到。

"兰花花是我一个战友的妻子",刘爷爷早年是跟随刘志丹的红军。有一次红军队伍经过南川,就在一个老乡家门前的大树下歇息,这时院子里出来一个年轻女娃娃,蓝花衣裳红头绳,两根黑黑的辫子一摆一摆的。女娃娃见大家看她就害羞了,她小跑着进了院子,吱呀一声院门就关上了。她就是兰花花。红军纪律很严格,不能和群众妇女谈恋爱，大家也就没再注意兰花花。但是后来听说红军中有一个小战士，就是刘爷爷的一位战友，他那次一见就喜欢上了兰花花，后来又偷偷去见面，兰花花也很喜欢他。两人相约等打仗胜利后就结婚。

后来小战友离开兰花花去打仗，她的父母知道后又生气又害怕，村里人要是传出去女儿和红军相好了那是要拉去杀头的。后来兰花花的父母硬是托媒人把她嫁给一个地主家的儿子。这位地主哥儿一脸麻子，人又丑又坏，兰花花嫁过去后一点儿都不幸福，她听说小战友牺牲了，整天偷偷哭。后来得了肺痨，婆家人怕传染就把她独自关在一个破窑洞里。小战友很久以后才知道兰花花死了，死的时候才二十出头。刘爷爷是正好撞见他那天在河边大哭才知道的。

兰花花有一个女儿，不知道现在怎么样了。

刘爷爷讲完这个故事，大家都沉默了，心里却升起更加强烈的信念，那就是努力学习，等长大后要去参加革命，要去建设一个美好的社会。用大人的说法就是，在那个社会里不会有人压迫人，人人都敢于去追求自己的自由与幸福。

自从听了兰花花的故事后，大家再跟着刘爷爷唱这首歌，在陕北的风味里又多了一丝革命的味道。就是说起马兰草来也特别有感情。

在陕北有两种草孩子们永远都忘不了，一个是给大家带来甘甜的甘草，开淡紫色的花，另一种开淡蓝色的小花，

叶子就像扁扁长长的韭菜叶子，那就是马兰草。

陕北沟壑纵横，秋冬时节确实很荒凉，但到春夏时野草野花也不无烂漫生气。待到春天，陕北的沟沟洼洼里、土崖边和川道里到处都闪烁着浅蓝的微光，那是马兰花开了。当地老乡经常采马兰草用来搓草绳、捆粽子甚至当柴火来烧锅。马兰草漫山遍野，但牲口们绝不会吃一口，因为马兰草柔韧如丝，如果吃进肚子里不容易消化。大片大片的山沟和土坡，就成了马兰草的天下。它是践踏不死的植物，有顽强的繁殖力与生命力，就好像兰花花和当地人的性格。环境再艰苦，他们也一代代在这里繁衍生息。

在日军和国民党顽固派的重重包围和封锁下，十几所学校，还有报社等着纸张来用，用怎样的材料来造纸呢？人们找到了马兰草。1939年边区漫山遍野的马兰草，变成丰富的造纸原料，这年用了10万多斤马兰草造成20万张纸，印成各种书报刊物，对边区的新闻事业，带来极大的帮助。

孩子们听着刘爷爷讲马兰草的故事，从兰花花到马兰草纸，生命似乎以另一种形式发生着转化，那种生生不息的生命力与创造力激荡着孩子们的心。刘爷爷说以前的人们穿不起布鞋，都是用马兰草编草鞋。

"太好了！"一向大大咧咧的小可听完刘爷爷的故事突然大喊一声。到底有什么好啦？同学们问他也不说，只说这是个秘密。

没人知道小可的秘密是什么，只是有人发现他偷偷揪一些马兰草回来。

## 过岁

陕北当地人将过生日叫过岁。刘爷爷和其他几位炊事爷爷的生日快到了，当同学们把过生日的想法告诉刘爷爷时，他憨憨一笑，皱纹又挤成了一朵花。在同学们眼里刘爷爷脸上的皱纹就像水波，就像花瓣，经常会泛起浪花或者开出一朵喜笑颜开的花儿来，不由得让人喜欢。在保育院里刘爷爷和孩子们就是老少亲，谁都比不过刘爷爷的地位，不仅仅因为他做饭好吃，还因为他当年打仗受伤了嘛。

"过岁？"刘爷爷连连摆手，"过啥岁呢嘛，毛主席都不过岁！"他着急起来，浓郁的陕北话把大家都惹笑了。

这一天早早地就热闹起来啦，保育院里的小乐队一字儿排开，显得很是庄严，秧歌队也排好了队形，每人腰间缠了一条红布，喜气洋洋的，惠老师领头。虽然炊事员爷爷们不愿意过生日，但是孩子们却当成了大事。这些炊事员有些是来参加革命工作的老乡，年龄都超过六十岁啦，也有刘爷爷这样的伤残老红军。

9月24日保育院为炊事员刘爷爷祝寿，在这之前老师和小朋友都为老人准备了礼物。刘爷爷这天身穿蓝色新棉布衣服，胸前还戴着一朵大红花呢。不等众人来齐，他就被小朋友簇拥着坐在了台上。小朋友们掩饰不住喜悦的心情，爬满了礼堂两旁的窗台，小脑袋东看看西看看，像一

排排小麻雀,叽叽喳喳喊着"刘爷爷过生日了!"祝寿会开始了,郭校长走上台大声说:"在庆祝刘成保同志六十岁大寿之际,我们更应该向他学习。刘成保同志虽然腿脚不方便,但他爱劳动,他一人经常干好几人的工作,而且他很有责任心,厨窑里所有工作他都要亲自去做,为了给孩子们做出干净而可口的饭菜真是费尽苦心。"郭校长讲完后,大家自由发言,你一言我一语都说要向刘爷爷学习。刘爷爷坐在一旁一会儿被大家感动地抹眼泪,一会儿又被孩子们稚气的童言童语逗得笑出了声。这一天真是喜庆的日子,小朋友们切身感受到了劳动者的尊严和价值。在保育院这个大家庭中,不管是老师、保育员阿姨,还是炊事员,又或者是喂马的马夫,大家都是为了革命事业而工作,每一种工作都值得被尊敬。

当郭校长请刘爷爷发言时,他站起来深深地鞠了一躬,看着大家好一会儿,一字一顿地说:"我不知道说啥,非常感谢大家!在这么困难的条件下还给我花钱送礼物,我心里真是过意不去!"

"刘爷爷,我们小朋友代表还要给您送上特别的礼物,"刘爷爷讲完话刚要坐下,这时候台下有孩子大声说。大家回头一看正是小义。只见小义手里捧着一个白面馒头走上台,他向刘爷爷鞠躬后说"刘爷爷,我看您好几次不舍得吃白面馍,一个人偷偷吃黑面馍,我们知道您有胃病。给您吃!"小义双手将白面馍放到了刘爷爷的掌心。台下响起热烈的掌声，大家没想到会有小朋友送一个白面馍当生日礼物。

刘爷爷摸摸小义的头说："谢谢孩子，我现在就吃！"谁知刘爷爷咬了几下一口也咬不动，坐在台前的刘爷爷有点不好意思了，他又抱着馒头啃起来了，笨拙的样子让全场人都担心起来了，有人小声议论着。

"怎么回事，小义？"郭校长走过来轻声问小义。

"对不起，这个馒头不是今天的馒头，这是我那次吃饭时省下来一直留着的，没想到变这么硬了，要泡在汤里吃。"台下一片唏嘘，惠老师想起上课时小义帽子里滚出来的那个馒头，原来这孩子一直在偷偷给刘爷爷准备生日

◆草鞋

礼物呢。惠老师带头鼓起掌来，台下顿时掌声一片，"小义啊！"惠老师心疼似地叹息了一声。

小义刚下去，又跑上来一个孩子，手里捧着一双大大的草鞋要献给刘爷爷。原来小可偷偷揪马兰草回来就为了编草鞋。那双浅绿色的草鞋结实的鞋底配上纤细如蛛网一样纹路的鞋面，多么精巧啊。大家不敢相信这双草鞋出自这个平时大大咧咧有点调皮的孩子之手。这不仅是一双草鞋，还是一种想象力啊，一种自食其力的劳动热情，它像火一样，一下子点燃了孩子们心里的激情，从此以后，保育院里的小朋友人人脚上都穿上了马兰草鞋，好凉快呀，夏季就可以这样度过了。

## 天堂来信

小朋友分成好几轮给刘爷爷送礼物，一个女孩怯生生地向台上走去，大家的目光跟着她，孩子们到底还有多少惊喜呢。可不像大人在祝寿会前都将礼物交给了筹备处，由筹备处统一交给刘爷爷，小朋友的惊喜和悬念本身就是礼物，你看会场多热闹，大家的心潮一浪高过一浪。小女孩名叫雪兰，爸爸妈妈都在前线牺牲了，在保育院里刘爷爷平时对她最为爱护。雪兰那么瘦弱，苍白的小脸泛着青色，很少见她笑。每逢周末有些孩子就被爸爸妈妈接回家去了，但雪兰是个孤儿，她把老师和厨师爷爷当作她的家人。

小朋友们伸长脖子看雪兰的礼物，不知她要送给刘爷爷什么呢？只见雪兰走到刘爷爷面前，却交给他一张纸。"怎么是一张纸呢？"台下小朋友议论纷纷，不知她葫芦里到底卖的是什么药。

喧闹声更大了，会场的气氛瞬间有点尴尬，郭校长又起身打圆场说："雪兰呀，你的纸上写的是什么？能不能读给刘爷爷听？"雪兰点点头。郭校长又叮咛了一句，"大声读出来啊！"

会场瞬间静悄悄的，只听见雪兰读到：

亲爱的爸爸，我是你的女儿小妮，这封信是我从天堂里给你寄来的。

台下一片哗然，咋搞起迷信来了，哪里有天堂呀？咋回事，台下交头接耳议论起来。雪兰停顿了一会儿，清了清嗓子，读得更大声更用力了。

十年前我和妈妈去往天堂后，我们看见你蹲在院门口大哭。院子里的两口水缸被敌人砸了个稀巴烂，还有被砍得千疮百孔的大门。

我和妈妈当时去拦那些坏人，家里本来就没有什么家具，只有水缸用来接天雨水。爸爸你知道，自从你跟着刘志丹叔叔的红军队伍走了以后，我和妈妈就靠天雨水来做饭。妈妈腿受伤后就再也不能去沟里挑水了。你和妈妈是最勇敢的人，妈妈的腿就是那次去给红军送棉鞋的路上受伤的。

妈妈就是被砸缸的那些坏人打了一枪，"砰"

的一声枪响，我看见妈妈倒在地上，胸前的鲜血喷了出来，她挣扎着叫我快跑。我顺手拿起一根扁担砸向那个拿着枪的坏蛋，我就觉得我像踩在云朵上一样，刚开始身体还有疼痛，后来就飘起来了。我和妈妈知道这些坏蛋想消灭红军，他们抓不到爸爸你，就把我和妈妈杀了。但是爸爸，请你不要担心，天堂里没有坏人，我和妈妈只是想写信告诉你不要抽旱烟了，你咳嗽起来身子缩成一团，我们看着都快急死了。还有，爸爸你不要想我们，保育院有这么多小朋友陪着你呢，妈妈还说那个小雪兰长得像我，我看见你很疼爱雪兰，也一定发现了这个秘密吧。雪兰是个没有爸爸妈妈的孩子，爸爸你爱她，就会像爱我一样。爸爸，保育院里有这么多烈士的孩子，其实他们每一个都像我一样需要你爱着。爸爸，祝你生日快乐。

雪兰哽咽着读完了信，快步跑下台。刘爷爷缓缓站起身，用衣服袖子擦了擦眼泪，台下不少人也跟着抹眼泪。全场沉默了足足有半分钟，大家都知道刘爷爷抽旱烟很厉害，罗医师也经常劝他少抽烟，这样下去迟早会抽出肺病的。可是，大家没想到这个小雪兰会采用这样的方式来劝刘爷爷戒烟，她那双沉默、敏感的眼睛一定是观察刘爷爷很久了。这封信把会场的气氛突然改变了，刚才还欢声笑语，一下子沉郁凝重起来了。原来刘爷爷这位老红军,全家人为革命做出了这么大的牺牲。这时有人高喊"打倒国民党反动派!""打倒国民党反动派!"礼堂里呼喊声震天,刘爷爷挺直了腰背给大家行了一个标准的军礼。刘爷爷的生日给保育院的孩子们留下了深刻的记忆。这一天的记忆和此后的1947年学校迁徙途中过河的那一幕叠加起来,记忆的画笔为刘爷爷画了一幅浓墨重彩的油画,这就是保育院里的一位普通炊事员。

1947年的早春三月,有一支几百人的娃娃队伍在行进,迎面吹来的风灌进脖子里,好冷啊。孩子们匆匆把衣服紧一紧,帽子再按按,不能让风吹走了。呼啸的风声在坡梁川涧里咆哮,夹杂着隐隐可闻的枪炮声和爆炸声,孩子们觉得魔鬼和妖怪真的就在身后追上来了。这些八九岁的小娃娃们虽然步伐艰难,但是没有人抱怨,刘爷爷以红军长征的故事鼓励大家,他说当年的红军里有很多都是十来岁的红小鬼,如果不坚强就不能活着回到延安来呀。

"报告!前面有条大河。"走在队伍前面的小谢是学生队长,他跑回来报告路况。郭校长大声喊,"全体听令,传话下去,脱鞋卷裤腿准备过河!"大家都把鞋子脱下来装进背包里,卷起了裤腿,有些孩子的棉裤再使劲也卷不了多高。等到河边时小耶小义他们才发现,裤腿卷再高都没有用,对于七八岁的他们来说,河水要齐腰深了。队伍中的高年级大孩子全都过去了,小耶班里全滞留在了岸边。

有勇敢的男孩子想下水试试，刚一条腿伸进水里，马上条件反射地跳上岸，大喊这水真是刺骨冷啊。是啊，早春三月的延安，河水刚刚解冻，不见丝毫春天的气息和温暖。

那怎么办呢？枪炮声似乎越来越近了，敌人可在后面紧追着呢。正在孩子们万分焦急的时候，听见刘爷爷大声说孩子们准备好，我来抱大家过河。

班里三四十个孩子，如果一次只抱一个孩子，也要花很多时间，时间就是生命啊。老师们都被安排负责不同的班，正好刘爷爷负责小耶他们这个班级。接下来发生的故事就是孩子们在以后的人生里不断会浮现在脑海里的一幅画，刘爷爷一手抱一个孩子，或者抱一个背一个，一次抱两个孩子过河，河水都要淹到他的大腿了，卷起来的裤腿也弄湿了。刘爷爷大概来来回回在河水里走了二三十趟，等大家都过了河这才发现刘爷爷腿上好几道伤口，裂口处露出白色的骨头。

## 三 雪兰的冬学

小义发现了一个秘密。这个立志长大后要当侦察兵的男孩此刻心怦怦地跳，他明亮的眼睛忽而闪烁忽而又浮起来阴影，白皙文静的小脸上有着一般孩子所没有的细腻与思虑。

那时候保育院孩子们处在战争的环境里就连梦里都是硝烟战火与枪炮声，若要问起来，没有人会说长大了要做其他的事，几乎所有人都说长大了要去打仗消灭敌人，建设新中国。孩子们玩的游戏也离不开打仗，常常群分两军，就是没有人愿意扮演敌人，最后只好约定轮流扮演敌人。学校旁边的小土坡经常被他们作为战场，尘土飞扬的感觉更让他们深信，这一切都是作战前的演练。小义文雅清秀，经常被小伙伴取笑说是个女娃娃，在当时人人都崇拜英雄的环境中，可想而知小义经常为自己不够强壮而懊恼。没办法他天生就是典型的江南人，他是浙江人，跟随父母来到了延安。但在打仗游戏中，孩子们还是发现有一个角色非常重要，那就是侦察兵。搞不好，自己的隐蔽与陷阱就会被"敌军"发现，然后被直捣黄龙，彻底沦陷，一场不战而败的打仗游戏是孩子们的奇耻大辱。小义的侦察才能就是这时候被大家发现的。

◆保育院孩子在学习射击

土坡被孩子们溜得光秃秃的，有一天小义这方的"军队"负责攻取这个山坡，而"敌军"的目标就是守护。正当"我军"雄赳赳气昂昂地要冲上山坡时，小义大喊站住别动。大家正在纳闷，小义爬上前几步，仔细查看一丛野草。咋回事呀，不就是一丛草嘛，大家嘟囔着，此刻大家战斗的激情被小义挡回到了胸腔里，有几个急脾气的孩子忍不住要发火了。

这时小义说："大家仔细看看，这丛草有什么不同？"大家看了也没觉得有什么蹊跷。可是当小义使劲拔起那丛草后，大家才看见下面是一个大大的深坑。这要踩进去绝对要摔倒，说不定就会骨碌碌滚下去。小义告诉大家怎样绕开这样的草丛冲上山坡，最后果然出其不意攻其不备，"敌军"怎么也没想到前天晚上花了大力气布置的陷阱没有拦得住进攻的脚步，对方这么快就攻上了山头。

这场"战争"结束后，两军和和睦睦地坐在一起吃饭，大家就说起那天陷阱的事，问小义这么隐蔽的陷阱他是如何看出来的。

"这很简单啊，陷阱上覆盖的草不如平常的草精神，虽然没有蔫，但是叶子不够绿，有点发白。"大家还真没注意到，这片山坡经常被当作他们的游乐场，可是没有人留意到山坡上那些草草叶叶的样子，毕竟大家的心都在远方的战场上嘛。

"看来你们挖洞和移花接木的本领还要提高哦"，小义笑着打趣"敌军"小伙伴。这家伙心太细了，都能去做侦察兵了，没想到大家的感叹提醒了小义。我的梦想是什么呢？虽然不如其他同学强壮，但是我可以去做比攻击还要重要的工作呀。小义那一刻听到了梦想的小芽破土的声音。

这个有着侦察梦的小家伙此刻却有点困惑了。雪兰每天对着一棵树说话，说什么呢？

## 她对着一棵树说话

小义第一次发现雪兰站在保育院旁边的树下正是黄昏时分。太阳的半个身子已经隐在了山梁的那边，夕阳的余晖发出温暖的光，这是深秋的延安了，经常寒意袭来。但是那天的夕阳，黄色的余晖看着很温暖，树木、窑洞、跑来跑去的孩子们，甚至隔壁邻居家的芦花鸡、路边走来走去的大黄狗，这一切都沐浴在太阳这一天最后的仁慈中。突然传来的高亢的驴叫声像是这向晚的风景画中跳动的音符。

小义远远看见一个单薄的背影给这幅夕照图投下一个剪影，保育院旁边的大树下站着一个女孩。小义是根据两条辫子判断出是一位女孩的。这画中人是谁呢？为什么一直站在那里不动？"快走啊，看啥呢，大家都在织袜子，就等你了。"他刚要走近去看时，却被小耶拉进了窑洞。

后来一连几天没见有什么动静。也许是自己想多了吧，小义自己对自己说，毕竟孩子的天性好奇，不久又被新的事物吸引了去。

就当小义都要忘了这件事的时候，小华却提醒了他。那天小华神秘兮兮地对他说你知道吗，雪兰每天都要跟一棵树说话。莫非那天树下站着的人是雪兰？雪兰为什么会去和一棵树说话？小义决定把这件事当成一次侦察任务。

他一直偷偷观察着雪兰，也一直特别留意黄昏时分晚饭后雪兰的动向。但是再也没有看见雪兰站在夕阳里的大树下。

好不容易得到的线索又断了，小义有点沮丧，侦察工作也不好干嘛。

突然有一天早晨，小义因为想上厕所，一看窑洞里的脚地上那个尿盆都快要被小伙伴尿满了。他看看天白的微亮已经投在了窗纸上，于是决定不打扰同学和老师，悄悄穿衣出门到外面小便。小便后他没有了睡意，也许是窑洞外的寒气让人清醒了吧，他就坐在院子里的石凳上发呆。这时他突然听见有人在说话，似乎就在不远处的大树旁。他蹑手蹑脚地走过去，躲在一堆柴草后偷偷听，听声音是雪兰。这里没有人，只有一棵树，看来雪兰和树说话的时间不固定啊，难怪他在黄昏时蹲守了好几次都没看见。

走过去问问她？哦，不，这样太突然了。小义心想还是听听看雪兰在说什么吧。

"人口手，来，同学们跟我念人口手！"雪兰竟然在模仿老师上课，仔细听下去他才发现雪兰在模仿惠老师上识字课，就连惠老师上课批评孩子们的腔调她都在模仿，看她的样子完全不像平日。雪兰是一个腼腆内向的小女孩，平时很少和同学打闹，总是安安静静地待在一边。这可能与她的经历有关吧，雪兰是个孤儿。小义记得雪兰来到保育院的时候还不到六岁，眼神里总有匆匆一闪的惊恐和掩饰不住的薄雾一样的忧郁。"小可，认真听课不许调皮！小义你又在想什么！"小义吓了一跳，还以为雪兰发现了

自己。他看见雪兰手拿一根小棍子对着大树敲几下,说话的声音绘声绘色,一会儿她是惠老师,一会儿她又变成调皮的学生。看似只有一棵树和一个小女孩,但此刻就像有几十个学生和老师围着大树在上课,课堂丰富多彩、趣味横生,每个人在这个想象的课堂上比平时有趣多了。小义暗暗为雪兰的想象力叫好。一个讲得忘我,一个听得出神,在这深秋的清冷的早晨,两人都忘记了身上的寒意,却是一串"哨哨"的起床钟声打断了他们。小义首先意识到要尽快溜进窑洞,他快跑进门,揉着眼睛假装刚上完厕所。

小义为了他发现的这个秘密又激动又困惑,他几次找机会和雪兰聊天,希望能够打探点什么,但是雪兰只字未提上课的事。

看来这个事非同小可,雪兰是孤儿,小义清楚地记得那次去老乡家吃饭的情景。保育院与村庄相连,平时大家的吃吃喝喝都有老乡们的帮助,因此保育院有一个传统,每年春节的时候刘爷爷和几位厨师要准备好饭菜,摆上几桌酒席,把当地德高望重的老人、村干部和每家的户主都请到学校来,郭校长陪着他们共话鱼水之情,感谢老乡们一年来对学校工作的支持。老乡们也把那些没家可回的孩子接到家里过元宵节。一到老乡家坐上土炕,屁股底下暖烘烘的,老乡还拉开棉被盖住孩子们的胳膊和腿。真是温暖极了,老乡们一会儿拽拽被子,一会儿摸摸孩子们的头,充当的都是爹妈的角色。炕桌上摆满了花生、瓜子和醉枣。

小义最喜欢吃醉枣,这是一种用白酒泡的枣,吃起来有一种味道浓郁的甘醇。还有热滚滚的米酒、热腾腾的油馍,有时候还有炖羊肉,每当小义想起这场景就直流口水。那时候条件艰苦,老乡们常年也吃不到什么好吃的,可以说一年中攒下来的好吃东西就在这一天吃了。孩子们天真,一个个吃得无所顾忌,好不容易吃到这么多好吃的啊。小义正吃得起劲,可是偶然抬头碰上了雪兰的眼光,那眼光有说不清楚的成熟与克制,她一小口一小口吃着油馍,就像一个淑女。大家已经吃得开始摸肚皮了,老乡还笑眯眯地一个劲儿说再吃点吧,可怜见的娃娃们,再吃,再吃。直到吃得咽不下去了,走的时候老乡还要给孩子们口袋里塞满花生和大枣。这是孩子们盼望的节日,好几天都有可吃的零食了。但那次雪兰坚决说自己衣服没有口袋,不要再装吃的回去了。还是在老乡大娘的一再坚持下,她抓了两把花生带回去给了刘爷爷。

小义琢磨着有关雪兰的这些细节,越发觉得这个小姑娘的敏感与成熟都超乎其他同学。不知道这次她对着一棵树说话是不是心理有什么问题,小义反复斟酌了好久,最后还是决定告诉郭校长。

郭校长证实了小义的猜想,难道是这孩子心理出了毛病?雪兰是个孤儿,父母原来都是当地的小学教员,被国民党抓去杀害了。据说抓走雪兰父母的时候,雪兰就在跟前,那时她还不到六岁。她不知道这恐怖的场景意味着什

么,但此后她就再也没有见过爸爸妈妈了,在几位亲戚家轮流住了半年。大家很少见到雪兰笑,她总是那么默默地、轻声细语地,完全不像个孩子,倒像是保育院里的小大人。

郭校长决定让彭老师来处理这件事,一来都是女同志好沟通,二来雪兰在保育院里除了刘爷爷,她最愿意亲近的人就是彭老师了。

## 剃光了头的女老师

雪兰刚来保育院那年发生了一件事让她终生难忘。

那是1940年的延安,当时正值抗战最艰苦的战略相持阶段,生活非常艰苦。保育院的孩子们没法洗澡,夏天时就在河沟里洗洗,可是到冬天就麻烦了,零下几十度的寒冷根本没办法洗。很多孩子晚上睡觉也不敢脱掉棉衣,就这样睡囫囵觉。时间久了很多同学身上长了虱子。虱子的灾难让这些孩子几十年后想起来身子还不由自主发痒呢,当时可愁死了老师们。那时孩子们都睡在一个大通铺上,虽然每人都有固定的铺位,但铺位相连,一个人身上的虱子最后就会蔓延到所有人。彭老师和保育院里的乔阿姨想到一个办法,于是每逢周末大家都会看见保育院院子里总有一口冒着热气的大铁锅,锅里煮着的正是同学们的贴身衣服,藏在衣服皱褶里的虱子们葬身滚滚热浪,每个平时痒痛难忍的小朋友此刻都能听见报仇雪恨的快意在血液里激荡。消灭虱子!消灭虱子!

但是最让人头疼的却是另一个被虱子们盘踞的领地。女孩子们的长头发和辫子里总有虱子出没，虱子们成了隐身密林的匪徒，不管怎样努力就是不能消灭干净，而且经常还能在发丝上繁殖下白沙沙的虮子。保育员乔阿姨每天都要用一把篦子细细地给女孩们篦头发，经常能捉到虱子和虮子，但这还是不能解决问题，毕竟女孩子多，而且虱子的繁衍程度超乎人的想象。这些腐败的寄生虫们虽然微小，但当它们成群结队去占领的时候，往往总能乘隙而入。

雪兰就是这个时候来到保育院的，她那头厚重密实的头发编成了两条辫子，而且是四股头发交叉编成的麻花辫。同学们都注意到了雪兰的大辫子，在保育院里女孩子基本上都是齐耳短发，这是那个年代颇为流行的发型。乔阿姨本想给雪兰也剪一个短发型，但雪兰死活不肯。雪兰不但不让把她的头发剪短，甚至她来到保育院快一周了还不曾梳过一次头发。每次当乔阿姨要解开雪兰的辫子的时候她都会双手捂着头大哭，有好几次雪兰的嚎叫声吓坏了保育院的师生们。这女孩可真怪呀，同学们想。这孩子可咋办呀，老师也在发愁。本来女孩子们的头发上都生满了虱子，如果不梳头不洗头那虱子就会发疯繁殖了，到时所有人都难以幸免。

作为生活指导主任的彭老师决定找雪兰聊一聊。刚好周末，不少孩子都接回家去了，只有雪兰和几个没家可回的孩子在。彭老师特意给孩子们做了好吃的疙瘩汤就着白

面馍。饭后彭老师留下雪兰帮她一起洗碗。这是个多么安静多么懂事的孩子啊,她蹲在地上洗碗的样子那么认真,一下一下洗着,抹布在手里丝毫不会漏掉半个碗沿。"雪兰好棒,碗洗得真干净。"彭老师寻找着打开对话的出口,"你以前在家也自己洗碗吗?""嗯,我妈妈教过我。"说起妈妈,雪兰的话似乎多了起来,她说妈妈的手很巧。雪兰的话语间有了哽咽,彭老师连忙转移话题说保育院里的老师和阿姨都是你的妈妈。雪兰说不要这些妈妈,我不要乔阿姨给我梳头。

"哦,为什么呢?是乔阿姨梳头发手太重把你弄疼了?"彭老师迂回了好久,终于有了打开这个死结的机会。她说孩子呀,你不了解乔阿姨,她人特别好,在你来之前咱们保育院里有很多孩子得了疥疮,浑身都是脓臭味,衣服和被褥经常要换洗,乔阿姨每天都用硫磺给大家熏洗衣服,疥疮流着脓水,可是她从来都不嫌脏,总是抢着干最苦最累的活。

"我不是不喜欢乔阿姨"雪兰小声说,"我不舍得拆了我妈妈给我编的辫子。"

啊,原来孩子的心结在这里,这是雪兰的妈妈在牺牲前给她编的辫子。彭老师的心被猛击了一下,一个失去父母的孩子,她以这样的方式在怀念着她的妈妈。六七岁的孩子大多懵懂天真,还意识不到死的残酷,但雪兰的敏感让她变得早熟。彭老师心疼地把雪兰抱在了怀里。她说雪兰我理解你，你看我以前也是大辫子，辫子都长到腰啦，到了延安之后我就剪成了这样。雪兰看看彭老师的齐耳短发，黑密的头发显得整齐利落，很有女英雄的风度。

后来雪兰才知道彭老师是一位真正久经考验和磨难的女战士。彭老师是1918年从湖南省立第三女子师范学校毕业后，做了一名教师，后来受到五四启蒙运动的影响，她在妇女当中宣导男女平等的进步观念，当时还担任着县妇女协会的会长，不少妇女在她的带领下剪了发，放了足，甚至解除了包办的婚姻。当时湖南的反动势力到处追杀，彭老师无奈先后辗转武汉、九江、广州，她也随军需要先后担任文书等职务，1934年在上海被捕入狱，在监狱中经受了敌人多少次严刑拷打，她始终坚贞不屈。1937年经组织营救出狱后来到了延安保育院工作。

就在雪兰和彭老师谈话的第二天一大早，雪兰听见同学们在院子里喧闹，不知发生了什么事，大家叽叽喳喳的。雪兰跑过去看见很多同学围成一圈，有一位光着头的人被围在中间。当她挤进人群这才发现，那个光头竟然是彭老师！昨天晚上彭老师还摸着她的短发和她说话呢，听得出来彭老师很喜欢她的短发型啊，为什么现在成了这样？雪兰正心想着，彭老师看见她却招手叫她过去，她大声给大家说："孩子们啊，雪兰的辫子很漂亮，但是你看把头发理了也不影响啥，你们说说我还是不是彭老师？"彭老师边说边和同学们开玩笑。当然还是彭老师啦，大家都能认得出来。孩子们看着彭老师的光头又新奇又好玩。

彭老师似乎看出了孩子们的心理，她说知道我为什么剃光头吗，为了革命工作呀！啊？同学们就更不明白了，剃光头与革命工作有什么关系？

剃了光头不就可以彻底消灭虱子吗？这些狡猾的虱子们藏在我们的头发里，吸我们的血，还给我们传染疾病。这么可恶的敌人我们能任由它们猖狂下去吗？彭老师一番慷慨激昂的演讲激发了孩子们消灭虱子的决心。为了这项革命工作，头发算什么，看看光头的彭老师比以往更像个女英雄！之前为了不理光头，多少女孩子都用眼泪抗议过。革命的决心无处不在啊，并不是上战场才是革命，如果连区区虱子都不能对付，以后怎么上战场？想到这些，女孩子们惭愧极了。

◆保育员在给孩子理发

1940年的某个清早，男孩子们起床后发现保育院里全成了光头，所有女同学都剃光了头，她们一个个挺着胸脯看上去自豪极了，似乎在说"哼，以后再也不许说我们头发长见识短了，我们照样能干好革命工作！"

雪兰也是这光头军中的一员了。她的心里有了一个想要成为的榜样。

如今她崇拜的彭老师叫她谈话，雪兰自然很高兴啦。

**要做老师**

彭老师见到雪兰第一句话就是"听惠老师说你识字课上表现特别棒，为你感到高兴啊。"彭老师拍拍雪兰的肩膀说。我要成为和你一样的人，雪兰说。

说起彭老师，雪兰的话匣子就打开了。她说我一直想成为一名老师。五岁那年雪兰跟着父母已经认识了不少字，她闲来无事就在院子里教没有上学的小朋友们认字，那时候的孩子五六岁时都还没有学习的意识，而且条件艰苦，父母也顾不得让孩子去上学。雪兰很幸运，爸爸妈妈都是老师，所以打她记事起，只要爸妈有空都会教她识字。雪兰记得那是一个春日的下午，她用一块小黑板挂在树杈上，这块小黑板是爸爸为她做的，平时她就用土疙瘩在上面写字。后来爸爸妈妈发明了一种粉笔。说起这粉笔的来历还很传奇呢，爸爸挖来石灰先放在火中烧好后再浸到水里，等沉淀后挖出来再搓成粉笔。后来这种制作粉笔的方法就在延安的学校里流行开了。

五岁的雪兰那天拿出小黑板挂在树杈上给院子里的小朋友讲课，她周围围着七八个孩子，大多数比雪兰年龄大。小雪兰一笔一画教认字的时候她感觉到了前所未有的快乐，

◆保育院孩子上课的情景

这和给别人送玩具送吃的一样让人开心,这种快乐雪兰后来明白是一种分享的快乐。非常年代如果送人衣食那是雪中送炭,但是很少有人意识到分享知识也一样重要。那一刻她心里种下了一颗梦想的种子,雪兰想要长大后像爸爸妈妈那样做个老师。妈妈曾经给她说过,教师的工作和打仗杀敌一样重要,如果没有人教授知识、启发人的思想,恐怕还有更多妇女烧火做饭奶孩子忍受丈夫的打骂呢,谁会出来做革命工作呢。

雪兰记得那时候家里经常会来一些人,有时候很秘密地讨论着什么。虽然雪兰不懂土地、妇女运动这些问题,但她隐隐约约感觉到这些问题代表着希望,这些叔叔阿姨说到这些问题时眼睛里充满亮光。当然她也看到过他们的担忧,那天雪兰刚从外面玩回来碰到爸爸妈妈着急收拾东西,说要带她走。还未来得及准备什么,大门就被一脚踢开,涌入几个凶神恶煞的人拿着枪冲他们吼,爸爸妈妈被带走了。那种恐惧与慌乱雪兰一直没有忘记,这样的情景很多次在她的梦中出现,将她吓醒。爸爸妈妈再也没有回来,听一位叔叔说他们是为革命工作牺牲的。有一天晚上雪兰又做了一个梦,梦中妈妈把她拥入怀里,说你要好好学习,将来做个老师。雪兰问妈妈说因为你是老师才被抓走的吗?老师是不是很危险?妈妈说老师很伟大,她能把黑暗撕开一条口子,让光亮照进来。雪兰惊醒后一直对妈妈所说的话似懂非懂,不过她记得一定要做个老师。

彭老师听完雪兰的故事心中暗自惊叹,这孩子小小年纪很有主见。"那你每天都坚持给树爷爷讲课喽?"彭老师逗她,雪兰红了脸说"我就想练习怎么上识字课,我也想去做冬学老师。"

**教冬学**

延安保育院也接到了陕甘宁边区教育厅关于冬学问题的通令,文件中指出"在目前的抗战阶段,冬学问题与保卫全中国,争取抗战的最后胜利有密切联系。冬学是给农民受教育的良好机会,同时也就是普及教育,消灭文盲的重要办法之一。并且是政治动员、军事动员的一种深入群众的力量。同时规定冬学的时间为阳历十一月一号开学,次年一月底结束。冬学的课目为政治、识字、唱歌和军事

四门课。"郭校长和彭老师接到文件后也在思考延安保育院能为冬学工作做点什么。除了动员老师全部投入冬学教学工作之外,保育院里的孩子们都太小,都是小学水平,要胜任冬学教员是很难的。

前方战士浴血奋战,后方的教育工作者能做什么呢?保育院的老师们思考着这个问题。虽然保育院的孩子们小,但是小孩去教识字也有它的好处,保育院的冬学工作可以不像鲁师、延师那样成立冬学训练班,而是去附近村庄里上门去教嘛。几位老师在讨论中都觉得这个办法好。

接下来就是选派冬学小老师了。雪兰为了这一天已经对着大树讲课好久了,这次终于心愿实现了。保育院选了几十名学习成绩不错,平时表现良好的大孩子去做冬学老师,因为彭老师的推荐,雪兰这次也被选上了。她主要负责保育院附近杨庄妇女的识字工作。

雪兰走进杨庄挨家挨户去动员,妇女们当地人叫婆姨,婆姨在农闲的冬季也很忙。农闲时间男人们可以去歇歇了,但婆姨们还要纳鞋底、做棉衣,喂猪喂鸡,管孩子,管一家老小的一日三餐,哪里有时间学习啊。至于还没有嫁人的大姑娘嘛,还好点,但也要帮忙干家务,带弟弟妹妹们。这可怎么办?雪兰的一腔热血没有了用武之地。她想啊想,那就先从大姑娘教起来吧,毕竟都是孩子,这些农村的大姑娘也就十二三岁,再大一点十五六岁,比自己没大多少,聊起来比较有话说。她第一天上课就在妮妮家的院子里,总共来了四五个大姑娘,她们学习起来也很快,除了认字,她还给她们讲她熟悉的女英雄的故事,姑娘们感叹原来女人也可以这样活。雪兰对这样的识字课还是很有成就感的。

姑娘们冬学的进步也感染了不少婆姨,开始有人主动要求识字了,只是雪兰教婆姨识字有点困难,可能是因为她年龄小的缘故,有时候她拿那些学习不专心的或者怎么学都学不会的婆姨不知道该怎么办。

就在雪兰为她的工作自豪的时候,发生了一件事,就像一盆冷水浇灭了心里的大火。那天彭老师急急忙忙拉她去谈心,说有老乡来告她的状了。告状?怎么可能,我平时都很认真负责啊。雪兰心里一百个不解。彭老师说是红米的妈。红米妈跑到保育院,大嗓门像打枪一样:"你们把我红米叫去,看如今屋里成啥样了?说是学识字,我看这个娃娃她自己啥也不懂,不要再胡搅和了。"雪兰听见这样的话无疑是当头一棒,她委屈地直掉眼泪。原来事情是这样的,红米也跟着雪兰学识字,但她有个还不到两岁的小弟弟没人带,有几次她抱着弟弟来上课,但弟弟又哭又闹搞得大家都没学好。像这种带弟弟妹妹实在脱不开身的学员就有五六个。有一天红米想出了一个办法,她在炕壁上拴了一根绳子,另一头捆在弟弟的腰间,她想这样弟弟就不会摔下炕了。没想到等她妈回家一看炕上全是孩子的屎尿,脏了被褥,孩子的身上全糊了。

好话说了一箩筐,彭老师送走红米娘,回头看看满脸

泪痕的雪兰说:"群众工作是大事,但是做起来很需要经验。我看这样吧,你去织袜组,心灵手巧肯定没问题。反正都是革命工作嘛。"雪兰知道她这次失败了,心里的挫折感像冰冷的水直涌到胸口,堵得发慌。

都是工作需要,去织毛袜子也可以呀,冬季快到了。雪兰这样安慰着自己,但是她心里另一个声音说,在哪里跌倒就要在哪里站起来。妈妈的影子在脑子里一闪而过。雪兰咬着嘴唇,一双挂着泪珠的大眼睛坚定地望着彭老师说:"彭老师,请再给我一次机会吧。"

## 土豆课堂

红米娘告状的事给雪兰打击很大,这让她第一次对自己的梦想产生了怀疑。教育是一项多么艰难的工作,自己能做好吗?雪兰一连好几天都在脑子里反复思考这些问题。保育院一向注重培养孩子的劳动能力和劳动意识,冬学时间正好对应的是寒假,但是那时候因为大多数孩子都不方便回家,因此也就没有放假这一说。只是寒假时间劳动课的比重增加了。比如纺毛线织毛袜,这些活动还在同学们中掀起了竞赛热潮,谁做得最多,谁做得最好,等等。雪兰想起,为了纺毛线同学们没有纺线陀螺,就用一颗土豆插根筷子,嗨,你别说,还真好用。说起土豆,保育院的孩子有过多少美好的记忆啊。

保育院为了响应边区的生产运动也开辟了自己的农场,

◆保育院孩子在纺线

就在学校附近的山坡上有几块山地。种点什么好呢？大家能想到的就是土豆。在延安这样干旱的地区，土豆是最容易成活的。河滩里的小块地可以种西红柿、辣椒等等蔬菜，但毕竟河滩地少，有时候一场大暴雨过后，孩子们几个月的辛劳也就泡汤了。蔬菜秧苗被大水连根拔走。土豆就比较好办了，撒种、施肥到收获不需要太费心。雪兰记得有一年给土豆施肥时一个女孩子的新衣服上全撒上了粪，那女孩大哭，当问起时她却说好不容易掏来的粪全撒了好可惜。是啊，那时施肥用的粪都是同学们在保育院的厕所里掏来的，一不小心衣服上就粘上了粪。粪土变成肥料往往要经过一个冬天的酝酿，具体做法是将新掏出来的粪土盖上土，弄成粪土放几个月，再把土疙瘩敲碎，用铁锨不断地翻搅，直到松软。因为农场在山坡上，经常需要两个小朋友一前一后二人协力将一筐粪抬上去。粪土撒在衣服上的事是常有的，同学们不心疼衣服，而为撒掉的粪土难过，完全是因为他们最清楚这一筐粪需要多少劳动和汗水，就不说臭不臭了。

　　劳动让孩子们懂得了珍惜，也激发了创造力。雪兰关于土豆最深刻的记忆就是收土豆的情景。土豆蔓开始蔫黄发黑，紧贴地皮了，这说明收获土豆的季节来临啦。保育院的孩子们列队出发，他们肩扛铁锹，手提箩筐，就像小战士上战场，一路欢声笑语。待到刨开土豆时又要万分小心，这些小家伙们之前吃过亏，那时候心急，一铁锹下去刨出来的却是半块土豆，就像半个血肉模糊的脑袋，心疼死人。后来大家有经验了，知道沿着土豆蔓很远的外沿慢慢接近中央，就像打仗一样，一步步挺进，不可冒进。确实没叫大家失望，最后刨出来的不光有土豆爸爸土豆妈妈，还有拇指蛋儿大小的土豆娃娃。怎么把土豆搬回保育院呢？起初用的是箩筐，大家发现不行，一路磕磕绊绊，等搬回去一看不少土豆都受到了皮肉伤，没过多久就发烂霉变了。土豆可是大家过冬的口粮啊，既可以当菜吃也可以当饭吃。雪兰记忆中，延安的生活就是土豆的生活。哪里有需要哪里就有创造，孩子们总能想出一个个好办法。大家纷纷脱下外衣外裤，用蒿草将袖口和裤脚一扎，就是小小的口袋了。每个口袋少说也能装下十来个土豆。这样每人肩上搭一个裆裢，一前一后两个裤腿，看起来又好玩又管用，土豆很快就运到保育院了。

想了这么多土豆的事情，雪兰脑子里突然灵光一闪，有办法了！

这一天雪兰向刘爷爷要了十几个土豆，还有几个红薯，她提着小篮子去教识字课了。她又一次挨家挨户叫上大姑娘拉着小弟弟小妹妹集合在了妮妮家的院子里。妮妮的妈妈脾气很好，院子也很宽敞干净，雪兰就把这里当成教冬学的临时学校啦。

大姑娘跟着雪兰识字，小弟弟小妹妹也不哭闹了，妮妮妈在炕洞里烤土豆给大家吃呢。一个个热烘烘、黄澄澄的烤土豆捧在手心，边吃边学，识字一点都不难了。雪兰就从"豆"字教起，她说大家看呀，这个"豆"像不像挖坑种土豆的样子，下面挖好坑，填上肥料，再把土豆芽放进去，这个土豆芽正好是一个"口"字形的土豆切块上面长有芽，上面这一横是什么呢？是我们种好土豆后上面盖的那一层土。大家一看还真像，原来学识字这么有意思，不光大姑娘学会了，就连地上刚学会走的小娃娃也能认几个字了，妮妮妈更是欢喜，见了婆姨就说雪兰特别会教，教什么都好学，教什么都有趣。

雪兰的冬学班在附近有点名气了，大家都叫她娃娃老师。最让大家津津乐道的是雪兰教院子的"院"时先让大家观察妮妮家的院子，然后用土块在地上画了一幅画，左边一棵树像个"阝",右边一个窑洞,上面像"宀",窑洞有窗户像"二",院子里有两条小路像个"儿",一条通到大门口,一条通到猪圈。这个就是院子的全部样子,就是"院"。

雪兰所有的识字方法都是从看到的情景教起,文字来自生活与劳动,也要服务于劳动人民嘛。要不是亲手种过土豆,她怎么能发现土豆的"豆"就是土豆种子下土发芽的情景呢,这里面一定有祖先的希望与喜悦,轻轻地埋下了种子日后总有收获的可能。所以教育就是要在人心里轻轻种下一颗种子,要始终记得生活的启示。

雪兰后来如愿成为一名大学教授,她想起延安保育院时期的教育虽然条件不如今天,但那时的情景总是历历在目,她似乎还是那个教冬学的孩子。

# 四 怡珠

**也是遗珠**

怡珠不见了。

早晨还在割草呢,怎么草背回家人就不见了呢?怡珠妈满庄子里逢人就问,谁见怡珠了么?大伙儿对于这个女人唯一的印象就是,孩子孩子!早几年那会儿经常见到神婆子从她家进出,这女人看着手脚麻利,是个身板壮实的,但娶过门好多年一直没生养,其实公婆倒也没催促,这个年头吃饱肚子都成问题,再生个小娃娃这个家可能就撑不下去了。但她不那么想,丈夫经常参加当地民兵连,到处兵荒马乱的,不给他生个孩子,她觉得愧疚。请过神婆子,还请过算命先生,没有啥效果,肚子没有动静,后来也就认命了。谁料想,就像土里蹦出来一个土豆娃娃,她嫁进

门十多年了，突然一天就有了怡珠。她永远忘不了第一次看见怡珠的情形，院子里还有一层薄雾，东方山头上一丝丝霞光像纱巾一样，谁家窑顶上的青烟升起来了，勤快的婆姨在烧水做饭了。这时候她推开院门，准备拿把柴火。她记得似乎有什么让她刺痛了一下，她想起那晚做的梦，院门口开满了鲜艳的花儿。她揉了揉眼睛，她笃定她与这个孩子是有缘分的。

啊，能不能帮我找找怡珠啊？怡珠妈村前庄后跑，发髻散了下来，看起来衣衫不整，大家看到这女人失魂落魄的样子才意识到出大事了。大家虽然日子过得紧张，吃了上顿没下顿，但是印象中怡珠妈和别的婆姨还是不太一样的。怎么个不一样呢，同样穿补丁摞补丁的衣服，怡珠妈就能穿得干净妥帖，同样缺油少盐的日子，怡珠家的院子里就经常有欢声笑语。

怡珠这孩子惹人心疼啊。

乡亲们三五一行地出发了。近处的麦草垛里用棍子戳一戳，有人说别用那么大劲，万一把娃戳伤了，另一个说咋可能藏在这里面，就怕钻草垛藏猫猫睡着了。远处的河川里，沟道里，全都寻遍了。大家怡珠怡珠地大声喊着，听见的只有回声。

天色向晚，黑夜的潮水快要漫过来了，怡珠你在哪儿呀，怡珠妈害怕这黑色的潮水淹没了怡珠，她来得突然，去得也是这么突然。这怎么叫做妈妈的心脏受得了。怡珠妈像失了魂一样到处乱窜，幸亏有人提醒，她才想起，怡珠平时喜欢去什么地方呢？怡珠妈跌跌撞撞来到院子旁的枣树林，黑魆魆的枣树下远远看见一个人影。这妮子，就在家门口嘛，听见大家叫唤，她也不吭声。怡珠妈心里嘀咕，死丫头，天黑了也不见你回家吃饭，大家找你一天了，也不怕狼把你叼走，她真是又着急又生气。见怡珠不言语，低头看着地面，怡珠妈一把拉起怡珠，这才发现她满脸泪痕。就说你两句咋还哭成这样了？把我们都急死了，就担心你有啥事。怡珠妈的大嗓门也温和了很多，禁不住心疼起女儿，一把抱进怀里两人呜呜地哭。

不是这样的，妈，你们是不是有事瞒着我？怡珠抬头望着妈妈，满眼泪水，充满了哀求，似乎有一扇秘密的大门把她隔在门外。怡珠妈被这句没头没脑的话问住了，能有什么事瞒着你呢，看你说的，孩子，有什么事还能不告诉你。

可是，早晨我在路边割草的时候，有两个人过来看了我半天，还拿着一个女人的照片说是我妈妈，他们说我是抱养的。妈，到底怎么回事嘛？怡珠这一说把怡珠妈弄懵了。一直都很小心，这一天到底还是来了。

怡珠其实也怀疑过自己不是妈亲生的，最早是怀疑她自己的名字。这地方的人给孩子起名字不是什么"娃"，就是"妮"，可是她的名字叫"怡珠"，怎么也不像是父母取的，他们都是老实巴交的农民，终日土里来土里去，没什么文化，爸爸念过几天书，妈妈还是个大字不识的文盲。怡珠关于这事问过妈妈，妈妈总说是一个算命先生给起的，至于细问先生的名字，妈妈总是支吾岔开话题。这成了怡珠的一个谜团。还有一个让怡珠起疑心的是爸爸妈妈的年龄，他们这个年纪的人在村子里都抱孙子了，怡珠妈的解释是他们一直生不了孩子，到老了却得了这么个宝贝疙瘩。说的也是，怡珠虽然怀疑过，但每次这样的想法冒出来的时候，总是会放下心，爸爸妈妈对她实在太好了，村子里有哪个女孩能有这样的宠爱呢。记得夏天收麦子时妈妈在大太阳底下黑汗直流，却不让怡珠帮忙，自从爸爸上战场再也没回来，家里所有的活都是妈妈来做的。村子里大妈大婶看见了总说怡珠妈你看你把自己晒成个包公，把怡珠当公主，不舍得晒太阳，说着嘴里啧啧有声，感慨得很。怡珠妈总说咱家怡珠天生就不是干这个活的，你别看我黑，我的孩子却白面馒头一样的白。怡珠妈是个俊俏的，家里有些衣服可以看出年轻时的印记，穿了几十年了还是有模有样。可是自从怡珠记事起，每次过年，家里就只给她做新衣服，妈妈总说以前的衣服好好的，穿着美，她不舍得浪费衣料。那个年代不像现在孩子们有各种零食，有吃的能填饱肚子就不错了，但怡珠妈总有办法给怡珠做出几样可口的小吃来，不是醉枣，就是炒花生。虽然怡珠之前和村里小朋友玩耍，闹崩了的时候难免有些想过嘴瘾的小家伙会说，看把你美气的，还不是因为你是捡来的。怡珠最先也难过，怒怼几句，后来直接就哼一声，自豪和不屑尽在其中，你们说自己是亲生的，怎么自己的妈妈不如我妈妈那样爱我呢？

可如今，唉，怡珠越想越难过。闹了半天，原来我真是个捡来的娃。她想起那照片上的女人与她的妈妈完全不一样，齐耳的短发，穿着军装，眼睛很大，看起来整个脸上有一种让她很陌生的气质。对，就是气质，怡珠想那女人是个军人，就是大家所传说的那种女英雄。她怎么可能是我妈妈呢？如果眼前的这个女人是妈妈，那个女人就像在天上。虽然大家都说革命工作都一样，不管你是种地的，还是扛枪打仗的。但怡珠总觉得怎么可能一样啊，照片上的女人看起来昂着头天不怕地不怕的，她美丽的眼睛里有一种光亮似乎穿过眼前人看到了很远的地方。可是，唉，怡珠心疼起眼前的这个女人了。她温热的怀抱，大冬天进到窑洞她将她冻僵的小手攥进手心。这个女人，她的妈妈，手心很粗糙，她的手经常被扎着，但怡珠喜欢。那种粗粝的真实感让她很踏实，这女人是地，永远不担心会失去。有时候女人会猛地拉起她的手塞进怀里，她的双手会碰到她那双温软的乳房，母女俩都会害羞，毕竟这个女人是没有生过孩子的。小时候，她哇哇大哭的时候，女人急忙把自己的乳头塞进她嘴里，她那么急切，使劲咬着乳头狠狠地吮吸，女人疼得大叫。没有办法，孩子确实很饿了，女人拿出一块黄面馍馍，一直没舍得吃，发硬了。她头一晃

费力地咬上一口，细细地嚼着，粮食的香味顺着她的喉咙进入五脏六腑，饥饿的胃咕咕地呻吟。她不能让这口救命粮就这样顺着喉咙滑下去，似乎在抗拒，不，是持久的拉锯一般，她一拧身，一块绵软的馍糊糊就送进了孩子鱼儿一样的嘴里。那张嘴永远那么张着，咕咕地吐泡泡，对于眼前的这个女人如此信赖如此渴求。女人的口粮不断地通过唇舌送到了小鱼儿的嘴里，她从来没见过这么一个柔软的小生命，这么依恋她，比她之前喜欢的小羊羔小猫娃都让人心疼。她宁愿就让她这么汲取，把她的整个生命融化后送进小鱼儿嘴里她都心甘情愿。也许是她太渴望有个孩子了，也许是她善良的天性，看着怡珠小鱼儿一样的嘴巴，她就这么屈服了。她竟然朝她笑，眉眼眯起来，嘴角上翘，像花儿在她柔软的心里绽开。梦真灵验啊，她想起遇见女儿前一晚上她做的那个梦，那艳丽的花朵。

怡珠问过那两个穿军装的人，为什么那么肯定照片上的女人就是自己的亲妈妈。她言语间有一丝生气，似乎在说凭什么，凭什么呀。其中一个说肯定是你妈妈，看你们的眼睛长得这么像，而且都长这么白。另一位拉拉这位的衣袖附在他耳边说了几句，怡珠隐约听见说还不确定不要胡乱说，注意群众影响。怡珠七岁啦，庄子里的大妈大婶们见她就搂进怀里，一边在小脸上喷喷亲着，一边感慨多俊哪，心疼死个人。怡珠妈人缘好，那时候婆姨们纺线、纳鞋底儿都喜欢凑在怡珠家院子里，太阳暖洋洋的，院子变得黄澄澄的，很温暖，女人们东家长西家短，细细碎碎地，有时候会说到出去送军粮久久还没回来的丈夫，有时候夹杂着咯咯的笑声。怡珠觉得她很幸福，若要问幸福是什么感觉，她一定会回答，幸福是温暖的感觉，就是那土院里的阳光，若要问颜色，一定是黄色的。七岁的怡珠是不会留意自己的长相的，冬天的时候她和村里其他娃娃一样，流着鼻涕，两根白虫子一样的鼻涕总是擦不干净，她干脆用袖子东抹一下西抹一下，糊得满脸都是。大冷天再和娃娃们疯玩一阵，回家后两个小脸蛋总是皲裂、通红。这时候怡珠妈总是心疼得边吸溜边给她用热毛巾敷一敷。怡珠第一次看见自己是在河边玩的时候，那天她跟着妈妈去河边洗衣服，刚开始她只顾玩泥巴，捡石子，后来她突然看见了水中的自己。两个羊角辫，圆溜溜的眼睛随着水的波动一眨一眨的。她好奇地看着自己，再看看妈妈的影子也在水里，就扔一块石子，妈妈的影子就扭一扭晃一晃变成了扁的。她对这个游戏很着迷，她觉得水里的妈妈看起来很柔软，脸也白白的，像骑在山头的神仙。怡珠看看水里的妈妈再看岸边的妈妈，就疑惑了。妈妈，为什么你的脸那么黑？妈妈抬头望着她一笑说太阳晒的呗。那我怎么就晒不黑呢？怡珠想起自己的妈妈和照片上的这个女人，那个警卫员也说这女人长得白。长得白就是我妈了嘛，怡珠心里愤愤不平，她不知道照片上的那个女人在战场上像男人一样流血流汗的时候心里也会空落落的，那个刚满月

的孩子是死是活，那一团白白的小肉肉，那扑腾扑腾的小手总在她的心里挠啊挠。

怡珠眼泪汪汪地望着妈妈，带点怨气和撒娇的口吻，她希望妈妈能像往日那样干脆地大吓一声，然后说你就是我的宝贝疙瘩，怎么可能是捡来的。可是这次怡珠失望了，妈妈望着她，眼睛湿漉漉的，半晌不言语，脸都憋红了，似乎有话语在唇边滚动，就是说不出声，她最后咳嗽了几声，擤擤鼻子。娃娃呀，你是妈妈在院门口捡来的，但你不是被人扔掉的。我那天一大早听见院门外哭喊声，走近一看，是个孩子，军棉衣包裹着的，衣服口袋里还装有一封信。我叫你爸爸看过信才知道你的亲生母亲随军路上生下你，又要去前线，带着你实在太危险，又因为经过咱们村里的时候是夜里，大家都睡了，于是就悄悄把你放在了咱家大门口。信中说你的名字叫怡珠。怡珠后来明白她这名字的意思就是遗落的珍珠。

### 月光圆舞曲

尽管怡珠说她不会离开的，但她还是感觉到了母亲的客气。母亲无端地就客气起来了，以前的宠溺和责备都一同消失了，她的微笑，她的举手投足都对怡珠小心翼翼。怡珠觉得有点尴尬，该怎么说呢，前不着村后不着店的感觉，她觉得孤单极了，有了两个妈妈，又似乎同时失去了她们。有一天她正委屈地抹眼泪被母亲看到了。娃呀，你这好端端的哭啥呢,母亲虽在说怡珠,可她自己的眼泪也掉了下来。娃呀,跟着你的亲妈比我强,我没文化,啥也不懂。怡珠大吼一声打断了母亲的话,她的胸口堵得发慌,这是她第一次想这样大喊大叫,别说了,我没有妈妈。就算我没有妈妈我也不会离开这里。怡珠妈愣住了,她的闺女她了解,这孩子的懂事让人心疼。每次说起来老两口都要感慨一番,当地流传土豆娃娃的故事,说是有一对老夫妻一直没有孩子,他们就把庄稼当孩子,种啥都比别人仔细,每次种土豆都是小心万千,唯恐委屈了土豆。有一天刨开土豆蔓竟然蹦出个光溜溜圆鼓鼓的土豆娃娃,大声叫喊爸爸妈妈。土豆娃娃说我给你们当儿子吧,别看这娃娃小,他比谁都聪明比谁都懂事。怡珠很喜欢听妈妈讲土豆娃娃的故事,因为故事讲到最后爸爸总会把怡珠拉进怀里,用他的大胡子扎她的小脸蛋,听怡珠咯咯笑着,爸爸总叫她土豆娃娃。有了小土豆娃娃怡珠,爸爸妈妈的心经常就像萌化了一样,但是说起来一件事老两口都要掉眼泪。

有一年冬天,大概是怡珠四岁的时候,妈妈那天要去冬学培训班学习识字了,她也想跟着去,但妈妈的眼神制止了她。她站在院子里委屈地抹眼泪,爸爸却把她举起来,大笑着转了几圈,哭啥哭嘛,去冬学班多没意思,没有小娃娃和你玩。爸爸笑着说我带你去个热闹地方,村头的黑娃娶媳妇办酒席,爸爸带你去吃好吃的。那天怡珠确实吃了很多平时吃不到的东西,甜甜的馍馍,还有红烧肉。爸

爸和几个人猜拳喝酒，看他们大声吆喝的样子肯定很开心，输了的人不但要再喝一杯酒还要唱一首歌，边区的太阳红又红，大家高兴。这是战争年代难得的安稳时光，那一天大人们暂时都忘了忧愁，忘了家里吃了上顿没下顿的困窘，忘了不久之后就要走向前线，又会有多少人不再归来。也许正因为如此，这一天人们才如此忘情，黑娃家用了多少天从牙缝里省下来的吃食招待大家。死亡距离大家那么近，十几岁的精壮小伙子说死就死了，也只有在娶媳妇生娃娃的日子里人们又充满了希望，是啊，人就是这样一茬茬长出来的。怡珠从没见过父亲这样，他走路摇摇晃晃，就像踩在了棉花上，说话时就像咬着舌头。有人想送他们回家，可爸爸却说我没醉，呵，我没醉。他临出门时不忘拉起怡珠的小手，怡珠感觉爸爸整个人都是滚烫的，这个平时话不多的爸爸这一天好像变了一个人。爸爸东摇西晃，小小的怡珠紧紧地跟着爸爸的脚步，脚下的节奏也变了，快进几步，后退几步。多年过去了每当怡珠想起这个情景她都会笑出眼泪，那晚的月亮真亮啊，整个村子都变成了银白色，远处的山梁像镀上了一层银边。父女在月光下步调和谐，进退一致的样子成了怡珠幼小心灵里为数不多印刻下来的画面。这就是月光圆舞曲嘛，后来成为舞蹈家的怡珠总觉得她人生的舞蹈启蒙就是在这条洒满月光的黄土小路上开始的。也许父亲走的是秧歌步呢。银白小路像一条闪烁的缎带，一头轻轻系在了怡珠家门前的大树上，另一头落入了小河里。怡珠没想到爸爸会拉着她向河边走去,她以为只是去看看,没想到爸爸来到结冰的河面上,扑通躺平了,嘴里还嘀咕说怡珠快叫你妈妈烧炕去,凉透了。怡珠这才知道爸爸醉酒完全不知道了,小小的她开始害怕了,她拉了拉,爸爸像一座大山纹丝不动,她急哭了,不过哭也没有用。爸爸竟然睡着了,鼾声呼呼的。怡珠只能拉动爸爸的一只手臂,她拉过来狠狠地咬了一口。爸爸翻了个身,大手乱挥,嘴里一阵咕哝,蚊子太厉害了。怡珠看有办法叫醒爸爸了,接着再咬一口,这一次力度太大了,她的小嘴恨不得把爸爸的整个胳膊吞下去。啊,死丫头,干啥咬我,爸爸一骨碌爬起身,看样子灵醒了一些。爸爸,我们快回家吧,怡珠哀求着就拉起他的胳膊,一路像牵着一头牛。爸爸的宝贝女儿像牧童一样将她家的老黄牛领进了家门。第二天爸爸妈妈看怡珠的眼神都不一样了,这孩子难道真的是个土豆娃娃,这么小小一个人儿,就能认识路,要不是把爸爸领回家,早冻死在河边了。延安冬天的晚上滴水成冰,温度可要零下二十多度呢。从那以后爸爸格外宠溺怡珠,经常偷偷给她藏一些吃的,甚至男孩子玩的手枪,爸爸也给她用木头做了一把。

怡珠是不想离开这个家的,何况这时候爸爸上战场还没有回来,村子里的人都说爸爸回不来了,但怡珠和妈妈不信,她一定要等爸爸。可就在怡珠下了决心的那天,家里来人了。怡珠那天在外面疯玩了好久也没听到妈妈唤她

的声音。要是平时,妈妈总会站在院门前高高的柴垛旁一声声拖长了声叫怡珠——怡珠快回来吃饭。外人听起来那声音里完全没有其他婆姨喊儿女的怨气,甚至连一丝儿焦急都没有。怡珠妈那阵势就好像她在登台唱信天游,一嗓子一嗓子,无比舒畅,就好像要把她的这份舒畅和甜蜜传给每一个人每一座山。可是这一天怡珠肚子早都饿得咕咕叫了也没有等到妈妈的喊声。她就纳闷,就像一根绷紧的线断了,她的心像那断线的风筝一样失落。她一直玩到其他小伙伴们一个个回家了,她一人默默走进家门。她妈啊妈地喊着,才见妈妈出现在院子里,蔫蔫的样子,身后出现两个穿军装的人,正是她那天碰到的警卫员。

  怡珠怯生生地,看起来肩膀缩在一起,低头看地面,似乎她一转身就要跑出门去,她这会儿确实后悔不该回家来。她知道那两位警卫员想要干什么。没想到妈妈这次却平静得很,她轻轻地笑着,招手叫怡珠过去。妈妈摸摸她的头,把她辫子上的头绳又紧了紧,怡珠啊你要去上学了,妈妈提到保育院的时候声音里有一丝欣慰。怡珠不解地看看妈妈又看看两位警卫员,她的眼睛里充满了恳求。这时一位警卫员说不要紧张啊小朋友,我们是领你去读书的。

  虽然保育院距离怡珠家不远,翻过一座山梁就到了,但是怡珠却觉得那段路那么漫长,她一路总要去小便,不是真的想小便,也许是她太紧张了。走了没多久,她的脚又不舒服了。脚上穿着妈妈新做的鞋,红色的鞋面上还绣着几朵梅花，鞋底白白的，这是怡珠见过的最漂亮的鞋子。这双红色绣花鞋似乎变成了小船，她晃晃悠悠，不知要走向何处，心里充满莫名的伤感和恐惧，似乎晕船了一样，她甚至觉得恶心起来了。小朋友，我背着你吧，一位警卫员伸手一把就把怡珠扶在了背上。怡珠有点害羞，她是大姑娘了还要人背，可是她转眼一想是这二人非得带她去，于是她就摊开身体，在心里耍起了小脾气。忽然她听见山坡上有歌声飘来：

　　六月里黄河冰不化，
　　扭着我成亲是我大，
　　五谷里数不过豌豆儿圆，
　　人里头数不过，
　　女儿可怜，女儿可怜，女儿呦。
　　浮水上的鸭子刮水①上的鹅，
　　公家人不知我会唱歌。
　　青杨柳树十八根杉，
　　想说心事我开口难，我开口难，女儿呦。
　　天上的沙鸽队队飞，
　　不想我的那亲娘再想谁，
　　不想我的那亲娘再想谁，
　　不想我的那亲娘再想谁，再想谁。

---

① 刮水：当地方言语，指风吹动水面。

那是妈妈唱歌的声音,她从小就听妈妈唱这首《女儿歌》,妈妈总是在昏黄的煤油灯底下边纳鞋底边絮叨女人生活的细细碎碎,有时候会唱几句。她说那些话的时候总是停下手中的活,深深地看一眼怡珠,说女儿苦啊,锅灶上的本事和针尖上的本事都要学,要不然将来嫁人就要遭罪了。怡珠想到这些情景时鼻子酸酸的,不想我的那亲娘再想谁,她大喊妈妈妈妈。警卫员回头看见身后的坡梁上站着一个女人,正是怡珠妈。她手中挥舞的红头巾就像一面旗帜,那是怡珠心中家的方向,也是一个苦命的女人坚守的阵地。想着想着怡珠的眼泪就噼里啪啦打湿了警卫员的背。警卫员突然想起临出门时怡珠妈塞给他一个小包裹,于是三人找一块大石头坐下来,慢慢地,就像打开一个女人的心事,他们看见了六颗鸡蛋,三人的肚子都敏感地感受到了来自鸡蛋的诱惑。这年头吃鸡蛋太奢侈了,怡珠也很少吃到。家里只有两只鸡,平时的油盐与针头线脑都是妈妈用鸡蛋钱换来的。这次却一下子给了自己这么多,怡珠心里不是滋味,那感觉就像出嫁的女儿,家里倾其所有给她置下一套体面的嫁妆,这是她面对未来生活的底气。

## 雪兰姐姐

来到保育院之后,怡珠才发现自己好像进入了一个孤岛。这么说,并不是保育院的老师不爱她,也不是同学不友好。怡珠从小在村子里长大,无拘无束地整天疯玩,对她来说保育院的半军事化生活就像牢笼。刚开始她还在努力适应,可是没过几天她就偷偷抹眼泪了。有一次夜行军,怡珠正睡得迷迷糊糊,隐约听见军号响,等她反应过来,班里的同学都打包好自己的背包出发了。那几个小时就像她的梦魇,始终似醒非醒,难受得要命。她最害怕的事来临了,本来就有点内向的她在保育院不知如何待下去了,她觉得她被排除在外了。怡珠后来想起这段初入保育院的时光,不无感慨,一个内向敏感的孩子要融入一个新环境多么艰难啊。保育院里这样的孩子不是少数,有的孩子父母忙于工作常年见不到,有的父母牺牲了,他们所经历的这一切心灵的磨难借助分离的形式让他们迅速长大了。与这些孩子相比,今天幼儿园的孩子不仅有爸爸妈妈陪着,甚至后面还跟着爷爷奶奶外公外婆,这是多么幸福的生活。夜深人静的时候小伙伴们都进入了梦乡,怡珠这时候才慢慢展开自己的心思,让眼泪悄悄滑落在枕头上。她蜷缩起身子,单薄的身板缩成了一只虾的样子,紧紧环抱着自己的双臂,她想象着那是妈妈的怀抱。自从怡珠到了保育院之后她的亲生父母一直没来看过她,但是彭老师给她讲过他们的故事。怡珠的亲生母亲姓李,大家都叫她李大姐,她是最早参加学生运动的大学生,一直辗转在武汉和上海做地下宣传工作。彭老师说她与她母亲相熟,还说她是个美丽坚强的女人。母亲希望你好好读书将来建设新中国,彭老师说着就将怡珠揽进怀里,这孩子多瘦啊,要多吃饭,向你母亲学习。她在监狱里的那两年什么馊饭都能吃得下，为的是将来出狱后还有个好身体。原来彭老师和怡珠的李妈妈一起蹲过监狱，是一对革命难友。怡珠最喜欢的就是保育院的饭菜了，比她在家要好吃多了，有时候还能吃到肉，每到吃饭的时候她总是牵挂老家的妈妈吃不饱。说来也奇怪，自从彭老师和她聊天后，她经常能在和彭老师的身体碰触中感受到来自亲生母亲李妈妈的生命脉动。她们都是差不多的齐耳短发，差不多的年龄和身高，看起来都像女英雄。怡珠感觉到她体内某种力量开始苏醒了，有时候缓缓流动，有时候澎湃奔涌，那是来自她生母的血脉和精神。怡珠决心要做一个女英雄，好好学习，将来有机会上战场

去杀敌。

　　就在怡珠要昂首挺胸做个好学生的时候，却发生了一件事，让她丢尽了面子。她竟然当着全班同学和老师的面尿裤子了。这对怡珠来说是个让她无法忍受的耻辱，八岁

的女孩子已经很懂得维护她敏感的自尊了。可是对她而言上厕所是一件很难的事。那时保育院的厕所在旁边的山坡上，上课间隙保育阿姨们会组织大家排队去蹲坑，也许其他同学已经习惯了，可是对怡珠来说她受不了方便时有人排队等着，她的身体不听使唤，往往这个时候毫无尿意。等回到窑洞开始上课的时候，那尿意会越来越清晰，逐渐漫延了她的整个肚子，胀胀的，让她坐立不安。那天她觉得自己可以忍住的，但就在惠老师讲完故事大家哈哈大笑的时候，她放松了对肚子的警惕，等她的笑声刚刚荡开，一股热流顺着双腿奔涌，想要阻止已经来不及了。最先发现地上那摊尿的是阿毛，阿毛这个小家伙以前被大家笑称为"地图大王"就是因为他晚上总是尿炕，把被褥搞得像地图，后来在韩老师的照顾下才慢慢改了这习惯。怡珠尿裤子了，阿毛大喊一声，也许这是来自孩子玩闹的本性，但这一喊吸引来了所有人的目光，惠老师也停下讲课走了过来。怡珠那一刻恨不得钻进地洞里去，大家见她头埋进双臂间，趴在桌子上发抖。同学们都愣住了，大家对于尿裤子这件事可以拿阿毛去开玩笑，却不能对怡珠这么做。毕竟是女娃娃，脸皮薄。怡珠这辈子都忘不了搭在她脖颈间的那只绵软的小手，是雪兰。雪兰走过来大声说，大家别闹了，是我和怡珠玩闹把一个冰块偷偷搬进了窑洞里，这不这会儿就化成水了。大家低头看看那摊湿淋淋的地方还真像冰块化在了地上，于是也就默不作声了。惠老师继

续讲课，及时为这场事故打了掩护。

下课后怡珠还是坐着不动，雪兰附在她耳边轻声说没事啦，我带你去换一条裤子。她们悄悄来到雪兰的炕铺前，怡珠看着雪兰手脚麻利地从炕角拉出一个包袱，她探头仔细找了找，拿出两条灰色的裤子。雪兰说穿上这条夹裤还是会冷的，你再把这条裤子穿在里面，等到太阳暖和了我们把你的棉裤晒一晒。雪兰说话的样子就像个小母亲，让怡珠觉得格外温暖。从那以后，上厕所都是雪兰陪着怡珠去的，她们俩总是形影不离，成了最要好的姐妹。怡珠每天喊着雪兰姐姐，整个人也活泼了很多。

## 搬家了

就在怡珠快要忘了老家妈妈的时候，却传来一个消息让她心急如焚。亲爱的妈妈，我已经有几个月没有回去看你了，雪兰在心里愧疚道。她这段时间忙于适应新环境，还没来得及好好想妈妈呢。消息是雪兰告诉她的，听来送菜的一位老乡对刘爷爷提过怡珠的妈妈，说是生病了，整天躺在炕上。不，不能再等了，怡珠立马就要走，雪兰却着急说好歹要给老师们请个假，但怡珠哪里顾得了这些，她什么都没带就跑出门去了。

彭老师知道这件事后已经是当天下午了，她着急地转来转去，不知道这孩子回到家了吗，好歹也有二十里山路，可别出什么乱子。否则怎么给怡珠的妈妈交代呀，李大姐一直牵挂怡珠，这孩子打出生就没见过爸爸，够可怜的。彭老师第二天就带着保育院的警卫员出发去梁庄怡珠的老家了，好在这位警卫员之前去过，轻车熟路他们几乎是小跑着到了怡珠家的院子里。但是院子里空空荡荡的，没有人。问邻居都说怡珠陪妈妈去看病了，至于去了哪里，有人说去了榆林，有人说去了怡珠的外婆家，在很远的山里。彭老师瞬间茫然无措，住这里等着吧，保育院的工作还等着她，回去吧不甘心。就这样纠结了好久，还是警卫员机灵，忙着解围说要不隔几天再回来。

后来去了几次，可是却再也没有见到怡珠。看样子他们搬家了。这是彭老师心里搁了一辈子的愧疚，直到她去世也没找到怡珠。1949年保育院迁往北京的时候她找过，直到六七十年代大闹饥荒的时候她也托人打听过，没有任何消息。这家人就像从地球上消失了一样。怡珠的生母李妈妈后来在一家报社工作，按理说消息灵通些，也没有打听到什么结果。几十年过去了，这成了李妈妈的一块心病。

怡珠真正见到她的亲生母亲李妈妈已经是几十年后的事了，有一天她正在看电视，一个访谈节目不知怎么就抓住了她的眼睛，因为那里面所讲的故事与怡珠的记忆暗合了起来。几十年过去了，虽然有些事变得模模糊糊，但怡珠没有忘记待她如亲妹妹的雪兰姐姐，和抱过她的彭老师。电视画面中的老人满头白发，虽然化过妆，却难以掩饰她的悲伤，她像孩子一样对着镜头泪流满面。她想念她的女儿，她名叫怡珠，希望有生之年还能来得及见她一面。怡珠那一刻大脑嗡嗡响，眼前发黑，虽然她对怡珠这个名字早已陌生了，但她忘不了彭老师拿着相片讲李妈妈的故事的那种样子。这个名叫梁红琴的女子此刻失声痛哭，她没想到当年年幼无知的她为何如此固执，为何一定要妈妈带着她搬到外婆家，还改了名字。她害怕失去，一个妈妈生下她但没有来得及好好抱抱她，另一个妈妈给了她所有的温暖和爱，却病成了这样。如果她不离开妈妈的话，她也不至于病重如此啊。她固执地将妈妈的重病归结于她的离开，怎样才能永远不分离呢，就是要让彭老师他们再也找不见。后来妈妈也一再提醒她，孩子是妈妈心头的肉啊，你妈妈生下你没有办法养你，该是多么难过啊。是啊，那个年代有多少这样的母亲，她们承受了更多的子女家人离别，却一直坚韧如磐石一般做了今日和平中国的基石。但是再想要找回去就没那么容易了，尤其是在怡珠主动改名换姓之后，随年月日久，她越来越没有脸面去见亲生母亲了。没想到妈妈还记挂着她！后来舞蹈家梁怡珠终于见到了她的亲生母亲李妈妈，老人在她的怀里安然地闭上了眼睛，永远睡去了。在这几年前，她就以同样的方式送走了她的妈妈。她何其幸运一生有这么两位爱着自己的母亲，伟大的母亲。后来成了舞蹈家的她一直钟爱的一个节目就叫《母亲》，那如水如山，既昂扬又低缓的母亲之歌就像流淌在她身上的血液，这是来自大地的朴实的母亲，和来自烽火硝烟的勇敢母亲共同给予她的。

# 五 不要睡去

**那个梦**

冬日的寒气透过窗子侵入狭小的窑洞，黑夜很快笼罩了一切，白天只做了短暂的停留。似乎记不清楚这一天经历了什么，懒懒地睡醒，温暖的早饭，父亲沉默地离去，我只是像往常一样看着这一天从身边过去。不知不觉夜晚让世界寂静了，寒冷让所有有温度的生物都停止了活动，我独自一人回到炕上，厚重的棉被压上身体，把严寒和世界挡在了外面，只有挡不住的风从窗户的缝隙里闯进来，呼呼作响，像睡前的歌声，我已经习惯了延安这样的冬夜。不知道过了多久，分辨不出时间脚步的快慢，温暖袭遍了

我的身体,思绪似乎变得既模糊又清晰,是的,我经常分不清梦境和现实的界限,我看到了夺门而入的父亲,父亲一身酒气,扑面而来,我被呛得打了一个喷嚏。他摇摇晃晃地走到我的身旁,揪住我的肩膀,我似乎被巨大的恐惧之手按着丝毫不能动弹。父亲一开口就是雷霆阵阵,"你为什么没有照顾好弟弟,你弟弟没有了,都是因为你,你害死了你弟弟,怎么死的不是你……"这突然而至的恐惧让我大脑一片空白,那嗡嗡作响的声音在身体里回响,似乎唤醒了无尽的委屈和内疚的河流,终于在眼睛里找到了出口,我的眼泪哗哗,停不下。周围的一切都模糊了,我被这灰色的情绪重重地笼罩了。"啪"的一声,从前方传来,没有停留似的,一个温暖的身体紧紧包裹住了我。曾千万次抱过的身体,世界上没有另一个身体能让我如此熟悉,原来是母亲,母亲冲上前去给了父亲一个巴掌,她哭着将我抱在了怀里。你不该让儿子承受这样的愧疚,他毕竟才六岁。母亲就像阳光,她温暖地照耀我,那些灰色的雾霭一样的情绪慢慢开始消散了。我感到久违的宁静,终于可以依偎在母亲身边了。妈妈,妈妈,我大声喊着,尽情地撒娇,自从母亲上次离开家我们有多久没见了,已经遥远得不记得了。有小伙伴说我母亲牺牲了,但父亲总说母亲去了很远的地方。我甚至都忘了母亲的面容,只记得她抱着我,将我捂在她胸前时的那种温暖和馨香,那是美好的梦的开始,我每天晚上都会使出浑身的触觉来细细品味这种感觉。我隐隐约约感觉母亲的身影开始变得模糊,妈妈别走,我大喊着,伸手去抓母亲的衣角,抓到手的却是冰凉的东西,仔细一看却是窗框。我又做了一场梦。我摸摸脸上还有泪痕,枕头也湿了一大片,这个做过不知多少遍的梦仍在心里回荡。漫长的黑夜就像深渊,我就像一尾鱼,总是不知不觉就沉了下去,越发看不到黎明的影子。我的暗夜到来时我竟然毫无察觉,那是我六岁那年。

**弟弟的守护天使**

从我记事起,我的生活中就充满了很多人,我的父亲,别人的父亲母亲,还有保育院里比大人们多得多的孩子们。我每天都在欢乐中度过,和满院子的孩子一起学习,一起玩耍,大人们每天都在忙碌,但丝毫不影响我们在小小的

天地里尽情地成长。我的父亲是保育院的一名兼职保健医师，他也和其他的大人们一样忙碌，大多时候显得要更忙碌些。孩子们的衣物要勤洗勤换，他经常和保育员阿姨一起完成。该怎么刷牙也是一件大事，他经常说健康的身体要从卫生习惯做起，他为保育院领来牙刷和牙粉，一遍遍地教大家刷牙的动作。想起我们刷牙满嘴白沫的日子很欢乐，大家清早起来后两人一组去沟里的小河抬水，用自己抬回来的水洗脸刷牙很不一样，小伙伴们充满自豪感。

直到有一天，保育院的平静被打乱了，这一年的冬天来得很早，好像所有人都没有做好迎接寒冷的准备。依旧忙碌的大人们，着急地为孩子们去做御寒衣物，但寒流说到就到，不做等待。先是体弱娇小的孩子患上了感冒，上课时咳嗽声此起彼伏，老师经常停下来没法上课。吃过药了但恢复很慢，毕竟那时候延安的医疗条件很有限，药物品种和数量都很少。大人像往常一样等待蔫了的孩子重新变得活泼，可时间一天天过去，孩子的感冒愈发严重，尤其到了夜晚，整夜都是孩子的咳嗽声和老师焦急的脚步声。在这样的夜晚我是见不到父亲睡觉的，别指望他能回到窑洞陪我和弟弟入睡了。我心里害怕的东西很多，似乎它们随着黑夜的来临早已藏在了门后的阴影里，妖怪，鬼魅，或者是大灰狼。远处山梁上经常半夜时分有狼的嚎叫声划过夜空。不过我还能对付它们，我是勇敢的男子汉，我连子弹都不怕，还怕它们，我经常这样鼓励自己。看着刚刚学会走路的弟弟，我觉得我就是他的大英雄，我相信自己一定能保护好他。就连邻居叔叔阿姨都说我是弟弟的守护天使。

那天孩子的咳嗽声揪着大家的心。我相信父亲和所有老师都感觉到了异样，这与往常的感冒不一样啊，到底怎么了。保育员阿姨见孩子咳嗽不止，怕孩子着凉，把窑洞的门窗关得严严实实的，空气中都弥漫着咳嗽的味道，有些小朋友的嗓子里似乎有很多痰，但又咳不出，说话时发出呼噜呼噜的声音。延安的冬天，院子里确实很冷，大家以为只要不剧烈活动就不会咳嗽那么厉害，于是都挤在窑洞里围着火盆烤火。原来的室外活动几乎没有了，每天的生活都变得沉闷，有些小朋友身体滚烫，据说是发烧了。父亲那天一大早就匆匆离开了，其实他晚上回来时我和弟弟根本不知道，也许他一夜没有睡觉呢，看起来棉衣都不曾脱下来过。他提着小药箱，脚步显得凌乱，出门时回头看了我们一眼，我感觉他的身后像有什么催促着一样。

家里只剩下了我和弟弟，保育院的孩子病倒一大片，咳嗽加上流鼻涕，还有人发烧，那个年代没有多少抗生素。刘爷爷用老家的土法子炖萝卜蜂蜜汤给大家喝，毕竟那时候蜂蜜也很稀缺，这样的汤似乎效果也并不好。而且有这种感冒症状的孩子越来越多，这么多孩子挤在一个大通铺上，窑洞又通风不好，加上天气寒冷，很少开门开窗。这不是个办法，郭校长、彭老师他们很着急，召集父亲和其

他老师商议决定，暂时让在延安的父母将孩子接回家照顾，也好防止被传染。于是我和弟弟也就待在了家里，我一直属于那种特别皮实的孩子，所以那次感冒我没有被传染，但是弟弟偶尔咳嗽。这一天在父亲出门以后，我和弟弟到处找吃的。可是哪里有什么吃的东西啊，父亲出门太匆忙，没来得及给我准备任何吃的。就在我饿得肚子咕咕叫的时候，看见墙角的有半篮子土豆，那还是保育院农场里的战果，给每家每户送了做礼物。可是我们抱着土豆却发愁了，怎么把土豆弄熟呢，因为生土豆太难吃了，我咬了一口满嘴是粗粝的渣滓。真是饿极了什么法子都能想出来，我看着还冒烟的炕洞，心想可以烤土豆吃嘛。于是我和弟弟就抱来三四个最大的土豆扔进炕洞里，不断用烧火棍搅着，屋子里一瞬间浓烟滚滚，我和弟弟被烟呛得眼泪与鼻涕直流，弟弟咳嗽更厉害了。

我的小家伙，你们在干什么？有人来了，我见是住在隔壁窑洞的张阿姨，她在报社工作，可能是要去上班路过的。她说孩子这样太危险了，会着火的，上阿姨屋里给你们找吃的去。说着她就一手拉着我，一手抱着弟弟进了她的窑洞。真是感觉不一样啊，同样的窑洞，张阿姨家明显干净温暖很多。张阿姨说，这几天整个边区生病的孩子越来越多了，不仅仅是保育院，还有附近的村子，都有传染病，估计你爸爸一时半会儿回不了家，你们吃饭就上阿姨这儿来。我心里安慰自己，父亲是医生，现在是最需要他的时候，我能照顾好自己和弟弟的。为什么会有这么多小朋友都生病了呢？我问张阿姨。张阿姨说这次孩子们生的病不是一般的感冒发烧，是叫百日咳的一种病，刚开始和感冒一样，大家都以为不要紧，后来等到孩子们没日没夜地咳嗽才发现不对劲，一家接一家的孩子，传染得很快。这次传染百日咳最多的是保育院的孩子。张阿姨沉痛地叹息：保育院的孩子很特殊，他们的父母有些流血牺牲了，这些孩子不能不照顾好，还有些孩子父母就在前线打仗，如果孩子出点什么差错，你爸爸和老师们怎么有脸面对他们啊。我明白父亲责任重大，看他这段时间吃不好睡不好的样子我就明白。张阿姨最后不忘叮咛一句，父亲不在的时候要照顾好弟弟，有事就去医院找他。

### 弟弟睡着了

从那天夜里开始，弟弟一声又一声的咳嗽让我整夜睡觉不踏实，窗外寒风咆哮，似乎夹杂着不远处谁家孩子的咳嗽声。弟弟又开始咳嗽，脸颊通红，每一次咳嗽他就像憋着气，身子会弓缩起来，双腿猛地抽搐一下又一下。这样突然吓了我一跳，弟弟眼睛也是红红的，该死，我怎么之前一点都没意识到弟弟的咳嗽会变严重。这几天我脑子里想的全是保育院，没有注意到弟弟的变化。来不及自责，弟弟一个劲儿说冷，他的嘴唇干裂起皮了，我想他需要喝水。我给弟弟喝了很多热水，足足有一大搪瓷缸子。可是

弟弟还是说冷，冷，他嘴里呼出的气息那么滚烫，那么焦灼，可是他却说他冷他要爸爸。对，快找爸爸，我正在恐惧的深渊里沉溺，突然间抓住了救命稻草。

临出门前慌乱中又给弟弟盖上了一床棉被，弟弟乖啊，别急，我现在就去把爸爸找回来。我转身飞奔而去的时候，身后还回响着弟弟一阵又一阵的咳嗽声。可是就在我气喘吁吁跑到保育院后，却没有见到父亲。办公间空无一人，我刚升起希望的心又一下跌到了谷底。找不到父亲我怎么敢回去呢，我不知道怎么才能让弟弟好起来。我正失魂落魄地乱撞，突然有人一把拉住了我。大晚上你在这里乱跑什么呢，那人很诧异。我定睛一看正是父亲的同事王叔叔。我要找爸爸回家，我急忙拉着他的胳膊说，我害怕，我要找我爸爸回家。他看了看我说没事啦不要怕，回去把门拴好睡一觉，你爸爸正在抢救生病的孩子呢。话音刚落他就急急忙忙走开了。他显然把我这次的寻找和以前的那些寻找等同起来了，我承认以前我们不敢单独睡觉的时候，经常跑出去找父亲，有时候父亲在开会，有时候在看病。可是这一次不一样啊，但是没有人听见我心里焦急万分的呼喊，王叔叔已经不见影儿了。

我还是赶紧回去看看弟弟怎么样了，想到他又咳嗽又抽搐的样子我心里堵得发慌，出了保育院我一路狂奔，似乎无尽的黑夜在追赶我，想要把我扑倒在地，似乎弟弟已经被黑夜抓进了它的大网。回家却发现弟弟似乎比之前安静一些了，我想可能是厚厚的被子起了作用，他不冷了。我凑上前去看见弟弟微闭着双眼，嘴唇干裂，我想我应该给弟弟喂些水喝，我用水润了润他的嘴唇。弟弟似乎很瞌睡，我摇啊摇也没叫醒他，他咳嗽了那么多天，一定是缺觉了，一定是累了。弟弟微闭着双眼，脸色看着不红反而变白了。我伸手摸了摸弟弟的额头，不再滚烫，变得冰凉了。弟弟是该好好睡一觉了，不再咳嗽不再滚烫的弟弟让我逐渐安心下来，我用力给弟弟盖好了棉被，深沉的疲倦袭来，倒头就进入了梦乡。

一觉醒来天已经大亮了，我睁眼看见父亲蹲在地上哭，我第一次看见他哽咽抽泣的样子。见我起身他一把抓起我的肩膀大喊，你为什么没来找我？你弟弟他死了！他血红的眼睛怒视着我，那一刻我堵在心里的委屈一下子找到了出口，哇的一声嚎啕大哭。

## 来了一位奶奶

这一年的冬天异常寒冷，我总是觉得春天遥遥无期。父亲还是早出晚归，他比以前更沉默了，和我在一起时也很少说话。我发现他开始抽烟了，是当地老乡喜欢抽的那种旱烟，经常一口下去呛得他大声咳嗽。但他似乎对这种咳嗽上瘾了一样，抽完一锅烟，再装起一锅，边咳嗽边颤巍巍地打火。保育院里的刘爷爷也抽旱烟，但没有父亲厉害。我听见刘爷爷对父亲絮叨，不要多想啦，战争年代死的人

太多了。

　　直到发现这世界又有了颜色,是从第一抹绿芽开始的。先是草木不知不觉泛出了绿意,阳光打在身上变得轻柔而温暖,越来越多的人走出了窑洞,蛰伏了一整个冬天的人们开始活跃起来啦。孩子们叽叽喳喳,春天来到了保育院。唯独我家没有什么变化,父亲还是很晚回家,总是沉默不语,冷冰冰的屋子,如同父亲冷冰而又空洞的眼神。在那双眼睛里再也寻不到昔日的温柔,母亲牺牲的时候如此,弟弟走了之后我就更不敢去直视那双眼睛了。那孔窑洞似乎变成了一张血盆大口,我每次走进它,都能想起离我而去的母亲和弟弟,还有日渐苍老的父亲。它似乎在吞噬着我家的生命力。

　　保育院举行的劳动模范表彰会临时改了主题,是因为父亲那天的表现太突然了。那时边区政府推选劳动模范,当时不但要供给抗战前线,还要保证抗战后方的自给自足,于是全民参与劳动大生产运动。各行各业的劳动模范被推选了出来,父亲也是其中一位。我当时看见那些胸前戴着大红花的劳动模范,很为父亲自豪,他这下应该能高兴一点了吧。那些没日没夜的工作,那些寝食难安的日子,还有我可怜的弟弟。如果父亲当时在身边,弟弟也许就不可能那样走了。我对保育院里的劳模大会的期待超过所有人,我比谁都知道父亲需要一个安慰。

　　我挤在人群里,远远望去坐在台上的父亲似乎矮了许多，他佝偻着身体，黯然失神的样子完全不像是来领奖，更像是个被审判者。是的，也许在父亲的心里，他的良心一直在被审判着，他要把死神手里的每一个人都拉回来，对于弟弟他完全可以做到，只是太忙而错过了。父亲不能容忍自己犯下这么大的错误，不论作为医生，还是作为父亲，那种巨大的失败是与自己博弈而不知所向的幻灭。多年以后我在想，在当时的中国有多少人死于战争啊，每一个生命的逝去都带走了生者的一部分生命。那些失去儿女的父母，那些失去丈夫的妻子，那些失去父母的孩子，人与人的生命早已融为一体。我的父亲，在那个年代被尊崇为劳动模范，被当成英雄，被保育院里的孩子一年又一年敬仰，我想很大原因是因为他的脆弱而非刚强。每当我想起父亲猛抽旱烟的样子，我似乎看穿了父亲的灵魂，一个想要在无私奉献和个人亲情之间寻找平衡之路的人。

谁也没想到父亲讲了这样的话，他说我受之有愧，我不是劳动模范，比起前方那些不顾生命危险的战友我什么也不是，没有照顾好烈士的遗孤我对不起他们。他抬手抹了一把眼睛，会场的人也开始嘤嘤哭泣。

人们总是以一场仪式结束所有悲伤，伤痛真的就像冬天一去不复返了吗？时间推着人们向前走，将过往轻轻地放在了某个角落。在春末夏初的一天，我被家里飘出来的香味震惊了，这孔窑洞里好久没有人间的烟火气息了，除了在保育院有一份吃食外，家里不再做饭了，也没有什么粮食可做。可是这一天我远远就闻见一股葱花鸡蛋的香味弥漫在空气里，往日光秃秃的山坡上有了一片一片的油菜花，我真怀疑整个山河就像一块可口的葱花鸡蛋饼。那个年代物质的匮乏培养了我们超级敏锐的味觉和嗅觉，任何能吃的东西都瞒不过我们。保育院里那些嘴馋的小丫头从不放过刚刚长出来的野葱野果。原来家里来了一位老奶奶，她慈眉善目，满头白发，看起来年纪不小啦，尤其是她裹着小脚，走路颤巍巍的样子总让人担心她要摔倒。但是这位奶奶兴致很好，自从我进门她就拉着我问东问西。笑眯眯地看着我，不时往我嘴里塞一块鸡蛋饼。我也只顾吃了，奶奶说什么我没太在意，只是纳闷父亲不在家，奶奶进了我家门怎么一点都不把自己当客人。突然她问我，弟弟呢？我突然像噎住了一样，打起嗝来。老奶奶不知道只要提起弟弟，我就会打嗝，顿时浑身不舒服。弟弟走了，她问去哪儿了，哦，爸爸说到很远很远的地方去了，再也不回来了。我话刚说完，老奶奶一个趔趄，差点摔倒在地。要不是父亲这时候赶回来，我真不知道我该怎么办。父亲伸手将老奶奶扶起来坐在炕沿上，他一声又一声叫妈妈，失声痛哭。

　　我的奶奶很早就去世了，她会是谁呢，我突然想起这位奶奶曾来过一次。她的眼神我一直忘不了。那时候她给我和弟弟带来一些好吃的，有大枣，还有花生。我和弟弟就像过年一样开心，奶奶慈祥的笑容一刻也不离开我和弟弟，那是我曾经在母亲眼里看到过的温柔。但很不一样的是她看向弟弟的目光，怎么说呢，那目光牢牢地粘在弟弟身上，弟弟走哪儿它跟哪儿，那种像水一样湿漉漉的又夹杂着痛楚和喜悦的目光，我第一次看见，一辈子也忘不了。后来每当我想起血缘这个神奇的存在时我脑海里就会浮现出老奶奶的那种目光。

就在这一天我才知道原来弟弟不是我的亲弟弟，弟弟的父亲和我父亲是战友，就在他完成工作任务回延安的路上，牺牲在了敌人的封锁线上。是他掩护父亲过了那条封锁线，妻子在狱中就被敌人杀害了，他临死前唯一牵挂的就是家中的老母亲和几个月大的儿子。后来父亲念及老奶奶年岁大了带不了小孙子，就把弟弟接到了身边。

1949年父亲本来是被安排移居北京生活的，但他死活不肯离开陕北，老奶奶去世前父亲把我的名字改为罗杨，我才知道弟弟姓杨。

# 六 足球足球

## 一

1940年春,惊蛰刚过不久,阴霾笼罩了大半个中国,天气似乎比往年还要恶劣,冻得人手指头都伸不出来。四九已经过去了,按照自古而来的民俗,接下来应该是沿河看柳的时令了,可是有一个消息隐秘传来,东北抗联司令兼政委杨靖宇将军由于叛徒的告密,被日军包围,终因寡不敌众,以身殉国。大家知道战争到了真正的艰难时刻。

还差一天就是清明节了,延安保育院里的孩子们在晨课结束后,剩下的就是最为开心的自由玩耍时间了,因为老师们需要帮食堂做饭。可是这一天孩子们还没冲出窑洞的大门,就被郭校长堵在了教室里。

◆保育院的孩子在滚铁环

"同学们,静一静,下面我给大家介绍一位新同学,小九,马小九,大家热烈欢迎!"说完话,郭校长看着害羞的孩子们,再看看一直低着头的小九,率先鼓起掌。

下面的一帮平日里爬树翻墙摸鸟蛋的"小英雄"们,你看看我,我看看你,都不敢说话了。大家偷瞄着这个瘦瘦弱弱,上衣露出棉花,袖口黝黑发亮的少年,他短发,脸色蜡黄,嘴唇发紫,眼睛充满血丝,其他的大家都不敢再细看了。这不是第一次有新朋友加入他们儿童保育院,大家平时也都见多了"世面",实际上他们现在这30多个人,差不多都是陆陆续续被送来的,但当他们看着这个叫小九的孩子时,丝毫没有感觉到他身上有孩子般的亲切感,或者同为"革命战友"的亲切。

郭校长看出了大家的尴尬,不由地笑了笑,这场面,以前还真没发生过,平日这帮孩子可都是天不怕地不怕的主。就连中央领导人视察保育院的时候,他们都没被吓住,反而争相表态,要求加入儿童团,可现在却不敢说话了。

说实在的,就是郭校长,第一次见到小九时,也是感觉这个孩子太沉默,少了他们这年纪的活泼与天真,甚至他在他身上看到了成年人少有的漠然,但这确实只是一个十二岁的少年啊。

孩子们最后还是鼓掌了,很勉强,带头鼓掌的还是这里头的"孩子王"马汝真,郭校长知道,这次,他们能老实几天了。

这就是他们与小九的第一次见面,其实,从头至尾,小九没有说一句话。

## 二

两天过去了,孩子们还是不愿意和小九一起玩,而小九似乎也不在乎这些,他总是静静地依墙而立,眺望着远方的山头。或者偷看着他们一起沿着水冲成的沟渠,溜下门前的小坡,在坡底的酸枣树前,再手脚并用地停下来。保育院的游戏不多,这个溜坡的游戏算是一个大家都比较认可的项目,找一个小凳子,凳面朝上,坐在凳子的几条腿中间,手还能抓着凳腿,控制方向,防止凳子滑到石头或者沟沿上被摔飞出去。其实,这个游戏是冬天另一个游戏的翻版,陕北的冬天,天气有时候能达到零下二十多度,要是再遇到北风猖狂的时节，天气可能更冷。天气冷的时候，河水结冰就快，而且还特别厚，这时候，他们保育院的游戏场就变成了坡下面的小河道了。在冰面上用凳子滑行，既快又好玩，只要控制好方向，再有一个人推着凳子，可好玩了。

◆保育院的孩子在冰上玩推凳子

可现在毕竟已是清明时节，想要滑冰已经是不可能的事了，所以他们就想出了这个办法，在水渠里面滑行，一次两次可能不行，时间长了，整个水渠被压得光滑异常，竟然也能像冰面上一样，滑行好长一段距离。

这个办法是小九教给他们的。起初他们都不觉得可行，可是观察小九滑了最初的一两天后，一次比一次滑得远，他们都相信了，这个办法比冬天在冰面上滑行要方便多了。

因为后面不用人推了，而且黄土松软，摔倒了，磕破皮儿，也没多疼，就地捏上一捏细软的黄土，揉在伤口上，就当敷药了。说来也奇怪，黄土的止血效果还真了得，不一会儿，伤口便结痂了。期间要是再配合上流传已久的民间歌谣"黄土面面止血快，黄土面面止血怪，黄土面面止血就是快"，似乎效果更好。

果然不出两三天，大家都学会并接受了这个新的游戏项目，并且乐此不疲，期间，老师都觉得这个游戏太危险，此事甚至惊动了郭校长，最后还是在他们承诺今后好好学习的情况下，才被允许偶尔玩一次的，但必须有惠老师等几位年轻老师陪着。

经过这件事后，大家虽然想接近小九，可是，小九对大家依然不搭不理。被拒绝的次数多了，大家也就不咋主动了。

草长莺飞，学习之外的日子，依然过得很快。这期间，晋西北反扫荡胜利了，身边的大事一件件发生。保育院里面的孩子们，似乎并没有发生多少改变。课堂上，大家还是那样的闹腾，唱《跟着毛主席天天向上》的时候，声音洪亮，似乎窑洞都在嗡嗡回响：

　　毛主席像太阳，他比太阳更光亮。小兄弟小姐妹拍着手儿来唱歌，太阳太阳真正光亮，我们跟您天天向上。

　　毛主席像妈妈，他比妈妈更慈祥。小兄弟小

姐妹来吃妈妈的奶浆，幸福长大身体健康，保卫边区把敌杀光。

毛主席像明灯，他比明灯更光明。小兄弟小姐妹跟着明灯向前进，团结友爱努力奋斗，收复失地驱逐日寇。

## 三

天气逐渐热了起来，德育课最后一个常规项目是合唱《黄河大合唱》，小九唱得很卖力，虽然没有受过训练，但是这半个月来，他已经能跟着唱出个七七八八了。其中他最喜欢的是《保卫黄河》，虽然不能唱出整个调调，但他懂，保卫黄河，保卫华北，保卫全中国的意思是什么，即使在这些保卫的地方里面没有发现自己的家乡，毕竟自己的老家很小很小嘛。

陕北的春天来得比较迟，但是持续的时间并没有比其他地方短多少，首先是山沟沟里的杏花开了，接着是桃花，然后是梨花，最后燕子也来了。对于保育院里的孩子们来说，过了三月三，依然还得穿着臃肿的棉大衣，但是燕子来了的时候，就可以真正脱掉棉衣棉裤了，出去玩再也不怕冻着了，要是前几星期，免不了被保育员白阿姨教育一通。

此时孩子们是解放了，保育院的保育员们可就有的忙了，拆洗一个冬天没有换洗的旧棉衣棉被，然后再晒干缝合好，前前后后没有一个月的时间是忙不完的。拆洗旧棉

衣就会有旧棉花,那是一撮一撮,有的已经发黑,不知穿了多少个冬天的棉花。最高兴的依然还是这些跑前跑后的孩子们,此时终于可以嚷着、求着要一点棉花,做他们最喜爱的玩具足球了,因为以前的足球去年冬天被踢烂了,再也修补不好了。

所谓的足球,是跟着抗大的学生学的,用的材料主要是旧棉花,烂布料,再用细绳捆起来,一层一层包裹成球状,踢起来有点硬,有些硌脚,但是习惯了就不会太疼,反正他们也没见过真正的足球,更不知道足球其实是皮质内空充气的。论起踢球规则来,其实没啥规则,大家一哄而上,谁抢到就是谁的,只要不把人推倒就成。

忙碌了一天,加之农村本来娱乐活动就少,不论是保育员,还是乡亲们,也都乐见这种热闹场面,三三两两,拿着小凳子,或者一个干树根,或者一块石头,坐在窑前的崖边,看着一大帮孩子,好几十人,不分男女,你争我抢,好不热闹。

小九是保育院小学部的,联络员当时送他过来时就没登记年龄,所以大家都不知道他的真实年龄究竟有多大,只是看他瘦弱的身子骨和个头,便觉得他也就十一二岁的样子。这事他们郭校长也亲自跟小九悄悄问过,但小九从来不说。再写信给当时的联络员,联络员只是回信说,这个小孩是从西安那边送过来的,身份很隐秘,他们知道的也不多,只是大体知道,烈士之后,所以没有用原来的名字,改名小九，其他一概不详。按照惯例，新生报到要造册登记的，加之院里化名学生本来就不少，还有好几个来时没有名字呢，所以老师们也就慢慢习惯了，默认他十二岁。

前几天，小九只是静静地看着他们踢，他骑在门前枣树的枝丫上，身体蜷缩着，活像一只猴子。终于有一天，有老师发现小九偷偷踢着石头，发现有人走近，他就默默走开了。消息传得很快，不到两天，大家都知道了，其实这个不合群的少年心里还是想加入足球队的。

## 四

足球的乐趣就在于所有的人都可以参加，没有人数限制，也没有什么规则限制，布疙瘩谁抢到了就是谁的，起初受场地限制，不能乱踢，球踢到沟里还算好的，要是运气不好，挂在沟沿的野枸杞或者野枣树上，就只能叫大人们来帮忙了。要想放开了踢，就得等到秋作物收成完了之后，在田地里踢，既不怕摔倒，也不怕球拣不回来。

小九来了之后不久，老师们就发现小九不爱说话，不爱玩耍，少了孩子的活泼天性，起初还以为是认生，胆小，也就没当回事，但是十几天都这样，惠老师就有点坐不住了，他去问了厨师刘爷爷。刘爷爷是老红军，戎马半生，见多识广，又喜欢孩子，对保育院里各种孩子的心理他都很了解。听说这个事之后，他只评了一句话，心智早成，胸怀旧事，有情义，是个好战士苗子。

从抗大回来后,郭校长就吩咐各位老师们,多关照着些小九,毕竟从敌占区来的,父母不在了,难免不能适应。但听说小九偷着踢石头,这个消息确实挺重要,至少表明,他的内心里,最起码还没有完全自我封闭,现在不和其他同学玩可能只是暂时的。

一天下午,吃完下午饭,又该是自由活动时间了,孩子们叫喊着冲出院门,去拿球的小耶却发现昨天明明藏在窑洞墙肩的球不见了。当他还在疑惑地一遍遍翻找时,惠老师不紧不慢地走了过来,一手拿着那个已经有些快要散架的破布球,一只手朝着蹲在地上不知干啥的小九喊了起来。

"小九,你先过来。"

"惠老师好!"小九说话很小声。

"惠老师交你一个任务,这个足球,以后由你保管了,要是坏了的话,你得自己想办法弄好,能不能完成这个任务?"

"这是他们的,我不能拿。"

"但这是一个任务,要是由他们保管,坏了肯定逮着谁就哭天喊地地缠着要修好,你看我们这帮阿姨晚上还要给前线的战士们纳鞋底,要给你们缝补衣服,要是影响了纳鞋底,前线将士们冬天可就没有鞋子穿了。这个任务虽小,但和上前线一样重要,怎么样,接不接受?"

站在一旁的"孩子王"马汝真这下总算听明白了,原来一直是他保管的东西要被别人抢走了,而且他从来不知道这东西还能和前线将士的抗战联系在一起。所以，一听到这些，他立刻喊道："惠老师，就让我完成这个任务吧，以后我再也不纠缠你们了，真的。"为了表现自己的急迫和渴望，最后的两个字说得特别真诚。

"他年龄比你们大，而且更懂事，所以由他保管最合适，你看前线的战士们都听班长的，就是因为班长懂得多啊。等你再长大点，好好学习，以后这个由你来保管，好不好？"惠老师耐心地对着马汝真解释着。

马汝真抿了抿嘴，还是点头答应了。

小九则是没有出声，既没反对也没答应。

惠老师顺势将球塞到了小九的手中，对着马汝真说："以后下午玩球，就找你们小九哥，由他带着你们一起玩。"

冲出院门的孩子们迟迟等不住马汝真，有的又重新折了回来。他们也听到了惠老师的话，不过对他们来说，谁保管球都一样，只要有的球玩就成了。

看着手里的球，小九呆呆的，不知道该怎么办，想起保管这个球还能有这么大的贡献，也能为抗战出一份力，他觉得自己内心深处的情感终于找到寄托了。

接下来的几天，他虽然没有和其他孩子一起去抢，但球依然由他保管，白天没事干的时候，还顺便检查检查，发现哪个线头松了，就重新扎一下。

一个周五的下午，仍然穿着春装的孩子们觉得有点闷热，在唱完合唱曲之后，本该是做游戏时间，这时院长带来了一个重大消息，陈嘉庚要访问他们边区了，到时候毛主席与朱总司令会与他们会谈，中央已经做出了指示，要把边区积极向上的真实面貌展现出来。

陈嘉庚是谁，他们不清楚，只是知道是一个很厉害的人，一个一直在为中国抗战做物资、钱财筹备工作的人物。所以，他们要在陈嘉庚同志面前展现出他们边区保育院的热情。

## 五

陈嘉庚考察团由西安转道延安，在延安考察期间，除正常的安排外，基本都是与当地人民和学生以自由座谈的方式交流，因为行程问题，保育院孩子们准备的节目，最终没有展现。

不过，随同考察团而来的记者，在听说边区保育院后，来到了保育院，参观日常课堂学习。虽然夏天日头较长，但保育院距离延安还有一大段路程，所以郭校长邀请一席记者暂住，第二天再返程。

吃完饭后的时光是属于保育院孩子们的，要是平时，早就准备踢球了，可今天阿姨们都说了，要认真学习，要听话，不要淘气。所以，大家都是三三两两待在院子里，你看看我，我看看你，不知道该怎么办了。

门外窸窸窣窣，门内更是推推搡搡，大家都想出去玩，可谁也不敢第一个出去，因为老师们说了，今天来的客人很特别，要是平时，早就鱼贯而出了。

远方来的客人总共三人，两男一女，衣服漂亮整洁，至少在村民的眼里，就是好看得让人忍不住跑过来跟着看，而且边走边看的那种程度。所以，不论记者团走到哪里，后面都跟着一群人。而这些记者们也乐见人们围过来，索性来到了窑洞院前的枣树下，拉过一大截干柴，就地招呼大家坐下来，再用各自的方言蹩脚地交流着。

不知谁喊一声，"小九娃，你们踢个球赛给这些记者同志看看，咱们这小地方也有文化娱乐哩。"

一听还有球赛，记者们就来了精神，立刻让乡亲们介绍介绍，听到这样的游戏每晚都会玩到天黑看不见球才会结束时，更别提有多期待了。

就这样,保育院第一场"正式"的足球比赛就此开始了。

小九原本是不想上场的，可是耐不住乡亲的劝说，其实他来这里时间不长，但周围几个村的人都认识他，而且对他还颇为照顾，这让他不得不硬着头皮上场了。

足球，是一个需要技巧与配合的团体运动，但在他们这里，规则就是没有规则，谁能抢到球，并且不被其他人抢走就算是厉害了。

论起跑，他们这群孩子里没有一个人是小九的对手，虽然这里面还有很多孩子在山沟沟里出生并长大的，翻山越岭都不在话下，但与小九比起来，他们都自叹不如。

比赛的精彩程度一如往常，原本想象到的画面并没有发生，只有当球被抢飞远了，小九才会跑过去把球捡回来，拍拍上面的土，并迅速抛给年龄最小的人，而小九，更像一只护着雏的老母鸡。

一晚上都是如此。

## 六

第二日，有记者找到小九，想看看他的足球。此时，抱着布疙瘩的小九正在凝视着自己脚下的蚂蚁，记者表明了自己的来意，他没有抬头，只是稍微调整了自己的蹲姿，顺便把足球抱在了自己怀里。

"你很喜欢它？"

"嗯"

"能说一下原因吗？听说你很聪明，能够自己发明玩具？"

"我们只是逮到什么玩什么，你想看我的足球是吧？"

记者不由一愣，他没想到眼前这个十一二岁的孩子居然知道了自己的来意。

"院里的阿姨自己做的，你想看，给你。"

记者接过了这个布疙瘩，材质是粗棉布，已经发黑，看不出颜色，扎捆的绳子用的是粗麻拧成的绳子，简单却又结实，整体捏起来不是特别硬，但也不软。

"我很喜欢它，我把自己的怀表送给你，你把它送给我吧，我想把它带回去，给更多的人看看。"

说着，记者就从自己的上衣口袋里摸出了一块红铜色的怀表，表面蒙绿色的镜面，下面是指针，虽然小九没见过怀表，但他明白，这东西就连郭校长都没有，肯定很贵的，不是自己要得起的。

记者看到了小九眼神中的犹豫、动作之外的顾虑，强行把怀表塞到小九手中。

"答应的话，就送给你了，你把你的足球回赠给我就成。"

"能告诉我，要这个布疙瘩干什么用么？我知道，这个不值那么多。"小九反问道。

"我想给其他地方的人看看，边区的保育院筹建得还不错，你们虽然日子过得很困难，但是我在你们身上看到了朝气，看到了希望。以前听说共产党要在延安建保育院，很多人不愿意相信，有了这次的采访和证物，我想，回去以后，只要大家能看到希望，应该就能给你们边区募捐更多的物资和弹药。而你，也算为抗战出了一份力。"

"你的东西太贵重，我不能收，但这个球送给你了，记得好好保管。这衣服是一个大娘给我的，上面黑色的是血，很多战士掩护我们撤离时留下的，我一直不愿洗，就是觉得仿佛他们一直在我身边，一旦洗白了，我怕我会忘了那些因为救我们而牺牲的人。"

"那为啥要做成足球？"

"郭校长说了，战士都是一把刀，哪怕断了，残了，也能打成钉子，接着为抗战出力，我是他们救下的，我觉得他们要是还活着，应该也愿意这么做。"

陈嘉庚访问团走了，记者团也走了，保育院的日子依旧风平浪静。

直到过了好多天,有人终于发现,原来一直默不作声的小九不见了,随之不见了的还有他们玩了大半年的足球,取而代之的是一个全新的做得比以前还要结实的新足球。

小九的事院里面知道详情的人不多。大家谈论最多的就是,小九有可能就是抗联某位英雄的后人,现在他的家人终于联系上了,被送回家乡了,还有说法是,小九被选入八路军了,因为小九跑得快,耐力好,二十多里地,一个来回不带喘气。

## 下篇　对话保育院学生

在延安保育院儿童故事的写作期间，我不断通过史料中一行行文字铺成的路走向了历史的幽微之处，那些留存的音像多半是老人们的口述。老人们关于当年延安保育院生活的口述或者记录大多都变成了事件框架，那时年幼的喜怒哀乐，那时小小的个体，在老人们的回忆里都汇入了历史的大叙事与大框架中。生命总是这样，当你年轻时展望未来，你会觉得日子绵延无尽，可是当你行至曾经所预想的那个时间点再回头望去，似乎一览无余，回忆的目光所及只留下人生的大框架。时间如流沙，一层层漫过来，许多生命的细节被深深埋藏。但我总觉得当年延安保育院孩子的故事不仅仅是老人记忆中的年幼自我的故事，也不仅仅是革命前辈的英雄成长轨迹，在我的视野里他们更多的是作为一代人的历史使命与选择。站在上个世纪三四十年代兵荒马乱的历史的十字路口，不同的选择造就了不同的命运。今天年轻的一代怎样看待那段历史，也许普通人在历史里的命运与沉浮更能折射一个时代里大众的生命底色，寻找小耶就成了我的愿望。

从《马尾胡琴》的故事里我们感受到的是一个腼腆、执着而有音乐热情的小耶，他身上有着八九岁男孩子所具有的特点，文静却有那么一点点调皮，心里有着自己的小小梦想，再艰苦的环境对于他似乎都不会造成太大伤害，他说着话，总能笑起来。

这是我见到高耶夫老人时对于他童年的想象。

# 一 寻找小耶

几年前我得知一位当年的保育院学生高耶夫就住在西安，辗转问到了地址，看地址也距离我家不远。真想赶快上门听他讲当年保育院的故事，但转念又想，我这样直接上门会不会太打扰老人了，不知道他身体健康状况如何。毕竟当年延安保育院的孩子们现在都是八九十岁的老人了，时间就是这么流水一般，我直接从小耶的童年一下子要去面对他的老年，没有任何过渡，也没法让我过渡。因为能查到的史料里关于延安的事情更多，后来的事，只是隐约知道小耶后来参加了抗美援朝，再后来属于兰州军区干休所的退休干部。迟迟没敢去上门拜访老人的很大原因是我还没做好面对老人的准备。

毕竟只打听到小耶的地址，没有电话，没法给老人打电话预约拜访的时间。于是，我给老人邮寄了一封挂号信。

差不多有一个月，没有老人的回应，我想也许是老人身体不方便，也许是挂号信没有收到。尽管心里遗憾，但只能告诉自己不要自行去打扰老人。

突然有一天我接到了一个陌生电话，电话中的声音听起来是一位老人，"喂！喂！是韩老师吗？我是高耶夫。"我兴奋地大声应答，真的联系到了我想要见的老人。我说我是韩老师，可就是这句话我重复了好几遍，那时我拿着手机站在校园里，大声喊我是韩老师，想想这情景肯定惊着了过路人。但是老人还是听不见，不过他的声音清晰，字字有力，他说他耳朵背，平时打不了电话。他说很高兴能和我谈谈延安保育院的故事，让我再给他打电话预约时间。短短几分钟通话，末了，老人不断叮咛我记住他家里的电话，我也跟他大声一个数字一个数字重复着默记着，挂了电话才记起手机上是有来电显示的。这是我对老人的第一个印象，他有着超乎寻常的认真。

第二天我还没来得及给老人打电话，老人却给我打来了，这次他在电话里的声音听起来有些无助。他说："我给你准备了一些资料，我，我没法出去给你邮寄，你快来我家里拿，我打电话听不见，家人不在，我出不去，我在房间里走路都会摔跤。"这次通话瞬间让我把对老人和延安保育院的情感打通了，人行至暮年又回到了人生的起点，没有客套，没有修饰，返璞归真，说的人直接，听的人也没有了拘谨。就在这一刻我决定要去看老人就像看亲戚一样，即使不能顺利访谈，又有什么关系呢。

果然等我次日下午到老人家里时，老人和我都感觉很亲切，见面就来了一个拥抱。这是一个老式小区，显然是老人一直不愿搬离的有着至少十几年记忆的小区，沿阶上楼时我更加体会到了老人出门的不方便。

原以为老人一个人在家，没想到老伴也在，而且老伴身体很好，和我说了很多话。我这才知道高耶夫老人和老伴白洁都是当年保育院的学生。两位老人得知我和他们的孙女同龄，更加亲切，待我如孙女一般，我也就顺口叫高爷爷、白奶奶了。

◆高耶夫、白洁新婚时

## 二 高耶夫这个名字

高耶夫老人说起他的这个名字很是自豪，因为这是毛泽东的弟媳妇，毛泽覃的爱人周文楠给他起的。高爷爷家中有兄弟六人，他排名老六，小名六儿，在老家的名字是按照仁义礼智信来起的，大哥高在学，二哥高在仁，老五高在智，高爷爷在老家时名叫高在信。那时他大概十岁，长兄来到延安参加革命，他和五哥也跟到了延安，直接进入保育院的小学部。当时他和五哥都想改一个名字，该叫什么好呢，到了学校也没有想好，于是请老师给他起一个名字，当时周文楠老师拿起桌上的报纸忽然来了灵感。不如就叫高耶夫、高诺夫吧，那时候在延安听到苏联人的名字诺夫耶夫斯基之类就像今天人们喜欢玛丽吉姆之类，也是对于一种文化的认同。于是，高爷爷勇敢地抢来了高耶夫作为自己的名字，毕竟高诺夫听起来像是个懦夫嘛。

和老人聊天得知，他一直到退休都奔赴在社会和人民最需要的地方。高耶夫，1930年生于陕北佳县一户贫苦农家。时逢土地革命兴起，长兄革命出走，家中横遭土匪抢掠，一家老小东躲西藏，

◆抗美援朝时的高耶夫

四季不得安宁，幼年在动荡中度过。以下是老人应我请求拿出了自己之前写的一份小传：

1938年九岁的高耶夫开始在村办小学走读，1940年参加革命，为八路军一二零师三五九旅教导营学兵连学兵。先在泽东青年干部学校绥德分校儿童队学习，半年后儿童队撤销，转入绥德分区干部子弟学校。1941年5月派去陕甘宁边区青救会青年剧团，同年秋入边区保育院小学部，期间参加了大生产运动和整风运动。1945年夏升读延安中学，1947年初调入西北军区第四野战医院从事战伤救治和医疗护理。1948年秋参加荔北战役，夜间发现野战部队后撤，警觉汇报，医疗所领导当机决定提前组织伤员后转，避免了损失，记二等功。1949年初入党，秋季奉调军区卫

生部第二届医训队学医，1950年学届未满开赴朝鲜前线，参加抗美援朝战争，历时八年，先后担任护士、实习军医、助理军医，1954年被志愿军卫生部任命为第三基地医院军医。他在反细菌战期间参加了疫情侦查，疫区封锁，可疑带菌标本采集和疫情灭火；交换战俘前参与尸骨发掘与处理。并且他长期负责伤病员向后方转移，担任战区护送队长，多次历险而不退缩。一次向后方护送伤员的途中遭遇空袭，奋力抢救伤员时被炸伤，负伤后他仍沉着指挥，组织现场隐蔽搬运。面对众多再伤伤员，果断报请空军掩护，强行运行数百里，抵达后方基地，为危重伤员赢得抢救时机，记二等功，获朝鲜民主主义人民共和国军功章。他领导病区实行医疗护理责任制，使病区成为当时的优秀集体，他本人出席了志愿军后勤首届"英雄模范、优秀工作者代表大会"。朝鲜停战后，参与平壤市区的战后恢复建设，直至撤军。1958年回国后他在沈阳军区二〇四医院、总参一二一野战值班医院工作，参加了驻地的水利建设、大炼钢铁和1962年的海防守备战演习。1964年调至兰州军区，先后在解放军第三医院、二十六医院、一八二野战医院、三十医院、三十四医院任军医、主治军医、副主任军医、外科副主任。1982年带领野战医疗所参加华北地区防御作战演习。1985年带领野战手术队在云南前线老山战区担任一线救护、战伤医治，立二等功并获得战地优秀共产党员的称号。1988年奉调延安，为陕北军民服务，再获年度优秀党员，九十年代末退休，授予二级红星功勋荣誉章。他离休后还应老区技术开发研究促进会之邀，带领老区医疗队为陕北人民送医送药，深受老区群众喜爱。

## 三 王震是我的工作证明人

高耶夫老人的老伴白洁女士今年86岁了，却有着超乎同龄老人的敏捷思维和耳聪目明，说起延安往事，高耶夫老人有时候会突然停下来，陷入沉思，他需要时间去捕捉记忆。这时候都是老伴白洁在一边补充细节，原来高耶夫老人前几年患过抑郁症，最严重的时候什么都不记得，还撕碎了一件新衬衣。老伴说起这件事的时候那种无奈和感伤在屋子里弥漫开来。这是一位多次上过战场的英雄，早在保育院的时候就给低年级班级教唱歌了。我理解，逝者如斯夫，今天的历史里全是他们温热的生命记忆，我再次找到老人很喜欢的一个话题。"毛泽东弟媳给我起名字"这个故事老人给我讲过很多遍，我想这里面蕴含着一个情结，它是经历过延安岁月的人们深沉情感与热切向往的凝结。

高耶夫老人多次说到王震，他说"王震是我参加工作的证明人，这是写入我档案里的，我1940年10岁的时候就参加工作了。"老人的话让我惊奇，这后面一定有一个不同寻常的故事。果然如此，两位老人给我将这个故事前后讲了三四遍，我想人这一辈子回头凝望来路，细枝末节就如此这般简化成了几个具有象征意义的生命大事件。大哥高朗山早年到延安参加革命工作，父亲去世又早，于是高耶夫和五哥也跟着来到了延安。两位弟弟跟在大哥后面跑来跑去。

王震见了说："咋刚走了个弟弟，又来一个！"

"我有五个弟弟"，大哥说。

"这么多弟弟！我就一个弟弟还下落不明，把你弟弟给我一个！"王震比大哥还像大哥。

大哥随手一指，说："那就把这个弟弟带走吧"，他说的是高耶夫，还不忘补充一句"他还尿床呢"。

王震说："尿床怕啥，长大了自然就不尿了。"

就这样高耶夫成了王震三五九旅学兵连的学兵，但就是这尿床的坏毛病又让他待不下去了，大家都笑他"瘦猴还小，回家吃奶去。"

最后王震只得让警卫员将高耶夫领到了延安保育院，成为保小的学生。

老人说到小时候尿床的事眼睛都笑得眯起来了。

## 四 大哥高朗山

当两位老人说起家里的大哥时都深深叹息，大哥五十多岁年纪轻轻的，就因肺病去世了。大嫂一直在工作，但最后还是没有正式编制，她和孩子就靠大哥留下不多的钱过日子。大哥生于1916年，1973年6月去世的。老人说着话给我拿出了大哥的照片，气质不凡。还有一张毛主席题词的照片："边区青年领袖，全国青年的楷模"。在两位老人的讲述中，我知道了高家的这位英雄人物。高朗山，原名高在学，堂兄高在邦是早期共产党员，高朗山自小就在堂兄主教的学堂里学习，耳濡目染了"铲除军阀，打倒列强"等进步思想，逢集演讲，下乡没收大烟烟灯，决心做一个进步青年。1927年加入共产主义青年团，1935年入党，曾任西北青年救国会组织部长、主任等职。抗日战争期间，他倡导成立了全国青年抗战救国联合会与陕甘宁边区学生联合会，积极宣传，统一了边区群众运动，联结了陕甘宁边区25个抗日团体，形成团结一致对外的抗日组织，巩固了抗日民族统一战线。他还是陕甘宁边区

◆延安时期的高朗山

儿童保育会的促成人之一，在边区青年第一次代表大会上，他呼吁"青年应该有自己的节日"，促成了"五四"成为中国青年节，对推动青年团结奋进、爱国抗日有深远的影响，因此被毛泽东主席称为"边区青年的领袖"。在第一次"青年救国会"代表大会上他讲道："在这样的环境之下，边区临时青救会决定召开这次大会，并且为了迎接大会，完成了下面三个方面的工作：第一，扩大了约2万会员。第二，巩固和扩大了少年先锋队，这些少先队虽然都是穿着破烂的衣服，头上包着面巾，但是他们已经雄壮地拿起了刀，并且练习着掷木质手榴弹，准备将来用真的手榴弹掷在日本鬼子的头上！第三，在文化上我们曾组织了6万青年参加了文化战线！消灭了很多文盲，参加文化战线的差不多

识字都在五六十到四五百字。"① 我查阅史料时发现高朗山曾经的讲话稿,由此可见他所做的工作产生了怎样的影响。

两位老人说起青年节时很自豪地说那是毛主席请大哥去谈话后定下来。高耶夫老人笑着给我模仿大哥和毛主席的谈话,第一次的时候因为大哥听不懂毛主席的湖南方言,就用笔写着交谈。一次不够,毛主席又约谈了第二次,这一次请了一位湖南翻译,最后还谈了一次话,总共是三次。老人仿佛在确认,又仿佛在强调,这是一件值得家族骄傲的大事件。

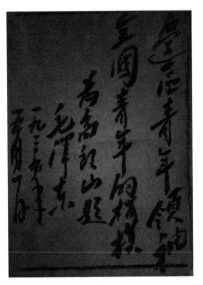
◆毛主席为高朗山题词

青年应该有自己的节日,但是这个节日是定在"一二九"呢还是"五四",毛主席和高朗山谈话后,最后确定"五四"为青年节。

---

① 见《新中华报》载《高朗山致开幕词》(陕甘宁边区青年救国会第一次代表大会开幕词),第462期,1938年10月5日出版。

## 五、一副老花镜

高耶夫老人耳朵有点背，我们的谈话主要依靠笔和纸，一般是我写下要问的问题，老人再讲。有一次老人突然记起来什么似的，起身去找东西了。等再回来时我见老人戴了一副眼镜，这个年龄的老人戴老花镜也很正常，所以我也就没注意。

但是当我第四次去老人家里时，我发现这副眼镜很不寻常。当时老人正说着话，突然眼镜掉了下来，我起身捡起时才发现这副眼镜一条腿早断了，用一根回形针拴着绳子。那绳子挂在老人的耳朵上，显得有点调皮，见我仔细看着，老人眼睛又笑眯成了一条缝，他说这样也挺好。我用手机给老人拍了一张照片，谁见过绑着回形针的眼镜呢。

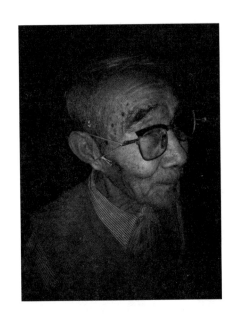

老伴白洁解释说眼镜掉地上摔断了腿子,本来我们让老高去另配一副呢,可是他总不听话,没办法,儿子就给这样修理了一下。

说到儿子,白洁老人笑着嗔怪高耶夫,这么多年,他哪里管过孩子们呢,基本都是我带大的,有一年军演他经过西安也没回家。我握握老人的手想告诉她我完全理解,当年延安保育院里那个为了做一把胡琴天不怕地不怕的小男孩,一直都在工作中奔波。白洁老人说着就谈起大儿子下乡当知青时发高烧的事,在孩子有生命危险时当母亲的是怎样心急如焚。老人说大儿媳身体不好,所以家里有带电梯的房子就让儿子一家住了,她和老伴就住在单位的小居室里。这里是两居室的房子,光线比较暗,为了翻拍老人的照片,我找到了一个明亮处,那是厨房的窗口。我在一口锅的锅盖上放了一张白纸,完成了拍摄。

以前很少接触这样的革命家庭,家族中两代人全是革命工作者,这段历史也就距离我们几十年,我们80后这代人已经感觉恍然如梦了。两位老人都是抗美援朝战场上的战地医生,白洁在朝鲜待了六年,高耶夫则整整待了八年,差点把命丢在那里。白洁老人说起来时不由感叹,战争很残酷,当年一起去的同事,也是保育院小学部的同学王涛英就被飞机炸死了。

白洁老人说着给我拿出一张照片,那是她和同事马玉莲与一位朝鲜姑娘的合影,这张照片后面的故事也让我久久不能忘记。

◆前排为朝鲜姑娘,后排左边白洁、右边马玉莲

老人讲的故事大概是这样的:当时住在防空洞里太过于潮湿,全身长了湿疹,最后就住进了朝鲜老乡的家里。那时候朝鲜真穷啊,每次我们吃点杂粮馍馍和窝窝头,我会省下来一些拿给这家朝鲜人吃,他们什么吃的都没有。有时候正在地里插秧,轰炸机过来就把人炸死了,我有一次救治的那个人肠子都流在了外面。朝鲜后方全是女人和小孩,男人稍微大一点都上战场了。房东家的女儿和我们差不多大,所以她就把朝鲜服装拿出来,我们三个穿着拍了这张照片。

再残酷的杀戮也无法泯灭人们对于美与自由的向往!

没有什么比这张照片更可贵了,难怪老人几十年里都珍视如此,用塑料袋裹着,小心翼翼地放在一个小匣子里。

告别老人时已经是黄昏时分了,屋后传来朗朗的读书声,老人说这是西安第八十六中学,孙女也曾经在这里上学。

我问老人,如果给今天的孩子们说一句话,您想说什么。

老人说:"热爱劳动,珍惜今天的生活。"

◆白洁在朝鲜战争时

# 六 高耶夫、白洁访谈

我和两位老人多次聊天，话题分散而随意，一些事情会被老人反复提起，那就是深入灵魂的无法忘却的生命记忆吧。当我提起访谈更多老人的愿望时，白洁老人叹息道：现在健在的能交流的老人已经很少，当年比我们大几岁的老人都九十多岁了。后来我不再执着于我想问的问题，而是做一个默默的倾听者，老人需要说出来。现摘录部分访谈记录如下：

高：我年龄大，已经够了学龄，我直接到的保小。像你奶奶她们是先到保育院，到了学龄，才到保小。这个保小的名称有个来历，陕甘宁边区保育院小学部简称保小。

当时保小的学生都有一个爱好，老师会拉胡琴，保小的老师大部分是延安鲁艺分配到保小的，再一个呢，就是保小的老师都是延安边区师范学校的毕业生分配来的。保小就是延安保育院的小学部。是八路军办的学校，全名叫中国边区战时儿童保育院，里面分幼稚部，小学部。当时有中国战时儿童保育会，会长是宋美龄，八路军把边区战时儿童保育院报给宋美龄，宋美龄请示后，予以同意。并定标准是收500个孩子，但当时哪有那么多孩子呀。就把当时的小学部合并进了保育院。

韩：奶奶您就随便谈谈您当时在保育院的生活，哪方面都行。

白：保育院那时候我小嘛，我小时候就瘦小瘦小的，六七岁了还像四五岁的样子，体质不好。我的大妹就长得又宽又高，后来我就长开了，那时保育院里吃饭已经很不错了，我印象中我在保育院没有喝过奶，都是小米稀饭，苞谷面馍呀，很少有白面馍。我们一起从保育院幼稚部到小学部的有八个人，有项英的儿子项阿毛，好多老干部的夫人都是我们的保姆阿姨，像乌兰夫的夫人云婷就是我们的阿姨。从敌占区来的进步青年被分配到我们学校当老师。黄克老师开始给我们教唱歌，后来到北京后成为北京育才学校的校长。黄克是一个个子不太高，但长得很精神的小伙子。当时保育院在白家坪，白家坪到安塞县大概有五六里路。

韩：在保小的老师中，您印象最深的是哪位老师？他教的是什么课？

高：保小的老师都属于战时儿童保育会的会员，他们每月都会把自己的工资大半捐给保育会。（老人耳朵背，此处没有直接回答问题，而是说了最想说的事。）

白：高爷爷是家里老大，他比我大两岁，他家还有5个兄弟。当时是王震看到了，告诉警卫员，把他带到三五九旅学兵连，当时他是10岁。当时营养不足，我个子小，六七岁像四五岁。我四五岁的时候，家里来土匪，抓我爸爸，我爸爸和谢子长、刘志丹一块闹革命的。当时我爸爸刚走，我和我大妹在家跟奶奶，土匪来的时候，大妈把我和大妹妹藏到窑洞后面的羊圈里，藏在羊身子底下，没有被抓走。当时把我家里二爷爷给活活烧死了，把我二奶奶拿烧火叉从胳膊上穿过去。没有多久，我爸爸知道后就回来把我和妹妹带到了保育院。

韩：请奶奶讲讲您的母亲白妈妈的故事。

白：我妈妈在延安保育院当保育员，对孩子特别好，冬天没有热水，在延河给孩子洗衣服，由于太冷了，我妈得了心脏病，我妈妈工作特别认真，特别吃苦。在我七八岁时候，上了保小。我们小学就在安塞白家坪。

韩：您还能记起当时保育院伙食怎么样？

白：当时吃的菜主要是土豆和白菜。学校有个菜园子，我们每个班都有一块地。每天早饭，一人一缸子豆浆，一个馍。中午烩菜，土豆萝卜白菜等，偶尔会有肉。

韩：听说那时候的孩子自己会织毛袜子？

白：当时9月份开学了，就会给前方打仗的八路军织毛袜子，四年级以下都有保姆，叫阿姨。她们和低年级孩子撕羊毛，大年纪孩子纺纱。老高的一个表妹，高桃，现在叫高耶玲，住在石家庄，当时她织得很快，一天能织9双袜子。

韩：那时候保育院的孩子都参与大生产运动了吧？

白：那时候快到冬季的时候，八九月份，老师和大同学就纺线线，我们小一点就撕羊毛，给八路军给前线将士织毛袜子。那时候我小，好像我最多就织过两三双毛袜子。我有个同学，一天能织六七双毛袜子。胡宗南进攻延安时我们没有去延安，直接去了安塞的吊儿沟，是一个村庄。到那里以后，我们的老师，就是李大钊的女儿李兴华给我上语文、数学课，她的爱人也给我们教书。李兴华老师的孩子才几个月大，她去上课回来发现老鼠把女儿的鼻子和耳朵咬烂了。那个山沟里老鼠多得很，孩子一个人在炕上放着很危险。

韩：那时主要上识字课吗？

白：开始上简单的课，语文，数学，识字，唱歌，大一点还有物理，自然。那时候妈妈给一毛钱，很好。到合作社买几块糖。黄克老师很好，后来到北京成了育才学校校长。郑丽老师上数学，十八九岁。老师和保姆一样。上课不是很严肃。木板染黑当黑板，钟就是一块悬挂的铁块。

住在窑洞，四年级以下男女住在通铺，被褥是家里拿的。保小大的叫团结区，勇敢区，小的叫亲爱区。

韩：您还记得保育院的阿姨吗？

白：在白家坪的时候，罗医生在我们保育院的卫生所，保小分为四个班：亲爱、活泼、团结、勇敢，团结、勇敢班的是四五年级的大同学，我们小一点的所在的班级就叫亲爱、活泼。当时李芝林阿姨就是我们的保姆，对我们很好，这位李妈妈最后在北京工作，老高有一年去北京，看见李阿姨，就说起保育院很亲切。

韩：听说您大哥还见到了毛主席？

高：我大哥的事情多。当时他是"青年救国会"的主席，1939年边区第一次过青年节，毛主席就写了两篇文章《五四运动》和《边区青年节》，毛主席想要了解边区青年的生活，要找一位了解边区青年生活和组织的人，就叫我的大哥高朗山去和他谈话，第一次听不懂毛主席的湖南话，他给毛主席就用写字来说话，后来又谈一次话，这次找了一位能听懂湖南话的人当翻译，总共谈了三次话。毛主席关于青年节的日期就是和高朗山大哥商量的，就定在了5月4日。

白：他大哥太可怜了，五十多岁就得了肺病死了。

韩：那时候高爷爷的教育都是大哥操心吗？

白：都是大哥操心，他爸早走（去世）了，我那时候到他们家就没见过，他妈妈我见过，可能干了，那时候很多陕北老干部开秘密会议都在他们家，他妈妈给大家做饭，

村子对面挖了一口小窑窑，大家平时就住在那，她妈妈平时给送饭，门口养一只狗，来人的话狗就会叫起来，好做准备。

韩：请奶奶讲讲您爸爸的故事。

白：我爸爸是和刘志丹、谢子长一起闹革命的，听我爸爸说谢子长得了肺结核，后来又受重伤，害怕传染给其他人，就在一个天窑里待了好几个月，都是我爸爸在身边照顾的，谢子长最后是在我爸爸怀里去世的。

韩：后来您是怎么成了医生的？

白：我从保育院小学部毕业后就进了延安中学，胡宗南来了后，延安中学改成第四野战医院。我们几个分到三所。我们是护士。看到伤员，胳膊断了，很害怕。有时一天行军80里路，很辛苦。

延安解放后，我们南下，组织了医训队，一面行军，一面上课。学了两年，到了临潼，住了两年多。入朝鲜时，我是实习医生，待了一年，正式转正，成了军医。

韩：在朝鲜有没有您印象深刻的事情？

白：朝鲜满山都是松树，在朝鲜三个月治不好的伤员，护送队要送回来。有一次老高和战友背靠背休息，老高是护送队长，出去侦查情况，回来同伴被飞机炸死了。老高捡回一条命。成天空中都是飞机。1952年12月2日，保小同学吴梅芳在路上被炸死了。朝鲜男子15岁训练，然后上战场，后方全是女的。啥都没有，一个别针都很贵重。

韩：您跟爷爷是怎么走在一起的？

白：都在一起学习，他大哥和我爸都在一起工作，解放战争后，我们都在一个工作队。朝鲜回来，才结婚。

韩：高爷爷的名字很特别呢。

高：方志敏的儿子给我打的草鞋。我的名字是毛泽覃的爱人给我起的名字，周文楠。我去保小的时候，毛泽覃已经牺牲了。老五和我一起入的保小。原来按照仁义礼智信起的名字，我原名叫高在信。上学前，大哥说要改一下名字，老师看了报纸，苏联什么耶夫，诺夫。就起了现在的名字。大哥很同意。到了二年级，老师教我们怎么写信。我给大哥写信，名字写错了，写成高邪夫，我大哥说名字不改了，就用起的名字。

韩：请奶奶讲讲您的经历。

白：我是1932年农历六月初三生日，爸爸把妈妈带到保育院工作。我老家是子长县黄草湾村。后来爸爸把我和大妹带到延安。1946年保小毕业，1947年参军，成为第四野战军医院的护士。成立延安医院，有子长中学的，绥德、米脂、延安各地中学的学生都进入我们医院。我进入第三医务所，到甘肃庆阳环县一带，部队打马洪奎，接收部队的伤员。后来北上，到子洲、横山、靖边、定边，沙地上尽是甘草，行军路上没有水喝，就拔甘草皮皮一剥，就放嘴里嚼。后来解放榆林，我们又下来，就在榆林的西边，我们又南下到了榆林，我们撤回来，到了榆林后我进入了医院的手术室。当时行军路上，走到神木，鞋帮掉了，在神木过黄河时我想跳到船里，但我那时个子小，一下跳进黄河里头去了，被护士长一把拉上来，腿都蹭破了，流血很多，现在还有疤痕。从渡口又过黄河，两个骡子给我们

◆白洁的父亲白占玉和母亲白如璧

驮着医疗器械，我们就站在两边，浪一打两个骡子就乱蹦，差点把我们扣进黄河里头淹死了。护士长说叫你不要跳，看你还逞能，要不拉你就要被黄河淹死了。过黄河到了山西的祁口，待了几个月。后来解放清涧，在白家川那个沟里住了一两个月，到了洛川，医生不够，抽了部分人员组建了第一野战军医训队，从医专派来老师给我们进行培训，一面行军，一面学习。从洛川下来到了三原，到了临潼，在临潼住了两年多。我是一期医训队，他（高耶夫）是二期医训队的，后来上完课当了实习医生。进入卫生所，1950年10月份，到东北去齐齐哈尔，打扫接受志愿军伤病员的医务大楼，后来接到命令让我们出国，沈阳的中国医科大学来接我们的班，1950年11月底，沈阳丹东过了鸭绿江，进入朝鲜。1956年3月，从朝鲜回国我就转业到了铜川矿务局总医院。

他（高耶夫）被派到朝鲜平壤的，咱们的志愿军好多人就死在了大同江，被水冲走了。江上的大桥被炸断了，他（高耶夫）被派去做修建大桥的工程兵的门诊医生，直到1958年才回国。1971年我调到了西安，到了广电局的卫生所，担任所长。

## 七 相隔八十年的幼儿园小朋友

这些日子我忙着写延安保育院的故事，整天闷在屋子里看史料，这下可急坏了女儿。为了不让她捣蛋，我经常反锁书房门，任她怎么叫都不理，想起来是很残忍呢。但如果放她进来，我的电脑可就受不了啦，她经常冷不防小巴掌在我的电脑键盘上一顿噼里啪啦乱拍，那些来不及保存的可怜文字就像一群被惊扰了的蝌蚪，不知道逃窜到哪里去了，剩下的也不能排列成行，偶尔还有几个乱码的火星文。真是气死人，好奇心太强了，她那个五岁的小脑袋里全是跃跃欲试。

某天她又推门进来站我书桌前，黑眼睛可怜兮兮地望着我："妈妈，你干什么呢，整天不理我。"写故事啊，我话出口还没反应过来。她突然变得亢奋起来,拽着我的胳膊嚷着要听故事。

就这样,我把延安保育院的故事讲给了女儿,展开了一场相隔八十年的对话。可不是嘛,延安保育院的前身,柳林子托儿所建立于1937年,要说的这些故事距今整整八十年了。

我说,在延安,那里有个幼儿园,里面的孩子和你们差不多大,每天都发生很多故事呢。那个幼儿园和我们"吉的堡"(幼儿园)一样吗?女儿与我与保育院的对话就这样开始了,她长长的睫毛就像翅膀一闪一闪,显然对另一所幼儿园的故事很感兴趣。吉的堡是女儿现在所上的幼儿园,在本地属于数一数二的双语幼儿园。吉的堡幼儿园和延安保育院一样吗?这样的问题我一言半语还真说不清楚。于是从史料中翻出保育院的照片给她看,图片是一群孩子在窑洞前的合影。小朋友在哪里上课呢?院子里也没有滑滑梯,他们玩什么?这场相隔八十年的对话是从女儿的问题开始的,在给她讲故事的这些天里,我发现延安保育院孩子们的故事恰好对应着女儿心里的疑问。也许是战争年代的残酷环境,也许是时势的影响,就同样的年龄而言,延安保育院的孩子要早熟很多,难怪女儿成长中的问题都能在这些故事里找到对应的启发。

保育院的院子里没有教学楼,甚至没有房子,只有窑洞。孩子们夏天有时在院子上课,冬季的时候会在窑洞里。

在当时一方面是因为条件艰苦，另一方面选择窑洞也是出于保护孩子们安全的考虑，万一敌人的轰炸机开过来了，房子就被当成了目标，反而窑洞更隐蔽更安全。女儿喜欢图片中的小朋友，她好奇那个时候的院服都是这样灰灰的衣服，不像她的幼儿园是那种鲜艳的橘红色的"橘堡服"。是啊，那时候物质条件的艰难是今天的孩子难以想象的，据当时的《新中华报》报道："保育分会与保育院在经费上颇感困难。有的小孩的衣服被褥尚未补充完全，并且儿童还在不断地增加，需款也更要多些。"而且衣服全为灰色也是出于战争年代的安全考虑，如果穿鲜艳的衣服岂不成了空袭的目标了。

这样的故事与以前她听过的任何故事都不一样。没有森林、没有熊出没，没有喜羊羊与灰太狼，她的想象跑了一圈又回来落到了实处，那个有着几孔窑洞的院子里。这样的院子也不同于城堡，显然是不会有白雪公主和王子出现的。女儿仔细看了看保育院的这幅全景图，小手在上面摸来摸去，她似乎在抚摸那一个个孩子的脸庞。这些小朋友都是谁，他们都有怎样的故事和我分享呢，女儿似乎在探询，在寻找走近这些小朋友的合适路径。而我，就和其他任何时候一样，将女儿带到那里，在一旁悄悄看着，看她怎样与其他小孩子交朋友。

与其说这是一场相隔八十年的对话，还不如说是我偷偷观察到了这场跨越时空的互动瞬间，孩子之间的精神交流。

### 尿床是关系问题吗？

在延安保育院的故事里，女儿起先感兴趣的是一个有关尿床的故事。居然是尿床的故事！不过后来我想想女儿的异常表现也就不吃惊了。

在《生日礼物》这个故事里我主要讲的是与保育院厨师刘爷爷有关的几个故事，故事里提到一个爱尿床的孩子"地图大王"阿毛，女儿听得很认真。阿毛是项英烈士的儿子，当时在保育院他的调皮和尿床是出了名的，几乎每晚必尿。保育员阿姨只好天天在院子里的大太阳底下晒阿毛的被褥，每当这时候同学们看着被褥上的斑斑尿迹都会开玩笑叫他"海军司令"、"地图大王"。

当女儿听到我说"地图大王"时她也开心地笑，可能她心领神会那种尿床绘制的地图实在是太形象了。记得她刚上幼儿园那会儿回家第一件事就是神秘兮兮地给我分享她的小秘密。妈妈，我给你说，今天我们正上课呢，那个谁谁尿裤子了，椅子都尿上了。她说完嗤嗤地捂着嘴笑，似乎这是她生活里最最好玩的事。

可是有一天她自己却因为尿裤子再也不敢去幼儿园了。中午午休的时候不仅尿湿了裤子，还尿了床。老师贴心地帮女儿换洗了裤子。我当时也没太在意这件事，就随口叮咛她注意上厕所不要给老师添麻烦，谁知第二天早晨麻烦可真大了。我那天急急忙忙送女儿到幼儿园，刚要进门，她却哭着跑开了，满院子边哭边跑，穿着高跟鞋的我像个小丑一样跟着跑了几圈也没把她捉进怀里。真是气恼极了，我只好把她再带回家。回家后才知道她是因为害怕尿床而不敢去幼儿园的。我想起来《生日礼物》当中那个慈祥的刘爷爷，每天睡觉前他用故事抚慰孩子们幼小的心。不管是孩子们对黑夜和狼嚎的恐惧，还是与父母分离的焦虑，故事的轻柔小手总能轻轻地拍着他们入睡。

女儿的尿床焦虑是不是也可以用故事来治愈呢？我七拐八弯好不容易问到她尿床的事，她说害怕尿裤子被大家嘲笑，醒着的时候还能憋着，睡着的时候如果忘记憋尿就会尿床了。难怪幼儿园老师反映她午休不好，翻来覆去睡不着，原来是害怕尿床啊。

你还记得那个"地图大王"阿毛吗，他的故事可有趣了。我逗着她，将我从史料上读来的阿毛的故事添油加醋讲给她听：

阿毛因为尿床的事让他很苦恼，他可能因为一直担心着这事儿，害怕被大家嘲笑，就显得格外爱动，上课不专心动来动去，就连吃饭也不专心动来动去。大家都说他调皮不听话，其实大家不知道他这样做都是为了让大家多关心一点他。延安保育院的厕所不在窑洞里，而且也不在院子里，每次小朋友们都是排队去上厕所，前面的还没上完后面的就尿急啦。这时候阿毛就紧张，反而尿不出来了，等到要睡觉的时候，他想尿也不好意思再说。

女儿用很不一样的眼神看着我问,"你怎么知道阿毛想要人关心?"我从她的眼睛里看出了被理解、被表达出来的那种喜悦与深埋着的委屈。谁叫我是老师呢,我故作自豪地说,最后是韩老师治好了阿毛尿床的毛病。妈妈,不会是你吧?女儿疑惑我这个韩老师怎么能够穿越到八十年前。当然不是我,那位韩老师名字叫韩作黎。

  老师们都为阿毛尿床的事着急,毕竟开始秋凉了,尿湿的被褥晾一天也干不了。大家担心是不是阿毛肚子着凉了,但罗医生给他吃了药也不管用。可能是这孩子心理有负担,也没有形成良好的排尿习惯。韩老师为了纠正阿毛的尿床毛病,经常半夜起床来到学生宿舍,叫他小便一次。可就是这样韩老师坚持了几周也不见效,于是就把阿毛搬到自己的窑洞,睡到同一个炕上,让他睡在身旁好及时提醒他起来。经过一个学期,阿毛养成了习惯,终于彻底改掉了尿床的毛病。

  从这以后,阿毛在韩老师的房间住习惯了,不想再回学生宿舍住,他经常像小猫一样紧紧依偎着韩老师,才能够睡得踏实。这个失去了爸爸妈妈的孩子多孤单啊,韩老师把阿毛当成了自己的孩子。后来阿毛真的当上了海军军官,可惜很年轻时就生病去世了。就在他病得很重的时候,家人问他最后还有什么心愿,他说:"想见见韩老师!"韩老师得信儿后,匆匆赶到,师生两人就这样哭着告别了。

女儿听着这个故事,眼眶里湿漉漉的,阿毛心里的痛苦她完全能够感同身受。想起幼儿园的另外一个小女孩,一天能跑卫生间十几次,他们面临着同样的困境。上厕所这样的事,在大人看来不算什么,可是如果用四五岁孩子的心灵去承受就可以算作是天大的困难了,要不然也不至于焦虑到寝食难安。作为教育者的大人需要反省在教育过程中是否能换位感受,是否能从孩子的心理去感受他们的困难到底意味着什么。现在有些家长强迫孩子去适应,看起来是在培养孩子适应环境的能力。但是被迫适应了环境的孩子很少能感受到被引导、被陪伴和被爱的力量,就算长大成人也会留下终生的内心匮乏感。我认为好的教育首先是理解,是尊重,是陪伴。小小幼儿也有很强的自尊心,也有被人尊重的需要。

在延安保育院里,老师和保育员将自己的工作当作重要的革命工作。多少人在前线冒着生命危险,多少人已经血洒战场,这些没有父母陪伴的孩子就格外得到老师们的爱怜。尿床反映的不仅是习惯问题,还是幼儿的人际关系和心理问题。当年的阿毛对韩老师念念不忘,成为他生命中最重要的人之一,这都是因为师生之间的深情厚爱。尤其对幼儿来说,通过触摸身体的这种"肤慰"方式能够给他们带来安全感。韩老师和阿毛同睡一炕的"亲密关系"的建立是治愈阿毛尿床毛病的关键。可见在当时那样艰苦的条件下,保育院老师对孩子的保育是多么精心,这不得不说是今天我们这些为人师者的榜样。

再送女儿去幼儿园对我来说是个头疼的事,我害怕她到了学校又要逃避,她是个敏感而胆小的孩子,遇到让她恐惧的事情就想要逃走。那天Lucky老师站在门口迎接她,她胆怯而倔强,又想逃回家。无奈我只好把阿毛的故事所带来的启示委婉地分享给Lucky老师:通过身体与皮肤的接触,是老师与幼儿建立亲密关系的有效办法。拥抱、摸头,或者亲亲小脸蛋都能让幼儿感到被老师所喜爱,等建立了亲密关系和信任,再严厉的教育也不会伤害到孩子的心灵。

女儿终于跨过了这个坎,后来放学见到我的第一句话就是:妈妈,你看Lucky老师给我梳的小辫子。老师真聪明,给女孩子梳头发也是建立亲密关系的好办法。

## 土豆里的想象力

有一天我在书店里看书,突然听见有女子尖锐的责骂声和小孩的哭声传来。这声音划破书店的安静,就像吱吱地撕裂着一块充满宁静时光的天鹅绒。那女子很生气地大声训斥,后来我终于听明白了,小男孩要买书,但她的妈妈不愿意让他买。妈妈越责骂,孩子越倔强,最后妈妈爆发了,整个商场都是母子二人的喊叫哭闹声荡来荡去。我那一刻很不忍心，想出去劝那位妈妈，虽然我不是个好管闲事的人。但等我出去他们已乘电梯下楼，等我下楼他们出了商场大门，剩下孩子哭声的回音在中午空寂的商场里飘着。孩子要买书没什么错，大人可以给出不同的建议，但如果这样去强迫就是伤害了。我们这些做大人做父母的总习惯站在自己的立场来判断对错，还要强迫孩子按照自己的意志行事。这是爱吗？更像是以爱的名义在控制孩子。你必须听我的，如果不听话，我就非常生气，甚至会失控到打骂。那个两三岁的孩子心里肯定很恐惧吧？要不他为什么边哭边大喊妈妈妈妈。

我想起我的一个朋友，他正上五年级的儿子非常厌学，以至于孩子的妈妈每天都要坐在儿子身边监督他的一举一动，有时候还要靠打打骂骂来刺激，但儿子像棉花一样木讷，就连打骂也变得软绵。这个故事听了也让人心疼，一个孩子到了如此沉默的地步，心里该是积压了很多痛苦，可能还有前不着村后不着店的绝望：如果父母都不能接纳，学校又如何做到。

在今天的儿童教育中有多少这样的故事每天都在发生着，不管家庭教育还是学校教育，都在一步一步地吞噬着孩子的自主性创造性。当年延安保育院虽然实行的是半军事化教育，条件那么艰苦，但正如所有萌芽状态的事物一样，它孕育着希望和探索的可能性。

我想没有任何人愿意沉溺在负面情绪和失败中。对一个孩子来说，要靠自己走出来，该是多么艰难。孩子需要被理解。我女儿在她一岁多时我训她，她说妈妈你不理解我。这让我很震动，原来这么小小的生命也有被理解的需要，原来一个刚来人世不久的孩子并不是一片空白，需要父母去填补什么，他们与生俱来圆满。黎巴嫩诗人纪伯伦有一首诗歌《论孩子》写道：

你们的孩子，都不是你们的孩子

乃是生命为自己所渴望的儿女

他们是借你们而来，却不是从你们而来

他们虽和你们同在，却不属于你们

你们可以给他们爱，却不可以给他们思想

因为他们有自己的思想

你们可以荫庇他们的身体，却不能荫庇他们的灵魂

因为他们的灵魂，是住在明日的宅中，那是你们在梦中也不能想见的

你们可以努力去模仿他们，却不能使他们来像你们

因为生命是不倒行的，也不与昨日一同停留

你们是弓，你们的孩子是从弦上发出的生命的箭矢

那射者在无穷之间看定了目标，也用神力将你们引满，使他的箭矢迅速而遥远的射了出来

> 让你们在射者手中的弯曲成为喜乐吧
> 因为他爱那飞出的箭,也爱了那静止的弓

　　那是女儿一岁多的时候,那天我正在电脑前工作,她一人进了厨房,等我过一会儿跟进去,真是惊呆了。小家伙正在做饭,看来是在炒土豆。不过她放进铁锅里的还是带着泥土的土豆。只见小家伙一手挥舞着铁铲,一手抓起大把面粉洒在翻滚的土豆上,脸上身上地上全是面粉和泥土。我真想发脾气,突然一想,她哪里知道这是脏啊(何况谁说土豆上的泥就是脏啊,泥不过就是泥而已,认为它脏的是我们的分别心)。她在创造啊,多有创意。她的妈妈我只好扑过去抱起她亲亲小脸,还要夸奖说孩子你真是太棒了,都会做饭了。然后默默一个人去收拾残局。要说小孩子的想象力,我真有很深的体会。有一天晚上我正在备课,听见客厅"啪"的一声,赶紧跑出去,见女儿哇哇大哭,原来从沙发扶手摔了下来。问起原因,她很委屈地说本来想站在沙发扶手上像鸟儿一样飞到阳台去,没想到刚伸开手抬起腿就掉地板上了。我当时很触动,帮她抹了眼泪,抱到一张大床上。我说,"没事,你现在继续飞。"看着她,我心里是羡慕的,要是我们大人能像这样敢于去尝试生命的各种可能性就好了。

　　可能是因为女儿小时候的这个有关土豆的经历,她很喜欢听延安保育院故事中有关土豆的情节,于是我就从几

个故事里专门挑选出来给她讲。今天的孩子很难想象当年延安保育院孩子们生活的艰苦，之所以有那么多关于土豆的故事，是因为那时候土豆就是孩子们的主要食物之一。而且保育院小学部的所有孩子都要亲身参与去种土豆。在《雪兰的冬学》中有种土豆的片段，孩子们甚至认识"豆"都是从种土豆的情景中得到启发的。你看这个字多像种土豆的过程啊：先用铁锹刨一个小土窝，垫上粪土，再把带芽切块的土豆种子放进去，然后上面再盖一层土。保育院的孩子就这样把土豆种在了春天的山坡上，等到暑往秋来土豆蔓快枯萎的时候，大家再去收获。经过大半年的期盼与守望，孩子们收土豆的感觉如此喜悦，八十年后的今天，当年的这些孩子回忆起这些情景都还是那么开心。山梁上的土豆等到运回保育院，路上难免磕磕碰碰会蹭破很多土豆皮，这样的话很难长久存放，土豆可是当时过冬的主要粮食和蔬菜呢。就说孩子们想象力很丰富嘛，在这方面，那个年代的孩子和今天的孩子一样，真是脑洞大开。孩子们脱下自己的长裤，只剩下个小裤衩，长裤的裤脚扎起来就形成了两个小袋子，一个裤管装十几个土豆。土豆装起来，两头扎结实，一前一后搭脖子上，多么完美的褡裢。就用这样的办法，这帮八九岁的孩子把所有土豆运回了保育院。

　　秋冬时节孩子们要自己给自己织毛袜子，首先需要纺毛线，没有那么多陀螺怎么办呢，孩子们又想出了一个办法：人手一个土豆，上面插根筷子就是陀螺，用完了之后土豆还能交回厨房炒菜用。

还不止这些呢，那时是战争环境，各方面的条件都很困难，上课没有教室，习作没有文具，游戏缺乏器材，保育院组织孩子们自己制作各种教学用具和文体器材。他们从河边拾来青石板磨制成各式各样的砚台，拾来花石头磨成弹球和各种棋子；从山上砍来木料做成木枪、手榴弹，甚至胡琴等乐器。艰苦的环境锻炼了孩子们自立自强的独立意识和动手实践能力，由此可见对于教育这件事而言，物质条件固然重要，但最为重要的却是激发孩子们内心的力量，那种想象力、创造力和自己动手解决问题的能力。《马尾胡琴》就讲的是孩子们动手制作胡琴的过程，如果孩子们心里没有对音乐的热爱，没有对美的渴望，或者如果就像今天的学校那样给孩子布置手工作业去要求他们来做，恐怕不可能做得出来。

延安的冬天特别冷，那取暖怎么办呢？女儿很难想象，她所在的幼儿园夏有空调冬有暖气，温度总是适宜，从来没有哪个孩子会担心冬天手脚生冻疮。我只好给女儿细细地描述生冻疮的感觉，又痛又痒的。保育院的孩子该怎么过冬呢，天冷之前，学校会停课，全体师生上山去打柴。零下二三十多度的延安多冷啊，只有柴火还不够，孩子们还要自己动手织毛袜和毛裤，保育院的老师和阿姨更是没日没夜地织，几百个孩子啊。想起来很艰苦，但那时候人人心里有希望，再大的困难都能克服。孩子们和老师一起织着毛袜毛裤，一起讲故事，大灰狼的故事，傻女婿的故事，那样的日子他们日后回忆起来都是边笑边讲出来的。

和延安保育院的孩子比起来，今天的孩子们虽然生活优裕，但是很少有机会参加劳动了，从幼儿园到小学，家里有家人帮着做，学校有专门的保洁员来做，真是衣来伸手饭来张口。孩子们的主要工作就是学习知识，而且是单一的由老师讲述的知识。难怪女儿特别羡慕延安保育院的孩子们呢，她觉得幼儿园孩子能那样生活真是太有意思了，不像她已经有很大的学习压力了。

我想起我曾经给一个初中的孩子补习功课，听他给我讲心里话。他说他有时候真想从这楼上跳下去，平时一点儿下楼的机会都没有，爷爷奶奶爸爸妈妈所有的家人都是让他学习再学习，本来还想借着买练习本的机会出去透透气，没想到硬是被爷爷抢了去。看着他老迈的爷爷颤巍巍地出门替孙子劳动，我真是伤感。这样的情景大家都不陌生，今天的孩子们很少有机会参与劳动了。那么这个社会普遍轻视普通劳动者也就不难理解了。劳动不仅仅是为了生存，在劳动中所获得的也不仅仅是劳动的技能，还有更重要的是确证人的主体性。在劳动中，人能够放飞自己的想象力，能够激发自己的创造力，能够体验自己的美与力。而这一切其实在延安保育院时期，就已经这样做了。在延安精神里，对于劳动本身的尊重，是值得我们今天好好学习的，尤其是教育工作者。

除了其他的劳动，女儿承担着为家里洗马桶的工作，每次洗完后她都迫不及待地叫我去看："妈妈，你看我把马桶洗得多白呀"，那声音充满喜悦，就像甜甜的歌声。

陕西出版资金资助项目

中国故事

长安儿女

少年英雄谱

杨树明 著

西安交通大学出版社
XI'AN JIAOTONG UNIVERSITY PRESS

图书在版编目（CIP）数据

少年英雄谱 / 杨树明著 . -- 西安：西安交通大学出版社，2018.9
（中国故事：延安儿女）
ISBN 978-7-5693-0842-6

Ⅰ . ①少… Ⅱ . ①杨… Ⅲ . ①革命故事—作品集—中国—当代 Ⅳ . ① I247.81

中国版本图书馆 CIP 数据核字（2018）第 199638 号

| | |
|---|---|
| 书　　名 | 少年英雄谱 |
| 著　　者 | 杨树明 |
| 策划编辑 | 张瑞娟　贺彦峰 |
| 责任编辑 | 贺彦峰 |
| 出版发行 | 西安交通大学出版社（西安市兴庆南路 10 号邮政编码 710049） |
| 网　　址 | http://www.xjtupress.com |
| 电　　话 | （029）82668357 82668851（发行中心）（029）82668315（总编办） |
| 传　　真 | （029）82668857 |
| 印　　刷 | 陕西天之缘真彩印刷有限公司 |
| 开　　本 | 787mm×1092mm　1/16　印张　9.25　字数　80 千字 |
| 版次印次 | 2019 年 1 月第 1 版　2019 年 1 月第 1 次印刷 |
| 书　　号 | ISBN 978-7-5693-0842-6 |
| 定　　价 | 360.00 元 |

读者购书、书店添货，如发现印装质量问题，请与本社发行中心联系、调换。
投稿热线：（029）82668284
读者信箱：qsfs2010@sina.com

版权所有　侵权必究

## 我们这个时代,需要英雄

2016年7月1日,习近平总书记在庆祝中国共产党成立95周年大会上指出:"'天下艰难际,时势造英雄。'自古以来,中华民族对于英雄都充满敬仰和向往。一个有希望的民族不能没有英雄,一个有前途的国家不能没有先锋。各个时代的英雄都是中华民族前进的脊梁,英雄的事迹将激励我们前行,成为实现中华民族伟大复兴的强大精神力量。"

诚如习总书记所讲的那样,英雄一直是我们学习的榜样,古往今来,无数的英雄事迹激励着亿万中华儿女积极有为,奋发向上,将自己的一生与整个中华民族的前途和命运紧紧联系在一起,在为国家和社会做出贡献的同时实现了自己的人生价值,用青春和生命书写了无愧于时代的华彩篇章。

我们这个时代，需要英雄。铭记和捍卫英雄，能让我们不忘历史，砥砺前行。雄浑厚重的五千年文明史，我泱泱中华有太多太多可歌可泣的英雄事迹，仅仅是回眸百年来的中国近代史，就足以让每一个华夏儿女心潮澎湃。这些英雄人物就好比点缀在悠悠时光长河中的明珠，标记着中华民族一个又一个闪耀光芒的重要时刻；又恰似串联起漫漫历史长卷的金丝，记录着炎黄子孙一代又一代无比辉煌的壮丽诗篇。英雄，是我们最可宝贵的财富，是我们的精神家园。

我们这个时代，需要英雄。崇尚和学习英雄，能让我们立足现实，努力奋斗。我们有幸生活在的当今中国，政治、经济、文化、军事等各项事业蓬勃发展，人民的生活水平显著提高，我们比历史上任何时期都更接近中华民族的伟大复兴，也更有能力去实现中华民族的伟大复兴。但越是在这个时候，我们越不能松懈，不能躺在功劳簿上睡大觉，须知"行百里者半九十"。当今国际国内形势复杂多变，时代为我们带来诸多机会的同时也使我们面临着诸多挑战，任何消极懈怠都有可能让我们的发展历程受到阻碍，使我们的伟大事业受到损失。所以，我们需要各行各业涌现出的先进人物为我们增添精神动力，散布在各个领域和各个行业中的先进人物就是我们这个时代的英雄。我们需要向他们学习，立足自己的本职岗位，有所作为，使我们的伟大事业更上一层楼。

我们这个时代，需要英雄。关爱和善待英雄，能让我们赢得未来，走向富强。发展，诚如"逆水行舟，不进则退"。历史的车轮滚滚向前，每个国家都需要有长远的谋划，以确保各项事业的发展有持久的动力；否则，终将被历史所淘汰。我们这个时代的英雄正是引领我们走向未来的先锋，他们代表着历史前进的方向，提醒着我们这一代人对未来的责任和使命，带动着同时代的人们阔步向前！

崇尚英雄，捍卫英雄，学习英雄，关爱英雄。这是我们这个时代对待英雄应有的态度。

我们这个时代，需要英雄，我们不能忘记英雄，这正是本书的写作初衷。中华民族近代以来抗击侵略和争取民族独立的过程极其艰难，只有亲历者们才最能知晓那段岁月的峥嵘，那段历史的悲壮。英雄的先驱者们用鲜血和生命为我们赢来了和平与发展，为我们换来了稳定和安逸。如今，这段历史正在渐渐远去，那些峥嵘岁月的见证者们正变得越来越少，他们终将全部离我们而去，但是历史不容忘却，我们有责任也有义务让当今以及下一代的人铭记历史，记住这些英雄的名字。尤其是现在的青少年，更需要养成正确的人生观、世界观和价值观，因为他们代表和决定了国家和民族的未来。

"少年强，则国强；少年智，则国智……"此刻，梁启超先生的《少年中国说》又一次在我耳边响起，先贤早在百年前就提醒世人重视对少年的培养，我们今天更不应该忘却先贤的教诲。本书集录的五位抗战时期的少年英雄，正可为当今少年的榜样。我相信，他们的英雄事迹，对于青少年的成长会有很大的助益。

诚如是，笔者将感到无比欣慰。

是为序。

2017 年 8 月 23 日于长安大学渭水园

# 目 录
CONTENTS

一 保卫黄河 保卫延安 /1

二 舍命阻击 /42

三 战火淬炼 /65

四 机智交通员 /83

五 大生产运动中的小英雄 /112

## 一　保卫黄河　保卫延安

抗战时期，陕甘宁边区首府延安是中共中央所在地，是人民抗战的指挥中心，战略地位十分重要。由于中国共产党领导的八路军和新四军在日军占领区开展了广泛的抗日斗争，有效迟滞了日军在中国战场的推进速度，打乱了日军的总体作战部署，给予日军以沉重打击，所以日军将中国共产党及其领导的抗日武装力量视为重要威胁，意欲除之而后快。这一时期内，日军战机轰炸延安总计17次，投弹1690枚，造成多人死伤，损毁建筑、牲畜、庄稼甚多；此外，日军自山西境内黄河东岸发起大小渡河作战近23次，意在渡过黄河，向延安进犯，但由于八路军驻防黄河部队部署得力，八路军战士作战勇敢，加上群众的帮助和支持，日

军这些渡河作战均以失败告终。

当时,在众多驻守黄河、保卫延安的八路军战士中,有一位非常年轻的战士叫庄生德。庄生德,1920年5月出生于陕西延安安塞县曹家湾村,1934年,年仅14岁的庄生德就参加了革命,起初是在西北红军靖边警卫队,到了1936年,他跟随部队到达陕西延长县,之后东渡黄河,庄生德所在部队被整编为警备五团,部队到达山西省乡宁县与日本军队多次作战。抗战胜利后,庄生德随部队回到延安编入陕甘宁边区政府保卫团。他后来在解放战争时期先后参加过羊马河战役、蟠龙战役、沙家店战役等著名战役。1954年,庄生德退伍回乡,2006年4月到延安市八一敬老院休养。

庄生德老人在接受我们采访时告诉我们:"我14岁的时候就参加红军了,跟着刘志丹、谢子长打国民党,打土豪劣绅,你们可能觉得14岁的年龄就参加红军是很小的,其实不是,当时队伍里和我差不多大的有很多,还有很多人比我还小呢!"庄老年龄已过96岁,采访时我们都不忍心让他讲太久,怕他累着,但是庄老一回忆起来当年战争的峥嵘岁月,精神就很好。庄老的听力已经严重退化了,更多的情况是他讲述我们记录。庄老这一辈仍健在的人,尤其是这么高龄的革命老战士,是我们宝贵的财富,他们是活历史,是活着的精神丰碑。庄老参加革命较早,是延安八一敬老院里面为数不多的经历过土地革命战争、抗日战争和解放战争的老战士，我相信，只要稍微了解我们党的历史的人们，在知道了庄老的革命履历之后，都会对他肃然起敬。庄老经历了将近20年的战火洗礼，在这将近20年的战斗岁月中，他的主要活动范围就是陕北和晋西，抗日战争时期，他的主要任务就是驻守在黄河沿岸，阻止日军西渡黄河、进犯延安。"保卫黄河，保卫延安，不让一个日本鬼子过黄河！"这是庄老多次向我们提起的战时口号。但是我认为，这不仅仅是一个战时口号，它是力量巨大的战斗动员令，它还是众多八路军将士们自发立下的军令状，更是让日本鬼子胆寒的英雄的呐喊！庄生德，就是这万千英雄中的一个，而且，在抗日战争时期，庄生德还是一位值得我辈敬仰和学习的少年英雄。

庄生德出生的那个年代，陕北广大农村地区很多人还留着带有典型的清王朝时期特征的辫子，辛亥革命似乎跟他们没有关系，但是那时的中国一点也不平静，在西方列强的瓜分和分别支持下，中国已经被军阀割据得四分五裂，整个中国处在军阀混战的时期，很多地方常年被战火笼罩，灾民遍野，民不聊生。庄生德所在的陕北安塞县曹家湾村在那几年连逢旱灾，地里庄稼减产严重，有的年份甚至颗粒无收。庄生德他们家也非常穷，好在他和父亲都健壮，劳力不成问题，还能靠做佃农养家糊口，不至于饿死。庄生德记得小时候有一年，村里的人都以树叶为食，导致村里的树在盛夏时节就已经变得光秃秃的了。关中地区的军

阀混战有时也会波及陕北地区，时有流窜的军队到村里野蛮征粮，庄生德回忆说他们村里有一户叫郑国邦的地主非常坏，他趁机勾结军阀，向贫农放高利贷，贫农为了不被征粮士兵伤害，只能接受地主的高利贷，但这就像饮鸩止渴，加剧了贫苦农民的负担。庄生德他们村里这户姓郑的地主还豢养了5个家丁，这5个家丁仗着他们东家的势力，在村里横行霸道，他们还配有梭镖作为武器，如果有人还不起高利贷，郑国邦就会指使家丁去入户抢夺贫农的救命粮，有时候不仅抢粮食，但凡是贫农家里稍微值点钱的东西都会被他们抢去。有一年，郑国邦竟然猖狂到逼着还不起债的贫农把孩子送到他家当家奴。庄生德小时候目睹了地主的残暴，经历了最下层贫苦农民的辛酸和深重苦难，这样的童年经历就决定了他后来走上革命道路，并具有坚定的革命信仰。

20世纪30年代初期，西北红军和西北革命根据地在刘志丹、谢子长、习仲勋等人的领导下从无到有，由弱到强。西北革命根据地逐渐发展为占据多个县，影响陕北、陇东、宁蒙南部等广大地区的集中连片红色革命根据地。庄生德的家乡也是西北红色革命根据地的重要组成部分，庄生德不会忘记，正是西北红军的出现才让他们村里贫苦农民有了生存的希望，红军所到之处，再也没有了土豪劣绅的横行作恶，他们村里的郑国邦被赶出了村子，郑国邦家丁的武装被没收归红军，家丁由于作恶多端害怕村民报复也逃亡了，村里贫苦农民分到了土地，土匪恶霸和军阀的散兵游勇也不敢轻易来欺负老百姓。庄生德的家乡安塞县有好多年轻人都参加了红军。

> **西北革命根据地的创建与发展**
> ESTABLISHMEN AND DEVELOPMENT OF THE NORTHWEST REVOLUTIONARY BASE
>
> 西北革命根据地是土地革命战争时期，刘志丹、谢子长等领导红军和游击队在陕甘边、陕北先后建立的两块根据地的基础上统一发展、巩固起来的，是当时全国仅存的革命根据地，是红军长征的落脚点。

◆摄于延安革命纪念馆

庄生德年龄虽小，但是他经历了前后两种不同的生活，一种是被地主恶霸欺凌的凄惨生活，另一种是自耕自种，没有坏人欺负的新生活。这种前后对比对年少的庄生德影响很大，所以他14岁的时候，便在父母的同意和鼓励下参加了红军，走上了革命道路。刚参加红军时，庄生德被安排在陕北靖边县警卫队，当时西北红军在靖边的实力还不强，共产党在靖边的组织还处于半地下状态，但是我们党的组织和队伍发展得很快，只要一个地方建立了党的支部，

我们很快就会开展宣传工作，组织和发动群众，红军队伍就会迅速壮大。

庄生德他们来到靖边就是增强当地党组织的警卫力量，防止国民党军队和地方武装杀害我党的干部，破坏我党的组织。庄生德刚来到靖边时，他和队伍是在蒋家寺（今靖边县新城乡）驻扎，这里刚刚成立了蒋家寺区苏维埃革命委员会，这是为成立靖边县苏维埃政府做的组织准备。靖边本地的共产党员王治邦、谢宝善等人为对抗地主武装对群众的压迫，在靖边县畔沟、青杨岔一带先后组建起了大刀队和赤卫军，队伍在最初时没有枪等武器，他们用的武器都是战士们自己或者找当地铁匠制作的冷兵器。即使是这样也足以令地主恶霸忌惮，因为这标志着群众组织和武装起来了，他们不再是一个个碎片化的个体，任由地主恶霸势力欺压，他们组织起来，有了大刀、梭镖等武器，就敢于和恶势力斗争，维护自己的利益。

当时，我党正在酝酿建立靖边县苏维埃政府，但是建立苏维埃政府必须要先将当地的国民党武装力量驱赶或消灭，否则县级苏维埃政府即使成立了也会遭到国民党军队的袭击和破坏。庄生德回忆说："当时国民党军队在靖边一带大概有一个营的兵力，这些国民党的军队是当地地主恶霸的靠山，当地的地主恶霸以肃清'赤匪'和维护治安的名义在靖边实行'白色恐怖'统治，他们借助这些理由，基本上可以为所欲为，只要有不听话的人，他们都将其定为'赤匪',或者'赤匪'的同党,然后把这些人抓起来,肆意残害。我们的任务就是和当地的大刀队、赤卫军一起,保卫党组织在靖边的干部,当时靖边的干部正在和红军领袖刘志丹同志商议部署攻打靖边县国民党守军的事情,我们准备拿下靖边,解放当地的群众!但是国民党的守军实力也很强,不能轻敌,我们必须再调队伍过来,并且要制定严密的作战计划,最大限度地避免伤亡。"

庄生德告诉我们,虽然敌人兵力要占优势,但是当时他和战士们对打这一仗都不害怕,因为他们知道刘志丹会率军过来,并且会亲自指挥战斗。1935年3月的一天,刘志丹率领红军攻打寺儿畔敌营(在今畔沟乡),那里是国民党的八十六师的大概1个连的兵力在守卫,他们的武器比起红军的要好一些,但是这些国民党的兵大都是当兵混饭吃,他们在平时欺负老百姓可以,真正打起仗来一个个怕得要死,没有什么战斗力,而且他们纪律松散,可以说是一群乌合之众。而红军和大刀队、赤卫军的情况却恰恰相反,红军的战士们参军是为了革命,为了保护土地革命的胜利果实,保卫自己的土地不被反动力量重新掠夺走;大刀队和赤卫军的士气就更不必说,他们就是受够了当地的地主恶霸欺压才被迫组织和武装起来抗争的,他们对于国民党这些守军恨之入骨,早就想赶走这些骑在他们头上的反动派。由于红军准备充分,士气高涨,刘志丹带领红军攻打的过程中虽然遇到了抵抗,但是红军的伤亡不大,

战斗一天结束,红军将驻守的国民党军八十六师的一个连消灭。

庄生德回忆说:"我对这一仗记忆深刻,因为这是我参加红军以来经历的第一场真正意义上的战役,这一仗使我们红军威震靖边,在靖边县城里驻守的其他国民党军队非常害怕和着急。刘志丹很厉害,他不用情报人员报告就能判断出县城里的守军肯定会向周围的国民党军求援,所以我们一鼓作气,又向县城发起攻击。攻打县城是比较吃力的,因为敌人的粮食都储备在县城里,他们又有城墙可以作为防御,所以敌人就有恃无恐,他们仗着兵力较多,在士气上面也比寺儿畔那里的守军更高一些。在攻打县城时我们死了一些人,但是伤亡不太多,最后我们还是拿下了县城。" 到1935年5月底的时候,刘志丹率陕北红军的主力,终于攻克了靖边县城镇靖,消灭国民党军八十六师的两个连,还消灭了地方民团等400多人,打死了国民党驻军的一个营长。红军攻占县城后,国民党地方政府并不甘心失败,他们在残余反动势力的保护下,将他们的"国民党靖边县政府"转移到了靖边县柠条梁镇。这样,在这一段短暂的时期内,靖边县同时存在着共产党的县政府和国民党的县政府。靖边的情况是土地革命时期的一个缩影,当时在全国各个红色革命根据地和苏区都存在这种情况。

红军攻打寺儿畔敌营和攻打靖边县城的这两场战斗庄生德都参与了,不过他负责的是通讯工作和后勤工作。这两次战斗之后，国民党守军已经基本上被红军从靖边县全部赶出去了，在战斗胜利之后，中国共产党靖边县委和靖边县苏维埃政府成立。据庄生德回忆，靖边县苏维埃政府下辖 10 多个乡和大概 5 个区，县委和政府的驻地在一个叫店家城的地方，这里也成为庄生德工作执勤的主要地方。庄生德他们的任务很重，他们要时刻警惕这些反动派的残余势力袭击县政府。因为靖边县苏维埃政府刚成立时，虽然县城里已经没有国民党的正规军队驻扎，但是反动派的势力还是存在的。这些反动势力利用他们的宣传工具，向靖边县的群众散布虚假消息，污蔑共产党人，在他们的宣传中，共产党人比土匪还要坏。庄生德是在一次外出采购时发现这一现象的，他回去以后立即向负责同志汇报，我们党的同志通过各种途径反制，使敌人的阴谋没有得逞。

这种妖魔化共产党人的宣传是国民党政府惯用的伎俩，群众虽然文化水平低，但是他们辨别是非的能力是有的，共产党和红军纪律严明，而且是为穷苦百姓谋利益的。群众通过与共产党人和红军战士接触，很快就可以了解到红军和国民党军队的那些兵痞不一样，再加上共产党实行的土地革命使他们获得了土地，摆脱了恶霸地主的欺凌，群众会发自内心地拥护和支持共产党以及共产党领导的红军，国民党反动派的虚假宣传便会不攻自破。除了对付残余反动势力的这种恶毒宣传，庄生德还要提防他们袭击苏维埃政府和在政府工作的同志。由于形势复杂，每天进出靖边

县苏维埃政府的陌生人都要接受庄生德他们检查，当地的群众对这个也都可以理解。班长叮嘱庄生德，尤其要注意从后院进来给食堂送菜、送面的人，一旦哪天出现了陌生人，一定要检查，因为反动势力有可能胁迫或者杀害送菜的老乡，然后乔装混进苏维埃政府的办公地实施袭击。这一点，我们党是有血的教训的，全国有好多个地方的同志，都遇到过这样的袭击。庄生德年龄虽小，但很机灵，也很勤快，他认真地履行着他的职责，在这个地方工作了一年多，大家都非常喜欢他，信任他。

1936年，庄生德结束了他在靖边警卫队的工作，跟随部队来到了延长县，延长县地处延安东部，最东面临着黄河，与山西隔黄河相望。1936年的时候国共两党还处于尖锐对立时期，蒋介石和国民党内的亲日派无视日本帝国主义已占领我国大片国土的事实，仍然在向日本侵略者妥协退让，寄希望于对德意日等法西斯国家没有任何约束力的国联出面调停，却天天叫嚷着"攘外必先安内"，对共产党和红军实行武力围剿，对根据地百姓进行野蛮轰炸和杀害。"九一八事变"后，蒋介石命令张学良和东北军不准抵抗，20万东北军将士从东北撤退到关内，然后又被蒋介石调来西北"剿共"，山西的阎锡山也对陕北根据地虎视眈眈，他老奸巨猾，时刻准备在红军与东北军交战两败俱伤之时趁机渡河来犯延安，然后向蒋介石邀功请赏。当时党中央和红军处于被国民党军队和地方军阀包围的态势之中，国民党不仅阻碍红军东进和北上抗日，还对红军进行残酷"围剿"，这在当时是极不得人心的，全国的爱国民众都在呼吁停止内战，一致抗日，蒋介石却冒天下之大不韪，执意"剿共"。

在这种背景下，庄生德跟随部队来到延安延长县，他所在的部队负责驻守黄河西岸的一个渡口，严防国民党军渡黄河来犯。也就是从这个时候开始，庄生德便开始了他的"保卫黄河，保卫延安"的军事生涯。

◆ 学习中的战士

庄生德是在毛主席率军东征期间跟随部队来到延长县的，他所在部队负责留守黄河西岸，为东征部队做好后勤保障工作，随时准备接应东征军回师陕北。到了延长以后，庄生德感受比较明显的是部队的纪律更加严格了，自从毛主席和中央红军结束长征到达陕北之后，陕北的红军力量壮大了很多，部队上的干部也配备地更加完整，庄生德在这里开始了政治学习。他记得第一项学习任务就是背诵毛主席提出的"三大纪律、八项注意"，当地的群众对共产

◆陕甘宁边区一位大娘为战士做鞋子

党和红军的"三大纪律、八项注意"也都非常熟悉，并且因为这个对共产党和红军非常友好，他们自发地把家里多余的吃的送给红军战士，还会帮战士们做一些缝补衣服的事情。但是战士们严格遵守"三大纪律、八项注意"，不要老乡送的东西，如果真的推脱不掉就要给钱，老乡帮红军战士缝衣服，战士要帮老乡劈柴、担水，不能让老乡白白付出劳动。在"三大纪律、八项注意"的指导下，陕北红军和当地民众培养和维持了深厚的军民鱼水情。

庄生德是跟随部队从靖边县徒步转移到延长县的，到达延长县的时候，鞋子已经磨得不成样子了，庄生德自己也用针线修补过，但是鞋子依然破烂不堪。一次他在站岗放哨时，一位路过的大娘看到他年龄这么小，穿的鞋子这么破烂，便对他说要给他做双鞋子。庄生德一听到大娘说要给他做鞋子，他非常高兴，但他马上又想到"三大纪律、八项注意"，所以他告诉大娘说，他没钱，不能要大娘给他的鞋子。大娘说不要他的钱,并且非要给他做,因为大娘觉得他年纪这么小就离开家,离开父母亲人参加红军,很了不起,也很可怜。庄生德拗不过那位好心的大娘,就只能同意了。大娘用手量了一下他的脚就回去了,说过几天给他送过来。

　　庄生德心里非常忐忑,他不知道该怎么办,他手上没有钱。当时红军基本上是不发军饷的,因为红军实行的是供给制,大家统一在部队灶上吃饭,很少有多余的钱,即使有时候伙食费有结余,也只能给每个人发一点点零花钱,庄生德把这仅有的零花钱都托人捎回家了。所以这时候他很犯难,如果只是简单的缝补衣服,他可以到大娘家帮忙来作为回报,但是一双新鞋子是他简单的帮忙所报答不了的,部队里任务也很重,他不可能抽出太多时间去给大娘家帮忙,所以他在之后的几天里都心事重重,愁眉不展。庄生德的班长看出了他有心事,就问他怎么了,他把事情原委说了以后,班长就给了他一些钱,让他到时候给大娘。班长说:"你这娃娃真是不容易,平时节衣缩食,有一点零花钱还要捎回家,我现在光棍一条,手上倒是有一些零花钱,给你一点,到时候你给大娘,不能让群众白劳动。"庄生德接过班长的钱,心里非常感动,同时他想到班长的家境,他又忍不住为班长难过。他的班长家里本来有一位老母亲,但是在灾荒年月饿得身体消瘦,后来又得了病,不久后便去世了。班长看出来他的想法,叫他不要多想,班长说咱现在参加红军干革命,就是为了天底下的穷苦人不要永远受苦受难,要让中国的穷苦百姓都能翻身得解放,要把事情往好了看,不能灰心丧气。庄生德听了班长的话以后,明白了班长的良苦用心。他的这位班长后来在对日作战的时候牺牲了,庄生德十分悲痛,他后来一辈子都记得班长的好。

到了延长县以后,还有一点变化让庄生德感受很深,那就是部队加强了政治学习和文化知识学习,政治学习和文化知识学习是紧密联系在一起的,专门的文化知识学习很少,战士们学习文化知识是在政治学习中实现的。

◆抗大学生学习教材

最开始也是最简单的就是学习口号和宣传标语,部队里的教员会向战士们传达党中央和毛主席的最新指示,教员们会把上级的指示凝练为简单的几句口号教给大家,这种方式很有效,也非常受红军战士们的欢迎,因为绝大多数红军战士都是来自贫苦农民家庭，没上过学，不识字，如果讲得太多太深奥，战士们也听不懂，而通过简单的几句口号这样的学习方式，战士们就会比较好接受和理解，也会更容易地把这些学到的东西运用到实践中去。当时庄生德所在部队里都在学习毛主席有关"东征抗日"的指示，日本侵略者占领东北以后，不仅没有停止侵略步伐，而且变本加厉地阴谋策划华北五省自治，意图占领华北，蒋介石却还在下令不准抵抗。在这种情况下，党中央和毛主席提出了东征抗日的战略方针，动员广大红军战士从陕北出发，东渡黄河经由山西开往抗日前线。毛主席的这一指示提出以后，全军上下都在作动员工作，庄生德和战士们通过学习逐渐了解了日本侵略者的阴谋以及日本侵略军在中国的动向，也理解了毛主席提出东征的战略目的和重要意义。一线的战士了解了全局目标，做起事来采取行动就会取得事半功倍的效果，中国有句古语说得好："不谋全局者，不足以谋一域。"那么反过来讲，知道了全局，再根据自己的岗位"谋一域"就会比较容易了。

庄生德和战士们在东征准备的过程中主要负责的是组织发动群众为东征部队找到足够多的船只和摆渡人。由于庄生德和战友们在渡口一带驻扎期间经常利用闲余时间帮助老乡们做事，而且红军到来以后这里的治安非常好，贫苦农民的土地问题也逐步得到了解决，所以当地的群众对庄生德他们非常熟悉和信任，同时对红军战士也很有好感。

在这样的条件下,庄生德和战士们去附近村子里发动群众为东征部队准备船只这项工作就比较好开展。当地的人口比较少,船只也比较少,而且在红军到达之前,国民党军队对船只进行了集中销毁,因为他们惧怕红军东渡黄河到晋西北地区发展。即使是在这种情况下,红军还是筹备到了一些小船,甚至还有老乡把家里的简易木筏和门板都拿出来支持红军东征。群众之所以会对红军这么支持,除了红军帮他们解决土地问题之外,还有一个重要原因就是红军东征是为了东进和北上抗日,把日本侵略者赶出中国,为了不让同胞们继续做亡国奴。广大贫苦农民虽然没有什么文化,但是在民族大义和大是大非面前他们很清楚自己该怎么抉择,怎么去做。

东征船只非常简陋,而且数量远远不够,但是红军战士在彭老总的亲自指挥下非常勇敢,克服困难,分批渡河。要渡过黄河不仅要和湍急的水流做斗争,而且对面的山西军阀阎锡山的部队对红军东进抗日极力阻挠,他们在黄河东岸严密设防。在东征之前,毛主席曾亲自写信给阎锡山,说明了红军东渡黄河是为了抗日,如果晋军予以放行,红军绝不和晋军对抗,大家团结一致抗日。但是根据情报,彭老总知道了晋军在河对岸的布防情况,晋军计划等红军快接近黄河东岸时,用密集火力封锁河面和渡口,不让红军渡河。根据这一情况,彭老总调整了渡河方案,准备挑敌人布防薄弱的地方实行强渡,渡河战士随时做好战斗准备。庄生德所在的部队在黄河西岸随时待命，如果红军渡河失败，他们要随时准备接应，如有敌军追击，他们要火力掩护撤回来的红军。在彭老总的指挥下，红军渡河取得成功，庄生德他们都非常高兴，他们接到命令：在红军返回陕北之前，时刻坚守黄河西岸，一为接应东征部队返回，二为防止敌人渡河进犯陕北和延安。红军东征历时两月有余，阎锡山的晋军最终也没有让红军经过山西，北上抗日，而且蒋介石又派陈诚率领中央军开进山西，准备和晋军一起"围剿"红军。蒋介石和国民党的反动行为再一次引起了全国爱国民众的一致谴责和抗议，但是蒋介石仍然不肯改变"攘外必先安内"的错误政策，执意要将共产党和红军消灭。在这种情况下，东征的红军部队只好向西突围，返回陕北。庄生德他们在这两月期间时刻警惕，严防各种可能出现的敌情，在东征部队返回时很好地完成了接应任务。

红军东征结束以后，国民党军队继续对西北苏区进行围困和封锁，对西北苏区周边持续增兵。1936年6月，趁红军在延长县城守备力量不足，国民党四十二师二四七团邢海亭部侵占了延长县城。庄生德所在部队驻守在黄河渡口，距离县城较远，上级指示他们继续坚守黄河渡口，不要被国民党军队侵占延长县城一事影响了河防。庄生德明白，国民党军队短暂的占领县城确实并不会给红军带来什么实质性的损失，因为红军的重点不在县城，而在广大农村，所以县城里并没有太多红军守卫，但是一旦情势需要拿下

延长县城,红军是有绝对的把握可以做到的。邢海亭占领延长县城以后,他和他的部队基本上就龟缩在城内不再出城,但是他们会派特务出城秘密侦查红军的河防。庄生德他们对于敌人的这一图谋早有预料,有一次他就和其他战士们一起发现了两个特务乔装成当地百姓混入防区。那次抓特务事件庄生德记得很清楚,他向我们讲述了当时的事情经过:"那两个特务是我发现的,因为我当时年龄比较小,特务可能对我不太重视,他们在我面前露出了马脚。一般的群众不会左顾右盼,鬼鬼祟祟,那天我看到的那两个人行为举止明显不是普通百姓,因为他们不断地在观察我们的河防,我当时就怀疑他们是国民党的特务,所以我等他俩稍微走过去一点时就回我们的执勤点向班长报告情况,班长听了以后立刻带上我还有其他几个人过去,由我带路找到了那两个人,我们当即就把他俩抓起来了。后来经过讯问,他们果然是邢海亭派来秘密侦查河防的。他们说邢海亭占领延长县城以后,想做出点成绩向上级邀功请赏,但是又不敢对红军正面下手,所以他想出了侦查红军河防这个主意,想把红军布防情况摸清楚以后,报告给他的上级,讨点好处。我们当时就看出来了这两个人是邢海亭的心腹,因为他们掌握的情况比较详细,这些信息非得是邢海亭身边的人才能做到,只是他们的伪装能力太差了,第一次来搞秘密侦查就被我发现了。"从这件事开始,庄生德认识到,敌人对于陕北苏区侵扰有多种形式,军事袭击只是其中的一种，此外敌人还会综合运用各种手段对苏区和红军进行侵扰，他们需要时刻保持警惕。班长经常对庄生德他们讲一句话，他到现在还记得很清楚，那就是："对敌人放松警惕，就是对自己和战友的残忍。"事实上也确实是这样，尤其是在1936年，国民党对共产党和红军的围剿已达到近乎疯狂的程度，敌我斗争是异常残酷的，庄生德和战友们牢记班长的话，做事情一点都不敢马虎，这种良好的作风，是黄河警备部队所必须具备的。

1936年12月12日，"西安事变"爆发，消息传到苏区，红军战士和苏区群众都非常高兴，庄生德也十分激动，他和大部分人的想法一样，欢庆蒋介石被捉，他们这种心态和想法是完全可以理解的。蒋介石这个人从1927年"四一二"反革命政变开始就对共产党人痛下杀手，之后，他又残忍地发动了内战，10年来白军杀害了那么多红军战士，国民党军还多次妄图将共产党和红军消灭在长征途中，可以说，共产党和红军跟蒋介石是有着血海深仇的，大家都认为既然蒋介石被抓起来了，就不能轻易地饶了他。后来，庄生德他们听说我们主张和平解决"西安事变"，要把蒋介石放了，当时的口号是"建立抗日民族统一战线"。

一开始，庄生德不明白什么是"抗日民族统一战线"，红军的宣传工作者和各部队的指导员们给大家讲解了这个概念。通过学习，庄生德明白了我们主张建立抗日民族统一战线就是主张中国人不打中国人，全国各族人民不分阶

级共同抗日。庄生德对这个主张是赞成的,但是他和战友们不能接受的是建立抗日民族统一战线以后红军就不叫红军了,要叫什么八路军,军服也要穿和国民党军一样的军服,战士们一时接受不了这种转变。其实庄生德和战士们还有一个最核心的顾虑是建立抗日民族统一战线以后,土地怎么办,已经分给他们家里的土地会不会重新交给地主,是不是还要给地主交很多的税。那样的话他们的生活就会又回到了以前的那种境况,这是他们最不能接受的。后来,党中央和毛主席创造性地解决了土地这个难题,那就是实行"地主减租减息,农民交租交息"的政策,也就是当时简称的"双减双交"政策。中日矛盾是最主要的矛盾,阶级矛盾暂时下降为次要矛盾,我们要采用这种方式把地主阶级也拉到抗日这条战线上,不能让他们去做汉奸。理解了这一点以后,庄生德和其他红军战士才放下心来,土地还是他们的,他们心里就有了底。

"西安事变"发生以后还有一件事对

◆战时简易教材

庄生德有影响，那就是半年前占领延长县城的国民党军队四十二师二四七团邢海亭部撤离了延长县城，但是之前被红军打跑的延长县民团武装力量又回来了，延长县也出现了共产党的苏维埃政府和国民党的政府同时存在的现象，这次不同于靖边县的情况，延长县的国共两党政府机构并存是国共两党第二次合作的产物，双方维持了基本的和平局面。

蒋介石回到南京以后，由于国际国内的形势变化，他在西安承诺过的事情又变卦了，导致国共双方的谈判进展得非常缓慢。1937年7月7日，"卢沟桥事变"爆发，国民党才又重新拿出了合作的诚意，国共两党加快了关于军队改编等事宜的谈判进程。很快地，中国工农红军改编为国民革命军第八路军，由陕北苏区东渡黄河挺进山西抗日前线。庄生德所在部队仍然先暂时留守黄河西岸，为八路军东渡做好保障工作，有了一年前的渡河作战经验，而且这次国民党军队又没有阻拦八路军东渡，所以这次八路军渡河各项工作都进展得非常顺利，庄生德他们很好地完成了任务。

1937年冬，庄生德经历了一件令他对国民党军队又生厌恶的一件事。"西安事变"以后，原本庄生德和战友们通过学习党的统一战线理论，已经慢慢改变了对国民党军队的态度，把国民党军队当作和他们并肩作战、共同抗日的战友。正是在这种认知的情况下，他们对国民党军队几乎不再设防。有一次国民党军的一个营在华北抗日前线吃

了败仗,渡过黄河来到延长县,庄生德他们并没有阻拦,而是放他们过来了,他们刚来的时候也并没有表现出恶意,但是没过多久,这个营的指挥员竟然指挥他的士兵对苏区群众进行侵扰,他们在延长县境内竟然作起恶来。由于大部分八路军都已开赴抗日前线,延长县境内只有庄生德所在部队的一个团在驻守了,他们连队接到上级命令,要把这股为非作歹、破坏抗日民族统一战线的散兵游勇坚决歼灭,否则会有很坏的影响,也会有更多的国民党军队效仿他们。庄生德他们接到命令以后,迅速出击,在呼家川一带追上这股乱军,双方展开激战。庄生德向我们详细讲述了这场战斗的经过:"我们部队接到命令以后行动非常快,因为大家对这股作乱的军队非常痛恨,全国的抗战已经开始了,他们不在前线打鬼子,却跑来边区为非作歹,侵害边区群众,我们绝对不能放过他们!这股国民党军队原是一个营的建制,但是打了败仗以后他们也有一些减员,虽然人数仍然多于我们连队,但是我和战友们并没有惧怕,因为我们站在正义的一面,大家都铆足了劲头要把这股乱军消灭,还给边区群众安宁的生活。毛主席多次教导我们,面对继续和我们敌对的国民党顽军,我们必须敢于主动出击,用斗争求团结,妥协退让是不行的,那只会让敌人更加猖狂,更加肆无忌惮地伤害我们八路军和边区群众。"

庄生德和战友们对毛主席提出的这一对敌策略非常赞同。当时的他并不知道,这是毛主席和早期参加革命的前辈们付出血的代价以后换来的宝贵经验，第一次国共合作后期，我们就是一直对国民党的侵犯保持克制和退让，最后大批的共产党员被国民党残忍杀害，使中国革命事业遭受巨大损失，一时间，全国民众甚至对革命事业不抱希望了。庄生德年龄尚小，他虽然没有经历1927年的大革命失败，但是他从自己短暂的人生经历中也得出了一些生存经验，凭着这些朴素的生存经验，他也认同毛主席的这一指示。庄生德继续说："我当时就觉得毛主席太英明了，他说的我完全赞同，就像小时候村里的孩子们打架，如果有人欺负你，而你总是不还手，那么他们就会形成惯性，有事没事就要来欺负你，甚至把欺负你当作一种乐趣，他们大多是欺软怕硬的，只要你硬起来勇敢地还手，他们下次就不敢那么猖狂。当时这股乱军占领了村口几个废弃的窑洞，我们追击到这里的时候他们就躲在窑洞里负隅顽抗，我们从正面攻击了一阵子效果不太好，距离太远了射击没有效果，距离太近了又会有不必要的伤亡。我当时向班长汇报说我知道一条小路，可以绕到敌人后面，我们前后夹击，他们首尾不能相顾。班长听了以后立即去向连首长汇报，连首长又派了他的警卫班和我们一起过去，由我带路，悄悄绕到敌人后方突然发起攻击，在敌人慌乱之际，连长指挥正面的战友们快速发起冲锋，这股乱军一下子就被我们打懵了，这次冲锋歼灭了大部分敌人，有一小股敌人跑出去了，我们乘胜追击，最后将他们全歼了。这次战斗一共打了两个小时左右,我们只有十几个战友负伤,可以说我们打得非常漂亮!"

这场歼灭战以后,庄生德所在部队的战士们士气高涨,团长在战斗总结时向大家说:"同志们,我们奉命驻守河防,

◆当时流行的漫画形象地说明了顽固派终将被历史淘汰

主要任务是防止日军渡河进犯边区,但是如果有其他军队侵扰边区,我们也要坚决将他们消灭,我们要让敌人知道,我们陕甘宁边区是神圣不可侵犯的!同志们,这场战斗你们打得非常好,打出了我们部队的威风,日本鬼子现在已经占领了山西,他们在河对岸已经架设了大炮,日军随时有可能在炮火的掩护下强行渡河,我们要时刻保持警惕,随时准备战斗!小鬼子只要敢来,黄河就是他们的葬身之地!"庄生德被团长的讲话激励得热血沸腾,确实,他们的河防工事构筑得很好,即使日军炮击,他们也可以依托

深沟躲避，工事上还可以架设机枪，射程可以到黄河中间，只要日本人敢渡河，他们就可以用机枪招呼日本鬼子！

日本军队装备精良，他们从1931年占领东北，到占领华北，基本上没有遇到过什么有效的抵抗，所以他们非常轻视中国军队，即使面对黄河天险，他们也没有放在眼里。1937年底的一天，日军先是炮击黄河西岸庄生德他们的阵地，然后只有几百名士兵就敢强行渡河，庄生德和战友们顶着日军的炮火坚决阻击日军，在日军渡船来到河中间时，多挺机枪同时射击，日军渡河士兵不少被击毙或掉入黄河溺亡，剩余的日本士兵看情势不妙，赶紧调转船头回河东岸。庄生德和战友们在营长的直接指挥下，乘胜追击，日军仓皇逃窜，将大量武器丢弃在河岸上，因敌情不明，营长下令停止追击，收缴敌人武器然后返回黄河西岸阵地。庄生德和战友们满载敌人的武器而归，这一战他们大概击毙渡河日军200余名，没有让一个日本鬼子过河，捍卫了母亲河，保卫了边区和延安不受侵犯。从这一战开始，"不让一个日本鬼子过河"也成为庄生德所在部队的口号。

庄生德他们这一次的阻击打得比较容易，主要是因为日军刚刚占领山西，尚未立稳脚跟，这是日军第一次尝试渡黄河来进攻陕北，仅仅几百名日本士兵尝试性地渡河，他们的后方不太稳固，所以遇到抵抗就紧急折返撤退了。到了1938年2月，日军大举进攻军渡，军渡与陕北绥德隔河相望，日军进攻军渡直接威胁陕北边区，当时我军就判

断日军拿下军渡之后肯定会组织渡河作战,而我军驻守绥德段的兵力可能不足,所以八路军留守兵团总部提前向黄河西岸沿岸各段驻守部队发出通知,随时准备在不影响自身防务的情况下抽出兵力北上驰援绥德。庄生德他们部队也接到了这样的命令,当时他们距离绥德有100多公里,如果要想在一天内驰援绥德,需要强行军20小时以上。庄生德向我们介绍了步兵行军的一些分类,他说:"我们那个时候虽然吃的没有现在的好,但是步兵行军速度不比现在的步兵慢多少,因为我们那个年代没有什么交通工具,去哪儿基本上都是靠双腿,所以我们那个时候步兵行军速度是很快的。常规的行军速度是每小时5公里左右,这比普通人走路稍微快一点,或者差不多,急行军就厉害了,每小时要10公里,这基本上就是一直奔跑才能达到这速度,更厉害的是强行军,强行军要求我们长时间急行军,急行军12小时以上就可以叫作强行军。不过这是遇到特殊战役才会这样做,因为这样强度的行军是会累死人的,队伍的战斗力也会下降,不遇到特殊情况,一般不会这么做。"

介绍过步兵行军的分类以后,庄生德开始给我们讲他们那次驰援绥德:"一开始虽然总部给我们下达了准备驰援绥德的命令,而且团部首长让我们这个连队在敌人进攻未发起之前就以急行军的速度先到达清涧县待命。当时我们都以为应该去了也没有仗可打了,这种观念的产生主要是因为我们上次阻击打得太容易了,所以我们觉得驻守绥德的六团的战友们肯定可以单独阻击日军。不过团部的命令我们还是不折不扣地执行了,军队就是这样,服从命令是第一位的。况且这种判断只是我和几个战友自己的想法,后来证明我们的想法错了,这次从军渡出发进犯的日军太多了,渡河兵力是我们上次遇到人数的5倍以上,而且这次日军在山西有了稳固的后方,对岸的火力掩护更加密集和强烈,更加让我们吃惊的是,这次日军居然出动了十余架飞机做他们的空中火力支援,所以渡河的日军就更加有恃无恐。我们都意识到这次日军是动真格的了,跟我们在延长县遇到的那次情况完全不同,这次他们是奔着突袭延安来的,总部首长应该早就判断出来了,怪不得会让我们团也抽出兵力投入战斗准备。战斗打响之后,上级并没有让我们在绥德参与阻击,而是跟随六团的一个营悄悄从绥德和清涧的交界处迂回渡过黄河,直捣日军在黄河东岸的军渡据点而去,我们都很佩服首长的作战指挥水平,这帮日本兵骄横惯了,他们认为我们只会防御,怎么也想不到我们会东渡黄河向他们主动出击,但是我们偏偏这么做了,而且行动非常迅速,渡河的日军到了河中间遇到猛烈火力阻击,死伤大半,回头又看到我们与他们留守老巢的部队交上了火,他们更加不知所措,只有撤退回援。日军留守的兵力不多,被我们冲散了,渡河一半回来的残余日军又被我们在河东岸一阵扫射,接近全歼。"

由于八路军留守兵团指挥员提前谋划,指挥得当,日军第一次大规模的渡河作战以溃退告终,他们闪电袭击延安的

计划泡汤了。

日军在这次受挫之后又加紧部署,1个月之后便又计划渡河作战,这次八路军留守兵团总部指挥员更早看出了日军的企图,提前部署,化解了日军的进攻。据记载,1938年4月的一天,日军约一个旅团兵力携带大炮30余门在离石一带紧急集结,5月初,日军经大武又一次向军渡进犯,企图截断陕甘宁边区与晋绥之间的交通线,然后强渡黄河占领吴堡宋家川,突破河防阵地。八路军留守兵团总部首长识破了敌之企图,以警备第八团主力东渡黄河,设伏于汾(阳)离(石)公路翼侧,5月10日夜间在离石城西北之王老婆山地区,突然袭击行进间的日军先头1个大队,毙死毙伤该大队之大部分人员,遭到八路军猛烈打击的日军未抵达黄河岸边即行撤退。关于这次战斗,庄生德也听说了,不过这次战斗他们团并没有参战,这次和上次不同,这次我军发现得早,未等日军靠近黄河东岸便已将其打退,庄生德他们的部队距离交战地点较远,不用紧急驰援了。

庄生德所在的警备五团受到日军最猛烈的一次攻击是在1939年初,日军这次的大规模进攻是蓄谋已久的,早在1938年12月就开始准备。1938年12月下旬,侵占河东大宁、吉县、永和的日军分兵3路,每路约1000余人,携带火炮10余门向黄河沿岸推进。面对来势汹汹的日军,庄生德和战友们坚守河防,准备迎敌,他们已经经历了好几次阻止日军渡河的战斗,可以说是有了一些经验,而且如果他们团单独抵抗不了日军进攻，八路军留守兵团总部也会临时协调兄弟部队前来支援，所以庄生德和战友们并没有对这次阻击战感到太多恐惧。庄生德对我们说："打仗的时候，你害怕是没有一点用处的，不仅没有用处，甚至还会害了你，因为你一害怕，就没办法保持头脑清醒，训练时学到的那些杀敌本领也没办法施展出来，这就是害怕的最大坏处。我刚开始参加红军的时候打仗害怕，打过一两次就不害怕了。这次的战斗发起之初和以往没什么两样，日军先是用大炮轰炸我们的阵地，一般这种时候我们就先躲在战壕里不出来，等待日军渡到河中间再开始阻击他们，因为过早地阻击并不会收到任何效果，子弹的射程有限，而且我们多次的战斗经验证明，等到日军渡到河中间开始射击，效果是最好的，因为那个时候日军进也进不得，退也退不及，只能在河中间挨我们的子弹。"庄生德说到这里脸上露出得意的笑容，我们不禁为庄老和八路军战士们不怕牺牲的革命乐观主义精神所感动。

　　庄老继续说道："让我们没想到的是，这次敌人的进攻和以前不一样，他们这次更狡猾，也更狠毒。日军渡到河中间，我们正准备组织射击，他们突然派了十几架飞机来轰炸我们，但是这次飞机不仅仅是投炸弹炸我们的阵地，他们还投了很多毒气弹，日本鬼子真是卑鄙得很，他们投掷毒气弹，让我们措手不及，连长大声喊着让我们把毛巾铺在战壕掩体被炸弹炸开的松土上，然后把脸贴紧毛巾，

等毒气散去再抬起头来射击,阻止日军渡河。由于我们连长在大声喊着让我们躲避毒气弹,他自己因为没来得及防毒而晕倒了。关键时刻,我们指导员让我和另外一个战友赶快把连长抬到后方,他指挥部队继续阻击日军。我和战友将连长抬到后方交给战地卫生员护理,我们顾不上一刻停留又紧急返回前线阵地阻击日军。由于毒气弹的原因,导致我们开始阻击的时间有些晚,日军眼看就要靠岸了,这个时候我们也顾不上毒气了,大家都豁出命来跟小鬼子干,硬是又把他们打回去了,没有让一个鬼子上岸!"

这次战斗之后,庄生德所在的警备五团伤亡很大,很大原因是因为日军投掷的毒气弹,庄生德的班长也在这次战斗中中弹牺牲了。这次战斗,庄生德小腿也被弹片击中受伤,所幸没有伤到骨头,战斗结束后医生给他紧急处理了一下,然后让他休息一段时间。不过这次战斗中毒气对庄生德影响比较小,他只是头疼了一段时间便好了,可能是因为在毒气最严重的时候,指导员让他和战友抬着中毒晕倒的连长到后方去。这次战斗之后,部队的防御工事被日军损毁严重,战士们顾不上休息,又紧急加固工事,防止日军再次来攻击阵地。班长的牺牲让庄生德十分悲痛,因为庄生德年龄较小,班长平日里对他最照顾,他还记得战友们有一次开玩笑,说班长没有结婚,没有子女,他对庄生德这碎娃这么好,等抗战胜利了,庄生德要给班长养老送终。庄生德听到战友们的调侃并没有生气,因为班长确实待他如兄如父,他当时就跟大家说没问题,只要自己活着,他就给班长养老。现在班长牺牲了,庄生德一下子觉得自己失去了一位亲人。战争年代战友们之间的感情之深我们是无法体会的,但是我们可以试着去想象,去理解,庄生德老人在给我们讲这段经历的时候,一改他之前语速非常快的习惯,他语速缓慢深沉,并多次留下泪水,感动了我们在场的所有人。

1939年6月,不甘心受挫的日军又一次卷土重来。日军向陕甘宁边区河防阵地发动了更大规模的进攻。6月4日至6日期间,日军第一〇九师团和第二十六师团,以1.5万余人的兵力进占军渡、孟门和碛口等地,他们还在黄河东岸各个山头构筑了坚固工事,以飞机和重型火炮向河西的宋家川、枣林坪和李家沟一线河防阵地进行狂轰滥炸。此外,日军第二十和第三十七师团也以2000余人的兵力,分别占领了东马斗关和圪针滩渡口,以密集炮火向西岸河防阵地进行猛烈地攻击,并且阴毒地施放毒气弹,掩护日本步兵强渡。我八路军留守兵团河防部队在陕甘宁边区人民的大力支援下,沉着镇定,坚守阵地,以火力封锁河面,使敌难以越过河心。河东的八路军也猛烈袭击敌之侧后,使日军腹背受击,狼狈逃窜。到6月9日,进犯的日军全部撤退。八路军留守兵团河防部队在我河东部队的积极配合和边区人民的大力支援下,粉碎了日军对陕甘宁边区的进攻。

庄生德告诉我们:"这次阻击战之后,我们留守兵团也有很大伤亡，部队有一定程度的减员，为了应对日军可能再次发起的进攻，党中央决定调王震将军率领的359旅返回陕北，与我们共同加强河防，保卫陕甘宁边区。我和战友们都非常高兴，因为我们的力量增强了，我们保卫黄河保卫延安的信心更足了。王震将军的部队回来以后主要驻守在绥德段的黄河沿岸，因为那里是日军渡河经常选择的地方，我们这里（黄河延长县一段）也有过日军强渡，但是规模和频率都比绥德段要小一些。上次鬼子渡河主要吃亏在对我们在河东山西境内的八路军缺乏防范，敌人的侧后方被我们河东的部队打得七零八落，所以那次战役之后，他们调集重兵加大了对河东八路军的'扫荡'力度，河东部队被迫离开根据地，用游击战的方式继续和敌人周旋，但始终逗留在黄河东岸一带，防止日军再次渡河。1939年秋，日军又集结了1个旅的兵力准备渡河，这支日本军队携带火炮30多门，分4路进占碛口、孟门和克虎寨后，猛烈炮击八路军留守兵团河西阵地。团长告诉我们，这股日军是第一次渡河作战，他们的指挥官一向以高傲自大著称，他认为前面几次日军渡河失败主要是指挥不当，士兵不够勇敢，并且认为他率领的军队肯定可以渡河成功。但是他并没有采取什么高超的渡河办法，仍然是先炮击我们的阵地，然后在炮火和飞机的掩护下强渡，我们也还是按照前面的方法，等到日军快渡至河中心的时候开始射击，并且抽出兵力悄悄东渡袭击其侧后方，这次日军又一次被打退了。"

1940年，庄生德所在部队接到命令准备开赴山西乡宁开展游击战，并守卫黄河东岸乡宁段，就在他们接到命令准备出发时，日军又纠集1万余人企图渡河，庄生德他们配合359旅阻击日军，他们奉命随359旅七一八团一营东渡黄河，向进攻碛口、三交、临县的敌人进行侧击，截断敌军前后方的交通联络，最终使日军的这一次进攻无功而返。庄生德所在部队没有返回河西，而是按照之前计划顺黄河东岸南下至山西乡宁县，与日军作战。

庄生德跟随部队刚到乡宁就与日军交战了，由于山西乡宁是黄河东岸的一个战略要地，日军多次进犯乡宁，其间也占领过乡宁县城，这次，日军纠集了乡宁附近九个县的日军来犯，当时驻守乡宁的是国民党军第90军，庄生德所属部队和国民党军第90军相互配合作战，抗日军民团结一致，占据有利地形展开反击。庄生德讲述说："这是我第一次在黄河东岸的山西打防御战，与之前在黄河西岸的河防阵地抗击日军不同了，这次敌人不在河中，而是在我们周围，一开始我心里还是很没底的，我不知道我们能不能打赢。日军先是用炮兵轰炸我军阵地，炮火非常猛烈，我们的阵地被日军炸毁了很多处，日军以为乡宁的守军装备差，没想到我们也有炮连，等日军轰炸的时候，他们的炮兵火力部署就全部暴露给我们了，我们的炮连则利用敌人轰炸间隙，迅速调整准备，向敌人的炮兵发起猛烈反击。

当时团长命令炮连,不要心疼炮弹,全部打向敌人炮兵阵地,这样一举将敌人的炮兵消灭,日军没有了炮兵的火力支援,一下子就蔫了,我们居高临下,原地展开了反击,反击的效果很好,双方激战几小时后,我们团吹起了冲锋号,我们都端起枪来冲向日军阵地,国民党友军看到这种情况也都发起了冲锋,日军一下子就溃逃了。不得不说,山西那里的抗日军民长期奋战在抗日前线,他们的意志力非常坚强,战斗力也是很强的。这一仗以后,我对国民党和阎锡山的晋绥军的看法有了一些改变,国难当前,只要大家一致抗日,就是对我们国家最好的做法。只要国民党军队真心抗日,我们就会跟他们合作,相互配合作战,大家平日里各在各的防区,可以相安无事。日军来侵犯时,我们和国民党军队就相互策应,这种情况让日军很头疼,他们在攻打一方时,背后总会有另一方攻击,使他们总是腹背受敌。晋绥军的战斗力不错,他们的军官偶尔也会来找我们团长商议军事部署,但是他们的军官和我们团长作战理念不同,他们有一次好像就吵得很厉害,那个晋绥军军官很不高兴就走了。"

庄生德继续向我们讲述:"团长警卫班里的一个战友跟我关系很好,因为我们年龄都比较小,后来他跟我说,那次那个晋绥军军官过来指责我们团长,说我们团长来到乡宁以后做了太多的'赤化'工作,乡宁县的群众有很多都被'赤化'了,他们对此提出抗议,说是要将这种情况上报给第二战区抗战指挥司令部的长官,让战区司令部长官制止我们继续做'赤化'工作。而且,他们也反对我们武装群众,那个晋绥军军官说打仗是军人的事情,不能武装老百姓,老百姓都武装起来了,还要我们军人干什么,老百姓武装起来以后,他们会不听政府管教,会闹事,国家没有秩序,就没办法抗日。我们团长跟他争辩,那个警卫员把团长说的话大概跟我讲了一下,我们都觉得团长讲得很有道理。我们团长说,日本鬼子已经欺负我们到这种程度了,他们是要让我们亡国灭种,他们执行疯狂的屠杀政策,前不久还在乡宁的一个村子屠杀了这个村的50多个老百姓,在这种民族危亡关头,不把群众发动起来,武装起来,他们面对侵略者时毫无任何抵抗之力,只能束手就擒,就是待宰的羔羊。而且老百姓武装起来不但没有跟政府作对,反而在后方给了我们很大的支援,可以说,没有他们的支援,我们是打不跑日本鬼子的。只要政府抗战到底,人民群众就不会反对政府,人民群众武装起来只是要对抗日本侵略者和汉奸走狗。那个晋绥军军官可能觉得团长这么说是在污蔑他们是汉奸,说他们不抗日,所以就很愤怒地离开了,我们都搞不懂他们为什么那么害怕老百姓,老百姓真是给了他们很大的帮助啊。从这件事上,我也大概能感觉到国民党和我们的区别了,也感觉到国民党迟早是要走到我们的对立面的,我们大家当时都有这种感觉。不过我们早就学习过党中央和毛主席给我们的指示,那就是

只要国民党军队抗日,我们就积极配合,和他们保持友好,如果他们要搞摩擦,我们也坚决不妥协,与他们坚决斗争!毛主席对国民党看得很透彻,我们都很佩服毛主席。"

庄生德在给我们讲乡宁抗日的事情时,还给我们讲了一个很有趣的事情,他说有一次国民党的一个营,在日军飞机来轰炸的时候,趁着日军飞机低空飞行的时候用机枪扫射把日军的一架飞机打下来了,飞机着地以后就起火爆炸了,飞机上的日军士兵也随着飞机一起被燃为灰烬了。这很大程度上鼓舞了乡宁县甚至整个山西抗日战场上抗日军民的士气。庄生德说:"这在很大程度上能打击日军嚣张的气焰,他们以后再来轰炸我们就不敢飞这么低了,要知道,飞机飞得越低,投弹越精准,我们越遭殃,这次事件以后,日军飞机不敢飞太低,他们就不能像以前一样一炸一个准,所以说这次事件是有很大意义的,我们当时都很兴奋,觉得找到了对付日军飞机低空飞行的好办法。"听了庄老的讲述我们都很惊讶,我们原以为这种机枪打飞机只是某些电影或者电视剧里面艺术化的表现形式,没想到山西乡宁县的抗日战场上真的发生过这样的事情。

庄生德跟随部队在山西乡宁与日军作战多次,一直到1945年8月15日,国民党政府派飞机从天空中往下撒传单:日本无条件投降了!庄生德说:"从1944年开始,日本就开始走下坡路了,他们的兵力严重不足,山西的日军很少再主动出来扫荡了,他们转而以防御为主,我们则集中兵力,瞅准战机，打了他们一个又一个伏击，拔掉他们一个又一个据点，他们只能守着县城或者碉堡防御，一旦我们想办法炸掉了碉堡，他们就没什么抵抗力了。还有一个现象很有意思，伪军基本上没有了，以前当了汉奸的人自动逃跑了，这些汉奸从日本人那里逃跑出来不敢待在他们家乡，因为大家都认识他们，汉奸怕老乡们报复他们，所以都跑到外地了。当我们看到飞机撒下的传单时，别提心情多激动了，我和战友们抱在一起又喊又跳，然后我们就抱头痛哭，哭了好久。我们终于胜利了，我们打了这么多年，牺牲了这么多同志，才换来了这场胜利，一想起过去牺牲的战友，尤其是当我想起在阻击战中被日军炸死的我的班长，我就忍不住流眼泪，战争太残酷了……"

庄生德他们在黄河东岸乡宁段驻守，就像一颗钉子一样楔在那里，敌人如果想从乡宁段渡河进犯陕甘宁边区，他们就会奋起阻击，让敌人付出巨大代价。"保卫黄河，保卫延安，不让一个日本鬼子过黄河。"这句英雄的呐喊是庄生德和数以万计的八路军战士用鲜血和生命捍卫的誓言，正是有了庄生德这样众多的八路军战士无所畏惧地殊死抵抗，才让日军二十余次对陕甘宁边区的进犯铩羽而归，他们无愧于民族英雄的称号。

抗日战争结束后，庄生德他们就接到命令返回陕甘宁边区，因为蒋介石和国民党虽然表面上说要实行和平建国的方针，实际上让胡宗南在陕甘宁边区周围频频增兵，已

◆胡宗南

经对陕甘宁边区和延安形成了包围之势,从里到外拉起了好几道封锁线。

庄生德跟随部队回到陕北后,被编入陕甘宁边区政府保卫团,他们这个部队实际上是一个非常机动的部队,部队的战士各项素质都非常高,尤其是单兵作战能力非常强,这个部队的某些连队经常会被抽调出去配合兄弟部队执行任务。1945年8月,蒋介石3次电报邀请毛主席赴重庆"共商国是",为了显示中国共产党坚持和平、避免内战的诚意,也为了全国人民免遭战火,毛主席不顾个人安危,毅然赴重庆与国民党进行和平谈判。庄生德回忆说:"那时候我们一听说毛主席去重庆了,都非常担心毛主席的安全问题,因为蒋介石这个人太阴险,你们看张学良将军就是一个例子,'西安事变'以后,他好心护送蒋介石回去,谁知道一到南京蒋介石就把他关起来了,20多万东北军的首领,就这样成了老蒋的阶下囚了!这样的例子太多了,我是一个老红军,土地革命时期蒋介石对待我们红军和共产党员的残忍我是有过亲身经历的,蒋介石杀害了我们多少人啊!毛主席真了不起,有胆略,他为了中国不再打内战,为了抗日战争胜利后全国人民能过上太平日子,居然冒着生命危险去重庆和蒋介石谈判,毛主席真是太伟大了!"

庄生德回忆起1945年8月抗战刚刚胜利的那个特殊时期,难以压抑激动的心情。确实,毛主席在那种情况下能够置个人安危于不顾去重庆谈判真的出乎大部分人预料,蒋介石和国民党内的很多要员都认为毛主席不敢去,他们想以此作为发动内战的借口,一些西方媒体也都判断毛主席不会去重庆,他们都在看共产党如何应对这一局面,但是毛主席的举动让这些人失算了。事实证明,这些人没有真正了解毛主席,也没有真正了解中国共产党人,如果像毛主席这样的中国共产党的高层领导人遇事只顾个人安危,哪还会有中国革命?真正的中国共产党人是共产主义战士,他们是可以为人民的利益而不惜牺牲自己的生命的人,而毛主席则是这些数以万计的共产党员的领袖。如果理解了这一点,蒋介石和国民党内的其他高官要员就不会再打那样的如意算盘了。

庄生德继续回忆说:"我跟着部队从山西回来后,我们团就被划入了陕甘宁边区政府保卫团,名字虽然是个团,但其实我们的人数是很多的,力量也是非常强的。我回到陕北刚没几天,我们连便接到了再次赴山西的命令,原因是阎锡山竟然趁着我们八路军不备,命令他的部队大举进入上党地区，准备切断我们两个大的根据地之间的联系，我和战友们虽然不是军事指挥官，但是我们打了这么多年仗也能看出来他们玩的这一手，他们这完全是在为打内战做准备啊，日本鬼子还未完全离开中国，他们便枪口向内对准了并肩作战的兄弟，这是我们非常痛恨的。所以我们连在接到命令以后没有作任何迟疑，连夜渡河奔赴山西，支援当地的兄弟部队对付阎锡山的晋绥军。到了那里以后，我又学到了一个新的口号，那就是'打好上党战役，支援重庆谈判。'当时邓小平同志的讲话在部队中影响很大，我们听了士气高涨，他说'上党战役打得越好，歼灭国民党军越彻底，毛主席就越安全，在谈判桌上就越有力量。'我们都觉得邓小平同志这句话讲得非常好，我们必须让蒋介石和国民党知道，我们共产党人是不怕要挟的。后来我们才知道，毛主席在去重庆之前就预料到蒋介石会在各战区制造摩擦给我们在谈判桌上制造压力，所以毛主席离开延安之前把事情都安排好了，国民党军队怎么动作，我们就相应地做出应对，可以说，他们的行动都在毛主席的预料之中，我们坚决打好上党战役，依然是在执行党中央和毛主席的命令。我们连的具体任务是配合兄弟部队攻打永和县城，攻打永和县城的战役严格来说算是从外围支援上党战役，其实也可以算作是上党战役的一部分，我们各个部队的行动都是为了上党战役的胜利嘛，我们的行动可以打乱阎锡山的军事部署，让他东西不能兼顾，兵力不能快速集中，我们在很多地方都是这么做的，这样的部署是上党战役取胜的重要原因。我们连的战士们对永和县的情况很熟悉，因为我们在距离这里不远的乡宁县待了很长时间，跟日本鬼子周旋的时候，我们也多次来过永和县，永和县的一些主要道路，县城的防御哪里强、哪里弱，我们都是做过研究的，所以我们攻打永和县城很顺利，这样就有效地限制了阎锡山的兵力调度，配合了上党战役。后来你们也知道，因为我们士气高涨，阎锡山又出师无名，所以上党战役我们打了大胜仗。"

完成赴山西支援上党战役的任务后，庄生德就跟随部队很快返回了陕北，后来，国民党发动内战，解放战争开始，庄生德又先后参加了羊马河战役、蟠龙战役、沙家店战役等多个著名战役。庄生德老人的军旅生涯从他14岁时就开始，历经土地革命时期、抗日战争时期和解放战争时期，他在新中国成立后的1954年才退伍还乡。他参军的全部时期几乎都是在黄河沿岸，"保卫黄河，保卫延安"是贯穿庄生德军旅生涯始终的主题。庄生德在20岁之前，就已从军6年，参加过多次战役，彼时还是少年的他，就用血肉之躯在和日寇拼杀，正是由于他和战友们的誓死守护，才让日本陆军侵略的铁蹄止步于黄河天堑。

谨以此篇，向英雄致敬。

## 二 舍命阻击

夜袭阳明堡,是全面抗战初期八路军一二九师打出的首战,同时也是一场十分关键、影响力极大的战役。八路军为配合正面战场的忻口战役,在山西代县袭击日军阳明堡飞机场。这场战役给了国内抗战军民以很大的振奋。

开国中将孔庆德时任一二九师385旅769团一营营长,团长陈锡联在阳明堡战役前夕作战役部署时,交给孔庆德的任务就是将他所部的一营组成团预备队,主要负责炸毁王董堡的一座桥梁以及配合二营阻击增援阳明堡机场的日军。在阻击日军增援时牺牲的八路军战士中,有一名年仅16岁的战士,名字叫孙有常。多年以后,孔庆德将军在一次接受记者采访时,提起这位战士还不禁声音哽咽,他非常痛心地说:

"我记得这个小战士的原因,正是因为他的年龄,他是我们营最小的几个战士中的一个啊,我们基层的指挥员都知道他,因为这个娃娃非常机灵,喜欢大声说话。我印象最深的是他的名字,他为了让别人记住他,对很多人都说了他名字的由来,他说他们陕北地区时不时地就闹旱灾,地里的收成多少几乎全靠运气,没有常数儿,他出生的那一年是收成最好的一年,他的父亲便给他取名有常,就是希望风调雨顺,地里的收成每年都像这年一样好……"孔老将军说到这里忍不住哽咽了。后来,我们通过其他一些途径,逐渐还原了这位少年抗日英雄短暂而又光荣的一生。

1921年,孙有常出生在陕西保安县(今延安市志丹县)的一个村子里,父亲孙五根,母亲姓氏不详(有村民说他母亲可能姓陈)。据村里人回忆孙五根夫妇一共育有3个儿子,孙有常是最小的一个。在孙有常十来岁的时候,他就经常听到村里人传唱一首信天游:

"正月里来是新年,

陕北出了个刘志丹,

刘志丹来是清官,

他带上队伍上横山,

一心要共产;

正月里来是新年,

陕北出了个刘志丹,

刘志丹来是清官,

    *他带上队伍闹革命，*

     *一心要抗战……"*

  就是在这首信天游的影响下，孙有常小小年纪便跟着刘志丹走上了革命的道路。中央红军到达陕北落脚保安县以后，保安人民革命的热情更加高涨，孙有常更加坚定地跟着共产党和红军闹革命。

  1928年，孙有常7岁时，这一年保安县遭遇大旱，大部分地区庄稼颗粒无收，广大贫苦农民的日子更加难过，孙有常家的情况也非常不好，挖野菜、野草，捋树叶来充饥成为当地老百姓被迫的选择，因为他们仅有的存粮还要交给地主和国民党的县政府。由于孙有常当时只有7岁，父母怕他饿死，所以他的父母就连挖来的野菜也不舍得吃，熬成了粥以后父母把稠的都盛到孙有常的碗里，而他们却只喝稀汤，那一年，孙有常的父亲由于饥饿身体严重浮肿，差点死去。年幼的孙有常看到父亲这样非常害怕，父亲是他们一家的顶梁柱，他不想失去父亲。他们一家勉强熬过了冬天，每个人都被饿得处于病态之中，春天的到来，让万物复苏，野草重生，天气变好了，他们也有了一点食物，孙有常一家人的境况才有所缓解。

  在孙有常八岁的时候，也就是1929年春天，他的家乡发生了一件大事，数千名农民涌向县城包围了县政府，要求县长承诺减粮、减款。保安县的百姓真是被天灾和人祸逼到了他们可以忍受的极点，他们走投无路才会冒死做出反抗。所谓天灾就是隔几年就会遇到的旱灾、洪涝灾害和蝗灾等等，这些是他们所不能左右的，祖先们选择了这块土地，当时的技术也不能帮他们抵御这些灾害，如果单是这些天灾，老百姓还是可以忍受的，因为毕竟好的年景可以有一些存粮。但是，天灾加上人祸，就会造成民不聊生，因为国民党政府和当地地主恶霸不分年景好坏都要向贫农们征收粮食，年景差了贫农没有余粮可以交，地主就会借此机会向贫农放高利贷，这些高利贷可以把贫农几辈人都压得喘不过气来，翻不了身，贫农家庭始终都处于负债累累的状态。除此之外，县上还要向农民征收粮食、钱款用于所谓的"公务支出"，这些县里的官老爷们也是不分年景好坏，不顾农民死活，只是一级一级往下强压征粮征款的任务，他们还会动用县里的民团武装力量来威胁、恐吓贫困农民，逼迫农民交款交粮。所有这些天灾人祸加在一起，成为贫苦农民身上的一座座大山，他们怎么努力也摆脱不掉。这一年保安县的农民们实在受不了这光景了，因为人都要饿死了，所以他们就豁出去了去围县城，向县长请愿减款减粮。这次县里的民团武装没有和农民对抗，当时农民们也非常困惑，这种情况出乎他们的意料，他们本来做好了思想准备，民团武装即使拦阻他们，他们也要硬闯，他们甚至是做好了牺牲的准备的，但是县里民团这次却并没有对他们进行哪怕一丁点儿阻挠。后来人们才知道，原来保安县的民团刚巧就在几天前被共产党员刘志丹控制了。

这年的四月，在刘志丹领导下，通过合法化的选举，保安县民团的团总路登高被罢免掉了，共产党员刘志丹、曹力如分别被选举为正、副团总，共产党夺取了县民团的领导权。刘志丹和其余几个共产党员夺取了县民团的领导权以后，立即展开了对民团队员的思想政治教育工作，民团成员也是由本乡本土的人组成的，他们也有妻儿老小，也有兄弟姊妹，他们的生活并不比其他人好太多，他们知道这几年本县贫苦民众的生活状况，也能够理解下层民众的心情。在这种情况下，刘志丹和其他党员同志向民团队员做的思想工作就起到了很好的效果，他们一致听从刘志丹的指挥，不阻挠农民来县城向县长请愿，更不会伤害这些农民。保安县的农民们了解到这个情况以后，才第一次对共产党有了大致的了解，知道了共产党的主张，知道了共产党是与广大贫苦民众站在一起的。

保安县的县长失去了民团武装的支持和保护，基本上就成了光杆司令，面对从四面八方涌过来的请愿农民，保安县当时的县长为了自身的安全考虑，被迫答应了农民们的要求，减款减粮。这次农民被迫自发组织起来的斗争取得了胜利，这给了农民们喘息的空间，如果还像以前那样交款交粮，他们就只能饿死了。另外，这次行动的胜利，也让农民们意识到了自身的力量，他们知道只要大家拧成一股绳，就会产生很大的力量，这种力量足以让骑在他们头上作威作福的县太爷胆寒。这次事件以后，孙有常他们村里有人从城里回来说要组织农民协会,对于祖祖辈辈在这片土地上生长了多年的大部分农民来说,他们不知道农民协会是一个什么样的组织,但是他们一听说农民协会就是要把大家组织起来,不再怕地主的欺压了,就对农民协会有了亲近感,虽然农民们暂时还不能相信农民协会真会有那么大的力量,但是最起码他们是支持农民协会的,这就是他们入会的基础。孙有常他们一家就是在这一年加入了农民协会,正是从这时候开始,孙有常开始有机会接触到共产党人,接触到了中国革命。

1930年,保安县又遭大旱,这次旱灾比以往更加严重,因为这次伴随着旱灾而来的是空前严重的蝗灾,庄稼被吞噬一空,家家户户颗粒无收,连年的灾害让没有存粮的农民束手无策,很多人开始了举家逃亡,他们想着到别的地方可能还有一线生机,留在这里恐怕只能饿死了。孙有常一家没有出逃,因为他的父亲身体已经非常虚弱,几乎不可能外出了,孙有常年纪又小,外出逃亡乞讨也是九死一生,而且附近县里也大都和他们情况差不多,他们走得近了要不到吃的,而他们的身体状况也不能支撑他们走太远。就这样,孙有常一家继续像上一年一样靠着野菜、树叶等艰难度日。

接下来的两年,保安县的年景还算不错,这宝贵的两年好收成让保安县农民们极度贫困和饥饿的情况得到了缓解,孙有常也在这两年里长大了许多。孙有常在这几年一直跟村里闹农民协会的人有接触,通过这些人,孙有常对共产党有了比别人更多的认识,小小年纪的他,早已下定决心要跟着共产党闹革命,为了让更多的像他们家一样的贫苦农民能过上好日子,孙有常参加了保安县共产党组织领导的红军游击队。他一开始提出要参加红军游击队的想法时,家里人非常为他担心,因为那时候他才十二三岁,但是孙有常主意拿定,任谁也劝不回来。相反地,他把父母给说服了,父母听了他要参加游击队的理由以后,觉得儿子讲得很有道理,留在家里过日子,遇到饥荒,不一定是啥结果,而参加红军游击队,不仅可以为了自己家争取利益,也可以为更多的和他们一样的家庭和人们争取利益。参加红军游击队肯定是有危险的,但是这种危险是值得冒的,即使将来不幸被打死了,也比一辈子窝在家里受人欺压要好,更何况还有可能被饿死。

1934年,孙有常参加红军游击队之初,主要担任通讯工作,当时保安、安塞、合水、庆阳4县红军游击队总指挥是刘约三同志,这年8月,刘约三带领红军游击队攻打旦八寨子,这个地方有一支国民党军和地主武装力量混合组成的反动军队,当时攻打这股军队的主要目的就是缴获枪支弹药,红军前几次攻击县城不成功最主要的因素就是枪支弹药没有反动军队的充足,这个因素严重阻碍了红军游击队的发展壮大,这就是红军游击队攻打旦八寨子的背景。当时旦八寨子里的国民党驻军已经知道共产党的红军游击队会来攻打他们,所以他们时刻提防着,加强了防御工事。这个旦八寨子本来就地势险峻,易守难攻,加上敌人又提高了警惕,这就让攻打旦八寨子变得很困难。在攻打旦八寨子之前的一天晚上,孙有常接到一份命令,这个命令是让他假装普通百姓家的孩子去旦八寨子送物资,然后找机会和驻守旦八寨子的民团后厨的一个姓贺的厨师接头,要记住这个厨师说的每一句话,然后回来一字不落地传达。孙有常混入旦八寨子以后,果然在后厨找到了那位贺厨师,孙有常问:"请问寨子上最近什么时候改善伙食?"贺厨师回答说:"最近伙食一直不错。"这是接头暗号,这位厨师是我党的同志,他在旦八寨子潜伏有一段时间了,一直为我们红军游击队提供情报,之前和他接触的同志已经去过多次,但是怕敌人怀疑,所以这次换孙有常去。接头暗语对上以后,贺厨师告诉孙有常,由于听说红军游击队要攻打国民党驻军营部,驻保安县的国民党军营长高玉亭将驻扎在旦八寨子的一个排调回保安县营部,防备红军游击队攻打他们,现在旦八寨子兵力比以前减少了很大一部分,现在寨子上只有50余人枪,请刘队长抓住这个机会,快速出击。孙有常得到这个信息以后马上返回游击队向刘约三队长报告,刘队长说这个信息与他从别的地方得到的情报一致,两者相互印证说明这不是假情报,旦八寨子上的驻军真的被调走了一部分。孙有常通过这件事学习到革命工作的严谨性,红军游击队力量还不够强大,我们必须

慎重地做每一个决定,因为一旦失误,就有可能使红军遭遇灭顶之灾。刘队长就攻打旦八寨子的计划请示刘志丹同志,刘志丹听了他的情况汇报和作战计划以后同意了这个行动。并对刘约三说:"攻寨子动作要快、火力要猛、先发制人。"

行动获得批准后,刘约三带着游击队的同志们立即行动,孙有常也参加了这次战斗,他们找到一架丈五长的云梯,用于攀登寨子高墙之用。为了减小目标,不引人注意,游击队的战士们将云梯先截成两节,并且在云梯上做了衔接的卡槽。这样就使云梯既便于路上携带,又便于攻打时使用。红军游击队的驻地距离旦八寨子有比较远的一段路程,游击队战士们当天下午集合队伍出发,上路不久,便电闪雷鸣、大雨倾盆,刘约三队长高兴地鼓励战士们说:这是打胜仗的好天气,敌人绝对想不到我们会在这样的大雨天半夜攻打他们,真是天助我们成功!战士们听了以后信心大增,勇气十足。尽管山路泥泞,而且不时有人滑倒跌跤,但是游击队的行军速度却很快。

红军游击队战士们走到义正狮子庄一带的时候,已经是半夜了,战士们一个个浑身泥水,却都精神抖擞,因为大家确信过一会儿就会打大胜仗。但是为了保证待会儿攻寨时的战斗力,刘约三队长还是决定先避雨休息一下,让战士们恢复一下体力。他们敲开了几户农家的门,向老百姓说明自己的身份,当地老百姓看到是游击队,分外热情,由于天晚家里没有吃的,战士们又急着赶路,也来不及做饭,有群众冒着雨去地里树上摘果子给战士们吃,他们给游击队的战士们端来了很多新鲜果子。刘约三队长说,红军战士不能白拿白吃老乡们的东西,掏出一些钱来分给这几户老乡,老乡们却不肯要,但是刘队长执意要给,命令几个战士一定要把钱给到老乡手里,老乡们这才无奈地收了游击队的钱。刘队长看到一个老乡家里地上放着一张羊皮,还有羊头和羊蹄,就让战士买下这些羊头和羊蹄带上,这是为了过一会儿喂寨子下瓜园里守夜的狗,这样就不至于惊动寨子上的敌人。暂时休整了一下以后,刘队长下令队伍继续前进,果然,等队伍走到寨子下的瓜园附近时,瓜园里守夜的狗就叫起来了,红军游击队战士赶忙把羊头和羊蹄扔过去,守夜的狗得到食物后,马上就安静下来不再叫了。

  这样,红军游击队的战士们就很顺利地来到了寨子的高墙下面,并立即展开攻击。由于准备充分,行动迅速,又加上敌人大意,认为红军游击队不可能这种天气来攻打寨子,所以红军游击队这次的行动出其不意,非常顺利,缴枪50多支,消灭民团20多人,其余溃逃。这次行动还有意外收获,缴获民团团总曹俊章私自藏匿的3000多块银元还有一些金银细软,这些物资可以支撑红军游击队很长一段时间的补给,这些钱还可以用来再扩招红军战士。打了胜仗以后,孙有常和其他战士们一样非常高兴,而且很

重要的一点是,孙有常通过这次战斗知道了自己虽然年幼,但是和其他战士们一样也可以为这场胜仗做出实实在在的贡献。

当地的群众大都是支持红军游击队的,有民谣这样唱道:"旦八寨子两头尖,东临洛河西靠山,南北悬崖兽无路,易守难攻稳如磐,红军里头有好汉,半夜爬山刘约三,八驮物资走南梁,支援革命做贡献。"这充分说明当地群众是支持共产党和红军游击队的。由于红军游击队多次攻打旦八寨子,这里的驻军和民团力量基本上被红军游击队消灭,反动势力害怕红军游击队壮大以后给他们造成更大的损失,所以在这年五月,国民党军谭世麟和仇良民出兵金鼎山围剿红军游击队,红军游击队提前获悉这一情况,采用避敌锋芒的策略,隐藏主力,让敌人劳而无获。

孙有常参加红军游击队以后,跟着队伍转战陕北多地,三年来的游击生涯让孙有常的战斗素养有了很大的提高,这为他在抗日战争中的卓越表现奠定了基础。

1937年,全面抗战爆发后,中国共产党坚决贯彻抗日民族统一战线,红军接受改编。1937年8月22日,国民政府军事委员会命令,中国工农红军主力部队改编为国民革命军第八路军。中国共产党在洛川召开会议,决定接受国民党授予的国民革命军第八路军的番号。8月25日,中共中央革命军事委员会发布了红军改编的命令,将陕甘宁地区的红军主力部队改编为国民革命军第八路军,由朱德同

◆改编后的八路军东渡黄河开赴前线对日作战

志任总指挥，彭德怀同志任副总指挥。八路军下辖一一五师、一二零师、一二九师三个师。孙有常所在的连队隶属于一二九师，统归刘伯承指挥。

八路军出征前，组织了誓师大会，朱德总司令作了战前动员，全体将士集体宣誓，宣誓声音震动山河：

日本帝国主义，是中华民族的死敌，它要亡我国家，灭我种族，杀害我父母兄弟，奸淫我母妻姊妹，烧我们的庄稼房屋，毁我们的耕具牲口。为了民族，为了国家，为了同胞，为了子孙，我们只有抗战到底！为了抗日救国，我们已经奋斗了六年，现在，民族统一战线成功，我们改名为国民革命军，上前线去杀敌。我们拥护国民政府

及蒋委员长领导全国抗日，服从军事委员会统一指挥，严守纪律，勇敢作战，不把日本强盗赶出中国，不把汉奸完全肃清，誓不回家。我们是工农出身，不侵犯群众一针一线，替民众谋利益，对革命要忠实，如果违犯民族利益，愿受革命的制裁，同志的指责，谨此宣誓！

那时候红军接受改编后，红军战士要摘掉以前的五星八角帽，换上国民党军的帽子，并且还要带上有青天白日符号的帽徽。蒋介石统一全国后曾经一度非常崇拜希特勒，仿照德军进行军事改革，这种军帽也是蒋介石仿照纳粹德国士兵的军帽决定的样式。孙有常和很多战士一样，一开始非常不理解，要知道，在反"围剿"的时候，戴有这种帽子的人杀害了多少他们的战友啊，这种帽子在很长一段时期内是我们红军战士枪口瞄准的对象啊。孙有常说："我宁愿回家种地，也不戴这种帽子，这不是向国民党投降了吗？！"为了坚持抗日民族统一战线，号召全国军民一致抗战，我们对国民党作了相当大的让步，我们的广大指战员花了很大力气做红军战士的思想工作，他们才逐渐接受了这种安排，但是很多战士虽然同意戴这种军帽，但依然不同意佩戴帽徽，孙有常和他身边的战友们都坚决不戴帽徽。

一二九师奉命渡过黄河，挺进山西境内。10月，部队的主要任务是配合国民党军打好忻口战役。忻口战役是全面抗战开始之初，中国军队在山西北部地区英勇抗击日军侵略的一次大规模的战役。此次战役自1937年10月13日至11月2日，历时达21天之久。参加此次作战的部队有阎锡山所部的晋绥军、国民党卫立煌所部的中央军和中国共产党领导的八路军。这次战役是由第二战区（司令长官阎锡山，朱德、卫立煌）指挥实施的太原会战的重要组成部分。该战役创下歼敌破万的纪录，它是国共两党团结合作、在军事上紧密配合的一次成功范例。在忻口战役战事胶着时，阎锡山和卫立煌都不止一次地表示想让八路军开赴正面战场，帮助国民党军打阵地战。周恩来、朱德、彭德怀等向阎锡山、卫立煌多次解释说明八路军在敌军侧后配合主力作战的重要性，由于我党指挥员的坚持和解释，阎锡山和卫立煌才最终同意改变将八路军调到正面战场的作战思路。林彪师长指挥一一五师取得的平型关大捷和一二九师指挥员陈锡联指挥的夜袭阳明堡战役，有力地配合了国民党军的正面作战，使得国民党军高层指挥员更加深刻地认识到了八路军在日军侧后开展独立自主的山地游击战这一作战方针的好处。

孙有常所在的部队在夜袭阳明堡的战斗中，虽然不是负责袭击飞机场的主力，但是他们担任的炸毁桥梁、阻击援军的任务对于保证夜袭阳明堡机场的成功至关重要。常人可能最关注的是战役的胜利或失败，我们对历史上的一些战役的主要印象也大多止于此。殊不知，还有一些因素很容易被我们忽视，这些因素对于战役的胜败同样十分重

要,那就是战役突破口的寻找和选择、战前的准备以及战机的捕捉。当时,日军的飞机经常轰炸国民党军的阵地,我抗日军队的制空权被日军牢牢控制,这让国民党军和八路军都十分被动,且每天有上千名国军战士死于日军的疯狂轰炸,但国民党军却束手无策。八路军部队为了躲避日军的轰炸,多在夜间实行迂回转移和游击,白天行军时则要做好十分严密的隐蔽工作,在遭遇敌机低空侦察时必须立即停止行军,进行防空准备,有时因隐蔽工作不足,也会遭遇日军的残酷轰炸。战士们对于日军的飞机和飞机发动机发出的恶魔般的轰鸣声都有切齿之恨,却又无可奈何。

有战友回忆说,有一次在连队行军休息间歇,小战士孙有常忍不住问了一句:"这么多飞机,天天来轰炸我们,他们是从哪来的啊?"就是这么不经意的一问,引发了大家的议论和思考。当时人们的航空常识都很缺乏,有的人说是从日本国飞过来的,有的说是从东北伪满洲国飞过来的,还有人很肯定地说飞机是从北平飞过来的,因为他很早就听别人说过,像北平这样的大城市什么都有,当然应该也有飞机场……战士们七嘴八舌地议论声被当时营长孔庆德听到,他也认真地思考起了这个问题。孙有常又大声地说:"蒋介石真是又坏又笨啊!当时他要让国民党军队从东北和北平逃跑的时候,把飞机场都给炸了就好了,我们现在也不用天天被他们追着屁股轰炸了!"战士们听了都哈哈大笑,夸他比蒋介石都聪明,都认同他的说法:蒋介石不仅坏，而且真是笨啊！

　　孔庆德虽然当时只是一个基层指挥员，但是他的敏锐性非常强，他随后便与三营营长赵崇德讨论飞机从哪里起飞这个问题，经过讨论后他们俩都认为日军的飞机不大可能从北平那么远的地方飞过来，因为这敌机肆虐和轰炸我们阵地和根据地的频率实在是太高了，日军肯定是在山西境内修建了临时的飞机场。他们把想法向团首长陈锡联报告，当时的陈锡联也才只有24岁，却极富军事指挥才能，深受师长刘伯承的喜爱和信任。陈锡联在孔、赵二人来之前接到师部电话，让他近期去师部汇报部队这段时间的情况，听过孔庆德和赵崇德的报告后，他决定立即动身去往师部，向刘伯承师长汇报工作并请教他关于敌机起飞地点的问题。刘伯承听到陈锡联的问题时很高兴，因为他看到了基层指挥员的成长。他告诉陈锡联，彭老总已经初步判断出敌机起飞的飞机场肯定就在山西境内的沦陷区，日军很有可能是利用建设隐蔽的小面积的简易飞机场、少量的轰炸机频繁起降的这样一种方式，让我们误以为飞机是从北平的大飞机场起飞的。刘伯承师长说彭总已经给师部发来电报，命令一二九师做好充分动员，深入山西境内的沦陷区，寻找敌人的飞机场。陈锡联当即表示，他们团可以承担这一任务，并且保证完成任务。

　　陈锡联从师部回来之后，立即将彭德怀副总指挥、刘伯承师长下达的任务向孔庆德、赵崇德等基层指战员传达，

要求一营执行侦察任务，并叮嘱孔庆德说："师部命令指示，我部的侦察只是配合特殊支队的任务，取得的线索只是为了验证外线传递过来情报的准确性。所以你们在行动时一定要注意，提高警惕，切忌立功心切，采取冒险行动。我们的主要任务是，在日军飞机场位置确定以后，坚决端掉它！另外，一营长孔庆德、三营长赵崇德，你们两个随我行动，我们三个化装成普通老百姓，秘密侦察。"

孔庆德这时觉得孙有常这个小战士虽然年龄很小，但是脑瓜子机灵，他居然和八路军总指挥部的首长们、和彭老总、刘师长他们思考同样的问题，虽然孙有常不能判断出飞机场的位置，但是他小小年纪却能提出这样一个关键的问题，确实是十分了不起的。所以他就对孙有常这个小战士有了更深的印象，平时碰到孙有常就会很关心地多问他几句，了解他的状况。他还当众夸了孙有常有军事敏感性，说他善于发现问题，让大家向这个小战士学习。孙有常当即有点害羞地说："我只是随口瞎说，哪有营长说得那么好？不过我请求营长让我参加寻找敌机起飞的飞机场的任务，我还没见过飞机在地上是什么样子呢！"孔庆德听后哈哈大笑，因为他这个理由实在是太让人意想不到了。孔庆德告诉孙有常，这个任务很艰巨、很危险，可不是闹着玩的。孙有常却说："我不怕危险，请营长把这个任务交给我们班！"

孔庆德自己跟随团长陈锡联秘密行动，展开侦察。同时从他所部的一营里抽出近百人，分成很多个小分队，执行侦察寻找机场的任务。由于孔庆德知道孙有常非常机灵,所以他欣然同意孙有常所在的班参与这一任务。孔庆德命令他们以夜间侦察为主,白天执行任务一定要做好伪装。孙有常非常高兴营长同意他参加这一任务,他和班长等五人组成一个小分队,开展侦察任务。白天侦察需要伪装,而他们只有步枪,只带匕首执行任务危险性太大,即使五人的小分队白天也不能集体行动,他们白天的侦察经常遇到险情,无奈他们只能选择以夜间侦察为主。孙有常却说,他年纪小,目标小,容易伪装,不太可能被日军注意。所以他提出白天由他单独行动,执行侦察任务,因为敌机基本上只在白天活动,白天容易有线索,晚上敌机基本不出动,侦察难度更大。班长也知道白天侦察获取线索的可能性更大一些,但他坚决不同意孙有常一个人单独行动,他思虑很久,最后决定他和孙有常白天行动,两人保持一定距离,相互策应。

他们在一次白天行动中,遇到了惊心动魄的情况。在路上与两名巡逻的日本兵遭遇,班长被他们截住检查他推车上的东西,还仔细观察他,孙有常认为班长可能遇到了麻烦,因为这盘查的时间太长了。他灵机一动,大喊一声,成功吸引两名日本兵的注意力,然后迅速向一条小路跑去,两名日本兵随即向他追去。班长由此脱身到一个安全的地方隐蔽起来,他此时没有带任何武器,只能祈祷孙有常能够躲过这一劫。孙有常跑过一个三岔路口时,将一只鞋脱下来扔到一个路口,向另一条路跑去,找到一个柴草垛隐

蔽起来。两名日本兵追到此处，看到鞋子，商量了一下分兵行动，好在他们追的两条路都不是孙有常跑的，孙有常抓住机会迅速脱身回到小分队集合地点。班长没有听到枪声，从远处看到两名日本兵骂骂咧咧地从刚才追去的方向回来，他由此判断孙有常已经脱身了，于是也瞅准机会快速回到集合点。两人见面后紧紧拥抱在一起，此刻想起来都还有些后怕。他们小分队五人聚齐后讨论认为，日军在那个地点巡逻并仔细巡查有些可疑，于是他们五人决定夜间再次行动，向白天遇险地点指向的一个方向继续靠前深入细致地侦察，他们选择了一个隐蔽点观察，在夜间三个小时内，这条路上频繁地来往多股日军。班长认为此次侦察很有收获，决定全队抓住机会快速撤退并向孔营长报告。

一营长孔庆德了解到三营有三名战士在白天执行侦察任务时遭遇小股日军，他们与敌英勇搏斗后全部牺牲，都没有回来。团部首长陈锡联严厉批评了三营长赵崇德，认为他没有对战士们严格要求，执行侦察本不是三营的任务，三营战士却出现了这样的事，营长赵崇德应负主要责任。再有，三营战士们犯了"冒进"的错误，急于求成，在不具备条件时仍然采取白天行动而没有注意提高警惕，才会有这样的严重后果。陈锡联说，这都是赵崇德平常向战士们强调得不够。孔庆德获悉这种情况后，立即了解他自己的一营执行侦察任务的情况，孙有常他们将侦察的情况向孔庆德汇报，孔庆德把各分队的情况汇总以后向团首长陈锡联报告。陈锡联、孔庆德和赵崇德三人认为,孙有常他们的小分队侦察到的地方,正好是他们三人侦察的阳明堡的另一侧,这就更加验证了他们初步的判断。根据日军的活动情况和飞机起降规律,那么这两侧之间的阳明堡应该就是机场无疑了。此时,从师部发来的外线情报也进一步验证了他们的推测,师部要求他们尽快寻找合适机会,坚决端掉这个机场!

接到作战任务以后,一营和三营都想作为主力执行这一任务,孔庆德和赵崇德二位营长甚至起了争执。一营营长孔庆德指挥经验丰富,战斗执行力很强,一营的战士们也都十分英勇;三营营长赵崇德带兵机智果敢,身先士卒,并以夜间作战和近战见长,绰号"夜老虎"!他率领的三营曾被授予"以一胜百"锦旗。陈锡联确实也很犯难,思虑再三,最后

◆赵崇德

决定还是把主攻任务交给赵崇德所部的三营。一营和二营组成团预备队,负责阻击增援阳明堡机场的日军,此外,一营还要负责炸毁位于王董堡的滹沱河上的桥梁,滞阻增

援日军的行军速度,保障执行主攻任务的三营侧后的安全。

孙有常所在的班在营长孔庆德亲自指挥下顺利执行了炸桥任务,随后他们沿河岸布防,阻击增援日军。阳明堡战斗打响后,日军果然迅速出动了增援部队,增援部队遇到了孔庆德指挥的一营的强烈火力阻击,不得不停止行军,沿河岸布置火力与我阻击部队展开激烈交战。增援日军部队的人数并不多,但武器装备精良,弹药充足,火力十分猛烈,尤其是他们的两挺重机枪,对我军的危害极大,不少战士受到敌人重机枪扫射而倒下。孙有常见此情形,向班长喊道:"班长,敌人火力太猛了,我们快要顶不住了,请班长下令让我绕到敌人后面炸掉他们的重机枪!"班长看了一下他们班只剩下7个人了,于是下令:"我们7个人一起过去,拔掉敌人的重机枪据点!"他们7个人在我方火力掩护下,成功绕到敌人侧后,一齐向敌人阵地投下好几颗手榴弹,炸死敌军十几个人,拔掉了一个重机枪据点。日军随即抽出一部兵力,调转枪口向他们发起猛烈攻击,由于敌人火力太猛,他们无法靠近敌人另一个重机枪据点,双方对峙了十几分钟,孙有常向班长要求火力掩护他匍匐前进,冒险靠近敌人另一个重机枪据点。班长并没有同意,但是他也知道只能冒险靠近了,于是他大喊一声:"掩护我!"随即强行向敌人重机枪靠近,却不幸中弹牺牲。敌人的火力更加猛烈,而且逐步向他们逼近,眼看任务无法完成了。于是,一个老兵成为他们几个人的指挥官,他喊道:

"大家加大火力掩护孙有常前进,拔掉重机枪!"老兵带领剩下的几个人突然冲出掩体迎着敌人猛烈的炮火直立着前进,以此来更好地掩护孙有常,孙有常抓住稍纵即逝的战机向敌人重机枪侧后快速移动,在几乎全身中弹的同时拉开一颗手榴弹飞扑向敌人的重机枪据点……掩护孙有常的其他几个战士也都中弹牺牲,孙有常和他的战友们用生命为代价拔掉了敌人的两个重机枪据点,敌人失去重机枪火力支撑以后,已无力抵挡我军的顽强阻击,迅即溃退。一营艰难完成了阻击任务。

营长孔庆德和没有倒下的一营战士们目睹了孙有常和他的同班战友这一悲壮的举动。战友们回忆起这场阻击战,回忆起牺牲时年仅 16 岁的孙有常,都忍不住泪湿眼眶。保安县(今延安市志丹县)永远地失去了这位 16 岁的少年抗日英雄,又多了一位抗日的烈士。主攻阳明堡机场的三营营长赵崇德也在战斗中为掩护战友不幸中弹牺牲,年仅 23 岁。

夜袭阳明堡是抗日战争史上以少胜多的著名战例之一,这场战役极大地振奋了全民族的抗战信心。据说,第一二九师师长刘伯承在接到陈锡联夜袭阳明堡机场的捷报后,异常兴奋,对他们的表现赞不绝口:"首战告捷,打得好,打得好!"后来,刘伯承师长在总结这次战斗的经验时指出:此次战役侦察清楚,部署周密,行动秘密而迅速,动作突然而坚决。特别是担任主攻的三营,以坚决英勇的格斗精神,不惜牺牲,所以才能在 1 个小时内完全烧毁敌机,取得速胜。

夜袭阳明堡机场取得重大胜利，歼灭日军100余人，击毁击伤飞机24架，有力地配合了正面战场作战，大幅度减少了国民党军在正面战场的伤亡，这次战斗在我国抗战史上可谓威名赫赫！担任主攻的三营功不可没，这一点毋庸置疑。而孙有常和赵崇德这些英雄的名字却很少有人知道，我们应该铭记这些抗日英雄。孙有常和他的战友们用自己的牺牲换取了更多抗日有生力量的保存。孙有常的一生是极其短暂的，但却是无上光荣的！

# 三 战火淬炼

抗日战争进入战略相持阶段以后，在中国共产党领导下的各战区军队陆续选派青年干部和儿童团骨干成员前往延安学习，王东生就是其中一个。

王东生同志在延安学习以后，曾经在马列主义学院青年队任副队长。1948年，王东生接到指令，在南下工作团三大队任参谋。在随后的10多年里，他先后在乐昌、清远、始兴任县委书记，曾担任粤北区党委、纪检会第一副书记，韶关地区监察委员会第一副书记等，并于1965年至1973年间，到韶关地区示范农场五七干校学习。

20世纪六七十年代，国家先后把韶关作为华南重工业基地和广东战略后方来建设。王东生根据组织的安排，投身企业，先后在韶关地区燃化机修厂、韶关市轻工业公司任领导职务，为粤北山区社会经济建设鞠躬尽瘁，直到1988年离休。王东生同志不平凡的人生轨迹和为革命不懈奋斗的光荣事迹值得我们永远铭记。

如果生在和平年代，王东生或许会平凡、快乐地度过自己的一生。但是历史不容假设，现实的残酷程度往往会超出人们的想象。在王东生出生之前的几年里，河北这块地方就经常爆发大大小小的战争，直皖战争和两次直奉战争都以河北为主战场，各方争夺地盘、抢占人口、粮食，非常激烈。

1924年，国民党一大召开，由于辛亥革命和以后历次斗争的失败，孙中山认识到中国革命的力量蕴藏在劳苦大众之中，在共产国际和中国共产党的帮助下，认真总结了中国民主革命的经验教训，决定学习俄国革命的经验和方法，改组国民党，以振兴国民党进而振兴国家。在孙中山先生的领导下，国民党实行全面改组，确立了"联俄""联共""扶助农工"三项政策（与新三民主义一起，成为此后几年国内新兴革命团体共同遵循的"国策"）。

1926年，国民党和共产党合作，开始北伐。北伐革命军以正义之师的强大威力从广州一路北上，连克长沙、武汉、南京、上海等经济、军事重镇。孙传芳、吴佩孚等军阀被北伐革命军"清理"出了历史舞台。

1927年，一个极度不平凡的年份，这一年见证了中国轰轰烈烈的大革命由盛而衰，以蒋介石为代表的当时中国最大的政治经济军事集团公开叛变了革命，走向了历史和人民的对立面。中国人民和世界上所有渴望和平的人民满心以为中国的列强瓜分、军阀割据、民不聊生的局面即将结束，中国即将走向光明的新生。但是，残酷的历史事实让当时的人们的美好愿景破灭了，全国人民几近绝望……

就是在这一年，王东生出生在冀中平原正定县一个平凡的农家。在那个大动荡的年代，和其他人一样，王东生的童年印象里最深刻的就是贫穷和饥饿。在日本全面侵华之前，王东生所生活的村子以及村子里的父老乡亲已经被连年的军阀混战折磨得贫弱不堪，地方军阀暴力征税以及抓壮丁的事情时有发生。同时，连年战争有大量的逃兵、伤兵落草为寇，20人左右一伙集结在一起成为土匪。王东生幼年生活的地方在那个时候匪患严重，但毕竟还能勉强维持基本的和平局面，王东生还是在这种情况下读了几年小学，认识了一些字。在那个年代，那种生存条件下，能够有机会读书识字，是非常不容易的事情，王东生非常珍惜这个机会，他的老师也给了他很大的影响，对他日后胸怀报国之志、坚定不移地为劳苦大众谋活路奠定了良好的基础。

王东生在回忆自己的童年生活时谈到过他目睹当兵的持枪入户抢粮食的事情。中原大战爆发后，虽然王东生生活的河北不是主战场，但是经常会有军队路过他们村子，

只要是军队来了,就必然会向村民们征粮。好年景的时候,村民们会为躲避祸事缴纳粮食以尽快把军队送走,但是遇到灾年,村民们自己糊口都非常困难,根本没有余粮上交。王东生清楚地记得,他的一个邻居被前来征粮的乱兵打残了一条腿,原因是他家在柴草间藏了一点点的救命粮!而在兵匪横行村里作恶的时候,村民们不敢有任何反抗,因为他们手里有枪,因为他们杀人不眨眼。兵匪抢粮伤人这件事对幼年的王东生产生了很大的影响。

王东生在回忆中多次提到了他小时候的老师。他的老师姓魏,魏老师在课堂上对他们要求很严格,但是生活上对学生们很照顾,是一位难得的好老师。魏老师常说,中国的未来如何,关键在少年一代能否强大,少年强,则中国强。魏老师时常教育他们不能做违背良知的事,要他们立志为中国的四万万劳苦大众谋活路,等到时机成熟了,他也会拼了老命,投笔从戎。

"七七事变"后不几日,日军便集结三路重兵进攻华北,包括河北正定县在内的广大华北地区又一次被战火笼罩。与此同时,伴随着军事侵略,日本帝国主义的魔爪伸向了教育领域,日本加紧了对华北地区进行奴化教育的步伐,日本侵略者和汉奸政府的走狗们强迫当地教育界人士学习日本语言文化,并对当地青年一代实行美化战争的奴化教育。他们抓捕教育界爱国人士,威逼利诱,对不服从者及其亲友进行残酷杀害。由于魏老师坚决不向侵略者低头,他们一家三口全部失踪，年幼的王东生知道，失踪意味着什么，侵略者的野蛮行径从此在王东生幼小的心灵种下了仇恨的种子。

1938年，王东生11岁，他逃离了日本人实行奴化教育的学校，秘密加入了中国共产党在革命根据地建立的少年儿童组织——儿童团。抗日战争时期，在党中央的指示下，全国各地都建立了儿童团这样的组织，凡是愿意为党为人民贡献自己力量的少年儿童都可以加入儿童团，担负站岗、放哨、送信等任务。一般以村为单位建立，受党支部或共青团、妇联的领导。正定县党组织根据中央的指示，在爱国进步人士的帮助下，积极向群众宣扬爱国主义，对抗奴化教育，吸纳爱国群众加入抗日队伍，这些队伍在党支部的领导下，从敌人手中抢夺武器，武装自己。就是在这样的背景下，王东生加入了当地的儿童团。王东生加入儿童团以后，仍然有很多机会学习，只不过跟在上小学的时候不同，在儿童团除了学习文化知识以外，老师们给他们讲授了很多革命理论和实践知识。在儿童团的学习过程中，王东生渐渐对国家多年来积贫积弱的原因有了初步的认识，对帝国主义者瓜分中国的现状有了深切的感受，对自己所处的时代和处境、自己肩负的使命更加清晰。贫穷和战争，使得王东生这一代人的生存环境极为恶劣，也让他们提早成熟，并迅速成长为革命的有用力量。

王东生回忆说，自己刚加入儿童团的一段时期，主要任务就是将自己在儿童团学习的内容,向其他仍在当地学校接收奴化教育的孩子们传递,让那些在学校的孩子了解到外面的世界,不会甘心接受日本人的奴化教育。后来正定县党组织的领导同志担心这样会暴露儿童团的成员以及党的地下组织,所以就紧急叫停了这一做法,但是他们前期的努力还是收到了很大的效果,逃离日本人奴化教育学校的孩子越来越多。有了初期这样的经历,王东生渐渐对敌我双方的力量和斗争形势有了初步的认识,对自己能为抗日战争出一份力有了坚定的信心,同时这些经历也塑造了他机智、勇敢、临危不惧等良好品格,小小年纪的王东生从此走上了抗日、革命的道路。

◆儿童团小战士雕像

王东生在儿童团学到的第二项本领是站岗放哨,这是一项非常重要的任务。日军占领河北地区以后,下很大力气发展汉奸、伪军,用他们来对付敌后的抗日军民,日伪军经常几十人一组在汉奸走狗的带领下,对在他们占领区的村子进行残酷扫荡，尤其是千方百计地搜寻在敌后领导抗日斗争的共产党人及其领导下的游击队，以此来维护他们的伪政府统治。王东生在之前的反奴化教育的斗争中表现非常好，游击队的同志们对他的机灵、勇敢印象深刻。王东生一直都记得当年游击队的林队长给他们讲的那句话："哨兵，是一支队伍非常重要的一道防线，担负着警戒驻地的重大使命，哨兵一旦失职，那么整支队伍就将遭受灭顶之灾！"林队长在对儿童团的训练中曾说："一个明哨，一个暗哨，这是我军常用的岗哨配置，这种配置在实践中效果很好，在很多危急时刻拯救了队伍。但是，我们现在要在一个明哨和一个暗哨的基础上再增加一个哨兵，那就是你们这些娃娃兵。把你们增加到哨兵队伍里，可以起到一石三鸟的作用：第一，你们可以在和其他人搭班的过程中向我们队伍中有经验的哨兵学习，迅速提高你们的侦察能力和应急处置能力；第二，你们的目标小，不易被敌人发现，敌人一般不会把你们当作军人，你们要充分利用你们的这个优势，发现情况后，按照约定方式向队伍示警；第三，一个明哨，一个暗哨，再加上你们这些娃娃兵，这相当于为我们的队伍又加了一道保险，让我们的危险降到更低的水平。所以，你们肩负的任务光荣而艰巨，你们一定要牢牢记住我的这些话！"王东生从林队长的话中第一次感受到了战争的严肃和残酷。

王东生在儿童团担任警戒哨的时候，伪装的方式是拾粪和拾柴,他经常在村子的不同方向的三华里范围内活动。有一天下午,一个人骑着车子走到他跟前停了下来,掏出香烟,用打火机点着烟,然后向四周张望了一会儿。他找话题和王东生聊了起来,问王东生的年龄还有家里的情况,问他村子里都有些什么人,王东生按照家里人教他的方式应付着这个陌生人。王东生敏锐地意识到这个人很大可能是日伪军派来的特务,因为他的香烟和打火机都非常高级,王东生从来没见过这些东西。所以王东生判断,这个人肯定不是普通的村民或者游击队的人。在这个人问到这里这几天有没有经过一支队伍时,王东生知道时机来了。王东生告诉这个人,今天上午刚有一支队伍从他们村口经过,往东边匆匆地走了,一共有好几十人。这人一听立马掐灭了烟,问王东生有没有看到这支队伍打的什么旗子,记不记得他们穿的什么颜色的衣服。王东生说他们穿什么颜色衣服的都有,没有打什么旗子,看样子跟这里的村民没什么两样,只不过他们都背着枪。这个人听完后,再次向王东生确认了这支队伍去的方向,然后他拍了拍王东生的头就骑上车子往东边走了,等这个人稍微走远以后,王东生马上向西跑回村子向游击队的同志汇报了刚才的情况,游击队的同志预感到这是一个重要情报,所以又赶紧向林队长汇报。林队长分析了情况之后对大家说,这个人很有可能是敌人派来的特务,这个人往东去没有侦察到情况的话,他应该会趁天黑返回县城里的据点,我们就在他回来时必经的小路上设下几名战士,准备拦下他。

　　天黑以后,林队长派出几个战士到村外的小路边埋伏,林队长带着王东生留在村子指挥部里等待着。直到后半夜,才有一个人骑着车子向村子方向走过来,等到车子到了埋伏地点之后,几名战士一起发力准备将他擒住,不料这个人突然掏出枪来击伤了一名战士,战士们记得林队长命令他们一定要留活口,所以他们打伤了特务的手臂之后把他擒住,然后将他带回村子里的指挥部。林队长对这个人展开了盘问,但是问了许久却一无所获,这个特务的表情十分轻松,一直在和林队长绕圈子,实质性的问题一个也不回答,周围的人都觉得林队长对这个特务太过客气了,林队长对大家说:"我们是有纪律的队伍,不能蛮干。况且这个人的身份不明,你们不要轻举妄动。"时间就这样一分一秒地过去了。王东生注意到了一个细节,他觉得这个细节有必要向林队长汇报,所以他向林队长说:"林队长,我有情况要向您汇报,但是请您出来一下。"林队长看着年幼的王东生,先是一愣,然后思考了几秒钟,就同意了王东生的请求。他们来到院子里,林队长摸着王东生的头说:"东生啊,你今天放哨表现得很好,很机灵,这个人虽然什么都没有说,但是我从直觉判定他肯定有问题,只是我一时还找不到破解的办法。"王东生抬头看着林队长,没有说话。林队长看着王东生严肃的样子,就问他有什么新情况要汇报,王东生说:"林队长,我注意到一个情况,

就是这个特务每隔一段时间就看一下窗台下面,然后就很隐蔽地微笑一下。您和同志们可能只顾着问他问题,没注意到这一现象。我也不知道他为什么这么做,但是我感觉肯定有问题,因为他看得太频繁了,而且每次都会很隐蔽地笑一下。"林队长听了王东生的话,思考了片刻,对王东生说:"东生,你观察到的这个情况很有价值,这样,你先在这里等一下,我再进去观察一下。"说完,林队长便很自然地回到了房间,好像什么都没发生,继续问特务问题。但是,林队长这次注意观察特务的微小举动,尤其是他望向窗台的动作。林队长发现,特务果然如王东生所说,频繁地看向窗台下面,林队长用余光看了一下窗台下面,他立即明白了特务的想法和阴谋:窗台下月光影线移动可以判断时间!特务肯定是出发前跟他们的人约定过,到了什么时间他不回去就要沿着他侦查的方向搜查扫荡,想到这里,林队长马上站起来,对旁边的人大声说:"把他给我绑结实点儿,留下两个人先看住他,待会儿跟着队伍一起转移。"听到林队长说要转移,大家都很迷惑地看着他,他们想要林队长告诉大家为什么突然决定转移,但是林队长说:"大家服从命令,跟着我转移到安全地带后我再向你们解释。"

林队长叫来几个通讯员,向他们紧急交代了几句,几个通讯员便快速地向不同方向跑去。这时,林队长看到了站在院子里的王东生,他对王东生说:"东生,这次你立了大功,特务频繁望向窗子下面,是在看时间,他今晚是在拖住我们,等待援兵的到来。我们的队伍现在还没有实力和对方硬拼,继续留在这里非常危险,我们的队伍马上会带着特务转移,我们走得匆忙,没有时间向老乡们解释,你这次并没有暴露,你就留下,向村子里的人解释一下,让大家不要慌乱,继续像以前一样。过几天安全了,队伍很快就会再转移回来。"王东生望着林队长,表情坚定地点了点头,表示自己记住了林队长的话,让他放心。很快,几个通讯员回来了,他们向林队长汇报说,所有支队都已通知到位,各支队都在清除村子里驻军的痕迹,一刻钟后便可出发。

一刻钟以后,林队长让通讯员发出信号,队伍快速地向着南面转移。王东生跑到村里负责同志的家中,把情况快速地传达了一遍,村负责人听到情况后迅速组织人到各家传递消息,很快地,村里各家各户都已经知道了目前的情况,并做好了准备工作。过了半小时,日伪军200余人的队伍便开进了村子,他们鸣枪示意,并让保长通知村里所有男女老少在村口集合。伪军用喇叭向大家喊话,主要意思就是说,日军长官怀疑村子里现在或者曾经有游击队活动,今天把大家集合到这里的目的就是想让大家说出游击队的去向,若是知情不报,后果很严重。村民们都表示自己没有见过游击队,村里家家户户都有良民证。这次带队的日军长官是刚刚更换的,他的上一任就是由于没有执

行新来的日军最高司令员的政策而被撤职的。日军新上任的在华最高长官奉行的是"用中国人对付中国人"的策略,主张对普通民众不要过于残酷,要让中国民众自愿归附到日本统治之下,让民众放弃反抗日本军队转而反对抗日军队。所以,村民们即使没有承认村子里有过游击队,也没有说出游击队的下落,但是日军也没有对他们大加杀戮,因为他们也没有找到有关游击队驻扎的确凿证据。这股日军在村里大肆搜查了一遍,没有找到任何跟游击队有关的线索,他们就离开了村子。王东生所在村的乡亲们由于这个新来的日本军官而躲过一劫。

在整个抗战时期,这样的情景太多了,村民们为了保护抗日军队,甘愿冒着被侵略者杀戮的危险,因为抗日军队正是为了赶走侵略者、保护民众而不惜以血肉之躯与敌人拼杀的。敌后广大抗日军民正是在坚定地践行中国共产党领导层提出的全民抗战的政策,靠着执行这样的全面抗战策略才成功地使日本侵略军队陷入人民战争的汪洋大海之中,消灭了日军相当部分的有生力量,延缓了日军的侵略进程,打击了日军的嚣张气焰,粉碎了他们快速占领全中国的幻想,鼓舞了全国乃至全世界人民抗击法西斯侵略的信心。

过了大约半个月时间,林队长带着队伍回到村子。这半个月时间,他们在周围几十里的范围内与敌人周旋,每到一个村子,就会有人向林队长申请加入队伍,打日本鬼子,保家卫国。所以说，现在周围几十里的村子里基本上都有了游击队的队员，林队长带领的队伍壮大了很多。回到村子以后，林队长马上找来王东生，让王东生负责训练儿童团。正是因为有了王东生机智的发现，才让队伍躲过一劫，而且有了壮大。林队长更加坚信自己重视儿童团是对的，特别是将儿童团的成员安排到岗哨的位置，对于扩大队伍的警戒范围，增强队伍的警戒能力都有着十分重要的作用。

　　由于队伍有了壮大，林队长将游击队的战士们分别安排在不同的村子里，每一个村子都设有一个游击支队支队长，这样一来，相互传递情报成了一件必须要做的事，否则队伍就无法实现统一行动。原来的通讯员队伍不足以承担全部的通讯任务，而且如果这些通讯员频繁往来于各村之间，目标太大，很容易被敌人侦察到。如果队伍无法统一行动，那么队伍虽然壮大了，也很难发挥协同作战的作用。该怎么办呢，林队长一时有点为难，后来，林队长又想到了王东生。鉴于王东生的出色表现，林队长决定将王东生等几个比较机灵的孩子培养成通讯员。王东生他们如果能够很好地完成任务，那么林队长对于打通各游击支队的联系、采取相互配合的统一行动就会很有信心。下定决心以后，林队长就亲自培训王东生他们几个小通讯员，给他们讲情报工作的重要性，遇到敌人该怎么办等等。此外，林队长还找来周围几个村子的资料，一个个讲给他们，让他们熟记牢记，要做到随口可以说出这些村子大概有多少人，保

长是谁等等信息,以防遇到敌人盘查。王东生后来回忆道:"林队长给我们培训的时候,我们能够感受到他内心对我们的期望,我们个个都铆足了劲儿要做好这一项工作。"

王东生接受的第一个传递情报任务是到邻近的几个村子找到游击支队队长,跟他们说三天后的下午会有日军的一辆运送补给的汽车从这里经过,负责护送的日军并不多,我们准备在路上打个伏击,拿下这车补给。但是由于对方装备精良,我们还是需要各支队人员统一在中午时分就埋伏在赵庄村头河滩的芦苇丛中,这样才能确保成功。王东生要通知的这几个村子最远的是15里外的穆家村,临行前,林队长反复叮嘱他一定要注意安全,还给了他一枚缺了一块儿的袁大头钱币,这是林队长和其他支队长约定的信物,见到持有此钱币的人,问一句:"今年收成如何?"持币人应回答:"一年比一年好。"若持币人答不上来或者回答地不对,说明送情报的同志已遭遇不测,信物已落入敌人手中。王东生在培训的时候,早就把周围村子的情况记熟了,他让人将这枚缺了一块的袁大头钱币缝在了他的鞋的内侧鞋帮之间,这样从外面看根本看不出任何异常,这是王东生想了很久才想到的法子,他准备到了一个村子,找到支队长,掏出信物,然后找人迅速地给他再缝上,或者换一双鞋,只有这种办法才能防止有可能遇到的搜查,日伪军搜到这种东西是肯定会给他收走的,弄不好连人都要带走,所以即使这样做会多费一些时间,但是也必须这么做。林队长听到他的想法很高兴，同意了他的计划，很放心地将信物交给了王东生，他对王东生能够完成任务充满信心。王东生带上一根捆柴草的绳子，用木棍挑一个粪篮，开始执行他的任务。一路上有惊无险，虽然遇到了几次盘问，但是王东生非常镇定地回答盘查人提出的问题，而且由于他回答过程中没有出现任何错误，对方基本上看不出什么破绽，就这样他一路走到了穆家村，完成了任务。在这过程中，王东生给各支队长传递情报的时候，这些支队长几乎都不敢相信，这么重要的指令和情报，林队长居然交给了一个十二三岁的娃娃来传达，不过他们稍微想了一下，又十分佩服林队长的这个计划。原因很简单，连他们自己人都想不到的事情，敌人就更难想到了。而且王东生在传达指令和情报的时候，头脑清楚，思维灵活，虽然年纪小，但是已经有了很多的革命斗争经验。

由于王东生顺利完成了情报传递工作，各支队都提前做好了准备，那次的伏击打得非常漂亮，而且是速战速决，被伏击的日军未来得及反应就已经被全部消灭了，没有跑掉一个活口，战斗结束后，游击队战士们迅速清理战场，县城里的敌人自始至终都没弄明白是怎么回事。后来，部队实施大转移的时候，这些支队长都向林队长建议一定要带着王东生，林队长也听从了他们的建议。

就这样，王东生从12岁到14岁期间，在家乡的这些村子里跟着游击队经历了大大小小几十次战斗，他的任务从原来的站岗放哨、传递情报延伸到了巡逻、发现并捉住汉奸，甚至直接参加战斗。14岁的王东生，已经成长为一名经验丰富的战士了，王东生那一代人生长于战火之中，在战火的淬炼下，他们迅速地成长。到了1941年，日军加紧了对华北地区的封锁和扫荡，部队不得不实行转移，在上级的指挥下，王东生他们艰难地冲出了日军的封锁线，但是日军的围追堵截一直威胁着他们，部队在这种十分艰难的情况下一路向西北方向挺进，历尽千辛万苦，最后到达了山西省岢岚县落脚。相比较王东生的家乡河北正定县，山西岢岚县距离陕北延安就近多了，这种地理位置优势决定了这里部队的干部配置情况比较好，军队的管理更规范，爱国主义教育和对党的政策的学习教育工作开展得比较好。王东生在山西岢岚县继续接受教育，王东生明显感觉到这里的老师水平很高，所以他学习非常勤奋，在战斗之余，王东生的全部时间几乎都用来学习，他甚至在很多时候熬夜偷偷学习，部队的领导同志看到他非常有上进心，就有意培养他。后来，王东生被分配到八路军120师独一旅青年队任勤务员，当时他所在的部队驻地距离县城日军据点仅仅10公里，所以战备非常严格，他的理论学习时间基本上没有了，但是这里的战士个个都非常精干，富有实战经验，所以王东生经常利用各种机会向他们讨教战斗经验。王东生在青年队担任勤务员期间，站岗执勤的任务是非常重的，因为部队驻地距离县城日军据点太近，敌人随时都有可能过来扫荡，所以他们必须十分小心，时时处于临战状态。王东生参加了几次反扫荡的战斗，表现十分勇敢。有一次，为掩护部队指挥中枢的撤离，他主动留下来执行掩护任务，在那次掩护时，他肩部中弹，不过他和战友已经完成了掩护任务，就快速撤离了。这次战斗之后，他在随军医护站养伤休息了几天，他尚未痊愈，就要求马上返回部队，在他多次请求之后，医生终于准予他归队。王东生后来回忆说："离开了部队，离开了朝夕相处的战友，虽然医院的条件不错，我还能休息，但是就感觉我自己像断了线的风筝一样，没有了方向，也没有了依靠，所以等伤稍微好了一点以后，我就迫不及待地想要归队。"

1941年冬，特派员将王东生调到了120师师部任职，由于表现出色，王东生被编入师部的警卫队。王东生到了师部警卫队后过了半年，他就满了15岁。王东生回忆说："一年后，延安来人了。说要挑一批优秀的年轻人去见中央领导，我被选中。到了延安以后，由于我有实战经验，加上我又有一些文化，部队首长就让我在马列主义学院青年队任副队长。延安在我们心目中是非常神圣的地方，到了延安以后，我做工作的动力比以前更足，因为这里的人们的精神状态都非常好，你不自觉地就会被感染，被他们带动……在你们眼里，我那个时候是你们所谓的少年英雄，但是我感觉我就是一名普通的战士，我所经历的，也是很多我那个年代的同龄人所经历的，我参加了一些战斗，没有什么特别的，

那个时候一心就想打跑日本鬼子，不做亡国奴。看到你们现在的样子，我感到很欣慰，我们成功了。"

王东生是他们那个时代的人的典型代表，从最初在儿童团执行站岗放哨、传递情报的任务，到后来参加战斗，再到成长为部队里的干部。他们的童年和少年时代都是在战火中度过，战火的淬炼加速了他们的成长，王东生的少年时代，无愧于少年英雄的称号，而他自己坚持认为自己很普通，这恰恰是他们那一代人的可贵之处。

王东生的事迹值得我们永远铭记！

## 四 机智交通员

我们党的交通员,外表看起来都十分普通,但是他们能不顾个人安危,冒着生命危险,护送我们党的干部,将党中央和毛主席的指示及时送到各地区。

——摘自电影《女交通员》

从土地革命时期到抗日战争时期,再到解放战争时期,每一个时期我们党都拥有大量的交通员,正如上面电影台词所描述的那样,这些交通员分布在全国各地、各行各业中,他们大部分外表普通,而且,由于交通员的工作大都需要秘密开展,很多交通员长期处于地下工作状态,他们有些隐姓埋名,甚至到牺牲了都没人知道他们的姓名,但是他

们却信仰坚定,为党和国家的独立、解放事业做出了巨大贡献,付出了巨大牺牲。宋铁牛,就是这些交通员中的一个,他的事迹是我们在很多次采访时了解到的。宋铁牛是抗日战争时期的交通员,这一时期,交通员的工作更加复杂,因为在这个时期,日军、伪军、国民党中央军、地方部队和我们共产党的军队各方势力交织在一起,并且各方的势力在战争的发展过程中不断发生变化,甚至敌我关系都会随着战场的形势变化而变化。这样的局势对交通员的素质要求特别高,宋铁牛同志在这种复杂的情况下,毅然接受了党组织对他的安排,出色地完成了上级交给他的多项任务。

宋铁牛的事迹是我们在拜访张克忍同志的过程中了解到的。在2017年一个初春的晚上,我们写作组一行人拜访了已88岁高龄的革命前辈张克忍同志。在这里,笔者认为很有必要向各位读者介绍一下张克忍同志,张克忍同志早年是我党在解放战争时期的一名地下交通员。张克忍同志1929年出生于陕西省长安县一个贫苦家庭,他从青少年时期就参加了革命,在解放战争时期成为我党的一名地下交通员,和他的上线白芸生同志紧密配合,很好地执行了多项重要任务。张克忍同志当时虽然年纪尚小,只有十六七岁,但是在上线白芸生同志的悉心指导下,他成长得非常快,执行任务时将他的机智、勇敢、善于应变等能力发挥得非常好,并多次在敌人已经尾随他的情况下,成功摆脱,并最终完成任务。

在解放战争胜利前夕，张克忍同志按照组织的安排，到马兰革命干部学校进行学习，他非常珍惜这次受教育的机会，在这次学习的过程中，他接触到了系统的马克思主义哲学课程，学到了很多新名词、新理论，发现这些理论对中国现实的解释力很强，对自己的实际工作的指导意义也很大。他多次感叹道，马克思真伟大，中国共产党的领导层真是伟大，中国共产党真是伟大，他们能将中国的社会现实认识得这么深刻，不仅能从宏观上把握中国的情况，更能从微观上对革命者的工作进行具体指导，真是了不起。1949年5月，西安解放以后，张克忍同志和马兰干部学校的其他长安县干部一起从马兰出发，徒步800多华里回到长安县，组建新政府，途中他们遇到国民党散兵游勇的多次袭击，他们勇敢应对，化解了这些危机，但是也牺牲了几名干部。张克忍在回忆中，表达了对这些干部和战友深深的怀念和惋惜之情。

张克忍同志解放初期在长安县工作了几年，后来，在1956年，他考入中国人民大学哲学研究生班，在校时期学习刻苦，成绩优异，在中国人民大学留校任教。几年以后，应家乡教育部门主管领导的邀请，张克忍同志回到家乡，在当时的陕西工业大学任教数十年。他历任陕西省高等教育局局长兼党组书记、省政协常委、陕西老年大学校长等职务，兢兢业业，努力奋斗，成绩斐然。此外，他还担任了许多社会职务，他担任过中国高等教育学会、中国自然

辩证法研究会、中国国际教育交流协会、中国老年大学协会的理事,还担任过陕西省科技协会常委、陕西省高等教育研究会、陕西自然辩证法研究会、陕西国际教育交流协会会长等职务。张克忍同志从事教育工作长达58个春秋,对陕西省乃至全国的教育事业做出了卓越贡献。退休后,他仍笔耕不辍,著书立说,诲人不倦。他接受我们的拜访,向我们讲述他和战友们的革命事迹,也是在为弘扬我党革命传统、弘扬延安精神、宣传普及革命教育做贡献,我们非常珍惜拜访张克忍同志的机会,除了听他亲自讲述,还从他写的书和他身边亲友的讲述中更完整地了解和还原那段历史。张克忍同志在88岁高龄依然精神矍铄,思维敏捷,坚持学习,利用各种机会和条件向社会传播和弘扬正能量,着实令我们震撼,他这一辈人,不愧为我辈楷模。

张克忍同志在和我们交谈中多次提到,不要过多地写他自己,要我们多记录宋铁牛同志的事迹,他说:"与宋铁牛同志相比,我做的这些不算什么,宋铁牛同志为了党和人民的事业,献出了自己宝贵的生命。我是幸运的,我看到了我们革命的胜利,看到了新中国的成立和你们这一代人幸福的生活,只是你们千万不能忘记有无数个像宋铁牛这样的同志为我们做出的伟大牺牲,你们要永远纪念他们啊!"张克忍同志说到这里就激动地哽咽了,我们深受触动,也十分理解他对革命战友和前辈的深厚感情。从张老的叙述中,我们知道了宋铁牛是我党在抗日战争时期的一名交通员，后来，由于斗争十分残酷，他的身份暴露，在完成他人生中最后一项任务后，他英勇地牺牲了。张克忍同志提到，在他刚成为一名交通员的时候，他的上线白芸生同志为了激励他的斗志，培养他不怕牺牲的精神，经常向他讲述宋铁牛同志的英雄事迹，讲得非常详细，因为白芸生对宋铁牛的牺牲一直耿耿于怀，他十分痛心。根据张克忍同志的讲述，我们查阅了相关资料，翻阅了白芸生同志的日记摘录，又到王曲镇的一些村子走访，还原了这位英雄短暂的一生。

宋铁牛 1925 年出生于陕西省长安县王曲乡，他的童年在战乱和天灾中度过，食不果腹，衣不蔽体，用这样的词来描述宋铁牛的童年生活一点也不夸张。这样的经历让宋铁牛早早开始思考出路，古人云，穷则思变，是很有道理的。长安县王曲一带，相传是唐明皇和杨贵妃出游时中途休息的地方，在古代，这个地方的人们一直生活得还可以，民国时期的天灾和人祸交织在一起，让这个地方几乎变成了人间地狱，甚至到了易子而食的地步。宋铁牛小时候，曾和小伙伴们到过位于王曲乡北堡寨村的南边绝龙岭上的张学良的别墅附近，那次他们可能是去寻找吃的，无意间路过那里，被守卫的士兵发现后他们就被驱赶着走了，士兵们对他们很凶，而且这些士兵说着和当地人不一样的话，之后他们再也不敢到那边去了。但是后来参加革命的宋铁牛又多次到这个地方来过，因为那是执行任务的需要，而

且随着时势的发展，这里成了一个进步人士经常造访的地方。

在这里有必要介绍一下位于西安最南端山脚下的张学良别墅。"九一八"事变后，张学良为首的20万东北军执行蒋介石"不抵抗"的政策，并奉蒋介石的命令调入关中地区，东北军进入了大西北。张学良除了在今建国路上有一处公馆以外，在西安南郊还有一处别墅，这里也是张学良经常住的地方，现在被称为张学良旧居。那是张学良的手下为他们的少帅寻找的一块风水宝地，别墅建好后作为张学良的行宫。这个别墅建在青龙岭上，青龙岭位于西安长安区王曲街道南江兆村和南堡寨村之间。人们传说商朝末年，商周交兵之时，周太公姜子牙率兵围商太师闻仲于青龙岭，最终闻太师兵败自杀。这一故事在历史小说《封神演义》"绝龙岭闻仲归天"一节中有具体描述。后来人们念及闻太师忠勤王事，哀其愍烈，在青龙岭下挖成窑洞，修建太师洞，四时祭祀，此岭由此得名。此处背倚神禾原古青龙岭，四季清流不绝于前，远望终南神秀南五台，四时风物尽收眼底，最令当地人称道的是：原太师洞顶有一棵古柏，古树虬枝皆向东北，对人透出一种震慑之力。人们都说这种气势乃闻太师刚烈秉性之所使，形成的一股参天倔气，化为此树。后来也有人说是因为张学良率领东北军在此驻扎，由于东北军士兵思乡情切，日日夜夜面向东北方向哭泣造成的。这些当然都是传说，但是传说之所以被人彼此相传，也是有一定现实缘由的，而且传说在一定程度上反映着人们对现实的看法或者对未来的期盼。

宋铁牛10岁的时候，非常希望自己有能力改变家里的状况，他小小年纪就觉得人生下来不是为了挨饿的，他经常思考为什么家乡的人们都在受苦受难，如何才能改变这种状况。有一次，他离家出走了，想到十几公里外的西安城里去看看，家里人都很着急，宋铁牛三天以后才回到家里，家里人差点就以为他饿死了。那时候的人们不仅要与饥饿和传染病做斗争，而且一个人赶路还很有可能遇到土匪、逃兵痞子甚至恶狼，遇到这几样比挨饿受冻更可怕，因为土匪、逃兵和恶狼有一个共同的特点，那就是他们都没有人性，落到他们手里，几乎全部难逃一死。所以宋铁牛家里人已经做好了最坏的打算，没想到宋铁牛回来了，而且回来以后精神状态似乎变好了，村里人以为他在城里讨到了什么好吃的，后来证明也没有，因为宋铁牛似乎比之前更瘦了。他们不知道，宋铁牛在西安城的一个学堂里，看到了有人在演讲，好大一个学堂围满了人，这里面不仅有学生，还有工人和贩夫走卒，大家都很激动，都在喊什么"抗日反蒋""东北军打回老家去""宁死不做亡国奴""中国人不打中国人"等等口号。宋铁牛虽然不能全部明白演讲人说的内容和这些口号的准确含义，但是大概意思他听懂了，而且他认识到，在中国有这样一群人：他们热血沸腾地一心想抗日，想改变众多乡党目前十分恶劣的生存环境。宋铁牛的世界一下子打开了，他不再局限于他生活的

那个村子,他感觉到自己也能为这个国家做点什么,只是他自己目前也不知道能做什么,不过他感觉到人生已经不只有昏暗了,他会静静观察,等待时机。他在西安城里还第一次听到"共产党"这个词,听别人说共产党的一支部队走了很远的路,从甘肃绕过和甩开关中地区的国民党重兵到达了陕北地区,并且在那里驻扎了下来,他们一路上宣传要全中国的人一致对外,打跑日本侵略者。年幼的宋铁牛不知道共产党到底是一个什么样的组织,但是他能感觉到这个共产党是很先进的,他想到陕北去,但是残酷的现实告诉他,这不可能,他走不到陕北可能就被饿死了。

在去过一次西安城以后,宋铁牛就特别留意村里从西安城里或者别的地方回来的人,一见到谁从外面回来,他就会找到人家,让人家说说城里在发生着什么,有没有听说共产党和共产党的军队,村里人都觉得他很奇怪,不过考虑到他是一个孩子,别人也没有特别在意。另外,宋铁牛更关注的是村里要外出的人,如果听说有人要去西安城里,他就给人家说尽好话要跟着一起去,他成功过几次,不过大部分情况下他都是被拒绝的,因为带着一个十来岁的孩子进城,不仅没有任何用处,反倒添了一个累赘。宋铁牛珍惜每次进城的机会,每次他都会到学堂附近去听人演讲,或者到人多的地方听20万大军剿共,共产党只有1万人左右,而张学良的东北军却屡战屡败,损兵折将。据说,张学良将军非常器重的一位姓牛的师长,被共产党军队围困以后战败身亡了，这在东北军和西安城中引起了很大的震动，人们都非常想知道共产党的军队是如何训练和打仗的。在一次演讲中，宋铁牛听到演讲者呼吁东北军停止内战，一致对外，不要再被蒋介石利用来打共产党军队了，因为这是蒋介石的借刀杀人之计，东北军剿共，不论谁胜谁败，获益者都是蒋介石。蒋介石甚至更希望东北军失败，因为东北军有20万大军，蒋介石一时不知道如何处置东北军，他希望东北军和共产党两虎相争，两败俱伤，然后他坐收渔翁之利。在场的人纷纷鼓掌认为演讲者说的很对，大家都在议论蒋介石多么无耻和狡猾，这让宋铁牛很受震动，他越发加重了对共产党的好感。

  1936年12月12日，西安事变爆发，举世震惊。张学良和杨虎城的爱国举动让世界各国爱好和平的人们大加赞赏，因为在当时法西斯军国主义的魔爪已经开始伸向世界各地，世界各国爱好和平的人们都希望反法西斯的力量强大起来。中国国内的舆论更不必说，很多人甚至希望直接杀掉蒋介石，以解心头之恨。以何应钦为首的国民党内部的亲日派看到了机会，他们想利用国内舆论的压力以及国人对蒋介石的不满来除掉蒋介石，然后夺权以后向日本投降。所以他们公开批判张学良和杨虎城的爱国行为，将他们的爱国行为污蔑为"叛国""犯上"等，并且鼓吹要轰炸西安，以武力营救国民党的领袖蒋委员长，让张学良的东北军、杨虎城的西北军和西安人付出代价。他们表面上

是要营救蒋介石,实际是包藏祸心,希望张学良和杨虎城被激怒,直接杀掉蒋介石,这样国民党内部必将大乱,亲日派就可以趁机夺权。在当时,蒋介石虽然没有对日宣战,但是只是强调"攘外必先安内",蒋介石投降日本的可能性是非常小的。

中国共产党虽然与蒋介石尖锐斗争了10年,蒋介石和国民党对共产党犯下了滔天罪行,蒋介石欠了共产党无数血债,要说共产党与蒋介石有着不共戴天的仇恨一点也不为过。但是中国共产党为民族大义着想,为了形成抗日民族统一战线,为了号召全国人民一起奋起打败日本侵略者,不做亡国奴,最后还是决定要力促西安事变的和平解决。在10年土地革命战争期间,以毛泽东为代表的中国共产党高层领导中不少人的家人都被蒋介石残忍杀害,但是他们为了民族大义,发扬高风亮节,冒着生命危险,从陕北来到西安,为和平解决西南事变而积极奔走。最后,在中国共产党的积极斡旋下,国民党中的进步人士和张学良、杨虎城两位将军最终在张学良公馆达成统一意见,西安事变得以和平解决,蒋介石承诺抗日。但是,张学良将军在没有知会共产党方面的情况下,私自决定送蒋介石回南京,在中国共产党方面知道消息的时候,事情已成定局。后来,不出世人所料,蒋介石扣押了张学良,将他软禁起来。蒋介石的这一做法阴险至极,消息传到西安,东北军内立刻乱成一团,20万东北军群龙无首,少壮派要求武力解决,救回少帅，少壮派心中没有大局意识，只有一腔热血，他们不顾中国共产党和周恩来的劝说，竟然开始了内部残杀。1937年2月2日，不顾大局的东北军少壮派应德田、苗剑秋、孙鸣九等人杀死东北军元老派六十七军军长王以哲、西北总部参谋处处长徐方、副处长宋学礼和交通处长蒋斌等人。血案发生后，王以哲的至交、第一〇五师师长刘多荃为了替王以哲报仇，将部队开进西安搜捕少壮派军官，诱杀了对促成东北军联共抗日有功的旅长高福源，致使内部残杀的悲剧愈演愈烈。陕西境内东北军、西北军和共产党军队好不容易形成的"三位一体"格局被打破。危急关头，中共代表周恩来苦口婆心地多方做工作，才避免了事态的进一步扩大。1937年3月，东北军高级将领轻率地接受了蒋介石提出的东北军东调的"乙案"，落入了蒋介石设计的"各军不相统属、部队分割使用"的圈套。东北军于是被东调，分别驻扎在豫南、皖北和苏北地区。1937年4月到6月，南京政府对东北军进行整训、缩编，化大为小，化强为弱，由每军四师的甲种军缩编成每军二师、每师二旅的乙种军编制，仅骑兵第二军保留3个师。20多万的东北军，最后居然以这样的结局告别历史舞台，真是让人扼腕叹息。

1936年末至1937年初的这些大事件，宋铁牛亲身感知到很多，也听别人讲到过许多，他感受最深的是，位于他家乡的张学良行宫废弃了。之后的几年，宋铁牛一直在家帮父母务农，他也断断续续地到学校学习过，认识了一

些字，但是由于家里活计太重，又没钱给他交学费，宋铁牛在学校的时间非常少，这更加坚定了他要外出闯荡的决心。宋铁牛在15岁的时候，终于说服了自己的父母，父母同意他跟着村里的几个人到西安城里谋生，他们村里的这几个人在西安城里也是帮别人做工，但是由于手艺好，基本活计不断，所以常驻西安。正是因为有这几个人在西安，宋铁牛的父母才同意他到西安来闯荡谋生。宋铁牛刚来到西安时，跟着他们村里的人在南郊帮别人建房子。由于他年龄尚小，雇主不愿意用他，在村里人费心劝说的情况下，人家才同意只管饭，不给钱，让宋铁牛留下来干一些比较轻的活计。这种结果对于宋铁牛来说已经非常不错了，因为像他这样的年龄，正是能吃的时候，那个年头，谁家的粮食都紧张，能够留下他管口饭，真是雇主发了慈悲了。宋铁牛也没有辜负别人对他的信任，他干活十分卖力，获得了雇主的认可，雇主决定给他成人一半的工钱，而且这以后成了惯例。宋铁牛不舍得花这些钱，他托人把钱给家里人捎去，自己仅留一点点钱应急。但是这样干了几个月之后，宋铁牛感到不满意，因为这里距离城内还有一段距离，每天干完活累得够呛，根本没有时间再进城去。进不了城，也就没办法接触到学堂，他就没有地方听演讲，也无法了解最近的时事变化，这是他不能接受的，因为小时候的经历在他心中留下的印象太深了，这些年他一直希望有机会来城里谋生，然后利用在城里的机会多了解大事。虽然西安城没有被日本鬼子占领，但是他知道全国很多地方的人们生活在日本侵略者的铁蹄之下，西安也随时有被日军攻占的危险，所以他觉得身为热血男儿，应该为抗日出一份力。

这样的念头驱使他想办法改变自己的处境。终于，机会来了，在一家的活计做完结算完工钱以后，他提出要自己进城去揽活，村里人拗不过他，而且觉得他有一身好力气，进城独自揽活应该也饿不死，就同意了他的想法，只不过他们让宋铁牛和家里人说清楚，否则他们回去没法跟他家里大人交代。宋铁牛让他们放心，他回了一趟家亲自向父母说了自己半年多来的情况，征得父母同意后，宋铁牛就进城去了，他凭着一个简单的逻辑就确定了自己的目的地：揽活要找热闹的、人多的地方，因为人一多就有人需要做活，而火车站附近人多，到那里肯定能找到适合自己干的活计。就这样，宋铁牛来到火车站附近揽活，但是到了以后他发现，来这里揽活的人也很多，竞争很激烈，他好不容易才找到了在火车站装卸货物的工作，因为这个活计很重，很多人不愿意干，所以他才有机会揽到。宋铁牛不怕活重，这里虽然也很忙，但是由于处在城内，他总能抽出时间来到外面转转。有一次他转到了距离火车站不远处的七贤庄，看到门外挂着一个牌子，上面写着："国民革命军第八路军驻陕办事处"（也就是八路军驻陕办事处），发现这个地方时他内心十分激动，因为他听别人说过，国民革命军第八路军就是八路军，他以为进去就可以找到八路军，就可以报名参加八路军,他想参军打日本鬼子,但是毕竟这是件大事,他没和家里人商量过,所以那一次他没有进去。不过他一直没有摆脱参军的念头,只是他觉得家里人不一定会同意他的想法,因为他毕竟才十五六岁。

◆西安市北新街的八路军驻陕办事处旧址

宋铁牛想找年轻工人比较集中的地方,结交一些朋友,增长自己的见识。年轻工人集中的地方肯定是在大型的工厂里面,战争年代,西安基本上没有工业企业,陇海铁路通车后才逐渐有了一些工业企业。抗战爆发后，上海、武汉等一些重要城市的工厂、学校纷纷内迁西安，西安的民族工商业迅速发展起来，西安一度成为抗战物资供应、民族企业和大量难民避难之所，基本形成了抗战的一个大后方。日军全面侵华之后，沿海的很多工业被破坏，但是民众对于纺织品等的需求依然存在，这样让一些资本转向内地，在这种背景下，类似西安这样的内地城市才有了纺织业。宋铁牛在火车站做工一段时间以后，便听说西安火车站往北不远处有一个大华纺织厂，这个纺织厂里有很多工人，而且有很多年轻人。宋铁牛想年轻人多的地方肯定更有意思，他便利用闲暇时间到火车站北面的大华纺织厂区和工人的住宿区去转，他希望能看到纺织厂工人的业余活动。他觉得自己的闲暇时间没有利用起来，不知道做什么，如果他在这里发现了好的业余活动，他就会申请参加，他想着大家都是贫苦人家出身，在城里做工，如果他申请加入，应该不会被拒绝。宋铁牛去了几次，并没有见到有什么集体活动，后来就不怎么去大华纺织厂那边转了。由于他摆脱不了要参军的念头，所以他经常去七贤庄（八路军驻陕办事处）外面转，但始终没有鼓起勇气进去。

  宋铁牛的行为被我党的工作人员暗中观察了很久，经过对宋铁牛的跟踪和调查，组织上认为可以找人和他接触一下。一天傍晚，宋铁牛做完工回宿舍换了身衣服准备出门，刚走到宿舍门口的时候，他被一个人叫住了，那人问他想

不想去一起吃碗面,宋铁牛不认识这个人,所以他说吃过饭了。那人说他并没有恶意,只是好几次看到他在七贤庄外面转悠,想跟他坐下来聊聊。宋铁牛刚刚吃了几个窝头,其实,那几个窝头根本不够他填饱肚子,听到这人的解释以后,他便同意了一起去吃面的邀请,因为他觉得这个人面容和善,应该不会是坏人,再说他自己一个穷小子,也没啥可担心的,所以就跟着这人走了。到了一家面馆,那人为他俩各点了一碗面,然后就聊了起来。那人首先做了一个自我介绍,说自己在一家医院上班,姓白,叫白芸生,人们都称他白大夫。宋铁牛向白大夫说了自己经常去七贤庄外面转的原因是他想参军,但是年龄太小,家里人肯定不同意,他很困惑,做工闲暇时间又找不到什么消遣时间的方法,七贤庄距离他做工和住的地方又近,所以吃完饭他经常会到这来转一圈。但是宋铁牛向白大夫表达了疑惑,因为白大夫说在七贤庄外见过他几次,而他并没有见过白大夫,不过他也说可能是之前不认识,所以没有太在意,也就不深究了。听了宋铁牛的介绍,白大夫便大致了解了宋铁牛这个人,这与他之前的判断基本吻合。宋铁牛对白大夫没有印象是正常的,后来宋铁牛知道,白大夫是一位共产党员,但是他的共产党员身份并没有向外界公开,因为抗日战争时期,国共两党实行第二次合作,所以白大夫在国民党的一家医院里上班。白大夫告诉宋铁牛,他之所以不公开共产党员身份,是因为这样可以更好地开展工作。

白大夫问宋铁牛想不想参加工人夜校,宋铁牛第一次听说"工人夜校"这个词,有些疑惑地看着白大夫。白大夫向宋铁牛解释了工人夜校就是专门针对工人兄弟们开设的夜间学习的场所,在那里可以读书识字,还可以结交一些朋友。宋铁牛一听非常高兴,立即表示自己愿意参加,只是不知道上课的地方远不远。当白大夫说工人夜校就在北边不远的大华纺织厂的时候,宋铁牛惊呆了,因为他去了那边好多次,夜里也去过,但是并没有看见有什么工人夜校。白大夫向他解释说,由于国民党当局对工人业余时间集合在一起非常警惕,为了避免不必要的麻烦,所以工人夜校处于半秘密状态。宋铁牛当即表示他非常愿意参加工人夜校的学习,希望白大夫帮他介绍。

就这样,经过白大夫的介绍,宋铁牛如愿以偿地报名参加了大华纺织厂的工人夜校学习班,在这里,他不仅学习了很多文化知识,读书认字,而且学到了很多共产党的革命理论。通过学习,他更进一步地了解了共产党,知道共产党是为劳苦大众谋利益的组织,而且很多共产党员都是和他一样的贫苦民众,这让他坚定了要加入共产党的决心。宋铁牛在这里还认识了很多进步青年,他重新找到了他童年那种感觉,即他觉得他的世界一下子开阔了许多。宋铁牛在工人夜校学习期间非常刻苦,为人热情,乐于助人,同时当他听说工人夜校里的教员大多是共产党员的时候,他积极寻求向组织靠拢的机会,多次表达想加入共产党的愿望，所以他很快被党组织列为入党积极分子。宋铁牛知道，积极分子就是革命的储备力量，成为积极为分子就距离入党近了一大步，所以他非常兴奋。他立即按照白大夫给他留的联络地址，找到白大夫，想向白大夫汇报这一段时间的学习进展以及他成为积极分子的事情。白大夫带着他到了一家饭馆，告诉宋铁牛，以后要把自己成为积极分子的事情藏在心里，不要对外界透露，在公开场合和他交流，也不能让别人知道他是共产党员。这是白大夫第二次向他强调这件事，宋铁牛这次记下了，他相信白大夫这么做有他的道理，可能就是白大夫之前说的，这样更有利于开展工作，也更有利于开展革命斗争。

根据白芸生同志日记的记录，就是在这次谈话中，宋铁牛问他："白大夫，要成为共产党员肯定不只是在工人夜校好好学习就行吧，我想尽快入党，我要怎么做呢？"白大夫告诉他，不要急于入党，党组织会对他进行考察，在合适的时机会让他入党。白大夫说："你现在确实可以协助我做一些事情了，我可以向你保证，我让你帮我做的事情都是对人民大众有益无害的事情，但是做这些事情非常危险，甚至会有生命危险，你要考虑好。"宋铁牛听到这些话后陷入了思考，过了一会儿他对白大夫说："白大夫，我不怕危险，现在这样的年头，我家里的人整天为填饱肚子发愁，我在城里的生活也是过了今天不知道明天会是什么样，日本鬼子隔段时间就会轰炸我们西安城。我作为一个男子汉,没有参军打日本,已经非常愧疚了,您是共产党,我知道共产党是抗日的,如果我能帮助您做事,也能让我心里好受点,最起码我知道自己也是在为抗日做贡献!"听到宋铁牛的话,白芸生很欣慰,他知道自己没有看错人,虽然宋铁牛现在只有十六七岁,但是他肯定是想为抗日和革命做事的人。白大夫让宋铁牛先回去,按照往常一样,白天在火车站做装卸工,晚上到工人夜校学习,只不过以后要多注意火车站装卸货物的工作流程,争取做到对火车站各个储物仓库都有一定了解,此外,白大夫还让宋铁牛和火车站值班巡逻以及负责货物装卸的工头、同事都保持好关系,并在他们当中寻找进步的人,但是这些工作都要注意保密,注意自己的行踪不要被别人轻易掌握。宋铁牛牢记白大夫的嘱托,在以后的工作中更加留心观察,更加注意细节,他知道,白大夫不会平白无故地交代他做这些事,这些事肯定是以后开展工作会用到的,至于具体如何用,他还不知道,但是他可以肯定的是,自己的工作会为组织开展行动提供便利,想通了这点以后,宋铁牛更加热爱自己的工作,更加庆幸自己做出离开南郊来到这里的决定。

  一个月后的一天傍晚,宋铁牛走出宿舍准备去大华纺织厂工人夜校上课,他在宿舍门口看到了白大夫,他跟着白大夫来到一间酒馆,白大夫对他说:"铁牛,今天晚上我们有一个行动,需要你给我们提供协助。我们得到可靠情报,后天早上将有一批药品从西安火车站运往郑州,我们现在急需这类药品,所以准备从这批药品中拿到一部分,送到延安。党中央和毛主席多次告诫我们,现在是国共合作时期,不能破坏抗日民族统一战线。这批药品虽然名义上是国民党军队的,但是我们掌握了确切的情报,这是汪精卫这个卖国贼买通了国民党内部的人,这批药品最后是要落在汪精卫手上,用于日伪军的!如果有条件,我们会将这批药品全部拿到,不过现在我们力量有限,而且毕竟他们借用国民党军队的名义,所以我们决定采取偷梁换柱的方式,换掉其中的一部分。这样即使敌人发现了,也不敢声张,因为他们也怕这事最后查出来。这批货会在明天晚上10点左右运到这里,在西安火车站的仓库里要存放8个小时,后天早上6点装车运往郑州。你的任务是,拿到仓库的钥匙,在明天晚上两点打开仓库大门,然后负责放哨。"宋铁牛听完后说:"你放心,白大夫,你说的这些我都记下了,我一定完成任务,仓库保管员老陈我也很熟悉,即使被他发现了我也有把握稳住他。不过我有一个疑问,这么重要的东西,难道他们没有派兵看守吗?"白大夫对他说:"铁牛,你说得对,你能提出这个问题说明你成熟了,脑子很机灵。但是,我现在要告诉你,你只管做好我交代给你的这些事,其他事情你目前不需要知道,等到时机成熟了,我会告诉你的。"宋铁牛非常严肃地点了点头,表示他牢牢记住了白大夫的话。

宋铁牛回去就开始琢磨如何完成任务,他与仓库保管员老陈很熟悉，因为老陈是个象棋迷，整天找人和他下棋，其他人都懒得理他，有空不是休息就是去街上吃饭或者看戏去了，只有宋铁牛偶尔能陪他下几局象棋，宋铁牛的棋艺一般，老陈总是一边下还一边说和宋铁牛下棋没啥意思，因为下象棋讲究的是棋逢对手，不然的话，输赢就没什么意义了。宋铁牛在和老陈下棋的过程中，自己也学到了一些东西，棋艺也一天天见涨，有时候还能趁着老陈不小心赢一局，这让老陈很高兴，他经常对宋铁牛说，孺子可教也。在宋铁牛看来，老陈这个人很简单，虽然年龄不小了，但是没有什么大的抱负，只要每天工作不出岔子，下班能够吃饱喝足之后下几盘象棋，人生就圆满了。宋铁牛和老陈接触了很长时间，对他十分了解，所以他才在白大夫面前明确表示搞定仓库保管员老陈没有问题。到了这天下午上班时，宋铁牛就和老陈约好，下班以后不急着吃饭，先下几盘棋，然后再去街上美美地吃上一顿。宋铁牛说是为了感谢老陈不嫌弃他下棋技术差，还传授了他很多下棋技巧，他这是要摆一次"谢师宴"，专门答谢老陈。老陈一听自然高兴，满口答应了。

　　下班后，宋铁牛和老陈就猫在宿舍里下棋。可是正在他们下得激烈时，有人敲门叫老陈和宋铁牛过去干活，说是有一批货过来了。老陈嘟嘟囔囔地对来人说，是不是搞错了，这么晚来送货。老陈对这种情况不满是有道理的，火车站装卸货物的这个工作虽然很累很忙，但是基本上是在白天工作，因为那时候照明条件差，晚上干活很容易受伤，也很容易出纰漏。这两种情况老陈都经历过，尤其是后一种，老陈记忆犹新，因为有一次就是因为天黑，老陈数货物的时候没有数准确，导致他被扣了工钱，那一箱货物就用他的工钱抵了，害得老陈一个月白干了。这时候宋铁牛劝老陈说："老陈，我们还是过去吧，既然遇到了这样的事，我们也没办法。"说着他们就过去了，看到这次的货物并不多，老陈也就不再嘟嘟囔囔了。卸完货后，送货的人非常不客气地对老陈说："今晚上好好保管我这些货，明天早上要是少了一点，我让你吃不了兜着走。"说完没等老陈应答，那人就走了。这下轮到老陈骂骂咧咧了，老陈心里满是不高兴，本来让他晚上过来加这么久的班他就挺不乐意，结果还碰到个这么不讲理的人。宋铁牛这时就劝老陈不要生气，他们一起到街上吃饭喝酒去。由于老陈心情不好，加上宋铁牛一直也劝老陈喝，这晚上老陈喝了很多，喝完烂醉不醒。宋铁牛把老陈背回到宿舍，帮他把外套和鞋子脱下来，然后把他扶上床安顿好，在这个过程中他很容易地顺走了老陈的钥匙……

到了凌晨两点，宋铁牛溜到仓库，准时打开了仓库大门，白大夫带着几个人，扛着几个箱子过来，把那批货换掉一部分然后准备走。结果有人来向白大夫报告说负责看守的士兵突然增加了两个，原来他们靠内线打通的关系这下不行了。白大夫皱着眉头想着对策，很显然如果想完成任务顺利出去，必须搞定新增加的两个人，但是如果硬来，必然会让这次行动造成很大的影响，到时候我们党还需要用更大的代价来处理此事，这是得不偿失的。正在白大夫和其他人左右为难的时候，宋铁牛对白大夫说："白大夫，我知道这里面有一个很小的侧门，那里挨着一条臭水沟，垃圾遍地，平时不太有人走，你们可以走那边。"白大夫听到宋铁牛这么说，立即指示其他人一起跟着宋铁牛向侧门走，他嘱咐大家要注意隐蔽，不能发出声响。宋铁牛带着他们到了侧门那里以后，发现那个小木门是锁着的，宋铁牛非常紧张，赶忙向白大夫汇报，并且道歉说他不知道这门晚上会锁。白大夫给他一个手势，表示不用担心。原来他们中的一个人过来，很轻松地就把锁打开了。然后，白大夫他们迅速从这里离开，宋铁牛把侧门锁上，回到宿舍把仓库钥匙放进仓库保管员老陈的口袋里，悄悄地离开了。等到第二天早上，老陈醒来想到昨晚的事后，匆匆忙忙跑到仓库里去查看，他打开仓库后数了数昨晚卸下的货物，发现一件都没有少才放下心来。这时宋铁牛也过来了，老陈还向宋铁牛抱怨说，昨晚不应该让他喝这么多酒，不然误了事他又要被扣工钱。

宋铁牛这第一次任务完成得很好，就这样，白大夫和宋铁牛相互配合，之后又多次完成类似的任务。后来，白大夫开始让宋铁牛帮他传递信息和情报，有时还会掩护和护送进步青年和我党的干部转移，宋铁牛在白芸生的指导

下,成长为一名出色的交通员。

1939年之后,国民党虽然表面上还在坚持抗战,但是蒋介石和国民党看到共产党的军事实力在抗日战争过程中逐渐壮大,对共产党军队十分忌惮。他们屡次制造事端,想限制共产党的发展。1940年更是制造了震惊中外的"皖南事变"。宋铁牛在工人夜校学习,平时也会看报纸,对这些事他都非常清楚。所以,他现在明白了白大夫为什么要隐藏自己的共产党员身份,他自己在行动时也更加注意提防国民党特务的监视。他和白大夫的工作,虽然是有利于抗日的,但是很多时候也必须秘密进行,以防国民党特务的破坏,而且,西安也渗透进了汪伪政权和日本人的间谍,他们不得不谨慎再谨慎。

1941年的一天,白大夫交给宋铁牛一封信,信中有重要情报,白大夫要宋铁牛把信交给大华纺织厂夜校的一位负责同志,这位同志姓郑,大家都称呼他郑老师。白大夫对宋铁牛说,最近大华纺织厂里似乎有间谍混入,而且国民党特务组织认为大华纺织厂里有太多我们的同志,他们也在厂里加派了人手,所以送信的时候一定要加倍小心。宋铁牛拿到信以后,发现信并没有封口,他把信拿出来看了一眼,上面就写着一句话:"江浙一带行情十分不好,请务必尽快安抚好工人同志们。"宋铁牛看到信便明白了这是暗语,即使遇到最坏的情况,被敌人发现并搜查出来没收掉,也不会暴露送信人和收信人的身份。宋铁牛晚上去给郑老师送信的时候,发现真有人盯着郑老师,而且不时有人来找郑老师谈话,一直等到很晚的时候,宋铁牛才找到机会给郑老师送信。在送信的时候,宋铁牛提醒郑老师有人盯着他,郑老师却说他早就知道,不用担心。郑老师让宋铁牛回去告诉白大夫,说信已收到,请他放心。宋铁牛送完信第二天便接到通知,大华纺织厂的工人夜校停办,让大家以后不要再过去了。后来宋铁牛才知道,国民党特务混进了工人夜校,正在搜集郑老师反政府的证据,并且准备在郑老师上课的时候实施抓捕。郑老师接到信后便按照既定计划离开了大华纺织厂,国民党特务扑了个空。宋铁牛通过这件事认识到自己工作的重要性,也认识到保护自己的重要性。一个情报,可以挽救我们党的同志的性命;反之,如果暴露了,有可能不仅救不了别人,他自己也会被抓捕或者被杀害。

西安大华纺织厂的工人夜校解散不久,1941年的12月2日,日军的飞机便轰炸了这里。抗战爆发以来,日军之前多次轰炸过这里。西安虽然没有被日本陆军攻占,但是由于从1938年起,位于西安的大华纺织厂为抗日军队生产军需布匹,所以成为日军飞机的重点轰炸目标,每一次轰炸都让大华纺织厂损失惨重,不得不停产重建。在1939年10月11日的中午过后,日军共出动12架飞机轰炸西安城,仅仅在大华纺织厂的上空就投下炸弹以及燃烧弹50余枚,轰炸过后烧掉了棉花25000担,炸毁工人饭厅2栋,其他房屋住宅60余间，工人死伤40余人。炸毁损失折合法币1347万元。这次也不例外，距离大华纺织厂不远的西安火车站也被炸弹袭击，据说当时弹坑距离中正门只有几十米远。铁路上的一些基础设施被严重损坏，国民党当局紧急组织各方力量修复西安火车站和受损的铁路设施。日军对大华纺织厂的轰炸，让白芸生和宋铁牛都有点后怕，因为如果工人夜校还存在，如果郑老师还在大华纺织厂，那么我们很多工人同志和党的干部都会集中在这一带，那么这一轰炸有可能让我们党很多的干部和积极分子死于日军的轰炸。从这个角度看，国民党当局对郑老师的搜捕以及工人夜校解散反而让郑老师和很多工人同志因祸得福，躲过一劫。

1942年初，中国、美国、英国、苏联等26国代表在华盛顿签订了《联合国家宣言》，世界反法西斯同盟正式形成，得到消息的中国人民也非常激动，大家普遍认为这么多国家尤其是美苏都加入了反法西斯的阵营，日本帝国主义应该撑不了太久，我们胜利在望。可是现实让中国人民失望了，1942年，蒋介石政府认为国际力量可以依靠，打败日本只是时间问题，所以他便消极抗日，加紧密谋反共，蒋介石基本上断了对共产党抗日军队的任何供给，而且国民党军队不断在各个战区制造摩擦。而日本帝国主义到了战争后期则更加猖狂和惨无人道，也加紧了对敌后抗日根据地的扫荡，他们与国民党当局似乎达成了某种默契，共同把矛头指向了共产党和敌后抗日军民。在这种大背景下，白大夫和宋铁牛感觉到斗争形势更加复杂，他们肩上的担子也更重了。白大夫隔一段时间会弄到一些军队急需的药品，然后让宋铁牛送情报给延安方面过来的人，后者通过宋铁牛送来的情报取到药品以后，再借助八路军驻陕办事处的力量把药品送往延安，由延安再送到全国各地。有的时候，如果有条件，他们也会找可靠的人，直接把药品送往山西抗日前线。在这个过程中，白大夫的身份和宋铁牛的情报传递工作都是至关重要的。

国共两党的第二次合作，是中国抗日民族统一战线建立的政治基础。在抗日战争的前期，国共合作非常紧密，很多共产党员以公开身份活动，在有些地方，一些同志没有亲身经历过国民党十年反共内战，对国民党当局的残忍无情缺乏认知，导致我党在当地的干部体系几乎完全向国民党当局暴露无遗，这种情况到了抗战中后期就显露出了很大的弊端。不可否认，国民党当局的军统系统在抗日战争时期主要的暗杀目标是汉奸和日本军官，但是，对于我们党的干部，尤其是坚决保持自己共产党员身份，不为国民党当局利禄诱惑所动的干部，他们也是毫不手软的。他们的逻辑是，这些干部是"红透了的"，是"从头到脚都赤化的"，将来抗日战争结束了，这些人会成为国民党的死敌。所以，他们一直在寻找各种机会，将我党的干部除之而后快。党中央和毛主席对这种情况一直保持警惕，到了抗战后期，我党特别重视隐蔽和保存党的干部，对一些已经公开或者被迫暴露了的干部，我们会争取将他们转移到根据地或者陕北延安。此外，还有大批有志青年，想到延安去学习，这些人中有相当大的一部分都是经西安八路军驻陕办事处而最终到达延安的。

1942年冬，一位从苏北新四军军部回延安的干部被护送到了西安，这个干部一直被国民党特务盯着，在到西安之前，国民党特务就一直设法拦截他，但是未能成功。白大夫让宋铁牛协助八路军驻陕办事处安排的另外一名同志送这位干部乘火车离开西安。他们三人在去往火车站乘车的时候，又被特务盯上了，为了甩开特务，他们加快了步伐，但是他们发现前面不远处还有特务在等着拦截他们。这时候宋铁牛引着另外两个人从一条巷道里走，这条路没有多少人知道，宋铁牛想通过这段路甩开特务脱身，走这条路最起码可以避开前面阻截他们的特务，只是后面的特务紧跟着也来到了这条巷道。如果一直这样走下去的话他们几个有可能都走不了，因为特务手里肯定有枪。紧急时刻，宋铁牛让另外两个同志先走，自己故意慢下来，把特务引向另一个方向……

八路军驻陕办事处的同志完成了任务，可是他再也没有见到宋铁牛。白芸生听八路军驻陕办事处的同志说，他们快离开巷道时听到两声枪响，肯定是气急败坏的特务残忍地杀害了宋铁牛同志。白芸生带着几名同志到巷道里寻找，果然在一块石板下面找到了宋铁牛的尸体……

宋铁牛完成了他的任务，却为了保护革命同志，献出了他的生命，他牺牲时，年仅17岁。

张克忍说，他一直以宋铁牛为榜样，继续跟着白芸生为党的事业奋斗。交通员的生命是由一个又一个的任务组成的，在交通员的意识中，党组织交给他们的任务永远是第一位的，为了完成党组织的任务，必要时他们可以牺牲自己宝贵的生命。宋铁牛就是这样一位交通员，也是一位值得我们学习的少年英雄。

## 五 大生产运动中的小英雄

这是一场没有硝烟的战争，这是一场危及存亡的生死大考验。

抗战进入战略相持阶段后，陕甘宁边区处于日本帝国主义和国民党顽固派双重军事包围和经济封锁的严重威胁之下，在革命圣地延安，中共中央、毛主席毅然决定开展大生产运动。上至中共中央机关的每一位首长，下至普通军民，最大的80多岁，最小的只有7岁，他们不畏艰险，勇往直前，靠自己的双手度过了食不果腹、衣衫褴褛的困难时期，实现了丰衣足食、兵强马壮的奋斗目标，密切了党群干群关系，为抗日战争和解放战争的胜利提供了坚强的物质基础，也为后人留下了"延安精神"这一宝贵的精神财富。

——《大生产运动，永不磨灭的精神丰碑》

抗日战争进入相持阶段以后，中国共产党领导的八路军和新四军带领广大爱国民众在敌后进行艰苦卓绝的武装斗争。由于党中央和毛主席制定了正确的作战方针，中国共产党领导的抗日军队不仅在敌后站稳了脚跟，开辟了抗日根据地，并且取得了多次战役的胜利，打乱了日军的战略部署，牵制了大量日军，消灭了日军的有生力量。日本侵略者逐渐转变了对国民党的政策，变为政治诱降为主，军事打击为辅，而对日军占领区的八路军和抗日军民则展开了残酷的大扫荡。

蒋介石以及国民党顽固派也不希望看到中国共产党的军队壮大和发展，于是国民党与日本侵略者似乎达成了某种默契，开始对陕甘宁边区和敌后抗日根据地实行经济封锁，甚至制造军事摩擦，残杀抗日军民和中国共产党的干部。在蒋介石的默许下，亲日派头子何应钦亲自制定了阻击突袭新四军的作战方案，制造了震惊中外的"皖南事变"。"皖南事变"之后，蒋介石索性彻底断绝了给八路军的军饷以及一切物资供给，对延安和敌后抗日根据地加强经济封锁，妄图困死饿死八路军和抗日军民。1940年蒋介石调集以嫡系胡宗南部为主的大批部队（最多时总兵力达50万人），分驻在边区周围各县，形成北起府谷、横山，西至宁夏、甘肃，南接泾水，东到黄河的五道包围封锁线（北边二道，南边三道）。在这几道封锁线中，靠近陕甘宁边区周围的封锁线特别严密，不仅含野战工事，永久工事，而且每隔一定的距离，他们都会依靠地形筑有碉堡，在重要地段上还会有胡宗南的正规军把守。陕甘宁边区的北边第一道封锁线上的碉堡4500多个，南边第一道封锁线上的碉堡6300多个。仅在洛川至黄陵间80华里的地段，就有518个碉堡。国民党还在边区周围增修了20多个飞机场。为了对边区实行经济封锁，国民党政府在进出边区的大小路口，都设立哨卡，对进出人员实行严密监控，切断了陕甘宁边区同外界的一切联系，并采取各种办法干扰和破坏边区的财政经济。他们不准边区的农副产品向外输出；又以法令禁止国统区的物资，特别是棉花、布匹、粮食、药品、火柴、电讯器材等物资进入边区，有违反者以"走私"论罪，物资没收，货主要被法办。他们还在边区附近组织边币与法币兑换的黑市，利用兑换差价影响边区的物价，引诱走私，扰乱金融市场，破坏边区财政。

  在这种情况下，延安和各抗日根据地的物资匮乏到了极其严重的地步，毛主席曾经这样描述当时的境况："我们曾经遇到过几乎没有衣穿，没有油吃，没有纸，没有菜，战士们没有鞋帽，工作人员在冬天没有被盖的地步。"由此我们可以想见，当时延安和敌后抗日根据地的军民是在多么艰苦的条件下坚持抗日的。毛主席曾经在大会上对大家讲："武汉、广州失陷以后，敌人还要继续进攻。我们现在还有一点钱，还有小米饭，但以后会有那样一天，没有钱，粮食困难，那怎么办呢？第一个办法是饿死，第二个办法是解散回家，这两个办法是没有一个人赞成的，第三个方案，就是靠我们自己动手，党政军民学大家一齐动手，衣食住都由自己来解决。"正是在这样的背景下，1940年2月10日，中共中央、中央军委发出《关于开展生产运动的指示》，要求各部队"一面战斗，一面生产，一面学习"，这标志着大生产运动的开始。在这之前，陕北延安以及敌后抗日根据地的抗日军民也有小规模的生产活动，但那时的参与人数较少，远没有达到一种"运动"的规模，但是大生产运动开始之前的生产活动，为大生产运动的开展积累了一些经验，有利于大生产运动的进行。

正如《大生产运动，永不磨灭的精神丰碑》这篇文章中所说的那样，由于中国共产党高层领导以身作则，以上率下，党中央和毛主席发出"自力更生，丰衣足食"的大生产运动号召以来，陕甘宁边区和全国各敌后抗日根据地军民全部行动起来。当时陕甘宁边区和全国敌后抗日根据地的军民达成共识：不自己动手，开展生产，自给自足，就会被日本侵略者和国民党顽固派给困死饿死；参加大生产运动，多打粮食，就是支持抗日。年龄很大的老人也发扬"老骥伏枥,志在千里"的精神,开荒种地,缴纳公粮;年龄很小的娃娃们在这种环境下也被大家艰苦奋斗的精神感染了,也都非常积极地参与到大生产运动中来。提到大生产运动,我们首先会想到王震将军率领的八路军359旅以及他们开辟的南泥湾。

◆ 南泥湾精神

　　花篮的花儿香

　　听我来唱一唱唱一呀唱

　　来到了南泥湾

　　南泥湾好地方好地呀方

　　好地方来好风光

　　好地方来好风光

　　到处是庄稼遍地是牛羊

当年的南泥湾

到处呀是荒山

没呀人烟

如今的南泥湾

与往年不一般不一呀般

如今的南泥湾

与往年不一般

再不是旧模样

是陕北的好江南

陕北的好江南

鲜花开满山开呀满山

学习那南泥湾

处处呀是江南是江呀南

又战斗来又生产

三五九旅是模范

咱们走向前呀

鲜花送模范……

　　一曲《南泥湾》，红遍大江南北。我们站在现在的时代回望那一段历史，往往会被先辈们的革命乐观主义精神所影响，再加上那段历史被艺术化地处理了，所以我们会很容易忽略大生产运动的中的革命先辈们所经历的艰辛与痛楚。敌后抗日根据地的艰苦与危险自不必说，人们很容易理解：日军随时会来扫荡，敌后抗日军民需要一面打仗，一面生产。事实上，那一时期陕甘宁边区和延安的大生产运动同样是非常艰苦的，日军曾多次想从山西渡黄河来犯延安，陕甘宁边区的军队需要时时在黄河驻防，他们和在山西的抗日军队一起打退了日军多次发起的渡河战役。此外，根据历史记载，在抗日战争时期，国民党军胡宗南的部队对陕甘宁边区也时有进犯：1940年1月，蒋介石掀起第一次反共高潮，胡宗南奉命在空军的配合下，向陕甘宁边区纵深进犯，蚕食5个县，并公开喊出"消灭边区"的口号，严密封锁，构筑了一条长达700余里的由碉堡、工事组成的封锁线。1942年7月23日，胡宗南升任第8战区副司令长官兼第34集团军总司令，掌握第8战区实权，他屯兵西北，封锁、侵犯陕甘宁边区，号称"西北王"。1943年7月，胡宗南曾密谋突袭延安，被胡宗南的机要秘书、我党地下党员熊向晖暴露而作罢。所以，驻守陕甘宁边区的军队在人数非常少的情况下，既要防御日本人渡江侵犯延安，又要防范胡宗南的国民党顽军，他们的防御作战任务非常之重，在这种情况下，他们还要抽出人手开展大生产运动，实属不易。而且，那个时期，抗日军队的战士们大都缺衣少穿，吃不饱肚子，营养不良，他们却毫不吝惜自己的力气和身体，忘我地劳动，很容易就会被疾病侵袭，加上当时医疗条件差，所以在大生产运动期间，仅359旅因过度劳累染上疾病最后牺牲的战士达到了1200多人。当笔者在查阅资料的过程中看到这一条记载时，不禁眼眶湿润。所以笔者十分同意《大生产运动,永不磨灭的精神丰碑》的作者将大生产运动称为"一场没有硝烟的战争,一场危及存亡的生死大考"。那些在大生产运动中忘我地劳动者,他们和抗日战场上的战士们一样,都无愧于英雄的称号。其中有一位小英雄,在参加大生产运动时只有12岁,他就是同景飞。

同景飞同志1928年9月23日生于陕北保安县(今志丹县)义正乡枣林坡村,1939年,11岁的同景飞就参加了革命,他先是在延安分区特务连担任司号员。后来跟随部队奔赴山西抗日前线,参加抗日战争。1945年抗日战争即将取得胜利时,同景飞因伤复员回乡务农。2013年12月,同景飞同志来到延安八一敬老院休养。我们去延安八一敬老院看望老兵们的时候,采访了同景飞同志。同老在回忆自己参加大生产运动那段历史时,依然十分激动,他向我们说:"那时候敌人封锁,延安缺衣少食。党中央和毛主席号召部队和老百姓自力更生,织布、开荒,办火柴厂、肥皂厂。当年我所在的队伍在清凉山一带,还有南泥湾都掏过沟,我们部队里有的人一天能掏2亩4分地,当地老百姓给他们起外号叫'气死牛',意思是他们这种干劲儿把牛都气死了,因为人赶着一头牛耕地开荒一天可能最多也就能开荒两亩地。队伍还要自己打窑、盖房,想尽一切办法克服困难,坚决不让敌人的阴谋得逞!"

同老告诉我们,大生产运动期间,延安经常会开展生产英雄、劳动模范的评选活动，还要举行英雄、模范的表彰大会，有时候，连毛主席和朱德总司令都会来参加这样的表彰大会。当时同景飞年龄较小，但是劳动热情很高。同老说："我当时干劲儿很大，大人们都会指着我说：'你看，这碎娃们干起活来就是不知道惜力，一下子就把力气使完了，这样干坚持不了几天的，要抻着点劲儿！'可是我并没有像他们所说的那样干几天就没劲儿了，我心里憋了一股劲儿，一直和他们比下去！最后连首长都表扬我，说我是我们连的生产小英雄，我当时特别激动！"同老已是接近90岁的高龄了，依然精神很好，讲起话来思路清晰。他的这些话朴实无华，却使我们深受触动，同老那个时代的人们，是延安精神的缔造者，他们搞生产、干革命、打日本鬼子，不是为了获得什么物质上的回报，而是凭着一腔热血和爱国情怀。他们并不像我们这个时代的有些人一样，时时事事追求物质回报，他们把组织上对他们的一个口头赞扬、一次精神奖励都视若珍宝，并作为激励他们继续努力奋斗的动力源泉，这样的精神值得我们这一辈每个人学习。

正如同景飞老人当年的连队指战员说的那样，同景飞不愧为小英雄的称号。他的精神值得我们学习和发扬，他的人生历程值得我们去了解和记录，记住同景飞老人和他的战友们的人生历程，也就记住了那一段历史。基于这种认知，在不影响同景飞老人正常休息和延安八一敬老院日常工作的前提下，我们多次采访了同老，向他详细了解他的人生经历,利用这个机会,笔者着重了解了同老青少年时期的经历,并把同老的叙述记录下来,以期能对我们当今时代的青少年有所影响,让他们了解革命前辈的人生经历,发扬革命前辈的光荣传统。

同景飞生于土地革命早期,他小时候就知道他们那里出了个了不起的人物叫刘志丹,乡亲们都说这个人不怕死,为了穷苦大众翻身,他带领人在横山一带组织了革命党和游击队,打败了当地国民党政府好几个县保安团以及地主武装,那里的贫苦农民有很多分到了土地,再也不用当佃农了,也不用给地主交租了。同景飞当时就在想,这么样的大好事,刘志丹为什么不在家乡保安县做呢,为什么要跑到横山那么远的地方去做?这些问题一开始同景飞是想不明白的。而事实上,在同景飞刚出生时的那几年,刘志丹同志首先是在保安县闹过革命的,但是刚开始并没有成功,只是同景飞当时非常年幼,尚未记事,所以他并不知道。根据保安县志记载,刘志丹同志是1925年在榆林的一所学校入党的,当时这所学校有一位教员是从关中地区来到榆林地区的中国共产党党员,这位教员介绍刘志丹同志入党,刘志丹成为保安县籍的第一位共产党员。在同景飞出生的那年秋天,也就是1928年秋,刘志丹就在保安县永宁山成立了党支部,这也是保安县历史上第一个中国共产党的支部,党支部书记就由刘志丹同志担任,当时共有党员6名,团员10名,团支部书记由王子宜同志担任。这个党支部成

立以后，大家就拧成了一股绳，遇到大事大家开会讨论决定行动方案。党支部的战斗堡垒作用逐渐显现，从此，保安县的革命形势就逐渐走上了快速发展的道路，又过了几年，保安县的革命事业也由初期的失败转为了胜利。

当时的红色政权在全国范围内都是比较小的，毛主席和朱总司令当年也才在井冈山那一小片区域建立了红色武装革命根据地，后来才慢慢发展壮大起来。建立早期的革命根据地，要考虑当地国民党政府和地主武装的力量大小，要考虑当地的地形是否有利于游击队的生存和发展，还要考虑到当地的群众对共产党是否有所了解，是否支持等等，有太多的因素需要考虑。当时，包括刘志丹、谢子长、习仲勋等陕北红军创始人在内的全国各地的红色革命根据地的创建者都是在井冈山革命根据地的影响和经验指导下开辟各地的革命根据地的。大革命失败以后，毛泽东以中国共产党中央委员会和中央临时政治局候补委员的身份到湖南、江西、福建等地发动人民群众，开展武装斗争，领导建立革命根据地，创建人民军队，当时的人们亲切地称呼他为"毛委员"。他根据自己对国际国内形势的判断和开展武装斗争建立革命根据地的经验，撰写了《中国红色政权为什么能够存在》的小册子，这本小册子的主要内容逐渐在全国各地区的党支部传播，全国各地的共产党员深受鼓舞，纷纷效仿井冈山革命根据地的做法，根据各地区实际情况和条件，开辟创建革命根据地。在初期武装斗争受挫以后，毛主席又写了《星星之火，可以燎原》的文章，鼓励大家要坚定信心，把工农武装割据这条路坚持走下去。刘志丹曾在位于武汉的黄浦军官学校分校学习，参加过北伐战争。在大革命失败以后，他辗转湖北、安徽、河南等地，最终回到陕西，领导创建西北红军，开辟西北革命根据地，也是在毛泽东领导的井冈山革命根据地的影响下开展的。陕北清涧县一带，比较适合红军游击队的生存和发展，所以西北红军主要活动于那一带。关于这些，都是同景飞到了延安以后才陆续了解到的，他经常会说："毛主席真了不起！" 这是他们那一代人发自内心地对领袖的热爱的体现。因为正是在毛主席的领导下，刘志丹、谢子长、习仲勋他们带领西北红军开展土地革命，创建西北革命根据地，成为土地革命后期全国硕果仅存的革命根据地，正是有了西北革命根据地，才有了中央红军最后到陕北落脚，像同景飞这样的贫苦农民家庭才有机会得到了土地。

同景飞回忆说，虽然刘志丹等人创建西北革命根据地是从清涧县一带开始的，但是过了3年左右时间，西北红军就占领了陕北好几个县，同景飞的家乡保安县（也是刘志丹的家乡）也成为革命根据地。用当时国民党政府的话来说，陕北地区共产党"匪患"发展得十分迅速，如果再不采取措施，整个陕北以及陇东北地区将会全部赤化，并危及晋西北，"共匪"随时可能东渡黄河，进犯山西。尽管同景飞当时还非常小，但是他还是能够记得一些事情，更何况这件事影响太大了,因为大人们都在说,世道变了。"世道变了"这四个字虽然简单,但是其中蕴含的信息量是十分丰富的。同景飞记得,当他的家乡成为革命根据地以后,他感受最大的就是,自己家有了土地了,不用给地主纳粮了,乡亲们将多余的粮食自愿捐出来给红军,而且很多青壮年和比同景飞年龄稍大一点男娃都踊跃参加红军,保卫土地革命的胜利果实。村子里到处都写满了大标语,这些标语主要有"中国共产党万岁""坚决拥护刘志丹""北上抗日,收复失地""与二十五、二十六、二十七军会合,一致抗日救国"等。虽然同景飞那个时候并不认识字,但是他对这些标语记得非常清楚,因为那个时候当地红军的干部刷标语时,他还帮助他们弄涂料、扶夹板和梯子,标语写好了以后,还会有干部来教村民们念这些标语,当时的干部尤其会给街上跑着玩的娃娃们教这些标语,在教娃娃们标语的时候,还会教给他们一些顺口溜和革命歌谣等,让娃娃们传唱,这种方式宣传效果很好,可以迅速地让一个村子的人们都了解党的政策。

1935年,同景飞7岁,这一年发生了让西北革命根据地所有军民都极度兴奋的一件大事——中央红军结束长征,到达吴起镇。同景飞的家乡义正乡距离吴起镇只有几十公里,所以他们那里也做好了迎接中央红军的准备,街上的宣传标语刷得更多了,乡亲们都很激动,因为他们都希望见到中央红军和毛主席。毛主席带领中央红军从江西瑞金出发，走过大半个中国，走了两万五千里长征，这是多么了不起啊！在刚到吴起镇的时候，乡亲们就听说毛主席亲自指挥了一场战斗，歼灭了国民党军队上千人，俘虏一千多人。他们还听说，毛主席在战前动员时说，坚决不能把国民党军队引入西北苏区，给苏区老百姓带来祸患，一定要在这里切掉尾随红军多日的"尾巴"。这场被称为"切尾巴战役"的战斗，在中央红军极度疲劳的情况下进行，但是战斗打得非常漂亮，彻底摆脱了国民党军队对中央红军的尾追，是长征途中最后一场战斗。这场战役，让西北革命根据地的老百姓见识到了中央红军的战斗力，也让这里的老百姓了解了毛主席和中央红军。同景飞记得当时他就特别想尽快长大，像那些大一点的孩子一样，可以参军打仗。

◆中共中央率领中央红军进入西北革命根据地吴起镇

1936年，同景飞8岁这一年，家乡人引以为豪的陕北红军领袖刘志丹同志在东征山西的战役中牺牲于晋西北的三交镇渡口，年仅33岁。刘志丹同志牺牲的消息传回保安以后，引起一片震动，保安人民不愿相信这位带领他们翻身的红军领袖就这样牺牲了，但是现实就是这么残酷。事情发生后，毛主席下令将刘志丹同志的遗体运回保安，嘱咐宋任穷一定要找可靠人员护送刘志丹同志遗体渡过黄河。

1936年4月24日，中共中央在保安县瓦窑堡为刘志丹同志举行追悼会，西北革命根据地的军民对刘志丹同志的逝世进行沉痛哀悼。同景飞记得那一段时间村里人都非常难过，自发在一些场合对刘志丹的逝世举行哀悼仪式，刘志丹在保安县这片土地上的人们心中的分量是非常重的。同景飞回忆说，刘志丹的牺牲并没有吓到他们，反而让他们对国民党，对阎锡山这个山西军阀更加仇恨了。

◆西安市革命公园的刘志丹同志雕像

同景飞记得，刘志丹牺牲后几个月，中共中央就将保安县改名为志丹县,以此来纪念刘志丹同志,这一决定受到了保安县人民的一致拥护。由于中共中央和中央红军的进驻,保安县(志丹县)这片土地成为继江西瑞金之后的又一个"赤色之都",这段时间这里的防卫比较好,同景飞和他的乡亲们得以安心从事农业生产。古语说"穷人的孩子早当家",那个时代全中国大部分的孩子都是这样,从小便参与家庭的生产活动,很多人从十多岁就开始独当一面了。和其他孩子们一样,同景飞从小就帮助家人做家务,下地干一些比较轻的农活,饲养牲口等。生活的历练让同景飞快速地成长,同景飞11岁的时候,中共中央已经离开志丹县,进驻到了延安。这几年,同景飞听说了"西安事变",听说了红军改编成八路军,但是他仍然说自己要参加红军,对于八路军这个名字,他并不喜欢,因为他从小就对红军熟悉,并且从小渴望着自己有一天能参加红军。当他听说红军改编成八路军以后不打国民党了,国共要第二次合作了,同景飞理解不了,他对国民党,对白狗子是有着刻骨的仇恨的,他们的领袖,儿时的偶像刘志丹就是死在白狗子的手里,他一心想参军为刘志丹报仇呢!同景飞虽然一开始想不通,但是过了一段时间他也就想明白了,他的家乡虽然没有被日本侵略者践踏,但是他知道,全国很多地方的同胞都生活在日本侵略者的铁蹄之下。抗日,是全中国各族人民共同的心愿,全国所有的武装力量,只要是抗日的,都是我们共产党团结的对象。就这样,11岁的同景飞就参军了。同景飞的家乡保安县（今志丹县）历史上一直隶属于延安府，同景飞在家乡参军以后，就被分到了延安，由于他参军时年龄尚小，他就被安排到了八路军延安分区特务连，在这里，同景飞做了一名司号员。

很多人可能并不知道，军号是中国人民军队所特有的军情信息上传下达的通信工具，相应的，司号员也是我军所特有的一个兵种，司号员的职责就是吹军号。人民军队在初创时期，就有司号兵。司号兵编制在我军通信兵的序列中，连编有司号员，营编有号目，师和团有号长。野战军步兵团一级司令部通信股编制"号长"

◆司号员雕像

一名，正排级待遇，穿四个兜军装。营一级则编制"号目"，相当于班长。连以下最少配一名司号员。同景飞所在的连队算上他有两个司号员，但是在同景飞掌握了司号员的技能以后，另一个司号员就离开他们连了，这样，连队里就只剩下同景飞一个司号员，他与连长形影不离，因为连长的指示和命令都需要靠他和他的号子向全连士兵传达。我们在听同老的讲述时，能明显感觉到同老对于自己司号员的角色是很看重的，他的工作也确实重要，所以他在入伍之初经历了很长时间的训练。

司号员的工作并不像我们想象的那么简单。同景飞现在回忆起当年训练的情景都还印象深刻，他除了要参加一般的新入伍士兵训练以外，还要在别人休息的时候加练乐谱，这个是非常枯燥但是又必须要掌握的东西，因为不同的旋律代表不同的意思，起床和休息是比较简单的，此外还有集合、夜里紧急集合、出操、就餐、上课、冲锋、撤退等等很多的号子，当时这个训练让同景飞苦不堪言，因为他缺乏音乐基础，来部队之前根本没接触过这些东西。但是没办法，乐谱是每一个司号员的必修课，同景飞只能硬着头皮练下去。其实除了司号员，其他战士也要参与这些乐谱的训练，要背这些乐谱，但是对他们的要求并不高，他们只需要听出来就行了，而且普通士兵接触的乐谱是比较简单的，远没有司号员的多。同景飞看到其他人也需要学习和训练，他就更需要好好练了，所以他就牺牲了很多休息的时间，在学习乐谱。

同景飞对我们说："当年，部队首长也是考虑到我年龄比较小，才让我做司号员，这个兵种的工作和作战任务相对来说都是比较轻的，我想着既然部队首长已经这么照顾我了，我就不能再挑肥拣瘦了，我暗自下决心一定要练好。给我们训练的教官讲了有的司号员技艺不精吹错了号子的事情，当时听了感觉比较好笑，但是认真想想就知道，司号员吹错号子，在有的时候是会对部队造成很大影响的，这个工作来不得半点马虎。"时间长了，同景飞所在连队里的人都熟悉了他，因为他这个司号员的工作就决定了他和连长形影不离，连长的命令很大一部分都由他向连队其他人传达。战士们都调侃他说："同景飞你这碎娃年龄最小，权力最大，你动一动嘴，我们就要跑断腿！"这是战士们的玩笑话，从这句话也可以看出连队司号员之于整个连队的重要性。

到了1940年，党中央和毛主席发出了开展大生产运动的号召，全国各抗日根据地军民都积极响应，利用自身条件，边打仗便开展生产活动。

不管从大生产运动的规模还是时间上来看，陕甘宁边区尤其是延安都走在全国前列。一是因为这里是党中央所在地，中国共产党的最高层领导都以身作则，大家深受感染和鼓舞，干劲儿更大。

二是因为陕北地区地广人稀，荒山较多，适宜开荒。359旅旅长王震将军更是向中央立下军令状，带领部队到条件极其艰苦的南泥湾开荒，那时候的南泥湾被称为"烂泥湾"，那时老百姓这么描述南泥湾：

南泥湾啊烂泥湾，荒山臭水黑泥潭。

方圆百里山连山，只见梢林不见天。

狼豹黄羊山鸡窜，一片荒凉少人烟。

◆开荒种地,粉碎国民党顽固派的经济封锁

359旅6个团的11958人在旅长王震的带领下,分批浩浩荡荡地从绥德警备区开进了南泥湾,他们向党中央立下军令状,要把南泥湾这个"烂泥湾"变成一片"米粮川"!359旅不畏艰难险阻的精神大大鼓舞了陕甘宁边区的广大军民。

在大生产运动中,同景飞所在的连队先是在距离驻地不远的延安清凉山附近地区开荒,延安这地方平地较少,大部分地方是坡和沟,当地农田很大一部分就是在坡地和沟地里的。当时,清凉山附件还有很多荒着的浅沟地没有开垦,同景飞在清凉山附近开荒时,大部分时间都是在这种沟地里劳作。当时的条件确实艰苦,在物资最短缺的时候,战士们一天的伙食都得不到保证,同景飞经常需要和

◆宝鸡的一家合作社。一名社员正在用手工打制的机械设备生产麻绳

◆兰州一家大型毛纺合作社的社员们

战友们一起去找野菜、挖野菜来充饥。战士们不仅吃不饱，而且穿衣也是很大的问题。同景飞那时候没有一双完好的鞋子，衣服也是补丁摞补丁，在荒沟劳作时，鞋子衣服被

荆棘挂破的情况也非常多，同景飞和战友们经常是白天开荒掏沟，晚上补衣服，一天下来非常辛苦。同景飞年龄较小，当时只有十二三岁，虽然小时候在家里也经常干农活，手心上也有些老茧，但是大生产运动时的劳动强度很大，同景飞当时也是憋了一口气，不想让大家把他当孩子看待，他硬是坚持着不落进度，和战友们保持大体一致的开荒进度。所以，高强度的劳动还是让同景飞的手心被磨破了，那时候衣服鞋子尚且极度缺乏，手套什么的根本是奢望，他们不可能有手套这种装备。战友们都劝同景飞休息一下，或者干得慢一些，不要这么拼命。但是同景飞仍然坚持不休息，手疼得厉害，他想出了一个办法，他把他的衣服剪掉一块布缠到了农具上，这样可以缓解他的手痛。连队里其他人都被他们的小战友同景飞感动了，大家尽自己最大力量进行开荒劳作。这样连队里就形成了你追我赶的局面，连队自己举行的大大小小的劳动竞赛就很多，每天大家都会听到连首长向大家宣布的开荒面积第一名的数字，随着劳动的深入，单人每天开荒面积的纪录不断被刷新，最高的曾经出现过一个人一天开荒2.4亩的惊人成绩，要知道，这比一头牛一天不停地犁地所能开荒的面积还要大啊，这也是"气死牛"这个称号产生的缘由。那时候的战士们真是太了不起了，那样艰苦的生存条件，那样差的饮食状况，那样落后的劳动工具，战士们竟然能做出那么令人惊叹的成绩，这让我们对他们艰苦奋斗和无私奉献的精神不禁肃

◆延安杨家岭－毛主席种过的菜地

然起敬。

  同景飞所在的连队在清凉山附近开荒时,除了前期的掏沟,他们还要负责种植庄稼,他们开出来的地,有一些直接分给了当地的老乡,但是当时老乡当中劳力也很有限,所以有一部分地需要战士们直接耕种。当年的夏天同景飞他们领到的种子是苞谷,那时候没有机器播种,甚至连播种的基本农具都没有。战士们需要自制播种农具,一开始他们就想到去找铁片儿做一个类似铁锹的工具,但是那时候金属非常缺,仅有的金属都被集中起来运往兵工厂里制造子弹和兵器了,他们根本找不到铁片儿,用铁片儿做农具是不可能了。同景飞想到他在家做农活时,有用石头做农具的,想到这个,他就向战友们说可以上清凉山上捡石头片儿，大家都同意了他这个想法，他们一起上山去寻找合适的石头。就这样，他们找来了很多石片，有些需要打磨，然后找来木棍，将它们做成简易铁锹，用于播种苞谷。播种苞谷的时节天气很热，同景飞和战友们为了加快播种的进度，不误农时，他们延长了下午的劳作时间，经常是在田地里忙到天黑才休息，在他们的努力下，新开垦出来的田地都种上了庄稼，他们和当地老乡一样，心里很高兴地盼望着来年的丰收。

  播种完苞谷以后，同景飞所在的连队又接到上级命令，要求他们连队到清凉山以东的地方协助其他部队挖窑洞、修建房屋，清凉山东侧有印刷厂等，同景飞他们连队负责的就是印刷厂新增房屋的修建。修建厂房等设施也是大生产运动的一部分，敌人对陕甘宁边区和敌后抗日根据地进行了封锁，这样就导致我们急需的许多物资必须得依靠自己生产。同景飞在这过程中负责担水和泥，以供有技术的人用泥抹墙，用泥抹墙的做法是箍窑洞一个常见的程序，这个工序是为了让窑洞内的墙壁和屋顶平整、干净，但是抹墙是个技术活，需要用专门的工具，这些工具不是谁都会用的，所以需要专门的技术人员来做。当然，有些对墙面要求不高的窑洞，可以不必由技术人员来做，只需要大致抹平即可。同景飞他们建造的窑洞是用于生产用的，对房屋质量要求较高，同景飞不会熟练地抹墙，他就和其他几个战友一起负责担水、推土、和泥等。这些工作劳动强度也是比较大的，但是同景飞还是和开荒时的干劲儿一样大，主动去挑重活做，一点也没有因为自己年龄小而对工作拈轻怕重、挑肥拣瘦。一次晚上睡觉时，战友发现了同景飞肩膀有些不对劲，有些红，还有些瘀青，仔细一看才知道他由于频繁担水肩膀被磨掉了几层皮，有瘀青可能是他的软骨组织也有所损伤。同景飞依然坚持着每天劳作，并没有喊疼喊累。由于同景飞年龄尚小，皮肤和肩膀软骨组织还没有强大到可以承受强度如此之大的劳动。鉴于这种情况，其他战友这次不容同景飞再执拗，强制他休息两天，休息好了再开工之后，也不能再去担水了，只能做一些相对较轻的工作。同景飞感受到了战友们对他的照顾和关爱，他心里充满感激，战友们给他提的这些要求都是为了他好，这就是战友之间的深厚感情的体现，同景飞答应了战友们对他的要求，但是他只休息了一天便又重返工地，继续开始劳作，这样的高强度劳作又持续了一个月才结束。

印刷厂房屋建造工作结束以后，同景飞和战友们播种下的苞谷已经长到快到人膝盖那么高了，但是由于是第一遍种植，土地养分较高，导致田地里杂草也比较多。俗话说："人勤地不懒。"为了保证秋季的收成，同景飞和战友们利用大概五六天时间将苞谷地里的草锄了一遍。同景飞所在的连队在清凉山从事生产活动前后一共持续了大半年，他们开荒、播种、收粮，取得了很好的成绩。由于同景飞在生产运动过程中争先恐后、不怕吃苦、勇于奉献、成绩突出，所以他和其他 9 个战友一起被评为连队里的十大"劳动英雄",获得这一荣誉,同景飞非常激动,同时也感到非常光荣,这是他参军以来获得的第一个荣誉。

之后,同景飞所在的连队被临时调往南泥湾,协助 359 旅进行秋收和小麦抢种。因为陕北地区冬天来得比较早,必须赶在天气变冷之前将小麦播种进去,这就需要抢收抢种。到了南泥湾,同景飞和战友们发现这里的条件比他们想象的还要艰苦,不仅吃穿短缺,就连住的地方都是临时砍树搭建的,有的战士甚至直接露宿,这里的条件之艰苦让同景飞他们震惊了,同时他们也深深地佩服 359 旅的战士们,他们更了不起。虽然是被临时调来协助 359 旅,但是同景飞和战友们继续发扬他们在清凉山片区开荒时的作风,将极大的工作热情投入到生产活动中去。经过半个月左右的努力,他们终于圆满地完成了任务。但是在南泥湾短短的半个月时间,同景飞对革命和战争的认识进一步深化了,他亲身经历了一件非常令人痛心的事情。359 旅一位战友因过度劳累患病,最后因为药物短缺无法治疗而不幸牺牲。从这件事上,他明白了毛主席所说的"革命不是请客吃饭"这句话的深刻含义。同景飞刚刚参军两年,并没有上过战场,他从南泥湾大生产的艰苦这一点意识到了战争的非人道,意识到了敌人的凶狠和敌我斗争的残酷。这使他对日本侵略者和国民党军更加痛恨,同时,这种对敌人强烈的痛恨又促使他非常希望自己能够上前线打日本鬼

子。虽然他知道参加大生产运动也是在支持抗战,也是在间接打击敌人,但是同景飞还是不满足于只做"劳动英雄",他想上战场杀敌。

1942年冬,同景飞跟随部队奔赴山西抗日,同景飞回忆道:"我们刚到达山西,就与日本鬼子遭遇了,跟日本鬼子打遭遇战不是我们的强项,所以那一仗打得非常惨烈,日本人还有飞机作为空中支援,这一仗,我们虽然也消灭了部分日军,但是我们部队牺牲了很多人啊,打到最后,我们连只剩下6个人,包括我和连长在内一共只剩下了6个人啊……"同老讲到这里又一次哽咽,这是他第一次上战场,第一次和日本鬼子接触,他对这场战役记忆非常深刻。同景飞跟随部队在山西抗日前线经历了日军的扫荡,也经历了我军对日军据点的围困。在获取日军来我军根据地扫荡的情报时,我军多是进行提前转移,如果没有提前获取情报,就要奋力突围。而有时我军也会集中优势兵力伏击日军或者围困日军据点。抗战后期,这样的攻守反复很多,再到后来,日本侵略者明显因兵力不足而收缩,中国抗日战争即将取得最后的胜利。这时,同景飞跟随部队又回到陕北,因为当时胡宗南的部队已经明显在对陕甘宁边区进行战前准备,我们不得不提防国民党军队对延安发起进攻。

同景飞老人的军旅生涯从参加大生产运动开始,大生产运动的精神对他影响很大。同老对我们说:"大生产运动对我影响很大,当时整个陕北包括全国各地的敌后抗日根据地都在发扬艰苦奋斗的精神，我在后来参加抗战时，也经常想到我在延安清凉山、在南泥湾时候的事情，那个时候我们所有人都不怕苦、不怕累，遇到很多困难，日本人和国民党认为我们不能克服这些困难，但是我们凭着这种精神战胜了他们，没有让敌人得逞。"

延安精神的内涵很丰富，毋庸置疑，大生产运动时共产党人所表现出来的自力更生、艰苦奋斗精神是延安精神的重要组成部分。大生产运动时期，陕甘宁边区和全国各地的敌后抗日根据地都涌现出了很多的"劳动英雄"，正是靠着以这些"劳动英雄"为代表的广大抗日军民艰苦卓绝的奋斗，我们才得以在日军对根据地疯狂扫荡和国民党对我们进行重重封锁的情况下生存下来，并且取得了斗争的最后胜利。同景飞同志在参加大生产运动时只有十二三岁，但是他凭借顽强的意志力取得了非凡的成绩，他既是"劳动英雄"，也是抗日英雄。同景飞同志青少年时代的经历和成就是我们宝贵的精神财富，同老是我们当代的青年学习的榜样。我辈自当向英雄致敬，向榜样学习，努力奋斗，在为社会奉献的过程中，实现自我的人生价值。

陕西出版资金资助项目

# 中国故事

# 延安光女

## 军民鱼水情

薛晋蓉 著

西安交通大学出版社

## 图书在版编目（CIP）数据

军民鱼水情 / 薛晋蓉著 . -- 西安：西安交通大学出版社，2018.9
（中国故事：延安儿女）
ISBN 978-7-5693-0842-6

Ⅰ. ①军… Ⅱ. ①薛… Ⅲ. ①革命故事—作品集—中国—当代 Ⅳ. ① I247.81

中国版本图书馆 CIP 数据核字（2018）第 199641 号

| | |
|---|---|
| 书　　名 | 军民鱼水情 |
| 著　　者 | 薛晋蓉 |
| 策划编辑 | 张瑞娟　贺彦峰 |
| 责任编辑 | 贺彦峰 |
| 出版发行 | 西安交通大学出版社（西安市兴庆南路 10 号邮政编码 710049） |
| 网　　址 | http://www.xjtupress.com |
| 电　　话 | （029）82668357 82668851（发行中心）（029）82668315（总编办） |
| 传　　真 | （029）82668857 |
| 印　　刷 | 陕西天之缘真彩印刷有限公司 |
| 开　　本 | 787mm×1092mm　1/16　印张 8.75　字数 76 千字 |
| 版次印次 | 2019 年 1 月第 1 版　2019 年 1 月第 1 次印刷 |
| 书　　号 | ISBN 978-7-5693-0842-6 |
| 定　　价 | 360.00 元 |

读者购书、书店添货，如发现印装质量问题，请与本社发行中心联系、调换。
投稿热线：（029）82668284
读者信箱：qsfs2010@sina.com

版权所有　侵权必究

# 目 录
CONTENTS

一 边区选举 /1

二 寒窑蜡梅香 /32

三 哥老会巧化干戈 /51

四 三代拥军情 /69

五 直捣黄龙 /89

六 军民齐乐大生产 /107

# 一 边区选举

白老汉喝光杯子中最后一口水，柱起拐杖，颤颤巍巍地走到投票箱前。他不由地想起当年在陕甘宁边区以"投豆法"选举的盛况来。

白应谦，出生在陕西吴起县铁边镇白石咀村，从他参加1937年7月陕甘宁特区的第一次投票选举出席特区代表大会的候选人到现在，已经记不清投过多少次票，选举出多少为人民服务的好干部。人们都相信白老汉的眼光不会错。

1937年5月23日，西北办事处公布了《陕甘宁边区选举条例》并正式成立了特区选举委员会。陕甘宁边区在共产党的领导下，将要举行大规模的边区选举。组织让白应谦负责几个乡镇的基层选举工作。党把这么重要的任务分派给他,老白可是攒足了劲儿。对于选举的情况,他早有准备,在没确定选举之前已经做足了功课,花了大量的时间和精力,搜集了关于怎样选举的第一手材料。在老白眼里,之前都是理论层面的选举,现在要真正实践,难度不言而喻,尤其是在陕甘宁边区。

"第一次选举事关重大",老白想。基层政权要巩固发展,要选拔出更优秀的领导人才和积极分子,还要树立民主的典范;我党如何通过这次选举来贯彻施政方针,团结各个阶层的人们;怎样形成边区民主的抗日根据地,把各个层面都认可的优秀人物、积极分子,也就是所谓的"好人"选出来,让这些人掌握基层政权,树立良好的政权形

象……这些想法，一连串浮现在老白的脑海里。他推开窑洞的窗户，拿起烟叶盒子，摊开卷烟纸，手一抖一抖地把烟叶抖在烟纸上摊匀，小心翼翼地翻折烟纸，生怕掉落一点烟叶末子。他知道边区的环境艰苦，这几片烟叶子来之不易。

陕甘宁边区东靠黄河，北起长城，西接六盘山，南临泾水，地形复杂，丘壑林立。窑洞依山而挖，每个村与每个村的距离都要走上个把时辰，窑洞最多也是几户一排，很难集中。

边区的选举，可以分成3大块。老白拿起毛笔，轻轻地用笔尖蘸了蘸墨，在纸上写下。首先要确定选举人，组织审查人员对十里八村的群众进行资格审查，把能参加选举的、符合选举条例的列出来；不符合的单独列出，并说明情况，让群众明白不符合的道理。其次是选举前的准备工作。宣传是重中之重，这也是关乎党的形象的大事情，要以"普遍、直接、平等"的民主原则贯彻到每一个乡村的选举之中。时间紧，任务重。同时还需要成立选举委员会，举办选举培训班来专门学习选举方法，把艰巨的任务分散开来，让选举能够顺利高效地进行。第三便是进入选举程序了。他听说红军长征之前，共产党在福建才溪也进行过初步的民主选举。当地的群众也是不识几个字的占了大多数，和陕甘宁边区的情况类似。共产党想出的办法是用黄豆来投票，取得了巨大成功。边区地广人稀，文化更是落后，

群众识字的在极少数,"投豆法"是这种条件下的无奈之举。对于那些有一定文化程度的或者因为有病、有事不能到的选民,都让他们投豆恐怕不行。再者说,边区人民居住地比较散落,老老少少人也不少,很难把几个村子的群众组织在一起开大会投票选举。除了投豆法,还得多想些法子。老白边想边写,不知不觉天已经暗下来,已是晚饭时分。他放下毛笔,拉开抽屉,取出火柴点燃煤油灯,看着桌子上的火苗渐渐跳起,眼睛盯着煤油灯又陷入了沉思。

5月的陕北清风徐徐,立夏将至。绿油油的麦田被黄土垄割成一块块,在夕阳的余晖下,泛着黄色的光芒。麦浪此起彼伏,就像老白胸中那波动的心。老白吃过晚饭,在麦场上转了几圈之后又急匆匆回到屋里坐定。他拿起暖壶往杯子里倒上热水,喝了几口后,重新整理了下书桌上摊放着的《陕甘宁边区议会及行政组织纲要》《选举委员会工作细则》《陕甘宁边区选举条例》和一些宣传资料。怎样组织选举?如何选?怎样宣传?几个不眠夜下来,老白对这些流程的细则还是没有理清楚。距离7月份选举只有1个多月的时间,对于初涉选举事宜的老白,还真有点迫在眉睫了。

思忖了一夜的老白,没有脱衣就倚在炕角斜歪着睡着了。老伴看到这老头子最近一直思虑不安,听说是为了选举的事,自己也不懂,只知道这事关紧重要,从没见到遇事沉稳的老白如此心焦。她默默地给老白盖上棉絮,自己摸黑便去河边割猪草去了。路上遇到东一区的冯俊亮，急忙忙往这边赶来，说是要找老白问个事。东方的天空微微露出一丝灰白，启明星闪耀着永恒的光芒，俊亮的敲门声惊醒了刚刚入睡不久的老白。

"老白，老白，快起来啦！你给我念个条例哩。"冯俊亮浑厚低沉的嗓音惊起了周围一阵犬吠。拍了几下，发现窑洞门没上锁，俊亮便直接推门进了窑洞。一进门便看到炕桌上飘忽不定的煤油灯，他才发现老白可能又熬夜了。他看着煤油灯里的灯油已经见底，便一边去墙角取油来添上，一边问道："咋！昨晚没睡？"老白迷迷糊糊还在梦中，恍惚看到眼前这个高大的身影，定了定神，才从土炕上爬起来，答应了一声。

"是你啊，来，坐下说。"他随手拿起炕桌上的暖壶，给俊亮倒水。"你咋这早来，看天还黑着哩，我昨晚睡得晚，都没听见鸡叫。咋了？找我啥事这么着急？""我这翻来覆去睡不着，激动着哩。"冯俊亮抑制不住内心的喜悦。"听乡亲们说，过个把月就选举哩，我这托人寻了份材料，请你来给俺念念。"俊亮摩挲着衣角，有些不好意思地说道。他本是个聪明好学的孩子，可惜3岁时父亲得了痨病去世。那时候家里穷，他也没机会上学念书，从小便跟着母亲干活，和很多农村孩子一样，斗大的字不识1个。但他一直很钦佩像老白这样知识渊博的文化人，也渴望识字，希望能读懂书本里的万千世界，希望能通过知识改变自家的命运。

他虽然不识字,但干活一直勤勤恳恳、努力认真,而且总是把别人放在第一位,处处为他人着想。所以这个小伙子在村里也非常受乡亲的喜爱。

老白一听俊亮找他念条例,便知道一定是他睡前还握在手里翻看的那份《陕甘宁边区选举条例》。"是选举条例吧?""嗯!白叔,我想参加选举,你看能不能成?"俊亮激动地说。"好啊,有志气!来,那我给你念念这文件,我这正好也有一份,你那份先收好。"老白走到炕桌前,拨了拨煤油灯芯,瞬间屋里又亮堂了许多,映得"选举条例"几个油印大字闪闪发亮。

隔夜的浓茶水还在窗台上,老白顺手拿来呡了一口,念道:"凡居住在陕甘宁边区区域的人民,在选举之日,年满16岁的,无男女、宗教、民族、财产、文化的区别,都有选举和被选举权。"刚念完第一条,俊亮便问道:"那我不识字,乡亲们也可以选我喽?""那是当然!你只要年龄够了,识字不识字的不打紧。"老白紧跟着答道。俊亮端起水杯,嘴角泛起喜悦的笑,喝下一大口水,闭目斜倚在炕角的土墙上,像喝了酒。"白叔,你接着念哩。"

老白提了提神,一只胳膊搭在炕桌的一角,一只手拿起《条例》继续念道:"犯下列各条之一的人,没有选举权和被选举权:第一、有卖国行为经法庭判决者。第二、经法庭判决有罪剥夺公权期限未满者。"刚念到第二条,俊亮插话道:"啥是剥夺公权?"老白答道:"就是剥夺选举权利的！"俊亮微微点头，生怕自己应了哪一条，失了选举的权利。听了老白的解释，才放下心来。老白继续念道："第三、犯神经病者。第四、以上几项人的家属，但其家属如系革命者不在此例。乡长、区长、县长、边区长官、边区法院院长由各级议会选举，但须得到出席议员三分之二以上的同意。各级议员的选举实行候选人的竞选，由各政党及各职业团体提出候选人名单，进行竞选运动，在不妨害选举秩序下，选举委员会不加以任何阻止……"

老白一个劲地念着，俊亮仔仔细细地听着冗长的条例，生怕放过一个字。听了半天，各种专业术语似懂非懂，不由得打起哈欠来。"好了白叔，今天先念到这。天都大亮了，我还得回去给娘烧饭哩。这《条例》我听得似懂非懂的，反正我能参加选举就行，改天你再给我讲讲这内容。昨晚你也没睡好，你这觉也再补补。"说罢，俊亮拿起杯子一仰头喝完水，便大步流星地径直回家去了。

看着俊亮远去的背影，老白欣慰地点点头，"革命事业就需要这样的年轻人啊"，老白心里想，看天色已经彻底亮了，村里的公鸡此起彼伏地拉长嗓子叫着。"起来了啊！"老白看到邻居家的五叔从门前走过，忙打了个招呼。"唉，老年人瞌睡少，你也早啊，看你那眼睛红得像兔子一样，没睡好吧，要注意身体啊。"五叔关切地说。老白"哎哎"答应着，看到自己的老伴已经挽着一筐带着露水的猪草朝家走来。"回来啦，来给我。"老白迎上去要接过猪草。"你甭管，我来弄。看你最近累得，我给你煮个鸡蛋补一补。"老伴心疼地看着两鬓花白的老白，去厨房挂起的篮子里摸索鸡蛋。"甭煮了，我不吃，这年月领导人都吃不起鸡蛋，咱还要留着去集上变钱呢！我好着哩，昨儿个还有剩下的玉米面馍，放锅里炕一下吃吧。"老伴叹了口气，看着篮子里那好不容易攒下来的鸡蛋，又放了回去。老白觉得头昏昏沉沉的，本想再睡个把时辰，但天一亮又睡不着，又想到大选当前，像俊亮这样来咨询的乡亲不在少数，还是灭了煤油灯，伸了伸懒腰在院子里转悠转悠。

阳光洒在陕北高原上，一片片的麦田泛着迷人的金黄，风吹过带来一股麦子的清香。打麦场上乡亲们在拖着石碾子一遍一遍碾压着麦场，又平又坚硬光滑的场子，有着黄土高原特有的光亮，等待收割的麦子将在这场里绽放出饱满的麦粒。祖祖辈辈留下的麦场，承载了多少乡亲们生活的希望。

"碾场呢三伯？"俊亮穿过麦场。"哎，你哪去呀？"三伯身上只穿着一个白褂子，露出两条精壮的胳膊，在阳光下闪耀着古铜色的光芒。"我去找白叔问点事。"俊亮和碾场的乡亲们简单寒暄了几句，便急匆匆地跑下坡，穿过麦场，拐到老白家的窑洞。

一进院子，就看到老白正在端详着两张白纸，上面密密麻麻写满了字。俊亮虽然不认识那字，但看上去却整齐漂亮。"这就是选民登记表？""嗯，我再核对一下，这是大事，可不敢写错了闹笑话。""哈哈，写错了也没人知道，大家都不识字，就你清楚。"老白一想也是，两人哈哈笑了起来。等老白把选民登记表信息核对好后，俊亮拿出一罐子刚熬好的浆糊，问道："这两个榜有啥区别哩？"老白说："选民名单用的是'红白榜'。这张白榜上写的名字，是不具备和被剥夺选民资格的。这一张是红榜，是具备选民资格，能参加选举的候选人。""哈哈，那你这明明是两张白榜！都没得选了。"俊亮看着老白手里的两张白纸笑道。"唉，咱边区条件差，物资匮乏，哪里寻红纸去！"老白无奈地说道。两张榜单除了标题是"红榜""白榜"两字的区别之外，根本分辨不出，这给不识字的乡亲们来看，可不就一样的。老白暗想，这么贴出来岂不成了笑话，便把红榜上的选民姓名画了个红圈。俊亮一看说："这可不行！你看那戏里面演的，只有上刑场的人才用红笔在名字上画圈哩。"老白心想也是，一时没了主意。俊亮一想，又说："你倒不如用红笔写上红榜两个字，这样乡亲们一瞧红色字，就自然知道是红榜了嘛。""好主意！"老白拍腿叫道。"你这平时看起来傻里傻气的，鬼点子还不少呢。"老白赞道。俊亮有些得意，看着老白听自己的意见改了红字，笑得已经合不拢嘴。"我这就拿去贴上！"俊亮小心翼翼地卷起两张榜单，直奔村头老君殿西壁而去。老君殿还是清朝留下的，虽然有些破败，但是整个区的百姓逢年过节都去殿里烧烧香，祈求一年的好收成。老君殿前的街道，

也算是最热闹的公共区域了。

"红白榜"一张贴,平日里安静的村子,一下子就热闹起来。老君殿里的人比初一、十五还拥挤,大伙儿多不识字,却都挤着往榜单前凑。有人识字的就大声念着名字,大家就仔细听着,一旦有自己的名字,就得意得不行。还有那些地富商绅也凑到榜单前,流露出想看又不敢看的神情,担心自己的名字出现在白榜上。豪绅张正声心想:我虽是豪绅，但我没做过汉奸，按先前的苏维埃法律，我在红榜上才是。他眯着眼睛仔细地找了半天，白榜上的确没有自己的名字，这才舒了口气。又打起精神看红榜，总算在红榜末端找着了自己的名号，这才放了心，手舞足蹈起来。他心想：自己也能参加选举，看来这平等不是口号哩。再看几个结伴而行的商绅，也是满脸藏不住的欣喜。

"你让让，这红榜咋没我的名字哩？""呆女人"曹姨叫道。曹姨平时有些憨直，村里人都叫她"呆女人"。这次贴了榜，她一听说就赶紧跑来看。看了半天都没有自己的名字，曹姨有些激动，大哭起来，嘴里不停地道："没我名字哩！"在一边向村民解释选举条例的老白听见有哭闹声，赶紧分开人群过来，快步上前把曹姨搀扶到墙根下的石凳上坐定，心想：莫非是在审查选民资格时认为她是个呆子，没把她列进选民名单？这可糟了。老白先温言安抚住曹姨，自己又到红榜前仔细找了一通曹姨的名字，果真没有。这时候曹姨哭得更加厉害了，身边围起了几个看热闹的妇女。老白上前说道："曹姨你甭叫唤了，这是我的疏忽。你的名字漏写啦，不是剥夺你的选举权利哩，对不住你，我这就回去拿笔墨，把你名字写在最上面，甭哭啦！"老白说完，赶紧把俊亮叫来，嘱咐他先哄哄这个"呆女人"，自己赶紧一路小跑回家拿笔墨去了。

回来后曹姨已经回过劲儿来了，和几个妇女在拉着家常。老白舒了口气，让俊亮端过石头来，拿着毛笔爬上去，

趴在"红榜"上小心翼翼地写上"曹允娃"3个字。写完后,老白下来,退后几步,仔细端详了下,微微点了点头,叫俊亮搀着曹姨过来看。曹姨看见自己名字赫然写在第一行的位置上,心中的阴郁已经烟消云散,拍着手高兴地叫道:"你这是让大伙选我哩!"老白看看俊亮,看看曹姨,欣慰地笑了。

为了避免类似的疏漏,老白走到红榜下,对着人群高喊道:"不识字的乡亲们都过来,我来给大家念念榜单,看有落下的没有。"俊亮用手捅了下老白道:"你这想得周到哩!"忙活了一天的老白还没喝上一口水,声音都有些嘶哑了。他站在老君庙门口,一一给乡亲们讲解着选举到底是怎么回事。俊亮也没闲着,这段时间听老白给他讲选举的情况,自己也懂了些门道,做起了宣讲员,挨家串户地给乡亲们讲选举的段子。

人群一波波地围上来又散去,不知不觉中,夕阳已经西沉。老白已经站不住了,坐在殿前的石台阶上,俊亮也已经饿得前胸贴后背了。俩人对视了一眼,想起乡亲们的热情,心里也觉得值了。两人相跟着回家,还没到老白家,就听到邻居家张大妈招呼吃饭。"算了,我俩回家吃去。"老白摆摆手。结果张大妈执拗地将俊亮胳膊拉住,非要让两人吃饭。两人拗不过,只得进屋去。张大妈早都预备好了,还亲自给端上来。"快来吃吧,我给你俩端过来了。"张大妈满脸笑容。"张大妈,屋里都留了饭,你还这辛苦干啥呢，我俩不饿，来，你坐下缓一缓。"老白搀过张大妈，让她坐在炕边。"哎，快吃吧，这有啥过意不去的，你俩为选举这事忙前忙后，我看你屋里天天后半夜都亮着灯，煎熬得很啊。我也帮不上忙，就会围着锅台转。"说着，张大妈又端出来一个黑陶罐子，从里面夹出来几筷子咸菜，让他俩伴着饭吃。"这年景，也没啥好吃的招待你们。下个月选举，就更有你们忙活的了。人是铁饭是钢，还是要吃饱，别熬垮了。"老白和俊亮一边吃，一边感激地点头。有这样的乡亲，再忙再累也不算啥。老白看着张大妈想到。张大妈看两人狼吞虎咽地吃着，心想还说不饿，都饿成啥了。不由得想起前线的儿子，不知道他吃得饱不。

  夏天的风吹得窑洞的窗纸哗哗作响，看来今夜有雨了。老白扒拉着碗里的红薯稀饭，刚打了个饱嗝，突然听到门外有人喊叫。"老白，你去看看吧，老君殿墙上的红榜被风吹掉啦！"老白一听红榜掉了，窜起身来，放下手里的碗筷，走出窑洞。"咋回事哩？"嘴里的饭还没咽利索，便直奔老君庙去。俊亮也放下筷子，在后面追着喊道："着啥急么，让人把饭咽下去再去么！"老白心急火燎地，没听见似地，已经绕过了土丘，飞步到了老君庙。还没走到近前，看到一群乡亲围着吹掉的红榜，小心翼翼地举起来，正在墙上比画着高低。老白跑到墙根下时，有两个后生已经把红榜贴得稳稳当当了。"哟，老白，你跑来干啥？这红榜被风刮走了，我们这不已经贴好了！你这忙活了一天，

早点回去休息吧。""好,贴好就好。大家都辛苦了,早点回家歇着吧。"老白又检查了一下贴好的榜单,让俊亮给角上多抹了点浆糊,然后才和人群慢慢散去。

  回到家,天已经黑透了。累了一天的老白,躺在炕上没多久就沉沉地睡去了,鼾声响彻窑洞。现在,选民的情况已经基本确定,接下来的工作便是选举的宣传。老白想,宣传工作是选举的重中之重,没有好的宣传,十里八村的乡亲就不懂得选举的真正意义所在。通过前期的走访来看,大多群众还是不了解情况,有些畏惧选举,觉得和自己不大相关。大多数乡亲没文化,也没出过村子,根本没有这种"参政意识",习惯了被人管,没想过自己能说得上话。可是这次选举,要是只有少数积极分子是不行的。选举工作务必要全民参与,这样才能体现真正的民主,选举出群众最信任、最有群众基础的好干部来,给大家办实事,把边区的方方面面搞起来。如果只有少数人参与,那算什么民主。老白站在窑门前想着。

  从张贴榜单的情况来看,大家对这选举的事情还是好奇的,就要趁热打铁,让大家都参与进来。现在主要的情况是,村里的人多不识字,缺乏民主的意识,要多利用老百姓喜欢的形式,全面宣传选举的事情,让大家明白什么叫民主,唤起大家的主人翁意识来。怎样的选举宣传工作才能起到效果呢?老白初步拟定了几个方案。第一是在庙会、香火会上,排演选举剧,编排几个大家喜闻乐见的剧目,让乡亲们来参与演出和观看。老百姓喜欢看戏，要是能把这个形式利用起来，一定比干讲要来得快。还可以让秧歌队和话剧团到处展演，把选举的内容编成歌曲，一边扭秧歌，一边唱着选举歌，或把所要宣传的内容编排成戏剧，用通俗易懂的语言表演出来。这样既受群众欢迎，也可以让大家深入了解选举的意义，提高群众的参选热情，调动大伙的积极性，完成选举工作。第二是在集市上和群众大会上集中搞宣传。每7天1次的集会，是十里八村乡亲们最集中时候，可以选定个高台，进行选举的宣讲，这样最有效果。第三是在田间地头里宣讲。大家平时做农活，也会在休息的时候拉拉话，不如利用这个空隙，组织一些宣传队，给大家讲讲。还可以组织小范围的家庭会议、妇女会议和农家访问，把那些不愿意出门的群众组织起来，让原本散漫的百姓有参与意识，真正明白民主的好处所在，这样的宣传更贴着群众的心，百姓也更容易接受。免去了口耳误传，影响选举的宣传效果。第四是贴标语、出版选举街头报、出壁报、黑板报、编制小调、出版选举漫画。把选举的流程、内容、好处都简单明了地在标语中、漫画中体现出来，醒目而又有效果。第五是要特别注重保护妇女的民主权利，把妇女的积极性调动起来，参与选举工作的宣传动员。在这样强大的全方位宣传之下，边区群众对选举的心理和态度一定会有明显变化，从不了解甚至畏惧、抵触到积极参加、强烈认同，逐渐地会把拥有选举权当作是一种荣耀。这样，

我们的选举才能成为真正意义上的民主选举。老白想至此，抑制不住内心的喜悦，他把每一条想法都记了下来，并且都做了细致的规划和人员安排。接下来的选举，老白总算是胸有成竹了。

这天一大早，老白拿上自己草拟的话剧剧本《竞选》，前去找俊亮。走到俊亮家窑洞门前，敲门不应，便喊道："俊亮，醒醒么！我这有个好剧本，要你帮着排演哩！"老白又敲了几下门，还是没人应。只听远处喊道："在这呢！这么早有啥好消息？"老白回头看去，是俊亮扛着钉耙缓步走来。"这早就去收拾麦子去？""是呢，再过不了多久，就熟透上麦场啦！"俊亮回道。"快进屋来，安排你个好事情。"老白上前几步，搀上俊亮，和他一同进了窑洞。他从怀里抽出一叠麻纸，给俊亮看，说道："这是我草拟的话剧剧本《竞选》，我给你讲讲，要你找几个学生过来一起排演。"俊亮脸贴着草纸，仔细端详密密麻麻的文字，似乎看出了门道。"俺这就去抓几个学生来！""着啥急哩，这么早人家娃还没起！"老白说着，一拳打在俊亮肩膀上。俊亮回道："那你先给俺讲讲这《竞选》剧本吧。"话毕，老白便耐心地给俊亮讲了起来。

话剧安排学生排演后，接下来的工作便是刷标语了。老白和好粉刷大字的石灰已是中午时分。他提着石灰捅，直奔老君庙的东墙。走着走着，远处传来了舒缓而清脆的小调，老白停下脚步，听见有人唱道："男女都来到，会议开热闹,检讨工作真不少,全要转变好,边区要发展,选举要管饭,选举好人把事办,生活能改善。"这唱的可是《乡选歌》!老白惊叹道。这不是俊亮哼的小曲么,这么快就被传唱开来,看来这家伙没少给群众做工作呵。老白想着,拎起桶继续走。歌声渐行渐远,老白已经到了老君庙的墙根底下。老君庙向来不缺少议论的人们,只见几个刚刚干完农活的乡亲们正蹲坐在墙根底下,讨论着选举的事情。见老白过去,打招呼道:"拎着桶要刷墙哩!""是呢,刷几个标语。""啥标语么?""等我刷出来认么!"乡亲们见老白卖了关子,都围拢了来,看老白究竟刷了什么字。

"田禾儿青青,忙锄草,选举代表最重要;不要说选举不关你,坏蛋当选人人都受气;选举票上要认真,好人坏蛋细分清;众人当中挑出能干的汉,大家的事情交他干;众人当中选个女代表,男女平等要做到。"一通锣鼓声伴着小调从东街浩浩荡荡传来,乡亲们听着锣鼓喧天的,都伸长了脖子,从远处一直望到近前,原来是俊亮的"话剧团"在巡街展演。

老白看俊亮带着几个学生演得有模有样,心生欢喜,看来这俊亮还挺有表演天赋,是个好助手。他放下手中的刷子,上前跟俊亮说道:"我这本子里没那么多小调哩,你这加得好!生动着哩。我看大家都喜欢得很。"俊亮摸着后脑勺哈哈大笑,道:"哪里生动,我这夜里睡不着,

就好哼这小曲,没承想这么受大伙欢迎!十里八村都传唱哩!"他一边说着,放下手中的选举道具。"你这刷标语么,要不要我来一起?""不用不用,你继续巡演吧,还是你会动员哩。"老白说着,又拿起刷子继续刷起了标语。俊亮又带着学生继续巡街,队伍越来越庞大,没事的群众也跟在"话剧团"后一起表演起来。

"'不让一人站在选举之外'——老白啊,你这字刷得精神!"张金生一边用手点着墙上的字,一边一顿一挫地念起墙上的几个大字。张金生是老白的发小,刚从镇里学习回来,在老君庙前碰上老白刷字。连连叫好。"你这学习刚回来,正好给你分派任务哩!"老白也不跟他客气,直奔主题道。"哈哈,你这都不让俺歇歇脚。""选举任务这么重,你还想歇脚哩,子弹早给你上膛啦!"老白回道,两人相视而笑。"走,到俺屋里去说。"老白拎起石灰桶,同金生回到自己的窑洞。

"现在的任务主要是选举宣传,要让每一个乡亲都参与进来,调动他们的积极性,培养他们的民主意识。旧社会的时候,老百姓都习惯了被欺压,没人给他们做主。大家听天由命惯了,这民主和平等的意识还是要慢慢培养。这是咱第一次普选,得让老百姓切实参与进来,还要多靠你去帮忙宣传哩。""我明白,现在中央和边区政府都非常重视此事。你看需要我做啥的,直说。"老白早都想好了,便一一嘱咐金生。金生同几位积极群众一起,带上刚从镇上带回的宣传页，把任务安排给几个乡亲，大家立马分头行动。几个村子也开始做壁报、办黑板报进行宣传。同时，他向几个积极分子分发了从镇里借来的几只喇叭，用于沿街喊话。一些开明的乡绅代表也被邀请过来开茶话会，动员他们也积极参与选举。

在田间地头上，乡亲们放下锄头的时候，金生便跑过去，召集几位乡亲，耐心地讲解着选举事项。"这选举都选啥样的人哩？"一乡亲问道。"当然是选好人，热心公道的，能给大家办事的，使大家能过好光景。"金生回答道。"选个瞎人又怕啥？"又一乡亲问道。"那不得行！"金生找了地垄的土块上坐定，继续说道："出公粮、减租、派差，都很重要，选个瞎人，心不公道，那不受惩了。""选举嘛，自己要有主见。东倒吃羊头，西倒吃猪头，选不上好人，大家挨砖头！"又一乡亲说道。"可不是么！"金生笑着说道。"我脚也行、手也行，能写、能说，一定帮乡亲们办好事，替人民谋福利，吸收乡亲们意见。"积极分子张伯成说道。"那好哩！选举那天可以和乡亲们宣誓，让大伙都选你。"金生说完，揪起一支麦穗，放在嘴里。

"妇女能参加选举不？"乡亲又问道。"当然能！"金生搓掉麦芒，说道："选举上男女平等，选举参议员是替咱老百姓做事情，女人能行的，也能当参议员，参加竞选。"金生停顿了片刻，又说道:"在旧社会，妇女只能围着锅台转，整天伺候男人、经管孩子。在社会上得不到和男子平等的

地位,没有话语权,有能力也不能亮出来。现在是男女平等的新时代,妇女们不用再缠着小脚大门不出二门不迈的,也可以参与政治。大家都知道木兰从军、穆桂英挂帅的故事,女人哪里就不如男呢?""在理呢!"大家感慨道。"政府用尽心血办选举,选出好人大家好,要选就要认真才好。"张伯成说道。金生看乡亲们如此热情积极地响应,干劲更加十足。说着已近中午,日头渐渐骄人了,乡亲们准备收拾锄头回家吃晌午饭。金生也走出田地,去找老白商量接下来的选举工作。

　　对于选举什么样的人,大家慢慢地经历了一个认识的过程。金生和老白总结了一下这两个月来走访考察的经验。刚开始大家并不了解选举的意义所在,抱着看热闹的心态在观望。有的人虽然跃跃欲试,但又怕摊派上太多的公事,误了自家的农活。有人把这权力视为一种荣耀,但又没信心。还有的群众认为选举某人就是惩罚他一下,所以有了"人家是好人,不敢选人家","快把那骚贼猴(坏人)提上"等说法。通过这一阵子老白们的努力宣传,大家慢慢了解了选举的重要性和选举的真正目的,渐渐消除了疑虑和偏见。在全面了解边区的情况后,乡级的候选人名单,分别由共产党支部、贫农团、青年抗日救国会、妇女抗日救国会等提出。地主、富农及其他民主分子的候选人名单,由共产党支部提出。地主富农是群众最为记恨的,所提出来的候选人大多不被认可,最终能成为候选人的在少数。候选人名单提出后,在各级议会里宣传,也在群众中张榜公布,让村民们讨论没有异议后便确定下来。选举的准备工作已经完全告一段落,轰轰烈烈的选举活动蓄势待发。大家都翘首期待着正式选举这一天。

盼星星、盼月亮,正式选举的这一天终于到来。最终拟定的候选人名单都不出本乡的范围,都是大家所熟知的"好人"。经过长时间的准备工作和全方位的宣传,群众参加选举的积极性已经很高了。

这不,一大早,老白、俊亮、金生就赶来收拾选举会场了。没想到已经有几个群众抢先赶来,老白打趣说他们太积极了。他把自家的书桌也搬到麦场上,俊亮则挨家串户,借来了20-30个粗瓷海碗。"俊亮,豆子没带来哩?"老白问道。"呀!你看我这忙活得都忘了,我这回去取。"俊亮一拍脑门,放下海碗,便往家去取豆子。老白最早的时候就与俊亮絮叨过"投豆法",俊亮没看过怎么投豆选举,也是好奇得很。按照老白说的,他一一准备了粗瓷海碗和各种颜色的豆子。

◆投豆法选举

说起来这豆子还颇为珍贵,都是俊亮家攒了几年的种,拿出来还有些不舍得。不过俊亮想,这是为百姓谋幸福的

大事情,这点豆子又算得了什么。他便让母亲连夜选了最饱满结实的豆种,准备选举"投豆"。

就在选举的前夜,老白一晚上没合眼。他通过学习总结,反复论证,终于想出了几种适合边区选举的办法来。为了保险起见,他还叫了俊亮和金生来他窑洞一起商量。"投豆法自然是最好的选举办法了,但是也只限于一部分群众。"老白说道,从抽屉里拿出烟盒和卷烟纸。上一次吸烟还是选举任务刚刚分配下来,最近下了场雨,烟纸有些返潮,老白用指甲划着烟纸一张张捻开。又说道:"我这又想了几个办法,你们看看能不能行得通。"说完,老白举起烟盒,卷起烟来。俊亮和金生盯着老白卷烟,相视不语,等着老白继续说。老白卷好烟,递给了俊亮说:"你先来两口。"俊亮愣了一下,接过烟道:"这烟金贵,想起给我哩!""哪是给你,你抽完给金生!"金生从小就好奇抽烟是什么滋味,从来没尝试过,这次算开荤了。

"咱们现在准备的是投豆选举的办法,海碗和豆子都准备妥当了,明儿一早收拾到麦场上,等能来现场选举的乡亲们到齐,我来宣布选举的办法,乡亲们一听便知。这个相对容易。难点在其他村子的群众,有些村子距离主会场远,村子里村民住户不多,路又不好走,沟壑山原,很难到主会场来投豆。我想了个法子。金生,你可以做一个带锁加封的选票箱,让选举委员会选出个可靠的司票员,你们就可以沿着山区,背着选票箱,沿途串乡挨户向选民发放选票和回收选票，这样就免得那些想来又不能到场的乡亲们错过选举。等到收齐所有选票后，再召开选民大会，到那时再开箱检票。你俩看这法子怎么样？"金生道："这法子是不错，我这看管好选票箱倒是没问题。不过，提前发选票会给反对派可乘之机，司票员可能被收买或徇私舞弊。这可是我不能控制的啊！""你说的在理，但不能因为有舞弊就放弃了那部分乡亲的参选。避免舞弊这就看你金生的啦！"老白说完，拍了拍金生的肩膀。金生顿时觉得责任重大，心想不能对不起乡亲们的一片热情和真心。说罢，金生接过俊亮的卷烟，学着老白的样子吸了起来。

"还有几个法子，"老白又说道，"投票法、烧洞法、举拳法、画圈法、画杠法或编号选举法，这些法子都是针对各个村子乡亲们的特殊情况来定的，可以根据具体问题逐个实行。这些形式多样的投票方式会极大地激发咱边区群众参选的热情，为选举成功奠定基础。""你这点子多，你说啥我们办啥哩。"俊亮说道。金生吸了几口烟之后，便递给老白，说道："你可以具体说说。"老白接过烟，吸了一口，继续说道："对有一定文化程度的选民采用'票选法'；识字不多的选民采用'画圈法''画杠法''画点法'；对不识字的选民采用'投豆法''烧香点洞法'；对因病有事不能到的选民采用'背箱法'。""你这说了一通，我们不懂什么意思哩。"俊亮听得云里雾里，挠起头来。"画杠、画点的方法是一个意思，就是把候选人名

单写在纸上,让不识字的乡亲如果中意哪个人当村长,就在他的名字上画杠或者画点,大伙看了一目了然。'烧香点洞'法其实最有意思,我们边区条件有限,哪里找到那么多笔来用,索性就用我们常在老君庙上的香,如果中意谁做领导,就在他的名字下边用香来点个洞,这样既方便,又不像画杠画点那样,可以胡乱画些。再者说,用香点洞,本身就有仪式感,让乡亲们选举更有滋有味。"俊亮和金生听老白细细说来,已经沉醉在所描绘的选举场面里。

这一聊又是一夜,3个人猫在炕上,说得兴奋,一点也不觉得发困。抬头一看,窗纸上又透出亮来,老白道:"你们先回去小睡一会儿,吃些早饭,我在麦场上等你们,这几天任务重哩,辛苦你俩了。"说罢,老白从书桌底下拿出一个竹篮子来,里边放了4个白花花的馍馍,用粗布盖着。"来,你俩一人拿两个白馍回去。"老白边说着边用纸包好,塞到俊亮和金生的口袋里。"我这还有,你们拿回去给爹娘吃哩!"老白捂着他俩的口袋,不让他们掏出白馍来。俊亮和金生只好无奈地收下。他们知道,这白馍一年到头也吃不上一次,为了这次选举,老白真是付出了全部家当。"老白你也睡会儿嘛,天亮还有段时间,我俩先回去准备准备。"俊亮说完,起身和金生出了老白的窑洞。天际线升起灰蒙蒙的雾,清晨的凉意扑面而来,水墨画般的黄土肌理被晨光晕染开来。

打麦场上一大早就热闹得很。麦子种得较早的乡亲,把已经收上来的熟透了的麦子垛在麦场上,有的则把麦捆一小堆一小堆整齐地摆放着。金黄饱满的麦穗堆在一起,让人看着心里踏实,给选举工作也增添了一抹亮色。已经到会场的乡亲们正三五成群地议论着。

"谁真能代表人民来办事,工作积极、有能力、有立场,我们就选他。"一个乡亲说道。"这些工作都没开展,咋能看出他有能力有立场,要我看,先琢磨出不能选的人。"又一老乡反驳道。"那自私自利的不能选,二流子也不能选。"一个乡亲补充道。"捧上压下、口是心非、木头人也不能选。""不偏三向四、了解上下情、能接受批评、虚心细致,我们要选这样的代表才放心,能真正给我们办实事,改善我们的生活,粮食多打些,整天能吃上白馍馍!""你这个吃货,还天天想吃白馍馍!"旁边的老乡打趣道。"说的都在理,选人我们还是得慎重些,为了能吃上白馍馍嘛!""办事公正、和善老实、积极腿快、过去办过好事、脑筋明白敢说话、年龄不太大太小,家中有劳动力,这种人我们得选。""保卫家乡时得忠实勇敢!"老乡们又补充道。

正聊得火热,金生已经把会场布置得差不多了,也过来凑热闹。"聊啥子嘛?""我们正想着选你哩!"几个乡亲异口同声地回道。"我可选不得,我工作还不到位,对不住乡亲们。"说罢金生和老乡们围坐在一起,参加讨论。金生说道:"过会儿选举,发给你们的豆子可别随便向碗

里撂。前面碗里撂的多,豆子撂完,人就走了,选了谁也不知道。咱们可得擦亮眼睛,选些不合适的人,光想着自己的好,那可不行。""选上这号人,是我们对选举不负责任。"乡亲回道。"过会儿可要认真选出自己心里的人,给大家好好办事。"金生回道。乡亲们都陆续赶了来,你一言我一语,如赶庙会,热闹非凡。

老白、俊亮、金生3个人又开始在麦场上忙活起来。候选人也陆续来到了麦场上。老白用借来的干电喇叭,吆喝着指引所有候选人,在临时搭建的选举台上一侧坐定。选举台就搭在麦场的东北角,正靠着刚收上来的麦垛,也最为醒目。台子用木板搭建而成,木板下垫了整整两层灰砖,为了不让选举台塌陷,俊亮把家里的矮墙拆来做底。俊亮没有声张,夜晚小心翼翼地把自家墙砖拆下后运到麦场,一块砖、一块砖码放得整整齐齐,最后铺上木板。这些事情其实老白都看在眼里,十分感动。由于候选人比较多,老白把候选人分成几组,让群众一组一组地来投票。他在每个人面前都放一个粗瓷海碗,为防止选民多投、乱投,用纸封住碗口,只留一个小口。老白把候选人的名字也一一贴在海碗上,这样选举群众很快能分辨出自己心仪的选举对象。老白指挥着第一批候选人,背对投票人坐下。乡亲们越聚越多,挤满了麦场。离远看去黑压压一片,人头攒动,说话声都盖住了老白的喇叭声。

老白赶紧安排金生和俊亮去组织群众,维持会场秩序。

俊亮高声喊道:"乡亲们,肃静!听我的指挥。"乡亲们听见俊亮的声音,知道选举要开始了,就不再交头接耳,安静了下来。俊亮走下选举台,把群众也分成几组,把群众分好组后,清点了下候选人的数量,给每个选民发放了和候选人一样数量的豆子,交代大家拿好豆子。"这就是你们的选票,可别胡丢,选举要严肃认真。"俊亮一边发豆子一边交代大家。选民中意哪个候选人,就让他们在候选人身后的碗里投豆。就这样,让一组一组的群众循环投票。由于豆子数量有限,选民众多,俊亮把麦场上的选民又画成了 3 大块,让乡亲们在 3 个区域站定,先把豆子发放给了第一区的群众。乡亲们争相抢着豆子,生怕后面没了自己的。豆子到手之后,有人还仔细数了几遍,看数量够了才放心下来。俊亮又喊道:"我先声明下,手中所有豆子不能都投给同一个人。""瞧好哩!"乡亲们异口同声道。看着乡亲们这么重视这次选举,如此配合自己的工作,俊亮心里也很欣慰,这些天来的努力终于起到了效果,这也让他更坚定了为百姓服务的一片赤诚之心。

看人到得差不多了,准备工作也基本到位,老白在台上宣布选举正式开始。会场上响起一阵雷鸣般的掌声。看来,大家对这个新鲜事都非常兴奋,一个个紧握着手中的豆子,准备行使自己神圣的选举权。老白让前来选举的选民都尽量穿长袖子的衣服。这样,投豆选举时,袖子从每个碗口划过,豆子落在碗里,也不知道谁选了谁。大家毕竟乡里

乡亲的，有的就挨着住，还是要避避嫌，免得村民碍于情面，违心地投给不太中意的熟人。旁边凑热闹的选民也看不清别人到底把豆投放到哪个碗里，这样大家的投豆选举都很轻松，不必计较情面，公平公正地选举出群众心仪的"好人"。

在选举当天，整个区几乎全体选民都参加了投票。也有住在偏远山原上，平时极少出窑洞的小脚妇女，骑着毛驴翻过山岭陆续赶来参加选举，郑重地投出自己的一票。也有大闺女、新媳妇穿上新装，搭伙结对来参加选举；有些婆姨情愿抱着孩子跑五、六里的路，赶到会场上来投票。各个村几乎是男女老少一齐出动，地主、富农也丝毫不落伍。

就在安定县区有一位70岁裹小脚的老阿婆，手拄着拐杖，高高兴兴地走出山沟，要来参加选举。由于路途遥远，山路崎岖难走，人们都劝她别凑热闹。但是她执意要来，边走边说道："活到70多岁，总没做过主，今天要咱做主，咱自然要去选个如意的。"

为了增进选举人和投票人之间的了解，提高选举的透明度，在选举期间，老白还安排了候选人给自己拉票的环节。一心想要参选的伯成早都摩拳擦掌地候着了。轮到他了，他站在选举台的一角，高声喊道："乡亲们，如果选我做乡长，我会在咱乡里盖一处小学，让娃娃们都能读书识字；还要请一位保婆员来乡里教妇女怎样养娃娃，使小孩不生病，健康地长起来；要让咱乡妇女完全放足，不受缠足的痛苦；接下来就是要兴修水利，在东山以西水渠引水，解决浇地灌溉的老大难问题；我们还要种棉花1000亩，树2500株，解决我们没棉袄、缺被子的问题，让大家伙过个暖冬。还要把西河湾的桥修畅通，让乡亲们再也不用大冬天钻水过河；老君庙前的路也要重新补一补。这可是咱们乡里的门面路，也是大家平时来往最多的大道，一定要修得平平整整的。乡亲们！你们对我来一个估计吧！如不相信，请把票投给别人，如相信，请投我的票。"伯成的宣讲件件都戳中大家的心坎坎，说得实在，让群众感动不已，给他投豆的碗前已经排起了长队。乡亲们就需要这样一位为群众办实事，处处为群众着想的好干部。

气氛越来越热烈，群众一边听取候选人的陈词，一边在引导下投票，选举顺利进展，渐渐接近尾声。每位候选人的海碗在大伙的监督下被一一打开，分几批人开始数候选人碗里的豆子，数量最多的当选为乡长。其他领导岗位依次按豆子数量的多少来安排。在整个边区，每20位居民选举代表1名。区议会议员，每50位居民选举1名；县议会议员，每200位居民选举1名；边区议员每1500位居民选1名。老白按照分配的比例，一一列好名单。就这样，一场轰轰烈烈的全民普选最终尘埃落定，边区百姓用黄土高原特有的朴实，证明了即使没有文化，民主依然可以实现。

陕甘宁边区的选举工作，从1937年7月初陆续开始，到8月先后结束，在中国共产党的权力实际控制区建立了乡级抗日民主的政权，完成了苏维埃民主制到议会民主制

的转变。据统计，1937年第一次选举中，参加选举的选民占选民总数的80%。1941年第二次选举中，仅曲子县统计，全县选民共25175人，参加选举的为20223人，占80.3%。据吴堡第六区统计，全区选民3505人，参加选举为2961人，占84.5%，总计全边区参加选举的选民占选民总数的80%。参加选举的规模之大、人数之多，前所未有。林伯渠在陕甘宁边区第一次政府工作报告中曾说："当候选名单公布后，每个乡村都热烈地参加讨论，有的批评某人对革命不积极，某人曾经反对过革命，某人曾经贪污过，某人曾经是流氓，某人曾吸食鸦片等等。有的选民公开涂掉其名字，有的则到处宣传某人的坏处等等。又如，安塞四区一个乡长因工作消极，蟠龙区一、三、五乡乡长不能代表群众利益等，均遭到反对。至于那些平日抗战工作努力的分子，在选举中都当选了。"

有如此高的参选率，与陕甘宁边区人民的参与宣传和我党的正确理论导向是分不开的。通过广泛的政治参与，陕甘宁边区人民实现了从传统到现代的转变。民主选举的巨大成功，成为民主建设的模范地，改善了边区干部与群众的关系。在此基础上，中国共产党得以迅速发展壮大，政权进一步巩固，也为新中国国家政治制度的构建提供了宝贵经验。同时，伴随着日军全面侵华的拉开，抗日图存更需要广泛地团结起来，在轰轰烈烈的选举宣传中，边区群众的抗战积极性也大大提高。人民空前团结，拥军热情也非常高涨。大家凝聚在共产党的领导下,年富力强的民众踊跃参军,支持前线抗战。留守的老百姓也大方地拿出自家的物资积蓄来支援抗战。这次选举的成功,也为以后进行的选举和其他地区抗日根据地的选举提供了很好的范例。1939年1月12日,毛泽东在中央书记处讨论陕甘宁边区参议会问题的会议上指出:"边区的进步,主要表现在民主,边区要成为抗日的堡垒,民主的典范,边区是民主的抗日根据地,是实施三民主义最彻底的地方。"实践证明,民主的观念并不是生来就有的,深入群众中去,晓之以理,动之以情,即使再落后的地区,也会萌生出民主的萌芽。

## 二 寒窑蜡梅香

"天又冷了啊！"老余狠狠地吸了一口卷烟，缩了缩肩膀，瞬间一股钻心的痛沿着右臂扩散到指尖，他忍不住轻轻地呻吟了一声。脚边石头上的小毛头回转头来看着他，两眼红得像兔子一样，脸上刚风干的泪痕一条一条像黄土高原上的沟壑纵横。

"小毛头，你咋又哭了呢？又不是女娃子，整日哭哭啼啼像啥样子嘛。"老余看着这个一脸狼藉的小战士，想起他刚参军时候那副狼狈相，不由得笑了。小毛头还没开口争辩，旁边那个比他略微高出一头的胖墩子就为自己的朋友辩护了："余大叔，张政委说了，小虎这眼睛是雪盲症，他没哭鼻子。"这个小胖墩平日里和小虎形影不离，长征路上过雪山，小虎的眼睛失明了，一路都是小胖墩给他做拐杖。经过这一个多月的休息，小虎的眼睛已经能模糊地看人了，只是风一吹就眼泪忍不住流淌，加上伤寒未愈，一直蔫蔫的。

高原上的风一入十月就凛冽了起来，吹在人身上像篾片抽打一样。战士们刚坐下休息了一阵，就渐渐觉得身上褴褛的单衣要被吹烂了似的，于是三五个一起抖搂着、跺着脚，在一起聊天。突然张政委从队伍后面绕过来，催大家启程，说屁股后面还有马回回的骑兵团，一直甩不掉的"肉尾巴"，妄想追歼我们中央红军，不敢松懈，得抓紧进入西北苏区，站稳脚跟打他个翻身仗。正好大家在野地里冻得够呛，索性走走，暖和一下腿脚。

"小赵啊，这一路走来，我们历经艰险，好不容易跳出敌人的包围圈，离我们自己的地盘越来越近了，越是这个时候越是不敢大意啊。"张政委感叹道，和赵参谋在马上看着队伍沿着山路蜿蜒着向前，想起转移之初浩浩荡荡的大队伍，再看眼前所剩不足 8000 的战士。大部分人都有不同程度的伤残，大家互相搀扶着蹒跚而进，张政委不由得揪心扼腕。年轻的赵参谋用坚毅的目光看了一眼黄沙漫舞的远方，说："快了，前面就是苏区的大门了，只要我们进入西北苏区，和陕北的红军汇合，就可以依靠陕北这片沃土重新焕发生机。"张政委看着眼前这个英武坚毅的年轻参谋长，欣慰地点点头，又说："不过我刚看到一些

战士身体特别孱弱,负伤累累,如果再强行行军,估计有生命危险。我们这一路走来太艰难了,好不容易要到家了,可千万不能再让他们倒下。反正离苏区也近了,我们途经老乡家,还是把一些重症伤员留下来休养。我们还要随时准备和马鸿逵他们战斗,绝对不能将这些尾巴们引入我们的大本营。"

　　大约晌午的时候,部队走近了一个山沟,看远处依稀有袅袅炊烟升起,大约是一个小村庄。大部队原地待命,派一支小分队前去探查情况。不一会来人回报,说前方是新寨乡圪坮沟村,再往东南就是吴起县城了,还有25公里左右。说罢,就见到一个裹着翻毛羊皮大衣的老汉远远疾步而来,招呼部队去村里吃晌午饭。张政委握着老汉的手说:"老乡,我们很感谢乡亲们的盛情啊,可是我们部队有几千人呢,你们做饭哪里做得过来,我们自己有干粮,就不麻烦乡亲们了。"老汉用枯枝一样的双手紧紧攥着张政委的手不放,硬要邀请几位首长去家里吃饭。正拉扯间,三连的华连长过来了,说他们连里有个小战士打摆子打得厉害,怕是不能走了,看能不能托付在老乡家里疗养。听到这话,老汉连忙说那带去我家,我家里有两口窑洞,只有老汉和孙女两个人住,秋粮刚收了,多两个人没问题。张政委忙感谢了老汉,随后把交付伤员的事情交代给华连长,就带队继续追赶大部队了。

　　华连长嘱咐剩下的队友继续随军前行,将病恹恹的小虎叫来，让他跟着老汉回村里休养，好了再归队。小虎烧得稀里糊涂，听说连长要将自己抛下，就大喊大闹起来。旁边一直照顾他的小胖墩急忙问连长，能不能让自己留下照顾小虎，等好了一起归队。连长看了看这两个半大小子，叹了口气，刚要说什么，又抬头看到身边趔趄着走过的老余。老余的右肩被打了两枪，胳膊一直耷拉着，脚脖子也扭得肿大，单薄的身体在风中一闪一闪。"老余，"连长喊住了他，说："我看小虎这病越来越重，准备让他在这位老汉家休养，小胖墩和他穿一条裤子，分都分不开，这俩小子和你亲，你这胳膊腿也伤得厉害，不如留下来照看他们俩，反正部队就在前方，好了你再带他们来归队。"老余知道自己的伤不算最重的，毕竟还能撑着行走，只是这右手无法拼刺刀了。他本想拒绝，但看了看那两张惶恐的小脸，便把话咽下去了。

就这样，老余跟着老汉，小虎倚靠着小胖墩，四人一行来到了圪垯沟村里。这个村子并不大，住着十几户人家，都沿着山崖挖了一些窑洞。村子北边不远处就是蜿蜒的河流，从无定河中分岔出来的，滋养着这一个小小山沟的村民。老汉到了院子里，先磕了磕旱烟斗子里的灰，便唤着孙女出来相见。只听一声清脆的"来了"，一个穿着枣红棉袄的身影轻盈地从里间的窑洞飞了出来，"咦，这是哪里来的小红军？"孙女惊讶地看着眼前两个比自己还稚嫩的脸庞问爷爷。

"梅梅啊,这3个战士是过草地、翻雪山一路过来的红军,你可别小看这两个小娃娃,人家可比你勇敢得多!这个是我的孙女梅英,家里就我们爷俩,一会儿让梅英给你们收拾一下旁边那窑洞,平时放柴火的,现今你们3个住,里面有张大炕,烧暖了,美得很。"说罢招呼梅英赶紧造饭,招待红军战士。

不一会儿,屋里就溢出一股玉米的清香,3个人在外面院子里呆站着,似乎有些窘迫,不知道手脚往哪里放。老汉收拾了外间的窑洞,看到3人还站在原地,哈哈大笑道:"你们3个咋还站在这里,不知道坐下休息会儿嘛。来,老余,抽袋烟解解乏。"老余毕竟年岁大,看老汉热情厚道,也就不客气地接过了烟袋,好久没抽过正经的烟丝,平时都是捡着干草胡乱卷起来过瘾,这回狠狠地吸了一口,呛

◆窑洞

得直咳嗽。老汉见状哈哈大笑，说："我这烟厉害吧？哈哈。"两人正聊着，听到梅梅招呼大家吃饭，就一起进屋了，上了炕，大家围着一个破旧的小炕桌坐着，吃着新玉米面做的粑粑，就着一些腌萝卜和辣椒面，恍然有种到家的感觉。

吃完饭，老汉和老余倚着炕桌抽烟，浓烈的烟草味萦绕在小小的窑洞里，呛得小虎和小胖墩直咳嗽。眼看天麻麻黑了，梅梅点上了油灯，大家围坐在炕上，看着小小的灯芯在烟雾中闪烁中温暖的光芒，听老汉和老余有一搭没一搭地侃大山。老余说自己的家乡是湖北的，一直都是赤贫的农民，活不下去了，就参了军，还有个弟弟在家陪着老母亲，也不知道现在是死是活。老汉叹了口气，说："这年月，人命比草贱，谁知道哪天回去，家里人还在不在，不过总还是要打回去。"说罢，老汉看了看坐在炕角的梅梅，想说什么，又叹了口气，抽起了烟。老余知道老人有伤心的事，也没问，就这样陷入了沉默。

小虎自从来了之后就一直不怎么说话，这时突然一阵剧烈的咳嗽。老人关切地摸了摸他的头，说"咋这么烫？""估计是一路伤寒没好，今天在风口又着了凉，夜里就烧起来了。"老余怜惜地看着这个孱弱的少年，无奈地叹了口气。这时候梅梅突然想起了什么，从里屋的一个包袱里翻出来一个棉背心，深蓝色的背心上缀着好几个杂色的补丁。她拿过来递给小虎，示意他穿上。小虎犹豫着要不要接，看了看身边的老余，老余点点头，说："你先披着，衣服太

单了,容易着凉。"梅梅又找出一件夹棉的褂子,递给小胖墩,小胖墩说:"我身体好,不用穿棉袄,你给余叔吧。"老余笑了笑说:"你这傻小子,让你穿你就穿,我不用。"说话间梅梅又去屋后的地窖里刨出来一个大白萝卜,切成片和生姜一起煮了一锅汤。老汉嘱咐大家都喝了一些,说天冷了,喝点驱寒。一股辛辣的暖流下肚,渐渐地困意也上来了,大家就熄了灯睡了。

第二天天未亮,就听见一声声嘹亮的鸡鸣声,小虎揉揉眼睛,看着黑乎乎的窑洞里纸糊的窗户外透进来的一点点微光,突然不知道自己身处何处。一阵窸窣声吵醒了老余,他努力地架起沉重的眼皮,顺手摸了一把小虎的额头,高兴地说:"这萝卜姜汤还真管用,都不烧了。"小胖墩听见他俩说话,也渐渐转醒过来,伸了个懒腰说:"这热炕头睡着真舒服。"

3个人正说着笑着,突然听到老汉在屋外咳嗽的声音,就穿戴好出了窑洞。老汉还是蹲在院子里抽着烟,见他们起来了,便问睡得怎样,小虎的烧退了没有。看3个人比昨天神色精神了不少,老汉也很欣慰。这时候梅梅已经做好了早饭,3个人到了炕桌一看,是陕北常见的红薯稀饭,只不过他们3人的碗里还卧着一个浑圆的荷包蛋。老汉招呼大家赶紧吃,说这陕北的小米粥特别养人,你们都是伤员,多喝点恢复得快。3个人一时哽咽,不知道如何下筷子,还是老余说:"这鸡蛋,你们也舍不得吃,我这个给梅梅吧。"

梅梅赶紧说："不要客气,这鸡蛋就是给你们补身体的,我今早上刚收的,你们打鬼子辛苦了,受了这么多伤,该多补一补,可惜我们也没啥好东西,就养的这两只鸡……"3人没再说话,默默地夹起了鸡蛋,屋里只剩下呼噜、呼噜扒饭的声音。

一晃就是3天,大家也渐渐熟络了,两个孩子也没有刚来时候的拘束,还帮着梅梅碾辣子、剥玉米,像一家人一样,每天其乐融融。吃过早饭,梅梅要去附近的铁边城镇上买些东西,刚出门不远就遇到急匆匆赶来的王姨。

"姨姨,你咋跑得上气不接下气的,这是要去哪赶场?"王姨呼哧呼哧喘着气,一把拉过梅梅说:"你家是不是有红军?赶紧藏起来,马回回的骑兵来了,听说要进头道川了!"梅梅听完赶紧往家里跑去。老汉看孙女一阵旋风似地飞进院子,忙问怎么回事,梅梅说:"快,把余叔他们藏起来,国民党的骑兵要来抓人。"老汉赶紧跑到窑洞后面喊老余,老余还在拾柴火。老汉说:"你们快跟梅梅到地窖去,听说国民党来抓人了。"老余纳闷道:"这里都接近苏区了,难道敌人又要来围剿?"也来不及思索,就跟着梅梅一起钻下地窖。地窖里比外面瘆得慌,黝黑深邃,不见阳光,窖里堆着些萝卜土豆,还有一些越冬的粮食。刚进去两眼一抹黑,等适应了一会儿之后,小虎说:"这洞还挺深的,别说我们四个,再来两人也挤得下。"梅梅说:"你们3个先悄悄待着,我上去看看情况,刚才着急回来报信,

也没听王姨细说清楚。"

等她爬上来,发现王姨已经在前院和爷爷聊开了,见梅梅来了,她说:"你藏好没?地窖怕是不行吧,那土匪来了肯定到处乱翻,找不到人,肯定要搜刮点东西,你那地窖怕是一下就被搜查了。"梅梅一听急了,说:"那咋办,屋里就两孔窑洞,一个地窖,也没啥可藏的地方啊。"老汉默不作声地在一边抽烟,王姨着急地说:"他伯,这都火燎眉毛了,你咋还这么稳当地抽烟呢?"老汉说:"甭着急,我这不想着呢么,我看实在不行,就让他们去后山的坟地里猫着,反正这帮土匪来搜刮完就走了。"大家都觉得这个办法可行,国民党也不会去坟地里搜查,比在地窖要安全一些。

于是,梅梅又跑去地窖把余叔和小虎、小胖墩叫出来,带他们去后山的坟地里藏身。听说要去坟地里,小胖墩吓得不行,说这国民党要是一时半会儿不来,晚上是不是要在坟地里过夜,怪怕人的。老余哈哈笑了,说:"你好歹也是上过战场的,死人都见过,还怕坟地?"小胖墩说:"死人不害怕,我怕鬼。"一边说着,一边来到了坟地里,看到贴着山崖有一排排黑色的石碑,有的上面字迹已经风化得模糊不清,有的还能依稀看到墓主的名讳。脚踩在松软的黄土上,一阵阵飞尘腾空弥漫。老余听到梅梅说:"那个是我奶奶的墓,已经快10年了。"她一边说一边弯下腰去,把坟头生出来的一些蒿草拔掉。老余看到这座坟头已经失去了形状，往山崖退缩进去，旁边紧挨着还有一个新开的墓穴，想来应该是爷爷给自己准备的，将来可以夫妻团圆。"你们就躲进这个新墓中去，我给上面盖上些蒿草和玉米秆子，一般不会有人来这片坟地，等敌人走了我再来喊你们。"梅梅说道。他们3人跳进墓穴里，坐在柔软的土地深处，反而有一种安全的感觉，并不像想象的那么阴森恐怖。不一会儿，梅梅从旁边拖来一些玉米秆，虚掩住洞口，嘱咐他们别轻易出来，就回家去了。

刚回家不久，就听到远处传来一阵马蹄声，梅梅看了正在编篾片的爷爷一眼，走进了窑洞。不一会儿，听到院子里进来了几个人，梅梅悄悄从窗户往外看，来的两个人穿着土黄色的军服，骑着两匹枣红色的战马，看起来气势汹汹。爷爷放下手中的篾片，走上去问："长官，你们远路来的，老汉给你端水去。"其中一个中年汉子扬了扬手中的马鞭，说："马乏了，牵过去喂喂！你这家里就你一个老头啊？"爷爷说："还有我一个孙女，在屋里收拾饭呢。"另一个身形瘦长的士兵说："正好老子饿了，老汉，你有啥好吃的，都拿来吃。"爷爷干咳了两声，说："长官啊，咱这穷地方，你也看见了，能有个啥吃的，你不嫌弃，就一起吃。"说罢，喊了一声梅梅，嘱咐她快点做饭。中年汉子听到梅梅在屋里的应声，就揭开帘子进去张望，窑洞不大，被大炕占去了一半，往进右手边开了个小洞算是厨房，盘着个灶台，梅梅正在锅里煮米饭。那人四处看了看，

屋里没啥陈设,就是靠墙一个木头架子,放着一些锅碗瓢盆,顺墙倚着一个镢头,一个扁担。正看着,瘦子也进屋来,看了一眼说:"这老头家也赤贫得很,隔壁窑洞我也看了,没个藏人的地方,啥也没有。"中年汉子点点头,问正在做饭的梅梅说:"女子,你们家还有别的地方没?有没有窝藏共匪?"梅梅正蹲在灶头烧火,假装懵懂地说:"什么共匪?我们村就这几户人,没见过外人。"那两人转了一圈,又跑到屋前屋后去找,终于发现了后院的地窖,以为这里面会有玄机。叫来老汉让打开地窖搜查。老汉说:"那里都是窖菜的,藏不了人。"瘦子恶狠狠地说:"少废话,快带我们下去看!"一行人进了地窖,两人一看都是些萝卜、土豆之类,便骂骂咧咧地出来了。

不一会,梅梅端出来一锅玉米面窝头,还有一盆炖菜,招呼大家吃饭。两人毫不客气地上了桌,一看这菜色,那瘦子先发了火,嚷着:"你这抠门老汉,连个肉都不上,酒也没有,吃什么饭!"老汉小心地赔不是,解释道:"我们都几年没开过荤了,哪来的肉吃啊,老头子还有半瓶高粱酒,长官您等着,我这就去拿来。"说罢让梅梅去隔壁窑洞取酒。瘦子还嘴里嘟囔着,那中年汉子看了他一眼,示意他早点吃完饭走人,毕竟这里靠近共匪的圈子,他们也不敢久留。等到酒拿来了,瘦子一把抢过去就喝,被高粱酒呛得直哧溜。老汉说:"长官你慢点喝,这乡下酿的酒太烈了,上头。"中年汉子快速地吃完饭,问老汉:"老乡，你们知道共匪的主力部队已经到陕北了吗？"老汉说："什么共匪？人多不多？我们这村里最近都没来过外人啊。"中年汉子紧紧地盯着他，好像在判断他此话的真假，说："你可不要骗我们，共匪的主力被我们一路围剿，只剩下一帮残兵败将了，他们要来陕北和刘志丹他们汇合，我们就是来阻截他们的。这帮共匪现在走投无路，你们要是窝藏他们，可对你们没好处。"那瘦子接过话头说："就是，我们前天还在塔尔湾那边抓住两个伤兵，还有那一户窝藏共匪的人，都砍了。"他做出一个砍头的动作，凶狠的目光紧盯着梅梅。梅梅此时担心老余他们在坟地里没有吃喝，又不知道这两人啥时候能走，不免有些焦虑。瘦子似乎发现了她的神情忧虑，便凑上前去，问她："小姑娘，你怎么看起来心慌得不行？是不是窝藏了共匪？"梅梅被他一吓，往后退了两步，嗫嚅道："没有共匪。"转念一想，说"我是愁我的下蛋母鸡，今天早上放出去就找不到了。"瘦子一听母鸡，气得扔掉了空酒瓶，指着老汉骂道："你个老不死的，还说没有肉吃，明明有个下蛋鸡，连个蛋花也不舍得。"老汉连忙赔不是，说鸡早晨就不见了，不知道被谁家捉回去吃了呢。瘦子还是不依不饶地骂，中年汉子看他喝多了，怕节外生枝，就命老汉去牵马。老汉出去后，中年汉子揪住瘦子低声说了几句什么，瘦子安静了下来，两人便骑着马离开了。

"终于送走了这两个瘟神。"梅梅听着马蹄声远去，

对爷爷说:"我去叫老余他们回来。"老汉思忖了一下说:"事不宜迟,你带这些干粮去,让老余去找大部队报信,那两个小鬼先回来。路上要小心,不知道刚才那两人走远没有,实在不行,他们就在坟里躲一晚。"梅梅抓起几个窝头,就赶忙往坟地里去了。那3人正在墓坑里冻得哆嗦,突然听到脚步声,头顶的秸秆露出了一片明晃晃的月光,就看见梅梅那张冻得红扑扑的小脸。听她讲完,老余也觉得要赶快去吴起汇报敌人的行踪,好让大部队做好准备,小胖墩本来就没有重伤,也跟着一起归队,小虎高烧刚退,身体太弱,就继续留在家里休养。

小虎跟着梅梅回了家,老余和小胖墩星夜赶往吴起镇,两人一路疾行,月光皎洁,也不觉得累。天蒙蒙亮的时候,老余他们已经到了吴起,找到了连长。华连长听他们汇报了情况后,说:"你们不要担心,这个情况中央已经知晓。目前马鸿宾、何柱国他们的骑兵有五个团要来围堵我们,企图切断我们和陕北红军的联系。不过我们一纵队已经到达吴起镇,彭德怀同志率领的二、三纵队也要来汇合了,我们一定会歼灭敌人,站稳脚跟。"华连长询问了老余的伤势,发现他的身体已经有了很大好转,又问了小虎的情况,便安排他们去休息,准备战斗。

第二天一大早,部队传来命令,中央开会决定在吴起消灭国民党骑兵团,切断这只"尾巴",不让敌人进苏区。根据军委的部署,在老余他们来的19号晚上,红军已经在彭德怀的指挥下进入战地布防。老余他们所在的连部驻防在头道川的杨城子左右山坡上，准备截断敌人的退路。蒋介石本来想趁着中央红军疲惫不堪的时机重击红军仅存的主力部队，所以调集了马鸿宾第三十五师一个骑兵团，毛炳文军的第八师、二十四师，东北军何柱国骑兵军第三师、第六师，这5个骑兵团装备精良，各团均配备1个迫击炮连和1个重机枪连，以为此战胜券在握。没想到中央红军进驻吴起镇之后迅速进行了布防，3支纵队利用吴起的山地地形设计了严密的口袋阵型，静待敌人入瓮，全歼国民党骑兵团。

  深秋的天特别高旷，没有白云的遮挡，阳光金灿灿地洒满黄土高原的沟沟坎坎，河边的芦苇都枯黄了，在阳光下轻轻地晃着，远远看去有一种麦浪的错觉。老余伏在临时挖成的战壕里，眺望着对面的山崖，一阵微风吹过，新鲜泥土的气息，让他不由得回到了记忆中那个秋日的午后。那天他正在自家田间锄地，也是明晃晃的大太阳，他累了，躺在刚翻过的温热土地上，有些意识恍惚。几只大雁从头顶飞过，在纯蓝的天空中纤毫毕现，格外矫健。远处的山上，枫叶都红了，一片嫣红。好美啊，他望着望着就睡着了。可是这秋日的美景随着鬼子的到来消失殆尽，昔日清澈的小河中积满了无辜被杀的妇孺老弱，像他这样的青壮劳力都被抓了壮丁，每日暗无天日地卖命劳作。直到有一天他们忍无可忍，终于趁看守松懈之机暴动逃脱，可是几

十个兄弟,活着逃出来的只有他和另外一个不知道姓名的老乡……想到过去那些黑暗的日子,老余的拳头不由得握紧了,深深的恨意使他的眉头紧锁,牙关咬紧。突然几声轰轰的爆炸声把他拉回了现实,他立马警觉起来,低俯下身子,耳边又传来飞机的轰鸣和爆炸声。他猜想可能是敌人的飞机在轰炸,战斗已经打响。听说敌人的骑兵团都是精锐部队,又有飞机大炮,我们真的能够歼灭敌人吗?老余有些担忧,旋即又想,横竖都是一死,总得搏一把!

这个时候,驻守在铁边城的马培清骑兵团已经进入我军的埋伏,在我方的突然袭击下,敌骑措手不及,被冲散在沟壑之间。敌方眼看兵力不济,就调来飞机和迫击炮掩护,所以轰鸣声传到了远方的老余耳中。老余所在的连队负责包抄敌人后路,听到远方的轰鸣声,想象着战友和敌人白热化的激战场面,老余周身热血沸腾,既害怕又兴奋。焦急地等待了一天,眼看火红的太阳渐渐地落下山头,老余的心中忐忑不安,埋伏了很久的身体渐渐有些僵硬了。正在此时,负责观察的前哨传来消息,敌人有一大波人正朝着我们的包围圈靠近。这时候,埋伏在杨城子山坡的四大队随时准备战斗,600人摩拳擦掌,静待命令。看着这帮骑在高头大马上的国民党军队顺着山沟一步步靠近,老余的心跳也越来越快。敌人显然没有料想到自己正在进入红军的埋伏地,待到他们再靠近一些,队长一个手势,各种手榴弹,手雷和自制的炸弹像流星一样落了下去,受惊的马嘶声、爆炸声、喊叫声此起彼伏。冲锋号响起，老余和战友们端着步枪，向着混乱的山坡下冲去……

这场突击持续了两个多小时，敌军被打死打伤四百余人，缴获了100余匹战马。傍晚的天空还残留着一丝血红，老余看着山沟中横七竖八的尸体，辨认着自己的战友。他用自己的衣袖擦干净一个小战士脸上的血污，他的眉目还那么稚嫩。还是个孩子，老余心想，轻轻地放下他的头颅。他又忽然想起小胖墩，不知道这个孩子现在在哪里。刚才冲锋的时候，依稀看到他的身影。忽然，他看到不远处一个趴着的身体，被另一具尸体压住了上身，但是那裤子屁股上眼熟的补丁……老余的心里咯噔了一下，他犹豫着要不要去翻开这具尸体，他还记得那天晚上梅梅在煤油灯下给小胖墩补裤子，他害羞地躲起来，大家还一起嘲笑他。老余用颤抖的手挪开那个压在上面的尸体，再翻过这个熟悉的身体，映入眼中的，是那张圆乎乎的脸，被泥土弄脏了。是他，老余的心里一阵翻腾，紧紧地抱住这个孩子，心中一阵绞痛。突然，他感觉怀里的身体轻轻地挣扎了一下，老余吓了一跳，赶紧松开手，摸了摸小胖墩的颈部，又趴下试试他的口鼻。还活着！老余心中一喜，仔细看看小胖墩，全身好像没有明显的外伤，应该是震晕了，又压在这个死人身下，躲过了一劫。这小子真是命大，老余转涕为笑，晃了晃小胖墩。过了一会，小胖墩才缓缓地醒转过来，看到眼前这个熟悉的面孔，有点恍惚。

这场"切尾巴"战役一直持续到21日9点多才结束,敌人的骑兵团被红军打得溃不成军,敌三师的2个骑兵团和敌六师的1个骑兵团被全部歼灭,击溃敌六师的两个骑兵团和敌三十五师马培清骑兵团,总计打死打伤600余人,俘虏1000余人,缴获战马1600余匹,另外还有迫击炮、重机枪数十门(挺)。从此中央红军彻底摆脱了长征途中国民党的追击部队,成功完成了战略转移,开始在陕北站稳脚跟。毛主席在战后视察阵地时还对红军以少胜多的杰出成就大为称赞,说:"步兵追骑兵,这是个创举啊!"红军经历了两25000里的长征,本来已经大幅减员,疲惫困顿,面对装备精良的国民党骑兵团,竟然能获得如此胜利,也充分显示了彭德怀同志的杰出军事韬略,为此,毛主席还特意写诗一首:"山高路远坑深,大军纵横驰奔。谁敢

横刀立马，唯我彭大将军！"战争结束后，老余带着小胖墩来到了于圪垯村，一进那熟悉的院门，雷老汉就高兴地迎了上来，满脸沟壑的脸上填满了欣喜与激动。"你们打了大胜仗啊，把土匪骑兵都赶跑了，哈哈！"老余也激动地握着老汉的手，说："陕北人民收留我们，像亲人一样援救我们，我们才能打赢这场翻身仗，保卫我们共同的家园啊。"正说着，看到帘子里探出一个小脑袋，小胖墩跑上去说："小虎，你看起来精神多了，都有些胖了，哈哈！""哪有啊，我听说你们打仗很激烈，我都没能和你一起战斗，快给我讲讲当时的场面！"看着两个孩子欢喜的样子，雷老汉和老余欣慰地笑了。这时候闻到一股扑鼻的香味，梅英笑着说："快来吃饭，今天有鸡汤，给你们庆功！"大家开心地围坐在炕桌上，看着眼前肥美的鸡汤，老余说："可惜了你的下蛋鸡，就这么入了我们的肚皮。"梅梅爽朗地笑着说："有你们在，日子会越来越好的，以后想吃什么都有，还可惜这一只鸡嘛。""眼看入冬了，小虎的病也差不多好了，我们就要回队伍了，在外打仗这些年，第一次感觉有个家啊。"老余一杯酒下肚，不觉得眼眶有些湿润了，看着这个短暂的家，有些不舍。梅梅说："余大叔，这里以后就是你们的家，有空的时候，就多来家里看看，你看院里的蜡梅已经快开了，很快就满院飘香了！""是啊，这株老蜡梅树开花可美了，梅英的名字就是这样来的呢。"老汉也感叹道。老余回头看着窗外，一轮皎洁的圆月正挂在中天,想到金黄的蜡梅朵朵绽放,清香萦绕着这个安静的小院,老余不由得陶醉了,什么时候日子才能如此美好静谧呢?

## 三 哥老会巧化干戈

知了拉长了声音竭力叫着，夏天的清水河水量渐增，泥沙俱下，轰鸣着由北向南。清水河流域内有固原、海原和同心三座县城，是我国回民聚居人口最多的地区，同时也是回汉杂居的地区。固原县是流域内的最大城市，位于上游盆地中，南据六盘山，扼守着秦陇要道，乃是自古以来兵家必争的历史名城。固原的伊斯兰教历史悠久。元代，当地的回民主要为屯军和屯民，听从屯长调遣而动。为伊斯兰"举礼"需要，以当时开城为中心，建立了清真寺。清代晚期，固原地区已经成为全国回民居住较为集中的地方之一。

1936年的夏天，由潘振武率领的红一军骑兵二团正驻守在清水河东岸,和西安的国民党东北军隔河对峙。清水河看似成了两兵对垒的火线,但因为张学良和周恩来已经代表两党达成了共同抗日的协定,前线其实已无战事。

眼看着近晌午了,伏案阅读的潘振武伸伸懒腰,感觉肩膀都僵硬了,于是决定出去走走。这时候警卫员小吴刚好走近门口,喊一声报告,请潘振武去民运部长刘炎那里吃晌午饭。潘振武看看高悬的白日,说:"这就吃饭了?我还不饿嘛。""潘政委,刘部长说有事和你商量,饭就顺便一起吃了。""好啊,这就去。刚好想找人下盘棋。"两人说着笑着就到了刘炎的窑洞门口。

"刘兄,听说你要请我打牙祭呀,哈哈。"

"潘政委,我是看你案牍劳形,请你来放松放松嘛。小吴,去把井里吊着的西瓜捞上来切来吃。"刘炎让潘振武坐在炕沿上,手里的地图扔在一边说:"我还真的是有事相商。"

潘振武看刘炎表情严肃,也收起笑脸,说:"是不是和东北军起了什么摩擦?"刘炎叹了口气说:"这个东北军啊,眼前虽然和我们和平相处了,却和老百姓起了冲突,眼看要惹出大事来呀。"

◆刘炎

正说着，小吴把西瓜拿上来了，鲜红的瓜瓤经过冰凉的井水浸泡之后入口沁凉，一口下去，冷不丁打个激灵。"好瓜啊，看来这沙地里种的瓜就是不错。"潘振武赞叹了一句，说："你接着说，怎么个冲突？"

"是这样的，潘兄，这事也是我前两天听卖瓜的老乡反映的。你知道河西村头那个老兰家饭庄吗？我们上次去对面做客还吃过那里的拉面，老板是个蛮厚朴的穆斯林。""哦，你说老兰啊，知道知道。""对，就是那个老兰，他和驻军起了冲突，被打伤了，饭庄也被砸了个稀巴烂。""怎么回事？那个老兰看着很老实嘛，怎么会惹出这么大的事端？""是这样，来，你继续吃瓜，我慢慢给你讲。"

原来，老兰家祖上就是当地的穆斯林，据说从清代就来到当地，开枝散叶繁衍成一个大家族，所以在当地回民中颇有威望。但是老兰为人平和，一张圆脸盘上总是溢满了笑容，所以生意也做得和气。他开这个饭庄已经20来年了，算起来也颇有些历史了。国民党军进驻固原之后，老百姓有的携家逃走，投奔了更偏远的乡下。但大部分人还是离不开祖辈生活的地方，想着是自己人的军队，即使日本人战火蔓延过来，也有个保境的依靠。没想到这帮东北的驻军来了没多久就开始生事。他们被蒋介石从东北调到西北来剿共，自己的家人老小被抛弃在日军铁蹄之下受尽蹂躏。很多人心中焦虑却又无奈，在这里也无法抗击日寇，只能和共产党周旋作战，甚是无聊，于是就在老百姓身上撒气。

那一天下午,几个东北兵去老乡家里搜刮吃的,看到一个大爷的药酒,就抢来喝了。喝了酒之后又要吃肉,那年头边区的生活困难,有小米红薯吃都不错了,一般人家逢年过节也吃不上一顿肉。几个兵不肯善罢甘休,就挨家挨户去搜寻,把人家里都翻腾得乱七八糟,锅碗瓢盆砸了一地。老百姓敢怒不敢言,都只能唉声叹气,等他们走了以后就一边收拾一边咒骂。后来那几个兵痞子到处找不到肉,转悠到老兰家的饭庄里,嚷嚷着要吃肉。老兰从里屋赶忙迎上来,一边招呼着跑堂倒茶,一边陪着笑脸,用抹布擦着条凳,请几个士兵落座。

"你是老板啊?"其中一个士兵斜着眼扫了一眼老兰。老兰"哎、哎"答应着,问"几位老总想吃点什么?""把好酒好肉都拿上来给爷们吃。"另一个士兵显然喝高了,脸都红到了脖子根。老兰见状,知道这几个兵痞子不好惹,怕一会耍起酒疯来伤人砸店,就赶紧吩咐厨房把腊牛肉切了端上来。店里本来就没什么生意,兵荒马乱的年代,经商的人也来得少了,显得格外冷清。老兰心里想,这店怕是开不下去了,过两天也收拾关张吧,省得招惹是非。"发什么呆,还不给大爷倒酒!"老兰回过神,赶紧去柜子下面找那剩下半坛的陈年高粱酒。等老兰拿酒过来,发现一个兵正拎着跑堂小伙子的衣领,那孩子鼻血流了一脸,显然给人打了。老兰赶紧放下酒坛子,上去拉架,说:"军爷,孩子小,不懂事,说话冲撞您,大人不记小人过,抽他几下让他长点记性就行了。"那人松开了手,嘴里还在骂骂咧咧。小伙子义愤填膺地从地下捡起自己的帽子,说:"老板,他们也太欺负人了,我们这里是清真饭庄,他们白吃白喝就算了,还要吃猪肉,我说我们是穆斯林,他们还骂我是猪。"老兰听了心里也很恼火,但是看到立在墙角的几支步枪,到嘴边的话只得咽下去。他一边安抚着伙计,一边强压怒火给几个士兵解释穆斯林禁食猪肉的习俗。谁知道那几个士兵作威作福惯了,老兰的隐忍退让只会让他们觉得这个一脸老实的人好欺负,一个士兵抬脚就踹倒了老兰。老兰毕竟年纪大了,胸口挨了结结实实的一脚,坐在地上半天喘不过气来。后厨的大师傅闻声也赶了出来,手里还提着一把剔骨的尖刀。那几个兵一看见明晃晃的刀,喊一声"反了",也拿起立在墙角的枪,几枪托就把老兰和伙计脑袋打破了皮,临走还砸了店里的招牌。老兰又痛又气,想起自己这么多年没受过如此大辱,不禁恼羞成怒。

晚祷的时候,老兰还是不顾家人的劝阻,坚持到清真寺去祈祷。他是一个信仰特别坚定的人,所以才性情一直温和正直,可是遇到这样的事情,他的内心也难以平静。祷告结束后,他和阿訇倾诉自己的遭遇,说起近来东北兵纪律涣散到处为非作歹的事情,希望阿訇能想办法为当地的穆斯林主持正义。阿訇一边安抚他,一边在脑中计划着。传说在陕北一带一直存在着一个势力庞大的哥老会,阿訇曾经就是哥老会的堂主,有着盘根错节的势力。他平时总是待在寺里研习古兰经，是一个深居简出、肃穆可敬的长者。最近常听到来寺里的穆斯林兄弟诉说自己遭受兵痞欺凌的事件，阿訇也觉得有必要维护一下本地的秩序了。于是，他暗中联系了本地的哥老会龙头，那是他昔日的好友，希望能够出面解决此事。

"事情的起因就是这样，振武啊，中央很重视此事，我们目前正在争取抗日统一战线，东北军以后就是我们的盟友，不希望他们和老百姓发生大的冲突，尤其还牵涉到民族问题和哥老会的势力。""刘兄，这个事情确实不容小觑，有发生武装冲突的可能，东北军的军纪怎么如此散

◆ 1952年潘振武同志（左1）
在东北军区后勤部青年干部学校与在校领导合影

漫？我得和他们交涉一下。""振武，东北军来到西北，本来就怨气冲冲，加之目前中央军催战，又补给不上，所以人心涣散。但是现在再去和对方谈整肃军纪已经来不及了，当前要紧的工作是阻止这次可能的暴动。哥老会在当地的势力深厚，中央希望我们能够想方设法和哥老会取得联系，最好能打入其内部，也能为日后的剿匪工作打下基础。""好，那就按这个思路办吧。"

哥老会在陕北民间是一股不可忽视的势力，据说哥老会和天地会同出一源，是康熙年间郑成功创立的"反清复明"组织。也有人说哥老会是晚清之际的啯噜会转化而来，始于四川，而后渐及贵州、湖南等地。哥老会不是简单的地方土匪，它有严密的等级组织和分工系统。其内部有八堂，总堂即寨主，俗称龙头大爷。其次为座堂、陪堂，相当于皇帝身边协理政务的左相、右相。还有盟堂负责政务，礼堂负责礼教，管堂负责人事，执堂负责总务，刑堂负责刑法。大致仿照古代的六部而设立，以上为内八堂。外八堂分为十排：一排心腹，负责招待同党；二排圣贤，为军师；三排称当家，负责管理账目；四排称金凤；五排称红旗，负责组织，协助捉人执法；六排称巡风，负责巡逻；七排称银凤；八排称先锋大爷，负责刺探消息；九排称江口大爷，负责口岸；十排大满、小满、铜章、铁印负责招待和通风报信。这种民间组织不断地吸纳乡勇，有钱有军火，在处理地方事务上颇有能耐。如果能够赢得他们的支持，对于熟悉地方民情，发展群众关系都大有裨益。反之，如果他们从中掣肘，那地方民运工作就很棘手。

要想加入哥老会，必须首先找到一个打入内部的契机。

| 恩 | 山元混 | | | | | 拜 |
|---|---|---|---|---|---|---|
| × | 号口外 | × | 替天行道 | 号口内 | × |
| × | 诚精爱亲 | × | | 类人化普 | × |
| × | 至诚香 先一水 | × | | 明伦堂 混元山 | × |
| 义 | | | | | 承 |
| × | 永庆升平 洗清世界 | × 出生年月时 | | 五圣讲经 万教归一 | × × × |

◆哥老会票布样式1

要找到一个可靠的联络人，此人必须赢得哥老会管理层的重视，才能帮我军打入其内部，获取情报，协助地方事务的处理。关于联络人，中央已通过刘志丹找到了合适的人选。早在1929年初，中共陕北特委就委派刘志丹任特委军委书记主持陕北军事运动。当时，刘志丹在第二次扩大会议上提出了要创建革命武装的红色（组建工农革命武装）、白色（争取国民党军队）、灰色（争取绿林武装）的三种形式。到1930年夏，刘志丹和谢子长就趁着陇东民团军总司令谭世麟扩充势力之机，成功地组建了一个团，并争取到了民团和哥老会的协助,从而在陕甘宁边界成功地展开了兵运工作,为西北革命根据地的创立奠定了基础。于是,这次中央特派刘炎、潘振武和梁必业三人参加哥老会,为进一步联络地方势力,开展扩红运动和巩固统一战线而努力。

在联络人的引荐之下,陕北哥老会决定先派一个先锋大爷来见见红军的三个代表,顺便摸摸底,看看对方的来意再定。在这种战乱年代,哥老会也很谨慎,尤其是面对共产党和国民党各方势力,他们也害怕被剿灭收编,所以对于入会者必须先了解一番。双方会面约定在城西的城隍庙里,那里比较隐蔽。

到了约定的时间,潘振武、刘炎和梁必业在引荐人的带领下便装来到了城隍庙,见那山门已经残破,泥塑的雕像也已经丹彩剥落,看来这庙的香火不旺,少有人来。对方只来了两个人,都穿一身黑色布衣,年纪大些的自称梁先生,戴着一顶半旧的窄边礼帽,一副石头墨镜,不苟言笑。年轻一些的精壮汉子看着像是他的跟班,也是沉默不语,有些拘谨。引荐人介绍了双方之后,气氛稍有缓和。潘振武说:"哥老会从创立之初就是为了结交天下英雄好汉,做一些劫富济贫替天行道的好事。如今我们共产党来到陕北闹革命,也是为了帮助穷苦的百姓摆脱奴役,过上好日子。现在国难当头,日寇正步步紧逼,掠夺我们的土地,残杀我们的同胞,这个时候我们理应联合起来抗敌救国,梁先生您说是不是?""潘政委所言极是,但是我们绿林的人和你们官府的军队向来是各走各的桥，我们哥老会虽然是民间组织，没有你们人多枪多，但是我们也有自己的营生和地盘，并不想被你们收编，古来接受招安的大多都免不了兔死狗烹、鸟尽弓藏的命运啊。"梁先生把眼镜往上推了推，缓缓说道。潘振武看了刘炎一眼，事先也想到了对方可能会有疑虑，所以也并不讶异。就此，红一军团政治部的梁必业详细地向对方解释了党中央的统一战线思想，那位梁先生一边沉吟一边点头，最终双方约定，先由梁先生向总堂汇报，再派人来通知下一步入会的事宜。

离开城隍庙已近黄昏，三个人走在泥泞的土路上，讨论着今天的会面情形。梁必业说："我看这事十有八九能行，对方虽然有疑虑，但即便为了自保，他们也会考虑和我们合作。""嗯，那我们就等待好消息吧。"果然不出几日，对方就派人来报，说下个月初六是吉日，宜会盟，请三位好汉上山入伙。

转眼就到了初六。一大早对方就派人来接，潘振武、刘炎和梁必业也早已收拾停当，带了警卫员小吴一起到了一个高墙围起的老宅子。进院门前对方拿出几块黑布，蒙了眼之后感觉走过了曲曲折折的甬道，还下了阶梯，估计是在地下挖了暗室，不便示人。小吴走在后面，悄声对潘振武说："长这么大，头一次这么神神秘秘。"潘振武低声说："别怕，对方既然带我们来总堂，想必是有诚意的。"

说话间到了，摘下黑布，眼前短暂的炫目，香烟缭绕，正对面摆着香案火烛，神龛里供奉着祖师爷郑成功和武圣关羽。案前摆着一个红木雕龙的座椅，上面坐着的想必就是总堂龙头。左右各摆放着四把椅子，估计是各堂的堂主。"欢迎几位贵客莅临，请落座看茶。"龙头老大的声音低沉，但面色却和善，穿着一身白色苎麻衣衫，倒像是一位教书先生。寒暄过后，就要正式地举行入会仪式了。

  哥老会的入会仪式，又叫开堂放票。首先要布置会场，需要香案、神位和各色会旗，香炉、烛台、蒲草垫子、白酒、菜刀、砧板、脸盆和毛巾。这些东西在来之前已经由负责掌管礼教的堂口准备好了。潘振武、刘炎和梁必业接过点燃的线香，立于香案之前。这时候由传道师中气十足地喊一声："请大哥出山。"龙头大哥说："大令出哨，地动山摇，逢山开路，遇水搭桥。逢山开路3000里，遇水搭桥万丈高。一不是天子驾到，二不是文武来朝，为的是俺们兄弟结仁、结义、结英豪。"然后他们三人向前迈三步，传道师在旁念道："一步天长地久，二步地久天长，三步来到忠义堂，忠义堂前喜洋洋。"这时候身边的兄弟呈上提前准备好的大红公鸡，传道师念到："此鸡不是平凡鸡，头又高，尾又低，一飞飞到香堂里，仁义大哥一见笑嘻嘻。仁义大哥撒把米，这叫结仁结义患难鸡。"这只用来血祭的公鸡被置于砧板上一刀砍断喉咙，取出鲜血，三人在传道师带领下宣誓："我们自结拜后，遵守帮规，精诚团结，共御外侮。倘违此旨，犹如此香。"宣誓结束之后，大哥带领各堂堂主与新贵共饮血酒，寓示着大家从此血脉相连，同生共死。由于潘振武一行的特殊身份，龙头大哥越级提拔，将刘炎封为"大爷"，类似于分堂堂主的身份，梁必业封为"么满"，相当于龙头大爷的"副官"，潘振武封为"茶花当家"，相当于"外交官"。

仪式结束后，大家欢宴一堂，畅饮美酒，共祝哥老会新得三兄弟。在会上，刘炎代表红军发言，诚恳地向在座的头领阐释了中共中央发表的《对哥老会的宣言》。

◆哥老会票布样式2

"抗日的民族革命战争，已经走上了新的阶段，不管我们过去互相间有过怎样的误会与不满，现在都应该忘却和抛弃，要在共同的抗日救国的要求下联合起来，结成亲密的、兄弟般的团结，共抱义气，共赴国难，哥老会可以在苏维埃政府下公开存在，我们更设有哥老会招待处，以招待在白区立不住脚的英雄好汉、豪侠尚义之士。

我们欢迎各地各山堂的哥老会山主大爷，四路好汉弟

兄都派代表来或亲来与我们共同商讨救国大计。"（中共中央文献研究室编《毛泽东年谱（1893-1949）》）

在座的各位堂主听后也欢欣鼓舞，大家一边吃喝一边互相讲述自己的传奇经历。龙头大爷更是大喜，当席赋诗一首：

> 大汉岳麓结名香，
> 民国共和定家邦。
> 长清干江扶真主，
> 松柏永远是栋梁。

（据潘振武《争取东北军共同抗日》）

饭后，龙头大哥意犹未尽，还想拉着三人畅谈未来，就引他们入内室，一边品茶一边畅谈。潘振武三人正好借机请龙头大哥出面，调停东北军和回民之间冲突。龙头大哥抿了一口茶，放下盖碗说："想必饭庄发生的事情你们也听说了吧？"三人点点头。

"东北军来到此地之后，军纪散漫，到处生事，甚是可恶。此地回民聚居，一些东北士兵不尊重回民的宗教信仰和民族习俗，寻衅挑事，所以才激起了民愤，扩大了事态。""这些情况我们都知道了，确实是东北军的问题。但是目前国难当头，我们不能自己人内耗，像蒋介石一样做亲者痛、仇者快的蠢事。中央希望由您出面调停，安抚受伤的民众，我们再和东北军那边高层交涉，让他们派代表出面向回民一方道歉，您从中做个和事佬，化干戈为玉

帛。""好,既然如此,不如我带你们去清真寺参观,顺便引荐你们认识一位阿訇,他在回民中间很受尊重。"

于是,在龙头老大的带领下,潘振武、梁必业和刘炎一行来到了清真寺,受到了阿訇的热情接待。阿訇一边带着他们参观寺里的建筑和陈设,一边给他们讲《古兰经》的教义。他知道潘振武他们这些共产党员没有宗教信仰,但是这并不妨碍他们和穆斯林成为朋友。他说:"古兰经中明确指出了善人和恶人的区别,善人是那些信道而行善的人,恶人是那些既不信道又不行善的人。对于那些还未信道但心地善良不与穆斯林为敌的人,《古兰经》命令穆斯林要与他们和平相处。未信道者和不信道者是两种完全不同的人。穆斯林对前者要宽容仁慈;而对于后者,只有在遇到挑衅迫害的情况下才会与之战斗,平时也应该和平共处。真主警告穆斯林不要过分,因为真主必定不喜爱过分者。"潘振武他们听出阿訇话里有话,就向他解释东北军初到此地,并不了解当地的习俗和民情,对当地的穆斯林兄弟多有冒犯,还请看在朋友的面子上宽恕他们。刘炎也保证与东北军那边交涉,让打人的士兵诚恳地向老兰道歉,并保证在全军中严肃军纪,以后与老百姓秋毫不犯。龙头老大也从旁劝说。阿訇说:"行善者自受其益,作恶者自受其害。你的主绝不会亏枉众仆的。安拉至上,主教导我们要坚忍宽容,不要作恶,恶人自有火狱惩罚。我会劝导大家放下仇恨,也请你们帮助保护我们的兄弟。"这样,此事就算化解了，总算让三人心头的石头落了地。

翌日，潘振武向主管东北军工作委员会的周恩来副主

◆潘振武（中）将军下连当兵时打桩

席做了工作汇报。周副主席很高兴地说："你们这一步做得很好，可以进一步通过哥老会的关系，多做党的统战宣传，也让回民群众多了解我党的性质，拉近和他们的关系。"自此之后，潘振武经常抽空到回民中间去做政治宣传，尤其是去清真寺找阿訇探讨。哥老会的弟兄也教会他们一些哥老会的行话，比如"扫面子"指的是故意与人为难。"摆硬功夫"是说遇事以小刀向自己腹上或腿上猛戳，流血而不动声色。还有一些名称，如将酒称为"玉子"，帽子称

为"顶公","大片子"指单刀。懂了这些"切口",他们在会众中也被视为自己人,关系也渐渐熟络起来。以前当地的回民不清楚红军的性质,将他们和东北军一样都视为欺压百姓的坏人,不愿意和红军战士亲近。潘振武就带着搞民运的同志们一起发动士兵为回民老百姓修缮院墙、提水劈柴,而且干完活也不收老百姓的谢忱。时间长了,回民们也渐渐放下了戒心,明白红军是自己人,是来保护老百姓的好人。他们还主动地将家里的肉食拜托阿訇转送给红军,甚至邀请红军去家中同桌吃饭,非常热情。红军也把战利品中缴获的粮食和财物分给贫苦的一些回民,受馈赠的回民特别感激,见人就说红军是人民的子弟兵。

当时为了争取东北军加入抗日统一战线,党中央专

◆ 1930年红军第一军团政治部干部。后排左一为罗荣桓,当时任红一军团政治部主任;右一为刘炎,当时任红一军团政治部民运部长;中间为梁必业。此照片是1937年7月在甘肃宫河镇王家楼拍摄的。

门成立了东北军工作委员会，向东北军秘密派出了许多代表和联络员做中、上层统战工作和士兵工作。这些安插在东北军队伍中的党员也尽力劝说身边的东北军要体恤老百姓，要尊重当地回民的信仰和习俗，给他们讲利害关系，只有和群众搞好关系才能在当地站稳脚跟。当时驻守在清水河边的东北军一〇五师二旅旅长唐军尧还派人送请柬来邀请红一军政治部主任朱瑞和文娱科长潘振武前往军营参观会晤。

朱瑞收到唐旅长的请柬后将潘振武叫到屋里来，笑着说："传说这个唐君尧是东北'胡子'出身，身上颇有些习气，你看着请柬写着请朱主任、潘主任大驾光临，那就请你潘主任走一遭吧！"于是，潘振武和陕甘宁边区政府的刘培植一起渡河前往东北军一〇五师二旅军营。临走前，朱瑞告诉他们和我军联络员的接头暗号，他们暗自记在心中，便悄悄动身来到河边。清水河正值汛期，和北方大多数时令河一样，其余时间的降雨少，加之流经黄土高原，泥沙甚多，汛期一到浊流汹涌，根本名不副实。潘振武和刘培植还没挽起裤腿，就听到一声喝令："干什么的！"抬起头来，原来是东北军在对岸喊叫，潘振武也隔河应答道："我们是唐旅长请来的客人。"对方一听，原来正是等候的客人，就赶紧派两个身材高大的士兵过来背他们过河。潘振武和刘培植赶紧拒绝了对方的好意，要自己蹚河过去。可是对方不由分说就背起了他俩，可见这东北汉子也是够实诚。

到了唐旅长的旅部，这唐二胡子果然如传说中的一样，有些粗鲁，但不失豪爽。他拿起茶几上的梨子，招呼潘振武和刘培植吃梨，还不无得意地说："我说潘主任，这梨甜吧？你们那边可没有哦，多吃几个。"潘振武哈哈一笑，说："唐旅长不知道这梨就是我们那边群众种的啊？自从咱们停战以后，恢复了边区两岸贸易，我们的梨啊枣啊才供应得上你们啊。"唐旅长有些窘，干笑了几声，说："咱们现在都是一家，分什么你我，哈哈。""这话说得对，我们都是抗日的军队，并肩作战的兄弟嘛。"两人你一句，我一句，很快气氛就热闹起来。唐旅长还带着潘振武他们参观了自己的旅部，潘振武正好借机向唐旅长劝说要约束好手下的兵娃子，别让他们出去胡乱欺负百姓，尤其是和回民要搞好关系，别酿成上次的祸事。唐旅长也唯唯称是，保证严肃军纪，管好自己的兵。

就这样，一场国民党和回民之间的冲突在红军的及时斡旋之下成功化解。而借此机会，红军得以打入哥老会内部，依托哥老会的势力赢得当地回民的拥护支持，不仅在百姓中树立了红军的良好形象，还促使当地民众奋勇参军、拥军，拓展了红军的扩红范围，进一步稳固了陕甘边区的革命基础。

## 四 三代拥军情

1935年10月19日,从陕北铁边城一路迈进的中共中央和中央红军终于跳出敌人的包围圈,即将进驻西北苏区,1935年11月7日与西北红军胜利会师,结束25000里的长征。"新的局面就要开始了,我们终于回家了,有了自己的根据地,看他蒋介石再嚣张!"张政委站在山岗上,眺望着东方不远处的村镇,兴奋地对身边的通信兵小刘说道。10月的金风猎猎,张政委的身姿在阳光下格外英武。手下的士兵们一个个菜色的脸上藏不住的欢欣喜悦,有人甚至流下了激动的泪水。

"25000里啊,我们终于坚持到底了!"

"到了镇上,我要美美地吃上一顿,做梦都等这一天呢!"

"看你,口水都流下来了,草根皮带吃得你娃都傻了吧!"

战士们互相激动地交谈着,这一路翻越千山万水,能活着到达陕北太不容易了。"可惜我哥他没能翻过六盘山,见不到根据地,临死也吃不上一顿热饭。"不知道队伍里哪个士兵提了这么一句,刚才的喧闹瞬间暂停了。很多人想起自己的战友,曾经并肩作战在一个战壕里,如今自己幸存着回到红区,他们却永远长眠于冰天雪地之中,不知道他们的灵魂能不能找到回家的路。

"同志们,擦干你们的眼泪吧!古往今来,战争从来都是最残酷的,但是我不上战场,谁去保卫我们的父母、妻儿、兄弟姐妹?我们不去反抗,就会被敌人消灭,我们的土地被霸占,同胞被欺凌,这是我们不能不拿起枪,拿起刀,拿起镰刀、锄头去拼命的原因。我们不战死沙场,就只能像猪羊一样任人宰杀,你们愿意吗?我们必须做好随时牺牲自己的准备,向着敌人的炮火前进,把敌人赶出中国!"队伍里响起一片义愤填膺的喊声"把敌人赶出中国!""同志们,我们一路走来,早已经同生共死,比兄弟还亲。我知道,你们每天都看着身边的兄弟倒下,他们有的死在敌人的枪口刺刀下,有的活活饿死、冻死或者被病痛折磨而死。我的心里也和你们一样,像刀子在剜。可是我们有什么法子呢？这就是战争的残酷性，我们活下来的人，只有替他们好好活着，多杀几个敌人，早点打赢这场仗，再也不让我们的兄弟倒下。"话说到此，战士们看到张政委的眼圈也红了，他强忍着眼眶里满溢的泪水，让大家行军沿途注意警戒，加速进驻吴起镇。

中共中央和中央红军到达陕北之后，红军和中央机关人员由出发时候的八万六千人锐减到七千余人。这支装备落后、供给不足的红色队伍走过了中国西南到西北最恶劣的自然区域，还成功打击了国民党的整装集团军，粉碎了他们试图歼灭红军主力的妄想。从瑞金出发，血战湘江、四渡赤水、巧渡金沙江、强渡大渡河、飞夺泸定桥、爬雪山过草地，这一路他们战胜了追兵，战胜了严酷的环境，创造了一个又一个不可能，终于奇迹般地回到了红区，为革命保存了胜利的火种。

部队还没进入苏区，消息已经传遍了全镇子。很多人家开始收拾包袱，准备往远处的山区跑。不知道是哪个放羊娃带来的消息，说看见远处黑压压的兵都朝镇上来了。有人问是哪里的部队，那放羊娃也说不清，只说是人多得很。大家听了惶惶不安，有人说是日本人打来了。这日本人坏得很，见了男的就抓壮丁，老人小孩都杀了，妇女都被糟蹋了。大家一听更害怕了，纷纷收拾东西奔城外山上去了。只有几个老人年纪大了，腿脚不方便，不愿拖累大家，就坐着等死。一时间全镇都乱翻了天，鸡飞狗跳，加上有的

小孩子哭闹,人心惶惶。

等到红军的队伍到了吴起镇,本来队伍前面有些年轻的士兵已经按捺不住兴奋的心情,迫不及待地跑着跳着进了城,却见到镇上异常的安静。有的人家逃得急,连门窗都敞着,妇女的头巾都落在街上,还有小孩掉了的鞋只、砸碎的罐子。"这咋兵荒马乱的,老乡都跑哪里去了?"有人疑惑地问着。大家到处搜寻,找到几个老人,问人都跑到哪里去了。老人的脸皱得像黄土高原的沟壑似的,浑浊的双眼迷茫地看着眼前的士兵,摆着枯枝一样的手说着什么当地的方言。红军战士们也听不懂这陕北老人的话,双方说了半天都沟通不畅,只能先作罢。

"报告政委,这镇上的老百姓都不见了。剩下几个老人,问啥也说不清。""知道了,这倒是怪了,吴起镇不是红区么?怎么老百姓一见我们来了,反而跑了?"张政委也觉得奇怪,便去向中央领导汇报情况。中共中央的领导班子还在后面走着,听说了这个情况,命令张政委他们营部先了解情况,看有没有敌人的陷阱,等后面的部队都到了再看。先到了的部队在镇里到处警戒,并没有发现敌人的踪迹,看到窑洞的墙外都写着标语"中国共产党万岁",觉得很奇怪。既然闲着,战士们就开始打扫街道,并在墙上写上新的标语"红军胜利会师,一起北上抗日!""消灭日寇,保卫中国"之类。有个老人曾经上过私塾,认识字,看到这些标语,才知道这些军队和刘志丹他们的军队一样,是抗日的红军，这才放了心，便去山上召集躲起来的村民。到了晌午的时候，那些仓皇出逃的民众陆陆续续地回到了镇上，误会解除，大家欢喜地拿出自家的吃食来招待红军。等到中共中央的队伍到了镇上，早已经是一片军民齐乐的热闹场景。老百姓听说毛主席来了，都杀羊宰鸡要招待人民的救星。乡干部们赶紧组织老乡打扫窑洞，给中央领导安排住处。面对陕北人民火一般的热情，刚从生死线上下来的红军战士心头暖暖的。此情此景，林伯渠胸中感佩，写下了《初抵吴起镇》的诗篇：

  一年胜利达吴起，陕北风光慰所思。大好河山耐实践，不倦鞍马证心期。

  坚持遵义无穷力，鼓励同仁绝妙诗。迈步前进爱日永，阳关坦荡已无歧。

中央红军抵达吴起的消息很快传遍了陕甘苏区。这一天傍晚，宝塔山下桥沟镇小王庄村一个姓徐的老汉就老远赶到了吴起镇。到了镇上，他顾不上吃饭，在桥头的人家讨了口凉水喝了，就到处打听一个叫徐保国的红军战士。大家看到他在镇上疯狂地来回跑，见了一个穿军装的就拉住人家问这问那，神情甚是焦急，可是很多南来的士兵又听不懂他说的土话。过了一会他貌似累了，一个人坐在土墙边上，失落地看着脚底下的黄土地。好心的人围上去，问他打哪里来，要找谁。老汉把头上的白帕子解下来，擦了擦脸上的汗，说："我儿子徐保国，五年前去湖南读书，

后来就没了音信，3年前有人给我送了一封家书，说是保国入了共产党，参了军。我一直到处打听，听说去年秋冬红军和国民党在湘江打了大仗，打了5天5夜。不知道我们保国有没有参战，还活着没啊。"老汉说着一阵哽咽，几滴浑浊的泪水顺着脸上的沟壑流了下来。他觉得在众人面前落泪有些丢人，就用手捂住了脸，埋着头，肩膀忍不住颤抖。大家一听这话，觉得这老头甚是可怜，有人就上前去拍拍老头的肩膀，说一些吉人天相的话安慰他。有人赶紧去找红军战士帮着打听老人的儿子，但大家都说不知道此人。

毕竟，湘江那一战太惨烈了。1934年11月27日到12月1日，5天5夜，中央红军和国民党拼死奋战，虽说最终强渡了湘江，跳出了国民党的第四道封锁线，但却付出了惨痛的代价。整个红军减员5万人。那5万人都是有血有肉的男儿，家里还有徐老汉这样日日夜夜苦心牵挂的父母。

徐老汉寻亲的消息很快传到了负责巡逻的卫兵那里，正好张政委吃完饭出来散步，听到这个消息后极为关注，便带人来找徐老汉。徐老汉一看红军的领导来了，急忙起身握住张政委的手说："我儿子叫徐保国，他在湖南参的军，他和你们一起回来了吗？"张政委看着老人焦灼的双眼，用有力的双手握紧老人，说："老人家，我们这次来的红军有7000多人，这还不是所有的红军，后面的部队还在北上的路上。我知道你想念儿子，我们的红军战士也挂念着父母啊。你先别着急，我会发动大家帮你找儿子的。听说你是从延安一路赶来的，路上怕是走了好几天吧。这样，天色不早了，我先让人安排你住下，咱慢慢找。"老汉听罢沉默了一会，想想也没有法子，只能听从安排。

当天夜里，老人被安排到村头一家孤老家歇脚。那老头比徐老汉看着还要老一轮，没儿没女，老伴前两年也过世了，自己一个人靠邻居帮扶着过日子。晚上点起煤油灯，两个老汉在炕上窝着，一边吧嗒、吧嗒抽着旱烟，一边拉着家常。徐老汉满腹心事睡不着，就只能向这个陌生的老哥哥倾诉。"老哥啊，还是你一个人活得自在，一人吃饱全家不愁，没事往炕上一躺，抽袋烟，唉……你说我，好不容易供养了个有知识的儿，卖牛卖羊地供他去上大学。他倒好，入什么党，给我写信要闹革命，还要解放全世界，真是疯了，和我那兄弟一样疯，最后也……唉……"说到自己的兄弟，老人生怕这厄运也落到自己儿子头上，便叹息了一声没往下说。"老弟，你就知足吧。你起码有儿子，还有个念想。哪像我这独户，又死了婆娘，平日里冰锅冷灶的，病了也没个人端口水来，才是凄惨。"这个老人姓王，有个兄弟早年做生意去了塞外，后来也失去联系了。

说起兄弟，徐老汉又不禁想起自己那个聪明灵秀的弟弟。徐老汉家里兄弟俩，还有几个妹妹，只有弟弟自小聪颖，记性好，好奇心强，村里的教书先生说这是块读书的

料。徐老汉一生勤勤恳恳地种地养家,父母去得早,是他把妹妹一个个嫁出去,出钱供有天赋的弟弟读书识字。可是等到弟弟快满18岁的时候,突然向老徐提出要去南方读书,开阔眼界,学习新的知识。老徐是个老实巴交的农民,一辈子没离开小王庄,哪里知道外面的世界正在发生天翻地覆的变化。他把弟弟训斥了一通,责备他不体谅家中的生活艰辛,让他死了心好好在家看书,过两年再找人说个媳妇,安生过日子。可是没想到的是,第二天醒来,老徐看见弟弟的被褥叠得整齐摆放在炕头,上面还放着一封信。老徐知道坏了,又不识字,只能赶紧让人请教书先生来读信。信上说让兄长好生照料家庭,自己将为理想而奔赴远方,等他日学成归来,再报答长兄养育之恩。老徐气得暴跳如雷,教书先生在一旁劝他,让他不要担心。他一把推倒教书先生,说:"你还在这里说风凉话,我真后悔让他跟着你读书,脑子都读死了。"气归气,老徐更担心的是自己这个书呆子弟弟平日里不关心柴米油盐,闷起来读书,不通人情世故,这出了远门可怎么活。好几次梦里,他都看到弟弟一个人流落在异乡街头,衣衫褴褛,没有饭吃,他在梦里着急地呼唤着弟弟的名字,让他赶紧回来。喊着喊着梦就醒了,老徐心中沉甸甸的,只能在黑夜里祈祷菩萨保佑自己的兄弟平安。后来,老徐的弟弟在学校中接受了三民主义的洗礼,加入了北伐的队伍,为自己的理想牺牲了年轻的生命。他死后,身边的战友将他的帽徽和随身携带的笔记辗转带回了延安,交给了日夜等待兄弟归来的老徐。老徐紧紧攥着那枚帽徽痛哭失声,而那本记载了一个热血青年的青春与理想的本子,则成为大侄儿徐保国的珍宝。

"老哥啊,你说我这命怎么这么苦,我这兄弟靠不住,为了什么狗屁'三民主义'送了命,年纪轻轻的,也没娶上亲,没留下个崽儿。我这大儿子,就跟他叔一样拧,说去读书,不好好在学校待着,又去参军闹革命,现在下落不明的。你说这都是什么世道?""老弟啊,咱俩都是两眼一抹黑,大字不识一个,不懂这些读书人的心思。但是我这两天寻思着,你看这红军像是好人,来了也不害人,还帮我扫院砍柴的。我这没有婆娘,又做不来饭,炕灰里烤了几个红薯,给那几个兵娃子吃,人家还推辞,说纪律规定不能收老百姓的东西。我这活了一辈子,见了那欺负人的土匪多了,还没见过这么客气的兵哩。""给你说,我今天看见那红军的军爷,那人说话和气得很,也没啥架子。以前听人说红军是老百姓的人,这样看来的确是。""就是啊,你儿子都是文化人,比咱俩虑事周全得多,人家能参军,肯定是有道理的。我看这是条正路,你娃是好娃娃,赶明儿打完仗封个官回来孝敬你哩。"两个老头互相宽慰着,你一句我一句,窗外的天色暗了又亮,两人也乏了,快天亮时都睡着了。

一阵阵的鸡鸣声将两个老头从意犹未尽的梦境中唤醒。"还早呢,再睡会。""唉,忧心得很,睡不踏实啊!梦里一会看见我兄弟在给我招手,走近了又没了,再一看又是保国,娃满脸是血啊。"两人说着说着就睡不着了,就起来收拾了去外面遛弯。深秋的早晨已经开始下霜了,风吹过来还有些凛冽。

同时,张政委这边也睡不着了,昨天深夜他开完会,还记挂着来寻儿子的老汉那双布满红血丝的老眼。所以他昨天夜里已经布置下去,让各个连队的人都负责打听这个叫作徐保国的陕北战士,有消息立马来汇报。说实话,红军这一路长征过来,86000人锐减到7000余人,不知多少士兵已经长眠在异地他乡,徐老汉的儿子不知道有没有幸存,张政委的心里觉得凶多吉少。而且,在昨天夜里召开的党政军扩大会上,中央特别强调了目前工作的重中之重,就是想尽一切办法扩大红军的兵源。目前中央红军虽然已经跳出了包围圈,但是敌人新一轮的围剿不会太远,而我们减员严重,必须发动当地百姓踊跃加入红军队伍,壮大革命力量。所以,必须妥善解决徐老汉的事情,不然谁愿意让自己的儿子参军呢?

眼看半个多月过去了,依然毫无消息。徐老汉逢人便问,镇上的很多人都知道了这个命苦老人的遭遇。张政委更是心急火燎。1935年12月8号,毛泽东、彭德怀、刘志丹联名发布《告陕甘苏区工农劳苦群众书》:

  同志们,现在斗争是万分紧张了!我们前方英雄红军最近打了大胜仗,消灭敌人四团。我们红军需要更加扩大,来消灭更大批的敌人。亲爱的同志们,我们要保护我们的土地、财产、父母、妻子,我们一定要牺牲一切,消灭敌人进攻,来保卫我们神圣的苏区!我们不应该贪恋家产快乐,我们一定要勇敢地当红军,到前方来和万恶敌人血战!同志们,我们或是胜利,或是灭族灭种,我们要彻底解放,唯一的出路只有当红军!亲爱的工农们,大家当红军,到前方来呵!

"保卫苏区,踊跃参军"写满了街道,各分队还派宣传员上门做思想工作,扩红的运动已经拉开了。瓦窑堡会议提出"猛烈扩大红军"的任务,会议期间,西北革命军事委员会主席毛泽东、副主席周恩来签发《关于四十天准备行动的计划》,提出"前线部队用极大努力扩红""后方完成五千人扩红计划"的要求。面对严峻的兵源短缺问题,张政委已经召集连部以上会议,布置了任务。红军的兵源只能来自老百姓,但是红军不抓壮丁,我们要动之以情、晓之以理,采用政治动员的方式,让老百姓乐意加入我们的队伍。谁都不愿意扛枪上阵,但我们的家园总要有人守护,必须让老百姓明白抗战是每个人的责任,破除他们的自保和畏惧心理。所以,最近的工作任务主要是深入到群众中去,积极动员大家参军。

一天下午,张政委刚刚召开完大会,突然有个士兵前来汇报。果然,这个士兵曾经和徐保国在一个连部并肩战斗过，因为他老家是志丹的，和徐保国是老乡，两人关系比较好。他刚刚得知徐保国的父亲前来寻子的消息，便赶了过来，但是他不敢去见老汉，怕直视那双苍老的眼睛。"这么说，徐保国已经牺牲了？"那个士兵含泪点点头，从怀里掏出一个沾满血污的小本子。那个本子就是徐保国的叔父曾经记载自己革命理想的遗物，现在又成了徐保国的唯一遗物。"保国一直随身带着这个本子，我俩在战壕休息的时候，他还给我念过上面的字，那是他叔父的日记，他叔父也是个好人，参加过北伐战争，后来，也牺牲了。保国是在赤水牺牲的，临死前我就在身边……"张政委接过那个本子，那个牛皮纸订成的本子因为浸润了血汗已经变得皱皱巴巴，上面用遒劲的正楷写着徐保国三个字。张政委默默地擦了擦眼泪，让卫兵把徐老汉找来。徐老汉被一个汉子搀扶着迈进张政委的窑洞，他一进屋就看到了桌上那个熟悉的本子，一股不祥的预感扼住了他的喉咙。他一个趔趄扑倒在桌前，身边的汉子赶紧把他扶起来坐在椅子上。半晌，老人才捶胸号哭起来，身边的人无不动容抹泪。张政委让卫兵给老人倒了热水，拧了热毛巾过来擦擦脸，等老人情绪平复了一些，才让那个志丹的士兵讲述了保国牺牲的经历。

"徐老伯，你的儿子是为了党和人民英勇牺牲的，他死得光荣，请你不要为他难过，我们要振奋起来，打倒日本侵略者和国内反动势力，以慰我们死去烈士的英灵。"

老人强撑着站了起来，拉过身边的那个汉子，向张政委说道："这是我的二儿子徐保家，徐保国的弟弟，他这两天刚过来寻我，你把他收下，当你手下一个兵。"众人愕然，保家也猝不及防，大家都以为老人气昏了头。

"爹，我去当兵了，家里的地谁来耕？家里就我一个顶用的，我走了，你和保英、秀娥她们怎么过活？"保家一边给父亲揉着背，一边焦虑地说。

老人推开他说："家里的事你甭管，有我哩，建军也是个半大小子了，过两年就顶事了。我最近这半个月在这里听说了好多红军的事，我才发现这世道变了啊，我一直待着这山旮旯里啥也不知道。现今日本鬼子都打到我们家门口了，我们还躲在山沟里等死哩。我现在才知道我兄弟，你兄弟为啥不好好在家干活，跑出去搞什么三民主义、共产主义，他们那觉悟都比我高，我不懂，但是我知道贼娃子来了就要打，躲起来是不行的。我老汉太老了，扛不动枪，建军又小，咱家里只有你一个能上战场了，你要给你兄弟报仇。"

"爹，我回去跟秀娥商量一下。"

"这有个啥好商量的，婆娘家见识短，你自己拿主意。我看你就留在这，我明儿回去，我去跟她交代。"

"爹，可是……"

张政委赶忙上去劝住徐老汉，"不着急，不着急，保家也没个思想准备，你让他想一想。我们红军队伍随时欢

迎大家加入，不过你已经失去了一个儿子，如果有困难，我们也理解，绝不勉强。"徐老汉只是叹气，用手指着保家，一副恨铁不成钢的样子。

保家从小没离开过家，一直老实本分地种地干活，虽然他也跟着哥哥读过几年书，但却没有他身上那种知识分子的情怀。对于父亲让自己当兵这件事，他一时有点懵了。他从来没上过战场，没有摸过枪，让他杀人，他想也不敢想。他又想到自己的婆娘和儿子，还有自己未出嫁的妹妹，他要是走了，家里的活靠她们能行吗？但是他又想到自己的哥哥，那个从小教导他多读书，把好吃的都让给自己的哥哥，再也不会回来了。他想到红军战士给他讲的东三省的人民，想到他们被驱赶流亡，想到那些挂在敌人刺刀下的婴孩……他的脑子乱极了，翻来覆去地睡不着。天快亮的时候，他做了一个噩梦，梦里有几个日本人挥舞着刺刀，狞笑着扑上来，他想拿起什么去挡，可是手边什么都抓不到。他着急地大喊着秀娥，保英，让她们快跑。突然一回头看见日本人正把枪口对准建军，他情急之下大喊一声，梦醒了。

保家坐起来，满身大汗，惊魂未定。他突然明白了为什么父亲要自己去当兵，梦里那种无助感压迫着他，他想着不能让这种噩梦成真，他一定要把敌人赶出去，不能让他们到自己的家里来杀人。

正想着，老汉掀开帘子进来，"好家伙，大冬天的你咋满头大汗的？""没事，我做了个梦。惊醒了。"保家穿了衣服下炕来，对父亲坚定地说："爹，我想通了，我要加入红军，打鬼子，保护你们。"徐老汉愣了一下，定定地看着眼前这个儿子，然后笑了，拍拍他的肩膀说："好样的，你去前线打仗，家里有我，你放心，打完仗，咱们就真的太平了。"

等天亮了，保家就去找参军处报名入伍，徐老汉也回家了。从吴起到延安，几百里路，来的时候寻子心切，坐着驴车还嫌慢。回去的时候，觉得这道路更漫长了，走了几天到了志丹县，老汉寻思着先去朋友家歇一天，年纪大了确实经不起这长途奔波。到了志丹县，发现到处都张贴着招兵的启示，很多年轻人排队在参军处报名。老汉更觉得自己让儿子参军是明智的决定。到了朋友家，发现这家的小伙子也参了军，正领了军服回来自豪地展示。听他说，延川县第二区第一乡铁卜河有个李存年龄很大，还是鼓动儿子3人，孙子1人参加红军。部队里看老人年纪大了，家里又困难，有意照顾他，想把他儿子留在当地赤卫队，还拨几个战士定期给老人打扫卫生，老人坚决拒绝优待，要求一视同仁。还有延安县南区二乡炭家湾村一个叫张其的，他那小儿子叫顶门，才12岁，听别人说当红军好，也坚决要求参军。

朋友一再挽留，徐老汉还是忧心家里，正好有个做生意的要赶车去延安，就赶紧趁便一起走了。到了家里正是晌午，还没进门就闻到一股小米稀饭的香味。保英看爹回来了,又看看身后一个人也没有,奇怪地问道:"爹,你找到大哥了吗?二哥看你不回来,也去找你了,你们没遇到?""来,你来,我给你慢慢说。秀娥呢?""嫂子去赶集了,估计下午散了才能回来,咱先吃饭。"吃饭的过程中,老汉向小女儿讲了此次的经历和见闻,以及保国牺牲和保家参军的事情。保英含泪听完了,说:"大哥和二哥都是英雄,可惜我不是个男儿,要不然我也去当兵。"老汉抚摸着女儿的发辫说:"我现在就剩你这一个闺女了,你就在家好好待着,帮帮你嫂子,等明儿给你寻个好婆家,我这心愿也就了了。"保英一听要嫁人,一骨碌就翻起来,说:"谁要什么好婆家,我不嫁人,我要去上学。爹,听说延安有个女子大学,你送我去上学吧。""瞎胡闹,你们一个个都走了,家里怎么办?你个女娃子,认几个字就够了,还上啥子大学?学了不还是嫁人,要那么多知识有啥用?"保英有些委屈,想要争辩,但看到爹一脸的疲倦,就咽了回去。老人吃完饭就倚在炕上迷糊着了。保英收拾了碗筷,刷了锅,就拿起没上完的鞋帮子,开始做起活来。

不知不觉日头西斜,听到院子里狗叫,保英知道嫂子和侄儿赶集回来了。侄儿一进门就找水喝,保英忙喊他不要喝生水,锅里还有剩下的小米粥。嫂子放下扁担,进屋看老汉还睡着,就悄声问保英:"你二哥呢?咋不见人哩?"保英说:"嫂子,二哥当兵去了,现留在吴起镇上,等着操练呢。""啥?!"秀娥惊讶地喊了一声,徐老汉也被这一声惊醒了。"爹，保英说保家参军了？真的假的？"秀娥赶紧问老汉。"真的啊，这还有假！"徐老汉就向秀娥讲述了一遍。秀娥听得愣了，半天不敢相信这是真的，继而埋怨老汉说："我说爹啊，你咋能让保家也参军呢？保国已经牺牲了，我们家就剩一个顶梁柱了，还要搭进去啊？""秀娥，看你这话说的，你平日也是通情达理的，咋就不明白事理呢？你把你男人藏在窑洞里，日本人打来了，你还藏得住不？到时候大家都得死。"老汉气冲冲地说道。保英忙在一边劝，说嫂子也不容易，让她慢慢想，想明白就好了。秀娥也赌气带着建军回屋去，夜里无话，只听到隐隐的啜泣。

第二天一早，秀娥起来做饭，保英去帮忙，两人一边忙着一边聊天。保英是个读过书的，从小就特别崇拜大哥，只是她还小的时候大哥就离家求学去了。徐老汉讲的那些道理她都懂，她也为痛失骨肉而伤心，但更多的是为自己有这样的哥哥而骄傲。平日里，她一直觉得二哥老实巴交的，除了一身力气，话也不多说。如今二哥竟然主动参军了！她一面劝慰嫂子，一面觉得心中振奋，干起活来也格外带劲。

傍晚去荒坡砍柴，建军遇到几个老人在聊天，听他们说最近好多后生小子都加入了红军，前两天东区四乡还有个叫王秀珍的妇女，自己鼓动自家男人当红军，还在群众大会上讲演，鼓励大家送夫上前线呢！建军回家后就讲给家里人听，秀娥最近也渐渐想明白了，她和保英商量着，

抽空多给保家做几双鞋，回头叫人捎去。

1936年初，在红军的动员和鼓舞下，陕北地区超额完成了中央《关于猛烈扩大红军的指示》中招收新兵7000名的任务，仅3个月时间就有9400人报名。其中，富县不到1个月就招收了1000多人参加红军，子长县玉家湾村1个月有70多名青年参军。这支武装力量极大地补充了红一军团的力量，后来与红二、红四方面军会合，成为抗日的重要力量。

随着抗日形势的严峻，民族矛盾的上升，国共两党终于抛弃前嫌，结成了抗日统一战线。1937年夏，根据国共两党谈判的结果，红军着手开始改编工作。22日，红军总部召开营级以上干部会议，讨论红军改编问题，彭德怀做了《红军改编的意义和今后工作》的报告。翌日，朱德抵达陕西省泾阳县云阳镇，着手红军改编工作。

这"换帽子"的问题，很快在红军中引起了一些问题。当时有不少情绪激动的战士拒绝穿国民党军装，不愿意戴"青天白日"的帽子，甚至闹着要回家，不干了。中央只能让各级干部尽快召开思想动员大会，解开大家心中的疙瘩，好扭转军心，准备开赴前线抗日。

在誓师大会上，刘伯承师长对广大红军战士讲道："不管我们穿的什么制服，戴的什么帽徽，我们永远都是人民的子弟兵。红军也好，八路军也好，我们都是共产党领导的军队，是抗日的军队！"会后，他还和其他师首长分别到下面去和战士们讨论红军改编的问题。尤其是对一些仇视国民党的士兵,重点做思想工作,告诉他们要识大局,不要因为一时冲动而不顾国家民族的利益。经过了多次动员和私下谈话,大家的心结才慢慢解开,很多人渐渐明白了番号和形式并不能决定一支军队的性质。只要大家坚持党的领导,就永远是人民的队伍。在北伐抗日之前,中央下达了进一步招兵扩红的任务,鼓励赤卫队和少先队整排入伍。听到这个消息,很多少年英雄兴奋极了,终于他们也能正式参军了。13岁的徐建军自从父亲参军之后就加入了少先队,这次也如愿加入了八路军的队伍。当他穿上制服,戴上军帽向徐老汉敬礼时,老汉仿佛又看到了自己的儿子保国、保家,他们当年也这般高,老人的眼前模糊了……

8月6日,红军前敌总指挥部命令红军集中于三原地区,整装待发。9日,毛主席在延安的中央和各部门负责人会议上讲话指出:"抗战已经开始,准备抗战的阶段已经结束。"22日,国民政府军事委员会正式宣布,将中共率领的西北主力红军改编为国民革命军第八路军。设立总指挥部,委任朱德为总指挥,彭德怀为副总指挥。第二天,在云阳镇召开了正式改编大会,由朱德亲自主持,宣读抗日誓词:"为了民族,为了国家,为了同胞,为了子孙,我们只有抗战到底。"25日,朱德、彭德怀发表了《第八路军总指挥副总指挥就职通电》,宣布就职。第八路军举行了庄严的誓师大会,除部分兵力留守陕甘宁边区外,其

三个主力师在朱德、彭德怀率领下,先后从陕西韩城及潼关东渡黄河,兼程北上,开赴山西、察哈尔、河北、绥远四省交界的恒山地区的抗日前线。

  这支由工农组成的抗日队伍,在打击日寇,保家卫国的战争中发挥了重要的作用。据不完全统计,八路军3大主力自9月份开赴抗日前线至11月初,共与敌进行了大小战斗100多次,歼灭日军数千人,缴获步枪1000余支,轻重机关枪76挺,骡马1200余匹,炸毁敌机24架及汽车、坦克600余辆。

## 五 直捣黄龙

在陕西省中北部,八百里秦川与鄂尔多斯草原台地之间,横亘着一条从西北到东南的大山,如盘旋在中原地区的一条巨龙,它就是传说中大禹"降龙锁蛟"的地方。黄龙山属于昆仑山余脉,崇山峻岭、奇拔峥嵘。它位于陕西省黄龙县、韩城市以及宜川县交界处,平均海拔处于1400～1700米,相对高度为300～500米,最高点海拔1788米。"黄河西来决昆仑,咆哮万里触龙门"。龙门是黄龙山的山口要冲,水上咽喉。黄龙山古称"梁山",和《水浒》中描写的英雄聚义处一样,因为地势险要,易守难攻,也是历来的兵家必争之地。这条号称黄龙的大山,绵延曲折,南北长69.754千米,东西宽62.195千米,总面积达2752

平方千米。龙首气吞龙门壶口，龙尾嬉戏洛河惊涛。因为山地植被茂盛，被誉为陕北的绿肺，是我国重要的林区之一。

◆黄龙山地貌

在这个钟灵毓秀的地区也曾上演过很多可歌可泣的革命故事。著名的红军将领刘志丹、谢子长都曾在这里领导过革命斗争。1948年，西北战场具有转折性意义的第一场进攻战役——瓦子街战役就在黄龙打响。不过，在红军刚刚进驻延安的时候，黄龙山还是国民党残部和地主武装盘踞的土匪窝。这些反动势力利用山势之险负隅顽抗，时不时制造一些残害百姓和红军干部的恶劣事件，严重威胁到边区群众和干部的安全。

1937年5月，周恩来副主席从延安奔赴西安参加和谈，有一些土匪埋伏在延安附近的劳山，妄图阻击周恩来一行，残杀共产党干部，阻止统一战线的成立。这次劳山遇袭最终没能得逞，周恩来副主席幸运逃脱，但却牺牲了随行的大部分人员，引起了中共中央的高度重视。毛主席亲自点将，让白志文连夜率部赶赴富县、甘泉一带执行剿匪任务。

白志文，满族人，是一位富有传奇色彩的开国少将。他足智多谋，能文能武，是彭德怀司令手下的得力干将。1930年，红五军五纵队攻打阳新县。当时的红军还是小米加步枪，缺乏攻城的得力重炮，加上城墙坚固，易守难攻。面对如此形势，时任中队长的白志文没有气馁，主动要求带兵突击，用血肉之躯迎着敌人的城头炮火而上。当时他的英勇气概振奋了全军士气，即使他被流弹击穿右腿，也没有延误战斗。后来医疗条件简陋，为了保住腿继续战斗，他忍着剧痛接受了无麻醉的手术，光这份勇气和毅力就让军中很多人钦佩。

长征胜利后，白志文负责在蟠龙和瓦窑堡组建补训师，训练新兵，向当时严重减员的红军队伍输送新鲜血液。1936年5月，周恩来特意找来白志文，让他负责剿灭旦八寨周围的土匪。当时中共中央在保安办公，而旦八寨就在保宁附近40-50里，里面盘踞着一帮土匪，严重威胁到中央领导的安全。先前派去剿匪的吴团长已经围攻了这帮土匪5个多月，但对方利用地形优势，神出鬼没，根本打不着。周恩来得知白志文战斗经验丰富，尤其是对于山地战、攻城战有经验，有勇有谋，就特意请他来负责指挥。白志文反复研究了旦八寨的地形之后，制定了围而不战、截断水源的办法，硬是逼得山上的匪徒成了瓮中之鳖。最后匪徒们先是佯装投降，又是小队突围，都被白志文一一消灭。最后旦八寨打下来，缴获了大批枪支弹药和粮食，正好缓

解了当时中央红军缺粮少枪的问题。

由此,白志文的勇敢坚忍、善于谋略就在红军中传为佳话。所以,这次黄龙山剿匪,也是毛主席亲自点将,请白志文负责。黄龙山地域广阔,绵延不绝,加之山上树木杂生、植被特别茂盛,所以土匪利用深山老林的掩护,像老鼠一样狡猾地满山窜。红军初到此地,不熟悉地形,根本连据点都找不到。之前派去剿匪的部队,进到这不见天日的密林里,别说找土匪,自己都差点要迷路。加上山路崎岖,运粮不便,山中又没有群众聚居。部队只能裹粮前行,补给困难,并不能长期待在山中。所以,几个月下来,除了零星遇见几个土匪之外,并没有找到主要目标。

有一天上午,白志文被毛主席的警卫员带到了窑洞外。他正准备低头整理一下自己的军服,突然看见一个高大的身影已经迎了出来。"志文啊,同志们都说你会打仗啊,这次我就派你去消灭黄龙山的土匪吧!"白志文赶紧立正,敬礼,说:"一定不辜负主席的期望,剿灭土匪,保卫延安。"毛主席爽朗地笑着,拍了拍他的肩膀,拿出军装口袋里的一包香烟,递给白志文一根,说:"来,抽根烟,慢慢商量,别这么严肃。"看到主席如此随和,白志文也放松了精神,一边抽烟一边向毛主席汇报自己剿匪中总结的一些经验,和这几日对黄龙山形势的一些看法。毛主席认真地听着,时不时插入几句自己的意见。白志文很认真地聆听主席的建议。当他看到主席还掏出钢笔在本子上做记录,心里想,主席真是工作认真啊，像这样每天考虑这么多问题，一般人脑子哪里转得过来。

了解了基本情况后，毛主席语重心长地叮嘱白志文："黄龙山确实是个好地方，就是山大林子深，土匪比我们熟悉地形，听到风吹草动就转移了，让我们的战士总是扑空。你不要光想着怎么布兵，要知己知彼，利用我们的优势。我们有啥子优势啊？就是群众嘛。你要善于发动群众。当地的老百姓比我们熟悉这山岭，有他们做向导，我们就不是睁眼瞎了嘛。还有一点，土匪一般和当地的黑道组织脱不了干系，陕北这边的哥老会势力很大，你们可以想法从哥老会找点门道，想办法确定土匪的具体窝点。"毛主席的一席话让白志文如醍醐灌顶，他一拍脑门说："还是主席考虑得周全，我们光想着自己满山瞎找，忘了发动群众了啊。"毛主席哈哈一笑说："我们红军为啥能以弱胜强，在陕北立足，靠的不就是群众嘛！千万不要忽略人民的力量。工作上不要着急，慢慢想办法，我相信你一定能肃清土匪。"

走在回团部的路上，白志文心里一直琢磨着毛主席的话。如果我军盲目地在整个黄龙山搜寻土匪，肯定虚耗很多兵力和时间。到时候，匪徒未除，我军的粮草就不够支配了。现在正是经济困难时期，必须要寻找更快捷高效的作战策略。但是，如果要获取可靠的情报，也不是那么容易。一般的老百姓听说黄龙山里有土匪，早都躲得远远的，

哪里还有人敢去冒险。如果找哥老会的话,哥老会的情报是否可靠?万一哥老会和土匪串通一气,把我军引入包围圈,那可赔了夫人又折兵。正在纠结中,忽然迎面来了个人,冷不丁吓了白志文一跳。

"我说老白,你走路的时候寻思啥呢?我老远给你挥手,你都不看我一眼。"白志文这才回过神,一看是郭宝珊,不由得拍了一下脑门,说:"宝珊,我怎么把你这个关键人物给忘了。"郭宝珊一下子愣住了,不知道这老白葫芦里卖的什么药。原来,这个郭宝珊原本是黄龙山的地方武装,哥老会的成员,郭宝珊1934年10月在庆阳阳新堡起义,进入南梁陕甘革命根据地。1934年11月被改编为西北抗日义勇军。所以,要说熟悉黄龙山和哥老会的,莫属郭宝珊了。白志文拉着郭宝珊到了自己的窑洞,给他详细介绍了目前的任务和难处,还传达了毛主席的战略指示。郭宝珊听后拍着大腿说:"这个你还真找对人了。我那队伍里有不少是以前哥老会投诚过来的弟兄,我下去找几个机灵一点的,我们想办法打入敌人内部去,摸清楚情况。到时候和你里应外合,一举歼灭这帮土匪。"

当天晚上,郭宝珊就从自己手下的警卫队里找来几个熟悉哥老会切口的弟兄。他们懂得道上的规矩,又经过我党的思想政治改造,是郭宝珊的亲随,应该不会临时倒戈叛变。白志文特意让炊事班去城里采购了一些肉食和苞谷酒,请这帮执行任务的士兵打牙祭,顺便向他们强调了这次任务的危险性和重要性。席间,这几个战士还教给白志文一些哥老会的规矩和道上的黑话。白志文也不得不赞叹,这个民间组织还真是有自己的道道,一般人还真摸不透其中的深浅,必须找到内部的人员,否则很容易被对方识破。至于如何具体剿匪,白志文接受了郭宝珊的谋划,先让郭宝珊和这几个原属于哥老会成员的战士乔装打扮成采药的老乡,慢慢潜入黄龙山周围的村庄,打听土匪下山的消息和山上的窝点;然后寻找原来的哥老会弟兄,从他们口中套取土匪的消息。这些哥老会的成员常在黑市和土匪做一些军火生意,如果能通过他们和土匪接上头,就可以顺藤摸瓜找到他们的老窝。

等到他们来到深山密林之中,发现原来那些村庄都十室九空,以前的老百姓要不被土匪强掳去做了苦力,要不举家逃走了。只有一个小村子里住着一个年老的大爷。他们去的时候,老大爷还以为是土匪又下山来了。看到郭宝珊一行人穿着老百姓的衣裳,又不像普通人的样子,老大爷疑惑地说:"你们到底是干啥的,这周围能抢的都抢了,还装模作样来找啥呢?"郭宝珊本想告诉他真相,又怕不慎走漏了消息,灵机一动,撒谎说他们是来山里挖药材的。老大爷半信半疑,说:"这山林子密,土匪多,你们外乡人不懂,还敢进去挖药材。药材没找到,小命倒叫土匪取去了。"

"老人家,这土匪真有这么厉害?实话告诉你,我们几个人原是猎户，手里也是有家伙的。"一个兄弟说道，还故意摸了摸腰间。

老人不屑地看了一眼，"你别咋呼，就你们几个人，土匪几十上百人，有枪有炮的。不是我吹，你派一个团来，都不一定打得过。"

"就这么凶？你见过土匪头子么？他们在哪里藏着呢？"

"我当然见过。我们这村子原本也不小，十几户人，靠山吃饭，日子还过得去。结果这土匪三天两头来捣乱，不但抢粮食牲口，还欺男霸女的。大家过不下去，就各处逃了。也有胆大不要命的小伙子，跟着土匪上了山，做些没天良的事。我老汉一个人，也没钱没啥的，眼看黄土都埋到头了，土匪都懒得理我。现在就剩下我一个孤魂野鬼在这混天天。我劝你们还是打哪里来回哪里去。"老头叹了口气，转身回屋里去煮野菜汤去了。

没过一会，大家就闻到屋里飘来一股子野菜的独特香味。钻了一天林子，大家早都饿了，这香味把胃里的馋虫都勾上来了。老汉显然没想招待他们，拿个粗碗舀了一老碗连汤带水地就开吃了。郭宝珊知道老人对他们底细不清，有戒备，加之这年头生活不易，也就不好开腔。这时候手下一个叫猴精的士兵凑到老汉旁边去，说："老大爷，你看我们外乡人来混口饭吃也不容易，我这包袱里还有干粮，和你换点热饭吃，怎么样？"老汉爱理不理地扒拉着碗里的菜汤子。郭宝珊说:"猴儿,你饿了就吃干粮,别打扰大爷吃饭。"那猴精还不死心,说:"你看你这碗里清汤寡水的,一会尿一泡尿就不顶事了,半夜还得饿醒。我给你点干粮,你往汤里一泡,不是刚美?"老汉经不住他磨缠,回头努努嘴,说:"又不是啥稀罕吃的,胡乱煮点野菜汤你也眼馋,我老汉也吃不了多少,你们自己锅里舀去。"这下大家蜂拥而上,胡乱拿些破碗、瓢儿盛了些汤,把包袱里的高粱面馍掰碎了泡进去吃。

呼啦、呼啦吃完饭,大家围坐在院子里,和老大爷拉起家常来。半天下来,老大爷看这伙人也没啥恶意,加之自己独居寂寞,好不容易遇上几个活人,也就话多了起来。原来这帮土匪以前常来村里打家劫舍,后来人死的死,跑的跑,土匪无利可图,渐渐也不来了。郭宝珊一伙看到这附近也没啥群众可发动,只能依靠这个老人,便告诉他此行的任务。老大爷先是怀疑,后来叹口气说:"你们这就叫以卵击石,活得不耐烦了。就靠你们几个人,还想攻上山去?你怕是戏看多了。"郭宝珊耐心地向老人解释,他们几个只是先遣队,来探听敌人的踪迹,找到老巢,大部队在后面呢。他估摸着老人一辈子在黄龙山脚下生活,不可能不知道土匪的情况,就想办法和老人套近乎,想摸着点门道。后来老人被他们说得动了情,就告诉他们,土匪有可能盘踞在老虎梁上。据老人说,以前村里有个二流子,他爸死得早,妈又管不住,早年跟着土匪上山落了草。后来他还偷偷下过村里，给他妈拿了一小袋白面，一只鸡，算是还有点良心。他是夜里下来的，村里人都不知道，第二天才听他妈说的。"现在那女人早都死了几年了，当时听她说土匪在老虎梁上有好多人，白面馒头天天吃，还有大肉，她儿子当了个啥小头目，想接她上山。她当时腿疼走不动，年纪也大了，不想去土匪窝里。"听到老虎梁，郭宝珊觉得总算不虚此行，探出了一点门道。他赶紧打发一个弟兄到山下去向白志文汇报情况，请他做好剿匪准备，然后再去找哥老会以前的马堂主前来相助。

没过两天，下山的弟兄带着马堂主和他手下的几个哥老会兄弟回来了。据说白志文已经做好策应准备，安排他们先上山探明真相，再发信号弹通知大部队，免得又扑空。马堂主以前负责哥老会的交易，和黄龙山的土匪也打过交道。据他说，老虎梁极有可能就是这帮土匪的据点，但是狡兔三窟，还得防着他们逃往别处。两人合计了半夜，想出一个计策，让老人先去寨口放风，透漏出有帮挖药的异乡人进了山，诱惑土匪下山来抢，这时候趁机抓住一些土匪进行审问，确定他们的老巢再进攻。

第二天一大早，郭宝珊听到老人咳嗽声，便赶紧去帮他架柴烧水，慢慢向他讲述这个计策。果不其然，老人拒绝了这个提议。他也知道老人一把年纪，让他孤身犯险确实不好。但是只有老人不容易引起敌人的怀疑，是最恰当的人选。他只能苦口婆心地劝说，煽动他的旧恨，让他想起这个村子昔日的桃源景象和今日的残破不堪。最后老人也被他说得动了情，答应帮他走一遭。此计果然奏效，土匪正愁附近的村民都跑光了，没处去抢，听老汉说挖药的一行人带着鼓鼓囊囊的箱包，估计是有钱有货。现今战时，黑市上的药品本来就紧俏，所以很快便派了5-6个人，拿着枪下山来了。老人故意骗他们让自己先走，说那些人就藏在自己家，跑不了，一起下去反倒打草惊蛇，不如自己先下去陪他们喝点烈酒，灌倒了好行事。土匪同意了，便赏了老人2瓶白酒，让他先下山去。老人到了家，大家赶紧安排好埋伏。土匪后半夜举着火把来到村口，看到老人的窗户透着光，就直冲冲来敲门。结果院子里埋伏好的战士和哥老会的弟兄一拥而上，把这帮土匪全部绑了。

经过连夜的审讯，确定了土匪的老窝就在老虎梁上。老虎梁位于宜川县南，黄龙山区，最高点1628米，相对高度300多米。这个石头山是黄龙山北延的高地，山上长满了粗壮的杨树和栎树。从大岭山山脚23公里处到山顶30公里处，公路围绕一个山梁而上，这个巨大崎岖，坡度弯急的山脉顶部就叫老虎梁。站在这里可一眼望到沟底老远，地势险要，易守难攻，是历来兵家占据的要点。在梁上有个可容纳70-80人的洞穴，称老虎洞，就是土匪藏匿的地方。

确定了位置之后，郭宝珊赶紧发射了信号弹。山下的白志文看到深蓝的天空中升起一道红光，就赶紧带着三团上了黄龙山，和郭宝珊一行汇合。他们押着刚抓来的土匪，天不明就往老虎梁上摸去。夜色中的老虎崖果然如一头下山虎，高大巍峨。山上的土匪自以为有险可据，根本没把红军放在眼里，所以连警戒的岗哨都开了小差。白志文一行很顺利就攻上了老虎洞。当土匪听到"缴枪不杀"的口令时，一切都晚了。有的土匪还喝得迷迷糊糊，正光着屁股、哼着小曲准备出来撒尿。不一会，老虎洞里的100多号土匪都被我军俘虏了。白志文率领着三团的战士，押解着这帮土匪下了山，顺利地完成了剿匪的任务。

此后，在抗日战争和解放战争中，白志文英勇战斗，战功卓著。新中国成立后，白志文任河北省军区副司令员，1955年被授予少将军衔，曾当选为第五届全国政协委员、河北省政协副主席，1962年离休，1986年4月3日因病逝世，终年83岁。

说起剿匪的故事来，还有一个不得不提的传奇人物，就是善于练兵的左权将军，他也曾领导部队，在千佛山内成功剿灭了盘踞豹梁寨的张廷芝民团，为肃清苏区、保卫党中央和民众的安全做出了巨大贡献。

当时，中央红军刚刚进驻吴起镇，经历了25000里的长途奔袭作战，军队早已经疲惫不堪，但这时候不仅要休整，还要提防陕甘边区为患多年的千佛山武装作乱。因为红军进驻镇上，以前的反动派都上了山藏匿起来，勾结国民党反动武装，准备伺机搞破坏。吴起镇地处苏区的边缘，正是敌我力量拉锯战的要冲。毛主席在抵达当晚即电告彭德怀:"吴起镇已是苏区边境,此地以东即有红色政权,保安城闻有红色部队,但吴起镇、金汤镇之间之金佛坪有地主武装百余守堡,拟派队消灭之。"

彭德怀收到指令之后,立即请来左权参谋长,一起商量此次剿匪的战略安排。这个左权将军是一个在军事理论、战略战术、参谋和后勤工作多方面都有才干和建树的人才。朱德总司令曾给予他很高的评价。在全面抗战期间,左权担任八路军副参谋长,充分展现了他运筹帷幄和深谋远虑的军事才能,在全军中享有很高的声誉。可惜的是这样一位难得的军事奇才在1942年5月25日日军对太行山实行

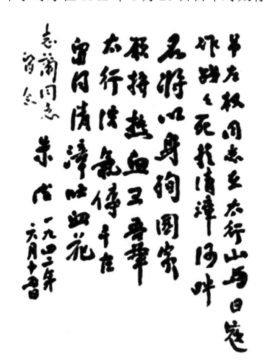

◆朱德悼念左权将军

扫荡时，为掩护八路军总部等机关突围，壮烈牺牲了，时年 37 岁。他殉国之后，太行山区一直传唱着《左权将军》这首歌，"参加中国革命整整 17 年，他为国家他为民族费尽心血，老乡们，他为国家为民族费尽心血……"

当夜，彭德怀就和左权一起交换了对于豹梁寨和张廷芝民团的一些认识。豹梁寨又叫暴梁寨子，位于吴起镇南约 6 公里处，金佛坪豹兴庄村民小组的豹梁山峁上。当年张廷芝在吴起一带为非作歹，这个寨子就是他抓来的苦力用黄土夯筑的。

张廷芝是吴起镇金佛坪人，他家占有 1500 多亩土地，祖业丰厚。在传统社会，有钱地主家都讲究书香传家，可惜这个张廷芝从小顽劣无学，只读过 3 年私塾，文化水平不高。他从小就仗着家里田多地广，在乡里横行霸道，等到成年之后，便投靠了甘肃陇东民团的总司令谭世麟，任骑兵连的连长。

1930 年初，刘志丹和谢子长也曾在国民党陇东民团总司令谭世麟部下挂名建军，组建了一个团，番号为直属第三团。在刘志丹的推荐下，谭世麟任命谢子长当了团长。当时张廷芝就是这个团下辖的第三营的营长，驻守蔺砭子和白豹镇。

这个团组建不久，甘肃省主席任命谭世麟为庆阳警备司令兼骑兵旅长。谭世麟当时要带一部分军队前去庆阳，就决定由谢子长留守训练部队，刘志丹率领 20 名骑兵随自己前去。奸诈贪婪的张廷芝和父亲密谋趁机吞掉这支武装，自立为王，为了笼络周维奇，他不惜把自己的妹妹许给周。和周维奇结盟之后，他马上派他去宁夏下马关带回自己的旧部。周维奇便派闫红彦率领39名骑兵奔赴宁夏。当时，谢子长已经察觉张廷芝的野心，他苦口婆心地劝说闫红彦不要参与此事。结果，闫红彦当时为了扩兵，没有听从劝告。后来张廷芝接管部队途径安边之时，过河拆桥，将闫红彦扣押在安边，自己和父亲率部队回到吴起，缴了妹夫周维奇的械；然后他率部连夜扑向团部，包围了谢子长和留守部队。谢子长因为早有准备，便带领部队浴血突围，最终得以跳出包围。张廷芝又派蔺士昌率骑兵去抓刘志丹。当时刘志丹带着从庆阳领回的装备住脚扎川岳父家，听到事变消息后，晚上住在湫山寨子，第二天赶往永宁山寨子。因此，蔺士昌在湫山寨子扑了个空。这就是著名的"三道川事件"。

  后来，张廷芝带着人马回到自己的老家金佛坪，准备在当地称霸，雄踞一方，发展自己的势力。1931年，杨虎城的部队在定边收编了张廷芝的父亲张鸿儒，让他担任警备骑兵旅旅长，张廷芝也随之被收编，任一团团长。但他残忍贪婪的本性依然不改，从此，就在陕北定边一带肆虐妄为，他的部下在当地抢夺群众财物，杀害革命干部，是边区群众眼中的"白钉子"，只是慑于他的淫威，群众平时都敢怒而不敢言。

刘志丹也曾率部攻打过豹梁寨，但是未能成功。豹梁寨修筑在洛河川西南侧，居高临下，地势易守难攻。一旦有外敌入侵，站在上方的哨兵很早便能一览全局，所以很难偷袭。寨内有4孔石窑洞，还有50-60间砖瓦房，最多时聚集着上千匪徒。寨子里囤积着大量的粮草，光粮仓就有5-6个。寨子里还有水牢，专门关押当时抓来的共产党人和革命群众。所以，中央红军到达吴起镇以后，当地游击队和群众马上向中央反映了这一情况。

"左参谋，军中都说你善于练兵，精于布兵，你说现在这个情况怎么拿下？"彭德怀笑着拍拍左权的肩膀说。"其实这个张廷芝已经是强弩之末了，之前他也就是打打地方游击队，现在我们中央部队一开进来，他就没几天猖狂日子咯。我们先派探子去踩踩点，摸清情况再定。"

第二天，派去踩点的哨子回来了，说现在张廷芝不在山寨，里面只有他的叔父张六、张七留守，那两人酒囊饭袋，顶不了事。这倒是个进攻的好机会，这俩老头不足为患，可是山上的水牢里可能还关押着我们的革命同志，如果敌人狗急跳墙，残害了我们的同志怎么办？左权想了想，尽量争取营救同志。他向彭德怀请示，先不要急着进攻，不如采取攻心战术，不战而屈人之兵。他把手下一些能说会道的士兵挑选出来，分为几组，教给他们一些喊话的策略。然后派几组人轮番去山下喊话，一方面宣示军威，告诉山上的敌匪不要负隅顽抗，中央红军几万人已经进驻吴起镇，

反抗只有死路一条；另一方面又以优待俘虏的政策动摇其心，打消他们反抗的念头，让他们相信投诚也是一条生路，红军不杀俘虏，准许他们改过自新。喊了两天之后，果然山上陆续有人下来投降。左权又派投诚的匪徒再次上山去游说其他人，后来大部分人都放弃了反抗，张六张七一看大势已去，害怕被山上的叛徒绑了邀赏，便匆匆卷了些细软，带了几个随从趁夜逃往定边去了。

左权一边派人追击逃匪，一边带着部队上山。到了寨子里，看到粮仓里满满当当的粮食，想起边区人民食不果腹的惨状，大家无不愤恨。在请示中央之后，左权率领士兵开仓放粮，除了一部分留作红军的口粮之外，其余全部分给当地的群众。听说了要放粮的消息，金佛坪村里的人比过年还要欢欣，人们奔走相告，红军灭了张家土匪，要开仓放粮了！

第二天，在金佛坪村委会的院子前，红军组织群众前来分粮，很早就排起了长长的队伍。人群中叽叽喳喳地传说着豹梁寨做过的坏事和红军的神威。毛主席听说这么快就拿下了豹梁寨，也十分高兴。当地的百姓领到粮食，十分感激，纷纷拿出自家舍不得吃的鸡蛋、红枣，还有皮子要慰劳红军，献给毛主席。

通过此次剿匪，红军在边区百姓心中的形象更加光辉，感受到切实利益的百姓更是拥戴红军，很多人加入了当地的游击队和工兵队。红军来到吴起短短几天，便为老百姓拔掉了一根多年的毒刺，真是大快人心，也为初来苏区的中央红军扬名立威，为革命根据地的稳固和扩大打下了坚实的群众基础。

## 六 军民齐乐大生产

"花篮的花儿香,听我来唱一唱,唱一呀唱……"这首歌唱南泥湾屯垦故事的歌曲经郭兰英婉转的歌喉传唱之后,已经成为脍炙人口的经典革命老歌。不论何时,听到这旋律,南泥湾那风吹麦浪的迷人景象就画卷般展放在眼

◆南泥湾雕塑

前。如今的南泥湾，已经是供都市人忆苦思甜的革命老区，很多人怀揣着对那段革命历史的想象，来到那片神奇的土地朝圣。

南泥湾距离革命圣地延安并不远，驱车从延安南郊三十里铺向东南一路前进，翻过盘龙山即可到达。可是在当年359旅开赴南泥湾开荒之前，那里可是古树参天，连路都望不见的荒原。初到南泥湾的人，肯定免不了被眼前那油画似的稻田所吸引。如果你在五六月间来，正好可以看见那万亩水田在阳光下闪耀着动人的光芒。陕北高原上的江南风光，都是当年屯垦的战士用极其原始的工具一点一点开垦出来的。沿路的高崖上，还可以看到当年战士们亲手挖出的一孔孔窑洞，如今已经风化残破，当年可是他们最温暖的归宿。

1940年以后，国民党顽固派加紧了对陕甘宁边区的封锁，致使边区的财政和供给发生了极大的困难。尤其是到了1941-1942年，边区的经济进入了最为艰难的历史时期。1940年11月19日，国民政府军政部通告八路军驻陕办事处奉何应钦部长之命，自即日起停发八路军的经费，10月份欠发之20万元亦行停止。此后，国民政府即停发了八路军每月60万元的军饷，"再即无颗弹、片药、文钱、粒米之接济陕甘宁片区"。

那时候，中央领导都穿着打满补丁的衣服，吃黑豆和野菜充饥。很多战士因为缺乏营养而患上夜盲症，有人饿得浑身浮肿。陕北的冬天动辄零下20多度,可怜战士们没有冬衣,很多连鞋子都没有,打着赤脚,或者拿破布条裹着,冻得手脚生疮。短短两年之间,八路军从40万人减员到30万人,新四军也减少了2万~3万,解放区人口少了一半。

可恶的国民政府不但不发军饷,还禁止边区的农副产品外销,也禁止国统区的货物输入边区。他们在临近边区的彬县、西峰、平凉等地建立了百货登记管理局,专管棉花、布匹、洋纱、火柴等货物,要想运输和销售这些必需品,都得持有该局核发的运销证,不然就被以"走私"罪名论处。这样的话,很多生活必需品都无法进入边区,军队就出现没有衣服穿,没有被子盖的困难。

不仅如此,对于出入边区的商人,国民党经常无耻地抢劫他们的货物,还去临近边区的村庄搜查物资,有的话就没收,害怕流入边区。陕北地方本来产盐,利用食盐外销来换取其他生活必需品和药物、枪支,一直是边区的一条重要的经济线。但是国民党关闭口岸,不让陕北的盐外销,规定必须有他们颁发的"驼盐票",商人才能把盐运出去。然后,他们又强迫商人把盐卖给他们的专门机关,利用垄断的地位操纵食盐价格,剥削老百姓。

面对严酷的环境,必须粉碎敌人的经济封锁,否则只有被困死在陕北。国民党顽固派的经济封锁让边区政府陷入了严重的财政危机,也加重了边区人民的经济负担。1941年6月3日,陕甘宁边区政府召开县长联席会议,那天恰巧遇到雷电暴击，延川县代理县长李彩云不幸被雷击致死。此事在民众中间引发了很大的骚动，党中央由此发现严重的税收负担已经让老百姓承受不起，怨声载道。后来毛主席谈到此事时说起"1941年边区要老百姓出20万石公粮，还要运输公盐，负担很重，他们哇哇地叫。那年边区政府开会时打雷，垮塌一声把李县长打死了，有人就说，哎呀，雷公为什么没有把毛泽东打死呢？我调查了一番，其原因只有一个，就是征公粮太多，有些老百姓不高兴。"因此，中共中央决定开展大生产运动，解决财政困难的问题，自力更生，减轻边区百姓的负担。为了夺取民族革命战争的胜利，党中央领导边区军民开展了轰轰烈烈的大生产运动，谱写出一曲自力更生、艰苦奋斗的壮歌！

当年中共中央和中央红军为了突破国民党的围追堵截，于危难存亡之际选择了陕北这个仅存的革命地盘，并且成功地获得了根据地老百姓的拥戴和支持，粉碎了国民党企图消灭我党的计划。但是随着红军数量的不断扩大，陕北人多地少的矛盾就日益突出了。因为自然条件的天生不足，陕北的耕地面积不可能负担当时的军民消耗，一旦外援被掐断之后，就会雪上加霜。虽说中央做出了自力更生的决策，但要切实执行下去，还是有很大难度。

在这个节骨眼上，朱德向中央提交了"军垦屯田"的主张。他认为陕甘宁边区本来就土地贫瘠、人民生活勉强图个温饱，劳动力短缺，根本养不起军队。所以，要解决边区给养的问题，减轻群众的负担，才能保证党中央的安全，让军队在此地生存下去。为了解决这个问题，必须让军队参与生产，经过深入调查研究，他提出了"军垦屯田"，开发南泥湾的主张，也就是所谓"南泥湾政策"。

当时，朱德先将这一主张告诉了359旅的旅长王震，两人一拍即合，王震表示坚决支持朱老总的计划，并亲率战士们前去南泥湾开荒。得到王震的支持之后，朱德更加坚定了这一想法。后来贺龙曾表扬359旅"最先响应毛主席的'亲自动手'和朱总司令的屯田政策的指示，并坚决执行这一指示"。康克清也曾回忆说："朱总原来就有军垦屯田的思想，但下面也要有人坚决执行才行，否则也不能搞得那么快、那么好。王胡子很坚决，开了一个好传统。"

在临行之前，中共中央和边区政府召开了一次大生产动员大会。大家瑟缩着站在冻得发硬的土地上，听毛主席训话，"同志们，敌人封锁了我们的边区，我们没有衣穿，没有粮食吃，我们是饿死呢，解散呢，还是自己动手呢？我们红军战士是人民的工农兵战士，不能靠人民养活，我们要自己动手，丰衣足食。"

1941年的初春，陕北高原上的河水还没有化冻，风像刀子一样在丘壑上雕刻。359旅的先遣队已经奉命进驻临镇，开始向南泥湾进军。一路上，大家挎着枪，背着被褥，带着锅碗瓢盆，叮叮咣咣地走在羊肠小道上。冬天的道路被雨雪冻得邦邦硬，很容易滑倒，驮着粮食的几匹军马也像老人一样走不动，颤颤巍巍地向前踱步。大家长期吃不饱，身上的衣服褴褛不堪，穿着草鞋的脚也冻得生疼，不过还是满怀着希望，向着大山深处进发。翻过这座盘龙山就到了，我们就要拉开新生活的序幕了。大家这样安慰着自己，努力地向着南泥湾迈进。可是沿途所见，都是荒无人烟的山岭，走着走着连羊肠小道都消失了。队长只能自己在前面披荆斩棘，鼓舞大家说，"路都是人用手用脚开出来的，我们今天也给大部队当一次先驱。"大家又饿又累，只希望快点到达指定地点。原本指望到了之后先投靠老乡家，可是越走越荒芜，这就是一个无人区，哪里还有人居住？正像那首歌里唱的"处处是荒山，没呀人烟……"

先遣队一路在山林间穿梭。林子里的古树参天，光积

◆当年杂树丛生，荒无人烟的南泥湾

的落叶就有1米厚,马一踩进去都淹没了,更别提人了。大家只能互相警戒着,生怕一转眼就被吞噬了。灌木丛中更是荆棘遍布,走过去的时候大家的破衣服被划得更烂了,夹袄里的棉絮在风中乱飞,手脚上火辣辣地疼。最可怕的是山里的豺狼,因为少有人来,它们早已称王称霸,结伴成群地在山里出没。

  从天亮出发,一直走到傍晚,大家早已腿脚酸软,于是决定寻找地方过夜。当时正好在一道沟岔里,负责做饭的炊事员找不到水,只能去捧来大块干净的雪,融化了给大家煮饭。结果看起来雪白的雪,融化了之后却是黑黄的,和小米黑豆一起煮出来简直惨不忍睹。但饿了一天的战士们管不了那么多,豆子还是生硬的,掺杂着沙土,嚼起来碜牙。勉强吃了饭之后,大家开始为住的地方发愁,这周围荒无人烟,还有野兽出没,如果搭个窝棚,估计不太安全。于是大家四散了去找洞穴,幸好有人在东边的山崖上发现了几个残破的窑洞,估计以前这里还住过人,就赶紧收拾起来。那3孔窑洞有一个半边都塌了,洞口被堵了一般,大家怕再塌下来出了人命,就把其他两孔拾掇了一下。窑洞里面空间倒是挺大的。一间用来放马和杂物,留下两个人在门口警戒;另一间大家挤在一起凑合着过夜。到了夜里,北风呼呼地灌进窑洞,大家裹着单薄的破被子,瑟缩在一起。虽然冷,也抵不过一天的疲乏,很快就睡着了。

  半夜里,负责警戒的曹队长突然被一声凄厉的怪叫惊

醒了,"狼,狼来了!"他一个鲤鱼打挺跃起来,赶紧推了一把离自己最近的战士张发奎,发现这厮已经睡熟。"发

◆进驻南泥湾,战士们要横跨一片深密的芦苇荡

奎,赶紧拿枪,外面有狼。"曹队长低声喊着。这时又听到隔壁窑洞的军马急促地打着响鼻。这畜生比人警觉,肯定是狼。这时候外号"黑旋风"的张发奎已经清醒过来,他拿起驳壳枪,就要往外冲。曹队长一把扯住他的胳膊,让他悄悄蹲着,先观察一下。两人往外一望,黑暗中像萤火一样漂浮着一对对绿莹莹的眼睛,估摸着离洞口只有2-3米远。曹队长大喝一声"打!",大家各种子弹都朝那堆绿光射去,狼群一下子就散了。后半夜大家都没了瞌睡,知道狼群怕火,就在两个洞口都生起一堆篝火,围坐着聊天,熬了一夜。天亮之后出洞去看,发现并没有狼的尸首,

但是有血迹斑斑,估计没打死,狼逃了。想起这惊魂一夜,曹队长更加迫切地想要找个安全的住处,等大部队到了好安顿。他领着先遣队的队员们到处搜寻,发现满山的窑洞加起来也就十几孔还能勉强住人,不可能满足大部队的需求,只能靠自己了。他们本来准备自己仿照着窑洞的样式去开一孔新窑,但是大家对此都一窍不通,不知道开在哪里好。那黄土土质板硬,一铁锹下去,虎口震得生疼,还打不进去。无奈,只有先凑合着找些树枝搭建窝棚了。

"现在最要紧的是寻找水源,不然大部队来了没有水喝可怎么活。"曹队长命令几个士兵留在原地捡拾树枝搭建窝棚,剩下的人都去沟沟坎坎里面找水。不一会就有战士找到一支小溪流,曹队长这才安了心,等待大部队的到来。没想到,当天下午,吃了那水的战士都开始跑肚拉稀,大家才发现那水有问题,喝不得,只能去山里继续找干净的泉水。

忙活了几天之后,王震已经率领着717团的战士来到了南泥湾。曹队长向他汇报了水源、住宿和狼群威胁的问题。王震赶紧召集各级干部开会,让大家首先解决战士们的住宿问题。目前的困难是,窑洞数量不够,先让机关单位入驻,战士们只能重新另开窑洞。幸好随行的队伍里有很多陕北和山西的农民,他们从小住窑洞,知道怎么挖窑洞。让各连排都编成小组,请战士们向有经验的人请教,尽快挖出够用的窑洞。急迫的任务是开荒播种,现在已经快到播种的时候了,大家面临的还是齐人高的荒草地,必须尽快拔草翻地,赶上播种,不然后半年肯定撑不过去。

战士们很快按照王震的指示分成了生产队。因为粮草有限,大家的伙食都严格按照配给的量,一天只能吃上半搪瓷碗杂粮粥,大家都饿得头昏眼花,还得抢着锄头干活。刚开始的时候,面对一望无际的荒草地,大家只能钻进去徒手拔,一天下来,手上都是血口子,只能撕下烂布条缠起来继续拔。正如歌谣中所描绘的那样:

南泥湾呀烂泥湾,荒山臭水黑泥潭,方圆百里山连山,只见梢林不见天,狼豹黄羊满山窜,一片荒凉少人烟。

大家忍饥挨饿,奋力劳动,总算是把这荒草除得差不多了。

每天天黑的时候,战士们就回到了宿营地。只见各种颜色、形状的窝棚点缀在林地之间。其实窝棚主要是防雨防寒的,有用茅草搭建的,也有用藤蔓绑着树枝搭

◆按锅落户

起来的,还有的直接找几个棍子把被子顶起来就住了。虽然条件极其简陋,但忙碌了一天下来,大家浑身乏困,也顾不得那么多,倒头就睡。那时候的战士真的是一手拿枪,一手拿镢头,敌人来了就战斗,敌人不来就生产。正如当时一首歌曲所唱:

> 一支枪,能打仗,一支枪,能开荒。打仗消灭鬼子顽固派,开荒生产粮满仓。保卫毛主席,保卫党中央,三五九旅是党的钢枪。

当时的条件之艰苦,每天的劳动量之大,令很多战士毕生难忘。但在当时的历史环境中,大家虽然苦,却苦中作乐,革命的信念支撑着大家为共同的理想而奋力拼搏。

忙活了两个月,眼看着秧苗已经绿油油地冒出头,战士们的心里无不乐开了花,仿佛已经闻到丰收的味道了。打窑洞的事情也在反复实验后找到了窍门,一个个战士都变成了工程师。这不,719团2营5连的指导员赵士章又带着4个战士在开窑洞了,他已经是一个老把式了,连随行的师傅老徐都称赞他本事强。

一大早,他们就来到之前看好的一处向阳的山坡上。老徐说:"士章啊,我们上次用了半个月的时间打了一个窑洞,这次大家都有经验了,看看10天能不能成?"士章说:"你说能就能,有你这专家指挥,效率肯定高。"老徐哈哈一笑,说:"啥专家嘛,你现在也是专家了,我看南泥湾的战士个个都是打窑洞的好手。"

窑洞看似简单，其实有很多讲究和门道。首先是选址，得在有立土的地方挖。听老徐说，立土就是说那里的土是立纹的，不是横的。这样的土，挖的时候才不会往下斜着滑，这一点很重要。如果你在横土的地方挖，一边挖就一边塌了，更别提住人了。刚开始的时候，很多战士不懂这个，还得专门请师傅培训。其次是不能在虚土的地方挖，不然一挖就垮了，也不能在斜坡上直接挖，得把山劈下来，劈个几十米，劈出一个立面来，这样才能在立面上挖窑洞。这第一步就决定了窑洞是否能够坚固耐用。当时二营有个小组挖的窑洞没住多久就塌了，几个战士都压死在洞里，所以这一步千万不能马虎，最好是找有经验的师傅来选址。

　　当时的一大困难是缺乏工具。能够挖窑洞的黄土质地都很坚硬，榔头铁锹抡圆了都凿不动，木头棍子压根就没用。当时随军带来的农具很少，只能先发动部队跑几十里路去老乡家里借农具用，可是老乡也要使，只能借来用了就还回去。这样来回跑非常耗时费力。后来部队决定自己打造农具，就去附近的庙里找那些铜器铁器拿回来砸烂了炼制，再把部队里以前干过铁匠的士兵找出来，组成一个冶炼小组，为大家打工具。后来庙里的器皿也用光了，就去锯敌人的铁轨，用车子偷偷运回来炼，真是想尽了办法。

　　窑洞挖好之后，要先"粉刷"平整。所谓的粉刷，就是用稻草与黄土和稀泥，然后把开凿时候留下的槽槽抹平，这样墙壁才能平整光滑。这个活就比凿洞子要轻松许多。

等抹平了墙壁之后，还要涂上一层石灰来加固。当时南泥湾还没有石灰，只能派战士去延安用车拉回来，一来一回要好几天工夫。等过3~4天，白墙干了，就砍木头搭床铺。当时的床铺很简单，就是打3个柱子，用木头搭起来。搭好之后，用简易的木板和茅草铺一层，这样窑洞就基本完工了，再晾上几天，部队就住进去了。

刚开始的时候，大家不想露宿野外，一打好窑洞等不了干透就住进去了。结果很多人身上生了疮，浑身难受，还有得了风湿病的，天阴下雨就关节疼痛。为了让窑洞尽快干透，大家在老乡的指导下，又纷纷在洞里盘火炕。火炕虽然好盘，但是烟囱却是个技术活。

当时的窑洞一般进深有6米，宽高各3米。挖窑洞的时候，为了防止顶上渗水，上面要留2~3米的地方不能挖。3米高的窑洞，先挖一米半，把土挖得够深了，然后再挖这下面的一米半。要是盘炕的话，下面挖的时候就讲究技术了，要留出一方住人的炕来。不过当时很多窑洞事先并没有预留，后来是为了保暖和烤干窑洞，才拿黄土块垒砌成的土炕。但是烧炕得有烟囱，这个烟囱只能从里面往外一点点疏通，因为预留的空间很高，打烟囱特别费劲。先要拿个铁锨，1根竹子，铁锨绑在竹子上，往上抖，抖得土往下落。1根竹子有5~6尺长，通了以后再接1根，继续抖，慢慢就打通了。烟囱里黑洞洞的，搞不好就会打歪，所以这个技术活不好掌握，全凭感觉，只能请老乡来帮忙。

当时老徐就是专门请来的打烟囱高手。在他的指导下，赵士章和手下的几个战士也学会了这门技术，到处帮助其他战士去打烟囱。有了窑洞之后还需要打造门窗，那时候部队里人多，南泥湾林子里的树也多，王震就下令把会木匠的士兵都调出来，成立了一家木工厂，开始照着陕北老乡的门窗，量好尺寸来打门窗。

就这样，第一批窑洞很快就成型了，大家终于有了新家，再也不用在野地里风餐露宿了。战士们无不欢欣鼓舞，看着自己的新家，一个个兴奋得像孩子一样。据统计，在屯垦南泥湾的4年中，359旅一共打下了1048孔窑洞，成功解决了自己的居住问题。

住进窑洞的第一晚，赵士章激动地睡不着觉，躺在自己亲手砌成的土炕上，那滋味简直太舒服了。他兴奋地和同铺的小刘聊着，两人回忆起刚来的那个春天。那时候爱下雨，搭起窝棚来也不管用。大家晚上就睡在潮湿的泥地上，白天还要硬撑着酸痛的身体去开荒。更可怕的是防狼，小刘讲起自己的经历，现在还心有余悸。那时候山里的狼群多，根本不怕人。晚上睡觉的时候，狼就在四周打转，所以大家都不敢离群，只能白天准备一些干草，晚上烧起火来防备。有一天夜里小刘睡得特别死，半夜感觉有人在自己耳边吹气，恍惚中睁开眼发现两只幽灵一样的眼睛真盯着自己。他当时吓得后心都凉了，幸亏忍着没喊叫，想要摸枪，突然想起老徐曾经告诉他，狼不吃死物。就紧闭住呼吸，绷紧了全身不动。狼在他身边嗅了嗅,忽然树林里一阵扑簌声,估计是有人夜里起来惊起了鸟群。狼听到声响就跑了,留下吓得浑身瘫软的小刘。"你不知道,那几秒钟时间,感觉比我活了一辈子还长。"小刘对赵士章讲道,两人不由得笑了。这时候,身边的小张也开腔了,说当时有个战士去河边打水,被狼咬了一口,幸亏同行的人开枪击退了狼群,但是那个被咬的战士最终没药可治,烧了几天之后就死了。大家不由得一阵唏嘘。刚来的时候,居无定所,粮食也很快吃完了,部队还得继续开荒、建窑洞。幸好林子里野菜多、野鸡孢子之类的也多,大家就过起了原始人的生活。带来的火柴不够分,大家就一直留着火种,有时候被雨水熄灭了,就只能钻木取火,那日子简直是不堪回首。

不过随着大家的努力劳动,后续的部队也按期进驻了指定地点。先到的 717 团主动组织有经验的师傅和战士向后来的部队培训生产经验,大家在你追我赶的气氛中争当先进,很快就实现了南泥湾的大变样。据当地的老人说,南泥湾在清朝的时候叫作南阳府,原来是很繁华的。在王震的率领下,359 旅的官兵和老乡们一起动手,将这片荒无人烟的土地变成了沃野良田。

每当夕阳西下的时候,部队收工回家,大家在田埂地边遥望着炊烟袅袅的窑洞,心中无比温暖。看着地里越来越高的庄稼,更是充满了期待。很快就到了丰收的季节,战士们又忙着收割稻子、麦子,整个打谷场里都是欢声笑语。最快乐的是那群女兵们,她们英姿飒爽,丝毫不让须眉,干起活来又利索,又轻快。秋粮还没下来,她们就利用休息的时间,组织起来去山里挖野菜,采蘑菇。每当傍晚的时候,你就可以看到她们成群结伴拿着自制的铁皮脸盆,去河边为伤员们洗衣服。当时还没有生产肥皂的工艺,就学老乡的法子,用带有碱性的灰菜代替肥皂。为了缓解劳动的枯燥和疲乏,她们还主动改编了陕北民歌,将劳动的场景编排成歌词,到处去为战友们表演歌舞节目。那时候,漫山遍野的庄稼都丰收在望,田野里传递着动人的歌谣:"好地方来好风光,到处是庄稼,遍地是牛羊……"

吃饭和住宿的问题解决了,紧接着就是穿衣盖被的问题。359旅刚开进南泥湾的时候,连王震的裤子上都打满了

◆部队劳动的场景

补丁，大部分战士只有一条又薄又破的棉絮，在露宿林地的时候很快就被刮烂撕坏了。很多人都只有身上那一身衣服，一直不换洗的话就生虱子，只能忍着。有些爱干净的战士就躲在河里洗衣服，洗了晾在河边的石头上，人就躲在水里，晾干了才敢上岸。为了解决大家的穿衣问题，部队专门找来会纺织的妇女，先是培训女兵，后来全员都学习织布。在宁静的夜里，经常可以听到"嗡嗡"的纺车奏鸣曲。在火热的边区大生产运动中，它陪伴着大家度过了很多紧张而热烈、有苦更有乐的日日夜夜。

靠着这种自力更生、艰苦创业的精神，359旅来到南泥湾的第一年，农业就取得了较好收成。718团在即将下种时才去开荒，收割的粮食都至少够吃半年。而开进南泥湾较早的717团这一年的收获就"可以把家务建立起来"。

有了粮吃之后，部队还搞起了畜牧业，大量养殖猪、羊、鸡鸭等，让战士们吃上了肉，增加了营养，更重要的是为前线的将士提供了有力的物质保障。到了第二年冬天，部队还给每个战士发了5公斤羊毛用来纺成毛线，织袜子、手套和毛衣，从此大家再也不用受冻了。在技术工人的培训下，很快战士们就都掌握了纺织技术。

在进行大规模农业生产的基础上，部队还努力发展工商业和运输业。正如朱德在动员会上所讲：八路军是工农自己的军队，他们打破了过去"工农一参加军队后就不生产了"的传统。"指挥员和战士一样参加生产，这是惊人

◆战士们织布的场景

的创造"。在开发南泥湾的过程中，不管是领导干部还是战士群众，大家都齐心协力，所有人都忙着干活，没有人愿意落后偷懒。从连队到班、排，大家组成新的劳动小组，各组之间经常展开竞争，不断地激发官兵们的劳动积极性，极大地提高了部队的生产效率。

据统计，359旅开荒种植粮食、棉花、蔬菜达1.1万多亩，相当于每人平均6亩。到1944年，全旅种地达26万多亩，收获粮食3.6万石，除全旅食用外，上缴公粮1万石，并做到了全旅每人养1只羊，两人1头猪，10人1头牛。全旅每人每月平均吃到3斤肉，每天1斤半菜，会餐时还能吃到鸡鸭大米。战士们也都穿上了自制的新衣服和鞋袜，每个战士每年2套单衣，1套棉衣，2双袜子，1双棉鞋，

2双单鞋。有的还可以领到一件毛衣或羊毛背心。全旅兵强马壮，衣食住行样样齐备。

  1942年夏季，又到了南泥湾丰收的季节，田地里的庄稼长势喜人、丰收在望。一阵凉风吹过，沉甸甸的麦穗轻轻地摇摆着，掀起一波一波的金色浪潮。朱老总特别邀请了陕北四老——徐特立、谢觉哉、吴玉章、续范亭同游南泥湾，亲眼见证一下烂泥湾变成小江南的奇迹。四老来之前就已经耳闻359旅的垦荒事迹，但只有真正踏上这片土地，才觉得这是一个屯垦史上的奇迹。徐特立激动地握着王震的手感慨道："古人总是说沧海桑田，我今天算是被震撼了。仅仅一年多的开发建设，你们就把昔日的烂泥湾，变成了稻谷飘香的小江南，真是了不起啊。"到这一年底，359旅已经开发了215万亩土地，解决了一部分粮草及各种轻工、纺织用品，并且饲养了600多匹运输牲口，建立了47个骡马店。据统计，除粮食外，1942年部队全部开支自给达到67155%，被中共西北局称为"发展经济的先锋"，受到隆重奖励。当时，党中央非常重视南泥湾的建设成果，毛主席亲笔为王震题词，赞扬他和359旅在执行朱德提倡的南泥湾政策时"有创造精神"。

  *往年的南泥湾，处处是荒山，没呀人烟；如今的南泥湾，与往年不一般，不呀一般。再不是旧模样，是陕北的好江南。*

  这首歌唱南泥湾的颂歌已经传遍了田间地头，南泥湾精神已经扩散到整个陕甘宁边区，掀起了更为广泛的劳动热潮。

中央号召全体人员学习南泥湾精神，不论是领导干部，还是边区百姓，都要发扬艰苦奋斗、自力更生的精神，努力投入大生产的浪潮中去，为边区建设贡献力量。毛泽东、朱德、周恩来、张闻天、任弼时、陈云等中央领导同志以身作则，带头参加生产劳动。

宣传队将王震开荒的事迹编成感人的话剧和评书到处宣传。身为359旅旅长的王震，从到南泥湾开始，一直身先士卒，双手打满了血泡也不肯放下锄头。他的精神不仅鼓舞了南泥湾开荒的战士，也激励了边区的所有人。当时359旅的政委左齐失去了左臂，不能拿镢头，但他不愿意坐享其成，就主动给战士们做饭、烧水，亲自挑送上山。在这种热火朝天的氛围下，很多战士天不亮就上山，背着月亮还在劳动，不肯收工。最后逼得王震下了军令，"生产时不得早到和迟退"。正是在王震将军的领导下，南泥湾的将士们才奋不顾身地改变了南泥湾的历史。在这个大生产的过程中，八路军将士和当地的父老乡亲之间结成了同感共苦的深厚情谊。直至革命胜利之后，年逾古稀的王震还常常惦记着这方水土，执意挂着手杖前来慰问当地的贫苦农民，给他们讲南泥湾当年的景象，鼓励老百姓自力更生，努力脱贫。临终前，他还留下遗嘱，要讲自己的骨灰撒在南泥湾的土地上，可见他对这片亲手垦殖的土地爱得多么深沉。

在南泥湾精神的感召下,整个边区开展轰轰烈烈的大生产运动。很快,边区耕地面积就由1938年的889万亩,扩大到1942年的1248万亩。到1942年底,边区军队和工作人员的粮食、衣服、日用品等已能全部自给和大部自给,成功地粉碎了国民党反动派和日本侵略者对我军实行的经济封锁,为进一步争取抗战胜利奠定了坚实的物质基础。

为了调动劳动者的积极性,边区政府在大生产运动中广泛地开展劳动英雄和劳动模范的评比活动。各地区都掀起了热火朝天的劳动竞赛,涌现出一些生产效率极高的劳动英雄。比如在边区农具厂工作的熔炉看火工人赵占魁,在他埋头苦干、始终如一的劳动精神感召下,全边区的工人积极向赵占魁学习,开展生产竞赛,用仅仅1年的时间,增加了生产效率,提高了劳动热忱。

还有陕北横山的劳动模范吴满有,他吃苦耐劳,而且耕地有法,不但自己勤劳致富,还主动要求帮代耕,交公粮。在边区发起的吴满有运动的感召下,每区、每乡的开垦面积都得到扩大,人人干劲十足,分秒必争地垦荒,似乎连劳累都忘记了。

1943年2月24日,当时安塞县著名的劳动英雄、模范退伍军人杨朝臣还特意挑战吴满有,奉上一封"生产竞赛书"。吴满有收到战书之后,毫不畏惧,很快回信表示愿意应战,而且提议两人所在的村庄一起进行比赛。这个

消息很快传遍了边区,大家都觉得很有意思,摩拳擦掌。正在忙碌的朱老总听说此事,拍手称好,说要看看这两个劳动模范,哪个更厉害。他立即电令边区所有部队积极响应吴满有生产大竞赛的号召,鼓励军队之间也经常开展单位与单位、个人与个人之间的劳动竞赛,培养劳动英雄,提高生产效率。

在党中央的宣传和推动下,团与团、营与营、连与连、排与排、班与班、个人与个人之间都拉开了声势浩大的劳动竞赛。人人都争当劳模,大家不断地探讨生产技巧和改良工具,埋头苦干、顽强拼搏,到处都是一副紧张劳动的气氛。

1943年11月26日到12月16日,陕甘宁边区第一届劳动英雄代表大会与边区生产展览会同时召开。台上的185个会议代表,无不露出自豪的神情。中共中央还宴请了各位伟大的劳动英雄,感谢他们为边区生产做出的巨大贡献。毛主席在会上做了《组织起来》的重要讲话,发动大家向劳动英雄看起,要把我们的边区建设得更加富足,彻底粉碎敌人想要困死我们的妄想。会后,大家一起去参观生产展览会,面对琳琅满目的农副产品,不由得啧啧称赞,各位劳模还给大家传授了自己生产中的经验和窍门,进一步将实践中总结出来的劳动智慧传递到更多的生产队中去。在中央的鼓励和劳模的带动下,大生产运动搞得如火如荼,取得了惊人的成绩,为陕甘宁边区争取独立、壮大实力,取得抗日战争的胜利奠定了坚实的经济基础和群众基础。

转眼又到了1943年春天，359旅已经来到南泥湾3年了，取得了极大的成就。在中央号召开展劳动竞赛的口令下，359旅二营专门选拔了175名劳动突击手，开展了一场开荒比赛。结果短短1天之内，就有6个突击手开荒超过了3亩，最高纪录者李位当天开荒达到3.67亩。有一个青年营级干部刘顺清的"镢头起落迅速，一分钟最快达60次"，当天开荒4.11亩。类似的劳动竞赛在军中、群众中不断地开展，新的纪录一直再被突破，战书像雪花一样乱飞。这种顽强拼搏，不甘落后的精神，不断推动着边区建设的步伐。

对于在大生产中领先的劳动英雄，359旅给他们以实际的奖励。除了颁发劳工模范的称号之外，对于每天挖地一亩以上的还给他们多吃猪肉、发一些毛巾、肥皂等奖励品。在精神感召和物质奖励的双重刺激下，战士们上下齐心，不断奋进，在1943年春天，用25天时间开荒9.6万亩，加上后来的荞麦2000多亩，总计近10万亩。这一年的秋天，又是一个大满贯的丰收季。整个359旅收获粮食比前一年多出4倍。在边区劳动英雄代表大会和生产展览会上，只有359旅的展品最为引人注目。

359旅的胜利成果离不开旅长王震的以身作则，更离不开朱老总的领导。朱德不仅首倡"南泥湾政策"，而且亲自领导了南泥湾的开发建设。在部队进驻南泥湾的第一年春天，朱德就率领有关负责人和技术干部到南泥湾实地踏

勘，调查山、水、林、路、土质、节气以及农作物生长情况，谋划南泥湾的开发建设。他在王震的陪同下亲自到南泥湾各处视察，深入干部、战士和老乡之中，认真听取他们对于开发南泥湾的宝贵意见。当时军队的生活条件确实苦，很多人吃不饱穿不暖，劳动量又大，有怨言也是正常的。朱老总就挨个串联，向他们耐心讲述"屯田政策"的重大意义，要求战士们克服困难，一定要做群众的模范，把生产运动搞好，用自己的双手做到生产自给、丰衣足食。

到了秋收的季节，在前线指挥战斗的朱老总还不忘专门给359旅717、718团的领导人写了一封长信，谈他对南泥湾的全面开发建设所做的具体部署，要求他们在丰衣足食的基础上，要尽快建立起畜牧、运输业、手工业和商业，这才是边区经济永久的基础。信上，朱德还特别叮咛这两个团的领导人在生产建设中要积极总结经验和不足。除了向旅部报告外，还要向军委和他及时沟通。此后，朱德和其他中央领导也曾多次抽空到南泥湾指导开发建设。

不仅如此，年近花甲的朱德还带头参加生产劳动。他一直跟军队强调自己是农民的儿子，不要以为拿起了枪杆子，就可以坐享其成。他既会纺线又能种地，在王家坪的机关单位外，他还同身边的工作人员组成1个生产小组，种了十几种蔬菜。每当有人去看望他，他就乐呵呵地用自己亲手种的蔬菜招待对方，给大家讲述劳动的乐趣和自力更生的重要性。种下来的蔬菜吃不完，他就给部下和群众送去。据说在1943年的边区展览会上，还展出了朱德亲手种出的一个大冬瓜，让老百姓们看了很受感动。一个干部看后当场赋诗一首："工余种菜又栽花，统帅勤劳天下夸；愿把此风扬四海，逢人先说大冬瓜。"

当时359旅718团的团长陈宗尧也是著名的劳动模范，他1天个人能开荒8分，这个事迹还被登了报宣传，士兵们看到这个消息，就纷纷赶超，说"团长挖地8分，我要挖地1亩。"大生产运动的发展，密切了领导干部和普通士兵，以及军队和老百姓的关系。在大生产运动中，人人都以普通劳动者的身份出现，首长和士兵、领导和群众，汗流在一起，大家情同手足，亲如兄弟。更重要的是，通过大生产运动培育出了闻名于世的自力更生、艰苦奋斗的延安精神，这一精神成为我党、我军、我国人民克服一切艰难险阻的巨大力量和传家宝。

当时不仅朱德成立生产小组，亲自种地。所有中央领导人都参加生产劳动，毛主席也在自己窑洞外的空地上种菜，现在那片菜地还成为人们观瞻的革命圣地。周恩来、任弼时、董必武则是纺线捻纱的好手。

1943年，周恩来在工作之余主动提议，要在中央机关搞一次纺线比赛。消息一登报，马上引起了轰动。边区的妇女们刚开始还不相信周恩来这个文绉绉的领导人会纺线，纷纷赶来看热闹。结果到了3月1日上午，枣园的礼堂里已经挤满了人，几十架比赛用的纺车已经摆放整齐。据说周恩来所用的纺车还是王震在359旅的木工厂第一批成品，王震亲自赠送给周恩来的礼物。比赛号令一下，大家看到周恩来双手迅速翻飞，动作又协调又快速，纺出来的线也是均匀得很。很多妇女都自愧不如，纷纷叫好。这次比赛，周恩来还被评为机关里的"纺线能手"，他纺出来的线被评为甲等，也送到了农民展览会上展出。

除此之外，边区政府林伯渠主动将生产节约计划公布在报纸上，请人民群众监督。担任中央组织部长的陈云领着士兵们挑粪积肥，有人问他大粪臭不臭，他说："大粪不臭，是香的。"听见的百姓都笑了，陈云向年轻人说道："大粪虽然臭，可是用它去肥田，种出来的蔬菜瓜果不就是香的了？"

在中央领导人亲自带领和模范感召之下，不仅是359旅的战士，整个边区的军民都燃起了劳动的热情。干部们努力向中央领导看齐，不管是旅长还是马夫，一律一视同仁，只以工作量比较。老百姓也摆脱了看天吃饭的懒惰心态，相信自力更生，人定胜天，和战士们并肩生产，不愿落后。当时的口号是"全体参加生产，不让一个站在生产战线之外。"在这种劲头下，边区的经济不但没有因为外界的封锁而落后，反而不断地繁荣起来。

在这种经济繁荣，农副产品不断充裕的情况下，中央领导从长远战略考虑，一方面强调开源，一方面也在注意厉行节约。为了开源节流，陕甘宁边区在1941-1942年推行了精兵简政的政策，取得了很大的成效，随后推广到各个敌后抗日根据地。1941年11月边区第二届参议会闭幕之后，边区政府主席林伯渠主持召开了会议，成立了边区编整委员会，用4个多月时间，精减了边区各级机关的人员1598名。1942年4月，中央再次发出精兵简政的通知，实行了第二次整编工作。这样做不但提高了政府的工作效率，转变了工作作风，还大大减少了人力、物力、财力的支出。据统计："延安在1941年动员民力6万余人，1942年只动员2.8万余人，减少了52.4%；绥德在1941年动员民力7.5万余人，1942年只动员900人，减少了98.8%。"

通过精兵简政工作，老百姓缴纳的公粮也大大减少，大家减轻了税赋的负担，生产力又普遍得到了提升，家家有了余粮。很多曾经赤贫的农民不但有了半年以上的余粮，还养起了猪、羊。边区的百姓眼看着生活越来越好，更加拥护党的政策，支持八路军的工作，黄土高原上处处传唱着拥军爱民的歌谣。